枯水廬叢稿

李国春 著

复旦大学出版社

  李国春，男，1958年生，字再春，号若水庐主，安徽省桐城市人。安徽省作家协会会员、安徽省桐城派研究会原常务理事、皖雅吟社社员。创作诗、古文、新诗、散文、小说等文学作品近百万字，发表于《诗刊》《安徽文学》《中华书画家》《厦门文学》《诗词报》等多种文学期刊。好诗、古文辞。致力于桐城地方历史文化研究。

1

序

癸卯仲夏，李国春先生辑录其历年所作文史杂著及诗古文辞，总其名曰《若水庐丛稿》，拟绣梓行世，而嘱余序。余薄殖少文，以与先生相交有素，亦不复辞，遂贾勇为之。

夫有清一代，华夏文学百科争大，桐城文尤知名。盖方、刘、姚三先生异军突起，一以学胜，一以才胜，一以识胜。虽所造各异，而宗旨则同。以此文成派立，矫然居斯文正宗。后之言古文者，莫不循此为轨辙。故一再传，而有阳湖、粤西、湘乡诸派继起。影响所及，几无不家桐城而户方、刘、姚矣，宜乎时贤有"天下文章其在桐城"之誉。惜新文化运动起，毒手尊拳，交相掊击。遂致风雅道衰，引车卖浆者语滔滔天下皆是。吁！可叹也。虽仍有特立独行之士为诗古文辞于举世不为之日，而华夏文脉一线之传，亦在此而不在彼也。以余所知，海内为此者指不胜屈，即吾桐亦不乏其人，国春先生其卓荦者也。

盖国春先生生长儒素，幼秉庭训，颇志于学。及冠迫于生计，虽多能鄙事，而经经纬史，始终不废书卷，尤于桐城文化有笃嗜焉。自以生长方、刘、姚之乡，于赓续邑先正遗绪殆无多让；而念兹在兹者，亦为保护桐城文化。其察之明，是以持之坚，行之也力。偶遇焚琴煮鹤之事，则拍案而起，指斥不遗余力，虽犯庸众之怒不顾也，殊有虽千万人吾往矣之概。昔有问望溪先生人生祈向者，答曰"学行继程朱之后，文章介韩欧之间"。是立身与为文本不可分，唯其立身也高，故其为文也精，所谓文如其人者，殆此之谓欤！准此而论，则国春先生赓续邑先正遗绪者，亦不越此语。其饬躬淑世已如上述，而为文亦一遵先正矩矱，所作有物有序，清真雅洁，纯乎桐城家法。作品流布，士林称赏，曾两获"生命杯"《文思》文言文赛大奖。间以其余发为五七言歌诗，镕铸唐宋，精工典雅，殊有惜抱遗风。语云"有德者必有言"，余于国春先生亦作如是观。

今先生此书分别以"稽古""林下""游艺"名编，当别有深意存焉。盖"稽古"者、"林下"者，不啻先生数十年于红尘抢攘之中，作林下出尘之举，青灯夜雨，勤研故籍之夫子自道也。而"游艺"者，艺固技也，然子夏曰"虽小道，必有可观者焉"，况技可进乎道，艺能通于神乎？然则斯集之出也，传桐城文化之道，通桐城文章之神者，殆无疑义。而接续桐城文脉、以与于华夏斯文一线之传者，亦庶乎有在。异日桐城文化复兴以臻于广大，追源溯始，则先生推毂之功、守护之力，岂浅鲜也哉！

癸卯长夏　汪茂荣　敬撰

目 录

序 / 1

上编·稽古集（若水庐札记）

兔河归帆 / 3

襟度超逸李公麟 / 10

史仲宏与民间堪舆文化 / 16

桐城八景新说 / 22

桐城古城门 / 33

"陶冲驿"与"双港铺" / 36

叶灿《读书堂稿》管窥 / 40

《桐城时兴歌》浅谈 / 53

明季桐城遭受兵燹荒乱之始末 / 59

桐城坊表说略 / 68

桐城旧闻摭拾 / 76

寒枝冷艳独自伤 / 87

　　——归有光《寒花葬志》初读

关山万里扬德威 / 92

　　——程芳朝出使安南故事

"竹叶亭"小识 / 98

"惜抱"典出考记　/　101

白沙旧有桑麻田　/　103

　　——方文《连理图歌》介绍

簪笏浮荣等闲事　/　108

　　——方文药名诗赏析

呕心刻腑　清真如话　/　113

　　——清代遗民方文及其七古《除夕叹》介绍

落寞天外　/　117

阅尽沧桑说"聊斋"　/　123

　　——桐城许奉恩及其笔记小说《里乘》

吴鳌《爱吾庐诗钞》初读　/　130

清人笔记里的桐城故事　/　135

明清时期桐城诗僧的茶修梵唱　/　146

张英与《渊鉴类函》　/　154

江皋孤艇寄浮生　/　161

戴名世之"致祸六文"试析　/　165

　　——写在戴名世逝世三百周年之际

风雅河墅　/　182

《龙眠风雅》与《桐旧集》　/　191

桐城慈济寺间代嗣法碑考略　/　197

桐城方氏遣戍东北述略　/　209

恤难广仁章攀桂　/　221

江召棠义修汤显祖墓　/　223

每向烟云辨朝晦　/　225

　　——徐宗亮《桐冈春晓图记》读后

雪岭冰天一骑来　/　231

　　——姚莹《康輶纪行》中的诗意表达

"鲁谼八景"臆说　　/　　247

方宗诚《柏堂师友言行记》管窥　　/　　250

方宗诚与鲁谼山　　/　　254

刘开《广列女传》述略　　/　　262

博采兼收，以彰后世　　/　　268

　　——《古桐乡诗选》介绍

戴钧衡夫妇的家学熏习　　/　　277

博综群籍萧敬孚　　/　　281

李鸿章家族在桐城的财产　　/　　284

桐城之殇　　/　　288

桐城天主堂及其女校　　/　　295

吴汝纶《天演论序》读后　　/　　299

警钟百年声犹在　　/　　302

　　——桐城张武《国际侵略之末运》述略

"天安"一闸锁蛟龙　　/　　310

　　——桐城东乡首座河闸建设述略

桐枞分治由来述略　　/　　317

吴光祖诗歌中的桐城叙事　　/　　330

"凤义兴"的商业精神　　/　　341

桐城古文吟诵　　/　　345

桐城市区地名浅说　　/　　355

"荷花地"传说　　/　　358

"嬉子"趣谈　　/　　361

桐城土语对应字举隅　　/　　363

桐城土语对应字举隅（二）　　/　　367

《物理小识》书名辨读　　/　　371

方守敦之"敦"音义析疑　　/　　373

闲话桐城历史人物名号　　/　374

桐城历史人物名号续谈　　/　390

"舒黄之间"小识　/　399

"操江巷"里人家　/　402
　　——桐城历史街巷考释之二

"唊椒堂"及其"三都馆"释考　/　404

"蛾术"浅解　/　408

中编·林下集（古文卷）

伤兰说　/　413

送泽国君离任暨重修骏园序　/　414

癸巳三百年祭　/　416

始修桐城廊桥记　/　418

捐匾记　/　419

重兴王屋寺记　/　421

游披雪瀑记　/　423

游三道岩记　/　424

崇老记　/　426

李艺安说　/　428

文庙观张耕方勇画记　/　429

寻访姚编修墓记　/　430

癸巳清明观张氏宗亲祭祖联谊记　/　431

重修朱大司农墓记　/　433

甲午桐城金秋诗词吟唱会记　/　434

始创桐川学社记　/　436

始创"龙眠雅集"微信群记　/　437

兴修年云塘记 / 438

王西如逸事 / 439

桐城都君墓志铭 / 440

连城张氏族谱序 / 442

让园记 / 444

赠朱履儒先生序 / 445

桐城修缮文庙记 / 447

《墨润华章》书画联展序 / 449

捐建凤仪坊记 / 450

李公发宣传略 / 451

赠吴子涵熙序 / 452

复修桐溪塥记 / 453

濡须秦氏合族祭先祖文 / 454

月山记 / 455

桐城黎阳都氏一世祖玉选公墓志铭 / 456

合肥北乡沈氏祖茔墓志铭 / 458

再游长岭记 / 460

投子涌泉记 / 461

书何传真先生《追光逐影》后 / 462

名城记 / 463

蒙奇饮食记 / 464

"夏之粲"书法展弁言 / 465

境主庙水库观瀑 / 466

文庙诵《论语》记 / 467

桐城李卫兵小传 / 468

《桐城文化研究》读后 / 469

祭龙河李氏旧祠文 / 470

祭龙河李氏宗祠文 / 471

祭含山五知堂任氏始祖忙公文 / 472

祭叶氏先祖文 / 473

安健协会助学记 / 474

重建连理亭记 / 475

桐西尖刀嘴记 / 476

下编·游艺集（古、今体诗卷）

嬉子湖船上 / 479

潜山行四绝句 / 480

雨霁游桐城大龙井 / 481

伤孔城 / 482

望孔城 / 482

飞蓬 / 483

黛鳌山 / 484

邹斌女史为何传真先生写肖像 / 485

汪女史腊梅中秋后二日招饮练潭 / 486

送潜阳文友 / 487

自石板桥登黄草尖 / 488

大塘谒华氏草堂 / 489

许咀访章阳先生故里 / 490

致潜阳诗友 / 491

板仓行 / 492

送洪放先生之任渒上 / 493

送西子归里 / 494

《诗刊》六十岁志贺 / 494

伤李君　　　／　495

丁酉清明过桐城西山古战场　　　／　496

太湖四绝　　　／　498

丁酉谷雨前李牧先生邀赴告春及轩新茶品鉴余得末座因忆族中
　　故宗老伯时尝茗龙眠乃赋二绝　　　／　499

过吴鳌墓　　　／　499

登大横山吊抗日烈士墓　　　／　500

小满日遇同学卖枇杷　　　／　500

立夏前二日夜雷雨大作　　　／　501

秋分过同康路桥　　　／　501

武夷山访金骏眉茶叶基地　　　／　502

赠台湾寥又宽先生　　　／　503

戊戌清明谒余珊墓访松湖张载渔耕处　　　／　503

己亥大雪日早发许咀头　　　／　504

己亥除夕岳丈病笃余偕内子居涅上
　　不得于榻前问疾一日而九回肠　　　／　504

鹧鸪天　　　／　505

己亥九日邑西云松先生招饮偕诗朋同登三道岩　　　／　505

忆儿时除夕夜　　　／　506

读桐城吴光祖《回照轩诗稿》感赋　并序　　　／　507

奉读姚石甫《康輶纪行》感赋　并序　　　／　509

裁襟励子歌为觉迟女史始建望山励子二亭作　并序　　　／　510

咏手机二首　　　／　512

忆食芋叶感怀　　　／　512

辛丑孟冬闻桐城荣膺历史文化名城有感　　　／　513

皖雅吟社成立感怀　　　／　514

春分携酒过龙眠河访友　　　／　514

目送　/　514

壬寅新正积雪初融章君招饮一梅精舍
　　赏梅论书画意气闲放有赠　/　515

早岁观宗叔演太极拳歌　/　516

观昱之先生《梦追兰亭》手卷感赋二十韵　/　517

桐城向为文物之乡然世事变迁多遭隳圮近年来市政府拨出巨资复修
　　又得时贤捐修官民合力毁损建筑相继复原此邑中文化之盛事也
　　辛丑季秋遍访城内郭外故迹感慨万端草数行以纪　/　518

观倪君摹写黄子久《富春山居图》并序　/　520

读《惜抱轩诗集》　/　521

入枞阳登汉武阁　/　521

回乡偶见二首　/　522

古桐城八景选四　/　523

读板桥先生《竹石图》　/　524

登车华崖访李伯时旧踪　/　524

农村改革四十年感赋　/　525

跋　/　526

上编

稽古集（若水庐札记）

兔河归帆

一

公元前三百多年，楚怀王儿子子皙曾派王的商船自楚地的鄂城启航，顺江而东，出江，驶入今安庆一带滨江诸湖，到达当时"群舒之地"桐国的东南水域，入"松阳"，抵"泸江"过"爰陵"达"巢城"。

这一历史情景随江河之水已远逝了两千多年，我们仅从二十世纪五十年代安徽省寿县城南邱家花园出土的青铜器《鄂君启节》铭文中大致了解到这一段鲜为人知的史实。见过出土青铜铸鄂君启"节"的人说：那上面布满晶莹绿锈，剔透润泽如翠竹，节上错金铭文熠熠生辉，光彩流动美不胜收。节上的铭文写着，楚怀王六年即公元前323年，大司马邵阳不久前在襄陵打败了晋国的军队。夏天，王在宫中宴乐，命大臣为他的儿子启铸造金"节"，作为水陆两路货运的通行证。启，字子皙，受封于鄂，故称"鄂君"，他定是一位有商才的王子，凭借朝廷颁给他的特权，他的商队可以水陆并进。就水路而言，大致的路线是，从今天湖北的鄂城出发，往西北到达今天河南的伏牛山麓，往西南到达今天湖南的沅水和澧水流域，向东到达今天的安庆一带。这一次，他的商船按规定的线路，出鄂，涉江入汉水，往楚西北抵南阳。又返回鄂地顺水东行，过今天安徽的望江，驶入桐城境内。铭文中说王的商船：

庚松阳，入泸江，庚爰陵。

楚怀王的商船来过桐城，当时还称作"桐国"。"松阳""泸江"及"爰陵"，这些地名今天听起来颇为生疏，原来这三处地方正是当时桐国的水上商埠。当代历史地理学家谭其骧先生在《鄂君启节铭文释地》中对这些古地名逐一作了考证："松阳"，就是今天的枞阳县。枞阳在秦汉以前发生过多起重大事件,《汉书·武帝纪·第六》中记载,元封五年,即公元前106年,汉武帝到南方巡狩曾于此水射蛟,"舳舻千里,薄枞阳而出,作《盛唐枞阳之歌》"。后人大多知道这些饶有意味的历史故事,却很少有人知道先秦以前枞阳又叫松阳。

"泸江"就更为玄乎了,这条当时称为"江"的古水就是今天桐城孔城之白兔湖。谭其骧先生云:

> "入泸江",泸江当即"庐江"。我以为汉代庐江郡得名所自的那条庐江,即今安徽庐江、桐城、枞阳三县境内的白兔河。(此河中下游近已壅塞成为白兔湖。)

对此,谭先生不惜笔墨作了一番考订,他得出结论说:

> 铭文中的"泸江"应在长江北岸今枞阳县附近。今枞阳县是枞阳河(一名练潭河)注入长江处。枞阳河有一条大支流白兔河源出庐江县西南,南流经桐城县境至枞阳县西菜子湖与枞阳河会流。汉代庐江郡治舒县故城,据《后汉书·光武纪》建武四年李贤注,在今庐江县西。又据《大清一统志》引旧志,"县西南三十里有大城",此大城当即舒县故城;因为是汉代郡、国故治,城比较大,故有大城之称。今白兔河上游正好流经庐江县西南三十里处。据此推断,可见白兔河应该就是铭文中的"泸江",亦即汉初(或秦末)庐江建郡时得名所自的那条庐江。

我们居住的这块地方在汉代属庐江郡,郡名竟是以今天的"白兔河"的古水名命名的,真是石破天惊的大发现!谭先生又进一步考证说:

> "庚爰陵",爰陵,疑即《水经注》(《名胜志》引)中的"团亭",在今桐城县东南六十里。唐宋后有"团亭湖",见《括地志》《太平寰宇记》;据《清统志》引旧志,其水出白兔河,达枞阳,知为古代"泸江"所经。

楚怀王的商队从水路远抵桐城,证明那时的桐城虽处吴、楚交界处,其地位是多么的重要!"桐"为楚国附庸,吴、楚必争之地,越灭吴,楚又灭越,"桐"终属楚。楚国的商队不远千里,乘风破浪,一路扬帆来桐国贸易,这一段历史可当作桐城在春秋时代就有官府商业活动的最早记载。

怀王颁发商船通行的"节",对沿岸的各地官府说,你们"见其金节毋征,毋予馈食;不见其金节则征。如载马、牛、差以出入关,则征于大府,毋征于关"。这段话反映了二千多年前楚国的商贸、财税的法规,为今天研究春秋时商业提供了真实的史料,也证明了桐城在春秋时即有财税活动,并有了一定的成文。

更为重要的是,楚国商船不但到过枞阳,到过白兔河,到过团亭湖,也可能到过桐城"居巢"城。春秋时期桐城境内水域浩瀚,菜子湖与皖西南湖河港汊相互连通,与江水吐纳,舟行四通八达,古"居巢"城濒水而建,应该是当时桐城的中心。

古代"居巢",颇多争议,据谭其骧先生考证,今天巢湖巢县是唐代以后才称为"巢"。先秦时江淮之间有两处叫"巢"的地方,有三处叫"居巢",其一处"巢"就是距今桐城以南六十五里,约当在枞阳河上。谭先生说:"这么多处古巢,到秦汉时只有今桐城县南一处被建为居巢县。"又说,当时楚王入皖的商队,其另一路线车队有可能就是自桐城"居巢"北上,换乘从旱路抵达淮水。

桐城形胜:《潜山赋》有"九江之北,三楚之南"的概括,《宋·地理志》有"南滨大江,北界清淮"之谓。皆写境内水域之广阔。先秦时临水建"居巢",三国时吴、魏以水分界,目为战略要冲,直到明清时,桐城四乡的水面如破罡、石塘湖、竹子湖、枞阳长河、孔城荻埠、民池等处都设有河泊所,办理渔政,收取渔课。道光《桐城续修县志》有一段话,写桐城首镇枞阳的富饶,可看作当时邑东南一带水乡的繁荣景象的缩影:

鱼虾繁衍,罛罾相望;舟航往来,百货俱集。民多以贸易为业,徽、宁商贾最多,江西工匠、晋楚之客店亦皆有之。

足见桐城东南水乡鱼米丰稔,商贾忙碌,而白兔湖当为重要水上通道。

二千多年前的春秋时代,白兔河一定是一条四季涨满河水的大河。明弘治《桐城县志》上说:

白兔河在县东三十里。源自独山湖出,通枞阳大江。

道光《桐城续修县志》上说:

  孔城西南山岗积水流为白兔河,分为牛埠潭,南至杨树湾朱官桥西南至义津桥,又西南至石会山。

白兔河水最后汇合枞水,入江通海。近半个世纪前,围湖造田,这条数千年繁忙的长河隐身于菜子湖万顷波涛之中,失去原来蜿蜒的风姿,其天然生态与人文历史已渐渐被时空所湮没,沧海桑田,昔日的"河"已变成今日的"湖",幸也?不幸也?!谭其骧先生当年婉惜地说,此河中下游近已壅塞成为白兔湖。"壅塞",水土自然之力耶?抑或人力之所为也?

二

白兔河曾有舟帆来往,渔火明灭,造就了桐城数千年商业发展环境。但这条古水远非只有商队的帆影,船夫的苦乐,还有宦游人的乡愁乡恋,离愁别恨。

明清时代,白兔河屡屡见于桐城诗人作品,皆写为"兔河",风光旖旎。明代桐城人林有望,嘉靖癸丑科进士,官至兵部郎中。他一生宦游天涯,故乡有一条称为"兔"的古水像一根丝带羁住他飘泊的心。某一日,林郎中离乡远行,面对长河,情动于中,作《兔河早发》诗:

  晓起开船云欲曙,赤霞残月两争辉。
  櫂声欸乃穿波影,羌笛咿唔入翠微。
  夹岸柳条垂近尺,平湖菱叶满才肥。
  远山四望青如许,一路帆樯镜里飞。

林有望为官以清惠闻于世,强直不阿,严嵩当权,林有望多次抗疏,受到排挤,远谪蜀中。这首诗写于他赴蜀中前归里省亲、启程赴任之时,还是他某次返乡后与故乡作又一次告别?晓起乘舟,残月挂天,此时兔河静如明镜。桨声波影,远处飘来牧童晨笛声,看两岸柳丝低垂,荷芰田田。兔河风光,美不胜收。林有望终因不满权奸当道,挂冠辞职,空橐而归故里。晚年筑室于洞宾泉边,以竹、石为娱,高卧河干。

清代桐城另一位诗人姚孔钦也钟情于兔河。姚孔钦，字崇修，号桃溪，姚文然之孙，增监生。以纯孝称于乡里。他曾有《秋日同左宸臣过村庄，闻王克绍居甚迩，因访之，同步白兔河上，拉归晚酌，信宿而别》长题五言诗，其诗思清韵远，写兔河一带秋日之美。诗共四首，其三咏道：

  闲行聊尔尔，落叶自纷纷。晚雾全疑雨，遥山半入云。
  水流堤树动，帆下夕烟分。远近砧声起，征人不忍闻。

诗后有小注：兔河为往来客商泊船之所。

这是一首征妇思夫之作，堪作《桐女捣衣图》。暮色将近，秋树萧瑟，炊烟牵绕归帆。兔河畔农妇浣濯，杵声点点，传与远方。从兔河启程的商人出入风波，恶水险滩，吉凶难料，唯有砧声寄托情思，哀怨如长水奔流，这白兔河羁绊了多少怨妇的落寞思绪。

游子离乡，惆怅满怀，心潮与长水相起伏，兔河历来不知见证了多少宦游人难舍之行，而归来的天外客同样有愁情寄与一泓秋水。清代桐城人张茂稷，情耽山水，大诗伯潘江称他"雅善音律好吟咏，尤工五七言近体"。一次远行归来，涨帆至兔河，遇风浪，他归心似箭，只好隔岸嗟叹，作《将至兔河为风所阻》一诗：

  数里归船浪打头，明明村河隔汀洲。
  故园已叹经年别，羁旅还偿一夜愁。
  蛩合众声联断苇，树低僵影蘸寒流。
  平生逆境相逢巧，恰好今朝是石尤。

风急浪高。离乡已有一年，船泊于岸渚，隔堤遥望故乡，一夜无眠，愁思不禁涌上心头。站立船头借点点渔火怅望于水天之间。芦花，秋蛩，树影，寒风，萧瑟之景，落寞之情，油然而生感叹：人生如逆旅，匆匆而过，聚少离多，难道此次归来，正合传说中那凄美的石尤故事，今生不再相逢？

兔河有桀骜不驯的滔天巨浪，也有灿如虹霓的浩渺烟波。这条古水上曾有多少远来的商船樯倾楫摧，也曾有无数桐城士子从此击棹扬帆去实现人生理想。明代桐城人盛德，或许在天下大比之年的某一天，从兔河出发去一展人生抱负，这一次，正好是和风习习，眼前水天澄碧，宛如画屏：

> 凤山俯群壑，烟波虹如带。
> 遥见兔河帆，飞向青天外。

盛德这首《兔河风帆》看似写景，实为抒怀。结句"飞向青天外"传递出这位读书人胸中的壮志即将要放飞于高天阔水之外。这位桐城才俊年少时县试不利，发奋闭门苦读于城北投子寺中，于弘治甲子科以冠军考上举人。他的外王理想没有实现，终于在盛氏另一位英才盛汝谦身上得以展现，盛汝谦于嘉靖辛丑科考上进士，由御史擢升光禄，因不愿与严嵩合作而罢官。严嵩倒台后，朝廷任命他为南京操江都御史，专管长江防务。长江的水域广阔，奔流入海，盛氏一族的理想，从白兔河启航，真的飞向青天之外了。

志乘上说，兔河为往来客商泊船之所。数千年来，王侯与官商眼中，白兔河是黄金水道，有天然的物产，有渔课、芦课，有漕运之便，利国利民。而明清诗人们笔下的兔河，何其壮观，又何其凄婉，兔河如一张素笺，尽可状景，大可抒怀。山河易改，唯诗篇永传，前人藏于诗句里的文化密码，经后人演绎，才了解到一桩桩一段段散逸的故事。

三

半个多世纪以前，桐城东南一带水乡的水系被人为改变，在诸水入江之口造起高坝，以人力来控制汛情，江河之间从此吐纳不由其自主。人工调节水系，反映了人与自然相处时，时刻想着自然最好能顺应人的要求，变水"害"为水利。数十年来，桐城东南由过去纵横的河汊各有常道，变为一片平湖，水域宽阔了，可一遇夏汛，水利陡然又变为水害，于是，人又凭借自己的智勇去战胜天灾。在大自然面前，人们靠自己的智慧和众人之力赢得了回报，但人在希图战胜自然的同时也吃尽了苦头，村庄淹没，良田绝收，防汛抗旱。柔情的水有时也变为桀骜不驯，让人尝足了那一泓碧波的滔天汹涌。

环菜子湖周围开始大规模围湖造田相继于二十世纪六七十年代，大片的滩涂湿地变为粮仓，人开始尝到丰收的喜悦，可鱼虾鼋鳖、鸿雁水鸟却失去了水上天堂，水草丰美的湖滩，本是沉鱼落雁之地，如今变为人的家园，为温饱，人与天鸟争夺地盘，最终，这些天然的大地之肺石化了，这就是谭其骧先生所说的，古水"泸江"今天却壅塞成湖的历史背景。于是，人面对万顷稻菽，有了更多更新的思考。

长江调水功能使桐城境内的大小湖河港汊汇入长江之水从此一改容颜，这些古老水系彻底改变了固有的走向，历史上原生态的水文舆地淹没于浩瀚的水府，与白兔河连通的大小河流彻底隐去了千万支脉系，"兔河"下游变为"兔湖"，昔日千帆竞发的景象从此消失，两千多年前楚国商船扬帆击浪的情景已无人知晓，幸亏有楚国鄂君的舟节出土，这一段航运史的文化密码，才在中国历史地理学家谭其骧先生的手中破译，公之于世。

天地山河，各有其道。兔河之水真的远逝了吗？

好消息纷至沓来。一项将长江水倒提引渡到千里之外淮河的国家工程即将启动，表明近七十年来尤其是改革开放四十年来水利科技有长足的进步，引江水以溉淮河平原的宏伟计划，将更优胜于以往截众流蓄水以利江防的计策。至时，江湖互连，退田还湖将逐步实施，人让出原本是鸟兽虫鱼的地带卜居更美的风水宝地，水草丰美的景象将再会重现于湖滨；人工养殖受到遏止，水质更加清澈；日渐干涸的白兔河中上游河段将再度绿水长流，在引江济淮的宏伟工程中发挥作用。一段古水的历史就这样被人改写，这一回是人顺应自然吗？

可以预见，后数十百年，白兔河这条古水将呈现另一种生态：高堤阔水，春树白云；南接大江，北通清淮。两千余年前楚王商队舳舻千里的景象或许在某一个纤云舒卷的春日复原重现，与白兔河互连的古巢水、团亭湖烟霞蔚起。桐城，通江达海，文明与经济，风帆高悬，恰如桐城明清诗人笔下的愿景，飞向青天外。

兔河风帆，何日归来？

襟度超逸李公麟

2019年新年伊始，从日本传出一条重要消息：已失踪八十多年的宋代李公麟《五马图》首次现身由东京国立博物院主办的"颜真卿特展"上。从《五马图》藏品介绍得知，这幅稀世珍宝目前由日本"东京国立博物馆藏"。"澎湃新闻"等有关媒体还报道说：李公麟《五马图》自从民国初年被溥仪盗运出宫后，近百年来没有人见过。据大收藏鉴赏家张伯驹记载，此画流入日本，后来闻说变成私人收藏，毁于"二战"战火。

《五马图》在战乱中神秘失踪，而八十年后又重现于东瀛邻邦，离奇的故事一波三折，被称作"宋画第一"的伟大艺术家李公麟，在他去世九百余年后的今天，又一次进入人们的视野。

一、李公麟其人

李公麟，字伯时，自号龙眠居士，舒州桐城人（一说舒城人）。宋皇祐元年生于官宦之家，熙宁中登进士。父亲名虚一，曾举贤良方正科，任大理寺卿，赠左朝议大夫。李公麟家藏有许多古代的书法名画，所以他自幼就有机会接触到古人用墨及笔意，他后来写的楷、行书有晋宋风格。李公麟在文学、书法、鉴古等方面造诣颇高，但他的成就还在绘画上。《宣和画谱》评价他"绘事尤绝，为世所宝"。他博学精识，旨意高远，目力所至，皆能得其要领。初学画便摹写东晋顾恺之、陆探微、张僧繇、吴道玄及前朝名家的佳作，因中得心源，所以能形成自己的笔法，不蹈袭前人而自成一家。

李公麟的艺术生涯从画马开始。"初喜画马，大率学韩干，略有增损。"黄庭坚曾作《观伯时画马》诗，称赞李公麟笔下塞外胡风，马惊沙尘，能得马之神韵。苏轼兄弟、黄庭坚曾为李公麟题了大量的画马诗，苏轼作《戏书李伯时画御马好头赤》诗云："蹄间三丈是徐行,不信天山有坑谷。"黄庭坚次韵云："李侯画骨不画肉,笔下马生如破竹。"《题伯时天育骠骑图》说,李公麟能"写出人间真乘黄"。有道人法秀劝他不要画马,恐流入马趣,也就是沉湎于画马,后来便改画人物。关于法秀劝李公麟不要画马的事,《苕溪渔隐丛话》里也有记载。当时,伯时画马已名扬天下,连东坡先生也称他马画的不让前代的韩干,京师一时有黄金易得而伯时画不可求的说法。元祐二年九月,苏辙就写过一首诗《题李伯时所藏韩干马》,结尾云:"画师韩干岂知道,画马不独画马皮。画出三马腹中事,似欲讥世人莫知。伯时一见笑不语,告我韩干非画师。"东坡、山谷也依韵和诗。

法秀责备李公麟说,士大夫以画马出名,行为可耻。先生不怕来世变为马?法秀是怕伯时一旦耽于马趣,会误了自己的才情。

法秀的话,以禅心度画法。伯时除了画家的身份外,主要是一位文臣,臣子有为臣之道,怎能沉湎得意于奇巧之中?他后来听了禅师的话,改画道佛。晚年的伯时,归隐于林壑断崖,深居简出,风痹使他不能捉笔,更不再画马了。但他先前作的《龙眠山庄图》,可比王维的《辋川图》,在画史上为他赢得宋画第一的美誉,他在画坛上的地位,成就了迤逦深秀的龙眠山。

元祐元年正月,东坡与伯时为柳仲远合作《松石图》,图成,柳仲远再取杜甫诗意,求伯时补画,为《憩息图》,子由题云:

> 东坡自作苍苍石,留取长松待伯时。
> 只有两人嫌未足,兼收前世杜陵诗。

东坡依弟弟子由的韵,也写了一首:

> 东坡虽是湖州派,竹石风流各一时。
> 前世画师今姓李,不妨题作辋川诗。

伯时《憩息图》取唐人诗意,高古逸致,有山林归老之心。苏氏兄弟将伯时与前代的画师们并称,足见伯时在东坡心中的位置。

山谷也有和章,并《跋》云:

> 或言，子瞻不当目伯时为前身画师。流俗人不领，便是诗病。伯时一丘一壑，不减古人，谁当作此痴计。子瞻此语是真相知。

时人读东坡诗，不解其意，以为伯时虽名震当世，怎可与前代画师并论？山谷替先生辩说，伯时胸有丘壑，超迈古今。东坡先生才是真的了解伯时啊！

元祐三年，伯时为东坡兄弟、山谷三贤画像。画成，东坡题跋：

> 初，李伯时画予真，且自画其像，故赞云"殿以二士"，已而黄庭坚与家弟子由皆署语其后，故伯时复写二人，而以葆光为导，皆山中人也。

所谓的"山中人"，隐者也。东坡、子由、山谷，走上仕途后，一生未能遭遇明主，而奸佞当道，郁郁不能遂其志。当此时，伯时为他三人写真，作山中人模样，居长林之下，云栖涧饮，韬蔽其光，越发光风霁月，是真名士也！

这一年，黄山谷在秘书省兼史局。正月至三月，东坡负责今年的贡举，山谷为参详，伯时负责点检试卷，共同参与贡举这件朝廷大事，为朝廷招才纳贤，又多了门生故吏，苏轼此时已稳坐文坛领袖的位子。年轻才俊秦观、张耒、晁补之同任馆职。黄、秦、张、晁游于苏轼门下，号为苏门"四学士"，文章名重一时，又有伯时常参加雅集，挥毫记其盛况，一时名士云集。有人说，北宋文坛的盛大气象，莫过于元祐初年了。

山谷与伯时交往更加密切了。梳理一下伯时的绘事，山谷每画必题，便知两人的交谊。

《观伯时画马》。伯时右臂病发，作胡马。塞上敕勒川，阴山下，惊沙随马扬起，暗无天日，千里绝尘。山谷题诗："自当初驾沙苑丞，岂复更数将军霸。"将军曹霸的弟子韩干，曾任沙苑丞，为皇帝养马，擅画马，老杜有《丹青引赠将军霸》一诗，认为韩干画马重写实轻神理，仅画皮肉而未入骨里。山谷此题当借唐朝旧事，称赞伯时的笔下，塞外胡风，马惊沙尘，能得马之神韵。

又作《题伯时揩痒虎》《题伯时画顿尘马》。

又作《题伯时天育骠骑图》："写出人间真乘黄。"

又作《题伯时画观鱼僧图》。此图由东坡画几树枯木，伯时作清江游鱼，有老僧映树身观鱼而禅，笔法甚妙。

《题伯时松下渊明图》诗云：

> 南渡诚草草，长沙慰艰难。终风霾八表，半夜失前山。远公香火社，遗民文字禅。虽非老翁事，幽尚亦可观。松风自度曲，我琴不须弹。客来欲开说，觞至不得言。

《宣和画谱》中，伯时画陶公《归去来兮图》，说不在于田园松菊，乃在于临清流处。深得杜甫作诗体制，而移于画。未知此画何如？云云。

李公麟放弃画马，改为画道佛。《宣和画谱》上记载的有佛教题材的画作30多幅。但真正有禅味的还是他所画的《归去来兮图》《阳关图》等道家人物图，《画谱》云"《归去来兮图》不在于田园松菊，乃在于临清流处"；"《阳关图》以离别惨恨为人之常情，而设钓者于水滨，忘形块坐，哀乐不关其意。"黄庭坚《题伯时画严子陵钓滩》诗云："平生久要刘文叔，不肯为渠作三公。能令汉家重九鼎，桐江波上一丝风。"公麟画出严光先生不肯为官，出没风波，披羊裘钓于桐江的渔父形象。此画堪称中国美术史上早期"渔父"题材的滥觞之作，元、明以后诸画家如吴镇多有创作，并开辟一条以"隐者"为题材的文人画的新路径。

李公麟尤其擅画人物，能分别状貌，突出人物各自特征，凡动作神态，悲喜俯仰，小大美丑，以至东南西北不同地方的人皆能画出其特性，身份尊卑也让人能一望即知。之所以能达到如此境界，关键在于他能做到"立意为先"，景物布置及装饰放在其次。这是他深得杜甫作诗的要领，将作诗的体制移于绘画。就像杜甫作《茅屋为秋风所破歌》，虽境地贫寒之至，仍希望天下寒士都能面有悦色。

李公麟居京城有十年时间，不愿结交权贵，常与一班文人雅士游山乐水，赋诗作画。为官三十年，没有一日忘记林泉之志，所以他的画"皆胸中所蕴"。

李公麟曾说自己作画"如骚人赋诗，吟咏性情而已"。但世俗之人不理解他的情志，往往希望求得他的画以作玩好之物，以致他常常作诗文劝讽。

史称李公麟襟度超逸，名士都纷纷称赞他。黄庭坚说他"风流不减古人"。他的文章有建安风格，书体则如晋宋间人，画则追顾恺之、陆探微。至于辨钟鼎古器，博闻强识，当世无与伦比。因为画的名气太大，世人只知他擅于作画，不知他书法、文章以及鉴古也堪称一流。

李公麟官至朝奉郎，因痹病退休，公元1106年，徽宗崇宁五年，李公麟卒于故里桐城。身后，画名更显，甚至有人不惜以重金求购。

二、李公麟与北宋文人的交往

李公麟与元祐文人多有交往。所谓元祐文人，即以苏轼为首的元祐党人为主要人物而形成的文人圈子。从李公麟与北宋许多文人交往中，我们可以更广泛地了解到史书以外的李公麟的日常生活与艺术活动。北宋文坛，以元祐时期文人集团往还酬唱最具雅趣，其中苏轼兄弟与李公麟，李公麟与黄庭坚关系最密，他们一生中的聚合离散，令世人一嗟三叹。

黄庭坚与李公麟的交往，大约在神宗元丰六年前后，早于见到苏轼兄弟。当初，黄庭坚说他每登山临水，都要讽咏王维"辋川别业"的诗，心里总是想着前贤的仪范，恨不能回到唐代，一睹前贤的风采。于是，在元丰年间，黄庭坚曾作"能诗王右辖"（王维）的诗句寄给李公麟，请李公麟作王摩诘像。此时黄庭坚还未见过李公麟。

元祐文人文艺活动多表现在游山玩水、丝竹宴饮、师友互访和馆职闲聚的各类雅集中。如元祐二年的某日，驸马都尉王诜招苏轼、苏辙、黄庭坚、李公麟、秦观、张耒、米芾、蔡襄、李之仪、郑靖老、刘泾、晁补之及僧人圆通，道士陈碧虚等十六人畅饮于他家的西园。重要的是这次驸马王诜请来了龙眠李公麟，并请他把这一次参加雅集的文士们画在一轴长卷上。公麟善画名马，但描摹山水、人物也名噪天下，他的每一幅人物之作，都给后人存留一份独与天地往来的文人风骨。画成，人物各在，分别状貌。山水木石，鲜活有生命。更有意思的是，米芾事后为此画写了一篇《西园雅集图记》，记下了当时的情境：

李伯时效唐小李将军为著色泉石云雾、草木花竹，皆绝妙动人。而人物秀发，各肖其形，自有林下风味，无一点尘埃气，不为凡笔也。

以下记各位名士的衣冠容止，分别状貌，风神萧散，各有造化。最后又有一番议论：

自东坡而下，凡有十六人，以文章议论，博学辩识，英辞妙墨，好古多闻，雄毫绝俗之资，高僧羽流之杰，卓然高致，名动四夷。后之览者，不独图画之可观，亦足仿佛其人耳。

　　最后一句，从内心发出了"汹涌于名利之域而不知退者，岂易得此哉"的喟叹。

三、《龙眠山庄图》

　　未知李公麟一生画了多少幅画，仅《宣和画谱》记载他的画作存于皇宫中就有一百〇七件，不知还有多少藏于民间。其中《龙眠山庄图》堪称稀世之宝。

　　《宣和画谱》说他工山水，所作《龙眠山庄图》可以对《辋川图》。《山庄图》描写的是桐城县北龙眠山景物，自"建德馆"至"垂云沜"计二十景，苏氏兄弟、黄庭坚都为此图赋诗作序，留下了千古名篇。苏轼观《山庄图》后评价说："居士之在山也，不留于一物，故其神与万物交，其智与百工通。"黄庭坚在看到《山庄图》后作诗叹曰："诸山何处是龙眠，昔日龙眠今不眠。闻道已随云物去，不应只雨一方田。"在山谷道人的眼里，龙眠山云蒸霞蔚，那条卧龙已因时而动了。以李氏三兄弟为代表的龙眠人杰卓然拔起于北宋文苑，桐城文运从此昌盛起来，但山谷道人的诗意在于，龙眠山不应只是横亘于江淮一隅的一座小山，腾挪于龙眠山上空的那条飞龙云行雨施，终归要游龙入海的。李公麟当然领会老友的用意，但他们兄弟最终还是终老于龙眠山中。

　　清乾隆时，《龙眠山庄图》由张若驹收藏。张氏题诗："人物竹树环山川，亭台楼榭盘云烟。层迭隐现不可及，错遝点缀如天然。伯时先生任风雅，以身入画画龙眠。龙眠山在古舒国，杳霭深邃无穷边。……"李公麟描摹的龙眠二十景，早已成为九百年前的一次文人与万物晤对，他将天地间自然的常态与高蹈泊如的人文心理交织在一起，白描在长长的缣素之上，画中那空灵与高古之气韵，蕴藉了自魏晋以来文人士大夫的闲适心态、隐逸情思与超然物外、远离纷扰的时代思潮。《宣和画谱》说，《龙眠山庄图》可以和唐代王维的《辋川图》相媲美，这除了指两幅作品在创作形式、技法上相近外，作者的生命追求与人格理想也是高度一致的。

史仲宏与民间堪舆文化

一

史仲宏是明代桐城一位传奇人物，他的生平事迹很少见诸史籍，仅在马通伯先生《桐城耆旧传·方自勉公传》中有片断描述，说方公与邑人金腾高、史仲宏"以意气为昆弟交"。金氏擅桐邑之富，却能轻财重义，曾于饥馑之岁，捐谷三千余石以赈灾民，堪为义绅；而史仲宏"善相宫宅地形，精算术"，且智谋超群，足迹踏遍龙眠山水，桐城民间相墓者多托付于仲宏。

民间对于史仲宏的认知，仅限于他是一位风水先生，他的最大贡献是为桐城桂林方氏相中了一块吉地，使得方氏后嗣兴盛不衰，门庭大振。

但史氏并非民间一般懂形法的相地之士，他是一位既懂实践又有理论的一代堪舆大家，仰观天文，俯察地理，利用阴阳对应的学问替人占卜吉凶。更重要的是，作为一名形家，替人看风水不为一己谋私利，他曾说："上天赐与我一双能辨山川形势的眼睛，是要我以所学来投报积善人家，哪能怀有私心呢？"

说史仲宏是一位具备精深堪舆理论的风水大家，因他能继承前人的堪舆学说，集各派之长，著述《七十二穿山水法》，与其师友丁孟章《六十透地分金法》合为一书，行于当时，传之后世。

未见史氏《七十二穿山水法》和丁孟章《六十透地分金法》一书的刊行本，拙文仅就藏于桐城民间杨氏双义堂手抄稿，对史、丁二氏一书作简略介绍。其旨不在于宣扬风水的玄妙，而重在介绍史仲宏其人、他的堪舆理念及实践技法。

史仲宏《七十二穿山水法》源自古本《罗经七十二龙》。史氏在他所写的序言中介绍其源流及传衍统绪：

《罗经七十二龙》，本九天玄女所授赤松子之秘文也，赤松子授黄石公、授张子房，遂失传乎。

厥后，葛稚川游王屋山，遇左公宫，太乙真人以授之，戒之曰："天机玄秘，慎勿轻泄。"归，盛以锦囊，所载者，即《混天局光明大照图》是也。晋郭璞从葛仙翁得青囊，及此卷之秘，因著《葬经》。

此段叙述颇具神秘色彩，前一节全是道家的神话传说。《罗经七十二龙》本是天书，为神明所制，由九天玄女亲授给赤松子，至秦汉之际，赤松子又传授给黄石公，黄石公即三试张良的那位圯下老人，估计黄石公当时即将此书传授给张良。

据说东晋时葛洪游王屋山，遇到太乙真人，得太乙真人的真传，至此，葛仙所得的秘笈已衍化为《混天局光明大照图》了。后来文学家、风水家郭璞又从葛仙翁处获得青囊秘笈，著《葬经》一书传世，为中国堪舆学的经典。

史仲宏介绍说，唐代贞观年间，河东人丘慧公购得《混天局光明大照图》，于民间为人卜地扦葬、立宅，屡有心气之应。朝野震惊，有史官奏报说：闻喜那地方有天子气，于是朝廷派遣使者找到丘慧，赦罪禁书，将那些风水图书收藏于琼林库中。又担心有人将图书窃出，诏僧一行撰写《铜函经》，故意篡改罗经风水次序，隐去其实旨，以致当初的"七十二龙"天书，仅剩《二十四位罗经》"立宗庙五行传世"。

黄巢之乱，皇帝避难，宝库失守。国师杨筠松盗得《二十四位罗经》隐遁于江西，以扶弱救贫名闻当世。杨氏将罗经一脉传给曾文遄，再传小曾求己，三传吴颖，四传吴景鸾。晚唐鼎革之变，吴氏封为宋朝的国师。

吴景鸾无嗣，死后传给廖禹，遂得遍行四海。自廖禹而后，罗经一门，历宋、元、明三代，继承者有丁应星、谭公、吴舜峰、刘师父、余芝孙、黄仲理、程又刚、时辉，继时辉者则有儿子应奇，应奇传顾乃德，乃德传何振儒，继振儒者为沈子升，沈公，即史仲宏受业师傅。至此，历经远古的神话时代至明代，数万年而传至沈子升，可谓神秘奇幻，真伪难辨。

但沈子升为史仲宏的师傅，这一点应该毋庸置疑。史仲宏称其师沈子升"研穷神化，广演图局，口授是书，条分缕析，不略涉疑，似以贻后人，药出金瓶，若心滴滴"。足见史氏极其推崇其师学问精微。

自传说中九天玄女所授《罗经七十二龙》，历千万载而演化，到了明代，桐城史仲宏以道法自然的博大思想，广取百家的文化通识，抉微扼要，和合同异，创立自己的学说，著成《七十二穿山水法》，既为辨山卜地的应用指南，又传之后世，成为形家研究堪舆的式则。史仲宏慨然曰："呜呼，斯道之昭，顾有传人，予既立雪斯门，亲聆圣教，敢不为彰往绪、昭来学。"表达他以传道为己任的使命当担。

二

民间罕见的桐城杨氏双义堂手抄本史仲宏《七十二穿山水法》，与同门丁孟章《六十透地分金法》合为一书，题曰："史公《七十二穿山水法》、丁公《六十透地分金法》，二公必传合一。"这是迄今为止发现的史仲宏唯一的一部堪舆著作。

史、丁二氏所著流传于民间，几经传抄，虽颇有舛讹，但篇章基本完整，是今人了解史氏与丁氏堪舆思想精髓一份难得的珍贵史料。

丁孟章，生平不详。丁氏在该书序言自述其问学经过：

余初学地理时，与先辈周旋，多用宗庙五行、二十四位，沿习日久，递相俎豆。初不劫（？）为欺世文也。微余师沈公昌明绝学，发探其旨，宇宙不几长夜哉！

可见丁孟章与史仲宏同习于堪舆大师沈子升。

史、丁二氏所著二法，纯属古老的象数之术，艰涩精奥，今人若不通五行八卦星命之学，不操罗经之术，诚难能理解，故略去不作赘述。倒是丁孟章在此书序言中所说的一段话，能大致总括其一贯的主张：

夫二十四山，配二十四气也；七十二龙，取配七十二候也；十二支以按十二时，八干以合八节，四维以合四时也。

二十四山，七十二龙，盖指风水理论中的二十四龙形，如"被龙、中龙、南龙、干龙……生龙、死龙、强龙、弱龙"等。这段话中的"气"，是风水学中最重要的基础理论之一。风水学中的"气"是一种玄虚力量，看风水主要看"气"，堪舆学认为万物皆生于"气"，这与中国传统文化诸门学说中的"气"同理。有风水鼻祖之誉的晋代郭璞所著《葬经》内篇中说：

"葬者，乘生气也。夫阴阳之气，噫而为风，升而为云，降而为雨，行乎地中而为生气，生气行乎地中，发而生乎万物。"史仲宏、丁孟章二人继承了这一学说，在他们的著作中注重以"气"指导相地实践，证明史仲宏之辈是学有根源的。

丁孟章在他的序言中还详尽表述了他们所尊从的师承关系：

盖七十二龙，分布甲子、五行、星宿、干十二支，神之下各占五行，其八干四维，正中阴阳差错之位，介在悬虚，各会六甲星曜之司，而先天甲子，从七十二龙中分别，而乘之以应周天岁日时之数，以观星辰之往处，以察节候之浅深，则八干四维，皆有星辰管摄，而吉凶消纳，即于是乎辨之。

若收山坐穴，必以七十二龙为主，先天透地纳音为用，乃世不易之理也。

丁孟章与史仲宏同受业于沈子升，姑且以丁氏的学说，来表达史氏的思想，虽有牵强之嫌，但从二氏所著合为一书这点来看，他们的主张应该是一致的。

中国风水学自唐代晚期杨筠松以后，逐渐形成了流派，到宋代终于有了形势与理气二派，杨筠松是形势派的创始人。以五行八卦定"七十二龙"位向，专注龙穴砂水的互相配合，即是主形势的相地之法，它崇尚自然，以重自然环境因素来辨证山穴的方位，断定吉凶，此派为中国传统堪舆学的主流。

史仲宏在序言中谈及自己承接统绪中有"国师杨筠松盗得《二十四位罗经》隐遁于江西"一句，可知他是形势派的传人。

三

《桐城耆旧传》载："仲宏名自成，号克经，以字行，晚更号行窝。少传外舅黄回甫葬术。"据此可知，史仲宏初学于岳父，为民间底层术士。后学于沈子升，才使他术业益精，成为一代堪舆大家。他一生足履踏遍皖西南山山水水，只做善举，不求一己之利。史仲宏一生不知为百姓卜择了多少吉壤，名满江左，可惜无缘跻身于文化名人的行列，只是一位民间口头传说的神奇术士而已。

最为精彩的故事，是史仲宏送给桐城桂林方氏一块吉壤，这宗位于桐城北郭外名叫"月山"的风水宝地，后来成为方氏一族发迹的神奇龙窝，颇具神秘色彩。兹不妨引用《桐城耆旧传·方自勉公传弟四》所载一段故事：

> 仲宏得吉地，欲授腾高，至其家不言。出，过自勉，曰："君后嗣必庶，富且贵，请以地授子。"曰："何也？"曰："及君门，闻儿声，此庶征也；既入，闻纺绩声，此富征也；既坐，闻书声，此贵征也。吾过金氏，金氏子方与客博，谁能违天而福之？"

从这段描述中可见史仲宏为人择一好地是有原则的，他认为积善人家，必有福泽，此乃正道，是不可违逆的。这是史先生能于桐城民间历代风水先生中超群绝伦、载入邑中名人传中的主要因由。

《方氏宗谱·卷四十九·垄墓》中记述：

> 徒岭三峰东西龙眠之地，皆史仲宏所指者。惟志每祭祖，别设一席祭史先生，不忘德也。子姓当法之。

史氏为方氏卜地，不止北郭外月山一处，其祖茔安于东西龙眠山数处吉壤。方氏于家祠中另设一坛以祀史先生，并告诫后世子孙应记住史先生的恩典。足见史仲宏授地与桂林方氏应该确有其事。

在博大的中国传统优秀文化谱系中，堪舆一门有其科学的成份，这已为学界所肯定。它的积极意义在于，在浩繁的堪舆学文献中，最具文化意义的是此门学问融入了中国文化中的易卦、阴阳、五行、干支等学说，堪舆学虽真伪并存，但其崇尚自然，主张天人合一，阴阳和谐及建筑审美，是它的生命力所在，方可传承久远。

史仲宏是桐城历史上少有的堪舆家，他的《七十二穿山水法》若不是后人伪托之作，是具有非常重要的文献价值的。且不论该书在中国堪舆学文献中地位如何，至少可以说，该书填补了桐城文化史关于堪舆学方面的空白，堪称空前绝后。

　　清代桐城人、江苏松太兵备道章攀桂也精于形势之术，取《张宗道地理全书》为尊，推衍其旨要，辨证注解，颇有心得。章氏的挚友姚鼐在《张宗道地理全书解序》一文中写道："夫山川之用在气，人子安亲，固非希为富贵昌炽之计，然山川气之所聚，亡者安则生者福，反是则祸，亦理之所必有。"姚惜抱先生为一代文宗，一向崇实重学，绝非信口而言，他对于民间风水之习俗，崇自然之理，重山川之气，持肯定态度，尤其赞赏其友章攀桂"为亲族交友择地，予之财以葬，恤难而广仁，非徒自喜其术而已"。

　　由此观之，明代的史仲宏，清代的姚鼐、章攀桂，这些载入史册的桐城人物，处当时的历史条件下，以有限的认知来看待堪舆这古老的方术，他们心中所念，无非"恤难广仁"而已。

桐城八景新说

> 岚生桐梓路难寻，寻到练潭秋月沉。
> 投子晓钟声断续，枞江夜雨气萧森。
> 云迷落日浮山暝，风送归帆荻埠深。
> 欲向竹湖看旅雁，孔城暮雪已相侵。

  这首《桐城八景》是明代桐城儒学训导许浩写的。诗人将桐城八处景物之美盛融于一篇，像一位织锦高手，以时序为经，以空间为纬，织就了一幅桐城百里山河长卷。

  明弘治初年，浙江余姚人许浩，自金陵乘舟溯江而上，风雨兼程十几日，船泊桐城枞阳镇。稍作休息，一叶孤舟又将他送到了孔城镇。许浩形单只影，身背书箧，手提行囊，沿旱路抵达桐城县衙，开始了他的宦游生涯。

  许浩此行是来桐城做儒学训导的。依明清官制，训导的职责是协助县学教谕教导所属生员，担任这一职务的人，大多学行兼备。

  受浙东文化濡染成长的许浩，自幼饱读经书。然而，和天下大多数寒士一样，他科场不第，仕途颠踬，满腹经纶的他乡试以后，受恩师提携只取得一个儒学训导的差事。但是，儒士心中的理想，无论穷、达，都不失内圣外王的襟抱。训导协理一邑文教，还能授业解惑，许浩不嫌职微，忻然西行。进入桐城境地，一路看到东、南二乡的江湖河汊旖旎风光，令这位生长于吴越之地的文士也陶醉不已。游目骋怀之际，许浩胸中已经酝酿了对桐城山水讴咏的腹稿。

  许浩来桐城伊始，恰值他的同乡浙江黄岩人知县陈勉创修桐城首部邑乘。这对于精通经史、谙熟诗文的许浩来说，正是显露才华一显身手的大好时机。明弘治《桐城县志》的纂成刊布，为桐城有史以来之盛事，同时也成就了《桐城八景》这首流传后世的绝妙诗篇。到了清代，同样是来桐城作儒学训导的张骅看到前人题咏《桐城八景》生趣盎然，不朽于世，也钟情于桐城山水，作八首《桐城八景》再现清人对于桐城八景的审美体验。

要想了解桐城八景，还得先熟悉一下历史上桐城的山川形胜。桐城，古之桐国，楚附庸也。古称，桐城"南滨大江、北迄清淮"。唐宋以后桐城疆域东南广而西北狭。明代天顺初年，桐城地方东西广二百八十里，南北袤一百五十九里，为七省通衢之要冲。经历代政教人文涵养，桐城一邑文明昌盛。明提督操江蒋国柱曾称"桐城山川之雄甲于江左"。道光《桐志续修县志》说：桐之形胜，北峡南峡阻其北，横山二龙障其前，沙河挂车控其右，长江限其东，表里江湖，周环山泽。"山深秀而颖厚，川逶迤而荡潏"。历代文人赞美龙眠浮渡之峻、白兔菜子之秀诗文不绝，而最美之景尽浓缩在"桐城八景"。

说到"八景"，不得不略述"八景"之由来。近来搜罗有关风物民俗志传，盖"潇湘八景"为天下八景之滥觞。记于宋代沈括《梦溪笔谈·卷十七·书画》中有一段话："度支员外郎宋迪工画，尤为平远山水，其得意者有平沙雁落、远浦帆归、山市晴岚、江天暮雪、洞庭秋月、潇湘夜雨、烟寺晚钟、渔村落照，谓之'八景'，好事之多传之。"后又有文苑佳话，说宋代大书法家米芾流寓湖南时，在长沙看到了宋迪所绘《潇湘八景图》，大为赞赏，即以"八景图"为素材，结合自己的观察体味，作《潇湘八景诗并序》，后代文士随之唱和，由此开"八景"题咏之风，是所谓"诗传八景"。但"八景"题咏何时盛行各地呢？清代朱彝尊《曝书亭序跋·八景图跋》说：宋迪工于画平远山水，但是，当时作者意取平远意境而已，不是专写潇湘风情。"迨元人形之歌咏，其后自京国以及州县志，靡不有八景存焉。"元代写八景诗未曾考稽，近读明代宛平知县沈榜编著《宛署杂记·志遗八》中记有"燕台八景"，可能是较早记载名胜"八景"的史料。沈氏说："金辽以来，相传燕台八景……古今词赋不可胜纪。"燕台八景依次为：蓟门烟树、玉泉垂虹、卢沟晓月、西山霁雪、太液晴波、琼岛春云、金台夕照、居庸叠翠。明代，各地纂修府志县乘蔚然成风气，地方官员及文人雅士以当地山川胜迹入志，都要仿"潇湘""燕台"八景写当地山水，名"八景"、或"十景""二十景"有差，罗列当地胜景拼凑成"八"，以显其地灵人杰，文士吟咏，民间遂附会传说，朗朗上口，流传渐广。康熙《安庆府志·胜景》中就记有"怀宁八景""潜山八景""太湖八景"……各县皆有。八景之名肇端于《潇湘》，兴起于明代。据说连日本人也将"潇湘八景"改头换面，如"近江八景"之"坚田落雁""粟津晴岚""矢桥归帆""石山秋月""比良暮雪""唐崎夜雨""二井晚钟"等，成为东瀛八景，乃"潇湘八景"图在海外的翻版，未知是否？

天下八景无论京都府邑，都有文人题咏、史乘辑录，桐城八景亦无例外。许浩在桐城有两件值得后人纪念的伟业，一是他襄助时任县令浙江黄岩人陈勉创修弘治《桐城县志》，一是他题咏流传后世、为桐城人所津津乐道的《桐城八景》。他对桐城山水情有独钟，先后两次题咏。

《桐城县志》辑录了许浩题咏的八首七绝《桐城八景》，每首以桐城境内一景为题，八咏篇成，八景毕见。兹抄录如下：

桐梓晴岚

乔木碧涧景惟嘉，山气溟蒙若翠华。
帘卷香风久彻去，谁知清兴在诗家？

练潭秋月

冰轮秋浸碧潭寒，水府人间好共看。
犹似骊珠见波底，料应惊起老龙蟠。

投子晓钟

上方楼阁势岧峣，频把金钟云外敲。
隐隐数声天地晚，月明风细鹤归巢。

孔城暮雪

朔风吹雪遍天涯，冻压江梅几树花？
野老预欢丰稔兆，更添冰水煮新茶。

浮山夕照

浮山景迹写难穷，翠壁丹崖几万重。

惟有夕阳留返照，乔林掩映彩霞红。

枞江夜雨

枞江夜雨势如倾，拂柳滋花都有情。

几个渔翁趁新水，江头一夜棹歌声。

竹湖落雁

大地西风振荻芦，雁衔秋色下平湖。

眼前尽是潇湘景，谁为挥毫入画图。

荻埠归帆

肃肃金风漾碧流，锦帆片片白云秋。

晚来系缆知何处？只在溪头浅埠中。

今《桐城县志》载，明以前，桐城旧有东、南、西、北四乡，洪武初易名为县市乡、桐积乡、日就乡、大宥乡、清净乡并设枞阳镇、汤沟镇、孔城镇、练潭镇、北峡镇。清初仍沿明制，但增设了县市乡。五乡五镇，沿至清末。桐城八景就分布于这些乡镇。散见于有关志乘上的"桐城八景"都有约定俗成的排序，康熙六十年纂修《安庆府志》名胜一节"八景"依次为："桐梓晴岚、练潭夜月、投子晓钟、孔城暮雪、浮山夕照、枞江夜雨、竹湖落雁、荻埠归帆。"从当时自然地理上看，桐城西北乡群峰峻拔而人文蔚兴，西南乡富饶繁荣而物产丰阜。但若从文化地理上看，桐城八景于五乡境内非但没有秋色平分，反而有倚重东南之偏好了。这大概是当时许浩一班文人身历其境，遍览桐邑山水采风所定，体现了时人的审美感受。我们姑且以今人的观照去演绎古人的雅趣，重作"八景"之旅，让心灵来一次闲适，移情于桐山枞水，与古贤进行一次对话吧。

一、桐梓晴岚

从市区出发，驰驱东十里，高岗丛林深处，迎接你的第一处美景便是"桐梓晴岚"。"桐梓晴岚"位于今桐城市孔城镇桐梓、晴岚两村境内，明清时属桐城五乡之一的桐积乡。道光《桐城续修县志》记其山脉形势说，"桐城山皆自潜山猪头尖发脉。猪头尖由天柱来东南入桐城界为分水岭，起二姑尖逾华崖山黄草尖诸岭过小关起洪涛山。桐梓山分支于洪涛山龙王顶右主干"。乾隆《江南通志·舆地志》："桐梓山在桐城县东三十里，峰峦明秀，雨霁尤佳。"清代桐城训导张骅也有《桐城八景》诗，问桐梓晴岚"谁将双树作山名？"古籍中多桐梓并称，《诗》云："树之榛栗，椅桐梓漆。"桐梓山中的"桐"应该是"油桐"树，属生活生产用材，和桐国之"桐"似乎没有必然联系。

"桐梓晴岚"之美尽在一个"泠"字。春夏之时，每至雨后天晴，晨曦微显，山麓几户人家屋上炊烟初起，农人披蓑戴笠赶着老牛走向田间。背后连绵山峰的深处，冷凝的夜露遇暖湿之气，山蒸草烘，雾霭蔚然蒸腾，山、树一色，桐、梓尽为烟树，朦胧氤氲，烟云一直飘散到峰谷连绵的尽头，好一幅"雨收远岫"的水墨画卷。齐梁诗人吴均"山际见来烟，竹中窥落日。鸟向檐上飞，云从窗里出"诗中之意境似乎尽在此处。清代桐城儒学训导张骅《桐山八景》赞"桐梓晴岚"诗"樵歌远间田歌出，潭影常澄岚影明。自笑风尘无好景，奚囊收拾足浮生"，道出了桐梓人家身居清泠之境，过着耕耨自足、与世无争的生活乐趣。

二、孔城暮雪

"孔城暮雪"为桐城八景中冬日之景。孔城在明清时为桐城桐积乡治，五镇之首。县志记：有舟船来往，百货俱集，江西工匠，晋楚之客多居此。滋养古镇的是水，孔城河发自双河，流经孔城割白兔河达枞阳入江。明嘉靖《安庆府志》记："双河，一曰东江，其江出鲁谼，一曰西河。凡四十余里，其河出洪涛，其水至此趋孔城、白兔，达于枞阳，入于江"。

天下美景不尽在春明景和，冬之雪韵最让人发澹静之幽思。"孔城暮雪"展现了隆冬日暮之时孔城河两岸柳堤空濛静穆的景象。可以想见，当年的孔城河流水昼夜不息，亘绵百里的圩田大埂翠柳成行。但隆冬之季，连日的积雪覆盖长堤，冰封河面，野渡无迹，数只寒鸦栖于枯柳枝梢，千顷田畴一片银装素裹，郊外古寺墙边，梅花暗香，老僧早早关上了庙门。唯有数户人家茅屋之上炊烟袅袅。是谁在喝着浊酒赏雪，冬夜守候？大概是高卧此地的隐者在等着踏雪寻梅之人。今人猜想古人雪夜独酌的情趣，该是如何的羡慕嫉妒。有关"孔城暮雪"之景，历来说法较多，有沙堆披银，落日映照如雪之说，或更多有趣的附会。从目前所能见到的古代题咏去寻觅，未见有银沙如雪或沙堆何处的影子。揣摩清人张骅咏"桐城八景"诗中所见"空、寒、冷、冻"等意境，暮雪即是孔城一带寒冬日暮之雪景，它也许就是某位诗人或某一渔父樵夫在某一个冬天傍晚，于千里冰封的银色世界里看到的某一处雪景罢了。难道用得着去证实暮雪何处吗？那样就不懂得古人"物我同一"的审美体验了。

三、投子晓钟

"投子晓钟"是桐城八景中仅有的一处佛教胜迹，明代时位于县市乡境内。《江南通志》载："投子山在桐城县北二里。相传吴鲁肃有子投此为僧因名，后为唐大同禅师道场。有三鸦同晓、二虎巡廊之异。上有赵州泉，赵州和尚飞锡得泉处"。投子山为龙眠山支脉，其山地形高显，下临桐城县城。唐宋时投子山庙宇林立，房庑精丽，竹柏成林，为净行息心之地。

桐城自唐代始，境内佛教兴盛，名刹甚多，但唯有投子佛地独得文人青睐。投子山有无如磐大钟悬于山顶，无从稽考，当年佛殿巍峨，飞檐凌空，浮图等列却是事实。满山合大小庙宇，檐角皆垂金铎，冷风吹拂，宝铎和鸣，铿锵之声，响彻郭外，清晨尤为清亮，市民皆以为钟声。至于佛教仪轨之晨钟暮鼓，为报时之用，揣测并非诗人传达的本意。

禅宗一派到了明代以后，逐渐式微，嘉靖三十三年《安庆府志》说桐城有寺四十三处，投子寺已废了。接下来便是香火熄灭，僧尼大都流落它刹。人走山空，庙塔渐成丘墟。正所谓"墙被艾蒿，巷罗荆棘，野兽穴于荒阶，山鸟巢于庭树"。于是，昔日梵林道场已成废墟。清初桐城人程烈有《投子山》诗咏其沧桑："百尺虹桥忆赵州，缘崖犹上最高头。泉声似为游人咽，山色犹含异代愁。日落空林萧寺影，风飘败叶墓门秋。平生无限登临感，岂独兴亡是此丘？"

"月沉西，门暗扃。晓钟何处？当当五更。"投子晓钟之景不在真有其钟，在于人们对一处佛教道场倏忽兴废的叹惜与追念。明代文士为"八景"题咏之时，投子的香烟已不再缭绕，巍峨的庙宇尽为遗迹。多年以后，北望郭外投子青山，翠蔼蓊郁，人们依然能隐约闻到昔日的钟声飘过天际。这就是"投子晓钟"留给历代桐城人的美学意蕴。

四、练潭秋月

古今以夜月为题的诗篇如天上繁星，"练潭秋月"妙在何处？练潭古镇明代属日就乡，《桐城县志·建置区划》："练潭镇位于县南境，菜子湖西岸。"清代设练潭镇和练潭保。旧时桐城四大名镇枞汤孔练，练潭镇居其一。道光《桐城续修县志·山川》："练潭河上通青草塥、三湾河，下为柏子湖，东过武庙嘴入于菜子湖。"因东濒菜子之波，西接怀、潜之流，故境内河汊互错。水系丰沛之地，与月就结下了因缘。志载，桐城在明代有渡口九处，练潭为其一。秋月映照之处是否就在那古渡之边？繁华的古镇津口，舟车往来，商贾熙攘，忙碌了一天的练潭人家，笼盖在夜幕之下。冰轮初转，月白风清，潭水澄明。"贾客归帆休怅望，闺中红粉正思君。"闺闱之中的女子临窗望外，一河蜿蜒远去，水深澄静如练，月映河面，万籁俱寂，唯有孤鹤唳嘹，声音格外凄清，撩起月下之人对飘泊在外的亲人眷念之情。清秋夜月历来为诗人骚客题咏的题材。秋天的夜月最能引发"秋思"。明代王守仁《练潭馆》诗云："远山出孤月，寒潭净于练。夜静倚栏杆，窗明毫发见。"清代姚琅《宿练潭》"沧峦景记三更月，却似秋光一片明"，《练潭早发》"澹月自苍苍"，姚孙棐《练潭夕渡》"鸡犬声中犁夜月"等诗作，无不同夜月有关。天上明月辉印万川，而古镇练潭乃天下蕞尔小镇，夜月独与它乡不同。

五、浮山夕照

"练潭秋月"以夜月引发人之秋思，而"浮山夕照"则以落日的壮美催人自励。浮山夕照在明代位于县东大宥乡。浮山，江北名山，位于皖江北岸的今枞阳县，《江南通志·舆地志》："浮山在桐城县东九十里，一名浮渡山。《寰宇记》记其'峰七十有二，有石龙、如来、抱龙诸名，而妙高最其高。其岩三十有六，有会胜、金谷、九曲、首楞、晚翠、五云、翠华、海岛诸名，而大通飞瀑最奇'。"明代文学家钟惺以为"无岩不树，无径不竹，无石不苔，无涧不花"。

浮山夕照之美不在它的壮美，而在夕阳西下，心灵放逸。领略夕照大观，其地不在山麓，不在水渚，而在孤艇之上。遥思当年，譬若桐城方学渐、王宣等同侪友朋，于薄暮时分，牛羊暮归，渔舟唱晚，一行人联袂执手携壶乘舟游于水上。"一道残阳铺水中，半江瑟瑟半江红。"落日把浮山七十二峰映得血红，波光与三十六处翠壁丹岩浑成一色。此时，舟中人观落日而叩舷歌咏，歌曰："华发萧萧雪满头，生平无计觅王侯。百花潭上三间屋，万里桥西一钓钩。"晡时过后，残阳渐收，舟中之人酒酣歌罢，乘兴归去。

桐城方学渐曾作《浮山赋》，赞叹浮山有庞资厚质而虚怀若谷，宏廓有容，犹如君子之胸襟；浮山龙潜蠖伏，又犹如君子韬光养晦；而山高水险，又谓君子修己，自强不息。刘大櫆《祭左和中文》慨叹："痛朝霞之已失矣，苦夕照之无多。"沐浴在浮山夕照余晖之下，今之人又该作何思考？

六、枞江夜雨

"枞江夜雨"在今枞阳县枞阳镇。枞阳镇在明代属大宥乡。《江南通志·舆地志》："枞阳河在桐城县东南百二十里，西引石塘，北受练潭，连孔城河入于江。"许浩在诗中咏道："枞江夜雨势如倾，拂柳滋花都有情。"揣摩诗人之意，枞江夜雨之时，该在春夜。

忆昔当年，初涉枞川的诗人许浩正是顺着此水北上桐城县城的。卧听枞阳河夜雨，曾让诗人生发莫名的慨叹。"枞江夜雨"其美在"听"。枞阳河流域经历了一场春雨，久旱之后，万物滋润。若以直观，看到的是周遭濛濛一片，暴雨滂沱恣肆，如倒天河，川上之流，奔腾滚滚。而此夜有羁旅之客夜卧江畔，水洒江面，雨打舟篷，耳中听到风吹苇叶婆娑之声。舟中之人是谁？是外江商旅之客？还是流寓桐城的游学之士？给后人留下遐思。雨是自然界常见现象，春雨则涵泳着诗情画意，而春之夜雨那淅沥之声，似乎特别能牵动那些风雨兼程的行商和宦游在外的官吏牵挂亲友、遥想故乡的缠绵心绪。历来不知有多少像许浩那样的宦游人，离别故园客居桐城，有官场失意，有离愁别恨、郁闷孤寂，何以解忧？除了遥望窗前明月，便是这卧听夜雨风声，聊借排遣了。

七、竹湖落雁

桐城东南二乡多为水域，水草丰美。八景中"竹湖落雁"就是桐城东南乡一带湖上风光的写照。竹湖，旧时称"竹子湖"，明代属桐城大宥乡。《直隶安庆郡志·川》："竹子湖，去治东一百二十里。与白荡湖合流，自源子港以入大江。"乾隆《江南通志·舆地志》："竹子湖在桐城县东百二十里，合白荡、破罡二湖达源（子港）入于江。"竹子湖在明代为河泊所，《直隶安庆郡志·卷五·河泊所》："竹子湖河泊所，在治东一百二十里，乙巳年（1425）开设。"河泊所为元代于建康、安庆、池州等地设置，设有大使、副使提领，掌收渔税，明代沿置。县内河泊所有六处：石塘大池前后赛河泊所、民池河泊所、竹子湖河泊所、破罡五观天荒等处河泊所、枞阳长河河泊所。至康熙时都已裁撤。

《枞阳县志》记："竹湖落雁"在今枞阳县官桥区安凤乡晓冲村。"竹湖落雁"之景意蕴在一个"情"字。落雁之地竹湖，古代应为湖边湿地，多雁群。相传东晋枞阳县令陶侃在此建有"观雁亭"，遗址今可考，可见竹子湖历来为南徙北归的大雁喜欢栖息的"驿站"。秋天到了，一群大雁往南飞，肃肃其羽，万里迢迢，竹子湖便是它们沿途休养的某一客栈。竹子湖滩涂，丰茂的水草，鲜活的昆虫鱼虾，是大雁的甘饴美味。鸿雁历来多为文人题咏，在诗人眼里，"何处秋风至？萧萧送雁群"，落雁是愁思的舒展；"乡书何处达，归雁洛阳边"，落雁又是流寓他乡游子心灵的慰藉。而李清照《一剪梅》"云中谁寄锦书来，雁字回时，月满西楼"，最能传出漂泊文士、商旅之人思念家乡的惆怅。不知曾宦游、客寓桐城的陶侃、许浩，他们站在竹子湖边，观鸿雁之颉颃，生发出何种感慨？张骅咏"竹湖落雁"诗"怅望湖天旅雁过，蒲荒秋水意如何"写竹子湖畔鸿唳寥廓，长天秋水之景，一个"怅"字，意蕴无穷。

八、荻埠归帆

潘江《龙眠风雅》说:"方期勋世居邑之老洲头,即荻埠,桐八景中所谓'荻埠归帆'者是也。"明天顺《直隶安庆郡志·川》记:"孔城荻埠河,潜山怀宁二县界,北连白兔河,南入枞阳长河合江。"嘉靖《安庆府志·地理志》:"县西九十里,曰练潭水,其西受怀、潜之地水,其北连白兔,其南达枞江。"郡志记载:"荻埠为湖上船只出入之港,为桐城境内六处河泊所之一。孔城荻埠河泊所在县治南九十里,甲辰年(1424)开设。"康熙六十年《安庆府志》:"孔城荻埠河泊所,在练潭。"说法不一。

"荻埠归帆"一景,再现白兔湖边商贾之忙碌、渔家之苦辛。荻埠在明代当为繁华之所,下可通江,上可达潜、怀。明代人口稀少,洪武年间桐城百里方圆仅万户人家,朝廷在此偏远水边设河泊行政,足见当年此地为通商之富埠,渔政之要枢。人口密集之地繁忙自不待说,商业活跃人文自然昌炽起来。无名氏咏"荻埠归帆":"肃肃金风漾碧流,锦帆高卷白云秋。晚来系缆知何处,只在芦花浅埠中。"假设以当年盛事复原再现,我们看到的是一幅"水上棹歌图":白兔湖边,天际识归舟,云中辨江树。归航的渔艇与商船一起入港。归帆之后呢?此景意蕴恐怕不在那商船阵列,风帆林立的湖上,而在湖边芦苇深处,那些辛劳一天的船夫水手只能戴月披星,夜宿芦荡,系舟收桨之声惊起的野凫,也在寻找自己的栖息之地。

五百多年前许浩等一群文人题咏"桐城八景",非指桐城山水之中一时一地一物一景。"八景"原本就是文人墨客纸上题咏,为民间所流传,也多为学者笔记搜录或志乘辑存。"桐城八景"是骚人墨客与桐城山水的心灵对语,是文人士大夫理想世界中的田园牧歌。它是历代桐城人对自己美丽家园的咏叹,是印在桐城老少妇孺心里抹不去的文化记忆。从明代桐城"八景"之名始传,至今已有五百多年历史。历代建置分析合并,"桐城八景"所指何处多有变迁。环境恶化,难见景明气象,二十世纪围湖造田,修闸调水,河道离常流,水系变迁,古时明月映照地,今时川流何处寻?传统航运业萧条,昔日千帆竞发如江树的景象不复再现了。可惜古人没有为我们留下一幅八景图卷。但我们无须再去追寻那昔日澄明的夜月和壮美的落日,也不必惋叹已经过去了的流水和钟声。不必去考稽某处遗迹,甚至去复原某一处景观,勒碑存记。因为那存留在桐城先民精神世界里的"八景"遗梦,曾让历代桐城百姓乃至身处他乡的游子津津乐道、心驰神往。记忆中的"梦"似有非有,回味无穷,还用得着去再现么?

桐城古城门

明万历以前,桐城古城有四处城门,分别为:东"宾阳"、西"阳和"、南"贞兑"、北"龙眠"。万历丙子重建城墙,规模与规制有了扩大与提高。古城的门楼有六处,名称有了变化:东曰"东作"、西曰"西成"、南曰"南薰"、北曰"北拱"四正门,另有东南"向阳"、西北"宜民"二偏门。皆有寓意。这里说说万历以后的六处城门。

先说"东作"和"西成"两门。

东作门　繁体"東",从日在木中。本义指东方,日出的方向。《说文》:"东方者,动方也,万物始动生也。"古代五行称东方为"木"。神话传说的"东君"为司春之神,故"东作"指春耕,也泛指春季农作物。

明清时桐城一邑有"七省通衢""两江剧邑"之美称,所谓"剧邑",有"政务繁剧,耕稼兹繁"的意思。中国农耕社会,农事为先,上至帝王下至庶民皆崇尚以农为本。历代朝廷都将祭祀"先农(神农氏)"定为一种礼制。关于"东作"一词,最早见诸《尚书·尧典》:"寅宾出日,平秩东作。"唐代孔颖达解释:"岁起于东,而始就耕,谓之东作。"此处"东作",即春耕的代称。又如历代诗歌中咏及春耕皆以"东作"相谓,唐李白《赠从弟冽》诗有"日出布谷鸣,田家拥锄犁。顾余乏尺土,东作谁相携"之句;清朱彝尊《御试省耕诗二十韵》:"西畴一以望,东作此时偕。"这些都是指春耕。

至于何以"东作"一词作为一城之首门的名称,恐怕与古代"劝农"有关。劝农,指朝廷嘉勉地方官员,引导群僚及百姓依据季节,及时耕作。这是汉代以来地方官员的职责,晋代更是上级考察地方官员政绩的一项首要内容。东汉蔡邕曾作《考城县颂》:"劝兹稼民,东作是营,农桑之业,为国之经。"这里东作泛指农桑之事。西晋束皙《劝农赋》:"惟百里之置吏,和区别有异曹;考治民之贱职,美莫当乎劝农。"将重视农耕的思想融入一座庄严的城门,可见建成者与官吏的用心了。

西成门　了解"东作"，便知道"西成"了。一年劳作，到秋天庄稼已熟，农事告成。"西成"一词出自《尚书·尧典》"平秩西成"，与"平秩东作"相对应。"平秩"，平均次序，不违农时的意思。孔颖达解释为："秋位在西，于时万物成熟。"秋位在西乃五行之说，五行有五方，即：木为东方，火为南方，金为西方，水为北方，土为中央。其中处西方之"金"有"安定，收敛"之意。所以孔颖达说"万物成熟"。

"东作"与"西成"，统而言之，就是今天所说的春种秋收。至于何以绕了一大圈子，这是古人的哲学思维，遇事要寻个根本，无一事没有来历。何况造城乃一邑大事，更要慎之又慎。

南薰门　南方在八卦中为"离"，五行属"火"。南薰，亦作"南熏"。相传虞舜曾作《南风》歌，歌曰："南风之薰兮，可以解吾民之愠兮；南风之时兮，可以阜吾民之财兮。"前一句，薰，温和的样子；愠，作"怒""怨"解，心有所郁结之意。古代统治者虽提倡仁政，但免不了生民涂炭，有两种情形，一是人为的兵祸、征敛，二是自然灾害。虞舜作《南风》歌有劝讽之意，告诫为政者当以仁德来消弭加在百姓头上的祸患，不要加重黎民的负担，使天下苍生有辗转沟壑、朝不保夕之虞。历来论者以为，《南风》之歌，即赞颂"南风"煦育万物、播福万民的恩泽之歌。这里的"南风"比喻统治者体恤人民的困苦和仁者的天下情怀。历代文人题咏楼台亭阁，都免不了以"南熏"喻君王之泽和万物滋长的丰年景象。如唐代陆龟蒙《杂讽》诗之五："永播南熏音，垂之万年耳。"即指沐浴浩荡皇恩。唐代邬载《送萧颖士赴东府得君字》诗："和风媚东郊，时物滋南薰。"则指南风吹拂，万物欣荣之象。

桐城古城门正南为龙眠河流域，平畴万顷，远可眺西南菜子湖一带河湖水域，是桐城的天然粮仓。修城者以"南薰"命名正南门，祈盼万物生长，丰年常在，反映了老百姓的心愿。

北拱门　"北拱"一词，语出《论语·为政》："为政以德，譬如北辰，居其所而众星共之。"中国各地城门多以"拱北""北拱""拱极"命名。古代天文学以北极星为中心，众星皆环而拱之。具体到社会政治，借以譬喻德治天下，就能得到万民拥戴，四方咸来归附。一郡一县建立一城之门，以"北拱"一词来命名，揣测应有两重意义：其一，桐城为安庆郡之拱卫，广之又为皇都之卫星，因明代京师在北京，桐城蕞尔小城在其南，居城向北遥望京都，其喻意不言自明。其二，一县之治，德为根本。《尚书·康诰》提出"惟乃丕显考文王，克明德慎罚"，《论语》提出"为政以德"，经两汉魏晋南北朝的法律儒家化运动，礼法合流，到唐代初年制定的一系列《唐律》时最终确定了"德礼为政教之本，刑罚为政教之用"的德治方略，历代尊崇不变。桐城城门名为"北拱"，化用《论语》德如北辰的寓意，昭示乡人，为官者应修身、勤政，德主刑辅，以道德感化一方。

桐城古城除四处正门外，还有两处偏门，即"向阳门"和"宜民门"。

向阳门　向阳门在桐城古城东南隅。东南方在五行中介于木与火之间，木生火，五行相生，火既能焚化万物，也能使万物发生变化。"向阳"，指朝着太阳。晋代潘岳有《闲居赋》一诗，其名句"主人帝城东畔住，一花一木都向阳"，咏及主人所居的庭院一草一本的勃勃生机。以向阳命城门，希望一邑生机无限，百姓福泽绵长。但在封建士大夫心里，面对太阳，如沐天恩，恐怕才是这座城门命名的真正意义。

宜民门　宜民门在桐城古城西北隅。西北方在五行中介于金与水之间，金生水，五行相生。"宜民"一词取自《诗·大雅·假乐》篇中"假乐君子，显显令德。宜民宜人，受禄于天"之意。历代朝廷对地方官员考绩，都以"安静宜民"为要，这是实施德政的重要内容。从道光年间的桐城城池《内外街道图》看，北拱门居正北，在今北大街方向，傍倚跳吕台高陂，而城内通往北境的要道在城池偏西，即今仙姑井，正北的北拱门端凝正南与南薰门在一中轴线上，不能偏欹。于是另开辟宜民门，内外彼此通达，真正方便了出入，体现出造城者以人为本，使民安辑的理念。

"陶冲驿"与"双港铺"

桐城自汉唐以来,隶属多变;明代天顺年间,桐城为安庆郡属县,直隶陪都(今南京),其疆域东西广280里,南北袤159里。东至无为,西至潜山,南至怀宁,北至舒城。县公署以下有十坊、二镇、四乡。至于巡检司、课税局、河泊所等职役,一应俱全。而县内"驿站""急递铺"这两种古代交通役所尤为发达便捷。今日市内仍为镇、村名称的吕亭、双港、陶冲等地,就是古代驿站、急递铺治所。沧桑迭变,历代行政区划屡经调整,然有少数旧名仍沿称不变,实为县内地名之"活化石"。

先说"驿站"。驿站是古代接待传递公文的差役和来访官员途中休息、换马的处所,据说至今已有3000多年历史。它按照朝廷所规定的标准供应给过往官员的食宿和车马。唐代诗人杜牧《过华清宫》有"一骑红尘妃子笑,无人知是荔枝来"的叹咏,这首脍炙人口的诗中所写的"一骑红尘"大概就是古代的"驿马"。

史载,汉初"改邮为置",即改人力步行递送为骑马快递,并规定"三十里一驿",后来逐步将单一置骑传送公文军情的"驿",改造成为兼有迎送过往官员和专使职能的机构。到了唐代,长安为世界的中心,各国使节和官员公差往来大为增加,朝廷便改"驿"为"馆驿"。而传递公文的职能逐渐由"递铺"承担了。"明朝驿站更加集中,驿务繁忙,驿卒日夜奔走于途,马不歇蹄,人不歇肩地为官府转送物资,传递公文"(王兴亚《狡黠的张献忠》)。到了明末,因崇祯皇帝曾在大臣建议下裁撤驿站,导致大量驿卒失业,成为流民,他们生计无门便聚众起事,进而揭竿而起,此亦为明朝江山土崩瓦解动力之一。

"驿站"管理至清代已臻于完善。清末由于有文报局的设立开始与驿站相辅而行,继而废除了驿站,同时有文报局专司其事,晚清时又设邮传部。

明清两代桐城境内有"驿站"两所,明天顺六年(1462)《直隶安庆郡志》载:桐城县设驿站二处。

一是陶冲驿。在县治西南四十五里,旧称沙口陂驿。明洪武十五年改旧驿名设陶冲驿。驿站有堂、有后堂、有馆、有舍、有楼。设驿丞一员,掌邮传迎送,官阶未入流;月支俸米钞三石,驿吏一名,掌承受文书交割;库子四名,掌管仓库;馆夫四名,斗级一名,专掌官米斛量出入;驿马一十六匹,马夫一十六名;铺陈一十六副。"置仓收贮,关支本县际留仓粮米,以备使客廪给"。

二是吕亭驿。在县治北十五里,初为北峡驿,洪武十五年兵部差行人王温踏勘里路,停旧驿改置新驿。设制同上。

关于驿站规制陈设,史料较少详细记载。不过意大利旅行家马可·波罗在其《马可·波罗行记》(张晗译本)中生动描述了元代驿站的内外陈设:

> 如果从汗八里起程,走某一条路去某地,使臣前行二十里就能看见一个驿站,名为"站赤",也就是我们所说的递信局或邮局。每个驿站都有一个高大、美观的宅院,使臣便居住在这里。这种宅院的房间里陈设着华丽的卧榻,上面铺着丝绸质地的被褥——使臣所需的所有东西已经预备齐了。……奉命去各地的使臣、差役都是通过这种驿站休息、换乘以便继续前行。

这是外国人眼中所看到的近古时期驿站的情景,而《郡志》中所记桐城境内的吕亭、陶冲两驿,楼堂馆舍俱全,应该和马可·波罗笔下所写相仿。

再说"急递铺"。明代安庆为陪都南京的直隶郡地,桐城又为南北要冲,境内除"驿站"外,还有众多"急递铺"。

"急递铺"是始于我国宋朝时期的邮驿传递方式。宋时传递文书主要有三种形式:一是步递,一是马递,另一种就是"急脚递"。"急脚递"是一种依仗"步撑"来传送文书的递运形式,能"日行四百里"。

"急递铺"的送信形式,到元朝时候达到昌盛时期,元朝时"急脚递"完全代替了宋朝的步递形式,除了极少量的紧急公文由驰驿传送外,几乎全部文书皆由"急递铺"传送。急递铺"铺兵"为单行步撑,每铺间相隔十华里。《元史·兵志·第四十九·急递铺兵》载"铺兵"走递情形:

> 皆腰革带，悬铃，持枪，挟雨衣，赍（带）文书以行。夜则持炬火，道狭则车马者、负荷者，闻铃避诸旁，夜亦以惊虎狼也。响及所之铺，则铺人出，以俟其至。囊板以护文书不破碎，不虋积，摺小添绢以御雨雪，不使濡湿之。及各铺得之，则又展转递去。

明沿元制，"急递铺"仍为官方传递公文的主要形式。明天顺六年《直隶安庆郡志》载：

> 前代设急递铺以达公文之往来，其亦古者置邮传命之遗意。国朝建鼎金陵，万国辐辏，安庆南北之要冲，四方文移率经于此。洪武初年，著令规程途，每一十里置铺递达，每铺设钥司一名，驿司一名，铺兵或五六七八名，昼夜须行三百里。铺司专督铺兵，及附写铺廨（官署官吏办事之处）。后设铺长一名，提督各铺。本县时常委官点视，考其籍滞而惩之。

明代时期桐城境内置急递铺十八处，均为陆路。明嘉靖三十三年（1554）《安庆府志》载："急递铺十八。咸有堂，有亭，有舍，有门。"兹将这十八处急递铺名称、走向及相隔里程列其大概。

一、西南方向。自县治东"县前总铺"发出，沿今桐潜路向西三十里又南折，直达怀宁，有铺十处，即：县前铺，在县前（位于县治东，《安庆郡志》称"治前总铺"）；崆口铺，在县西南一十里；石井铺，在县西南二十里；新庄铺，在县西南三十里；老林铺，在县西南四十里；棠梨铺，在县西南五十里；野狐墩铺，在县西南六十里；双港铺，在县西南七十里；横山铺，在县西南八十里；山西铺，在县西南九十里。

二、正北方向。自县治北沿今合安路向北，路达舒城，有铺五处，即：陆山铺（明天顺《安庆郡志》称"陆家山"）在县北十里；卓山铺（天顺《郡志》称"卓家山"）在县北二十里；下梨桥铺在县北三十里；泉水市铺，在县北四十里；北峡关铺，在县北五十里。

三、正西方向。自县治前总铺经崆口、石井两铺西折，沿今桐潜路直达潜山县。有铺三处，即：撩风铺，在县西三十里；牛栏岗铺，在县西四十里；三安铺，在县西五十里。

本县"急递铺"以县城为中心，向北、西、西南三方辐射，连结周边邻县。到清初仍沿明旧置，桐城境内驿站、铺所仍如前朝旧设。康熙六十年《安庆府志·卷十三·公署》记载，顺治七年知县龚景运在原十八铺所旧址重建房舍，康熙九年知县胡必选又加以重修。

"驿站"和"急递铺"在古代礼宾、邮传、物流中发挥了重要作用。每一个驿、铺名称在一邑之内也是一处地理标志；"驿""铺"置于当地，带动了那里的商业通达、文化交流、民俗融合。可以想见，明清之时在桐城一县，这些驿站、急递铺的所在地，当年或为乡村治所，或为商贾聚集之地，或为名贤故里，或为匠艺传承中心。几百年中，尽管朝代更迭，但每遇王命急宣，或兵事吃紧，驿马蹄声以及驿卒、铺兵们迅疾如飞的脚步声和着急促的腰铃声常年不绝于道。至民国前期，这些驿、铺地名仍有少数见诸地方文献中，如1995年版《桐城县志》载，民国二十六年（1937）桐城全境5区158联保中仍可见山西、野狐、三安、撩风、新庄、双港、老林、石井、北峡等旧时地名。民国以后迄今行政区划迭经调整分合，今天我们只知道诸如"吕亭""双港"等少数古今沿用的地名。这些古地名随着时间的推移，将会渐行湮没而鲜见于书面，唯有本地人口口相传而已。

叶灿《读书堂稿》管窥

《读书堂稿》，明代桐城叶灿著。叶灿（1565—1643），字以冲，别号曾城。南直隶桐城人。吴应琦在叶灿《本传》中称其"少凝静，好书，记读不甚敏捷，而颖悟超凡"。叶灿十三岁应童子试，拔为第一名，补弟子员，以选贡入太学。中万历庚子（1600）乡试，癸丑（1613）成进士，官翰林院编修，在院时搜罗秘籍，详加考究。万历四十七年（1619）会试同考，升国子司业，复召为翰林院讲官。忤魏忠贤，罢官落籍，筑室故里桐城栲栳峰下。崇祯初，起掌翰林院，教习庶吉士。吴应琦撰叶灿《本传》说他"一以陶淑人才为务，流雅颂之声，弘治安之术，文华之士，进于行宜，被其教考"。转任南京吏部侍郎，晋礼部尚书。卒谥文庄，长眠于桐城西郭外，今墓犹存。

叶灿在国子监学习期间，得到祭酒冯开之的器重，始究心理学，博求精探百家义理及宋明儒语录，汇辑成册，可见其早岁即系统地接受经学熏习。先生晚年退居乡里，隐于栲栳峰下，遥望天柱，信步阡陌长堤，间日赋诗以适志，号"天柱山人"。其《山居》诗表达此时心境："仙客鹤为氅，幽人鹃作冠。云从窗内出，山向枕边看。高鸟青天下，长松白日寒。自甘随鹨适，不敢望雕抟。"

叶灿丁忧在家，逢邑中盗起，焚烧巨室一二家后，来到叶家，盗贼见满屋书史，一无所得，悻悻而去。叶灿致仕后，架上累书数万卷，摒去世务，坐卧书城，同邑吴应琦称他"读书必极其精""其学无所不窥""少工举业，抉微透宗，必用全力；诗歌古文，皆破空迈往，尽致而止"。所著书有《天柱集》《馆阁试草》《南中稿》《庑下草》《东语西话》《开眼录》等，另有《读书堂稿》十二卷，前八卷为古文，收录古文81篇；后四卷为古近体诗共207首，其中五古7首，七古11首，五律65首，七律76首，五绝16首，七绝32首。

叶灿生当明代隆庆、崇祯间，一生宦海沉浮，晚年适意归隐，可谓能葆其

"清节"。功成而身退,其最要处在于"不识衡权为何器"。他的学生卓发之赞扬其师"乘乘然退处于清静无为之地,而洞烛宙合情形,如睹日月。疆理天下事温温然、惴惴然。"这种身处权力巅峰而竟能以波澜不惊的平和心态去看待世道人生,实属不易,桐城明清两代冠盖满京华,身居枢要而全身而退者屡见青史,张英做到了,叶灿早已做到了。而泊如冲澹的性情,静观云卷云舒,花开花落,反而成就了他的文学造诣,欲追慕屈子漆园司马等前贤,《读书堂稿·卓序》称:"愁穷著书,杳然致身千秋之林。"今人于叶灿的文学创作研究较少,而细读他的每一篇作品,就会发现,他的文章诚如他的门人所说:"萧然如秋气之感于肌骨,而中于滕理。"洵为性情之文。

溯之明代文坛自嘉隆时起,以古文家王慎中、唐顺之、归有光为代表的唐宋派崛起,一扫文坛沉闷之气,复古而开新,振起痿痹。而在这股文章革新的浪潮过后,文坛之风并非一归于雅正。叶灿生当其时,"虚极静笃中自有种种忧天悯人、嗜才好士之梦想""于笔心墨性中可窥神理所存""发为文章亦自光芒四照。"桐城派作家徐宗亮说:"桐城古文之学自望溪、海峰、惜抱三先生相继兴起,区区一邑间斯文之绪若流水续于大川,莫之或息。"观明季清初桐城一辈文章家如方以智、钱澄之、戴名世、张英、姚文然、蒋臣诸辈,以其文学主张或古文创作改造古文,着意在文章中注入清正雅洁的活力,可谓续川之流中的涓涓溪水也。有此众多文章家蓄积成渊,后数十年桐城派方赖以形成,细读叶灿《读书堂稿》及邑贤李雅、何永绍所纂《龙眠古文》,于神理气味中可觅端倪。

由此观之,叶灿与桐城早期一批古文家们,上追唐宋八家而远溯左国迁班,尊古开新,自觉实践,其文章如峨峨山岳,横亘于明季清初之文坛,其地位不可低估。职是之故,以今人的眼光来看叶灿其人,岂止一官员哉!

《读书堂稿》文集部分从文体上大致分为五类:第一类为论辩,是关于天道人心的论说及阁试所作有关经济、选才等策论;第二类为序跋、赠序,为友朋及高辈所写的诗文集序言、送别、寿序之文,此类文章居多;第三类为书说;第四类为哀祭;第五类为杂记、赋,后两类较少。

《读书堂稿》刊刻前或经叶灿门人卓发之订正。卓发之字左车,明代文学家。盖其在国子监读书时为叶灿的门生。叶灿《与卓左车书》一文对卓氏有

"雍中固多才,足下博极群书,手笔骏发,为此中第一人"的期许;在另一通《与门人卓左车书》中有嘱咐卓发之为其改正书稿之语:"贱性为文只具大略,细微处每每失简点,差误处多,亦是生平落笔之大病。……公来,为我订正数字,我心甚喜""故请教于兄,兄遂不为我改正一字一句耶?"折节如此,可以为证。

《读书堂稿》渊博宏大,余学浅不能深窥其精义,鄙文于诗略去不述,仅列举部分文章,介绍其概略。本文所有引用《读书堂稿》中原文,皆依网上下载复印本,每小节首段引用时作提示,不加尾注。

一、根柢六经之说

叶灿代表作有《文章根本"六经"解》。他主张为文要自然,而"六经"发之于自然,因此文章须从六经出。他说:"天地之间,无往而非'六经'也,无往而非吾心之文章也。""六经"何以本于自然?原来昼阳夜阴,消息盈虚;五帝、三王,春秋易代;鸟鸣虫吟、万籁空响;春生秋杀,天上水下,自然界蕴含人类文明的密码,"六经"为天地间自有之六经,惟圣贤仰观俯察,有契于心,为天地代言而已。

既然如此,为文者舍此而宁有它途?"六经"乃中国文化的源头,这是儒者的共识,历来多有阐发,如刘勰《文心雕龙·宗经第三》就说:"论说辞序,则《易》统其首;诏策章奏,则《书》发其源;赋颂歌赞,则《诗》立其本;铭诔箴祝,则《礼》总其端;纪传铭檄,则《春秋》为根。"故曰"六经"乃群言之祖。叶灿深得其奥义,他在文中强调:

> 道足以包三才之奥,识足以洞性命之微,自能吞吐元化,嘘吸阴阳,与天地同其无穷,江河同其不息,不以文章名,而万世言文章者必根本于此也。这是正说。反之,自词章繁兴,人争骛于枝叶,而古人造化之文章不可得而见矣,无怪乎文章之日趣日陋也。

所谓"词章繁兴",《明史·文苑传序》云:"明初,文学之士承元季虞、柳、黄、吴之后,师友讲贯,学有本原。宋濂、王祎、方孝孺以文雄,高、杨、张、徐、刘基、袁凯以诗著,其他胜代遗逸,风流标映,不可指数,盖蔚然称盛已。"所谓"人争骛于枝叶""文章之日趣日陋也"大抵谓"永、宣以还,作者递兴,皆冲融演迤,不事钩棘,而气体渐弱。"正如刘大杰先生《中国文学发展史》云:"永乐到成化的几十年中,明代政治比较安定,文学上所出现的,是由宰辅权臣所领导的台阁体。那一种作品,缺少现实内容与气度,大都是一些歌功颂德、雍容典丽的应酬诗文。"文坛被台阁体笼罩。后虽有李东阳倡言复古,文必秦汉、诗必盛唐,论诗"主情","但他在创作实践上,仍然为摹拟形式所束缚,而不能自拔。"文坛仍有拟古主义带来的弊病。到了叶灿所处的时代,虽前有嘉靖时王慎中、唐顺之文宗欧、曾,继而有归有光后出,以司马、欧阳自命,唐宋派振响文坛,但萎弱风气并未遏止,王鸣盛《钝翁类稿序》说"天下无真文章者数百年",叶灿正是由此背景下而发出"文章之日趣日陋也"的喟叹。

明太仆归有光之后,桐城派尚未树帜,目见文坛冗沓之风既久,叶灿希望:

> 倘有命世之豪,一起而洗之,恢拓心胸,阔开眼目,扫空一切之障塞,独露自己之性灵,豁然见宇宙间之事事物物,往古来今之变变化化,与吾心通彻而无二,极深而研几,穷神而知化。

果能如此,"则其理趣微微,则自无浅近浮露之病矣;涵盖乾坤,包裹八极,则其识见大大,则自无偏隘狭小之弊矣;吐词为经,矢口成训,则其趣向正正,则自无驳杂悠谬之说矣"。

叶灿生当明王朝风雨飘摇之际,身居朝廷枢要,而尤重文学。他在《与韩孟郁书》中言:"生平无他嗜,独喜文章之士。""居恒诵《滕王》之篇,则艳心于子安,读《鹦鹉》之赋,则想慕乎正平。"万户侯不足道,平生愿得"有对客挥毫,倚马万言,思不辍笔,文不加点之人"为友。叶灿历宦沉浮,其政声卓著,而文名不显,存世诗文仅《读书堂稿》而已,然冠带翰章,才是叶灿的完整人生。

叶灿《文章根本"六经"解》是其早期写成的书院馆课答卷,堪为一篇重要文论,也是他针对当世文章之风日趣日陋现状发出的作文宣言,《文章根本

"六经"解》所谓"吞吐元化,嘘吸阴阳,与天地同其无穷,江河同其不息。"文法自然的思想,与归有光强调"文章天地之元气,得之者其气直与天地同流"契合无异。后数十年,桐城文章风靡海内,推为正宗,叶灿之同侪,岂非先导?

二、求贤用才之论

以《己未拟策》为例,这篇策论是叶灿于万历四十七年己未(1619)会试同考时所答的一篇宏论,深得朝廷重视,御批"本朝策文第一",叶灿由此擢升国子司业,不久又复任翰林院讲官。这篇策问题目是关于朝廷如何做到人尽其才,储备人才,以备国家急需之用。策问首先提出"天下国家之事,固非庸人之所能为也,其必有需于豪杰之才明矣"的论题,要求回答:今承平既久,如何重视人才之发现?国家如何做到不用庸才,而让豪杰之辈能尽用其才?

策问的题后丞称参加考试的士子皆纵览"上下千古,目击时事,必有感慨发愤,思欲一吐其胸臆之奇者"并要求"其尽言之,毋讳"。

叶灿在策论中提出"识才""储才""才用于可用之时"和"豪杰"利国、"庸人"误国的观点,并提出为国揽才的良方。

在策论的开端叶灿直陈己见:

> 有一代之兴,必有一代之才;有一代之才,自足以供一代之用。自古未闻有无才之世也,亦未闻有乏用之时也。

叶灿以为历朝历代皆有不世英伟之才,足以供当世之用,但怕的是有才而不能用其才,有才之用而不能尽其用。有才不能用,不能尽其才,是历来用人的弊端。

叶灿继而强调"用才莫先于储才,储才莫先于识才"的观点,而识才举措又不能在仅国家有事之时,而在"识之于安平无事之日"。

叶灿认为,当世之祸在于"惟承平之既久,上下恬熙,以为天下无复有事也,漫不以人才为念"。庸碌之才当政,为国之大弊。叶灿说,他心中所谓庸才,不单表现在官员为家人所牵累、利禄所诱惑等方面,而是"才智实有所限,胆力实有所穷,可以处简御少,而不可以剸繁治剧,可以坐镇清净,而不可以御侮折冲"。一句话：缺乏雄才大略。而庸人眼里又只见到庸人，以"至奇才绝智之人，皆一切置之不问，甚且百计禁锢之，沮抑之"。如此用人之道，真乃"灭志士之气，弛豪杰之心，而不知天下国家之事也，已从此蠹坏朽折而不可收拾矣"。

庸人"败坏天下之事""能使忠臣义事智穷力诎、无所措其旋转挽回之手者"其害无穷。叶灿感叹："不识天下之才而用之，并无救于天下之乱者此也。""夫国之需才甚矣；人才之有益于国家又明矣。"庸才误国，选拔庸才岂非祸国之举？

至于国家用人标准，叶灿自有一番谠论。他在另一文《立朝以正直为本》中首先喟叹"人臣立朝之难"，接着议论："非立朝之难，而有济于国事之难也！"进而指出："又非济于国事之难也，处于人己之间，曲尽其道而有以平天下之心之难也。"意谓立朝处事，难在有无平天下之心而已。何等人物可以"平天下之心"呢？他说：

> 天下有一种守道不阿、砥行励节之人，皆世之贤人君子，所号为"正直"者也，其处身也太峻，其立名也太高。

正是有此等登车揽辔高朗之士，"砥砺万古之名节，维持一代之清议"，则国事可赖。

叶灿的人才观源自儒家的"选贤与能"思想，历代均奉为选用人才的标准，于当时再三强调这一古老命题，虽无新颖之处，亦闻金石之声。叶灿所处的晚明，朝纲紊乱，阉党专权，忠臣纷纷被祸，国家危机四伏，国事糜烂至"蠹坏朽折而不可收拾"，他一再强调庸人误国，必须重视豪杰之才，可以"弥衅于未萌"之时：

> 盖天下唯一种奇人杰士，有先事早见之识，能于众人目前苟安之日，而悬照乎数年易世之事，有排难解纷之才，能于众人束手无措之时，而独运斤游刃之巧，又有当事敢为之胆，能于众人逡巡莫前之日，而有利害不惊、死生不慑之勇，故无事足以消天下之乱，可以弥衅于未萌，有事足以救天下之乱，可以拨乱而返治，此岂可以以庸人而能之哉！

这番忠君体国之言，可惜未被朝廷重视。桐城左光斗及其学生史可法辈均是这样的人才，然奸佞当道，而英难屈死；阿附之徒，飞扬拔扈，终至丧国。人才之用其也难矣。"长使英雄泪满襟"，历史已无数次重复。

叶灿去世的第二年，即甲申之变，明王朝终至天崩地坼，这是叶灿等朝臣们既已预见而又不愿看到的局面。

三、天地化育之思

叶灿的宇宙观里，儒家思想根深蒂固，以为充盈于天地之间，不过一"化育"也。"化育"本自《中庸》："能尽物之性，则可以赞天地之化育。"谓天地生成万物。叶灿作《知天地之化育论》一文，阐述圣人"至诚天地化育"。他说："化育"是天地间的本性，只不过人生于天地间，茫昧不知天地间本来存在的浑沌之妙而已。太古时期，天、地、人隔而不相通，分散而未聚合。如果一朝"悟其元本，则变化始终之妙，盈虚消息之倪，可以一念通其微而握其枢。""通其微"，盖为感受天地间万物分殊之细小变化；"握其枢"，则言人能知天道，晓利害，掌握自然规律，即今人所谓"改变命运"。叶灿进而递进阐述：欲达到如此境界，非"至诚"不可。"至诚"，语亦出自《中庸》："唯天下至诚，为能经纶天下之大经，立天下之大本，知天地之化育。"朱熹注"至诚"作"真实无妄之谓，天理之本原"。为何"至诚"才能知天地化育呢？因为圣人出，圣人达于"至诚"。如朱熹曰："圣人之德，浑然天理，真实无妄，不待思勉而从容中道，则亦天之道也。"叶灿由此进一步发明：

> 天地有化育，圣心亦有化育。天施地生，云行雨施，此天地之化育也；灵妙妙活泼，出入变化，此圣心之化育也。

既如此，则天地化育与圣心化育莫非分为两体？不然。叶灿说："岂知遍地间止一灵之变化，一神之往来，一精之出入，一机之鼓荡。混辟而无端，循环而不已。"圣人与天地合其德，性与天地相通。他反复譬喻：

> 一嘘而为春夏，吾心之嘘也；一吸而为秋冬，吾心之吸也。辟而为

昼，吾心之辟也；翕而为夜，吾心之翕也。照临而为日月，吾心之照临也；润泽而为云雨，吾心之润泽也。

所以，天地间阴阳变化，日月星辰运行，山川崩竭等诸多现象发生，凡夫茫昧，而圣人一出，"直以其裁成辅相之力，赞助节宣之权，补化育之所不及，而天地世界默默为其所驱役转换而不觉。"至此，所谓"至诚之化育"已达到最高境界了。

叶灿论知天地之化育，原本《中庸》，而作进一步阐发，论者称此文"真空妙有义具此中，即此可作二谛论"。"二谛"，真谛与俗谛之谓，出世与世俗之真理。其实，叶灿所论，亦正是古来天下读书人的共识。

叶灿于学，深入性海，洞悉阳明、王畿之学，以论孟学庸为宗，而网罗千古百家之书。《读书堂稿·卓序》称"自七家十二子以至禅玄二字典籍咸会通而参同之，无不批其窾隙，切其要害，以皈于第一义谛"。因有此等淹博的学识，故为经世之文，卓识高见，"淋漓磅礴"，人谓读其《知天地之化育论》"可略识华藏世界"。

四、宇宙人生之道

《读书堂稿》收录叶灿序跋、赠序类文凡48篇，在集中所占比例最大。叶灿作文，本自至性。其门生卓发之称他"钟天柱之灵秀而遇合最晚。少与玉成（同里方大任，字玉成，号赤城）方子穷愁著书，含然致身千秋之林。既而筮仕于朝，则孤忠自许，介性天植。逆珰作难，遂罹削籍之祸，先生于人世忧患之故尝之深矣。不得其平而自鸣，肃然如秋气之感于肌骨，而中于腠理，始犹规摹往古，既则神而明之，率胸怀而抒其性情"，"人生之趣唯苦无乐，而出世间之事惟乐无苦。故悲愤之至能曲尽其妄，周知其非而反于真"。这段话将叶灿的人生际遇与逍遥广漠之心境表达得至为充分。

《灯市赋叙》是叶灿为友人吴福生所作《灯市赋》而写的"叙"。全文仅300余字，作者仅以寥寥数笔概写齐州之形势，物华之繁庶，而于上元日灯市繁嚣烂焕之景则略而不复用笔墨，而详写承平之时，天下方物饶富、宫室急管繁弦：

> 今天子垂拱穆清，海内晏然无事者四十余年矣，方物之所蓄息，人巧之所杼轴，日新月异，至不可胜算，陈而布之丰穰浩大之景，于是乎征焉。

其实国家此时坏烂已久，而"宫中圣人方称万岁之觞，奏《云门》之乐"，盛极背后，衰兆已显。明扬熙朝物资之盛极，百工之奇巧，实则暗含忧虑之心，体现叶灿"先忧后乐"、以天下为己任的体国情怀。桐城方大任评其文"淋漓酣畅，得兴得势。佳作！佳作！"

《霞起楼诗序》是叶灿为同里好友方大任《霞起楼诗集》所作的序，诗集收录诗人自万历二十九至四十四年共15年间诗作凡九十卷。方大任请叶灿作序，叶灿回信说："序子诗者，非余而谁？"继而回忆起幼时在桐城乡下读书时的情景：

> 余少小村居僻陋，寡交游，朝夕还往，独一玉成，而余之称诗，又自玉成始。故玉成之诗，与余倡和多。

方大任所为诗，鲜不经叶灿过目。故叶灿说：为玉城诗作序，"非余而谁？"尝有《饮玉成宅》一诗赠好友："瓦鼎柴门内，相看只旧知。贫依霜雪色，寒恋水云时。"又《同玉城赋》："宝马金鞍光陆离，纷纷年少斗容仪。逢人气色太骄蹇，说着风骚怎不知。"晚岁归来，知交零落；回首生平，唯豪风依旧。"放歌当落日，散发对秋风。"啸歌犹似少年时。

方大任是桐城桂林方氏第十二代孙，明万历四十五年成进士，官至副都御史，巡抚顺天，出守通州。方大任中进士时年已六十五岁，《霞起楼诗集》收录的是其中进士前所为诗。叶灿在文中忆及方大任"八九岁时即从其祖父学为诗，颖悟绝人，又善读书，日记数千百言，自六经、《左传》《国语》《史记》《汉书》及三唐诗人诗、宋元人词句，以至稗官野史、诸家小说之类，亡不博览遍涉，一一皆能成诵，才名惊动一时"。叶灿认为，诗人方大任天资聪颖，家学渊深，长而博览群籍，所为诗固然超迈流辈。"今夫读古人诗，而其人品胸次往往于言外可想而见也；今人诗不然，岂非堕落尘俗世事中，真趣默默受损折耶？"叶灿批评时人之诗大多无真趣，而反观好友诗作，则如东坡所云"心闲诗自放，笔老语翻辣"，气韵自在，诵之不能已也。

叶灿还为方大任另一种诗集《出塞吟》作叙。《出塞吟》所收录诗，是方大任于古稀之年复官，升佥都御使巡山海关，旋再晋副都御使巡抚顺天期间所作。叶灿说：

> 玉成衔命出关，直驰数百里，晤督师（袁崇焕）叩问方略，遍观险要厄塞之处，与夫兵马钱谷之数。

> 往返三阅月，周回几千里，冲炎冒险，不遗余力，趁次（驻扎）无事，触境触景，得诗凡若干首，而其中多寄意于闲退，浩然有山林之思焉。

时人说方大任悬车之岁犹蒙圣眷，春风得意。叶灿辩护道，说这话的人，是未知玉成其人也，叶灿《赤城行》："玉成胸中有丘壑，自其天性。少时淹塞不得志，颇有遗世独往之意。及其擢官西台，知无不言，言无不尽，成败利钝，皆所不顾。"方大任性豪爽，尝"雄饮百斛江河涸，落笔下言泣鬼神""酒酣耳热高歌发，春云凄断成悲秋"。故其诗皆"直吐胸怀，不事雕饰。其高者老笔余劲，直追古人"。评者以为叶灿此文意趣"在山林钟鼎间"。

《合刻林三教先生集叙》是叶灿关于儒道释三教合一思想的重要体现。林先生其人未考，盖为释子，其徒了玄上人取其师有关儒释道著述之"散见而杂出者，汇萃合刻之"。乞叶灿为之叙。叶灿治学以儒学为宗，旁涉道家思想，而于佛则不知究之几深。了玄寓居金陵十余年，隐其行迹，而平素多行善举，施棺埋骨，为人治病施药，叶灿为之感动，亟称了玄和尚："潜行默用皆济人利物，与三圣人仁、慈、悲之旨合。"故叶灿乐为之叙。

在这篇文章里，叶灿鲜明表达了他的三教合一、济度众生的思想："儒释道三教之至人，无日不在天地间，盖天实生之以撑持世界，济渡众生者也。"叶灿以为三教早已产生于太古，他众庶描绘了一种"人人是儒、人人是道，人人是佛，天下阴受其福"的平等至善的理想大同世界，"总之至神至灵、大圣大贤之化身，流转变幻，隐现出没于古今世代之中。"叶灿认为：孔子明五帝三王之道，以诗书礼乐之教号于天下；老子以为当时忠信尽失以致天下大乱，主张返太古无为之初、清静宁一之治。而佛倡导因果轮回之说，以震慑为恶之人，这是儒教所缺乏的，佛教补而助之。因此，孔子主"仁"，老子主"慈"，佛主"悲"，三教宗旨各异，而心心相印，对于济世的作用三教是一致的。

唐宋文人中多有辟佛者。如韩愈作《论佛骨表》，陈说盛衰治乱祸福，与佛无关，主张"佛不足事"。欧阳修《本论》开篇即言"佛法为中国患千余岁，世之卓然不惑而有力者，莫不欲去之"。宋儒朱熹于佛禅最持否定态度，以为"盖凡佛之书，其始来者，如《四十二章》《遗教》《法华》《金刚》《光明》之类，其所言者不过清虚缘业之论神通变见之术而已。及其中间，为其学者如惠远、僧肇之流，乃始稍窃庄、列之言以相之，然尚未敢正以为出于佛之口也。及其久而耻于假借，则遂显然篡取其意而文以浮屠之言"。至于禅宗"……尽讳其怪幻鄙俚之谈。于是其说一旦超然真若出乎道德性命之上，而惑之者遂以为果非尧舜周孔之所能及矣。然其虚夸诡谲之情，险巧儇浮之态，展转相高，日以益甚"。明儒王守仁自幼笃志仙释，《传习录》云："自谓既有所得，谓儒者为不足学。其后居夷三载，见得圣人之学若是其简易广大，始自叹悔错用了三十年气力。"徐爱与其先生讨论善恶，先生以为无善无恶，是谓至善。爱问："佛氏亦无善无恶，何以异？"答曰："吾佛氏著在无善无恶上，便一切都不管，不可以治天下"。

钱穆《中国思想史》中阐述前贤辟佛的因由，他在论朱熹一节中说："宋儒辟佛，是要在此心明觉之外提示一所觉之'理'来。所以明道（程颢）说：'吾学虽有所受，天理二字，却是自家体现出来。'后人称之为儒、释疆界。"而蒋维乔《中国佛教史》云："唐韩退之、宋欧阳修之毁佛也，概系攻击其表面上之事实（即附随于佛教而行迷信，或其弊害）。而未能达佛教之教理，触其深远之问题。至柳宗元颇反对韩退之，而为佛教辩护；苏东坡则笃信佛教，于教理研究颇深。是则儒者中之儒佛一致论，唐时已有之矣。"在唐代有人尊儒排释的同时，其实三家已经走到一起了。

明时，学佛之风已甚。今人葛兆光《中国思想史》说得很明晰："经过王阳明及其后学对固有意识形态的瓦解，明代后期思想渐趋多元，士人中已经想法各异，……，各种思想话语都已经走到了极致，甚至将到互相冲突的边缘。""对于超越世界很有兴趣的人，则在佛教中寻找思想资源，……。甚至经由各种渠道进入上层人士。"明代"愿证著《观幻子》论儒释一致之妙，沈士荣著《续原教论》讨论三教异同。"特别是憨山著《老子解》，主张三教一致。在此崇佛之背景下，明季桐城一批学人颇受影响，于佛学持肯定态度。如《居士录》收集从东汉至清乾隆年间居士312人，桐城人翰林院编修吴应宾、浙江布政使吴用先叔侄名列其中，二人皆拜于紫柏真可门下，博通教乘。马其昶《吴观我先生传》称吴应宾"其学则通儒、释，贯天人，宗一以为归"。著有《宗一圣论》十篇。吴应宾崇佛参乘还影响了其外孙、一代大哲方以智。吴应宾生于嘉靖四十三年（1564）中万历十四年进士，卒于崇祯八年（1635），为叶灿同时代人。吴应宾之兄应寰，为叶灿的老师，族昆吴应琦为叶灿撰《本传》，称其"笃契内典（佛经），而口不谈佛"。叶灿置身如此浓厚的笃信内学的氛围中，岂能不受到影响？读《合刻林三教先生集叙》亦可窥明季桐城文人之宗教观与学术祈向。

叶灿位居枢要，清廉有声，而其文章又为时人所推重，故其挚友方大任族父方学渐去世后，家人乞为《行状》。方学渐是桐城望族桂林方氏第十一世孙，学行俱美，学林称"明善先生"。张英称他"以布衣振风教"，叶灿作《方明善先生行状》，揄扬其名德，足见叶氏的隆望与文章为乡人所倚重，堪能为里中典型立不朽之言。明善先生为学宗阳明"心善""良知"之说，明道崇实，叶灿在《行状》中亟称先生"生平尊祖敬宗睦族，敦兄弟，笃朋友，根于天性，底于挚诚，实心实事，里中无少长皆能传诵称道，此岂以谈说为学者哉"，可谓知人论世之言。《行状》以短短千言，综括这位乡里楷模一生的德行学问，全篇立意敬慎，无意溢美。而叙事精核，详略适度，且造词简约。读其文，恂恂君子风神，朗朗如在眼前。可谓义必纯美，文必雅正。这是叶灿为文做到"横竖高卑，粗细显密，文质之间，一一销归自性"的又一范例，历来被学人传诵。

叶灿的学生卓发之为《读书堂稿》作序，称赞其师"沉酣《坟》《典》为汗漫游，而不堕名理之云雾，于多歧错错中掉臂独行。不欲以文章命世，而遇一针一草、一羽一毛之奇，无不开怀折节，口衔背负而亲之"。其师文章"横竖高卑，粗细显密，文质之间，一一销归自性"，"先生之言诗文，曰：'善取不如善舍，即百千万家，可以胸中不留一字，眼中不见一人。'此则独露真实，先生著述之大端矣。"此一段话可谓为叶灿文章之风格之最好解读。近来世人言桐城文章雅驯有余而雄健不足，此乃外人对桐城文章的误读。自戴方刘姚以还，天下文章家翕然推重桐城，证明桐城文章决非仅仅状写山川之旖旎，痛陈人生之悲欣，甚或被人讥之以传志碑铭，谀墓乔木世家。实际情形是，桐城文章家皆具君子特质，以天下自任，所为文章根本六经，如《文心雕龙》所谓怀天地之心以立言，"仰观宇宙，俯察含章""与天地并生"。纵览桐城作家著述，谁不关注国计民生？桐城作家写有大量经世济民的大块文章，举凡政治、兵备、安边、水利、钱谷、漕运、赋税等一切利国利民之大事，无不见诸笔端，体现出桐城士人放眼天下的济世高怀，这正是桐城文章生命力所在。卓发之评其师为文屏绝"粉泽雕绘，不饥而啼，不寒而号，无疾痛而呼父母"的弊病，以真性情作真文章，诵读叶灿高文，于抗坠徐疾之间，能不味其旨归？

《桐城时兴歌》浅谈

一

《桐城时兴歌》，又称《桐城歌》，是明代中晚期兴起于桐城地方的一种曲调，后流传于吴语地区。明人沈德符《万历野获编·时尚小令》里的一段话说到"桐城歌"：

……嘉、隆间，乃兴《闹五更》《寄生草》《罗江怨》《哭皇天》《乾荷叶》《粉红莲》《桐城歌》《银丝铰》之属，自两淮以至江南，渐与词曲相远，不过写淫媒情态，略具抑扬而已。比年以来，又有《打枣竿》《挂枝儿》二曲，其腔调约略相似。则不问南北，不问男女，不问老幼良贱，人人习之，亦人人喜听之，以至刊布成帙，举世传诵，沁人心腑。其谱不知从何来，真可骇叹！

明代顾启元在《客座赘语·俚曲》里也说：

里弄童孺妇媪之所喜闻者，旧惟有《傍妆台》《驻云飞》《耍孩儿》……后又有《桐城歌》《挂枝儿》《乾荷叶》《打枣竿》等……。

可见桐城歌在明代已传唱于世、风靡一时。

《桐城歌》在创作、流播、刊布的过程中体式迭经衍变，至万历时已基本定型，今见于明冯梦龙等编的《明清民歌时调集·卷十》中有桐城时兴歌二十四首，大都为五句式。如第一首《秋千》：

姐在架上打秋千，郎在地下把丝牵。

姐把脚儿高翘起，待郎双手送近前。

牵引魂灵飞上天。

只有最后一首《三秀才》为六句式：

姐家住在儒学旁，相交三个秀才郎。

有朝一日登金榜，状元榜眼探花郎。

武则天当日做□□□□□，□□□人也不妨。

七言（少数句子多于七言）五句式，在明清民歌中非常少见，盖唯《桐城时兴歌》所特有。再有明代李子汇选录的《风月词珍》之《时兴桐城山歌》斯情佳味十一首、私文佳味四十三首也大多为七言五句式。如《时兴桐城山歌·斯文佳味》其二：

槐花三秋今又黄，我送情郎赴科场。

长亭送别难分手，指扳月桂状元郎。

嘱咐亲亲莫改常。

又如《私情佳味》其一：

自古山歌四句成，如今五句正时兴。

看来好似红纳袄，一番拆洗一番新。

多少心思在尾声。

诚如上首山歌所写，"多少心思在尾声"，特定的五句式，将整首歌的中心意义放在最后一句，既有小令的格调，又为点睛之笔，韵味十足。

由此可知，今之所谓"桐城歌"应特指明代冯梦龙所辑录的《山歌·桐城时兴歌》二十四首及《风月词珍》诸首。今人采录、搜集整理的民歌童谣，均不能称为"桐城歌"。明代辑录的时兴歌或山歌已经作为一种特定的民间文学表现形式，被载入中国俗文学史，和其他地区的时兴歌如《锁南枝》《挂枝儿》一样，传达着当世多少痴男怨女的心声，为乡野细民所津津乐道。

二

《桐城歌》一类的山歌时调，也叫"时曲"。郑振铎先生在他的《明代的时曲》一文中说：

> 所谓时曲，指的便是民间的诗歌而言。凡非出于文人学士的创作，凡"不登大雅之堂"的小调，明人皆谥之曰"时曲"。故在时曲的一个名称之下，往往有最珍异的珠宝蕴藏在那里。

《桐城歌》的句式近于元人的小令，读来朗朗上口，内容多写青年男女追求幸福、两情相悦、闺闱思夫、失恋之怨，大胆、活泼、清新，一反宋、元以来一些文人所写词曲的衰颓、陈腐之风，那里鲜有民间生气。而"桐城歌"及时调《打枣竿》《挂枝儿》《银铰丝》等，每一首都充满着鲜活的生活气息，时人评其为"妙入神品"。如《挂枝儿·喷嚏》：

> 对妆台忽然间打个喷嚏，
> 想是有情哥思量我寄个信儿。
> 难道他思量我刚刚一次？
> 自从别了你，
> 日日珠泪垂。
> 似我这等把你思量也，
> 想你的喷嚏常似雨。

实是一首绝妙好曲。再看《桐城时兴歌·茶》：

> 斟不出茶来把口吹，壶嘴放在姐口里。
> 不如做个茶壶嘴，常在姐口讨便宜。
> 滋味清香分外奇。

《桐城时兴歌》二十四首，无一首不是情歌恋曲，或表达忠贞不渝之情，或警喻见异思迁之心；或怨诉朝秦暮楚，或怒斥移情别恋。《素帕》写女子对心上人思念之情，极具意念之美：

> 不写情词不写诗，一方素帕寄心知。
> 心知接了颠倒看，横也丝来竖也丝。
> 这般心思有谁知。

又如《笔》，写负心汉的不忠贞：

> 卷心笔儿是兔毫，翰墨场上走一遭。
> 早知你心容易黑，不如当初淡相交。
> 世间好物不坚牢。

此乃闺阃之秀有意作之，堪比《诗经》之《日月》篇。诚如明代陆容《菽园杂记》说："吴中乡村唱山歌，大率多道男女情致而已。"

三

《桐城时兴歌》大多咏物比拟，以物起兴，其中包蕴着有趣的双关意思。如：
《西瓜》：

> 一个西瓜寄多情，叫姐莫学西瓜身。
> 外面青时还好看，恼你肚里许多仁。
> 只为人多坏了身。

《木梳》：

> 一个梳儿滑杀人，伶牙俐齿太聪明。
> 生出许多法儿与奴通惯了，莫又要去通别人。
> 后来无齿没收成。

《天平》：

> 郎做天平姐做针，一头砝码一头银。
> 情哥你也不必真敲打，我也知得重和轻。
> 只要针心对针心。

以"仁"代"人"，以"齿"代"耻"，"以"针"代"真"，警示对方要感情专一，心无别恋。

《桐城时兴歌》还有几首歌淋漓、热辣、大胆地表现了爱恋中的男女敢于越过封建礼教的藩篱，向往自由、质朴的爱情生活。如《灯影》：

> 一盏孤灯照书斋，更深夜静好难捱。
> 回头观见壁上影，好似我冤家背后来。
> 恨不得翻身搂抱在怀。

虽写得有些秾艳，也不失敢爱敢言。令人震骇男女私情能如此不作掩饰，"痴情泼辣，并且不事造作、热情恣放"，真情大胆流露。其浅、俚、真的审美价值为时人所喜爱，乃"天地间自然之文"。

四

和其他地方的山歌时调一样，《桐城时兴歌》虽为民间歌谣，但也不能说完全出于普通劳动者之口。这些民间歌谣在创作、传唱、搜辑、刊布的过程中，很大程度上受到文化人的加工润色。有些山歌本身内容就是当时士人及市民的生活写照，如《送郎》两首，其《又》：

> 郎上孤舟妾倚楼，东风吹水送行舟。
> 老天若有留郎意，一夜西风水倒流。
> 五拜拈香三叩头。

从格调上看，不逊于李白的《子夜吴歌》，普通的褐夫村妇是写不出的。再从《时兴桐城山歌·斯文佳味》里的山歌内容看，大多为女子赠郎，期望科场得意，蟾宫折桂。主人公或为待字闺中的小家碧玉，或为青楼乐伎。窃以为，明代资本主义萌芽促进了商业发达，使地处江淮、吴头楚尾的桐城市井生活有了丰厚的物质基础，交通畅达又使得商品物流交易繁富，同时带来了文化的交流传播，这是产生《桐城时兴歌》的生活基础。同时日渐崛起的桐城士人足履大江南北，他们在为官、游学的同时，创作了大量的诗文，形成阵容盛大的桐城作家群。而这些士人在写"雅"的诗文时,也注重捕捉民间鲜活的"俗",他们自己也创作一些介于古风和民歌俗曲之类的作品。如明代万历三十二年进士桐城人刘允昌的《少年船》:

郎拨银筝侬唱歌,摇船尽是美艄婆。
一杯一棹一声曲,得到湖心月几多。

七言绝句,虽编入《桐旧集》,但无疑可看作清新的民间山歌。再如方大铉的《闺曲》:

灼灼朱榴照画溪,几行鸠妇竹中啼。
阳台五月多云雨,郎在潇湘何处迷。

都写得琅琅上口,明白晓畅,语意质朴、自然、淡雅。而像方文、方以智叔侄那样的诗文大家,更以其各自的《竹枝词》俗调为桐城民歌平添了几分色彩。从现存的"桐城歌"看,无论是男女身份,还是所写内容以及遣词用句,都有士人的影子在其中。历史上的许多优秀民歌以其清新泼辣的艺术风格、现实主义和浪漫主义相结合的创作方法给文人士大夫提供了创作素材和创作灵感,文人士大夫们在酬唱应和之余也采写了许多流传于里巷垄亩的民歌时调,反过来又为民间传唱。只是这些优秀作品长期以来受到封建正统思想的压抑排斥,被视为"郑、卫乱世之音"、淫词艳曲而难登大雅之堂,因而未能编入雅集而大多散佚,殊为可惜。顾起元《客座赘语》在论及这些民歌时不免亦多持贬斥:"虽音节皆仿前谱,而其语益为淫靡,其音亦如之。视桑间濮上之音,又不翅相去千里。诲淫导欲,亦非盛世所宜有也。"桐城历史上两次较大的诗集(《龙眠风雅》和《桐旧集》)结辑时均未收录"桐城歌",这恐怕不仅仅是入选作品的体例问题,更重要的是时人的道学标准问题。《礼记·乐记》云:"郑卫之音,乱世之音也,比于慢矣;桑间濮上之音,亡国之音也,其政散,其民流。"几千年来统治者正是依据此标准,将许多传诵于民众、天地间自然之文禁毁、淹没掉了。但是,在今人看来,无论是从文学价值还是从审美情趣上看,像"桐城歌"里的《素帕》《送郎》等,多具含蓄之美。这正是《桐城时兴歌》的魅力所在。

明季桐城遭受兵燹荒乱之始末

桐城地处江淮之间,历史上的桐城,声名远播海内,尤其在明、清两代,人文为世所重,然桐城人敢于在明清"鼎革"之际不畏时艰,应对兵荒马乱,苦度饥馑,亦为世人所称道。至今仍为桐城人所津津于口的一句"铁打的桐城",足以表明,桐城这座江淮之间的蕞尔小城,在明末"天崩地裂"、山河破碎的纷乱中,依然完整保全,使百姓免于罹难流离,实在是值得史学家去写上一段。近读有关明末农民战争史料及清初乡贤记述,对桐城在明末遭受兵乱的史实有粗略的了解。作为有志于学习桐城历史的文化工作者,理应费些笔墨,将这一段历史用现代语体来钩沉介绍,不作评判,让读者自己去体味。

一、甲戌"汪黄之变"

史载,在明代前、中期的二百多年里,桐人"诵读耕桑,民不知兵"。桐城人文杰出,文风昌炽,始于宋元,而昌于明代。然而自明崇祯三年起,荒乱之兆显于乡,邑内多传灾异之象。到了崇祯七年甲戌(1634),官逼民反,果有"汪黄之变":邑人汪实甫、黄尔臣(戴名世《孑遗录》写为江国华、黄文鼎,实甫、尔臣为两人字否?)与张愚三人为渠首,觊觎富绅豪门,聚拢党羽数百人,于八月廿三日夜,入城放火,不久即聚众扯旗,以"代皇执法"相号召,结寨于北门城外王庄。黄尔臣为寨长,率众骑马带刀,口称为众报仇。城里巨室尽遭攫掠焚毁,官绅皆束手无策。时兵部职方郎方孔炤居家丁父艰,庐墓三年后,恰逢"民变",孔炤遂奉命留桐助守。方家向以仁厚称于乡里,孔炤假邀汪、黄来家商议变通之策,汪、黄信而不疑,遂束手被逮。闰八月,安池兵备道王弼带将潘可大率兵三百至桐"靖乱","民乱"方息。后旋有农民军攻桐,说者谓甲戌汪、黄之变,实肇其端。

二、张献忠军初来围桐

明崇祯七年下半年起（1634—1635），高迎祥、张献忠的农民军已占领河南省全境，至年底晋陕鲁皖告警。顾诚《明末农民战争史》说："以老回回马守应、革里眼贺一龙、左金王贺锦、治世王刘希尧、争世王蔺养成等农民军首领形成五营联合，时称'革、左五营'，以大别山脉为依托，于皖、豫、鄂三省交界辗转斗争。"安庆地处皖西南，是农民军由豫东入鄂、赣进而入川的主要通道，安庆府时直隶南京，所辖有桐城、潜山、太湖及邻县英山、霍山诸县，为农民军进退鄂、豫的战略要地。桐城在当时已是江淮名城，巨室大户富甲一方，当然为农民军所垂涎。时任桐城县令杨尔铭，四川人，清代王雯耀《全桐纪略》称他"少年科第，才识胆略过人，锄暴安良，视询疾苦"。杨尔铭与守桐道标潘可大一同，问计于乡绅方孔炤、孙颐、姚孙棐等人，共议守城之法，备战周密。《全城纪略·第三纪》载：

> 于城池上十垛竖一高灯，二十垛悬一火毯，每五十垛安二三眼炮，每百垛安一百子炮，城楼下各安大炮一座，又招杨家头、鲁谼山药弩百余手，在城远望，每夜传筹送点，鸣锣击梆，周巡达旦。

崇祯八年乙亥（1635）正月底。农民军兵到桐城。道标潘可大率明军迎战于东门郊外，可大首战兵败，其部死伤过半。次日农民军奋力攻城：

> 用屠户肉案，每五张将索缠为一张，以草荐絮被用水湿之，覆其上，"贼"（时对农民军蔑称，下同）藏在下，推至城边，以大利斧凿砍城砖，自东至向阳门，俱系肉案环列奋砍，石坚不能入，复被城上大石滚油击伤，又用长木梯数十张，掳难民扛抬近城，期一拥而上。因炮石齐下，又放火烧近城房屋，烟雾火气冲天，守垛者不能近视，希一拥而上，城上用药箭百子枪炮，侧打远射，伤者甚多……

时任县令杨尔铭临阵不乱，与守城明军及乡绅、生员勠力同心，誓死守城。《纪略》是这样描述的：

"贼"攻三日不得逞，勒索银锭元宝，城上用木为银鞘数十放下，众"贼"拥抬，银鞘大轰，"贼"多击死，盖内藏火药铁弹故也。

城内民众也倾力支援，富家拿出薪油酒食犒劳守军，守城将士愈益奋勇，城池无懈可击。几天后，攻城的农民军拔营去了潜山。

农民军第一次攻打桐城，虽守城官、绅、将士慷慨赴斗，城未破。但是，双方对抗，使近城居民惨遭屠戮，其状触目惊心：

> 时近城居民，杀伤数千，或全家死者，或房屋焚毁者，或屋存而家财空者，或器用坛罐甓俱存，内藏男女手、足、头、眼、便物者，或剖去肠胃置豆米喂马者，或缚人裹油燃灯祭猖者，或剖孕妇胎，或穿小儿腹，种种残毒，不可胜纪……

三、张献军再围桐城

农民军西去后，县令杨尔铭马上召集军、民公议下一步守城之策，计有十条，即：修城门、增窝铺、修垛口、请援兵、备兵饷、严侦探、长驻兵、查文书、谨盘诘、增兵械。明朝政府为截断农民军由豫入鄂的通道，调整了皖西南的战略布署，崇祯八年（1635）五月，改安池道为安庐监军兵备道，史可法任监军，驻扎庐州，统军御"贼"，潘可大虽丧师，但浴血奋战，保桐有功，升任安庆大营守备。

崇祯八年八月，农民军头目老回回等，拥军万余自河南直逼凤阳，颍州、亳州两地告急。为防农民军入皖西南，史可法驰书都督许自强率兵五千至桐城，史可法亲率主客官兵三千，由舒城至庐江堵截。农民军自颍、亳过英山、霍山出舒城欲进桐城，史率部退至桐境北峡关与许都督备战迎"贼"。老回回部众见势，不敢入桐，复由英、霍过黄麻西去。

崇祯十年丁丑（1637）五月，农民军头目实反王齐天圣、一斗粟等由六安至安庆境内，迅即移驻桐城四乡。知守城甚备，难以攻取，遂于四乡侵扰，乡民多遭洗劫：

> 乡人避"贼"不及，犹云"贼"少民多，俱持刀格斗，多被"贼"杀，继则"贼"多民少，日间"贼"营四布，夜间火焰烛天，潜逃无所，俱被砍杀，近山者逃入峻岭深树，天雨寒冷，湿透衣服，人多冻死，稍霁，又因小儿啼哭，"贼"闻搜捕，受累甚多。嗣有小儿啼声，即时闷死，入山洞中者，用烟熏出，唯近水登舟者得免。

> 乡民群起反抗：民有胆略者，山头遥望，知其"马贼"数十鲁谼山掳掠，居数，率众置网，截"贼"出路，复用药弩炼刀火铳，如追鹿法，名荷包阵，网到"马贼"数十骑，斩首级，奔城报功……

早在崇祯十年四月，刘良佐统淮兵七千驻防桐城，五月立桐标营，史可法以标官张韬为千总，管桐标事，募乡勇三百。八月，农民军头目紫金梁、左京王、老邢六队自麻城入潜山，旋进桐城境内，千总张韬战死于项家河，史可法遂差官请黄得功来援。黄率部驻桐城东门，农民军放弃攻城，城围遂解，此为黄得功初解桐围。

崇祯十一年戊寅（1638），县令杨尔铭组织修筑拦马墙，工程浩大，周围全城，《纪略》载大致走向：

> 北自桐溪河岸起，绕东门向阳门河岸，转从南门焦家巷，横插五印寺，至西门大街而上，至西山旧城脚，绕太霞宫后，玉屏山岭，转祈雨顶，过便宜门关厢，上县后金盆土山，下至桐溪埫沟口河岸墙合界。

三月，农民军头目整世王混天星、荆联子等部众攻破关厢，正谋攻城，适逢江西巡抚陈咨送守备张宝山，带川兵一百余名往庐州投史可法，过桐遇农民军攻城，将混天星一伙人马杀退。史可法遂以张宝山补桐城标营。四月初旬，紫金梁、邢管队、过江王等部众由潜山入桐境陶冲、三湾等处焚烧，史可法檄请凤阳镇抚牟文绶同淮兵万余，与农民军激战于西郊七面河。明军一度受困，粮绝炊断，县令杨尔铭号召乡民收取熟粑果饼面食约百余石，运供淮军。杨县令又命城中勇者携火把、金鼓、铳炮于便宜门上毛狗洞呐喊，被围明军奋勇杀出，农民军疑明军援兵到来，便解围而退，城又得保全。

八、九两月，农民军又两次至桐，"先是焚掠四乡，谓乡空城亦空，一鼓而登，可坐破也"，均未攻进城内。

四、张献忠率部攻城

崇祯十五年（1642）春节过后，张献忠亲率农民军自无为间道至桐城，屯北峡关，深夜遣兵攻城未遂；秋季，张献忠又由无为入桐，所经沿路，尽为掳掠。张献忠在天林庄开宴庆寿，《纪略》也有描述：

> （张部）到天林庄资福寺地方，做戏开宴，庆贺生辰，宴毕进发，环城居住，喊声震地，炮响连天。自称兵威所至，豫楚名城，无有不破。何有于斗大孤城（指桐城）？号令诸"贼"，克期攻破。

时桐城原县令杨尔铭升任离桐。新任县令张利民，福建侯官人，万历八年进士。邑人说他赋性恺悌，治行正大。此刻桐城守城明军甚少，农民军势大，城破只在旦夕。九月底，黄得功到桐，遂赶至潜山沙河，杀敌数千。黄得功又射张献忠一箭，张策马遁去，城围又解。

冬，一日黎明，张献忠大队至桐城，绕城四围排扎，张亲往山顶探望，抢驻明军原扎营盘。然后，遣难民砍树、挑土、修筑高墩：

> 从山脚筑起高墩，渐次近城，期成大路，连城而上，不半日，即筑堤数丈，约三日可与城平等。

农民军又于山侧临沟高岸与城相近者暗穿深洞，以期通向城墙脚，穿城安炮，一轰而破。明军知计，乃于所挖城脚处又筑一小城，等到农民军挖穿城脚，以炮火轰击。后明军又募勇士敢死队下城侦察，探知城未挖通。

此时，明军驻钱家书院（钱尚书院？），张部扎营祈雨顶，两军对峙，战斗一触即发。明军守将罗九武率部在书院山顶安置大炮名"无敌将军"一座，炮发正中张的副将李混江。张献忠移兵西门山毛狗洞，也向城里放炮，却打中自己兵马。农民军攻城日急，明军请援兵马不至，县令张利民与罗九武、诸缙绅、生员等商议：以二十四日为期限，如期大兵不到，地方官可阖门自尽，兵、民任其逃生。

黄得功得知桐城告急，于十一月廿一日自凤阳起程，昼夜兼驰，共行六百余里，三日到桐。明军与张献忠部初战北峡关。黄得功兵马所向披靡，张部率

众退至桐西沙河,又是一番激战:

> 八贼(对张献忠蔑称)大呼曰:"黄闯儿(指黄得功)与咱做甚死对头?咱替你挣封公侯,何故如此死杀。"黄公曰:"只要砍了你,管甚封公封侯。"举刀直砍贼阵。八贼大呼:"精兵快上。"四面八方,各奋力争先,黄公率大众围砍,人马仆地者千余……

沙河之战,以明军胜而张献忠西走而结束。被掳难民、难妇充塞道路,号哭狼狈,农民军死伤数千。而桐之城池又一次幸免于难。

五、明军构衅祸患地方

史载,明王朝建立之初,大军所到之处秋毫无犯。到了明末,政治黑暗,内忧外患,经济萧条,军饷不足,其军队也约束不加,肆意侵凌百姓。自明崇祯七年至顺治二年,其间十多年时间,守桐的明军在抵抗农民军的同时,也频繁骚扰当地的百姓,甚至兵祸远胜"寇乱"。先有左良玉部至桐。崇祯十年十一月,镇抚左良玉率兵马数万过桐,环四门关厢(城外大街)驻扎。左部军纪约束不严,恣意妄为,侵凌百姓。《纪略》载,左军驻桐时:

> 连日米豆计二千石,酒席及馈送下程,费用不赀。而关厢内外居民,昼则酒肉米面,任意需索,夜则器用什物,听取烧毁,稍有不遂,刀背乱加。烟雾濛濛,威风凛凛,所幸免者,强掳奸淫耳。

> 崇祯十六年,左良玉率部又至安庆境内。以兵多饷乏为名,迁延算帐不去,约计马步近五六万,始而平买,继而勒买,离城则夺,近则奸淫,远则杀戮,江以北,石塘、枞阳、汤家沟、老洲头、陈家洲所在焚掠……

此间,驻桐的明军罗九武、虞宗文各领左右营。罗九武性狡诈,权欲熏心,害人之心常有。前一年廖应登领右营,杜先春领左营,罗为副将。后杜战死,廖应登并领其众,九武不平,遂有害廖之意。廖在舒城县被农民军所俘,被执至桐城城下,刀刃在颈,劝罗九武降。廖置生死于度外,喊话时明作城下妥协之状,暗送"贼"营空虚之信。罗在城上观望,明知廖劝降是假,语

"贼"虚实是真，却故作凛然，叱廖变节，致使廖命丧城下。后罗九武与虞宗文两营互相倾轧，罗欲并虞营之心不死，常行中伤、诽谤之事，虞亦以牙还牙。皖抚张道洞悉两营不和，遂调虞离桐，而以千总孙得胜领桐城左营，仍如前情。

桐城百姓经战乱后，"兵兴饥疫，数十里人烟断绝，乡城山野，荆棘遮塞，豺狼载道，猛虎成群。"加上明军犯扰百姓，真可谓"寇"乱未除，又遭兵扰，县内西、南、北三乡田亩荒废，道殣相望，百姓处于水深火热之中。城中富户尽离故乡，流寓江南谋活。城中户口凋残，里人作诗以纪：

> 神宗甲戌造山城，比间相依夜不惊。
> 今日苍生何处去，一家常住十家兵。
> 十室九空尚有人，而今大市少人行。
> 自从瘟疫兵荒后，城内寥寥似野村。

又纪孔城之萧条：

> 此地当年数百家，熙熙攘攘最繁华。
> 流亡转徙无消息，草长通衢路也遮。

戴名世《孑遗录》记述当时桐城荒乱景象：

> 自乙亥以来，江淮兵兴，旱蝗继之，疫疾复起，桐城田亩三十九力，荒者十七八。

时至甲申崇祯十七年（1644）正值明王朝大厦将倾，政府无力顾及地方驻军。桐城境内"寇"去兵来，皖营粮饷不支，明军嫁祸于百姓，其害有九：

一害兵不力作，勒民下田；二害不给黍享，掠民饮食，以为耕之用；三害抢民谷种青秧；四害侵占水道；五害强割稻麦；六害借口出地种田，夤夜奸盗；七害强占耕牛；八害乡民远避，不敢开荒；九害劫杀商贩，道路不通。

崇祯十七年三月李自成进北京，时称"国变"。五月，南京福王建弘光政权，仍以崇祯纪年。驻桐孙得胜、罗九武两营实受参将加副总衔。此时，营中乘中外危难之际"有鹰扬虎视、横不可制之意"。顾诚《明末农民战争史》说：

顺治二年弘光元年（1645），"镇守武昌地区的明宁南侯左良玉扯起'清君侧'的旗号全师东进，声言讨伐马士英、阮大铖"，兵破安庆，驻桐两营更加肆掠。《纪略·第四十四纪》云，四月初九日罗九武命五部十司乘机作乱：

> 先进县衙，拥入宅门。袁令（秉烨）与夫人急起逾墙被执，凡金银器皿，首饰衣服，币帛钱粮，虏掠殆尽。次及佐二，次及儒学，后乃进城劫掠，拷打逼勒，男、妇人等，号泣满路，逃遁无所，如是者三日……

顺治三年丙戌（1646），清政权根基未稳，时局混乱。仅安庆一隅，"怀（宁）清而桐（城）明"。驻桐罗九武、孙得胜两营仍未易帜，便乘机打掳，城中财物搜尽，只得进山围寨，终无果而退。时桐城县令为袁秉烨，袁令与绅衿商议，差人到南京请兵扑剿。罗、孙两人"察知请兵消息，且知出剿之兵不日将到。于是五部十司谕各兵丁收拾辎重家口，并所掠乡城男女，约六七千人，俱作兵装，伺候起程。又将竹木椅扎成小轿，俟上午将官府绅衿士庶尽杀不留；其壮有力者，选抬妇女，由宜民门进山会营，（欲将）城中房屋悉行烧毁"。

罗、孙两人布署已定，便邀袁县令、佐二及学师、绅衿、保人等齐聚县明伦堂，又将城中各巷居民数千人强令至儒学门外站立。罗九武令新三营、小川营营兵数千在东门外驻扎，令本营兵持刀将所有桐城地方官民土绅围困于儒学前。六处城门紧闭，大有屠城之势。罗九武以刀逼袁县令承诺盟誓：若清兵到桐，可否妥为安排两营。众人不明吉凶，均难以应承。诸生王雯耀审时度势，当场替众人应允，将结盟文书拟好，事态似已平息。然罗九武早已洞察地方官绅欲除两营之意，写安顿两营的结盟文书只是权宜之计。顿时，罗手刃雄鸡向堂上一掷，血溅满地，众兵拔刀而上，欲血染明伦堂。王雯耀知事不妙，大声疾呼：盟翁（指罗九武）稍待我妄言几句，然后动手不迟。罗止住众兵造次且听雯耀说甚。王雯耀引史据典，从春秋诸侯结盟之事说起，层层推进，言之以理，晓之利害，谓盟书既写，如若以兵戎相见，骨肉相残，则为毁约，被天下人耻笑。况清兵所往，势如破竹，一到桐城，见官绅士庶，百姓黎民早已倒于血泊之中，你三千驻桐兵马，到时顿成齑粉。孰轻孰重，能不权衡三思？一番话说得罗九武顿时化仇为和，且将两营所掳地方女子数千人悉皆送回，"三日内各乡掳来妇女络绎回家,父牵女,夫引妻,悲喜交集,如死逃生"。

一场屠城之难,凭桐城官绅士民团结一心,智勇并用,化险为夷。而诸生王雯耀当得首功。戴名世《孑遗录》说,之后"清兵豫王遣将卜从善、张天禄至桐城,擒九武、孙得胜等,而散其所部兵,凡所掠子女俱令释去"。孙得胜、罗九武被缚押往京城,斩于西市,为地方除了大害。

桐城坊表说略

在老一辈桐城人的记忆中，老城街头巷口依稀耸立着几处古代牌坊。一处在西大街赵氏祠堂附近，另一处在西后街北头。这些明清时期留下来的建筑，到上世纪六十年代已被拆除殆尽，这座历史古城的许多遗迹，纷纷成了桐城人记忆的背影。去过歙县的人都惊叹棠樾牌坊群的恢宏，但是，你可曾知道桐城在明清时，有多少座碑坊立于街衢道口、桥头水滨？其中又蕴含着多少人文历史和悲欣故事？

桐城向为文化礼仪之乡。明清五百余年间，进士踵接，一时鼎盛；簪缨门第，累世相承。且忠孝节义之人，世代赓续，史册不乏记载。一邑之内，教化昌明、民风淳厚。科举文化、仕宦懿绩、道德淑行与桐城文章交相辉映于历史天空。如果说桐城文章有典籍万卷承载，那么桐城先贤的潜行隐德则有百座坊表彰显。翻阅志乘，不禁感叹：历经千年的桐城古城，风吹雨打。如今筹划"抢救性"保护的"三街"及其附属建筑周匝，昔时曾经是祠宇骈罗、坊表栉比。志载，清代中期以前，城内郭外就有牌坊60余座，清后期还有一些旌表未曾稽考。这些牌坊横跨在通往南北的驿道之上，一座座造型厚朴，形式各异，一座牌坊就像一节凝固的音符，从明至清，五百余年，余音不绝。耸立于城乡的座座牌坊，在美轮美奂的老城诸多殿堂楼阁，厅馆亭廊面前，仅属建筑"小品"，但究其历史和文化内涵，可以说端凝与沧桑俱备，荣耀与悲辛同在。

牌坊起源于古代建筑的院门。梁思成先生在《中国建筑史》中表述："牌坊为明清两代特有之装饰建筑，盖自汉代之阙、六朝之标，唐宋之乌头门、棂星门演变形成也。"中国古代建筑史及志乘都以"坊表"连称，坊表同源。隋唐时代的里坊制度，多将坊中居民芳德懿行、科举中试者张榜门首，称"表闾"。里坊制度取消后，行政变迁，坊门独立于街口或道口，演变为牌坊，成为装饰性建筑。宋明以后牌坊的旌表功能居上，为忠臣、孝子、贞女、烈妇旌表，为状元、进士、举人表彰之风盛行全国。桐城在明清两代的60多座牌坊大多是为举人、进士表彰的纪念性牌坊，褒奖科举折桂步蟾的进士举人和贤臣良吏，体现出桐城一县文运昌盛、英才辈出。

牌坊种类多而杂。兹据道光《桐城续修县志》记载，综合相关著述介绍，将明清时期桐城牌坊群分类归纳，一孔之见，权为抛砖，纠谬自有大方之家。

一、标示衙署街衢道口桥头的地标性牌坊

城中县衙署前，有一座"县前坊"。桐城衙署在县治中街，元末毁于兵火，明初知县陶安创于故址。县署大门为谯楼，左右有旌善、申明二亭。古代在某地官署及楼、堂、陵、塔等名胜古迹前建立的牌坊，为地理标志性牌坊。揣测明中期以前，经过桐城的官道是由吕亭驿入城进入东大街，过桐溪桥（今良弼桥）进宾阳门入北大街再向西及西南方向，往来通达。明万历前桐城城门有四：东宾阳、西阳和、南贞兑、北龙眠，万历年四年（1576）后重建城池，有城门六座，曰东作、西成、南薰、北拱，另有向阳、宜民二门。"县前坊"额枋大字板向外题"七省通衢"，向内题"两江剧邑"。巍然庄严的"县前坊"，是官道上的一座地理标志，它向世人昭示桐城乃地控江淮，为地理之要冲。且历来称为剧邑，是政务繁剧、耕稼兹繁的大县。

立于东门外的"紫来坊"。题曰"紫米街"。紫来街为东大街通往北大街的辅街，俗称"子街"。它背倚东城墙，西接紫来桥。相传紫来街为旧时桐城烟花柳巷，真假无可稽考。街巷接桥临水，应该不失为来往官宦文人或引车卖浆者饮茶休憩的好处所。五百年雨打风吹，至龙眠河改造拆除之前，紫来街萧条不整，已没有了昔日的繁华，传说中那龙眠河涨腻的脂粉也早已流逝。只有听老居民时常念叨"龙眠山上茶，紫来桥下水"时，才依稀记起与桐城"三街"相关联的还有一条曾经熙攘喧闹的"紫来街"。

在城中文庙西侧，有题名"太平"牌坊一座。"太平坊"是里巷名，明清时为桐城城内街道之一，位于文庙西。成化时知县陈勉在此建有养济院，至清代仍存。明代桐城内城郭外有"承流""宣化""太平"等十坊。到清代城内外

有"凤仪""治平""龙眠"等坊十四。清代"太平坊"隶属典史管辖,为缉盗、稽查狱囚之所。"太平坊"牌坊所处古老里巷,相沿数百年不变,是县城一处重要历史街巷。至于西门城墙外那座"迎恩坊",大概是某年月桐城县感谢朝廷颁赐或蠲免逋税一类的谢恩;或沾朝廷雨露、或天子南巡至此,立坊以志。可惜今日无从稽考了。

在县城以外还有数座地标性牌坊,主要建立于枞阳和其他乡镇。如枞阳街下口的"登仁坊",枞阳街上口的"西义"坊,题曰"古枞阳";立于义津桥下口的"义水潆回坊"、立于孔城都会桥两岸的"都会桥坊"、立于枞阳永利寺外巷口的"鹤林选胜坊",还有枞阳河街口的"永盛坊",等等,这些耸立于桐城古镇桥头水滨的牌坊,历经风雨、黛色苔痕,给桐城秀美的自然山水和厚重的历史文化增添了逸韵高致。

二、彰显科举折桂光耀门庭的功名牌坊

旧时桐城县城内、郭外纪念科举高中类牌坊多达40余座,先后立于县城南北东西街衢道口,历年各有营建,成为刻于石坊上的桐城科举与文化断代史。这些纪念性牌坊主要是表彰在科举中试后为一县争光,为门庭显耀的举人、进士。明清五百余年间桐城县英才辈出,勒记于《明清进士题名碑》上的共有进士200余名。明代隆庆至万历年间,桐城读书人科举进取达到巅峰。万历戊戌科何如宠、何如申、阮以鼎、阮自华、马孟祯;癸丑科方大铉、叶灿、齐琦名、方震孺同榜四中;丙辰科方大任、方孔昭叔侄同榜;万历戊午科乡试何应奎、姚孙棨、方拱乾、江之湘、宋兼同榜五中;崇祯甲戌恩岁贡方体乾、张秉成十三人同榜取贡生,体现了桐城作为皖江一邑,其经济发达、教育昌明的程度。冠带满京城,一邑之内便有了荣耀,县人皆以为文风昌炽一时之盛,便自以为有"江淮邹鲁"之风光了。于是一座座"功名坊"栉比于县城内外。

"前志有进士"坊共有十座。较早的是表彰永乐癸未科进士刘莹的"进士坊",立于县西大街。刘莹是明代桐城进士第一人。刘莹中试是孔城刘氏家族由经商渐入读书进举业的开始。后来刘氏家族文风昌炽,刘莹的儿子刘玺在正统辛酉科乡试第一,县西立有"解元坊",父子二人开桐城明代科甲之先声。

自此刘氏一族"贤才接出",到刘开虽功名不举,而文震海内。刘莹的"进士"牌坊当是明弘治以后所立。因桐城首部县志修成于弘治初年,"前志"当指弘治县志。

立于桐溪河边的"进士坊",为表彰明正统壬戌乙丑科进士章纶所建。章纶也是桐城在入明以后中试较早的举人。他在赵州州判任上兴学校、靖边寇,离任时老少扶车辕,号泣相送。历任山西大同、湖广武昌、江西南安等知府。史称其"前后靖边卫民,善政不可枚举"。明成化丙戌科进士江宏济"进士坊"立于桐溪边。江宏济官至监察御史,持重有操守,以为御史纪纲所系,纠察在当人心。卒后箱中只有旧衣常服数套,时人称其"风裁凛然"。

立于县前有"黄金、黄宪进士坊"和县西大街的"父子进士坊"。黄金、黄宪兄弟为明天顺丁丑科同榜进士;吴檄为正德辛巳科进士,官陕西布政史司参政。吴自峒为嘉靖壬戌科进士,官右布政史。兄弟二人同榜高中、父子二人连掇巍科,可见桐城县士子一时冠带加身的盛况。表彰成化乙未科进士袁宏"进士坊"在练潭,袁氏在练潭是大族,族中出了进士,又做了户部郎中,顿时门庭增辉。此坊当是袁氏族人醵金建立的。可以想见,练潭秋月映照下的进士坊,是多么的浑朴静穆,西乡古镇从此有了文化底蕴。

"解元进士坊"在县东南街,为庚子举人甲辰进士赵釴,赵釴累官南太仆寺少卿。任佥都御史,巡抚贵州时,平叛抚民,教苗民礼义、引水为田,居高原土著苗人始知水耕。致仕居乡里时,他以阳明致良知为宗,适用为辅为县诸生讲习,一时从者甚众,为家乡培养人才做出了贡献。

城中自东至西,排列着数十座举人功名坊,坊上题名皆为科举拔魁的美称。如"绣衣坊","绣衣"表示受君主尊宠,亦称"直指使者""绣衣御史"。绣衣坊多是表彰清直有声的御史。县东大街"绣衣坊"为监察御史方佑,明天顺丁丑科进士。另一座"绣衣坊"为御史盛仪。"冠英坊"在县东,为举人章纶。"方伯坊"在城东,为谢佑,明洪武癸丑科举人,官布政使。县东三十里,有举人王杰的"登墉坊"。还有为表彰方氏一族的"世科坊""联芳坊""奎光坊""登墉坊",分别为举人方法、方瓘、方佑、方印。立于城东的一座牌坊叫"桂林坊",是表彰方瓘、方佑、方印、方向、方克等方门五举人的,为桐城诸多功名牌坊中的翘楚,这座牌坊的规制有多大,工艺怎样精美未有记载。但可以想见，当年建立这座牌坊时，桐城方氏之显达可以说一邑之内震古烁今，其文化名门的荣耀已流播遐迩了。至于那"登科""接武""登弟""经魁""飞黄""拔秀""登云""攀龙"，一座座牌坊上举人的名字让桐城的百姓踮踵翘首，也不知激励了多少士子闻鸡起舞。

三、崇奖忠君体国宦绩显著的功德牌坊

有些牌坊题名是朝廷对某些官员的美誉。"桐岗五凤坊"在儒学东，为进士齐杰、盛汝谦、阮鹗、赵釴、戴完。齐杰、盛汝谦为嘉靖辛丑科同榜，戴完、阮鹗、赵釴为嘉靖甲辰科同榜。"四世揆辅坊"在西城外，表彰何如宠一门四代良臣，忠君体国。何氏一族，自明嘉靖间何思鳌廷试第一，子何如申、何如宠明万历二十六年乙未科同榜进士，何如申子何应珏、侄子何应奎皆为良臣，当然会受到朝廷敕颁荣恩。

桐城方氏一族的显赫不仅在于族中子弟冠盖如云、宦绩斐然而受到表彰，子显父贵也可树立牌坊，"诰敕显扬坊"，是为赠御史方懋、封给事中方瑜、赠知府方舟三人敕建的。方懋是方法长子，他的儿子方佑、孙子方印皆有功名。方懋获表彰殊荣，不仅沾了子孙的荣耀，在当时的桐城，他以孝友称于一时，以任侠闻于一方，那才是他封荫受赠的真正原因。"父子进士坊"为吴檄、吴自峒。吴檄一族是桐城马埠山吴氏。父子二人分别为正德辛巳科和嘉靖壬戌科进士。史称吴檄"清介之操终始不渝"，父子为官皆清正守节，双双继承先人的美德。在儒学前，有一座为进士齐遇、林有望所建的"皖岳双麟坊"，道光年间毁圮，甲午时在原址建"五尺楼"，名播江淮，其间发生了多少风流韵事，无从知晓。

有些牌坊是以官职题名，用以旌表宦绩的，共9座。为表彰钱如京的"都宪坊"，在县治东，"都宪"是明代都察院、都御史的别称。钱如京是弘治壬戌科进士，累官太子少保、刑部尚书。钱如京为副御都史时，遇保定等府饥荒，请发内帑数万缗救济，民赖以生。有"真御史"之名。钱尚书故事妇孺尽知，相传尚书墓在"文化大革命"时被掘，朽木横陈于乱岗之上，县人围观，唏嘘之声不绝。谏议廉坊在县东，为齐之鸾。"司谏坊"在县东大街，为给事中方

向。方向为举人时名列"桂林坊",中成化乙未科进士后又列"进士坊",那是他取得功名后朝廷给予的荣耀,而"司柬坊"则是表彰他为官清正,是朝廷的嘉许,可谓荣恩备至。任广东琼州知府,为官清廉直,不慕纷华、有投珠于海之美谈。"谏台济美坊"在县东,为正统丁卯科举人方佑、成化庚子科举人方向、正德丙子科举人方克。为按察史余珊敕建的"廉宪坊",立于县南竹城。余珊为官律己清节。在任时疏陈《十渐》,历数当朝权奸之非,政局之弊,凡四千言,声动朝野。这些桐城历史上的官吏,苦读中试,一朝为官,都心怀天下,名留青史。

四、旌表节孝好义潜行隐德的孝节牌坊

立于县西大街的"孝子坊"是为表彰孝子檀郁建立的,明正统时旌表。《江南通志》载:"檀郁字子复。家贫少孤。母汪守节,奉事至孝。母卒无以为葬,或赠石山,不可穴。泣祷于神。有乡人梦神云:'檀孝子有穴曰涌泉可丈许耳。'或解之,曰:'人涌泉穴属足,其山麓有穴乎?'求之果得窆。遂庐墓侧。无水,苦远汲,忽石罅出泉,色莹味甘。三年郁归,泉遂涸。"檀郁奉母至孝的诚孝所至感动神明,他的事迹记载于多部乡邦文献中,感染了历代桐城人。

在传统的封建伦理道德中,妇女守节是很重要的一个内容,特别是宋明以后,女子节烈守贞受到上自朝廷下至平民的重视与遵行。道德观念的激励,使女性视名声气节比生命还重要。在一个个道德楷模影响下,成千上万失去丈夫的女子,以深处闺阃、寡居守节,上奉老姑、下抚遗孤为安身立命之本。几千年历史中,桐城节烈女子不计其数,一部《江南通志》,"荣列"人物志里的桐城女性,其义烈者有31人,完节者受朝廷旌表100余人,贞孝9人,男子孝义者43人,忠节者10人。清代桐城派作家皇皇巨著之中,有大量的"传""志""表""祭"为节烈贞女颂扬,一篇文章可以视为一座贞节"牌坊";而每一座贞节牌坊的背后,都有一段不为人知的辛酸故事。那些受到朝廷旌表的女子,她们的悲悯人生,为世人所知,可歌可叹;其未受旌表的有数百数千,艰苦备尝,令族戚感泣。

专为旌表邑内节妇懿行芳德而建造的"节妇坊"共5座。一为举人盛德妻

倪氏。倪氏少寡，父母令改嫁，倪以死拒不嫁他人，苦节历四十年，嘉靖年旌表；一为盛可美妻尹氏，少寡，守节四十年，天启年旌表；一为姚孙紫妻方氏，年十六夫亡，自营茧室，移夫柩而藏之，以俟同穴，年八十四终；一为江一妻夏氏；一为倪兼善妻何氏。姚、江、倪氏三坊后还建有节妇祠，故此三座坊又可看作祠堂的附属建筑物。

西大街的"贞烈坊"是正德中诏旌生员方说妻姚氏。另一座"令仪贞操坊"为旌表蓟辽总督吴用先母亲、诰赠奉政大夫礼部郎中吴应道太宜人节妇方氏。在城内节妇牌坊群里，"四节坊""四节里门坊"表彰的主人公故事最为凄绝。"四节坊""四节里门"坊立于县西大街，是表彰陶氏四节妇的。《江南通志》："陶镛妻钟氏，桐城人，镛被遣卒于外。子继，幼，钟年二十五，乃负镛骨四千里归葬。守节至八十二终。继又早亡，其妻方氏生子亮才二岁，誓以死守。亮举景泰癸酉乡试，卒。其妻王氏、妾吴氏皆少寡无子，纺绩自给终身。"明成化间知县陈勉具奏礼部，"四节相踵，实为罕见"，言词剀切。朝廷诏旌其三代，人称"四节里"。明尚宝司丞许瀚有《陶氏四节妇》诗，中有"秋风孤檠微如星，夜雨空堦冷如冰"之句，写出节妇之清苦。陶氏一门的守节故事一直延续到后八十年。方学渐《桐彝·陶氏六节传》载：嘉靖初年，陶门复有二节妇胡氏、范氏，均青春寡居，矢志守节，朝廷旌表其屋"继世双贞"。时人还写诗"两间正气垂先后，一派丹心贯古今"赞美。风励贞节，表面风光无限，哪知荣恩背后饱含的万种辛酸。

布衣平民也可享旌表之殊荣。桐城旧时有"义民坊"两座。一在县西四十里为表彰程仲珍，一在桐溪桥东为表彰金腾高。金为明永乐时人，与方懋、史仲宏为昆弟交，为人轻财急义，入《江南通志·人物志》，其"任侠好义。邑大饥，出所积谷二千石悉赈乡里"。朝廷诏旌其门曰"义民"。

桐城历代多义士。受历代义士事迹影响，桐城人重义助人、重义轻财的故事屡见史志。明代朱蓬，兄弟六人淳朴孝友，有一年遇饥荒，朱蓬的邻居年老且贫。田亩荒芜。朱蓬使其弟为之垦。邻翁不知谁人所为，非常诧异。朱蓬对兄弟们说："我家力有余，邻翁力不足，只不过代耕罢了，不足为念。"这都是当时以忠孝仁义教化百姓带来的风气影响。像朱蓬等人义举见诸文献，为道德楷模，只是未曾树坊表彰而已。

牌坊的建立，皆有一套礼制规程。一般义民及贫民，有节孝义举闻于一方、事迹感人者，由官府具疏礼部呈上昭允。官宦大族亦可自拟奏疏，如明代桐城方孔炤《臣门三节疏》，疏中陈述方氏张秉文妻方孟式、姚孙棨妻方维仪、儒童吴绍忠妻方维则三姊妹懿德节操，具疏恳乞皇上勅礼部覆允，恩赐旌表，朝廷诏下后，方氏自备建坊，也就是牌坊的耗费由方氏一族自筹。弱族则由朝廷支给建坊耗费。

除立于城内郭外诸乡镇的牌坊外，明清桐城街头巷口水边道旁还见许多"绰楔"。绰楔也作"棹楔"，是古代立于正门两旁用以表彰孝义的木柱。立绰楔使不孝不义者见之可以停止不孝不义之举，悔改劣行、重新做人。清代府县志乘中"绰楔""牌坊"名称互见。

桐城旧闻撷拾

今人研究桐城文化,往往忽略了其另一个层面——载诸地方文献和桐城文人著作里的"旧闻佚事"。以往人们总是认为,这些东西里含有很多迷信成份,宣扬轮回报应,满纸充斥着神异怪诞,是"唯心"的东西,斥为封建糟粕。其实这些远离我们记忆的许多旧闻佚事,都是由官府及文人自民间采集,甄选提炼,写进典籍和著作中而得以保存下来的掌故,堪为珍贵史料。有些传说故事性强,不失为一篇优美的文学作品,还有些作品出自桐城派大家之手,极具古文特色。那些旧闻故事大多蕴含着以正压邪、惩恶扬善、褒扬仁义孝悌、醇化乡里风俗的积极思想意义。

本文从有限的史料中撷取几则历史上发生在桐城境内或桐城人身上的旧闻佚事,略作评述,以飨读者。

一、光时亨缮城得灵龟

光时亨,字含万,桐城人。崇祯七年进士,初授四川荣昌县,历任兵、刑二科给事中,世称"光给谏"。光给谏在任时,屡次上书弹劾权贵,建言军国大计。左光斗被害,光时亨曾切齿痛骂阮大铖。李自成攻陷山西,京都危在旦夕,光时亨立主以京城为根本,以定人心。城破,数死不得。弘光朝马士英、阮大铖专权,光时亨以阻止南迁罪,被马、阮杀害。

戴名世曾称光时亨"性疾邪,不为群小所悦""直声震京师,"这是称赞他刚直之风,称他为廉吏。

李自成兵起陕西,光时亨正在四川荣昌县令任上。马其昶先生《桐城耆旧传》记载了当时一则趣闻:荣昌县城外有座思济桥,桥被水冲毁,县中士绅谋划筹集资金重修此桥,但工程量大而费资甚巨。光县令审时度势,对父老们说,大兵马上要来攻城了，现在城墙坍塌，怎么办呢？当务之急应当毁桥而用渡船，将桥石用作修城，这样岂不两便？父老都听从光县令的决策，于是：

> 募役百数十人，运大石城下。中途一石坠地，裂有声。凿之，得石龟，色如紫玉，身隐隐有龙文，若字若卦画，不可识。公蓄之池中，每池中气与云接，则天雨，晴亦时有异光。城成而贼至，设奇计却之。

光时亨入京，升给事中，调离荣昌县时，值张献忠构祸川中，家人为避乱带石龟回到故里桐城，正逢江北战事吃紧，一家人又自桐城辗转回到光氏先世祖居地祁门。戴名世《书光给谏轶事》写神龟感应：

> 一夕，雷电晦冥，风雨大作，龟腾空而去。识者曰"光公其不免乎？"及闻时亨死，果是日也。

故事结尾，写石龟通人性，为报主人放养之恩。原来光时亨被阮大铖害死后，京城与江南远隔数千里，家人一时还未闻凶讯。而石龟有灵，在主人遇害当夜，乘风飞升，暗示主人已遭遇不测。此龟修业圆满，如实知十方有情，佛家所谓"六通"之"漏尽通"也。光氏一生光明磊落，为国殉难，其大义感天动地，连石龟也知恩图报。

二、光时亨断狱感神明

戴名世《书光给谏轶事》称"时亨为人有才气，断决明敏，而清正自守"。下面一则故事颇为神奇：

一日，光知县出外，一头猪闯到他轿前，随从又呵斥又捶打的，都不肯离去。光时亨心有所念，随即对那猪说："难道你这畜生也有冤情吗？有则跪伏。"那猪立即跪伏于轿前。时亨心知其中必有冤情：

> 制一笺付一吏曰："尔随豕所往，豕往何家，则擒其人来。"豕前导，吏随之，豕即至吏家。吏惶惧来白曰："小人平生无过恶。"时亨曰："豕冤果在此人，再跪伏。"豕即跪伏。

这故事也太戏剧性了，光县令原差遣县吏跟随那猪去查线索，不料那猪却来到县吏家中，案情就复杂了。幸亏光县令明察，详加审讯，那吏员确实无甚过恶。

这时时亨问那县吏：

> 尔家更有何人乎？"吏曰："妻兄游三实他县人，携其妻秦氏来居此月余矣。"时亨曰："豕所告必此人也。"

即遣快捕至县吏家去捉拿游三，而游三闻讯早已带着秦氏逃往村外数十里了。快捕很快就追到游三夫妇。经审问，案情大白：

> 先是游三与秦氏通，秦氏弃其夫奔游三，而秦故与诸生某通，其夫疑某匿之，告于官，官系某鞫（按：审问）之，而狱未决，秦氏父忿恚死。至是鞫之，俱得其情，乃抵游三及秦氏罪。

有罪者得到惩处，那猪竟绝食而死。连畜牲都有情义，那恶棍宵小，真是罪不可恕。从此以后，蜀中有疑难案件，上司都交给光时亨审理，"皆立剖"。

自古文人喜为循吏树立形象。唐代传奇、宋元戏曲、明清小说、近代曲艺等文艺作品中，皆见一个个为民作主的"包青天"，流芳百世。马其昶在《光给事传》中赞扬光时亨"少有俊识，敢决事，性不能容恶。"此一则家猪告状的故事，其真正旨意不在宣扬畜牲如何通人性，而是在赞扬一代循吏明察秋毫、伸张正义的廉正风概。

三、吴真人术高遭暗算

桐城自古出文士、循吏，而擅方术，会堪舆、医道、武艺者也不在少数，不少传奇故事流于民间，历来为乡村街坊居民所津津乐道，流传久了，便被写进文字。康熙《安庆府桐城县志》就记载了一则道人王文正逸事：

> 王文正，桐城人，七岁得道书，依科演试，忽天将见前，问召何事，文正仓皇指庭树曰："为我移植门外。"顷刻树移。自是能役鬼神、呼风雨，有奇验。

后祷雨皖城，有道人亦祷雨池口。云起，文正招云过皖，道人曰："皖有异人。"掉席渡江访之，文正浮磨江中，立磨上接见，咨论竟日。

临别，道人以三指拊文正背，有顷背痛，则有三铜丁入骨。文正用瓮自覆，围火以炼，戒家人曰："七日勿启，可活。"至五日，家人启视，钉以出，正叹曰："命数乃尔。"

姚莹《小识录》亦记载了一则桐城王道人故事："吾邑之北乡黄檗岭有王道人墓。相传为明季人，有道术。"姚氏说此故事取自王士禛《皇华纪闻》，据考王氏《皇华纪闻》刊刻于清乾隆年间，其王道人事应该抄录于《桐城县志》。

姚莹《小识录》中同时记载了桐城又一位吴道人故事，情节与王道人相似，姚莹以为二人"未知孰是"，吴道人"岂即黄檗之王道人耶？"吴真人故事如下。

吴真人幼失父母，由舅舅抚养成人，小时候就会法术，不知从何处学得。替舅舅家放牛时，常颠倒畜物，呼役风雨，以戏弄舅舅。长大后，道术益奇。

有一年，有位张真人经过皖城，遇狂风阻江面，船不能前进。张真人掐指一算，知道此地必有异人，并知道是桐城吴真人在作法，船不敢进。以下斗法一段情节颇为精彩：

时吴方与友人弈戏，以小绳系案下，时时吹之耳。

张遣人投书，亟赞道法，约至皖。吴欣然而往，数与张角术，辄胜。

最后张振袖而起，拍吴臂曰："兄道法信妙，非某所及也，去矣。"

吴真人感觉不妙，急忙回家，对徒弟说："刚才斗法时被张真人算计了，我马上活不成了。"徒弟问何因，真人回答说：

"彼以太阳神针钉我。"亟（按：急忙）取瓮自覆，令火围炼之，戒曰："七日启，可不死。"未及六日，徒疑而视之。吴大呼曰："败矣！"其臂有铜钉出骨寸许，迎风复入，遂死。

据姚莹《小识录》记载，吴真人实有其人，其"死后遗印一，七星木剑一，今存南城外五印寺"。这位吴道士以及王道士法术如此高超，以及遭人暗算后覆瓮自疗未成，其故事大概是民间渲染而成。但大凡一个历史人物的存在，必有其过人之处，哪怕是集众人事迹于一人之身，附会而成传奇，如这位吴真人。他们一定为桐城百姓做过不少好事，所以人们不惜口舌或笔墨，长久地纪念他们。

四、桐城人折桂有吉兆

史载，桐城明清时科举折桂者称盛于江北，但遗憾的是数百年来科第中独缺状元、探花。清代姚元之《竹叶亭杂记》有一段记载：

> 嘉庆甲戌，龙汝言始得状头。乡人向有"沙塞三江口，桐城状元有"之谚。此三江口在枞阳，为桐邑地。十余年来江口果长沙滩，验矣。

"沙塞三江口，桐城状元有"颇似谶语，实则为桐城百姓对读书人十年寒窗、一朝登云的殷切期待。桐城明清两代举进士者多达二百余人，入清后相继有榜眼三人，但可惜与探花、状元无缘。龙状元高中之前，传说民间已有沙积于三江口，必出状元的预言，大概此地为桐城湖河内水出江的通道，沙塞江口，意味文气郁积于邑中，必出大贵。此话为姚莹道咸年间所闻，并载入笔记，也许是事后诸葛亮之语，但状元高中，又真的出现沙塞江口的瑞象，如此巧合，不妨看作老百姓对桐城文风昌盛的良好祝愿。《竹叶亭杂记》这一则传闻更有趣：

> 吾邑有大贵者，枞阳江口必有大鼋入河，向县而拜。渔人每知之，伺（按：观察）以为验。张勤恪公若淳之受擢也，鼋入河拜。甲戌前一岁又入河而拜，次年龙殿撰汝言大魁天下。

桐城清河张氏门第每逢科考也有预兆。《竹叶亭杂记》载：

> 张氏五亩园有大皂荚一株，不轻结荚，每结一荚，则张氏应科者必得第一人。结一小荚，必得一副车（按：清代称乡试中副榜贡生）。外祖贵西观察枬轩公以戊子发解，是年树结荚一丛，计七枚。每至科场，张氏以此为验。

与张氏相媲美，麻溪姚氏族中掇巍科者踵接，族中口耳相传，其葬于黛鳌山麓的先祖坟茔乃风水宝地，每逢族中子弟科考，必有先兆。姚元之《竹叶亭杂记》载：

> 吾家有贵者，前一岁除夕戴安山（按即大凹山，今名黛鳌山）祖坟必有火光。见者以为火也，即（按：接近）之则无。叔祖铁松中丞巡抚江西时，前一年除夕火光见。癸酉又见，则余（按：指作者自己）甲戌充会试同考官，五月即督学中州。乡中人云墓下子姓每获第，亦常见火，但大小不同耳。

以上三则趣闻都将美好祝愿融进水文、地理变化、树木呈瑞以及风水吉兆的自然现象之中，表达桐城百姓对邑中人才辈出的良好期冀。尤其是前则故事讲鼋通人性，近乎神话了，寓含一种神奇的力量，增加了故事的传奇浪漫色彩。

五、姚元之大考得神授

姚元之，字伯昂，嘉庆十年进士，选庶吉士，授编修，典陕甘乡试；再典顺天、江西乡试。入直南书房，累迁内阁学士。《清史稿·姚元之传》称"元之学于族祖鼐，文章尔雅，书画并工。习于掌故，馆阁推为祭酒"。

姚元之入直南书房，受到给事中花杰参劾，说他文章不佳，全靠大臣举荐才得以出入禁闱。但皇帝明察，肯定了姚元之文字本来就好，驳斥花杰疏劾是攻讦能臣。但他还是离开了南书房。

可喜的是嘉庆十七年，姚元之大考一等，证明其确有文誉。之后，他将考前发生一件奇事作了记述，当为亲身经历。事见《竹叶亭杂记》：

> 嘉庆壬申大考以前，孙少兰侍御梦其外祖张檀亭先生以笔二管属以赠余，告曰："此晴岚阁学若霜之笔也。"不解其故。及余考列一等四名，擢侍御，乃忆晴岚先生以大考一等第五升侍讲。梦笔盖预兆也。

"大考"，《汉语大词典》解释："清制翰林、詹事的升职考试。"姚元之"大考"一等第四名，升侍御，与前辈晴岚先生经历相似，由此他意识到，先前孙少御梦檀亭先生托付以赠柔翰，其梦境已应验其一也。

故事颇为曲折，有趣的是笔有二枝，该当再考后又得应验，而结果不然：

> 及戊寅大考，或谓晴岚先生平生大考二次，一次升侍讲，二次以二等洊（按：再）升，不复与考矣。笔两枝，盖其两考所用者。此次殆应以二等洊升耶？试毕，余列三等十一名，以为梦笔但为侍讲兆耳。

迨至道光，朝廷考绩，蒙再次升迁，并无须复考，与晴岚先生经历无异，至此梦笔之兆最终得到应验：

> 至道光甲申，余考列二等，由此洊升，不复与考，始悟赠笔二枝之验。

由此，姚元之叹道：晴岚先生虽为我外祖父这一辈的，却从未见面，"鬼神先知，巧为预兆如此，数岂可不信哉！"作者也认为这件事属"巧为预兆"，故事旨在前贤勉励后来者发奋有为，积极向上。民间所谓"显灵"，只不过是客观现象的一种巧合而已。

六、天尺楼空中飞釜甑

姚鼐《先宅记》载：

> 先世自余姚来桐城，始居麻溪南，至八世葵轩公居粟子岗南，十世芳麓公居城中天尺楼宅。……
>
> 天尺楼者，其门楼名也。宅最后居楼五间，铁松中丞截居楼为职方公支祠，乃与天尺楼宅隔分。当芳麓公之世，有铁釜负木甑，从空飞来，其声薨薨，甑内蒸秔（按：粳米）犹熟。釜容四斗许，今在祠楼上。

现代物理、气象学证明，空中飞物现象并非妄语。姚氏祖宅上是否曾飞来釜甑，不可考究。但姚氏祖宅，故物犹在，又不可不信。

姚鼐为一代文宗，在记取祖宅变迁时，插入一则传说，旨在宣扬先祖隐德，积善之人家，必有余庆。此段文字既增加了先宅的神秘性，又为文章抹上一层瑰丽色彩，读来妙趣横生。

七、安禅师说经度雉鸟

佛教之禅宗在桐城开设道场，以投子为初始，禅宗灯录、高僧传录记载佛教在桐城的活动大多始自唐大同禅师。大同禅师来投子约在唐咸通（约860）年间，而据县志记载，早在北齐文宣帝（约550）时，已有安禅师在桐西王屋山开坛讲经了。安禅师其人生平失考，盖为禅宗中虚构之大德，禅宗典籍中均不见安禅师事迹，唯康熙《安庆府桐城县志》有其度化雉鸟的传说，其情节颇富戏剧性：

  安禅师，戒业精苦，文宣时居王屋寺说法，讲《涅槃经》，有雌雉来座侧伏听，讲已辄去，又讲辄来，至三卷后，雉不来。或问之，安曰："雉已作越州某家女矣。"

  越七年，安欲往看雉徒，乃至越州，某家女名雉，见若素识。安问女："何以雉名？"其父曰："女初生发如雉毛。"安笑，述本缘，女遂求出家，安为讲《涅槃》，言下领解，至后三卷，茫然不解。

  约日来王屋寺，至日，安于寺中，诵《度人经》。使一徒下山候女，戒曰："听钟乃升。"女果至山下，跽而听钟，钟鸣遂合掌化去。

这一则传说颇具神秘色彩，情节离奇生动，与大同禅师在投子山胜因寺度化何氏女有异曲同工之妙。安禅师观照般若，有定慧。雉鸟彻悟，实为一段美丽传说，故事旨在宣扬一切众生皆可成佛，雉鸟亦可悟道。

安禅师在桐西王屋山讲经度化，虽为民间传说，但载入地方志，也不失为研究桐城佛教活动的一段史料，不可一味斥为无稽之谈。

八、张十九义不业渔

古桐城北岳而南渎，东、南二乡水域广阔，烟波沆漭，千帆竞发；商贾往来，鱼米丰饶，为民间艺人、文人创作提供了丰富素材，历来有大量颇具水乡特色的文艺作品流传于世，传说是其中重要作品之一。流传于东南一带有关渔民张十九的故事就饶有趣味。《竹叶亭杂记》对这一则故事记载云：

枞阳有张姓行十九者，以渔为业。人皆以张十九呼之。一日渔于三江口，得一鲤甚巨，邀众异（按：抬）之，约几二百斤。鲤腹有文，宛然朱书。谛（按：仔细）视之，文曰："生在黄天荡，死在三江口。江湖八十年，付与张十九。"

此鲤巨如此，乃不得化龙，为张十九所网，岂有宿孽耶？抑定数耶？张亦由是改其业。

盖张十九为渔民中"阮氏兄弟"式的人物，在桐城东、南水域颇有名气，渔民捕获巨鲤，以为不祥，便将故事附会在张十九身上。

此则故事带有明显的佛教轮回报应色彩。佛教认为，诸功德中，不杀生第一。而种种罪中，杀罪最重。渔民借巨鲤腹上文字，渲染一段命数已定、在劫难逃的传奇，靠打渔为营生的"张十九"们自觉罪孽深重而开悟，故事具有典型的劝人弃恶从善的教化意义。

九、起兵燹天遣灾异

明崇祯七年起，张献忠犯桐城。正史与野史都对明末这段历史作了客观记录，战争让百姓处于水深火热之中，饿殍遍野，草木不生。张献忠部在桐城先后攻略约十年之久，铁打的城池虽然没有攻破，却也让桐城这座蕞尔小城遭受巨大创伤。对此，桐城文人王雯耀《全城纪略》和戴名世《孑遗录》都有详细的记载，而康熙《安庆府桐城县志》则从兆象上记载了这一时期桐城境内发生的灾异情况。兹摘录如下：

崇祯三年庚午大有年，四野鬼哭。李树结实如瓜。

五年壬申，有神像流泪，拭之复出，如是者一月。秋七月赤鸟见。大如鹊，色赤若荔，其声呜呜如咽。时桐有辽人流寓者，惊相谓曰："桐不可居。"三年后，当火烬矣，相率逸去。

七年甲戌春正月二十八日地震，屋宇摇动。秋八月二十日，西北长虹亘天，是月黄文鼎等乱。冬十月，北峡关鬼祟大作，来如风雨骤至，详视则尺许小鬼千百为群，用锐炮击之，如鸟飞去。如是者数日。

八年乙亥春正月朔，地震有声，自西北响至东南。是岁流寇至。二月天雨黑黍，三月十五日地震；夏五月复雨黑黍。

十年丁丑春正月朔，日有食之，是年流贼杀人盈野。夏六月二十日夜，天裂有光，大星坠。秋七月，县西三里冈有白气一道从空而下，如挂帆，如瀑布卷舒，如象鼻。自是日夕屡见。九月二十七日，有白鸟数千集于西城外山岭，望之如雪山。

十一年戊寅，地产土粉，似粉，和米为饼可食，久则成病不起。五月天泉出。时天旱，贼围，城中苦无水，有童子于城内郭家园掘窟，水涌，名曰"天泉"。

十四年辛巳大旱虫疫，北方流民觅食者计数万，未几俱毙，尸填道路。

十五年壬午大饥疫，贼久驻城外，四乡素封有产业数万金者，饿死城中。

志上记载的灾异，大多为自然现象，有实有虚。如地震、星坠、长虹亘天、饥荒等，实也；鬼祟、赤鸟、天落黑黍等，虚也。明王朝倾覆，崇祯皇帝自缢于煤山，"天崩地坼，天子下席"，此为国之不祯。战争残酷，让人恐怖，天怒人怨，于是官府与庶民都认为地震、流星、长虹这些天象乃不祥之兆。于是飘风骤雨，则闻长歌当哭，阴风怒号，则当鬼哭神泣，风调雨顺之年所见不到的种种异象祸福，老百姓都将其与那场无情的战争联系起来，以为天象的变化预兆着人间的吉凶。如"日食"的出现被认为是对"天子"的警示，明王朝大厦倾危之际，正好出现"日食""长虹"，不祥之兆便笼罩在人们心头。而记载下的每一次灾异，都将成为史学家研究那段历史的重要地方史料。

载诸桐城乡邦文献及文人笔记中有关梦境、奇闻、仙、释、祥、异等传说，最初由民间口头流传，后经文人搜集整理创作，形诸文字，得以保存。这些旧闻轶事，大多都是非真实的，具有超自然的神力。但正因为其虚构性，才具有文学审美价值。而最重要的是，其中所传达出的中国文化精神和传统道德价值是永恒的。正如刘跃进先生在论述中国古代神话时所说，它们"蕴积着积极的思想意义和强大的启示力量"。这些传说，如能再广泛深入地搜罗，从远古至近代，内容繁富，五光十色，汇辑起来就是一部宏丽的桐城地域文明史诗。应摒弃"左"的观念，重新认识这些旧闻佚事里所蕴含的积极的思想意义和丰富的文化意义，让其堂皇地进入主流文学的园地，以丰富桐城地域文学内容。它们所呈现出的瑰丽奇特的人文色彩，为地域文艺创作提供了难得的素材。而故事中所表现的自然人文现象，对认识和研究桐城地方史志、天文、地理、物产、风俗、科举、宗教甚至文学艺术发展史等等都具有一定的参考价值。而有些桐城派作家如戴名世、姚鼐、姚莹、马其昶等人所写的历史传说，颇具桐城家法，对于我们研究桐城派及桐城派作家作品都具有一定的史学和文学价值。

寒枝冷艳独自伤

——归有光《寒花葬志》初读

每展读归有光先生《震川集》，总被集中那些短小文章所感动。归有光一生著述繁富，为学博涉经史子集，仅从古文家方面来认识他，先生文章光焰，足以闪耀古今。他的文集有《震川集》三十卷、《震川别集》十卷，这些文章中以纪事类文字最引人入胜，被后人推崇。今人刘大杰先生在《中国文学发展史》中评归文时就说："在归有光的文章里，最能表现他的特色的，是抒情、记事一类的散文，以清淡朴素之笔，描绘平凡琐事，抒情真挚，记事生动，不事雕饰，而风味超然。"此"真挚"一语颇得归有光此类文章的旨趣。

本文试以归有光《寒花葬志》为例作以解析，兼论其碑志文的特色及其对桐城派诸家的影响。

一

《寒花葬志》是归有光为小人物撰写墓志的典范之作。全文仅百余字，始写墓主身份及卒、葬；继写婢子寒花生之嫣然、死之悲怜；终作含悲嗟叹。虽寥寥百数十字，但语言之雅洁，结构之完整，文体之合乎规范，堪为散文史上一篇难得的纯情之文。近人沈伯经评点此文"从小事点缀着色，字字带凄惋之气"。兹试读此文。作者开头即写婢子寒花之死：

> 婢，魏孺人媵也。嘉靖丁酉五月四日死，葬虚丘。事我而不卒，命也夫！

媵，随嫁的侍女。寒花是随魏夫人嫁到归家的，正值艳阳桃李之年，不幸遽然而卒。岂命也夫？她葬于莽原荒丘，盖寒花为婢奴，不能入归氏祖兆欤？文章开头即发出生命无常的悲叹。

紧接着，写寒花纯朴自然的容止衣着，一位妙龄纯真幼稚的少女形象顿时跃至眼前；而通过生活中的一段小场景再现，寒花故作矫态的性格显得玲珑可爱：

> 婢初媵时年十岁，垂双鬟，曳深绿布裳。一日天寒，热火煮荸荠熟，婢削之盈瓯。予入自外，取食之，婢持去不与，魏孺人笑之。

烧熟的荸荠装满了小盆，而"予入自外，取食之，婢持去不与，魏孺人笑之"。寥寥十数字，将家庭成员之间无论尊卑、怡然和乐的情景作轻描淡写，对逝者的怜爱从笔端倾情流出。

文章只写了家人之间两个场景，前一场景写寒花见主人归来，急欲啖食已剥好的荸荠，而她则故意掩瓯不给，反衬她对主人久不归家的思念，活泼可人，清人王文濡点评此段曰"涉笔成趣"。而后一场景则将寒花楚楚仪容鲜活呈现：

> 孺人每令婢倚几旁饭，即饭，目眶冉冉动，孺人又指予以为笑。

"目眶冉冉动"五个字，包含了三层意思：其一，描摹寒花小小年纪，一双明眸炯然有神，委实清纯可人；其二，传达出家人美美与共的氛围，身为婢子，于日常生活中充满着幸福感；其三，也是作者用心所在，作者写寒花正当妙龄，犹盛开的桃花，夭夭鲜艳，而一朝遽然凋谢，怎不让人顿起无限的哀楚。最后作者哀惜道：

> 回思是时，奄忽便已十年，吁！可悲也已。

归有光家中人口众多，长幼尊卑相处，其乐融融。然生之欢欣可慰，而死之哀戚至为可叹，归有光说其先茔之北，殇冢累累，屡见族中小小生命，经不住疾病摧残而过早夭折。今读《震川文集》，见他的文集中为其子、女写的墓圹志就有亡儿翻孙、女如兰、女二二等数篇，这些文章篇幅皆短小，虽仅写亡者一二件细小事，但读来催人泪下，悲回不已。在《女二二圹志》中，作者用同样的笔法，写女儿二二幼小聪明，忽一日，风吹花落，令人惋惜。圹志全文以平实语言直叙亡女由生到死的简单经过，仅举一两件小事，寥寥几笔就写尽了父女之情、亡女之痛："今年予在光福山中，二二不见予，辄常常呼予。"继而写道："及予出门，二二尚跃入予怀中也"。

作者痛悼幼小的亡灵，不以过多的辞藻来颂扬，褒之以哀荣，而是以自己劳碌奔波、归去匆匆、与家人聚少离多以自遣，更使人倍感悲嗟：

> 呜呼！自乙未以来多在外，吾女生既不知，而死又不及见，可哀也已！

归有光先生曾说："余谓文章，天地之元气，得之者其气直与天地同流。"关于这一点，后来的桐城戴田有先生也有类似论述。戴先生说："文之为文，必有出乎语言文字之外而居乎行墨蹊径之先。"愚意以为，所谓文章之天地元气，似可比拟为今人俗语所说的文字须"接地气"。"接地气"即不虚无空洞，出语不唱高调，每一语必是真情流露，才致感动天地，合乎人心。如归熙甫先生《先妣事略》一文，同样是写尽人伦之天性，抒发人间至情。

归有光母周氏"年十六来归"，当其处育龄时几乎隔岁一妊。如写他的母亲多生鞠育之苦辛：

> 数颦蹙谓诸婢曰："吾为多子苦。"老姬以杯水盛二螺进，曰："饮此后妊不数矣。"孺人举之尽，喑不能言。

苦不堪言而悲从中来，仝篇不见一句褒扬德性之类的话语。读完，一位辛劳善良的母亲形象矗立在读者眼前。

概而言之，读归有光所撰亡者之悼文，深为先生能从人性的心底出发，去书写各自生命存在的价值而感动。先生为亡者作碑志，无论贵贱长幼，皆能树立其个性，避开道德说教。濡染笔墨时，长吁短叹，于悲痛之余中呼出逝者生平的生命气息，而读者又能从字里行间听到先生哀恸之声。故而先生凡写悼念之章，皆一一呈现其生命跃动的年华，展现笔下人物对生活的热爱，对生命的追寻，透出他们活着的时光里那些真善美的纯粹，而笔之所触，又皆通过其人生活中的小场景予以再现。这些小场景皆充满情趣，困境下有坚忍，愁苦中有欢乐，一个个形象生动鲜活，使读者忘记其生命的形体已远去，喟叹他们精神永存,虽死犹生。

黄宗羲说:"余读震川文之为女妇者,一往情深,每以一二细事见之,使人欲涕。盖古今来事无巨细,唯此可歌可泣之精神,长留天壤。"

二

世人论桐城派之源头,皆以为其远宗左庄马班,中承韩柳欧苏,而近接昆山。昆山归有光对桐城派先驱方、戴的影响,近人有种种论述。林纾在《慎宜轩文集序》中将归熙甫与姚惜抱二先生并提,他说:

> 方沧溟、奔州之昌于明也,天下文章宗匠,若无敢外二子而立,而震川则恂恂于昆山,以老孝廉起而与抗,二子卒莫之胜者,固不能以淫丽者蔑天下之正宗也……不三十年间,诸子光熠熠,而天下正宗尊桐城焉。归、姚二公岂蓄必胜之心,而古文一道又岂为竞胜之具,然人卒莫胜者,载道之文,固非缔句绘章者之所能掩也。

刘大杰在《中国文学发展史》中论及清初的散文时亦说:

> 文统最早的根源是六经、《语》《孟》,其次为《左传》《史记》,再次为唐、宋八家,最后是明朝的归有光。

桐城古文家与归氏之绪统毋庸赘述,仅其所遗留下来的某些文体如前所举,即有一脉相承的印记。

作为"唐宋派"散文大家的归有光,其作碑记类文字,盖受前代古文家为文风格的影响;而他的风格又被后代古文家所效法。

惜抱先生论"碑志"类文,称"其体本于诗,歌颂功德"。历来文章家为公卿名士作传状、碑志,均难免以谀词来虚誉人物,读后有例行公文以至千人一面的遗憾。相传文学家苏轼就曾多次婉拒为人作"谀墓文字",何至如此呢?盖因作文者对所写的对象缺乏深入地了解,遑论为文有真情实感了。而这些文章家为自己的亲眷作志传文时,皆能情真意切,感人至深,如欧阳修作《泷岗阡表》、苏轼作《亡妻王氏墓志铭》等,皆以桩桩细事入文,写生者与死者阴阳两隔，杳杳茫茫。其感情充沛，悼嗟由衷，所作文字堪为天地间之至文。

即使如望溪先生那样的文章宗匠，替人所写的传状类文章也不免极写逝者之荣哀，而其相继为自家亲人撰写的墓、圹志，则一往情深，隐隐感到先生下笔之先，已涕泗滂沱了，如《弟椒涂墓志铭》，写其家贫，至严冬竟无缊袍御寒，兄弟姊妹们曝于檐下取暖，其情景着实凄凉：

> 有坏木委西阶下，每冬月，候曦光过檐下，辄大喜，相呼列坐木上，渐移就暄，至东墙下。日西夕，牵连入室，意常惨然。

望溪另一篇《兄百川墓志铭》，写得更为感人，其中一节写兄弟依依惜别的情境，令人柔肠百转：

> 兄长余二岁，儿时，家无仆婢，五六岁即依兄卧起。兄赴芜湖之岁，将行，伏余背而流涕。

读来如亲身所历，让人潸然泪下。

方望溪先生最推崇归有光为亲旧所作的寄情文章，他说："震川之文，乡曲应酬者十六七，而又徇请者之意，袭常缀琐，虽欲大于俗言，其道无由。其发于亲旧及人微而语无忌者，盖多近古文。至事关天属，其尤善者，不俟修饰，而情辞并得，使览者恻然有隐，其气韵盖得子长、故能取法于欧、曾，而少更其形貌耳。"

由此观之，桐城派早期作家在某些文学观念上实乃自觉接受了归有光唐宋派诸位作家的主张，在某些文体创作上借鉴了唐宋古文家的表现手法，如记事、抒情类文字。可以说，"桐城家法"绝非空中楼阁，它是建立在前人的根基上，一步步筑牢自家的基础，构建起巍巍文学大厦。

关山万里扬德威

——程芳朝出使安南故事

明亡清兴。当清王朝刚刚建立时,治国安邦,当务之急是要拔擢人才。清顺治四年(1647),朝廷开科取士,这一年为丁亥科,殿试时,天下才俊各显其能,江南桐城县程芳朝出类拔萃,中一甲第二名,这是入清以后桐城县籍第一位获榜眼的读书人。丁亥科殿试策试题有关人才、吏治、用兵之论,要求意出己见,不拘泥于形式答题。程芳朝所答策问试卷受到主考官的称许,甄拔呈给皇上,受到顺治帝的特别赏识。"策对称旨,赏识有加",遂拔为一甲第二名。一朝金榜题名,名闻天下。

程芳朝(1611—1676),初名钰,字其相,号立庵。程芳朝进士及第后,朝廷让他担任内翰林秘书院编修,专事《五经》校注。后又担任翰林国史院修撰,累迁湖广提学道、湖广布政司右参议,擢升詹事府左春坊左谕德等职。顺治九年壬辰科,程芳朝以编修身份出任会试同考官。顺治十年,任直隶学政。十年六月,再任顺天学政。不久,迁国史院侍讲学士。顺治十三年十一月,程芳朝为弘文院侍读学士,顺治十四年十月为少詹事兼侍讲学士。少詹事为詹事府副职,辅佐詹事府詹事职掌经史文章之事。此时的程芳朝已是朝廷正四品官了。康熙皇帝一次在南苑阅兵,程芳朝陪侍左右,荣膺赐宴。"回銮宴长乐,饱饫大官归。"对于皇帝宠幸,程芳朝感激之情溢于言表。

康熙五年(有说三年)秋,程芳朝以侍读学士的身份充任正使,代表朝廷去安南国(今越南)吊祭已故都统使黎维祺,正式册封黎维祺的儿子黎维禧为安南国王。

原来在清顺治初年,安南都统使叫莫敬耀,见清王朝天威浩荡,于是诚心归顺,还没有来得及接受清廷赐爵,便去世了。清廷很快就授予莫敬耀的儿子莫元清为安南都统使。到了顺治十七年,安南国内政局发生变化,政权到了黎氏手里，黎维祺自称"国王"，随即向大清国呈表上书，陈情国内政权变更，表示愿意忠于清王朝，每年纳贡特产及奇珍异宝。顺治知道后非常高兴，虽未承认其"国王"称号，但赐了许多绫罗绸缎、白金珍玩，颁勅安抚，要求安南国不要忘记清廷恩宠，忠于皇帝，永作清朝藩屏。

康熙初年，全国各地"联明抗清"运动虽已平息，但西北有蒙古准噶尔部上层势力试图制造分裂活动，尤其是南方以吴三桂为旗帜的"三藩"形成割据之势，东南沿海有郑成功的儿子郑经意欲举兵响应吴三桂，偏安一隅的南明永历小朝廷残余势力尚未完全消除。康熙四年（1665）四月，云南东部各土司和已灭亡的南明余众乘平西王吴三桂征剿水西土司之机，举兵反清。安南毗连云南、广西，如不尽早施以恩威，定会让"三藩"势力乘隙回旋于彼方境内，安南政权有接纳甚至归顺吴三桂的可能。聪明睿智的少年康熙帝，见安南国主动示好，便顺水推舟，颁布怀远安抚之策。康熙初年，黎维祺、黎维禔父子相继去世，黎维禔的儿子黎维禧继任"王"位。康熙五年五月，黎维禧为了与清朝交好，将已故南明王永历的诏谕文书、印玺缴送给清廷。清廷觉得这是与安南修睦的大好时机。于是在当年秋季，康熙皇帝派遣了内国史馆翰林学士程芳朝和礼部郎中张易贲为全权正、副使，去安南国宣慰，颁诏正式册封黎维禧为安南国王。

1666年，清康熙五年丙午仲秋月，程芳朝自长江乘舟西行，转道至安南。仲秋时节，天朗气清，高天阔水，风平浪静，望大江东去水天一色，江鸥颉颃于崖涘。程芳朝秉性胸襟宽宏，抱负远大，此刻的景象正符合他的心境。他伫立船头，北望京师，不禁临风吟道：

> 扬子江平八月时，孤帆万里动秋飔。
> 久憨刘向雠天禄，漫效张骞使月氏。
> 新句应凭山水壮，离颜岂畏雪霜披。
> 百蛮歌舞迎金册，欣布尧恩答玉墀。

程芳朝诗题为《奉使册封舟行》。诗中首联描写他奉使西去，长江万里，孤帆远航，使命在身，江水平阔却心潮澎湃。颔联用了汉代两位人物的典故，表明心志。西汉一代经学大师刘向在汉成帝时受命在皇家图书馆天禄阁校刊五经和各种秘籍。"天禄"是古代校刊经史的地方，程芳朝曾任秘书院修撰，从事译注《五经》之事。他自拟刘向，却又因没有刘向的才学和成就深感惭愧。程芳朝此意不在于甘心冷坐"天禄"馆阁，而志在关山万里之外。他在诗中借用汉代张骞出使西域、艰苦备尝而矢志不移的故事，表明自己此行会不辱君命，"持汉节不失"。颈联再次表明自己身负王命，不畏艰难的决心。诗中尾联希望此行会受到安南人民的欢迎，各族百姓会以歌舞奉迎清朝的浩荡天恩。

程芳朝此次是身负朝廷使命，代表大清国来安南国吊祭故王、册封新王。进入安南国境时，但见群山巍峨，高峰耸峙，满眼尽是郁郁葱葱。热带原始森林覆盖千里，林木参天。山高水长，河流像一条条玉带，迴绕山峦。一行人舟车兼程，到了"外城"馆驿，程芳朝不顾千山万水跋涉、舟车劳顿辛苦，刚一停歇即欣然命笔写道："万里丝纶衔主恩，蚕丛僻处百蛮喧。千山草木皆呼祝，此日方知中夏尊。"那时，清朝政权刚刚稳定，周边如朝鲜、琉球、缅甸、苏禄等属国拱列，但安南属国所处的地理位置与当时西南战略局势，与其他属国相比，显得尤为关键。程芳朝进入安南后，昼夜辛劳，勤于政务。史称程芳朝在安南期间"宣畅德威，不抗不抑"。他在安南时作七律一首《赠安南国王》：

圣代要荒弥六服，南方雨露溢三春。
山川辉映霓旌远，父老欢迎玉节亲。
职列周官知政古，文同汉制识风淳。
万年永笃天家好，奕世长霑濊泽新。

诗中传递的是大清国皇帝安邦教化、泽被春风雨露，描绘了异域人民迎接使节的真挚热情，赞美了安南国的政治吏制两国同源，祝愿两国永修和好。程芳朝以超人的天赋和惊人的毅力，很快熟悉了安南国的政情、民风、地理、方言，在宫廷内外上下广交朋友。程芳朝的人品和才学早已为安南人所知晓，此次与之相处，使异域官民更加了解到这位使节好学不厌、宽厚待人的高尚品格。安南国朝廷上下都纷纷将他引为知己。

使命完成了，行期已经结束。安南国君臣为酬答程芳朝为国劳苦，争相赋诗饯送，畅叙友情。所作诗词，无非盛赞天朝威仪、两国交好，或送君远别、互道珍重之类。临别时安南国君还馈赠黄金数锭作为盘缠。但是，对于程芳朝来说，他肩负着安邦定国、增进南部边陲兄弟民族友谊的外交使命。面对友邦所赠送的金银珠宝，他深知读圣贤书，修己重义、轻于外物、取与不苟乃士大夫应坚持的操守。因此，黄金千两唯有婉辞，方显洁身自好的君子品格，更不致亵渎天子威仪。于是他赋诗一首，一则答谢，二则表明心志：

> 君诗庚鲍比新清，赋就名篇赠远行。
> 岂有南金装越橐，径同珠玉重邮程。
> 携来旧袖清风□，采得芳洲兰蕙生。
> 珍重诸公歌折柳，桃花潭水颂深情。

程芳朝肩负朝廷使命，宣慰大清国恩荣，他时刻警醒自己，要学古大臣行使做人风格，慎独律己，以历史上张骞、苏武、郑和等名臣为榜样，一言一行，战战兢兢，不卑不亢，方能不辱使命。面对异国君臣百姓的礼仪，他深知只有婉辞，才不失风范。此诗开首化用杜甫"清新庾开府，俊逸鲍参军"诗句，称赞友人所写赠诗有南北朝庾信鲍照诗风。梁朝时庾信曾辅佐梁元帝，后奉命出使西魏，在此期间，梁为西魏所灭，庾信留在北方，虽名高望重，但他一直思念故国乡土。而此句诗表面在称羡友人诗品，诗外在向对方暗谕，自己此次出使结果与庾信大不相同。"岂有南金装越橐"，"南金"指安南的酬赠，"越橐"语出《汉书·陆贾传》：汉代陆贾出使南越国（前20—111），南越国是秦朝将火亡时，由南海郡尉赵佗起兵兼并桂林郡和象郡后于约公元前204年建立，疆域包括今天中国的广东、广西两省区的大部分地区，福建、湖南、贵州、云南的部分地区和越南的北部。南越国又称为南越或南粤，在越南又称为赵朝或前赵朝。临行前，南越王赵佗赐给陆贾一个袋子，内装珍奇宝物，价值千金。后因以"越橐"泛指贮藏珍宝的袋子。诗中以设问的口气说：哪能把安南国的金银珠宝装进大清官员的口袋呢？寓含婉谢朋友酬金之美意。"携来旧袖清风蒲，采得芳洲兰蕙生"。"蒲""兰"皆为中国古代香草，多用来形容品行高洁之士，作者以蒲兰自比，清风两袖，兰蕙特质，不仅是"我"个人的修为，更是大清国所有官吏应具备的操守。况且，出发之前，康熙帝刚刚颁谕吏部等衙门，痛斥督抚公然将收受州县官馈送物作为常例。要求总督、巡抚等倚任重臣，必须秉公清政，为其僚属做出表率，使百姓安居。今后，如再不改正此等弊端，一旦查核，治以重罪。同时，朝廷还命吏部等部院通行晓谕各省督抚，严禁属下官员收受贿赂。身为使臣，哪有明知故犯，视朝廷例律不顾，为物所累、弃义贪利，作蝇营苟且之事呢？盟约缔结，人民亲善，八方安定，使命完成了，真正不虚此行，把安南人民的友谊带回，就是最重的仪礼。诗的尾联用"灞桥折柳"之典故和化用李白"桃花潭水深千尺，不及汪伦送我情"诗句，表达了自己对安南人民的深情厚谊感动之至。读此诗中可见程芳朝作为一代名臣，他襟抱宏阔，高风亮节，重义轻利、拒腐不沾。以诗明志，真可谓匠心独运。

从安南归后复命，程芳朝擢升太常寺卿。徐璈《桐旧集》引潘江语，称程芳朝"尝奉宣于御前，伏几作大字。上嘉其端劲，方欲大用之"。程芳朝以疾病缠身，辞官归里，不再复出为官。《江南通志》称程芳朝"为人平易正直，悃愊无华，天性纯厚，不事园亭丝竹之娱"。程芳朝于政务繁忙之闲喜作诗文，著有《皇华草》《中裕堂集》等诗文集。清代桐城人徐璈《桐旧集》中收录了程芳朝诗十四首，评其诗格"舂容温雅"有台阁风度。他还工书法，尤其擅长行草。桐城市博物馆现藏"草堂春暖日迟迟"绢本七律草书诗轴，是程芳朝写给他的伯父程心南先生七十寿辰祝嘏之作，为其书法行草中的代表性作品。今人评其书：整体雄强纵逸，以势取胜，圆润刚劲，无纤毫刻意做作。程氏书法直接取法明代中期的祝允明、陈淳，个性突出，同明末书法变革期的张瑞图、黄道周书风如出一辙。

康熙十五年（1676）丙辰程芳朝逝于故里，葬桐城市黄铺（今黄甲镇）倒爬岭山麓。清文华殿大学士兼礼部尚书张英题碑文："皇清通议大夫榜眼及第詹事府少詹太常寺正卿立庵程老先生墓"。

昔人已乘黄鹤去。程芳朝死后，故乡桐城人编撰了许多有关他的趣闻逸事。民间传说其祖上有隐德，卜葬风水宝地，后世英豪杰出；更多地传说其多闻博洽，风神潇洒，常微服混迹于平民之中，睿智风趣，演绎了许多有趣故事，令贩夫商贾、渔父樵夫倾倒叹赏。更有甚者，说程芳朝才华出众，到安南后，如何凭自己的机警和睿智，舌战蛮邦，才令安南朝廷上下折服。所有的传说，大多近于附会，但却反映了家乡百姓对这位才高八斗、磊落正直的一代良臣的崇敬之情。

程芳朝即将致仕归乡之前，桐城诗人方文曾作《程詹事其相斋头夜集》诗称赞程芳朝：

> 神京本宦海，来者不知数……我里程太史，早岁翔天路。入为侍从臣，经术蒙眷顾。出为多士师，畿辅归陶铸。名位日以崇，纷华了无预。昕夕惟闭门，读书穷四部。墨妙宗平原，艺苑称独步。守己最矜廉，接物转谦恕。岂惟今所无，古人亦罕遇……帝乡非吾愿，所乐山水趣。回思龙眠间，峰壑有佳处。行将脱簪组，逍遥赋归去。

一代诗杰方文以明白晓畅的诗句，高度概括了家乡这位旷世名臣高风亮节、敢担大任的非凡人生。

"竹叶亭"小识

近来溽暑,室内高温难耐,每天清晨坐在楼前月琴湖紫藤架下读桐城文章。当读到姚元之《竹叶亭杂记》时,仿佛置身三百余年前那座古亭里,听先生讲当朝掌故、野老遗闻。桐城大族隆替,乡先辈穷达浮沉死生,磊落胸怀、清直孤介之风神,恍如昨日之事。

刑部尚书姚端恪公曾作书房联:"常觉胸中生意满,须知世上苦人多。"张文端公也有一联:"读不尽架上古书,却要时时努力;做不尽世间好事,必须刻刻存心。"姚文然和张英都是一代名臣,他们兼济天下的襟抱非常人所比,而学人的情怀也值得世人景仰,位极人臣尤其注意,关注民瘼,小善亦为。

有一则故事很有意思。姚介石,名兴滇,姚元之曾祖父。乾隆初,准噶尔伺机南下,朝廷于塞北设邮递处所,名为"军台",自张家口出关,至鄂尔坤(今蒙古国鄂尔浑省)新城,共二十九台,蜿蜒曲折三千余里。乾隆十四年,在曹州太守任上姚介石,被遣往塞北服军台之役,派坐第十二台,驻地名叫桃李。此地真是荒原绝域,鸟兽绝迹,悲风昼夜呼号,飞沙朝夕遮天,酷冷奇寒。此地有习俗,人死后弃于荒野,任凭野兽咬噬。姚先生想,身体是父母所生,不敢弃之野外,于是托人在千里之外买回树木,做成棺材,在上面写了"归庵""姚介石之柩"。"归庵"做成后,题诗一首:"死归生寄两茫茫,不识他乡与故乡。五十六年都是幻,于今撇却臭皮囊。"先生以清白之躯既贫且老,孤身寂寥,草霜风烛,作此打算,想今后如能全身而还,也是一桩幸事。苟为国家,不知生死,不可谓不达观。

杂记又载,有钱明经者,早年参加每年一次督学举行的科岁古诗考试,钱先生必拿冠军。有一年科考出题为"天柱山赋",先生入场时已喝醉了,入号后就呼呼大睡,一同参加考试的生员中有人嫉妒他的才学,故意不喊醒他。收卷的人见他没写,告诉他考试结束了,他问清题目后,立即写了一首七绝:"我来扬子江头望,一片白云数点山。安得置身天柱顶,倒看日月走人间。"学使看到他的试卷,给他的评语说:"此人胸中不知吞几云梦!"仍取第一名。

下面这则故事更有趣。姚元之的七世祖姚文燮,字经三,号羹湖,又号听翁。书上说他博古通经,工文辞书画。中顺治甲午举人,己亥科进士。与王渔洋先生关系最善。一生博览群书,到了六十多岁时突然得了一种病,病后竟然一字不识,连自己姓名也不知道了。

这些有意思的故事都清楚地写在《竹叶亭杂记》里。

读这些遗闻轶事时,自然想起了姚文燮,又想起了"竹叶亭"。

正巧,最近想写一篇"禅源太湖"旅游的散文,找出清代康熙时太湖人石庞的文集,偶然见到与"竹叶亭"相关的文字,很是惊讶于先前的固陋。

《桐城县志》(1995年版)载:"(姚元之旧馆)西原有'竹叶亭',今已不存。"姚元之生于乾隆四十一年(1776),卒于咸丰二年(1852),字伯昂,号荐青,又号竹叶亭主。照此介绍,读者似乎以为"竹叶亭"为姚元之所筑,也即该亭筑于乾嘉年间。其实不然。

请看《石庞文集》(旧本名为《天外谈初集》)中,姚文然为石庞写的"序"中一段话:

> 石子字天外,皖之太湖人。幼颖悟善学,稍长能文,工诗赋词曲,兼善篆书泼墨。游于吾乡,有左子伯绳者极称赏之,偕以访予。予邀至竹叶亭中,杯酒共叙……

桐城已是文章渊薮,年轻的石庞文重一时,仍不免服膺桐城。邀至竹叶亭中,羹湖先生当年已是"竹叶亭主"了。

在石庞先生自己的骈体《怀太史羹湖夫子启》中也有关于姚文燮与竹叶亭的记述:"云中鹤出,天半明霞。竹叶亭中写平安之字,梅花帐里坐潇洒之禅。"

可见,姚元之出生前的一百多年前,即康熙年间,他的先祖羹湖先生就在"竹叶亭"中与一班文友们雅集唱和了。

羹湖先生清顺治十六年(1659)中进士,历任福建推官,直隶雄县(今属雄安新区)知县,又迁中书太史。有《无异堂文集》十二卷、《雄县志》等。擅丹青，有《赐金园图》《江上渔舟图卷》等画作。当时，先生舅父在龙眠寻幽至胜山谷处，筑别业于此，长溪萦绕，有"对岑轩""半龛""嘉越楼""片云台"。羹湖先生又构有"黄柏山房"，卧游于此，日读经史，手绘山水着色图卷，城外的山房与城内的亭子都是姚氏读书的好地方。后来裔孙姚元之亦擅画。想想这"竹叶亭"，在三百年前是何等的雅致。

"惜抱"典出考记

姚鼐字姬传,生于清雍正九年(1731),卒于清嘉庆二十年(1815),是桐城派集大成者。他对桐城派的最大贡献,在于他既扩大了方苞的"义法"说,主张"义理、考据、辞章"三者统一;他发扬了刘大櫆的"神气说",提出了"神、理、气、味、格、律、声、色"相统一的文学理论和审美标准;他在总结前代的文学理论和实践中,提出"阳刚阴柔"的美学命题。

姚鼐的文学成就还在于他的诗,其诗有清拔淡远的意境。清潘英、高岑《国朝诗萃二集》评姚诗"姬传夫子峻品高文、楷模当代。故其发为咏歌,金和玉节,怀抱独远"。姚莹《识小录》说其祖"诗文皆得古人精意"。《惜抱轩诗集序》称姚鼐"所为文辞,清旷元远"。他直慕古贤,继绍唐宋太白、山谷诗意而形成自己诗风。其号及轩名"惜抱"二字取自陶渊明《饮酒诗》,足见其处世为文的襟抱。

陶渊明是中国文学史上最有思想的诗人。他生活在东晋,这是中国历史上的动乱时期。《魏书·儒林传》载,"自晋永嘉之后,运钟丧乱,宇内分崩,群凶肆祸,生民不见豆俎之容,黔首唯睹戎马之迹。礼乐文章,扫地将尽"。正始到东晋前后(246—318)为中国思想史上的玄学时代。陶渊明深感社会黑暗,无意于仕途,写出了大量有价值的文学作品。尤其是《饮酒诗二十首》,是他身处战乱、黑暗、灾荒之世,依然能保持内心淡定、把持操守的写照。其中第十五首:

> 贫居乏人工,灌木荒余宅。斑斑有翔鸟,寂寂无行迹。
> 宇宙一何愁,人生少至百。岁月相催逼,鬓边早已白。
> 若不委穷达,素抱深可惜。

陶渊明的"饮酒诗",题目虽为饮酒,但所写内容大多为对社会及人生的思考。身处离乱,洁身自好,孤芳自赏,不同流合污,不放浪形骸,心远地自偏。"若不委穷达,素抱深可惜"。"委",抛弃、舍弃。这两句是说,倘若我不能把自己的穷达观这种利害得失的计较放下,而斤斤计较自己的穷、达,那我就不能守住自己内心的持守,那是很可惜的。"若不委穷达,素抱深可惜"即"惜抱"二字之出处。

"穷达"观是中国封建士大夫的社会观、人生观、宇宙观,即儒家"穷则独善其身,达则兼济天下"。姚鼐生活在乾隆盛世,社会安定,仕途顺达。然而宦海沉浮、名利争斗是一种恒常的历史现象。桐城姚永朴先生《旧闻随笔》载张文端公故事,文端公曾撰一联:"富贵贫贱总难称意,知足即为称意;山水花鸟无恒主人,得闲便是主人。"其双溪草堂联云:"白鸟忘机,看天外云舒云卷;青山不老,任庭前花落花开。"文端公身居冢宰,居庙堂之高,仍留念于云舒云卷花落花开,一心致仕归里,退出官场,远离纷华。外王内圣,保持完整的操守。姚鼐作为一位受儒家思想浸润的封建官僚,更重要的是一位文学大家,不羡冠盖,远离京华。性安怡退,以著述、授徒为己任,培养了大批门生,桐城开派,枝繁叶茂,竭力传承中华文化,始终保持着内心的淡定。其古体《田家》:"荷锸向垄上,但闻土膏香。邻里尽言好,吾欲良以偿。勤劬待一饱,四体诚安康。相与不相负,莫若种稻粱。"《感春杂咏》:"积水必成渊,何患贱且贫。""新阳散余冱,和风泛窗棂。披褐蔼自怡,举象难为名。坐有素琴弹,流韵芳泠泠。往复动心志,终奏有稀声。其人五百年,遇我一朝并。神理不可灭,道与天地贞。使我百世下,无以移此情。"其思虑、意境、风格直承陶靖节,如"山房秋晓,清气流行""标寄高洁,气韵自流"。

白沙旧有桑麻田

——方文《连理图歌》介绍

方文（1612—1669）字尔止，一名一耒，字明农，桐城人。祖父学渐，万历明经，不仕。父大铉，万历进士，任户部主事，早卒。方文少孤，与从子以智年相若，同学达十四年之久，叔侄二人同是明末清初以气节著称的名士。少负诗名，有《涂山集》十二卷，续集《四游草》四卷，又续集五卷，共二十一卷。

明崇祯十一年（1638）秋，方文自金陵回桐城，偕从子方豫立重过桐城北峡关白沙岭，见祖宅庭院枫杞抱合，依然苍郁虬健，感叹不已。豫立归来后写成《连理图》一帧，方文读此图大加赞赏，以为有唐人笔法，遂作长歌记其事，以期传于后人，"俾知祖德之隆盛。"《连理图》所绘图景为百余年前方豫立曾祖方学渐与其兄学恒孝友真诚、枫杞连枝的故事。"连理树"故事较早见于康熙《桐城县志·祥异志》：

> （嘉靖）三十年庚戌（该年为辛亥），春三月，白沙岭枫杞连理。方明善读书处，因构连理亭。

县志记载先有树，后有亭。潘江《龙眠风雅》"方学渐"卷："诗歌独宗盛唐，以孝友笃行致庭树有连理之祥，称《连理堂集》。"

康熙《安庆府志》也有关于"连理树"的详细记载，容后再述。

自然界祥异之事屡见不鲜，而能以"瑞兆"之象载入县志者，定是非同寻常。

《连理图》诗全名为《启一子建作连理图赠予，赋此答之》，全诗共二十五韵，一气呵成，音节酣畅：

呜呼！我祖明善真大贤，白沙旧有桑麻田。迎兄伯氏居其间，至性笃挚情缠绵。茅屋春回读书处，诞生二木庭阶前。左枫右杞本异质，一朝合抱相勾连。君子谓是孝德之所致，小人谓是富贵福泽之几焉。我祖倡学既名世，又赖吾父伯父叔父相后先。簪笏浮荣等闲事，所贵吾家孝友之德永不愆。嗟我九孙绍丕业，牙签锦字罗青毡。群从又将三十人，风流文藻何翩翩。子建乃为群从长，灵心惠识通渊玄。赋诗雅似阮嗣宗，缀文不愧班孟坚。有时伸纸拂绢素，下笔辄作名山川。今年与我重过白沙岭，栖息连枝亭之偏。仰思二木发祥日，到今七十有九年。其下根株轮围各十围，其上枝柯斜曲摩苍天。秋霜风叶饱丹赤，杞条积翠还葱芊。我谓子建汝作图，子建不答神悄然。归来神悟三五日，须臾满腹生云烟。既作连理图，复作连理篇。大巧夺天工，中声动危弦。悬之七弟高堂中，清风谡谡披四筵。客来无不叹奇绝，君家复有唐郑虔。我欲留之遗吾后，俾知祖德之隆盛，将与连理树并传。呜呼！我祖明善真大贤。我曹子孙其勉旃。

这是一首叙事诗，开篇即叙其祖父迁居桐北白沙岭的因由：

> 我祖明善真大贤，白沙旧有桑麻田。
> 迎兄伯氏居其间，至性笃挚情缠绵。

白沙岭，桐城北乡名岗。其地在桐舒边界北峡关以南、距县治约三十里，迤逦数里，为通往京城古道的必经之地，此处山峦起伏，道途险厄，旧时荒村茅店散落于周遭，凡士人商贾北上，必在此驻足休憩。姚鼐曾雨天过白沙岭，有诗叹曰："山鸟排空鸣，四岭下飞泉。林崖倏开阖，蹬嶂窈四旋。稍稍出孤村，盘盘下苍烟。"山道崎岖，行者叹为畏途；环境幽僻，故又为名士读书养性之所。岩嶂深秀，为邑北名胜。

方氏与白沙岭的缘由，源于方学渐与桐城赵氏结成姻娅关系。对此，康熙六十年《安庆府志》有详叙：

> 刺史赵恒庵（赵锐）择婿，召诸邑人试之，学渐以泥涂布衣往，作拟书一篇、文一首，赵奇其才，遂以女妻之。赵氏有奁田在邑北三十里，学

渐以归其兄,曰:"弟笔耕,藉以是奉兄耳。"

方学渐,桐城桂林方氏第十一世祖,《龙眠风雅》云:"字达卿,号本庵,万历间'明经'(贡生),阐明性学,该贯百家。……门人私谥明善先生。"先生娶赵氏女,颇富传奇色彩。而以外家奁田迎养伯兄,则无愧"孝悌力田"四字,可谓棠棣华鄂,兄弟和乐。诗紧接着写连理树呈瑞奇观:

> 茅屋春回读书处,诞生二木庭阶前。
> 左枫右杞本异质,一朝合抱相勾连。

此瑞象康熙《安庆府志》有记载,与诗中所咏一致:

> 时庭左枫、杞二树,熐然连理,既开复合,观者以为昆弟之祥。因亭其下。

"熐",音 miè,意思是隐而不见。此一段记载颇为传奇,"既开复合",本为生长过程中一种自然现象,县志将其列为祥瑞之象,不免羼入神秘色彩,但因树而建亭,记录了一桩史实。著名"连理亭"翼然于白沙岭,此岭上增一大观,树与亭相辉映,自然与人文景观俱美,成为方氏家族孝友之德传承的文化标志,树、亭藉史志得以流传,堪为幸事。诗接下来写方氏德泽绵长:

> 君子谓是孝德之所致,小人谓是富贵福泽之几焉。我祖倡学既名世,又赖吾父伯父叔父相后先。簪笏浮荣等闲事,所贵吾家孝友之德永不愆。嗟我九孙绍玉业,牙笺锦字罗青毡。群从又将三十人,风流文藻何翩翩。

此一段写方氏一门家声丕振,英才踵继。自明善先生以下,前有"三父"即大镇、大铉、大钦,继者有"九孙"即孔炤、孔一、文、孔矩、孔性、若洙、仲嘉、孔时、孔炳,后来"群从"瓜瓞绵绵,何其盛也。诗赞美方氏一族以孝悌力田兴起,德厚流光,孝友感天动地,故有枫、杞连理于庭院的瑞象。

以下写子建才华横溢,理学、诗赋、文章、绘事无不通晓。子建,即方文从兄若洙长子豫立(1607—?),字子建,号竹西,方大钦孙,方文从子,以孝闻于乡里。复社成员。能诗,擅画:

> 子建乃为群从长，灵心惠识通渊玄。
> 赋诗雅似阮嗣宗，缀文不愧班孟坚。
> 有时伸纸拂绢素，下笔辄作名山川。

此诗大概作于崇祯十一年（1638），方文时年27岁，之前一直避乱金陵，这一年秋刚刚返里。白沙岭祖宅枫杞二树连理距县志所载嘉靖三十年（1551）已87年，比诗中所写79年还要早。盖二树"娩然连理，既开复合"，物候无常，植物有自然之生长过程，既呈瑞象，仅视为一桩美谈，大可不必以确切时间来推断这一神奇的事物发生的具体时间，重要的是要去领略奇树的虬姿神韵，欣赏故事的文学审美与道德价值：

> 今年与我重过白沙岭，栖息连枝亭之偏。仰思二木发祥日，到今七十有九年。其下根株轮囷各十围，其上枝柯斜曲摩苍天。秋霜风叶饱丹赤，杞条积翠还葱芊。

在曾孙辈中，子建年长。方以智曾称赞从兄画艺"子建素工此，十倍于我"。方文则称子建"灵心惠识"，工诗能文，其画深得唐人的心法：

> 我谓子建汝作图，子建不答神俏然。归来神悟三五日，须臾满腹生云烟。既作连理图，复作连理篇。大巧夺天工，中声动危弦。

诗后最写道：

> 悬之七弟高堂中，清风谡谡披四筵。客来无不叹奇绝，君家复有唐郑虔。我欲留之遗吾后，俾知祖德之隆盛，将与连理树并传。呜呼！我祖明善真大贤。我曹子孙其勉旃。

结尾两句回应开篇，复赞先祖的盛德，是全诗的旨义所在。

清代江宁人纪映钟评价方文诗长于序事，"锤炼甚工但不使人见炉锤之痕耳。"《嵞山集》谓：读《连理树图》，真有"真至醇朴之气发之为优柔平中之声"，令人叹服。最后再来欣赏方文于多年后为子建写的另一首诗《与从子子建感旧》，从中可以体会到他们之间亦亲亦友的人间真情：

故园兵火十三秋,尔恋高堂不远游。纵耻瓶罍无旨蓄,却怜书画有沧洲。少年同学惟青眼,易世相逢已白头。我祖沉渊家训在,徜徉林壑复何求。

叔侄亲密友爱,绳继祖训,孝友仁爱,向往林下的高怀远抱着实令人钦服。读此诗可以帮助我们更好地理解《连理树图》这首优美佳篇。

簪笏浮荣等闲事

——方文药名诗赏析

自明代以降,桐城诗家辈出。大诗伯潘江在《龙眠风雅发凡十六则》中称:明以后桐城士人"莫不咀汉魏之芬苾,鼓六代之笙簧"。陈焯也说,"有明三百年来诗体三变,龙眠之名卿硕士,与四方分坛立站者未尝不声光相接"。这是当时人对清以前桐城诗坛代表性的总结。纵观明清之际桐城诗坛,若论成就,其名家林立,而在清初之前,方文算是"自成一家"的大诗人。连方文自己也说:"惟有箧中诗,异代犹可夸。"读其巨帙,知绝非自矜之语。

潘江撰方文小传:"字尔止,号明农,别号淮西山人。明天启末诸生,司农玉峡公(方大铉)之子。为人状貌魁杰,赋性亢爽。少负时誉,高自标表,好结纳四方知名士,与从子以智声名相颉颃。入清后,不就博士弟子试,锐志著述。其为诗,陶冶性灵,流连物态,不屑为章唏句绘之学。含咀宫商,日锻月炼,凡人所轻忽视之者,皆其呕心刻俯而出文者也。"

方文一生飘泊,足迹遍南北。清代吴兴人严胤肇为《涂山续集》写序称其"负笈行游千里,命驾历齐鲁吴越燕赵中州之墟,其所经历山川伟丽,云树苍茫,风物之变迁,贤豪之晋接,羁人思妇之愁,叹酒徒剑客之慷慨,有概于中,一皆于诗发之。故其为诗,疏疏莽莽,不拘一格而景象万千。余固知先生之诗不以才胜,而以气胜也"。他的诗作颇丰,诸体兼擅,初有少陵风骨,老来尊白乐天。所为诗"自放若绝","真至醇朴之气发之为优柔平中之声,优然与太始之音无相远"。清代关中人李楷评价方文诗:"方子于诗无所不学而归宗无二,朴老真至,诗之则也。予观草木之华,香艳沁人,结而为果,坚确可举,方子之诗,诗之果也。"时人及后者评方文诗颇多,贬少褒多,不一一赘述。

方文所为诗,题材广泛,大多发故国之忧思,咏山川之秀美;人情冷暖,家道衰微;故友至情,往来酬和,以至问吊贺寿、酒米油盐之类的生活家常皆一一入诗,诚如清代南州人李明睿称,方文诗长于"序事",李氏认为"六经皆序事之文也","《诗》三百篇,皆忠臣孝子怨女征夫流连缱绻感怀而作。"虽为一家之见,却也道出为诗之关捩。他又接着说"世人读尔止诗,或称其气格雄浑,或称其音节和畅,或称其用意曲折,种种不一,而吾以一言蔽之曰:妙于序事而已"。在方文皇皇五十卷诗作中,有一首以药名连缀成章贺人新婚的诗,特别富有生趣,最能体现其叙事诗流连缱绻的风格。

这是一首五言排律,诗名《戏赠左子直纳妾》下有小注"用二十药名":

今夜天仙子,当归白玉堂。银屏列云母,锦幔缀流黄。
重叠合欢被,氤氲沉水香。华灯出粉面,明月弄珠光。
竹叶杯中酒,梅花额上妆。含娇尚红蕊,结实定青箱。
马齿休嫌老,蜂窠一任狂。天门魂荡荡,地芐水汪汪。
似凤连翘足,非猨续断肠。只愁萱草嫩,无计避淫羊。

此诗是为他的内弟左国㭸纳妾而写的一首贺诗。左国㭸(1616—1685),"字子直,晚号眠樵,忠毅公仲子。十四补博士弟子员,性磊落,负大志,不事家人生产,喜结交宾客。与游者周挚无少懈,有所蓄,辄公之,无私财。因寇乱,家于金陵,交游益广,士大夫争推重之。偕叔弟子忠、季弟子厚主盟坛坫,有'三左'之称。甲申国变,匿影不出,放浪江湖,寓意诗歌。……暮年归隐龙眠之三都馆,即忠毅公读书处,重葺之,颜其额曰'抱蜀堂'自是称'龙眠隐君'云。……卒年七十。"

诗写于1654年前后,方文时年44岁,左国㭸也年近不惑。方文一生颠沛,乱世飘泊无定所,清顺治十一年(1654)初,他回故里桐城,归隐期间,与故友特别是左氏姻亲相聚频繁,主要活动有:是年重九,同左光先、左锐诸亲登桐城北山,登高远眺,有"举杯但祝明年健,天阙重瞻旧羽林"之期待;入冬,方文的诗友、山西三原人孙枝蔚来桐,访叔岳丈、桐城县令石朗,方文与潘江、李延寿及左氏兄弟左国㭸、国鼎与宾朋长饮唱和,写有《三原孙豹人投诗三章,赋此答之》,诗中有"普天长夜何时旦,东海重轮自有期"之句,表达自己对新朝的希冀;次年秋,与左国㭸、钱澄之赴金陵访友,钱澄之有《同尔止、子直、不害访瑶若山居得交字》一诗。从方文此间写的数首诗来看,这些时日他心境朗然，故内弟纳妾，作诗戏赠，全诗洋溢着和乐之气，抒发着人伦熙洽的生命情调。

全诗共十韵二十句，每句嵌入一中药名，总计用了二十味中药名：

天仙子、当归、白玉、云母、流黄、合欢、沉香、珠光、竹叶、梅花、红花、青箱、马齿、蜂窠、天门、地苄、连翘、续断、萱草、淫羊藿。

此诗前段佳偶天成，词扬溢美之氛；后段借题发挥，语含讽谏之词，虽为戏作，却尽显中国诗歌含蓄之美。兹试以今语翻译，大意如下：

今夜天女降人间，嫁给那书香门弟郎。你看那洞房多华美，银屏锦帐溢彩又流光。

叠起那合欢被，点燃那老沉香。华灯下揭开新人面，好似那月下美貂蝉。把美酒斟满，为美人点妆。娇羞似花蕊，生子满华堂。马齿苋老而尤药，蜜蜂窝秘而芬芳。那天门渺远虚玄，这水边盛开地黄。有美人啊深情顾盼，有情郎啊百转柔肠。你这半百情郎哟，莫负她豆蔻年华。

知天命之年，娶如花似玉的美眷，本属一桩荒唐的婚姻，这对女子是显然不公平的，但旧时婚姻制度的桎梏，女子是无力摆脱的。方文以诙谐的笔调写诗以赠内弟，一贺喜，一调侃，尽显曲谕。诗中以不同药名比拟男女角色，故意造成明显反差，暗含诗人对女子命运的惋惜。

诗前三韵以《诗》中"比"的艺术手法开篇，天仙子下白玉堂，言主人门庭高贵。美人如仙娥，洞房华而不奢，主人家曾经的煊赫余光犹在，给人以光景复见之慨。

第四、五、六韵，六句诗铺陈新人容止端丽，仪礼具备。红蕊、青箱喻示开花结果，表达了诗人对主人子孙绵延的祷颂。

第七、八韵以闺闼之媟语，含蓄描写一对新人床笫之欢，气含脂粉。然调笑而不粗鄙，亲昵而不猥狎，在调侃中曲尽主人的窘相，颇含晚明市井小说中描写的景象。潘江《龙眠风雅》第八韵两句"荡荡"改为"荡飏"，"汪汪"改为"微茫"。徐敩编《桐旧集》时，删去七、八二韵。盖以为太俗，吾以为是。

第九、十韵语调陡转，幽伏含讥，当是惩戒之语。诗的上句既以马齿、淫羊等刻画新郎的老而贪享，此处则以连翘、萱草享比拟新娘的被动无奈，虽含戏谑，但不失矩度。读此段诗，应不单从字眼上作游戏观，而要从深处体悟作者真正意图：从来续娶悲喜无常，女子命运是不由自主的，年轻时貌美，如纨素之皎洁，一旦色衰爱弛，恩情将绝于中道，况且女子柔弱之躯，正所谓"狂风细柳不胜吹"也。诗的结尾深含规劝的寓意，可见诗人珍惜年华的人生态度。而"只愁""无计"二词，反映出诗人对当时文人士大夫沉湎于享乐世风的担忧。

清人王潢评方文诗："诗本人情，该物理，其大者可荐郊庙、感鬼神；而二南十五国风，多涂歌巷讴，田夫游女之作，要以直任自然，无取雕饰。"其论颇为中肯。读方文此诗，看似寻常游戏之作，仅为药名连缀，玩弄专业技巧。但细心品味，篪埙和乐之音过后，又听曲谕之声，绝非一般诗家所能为之。

方文擅医卜，他在王著临戴沧所画《涂山先生像》上题诗云："山人一耒自明农，别号淮西又忍冬。年少才如不羁马，老来心似后凋松。藏身自合医兼卜，溷世谁知鱼与龙。课板药囊君莫笑，赋诗行酒尚从容。"宿松朱书在《方涂山先生传》中说方文"居金陵时，以医卜自活"。顺治七年（1650），方文已年届不惑，寄居安徽芜湖，生活贫困，以医卜为生计，他在《元旦书怀》中咏道："普天何处寄吾身，且向芜江暂隐沦。卜肆尚能言孝悌，医方犹可立君臣。春山采药休辞远，晚市垂帘不虑贫。元日感怀惟自咏，难寻屈子问庚寅。"表达了自己贫且不坠素志的心声。顺治四年（1647）丁亥作《初度书怀》一诗，有"卖药韩康肆欲开"之句，可见其隐逸之怀。

今人李圣华《方文年谱》考证："方文有写真多幅，画者多一时名家，《采药图》乃其一。时人题咏甚多。"方文的姻弟左国棅，即药名诗中的主人公左子直曾有《题方明农采药图》诗云："幸有孤松如伯仲，还从百草识君臣。荷锄独自归家晚，袖里新诗画里神。"名为采药图，实乃一幅高士图。方文曾写《自题采药图用谈长益韵》诗："山人采药向中陵，独抚松杉慨不胜。浸酒欲收贞一子，编篱皆用忍冬藤。苗分薇蕨春烟冷，米聚苏蒋秋水澄。却讶灵均好奇服，制荷衣又索胡绳。"此又是一首以药名入诗的优美篇什。"松、杉"有君子之概，"贞一子"有高洁之性，"忍冬"喻坚忍不拔之志，"薇蕨"为清苦粗野之蔬。全诗传递出一股贫贱不移的君子之气节，是一首格调与审美俱佳的优美之作。

诗人会医道，又攀岩涉涧采药，知药名，通药性，将数十位药名炮制成华美诗章，真乃"天真浪漫，触手成妙"。俗中透雅，颇具审美意蕴。全诗语言晓畅，而造氛华美；语含谑浪，而比拟贴切；写男女私情，读至调笑处，让人于会心一哂之余，自觉得讽谏谆谆，读竟余音犹在。

相对于今天的西医，方文生活的明清之际，古老的中华岐黄之术，乃全生之术。"夫驱邪扶正，保命全真，拯夭阏于长年，济疲癃于仁寿者，非资于医则不能致之矣。"足见国人与中医药密切相关。古人良相良医并提，说明医之重要，方文首先是一位儒者，是诗人，旁涉医、卜。"医之与卜，皆圣人一事，必儒者乃能知之，其不以为然者，不能通其说也。"一首贺诗，居然用近体诗中难度较大的排律写成，其可贵之处在于将二十味药名连缀成篇，形象生动，比拟贴切，通篇笼盖着华美的氛围，谐谑又不失庄重，国药芳香，溢出诗外，此非炉锤妙手，不能为之。

中草药名多取自大自然动、植、矿物以及其他品类。这些出自天然的物质，聚积天地山川之灵气，它们的名称或高雅或朴实，或广大，或精微，或美若神仙，或陋而平常，一味药名，就是一组天地间生灵的生命密码，是一代代中华先祖们遍尝百物呕心炉炼而成，洋溢着先贤的性灵神智。

中华医学博大精深，"非洞明阴阳、气运、虚实、表里之理，尽人合天，如见肺肝，不足以临证。"中华医学盛起于上古，而衰微于当今。一般人于岐黄之理很难进入，对数以千万计的中草药名也甚感陌生。方文这首《戏赠左子直纳妾》药名诗，既是一首趣味横生、具有中国传统审美意义的文学作品，能给人带来审美愉悦；也是一首古老的药名歌，让人辨识草木鸟兽虫鱼的千姿百态；更是一剂深含文化意蕴的方剂，慰藉人的心灵。因此，可以说今人读这首诗，在文学欣赏之余，一方面可以了解晚明文人生活习俗，士婚仪礼，婚姻制度；一方面可以从朗朗上口的诗句中记住那具有诗意的草药名称，增加对中华医药文化的了解。更深入一些，品味之余，从谐趣中能体悟出弦外之音，心灵荡起些涟漪。方文当年说自己乃一介山人，"簪笏浮荣等闲事""惟有箧中诗，异代犹可夸"，真正的文学作品其生命精神不朽，此或许是今人重读这首沉寂300余年诗作的意义所在。

呕心刻腑　清真如话

——清代遗民方文及其七古《除夕叹》介绍

在我国浩瀚的诗歌海洋里，明清之际，桐城诗坛掀起一阵排空巨浪，拍打着无际的洋面。在这股浪潮中，诗人方文称得上是领军人物，他立于潮头，推波助澜，实乃今人所称"桐城诗派"之中流。与诗歌史上数以千万计的诗人不同，方文在明清之际仅为布衣，所咏唱者多为黎民呻吟；卖卜、行医之徒，而上与王公下与褐夫交游；足履几半天下，堪称十七世纪中国的"行吟诗人"。其五、七言古近体，时人推为"集大成者"，清代文学家陈弘绪引宋元间画家龚圣予画赞语，囊括方文的诗"在人伦不在人事，在天地不在古今"。

方文（1612—1669），桐城人，生于明万历四十年，卒于康熙八年。原名孔文，字尔识，改字尔止。明亡后更名一耒，号嵞山、忍冬、明农、淮西山人。诸生，入清不仕。其《自题小像》云："山人一耒字明农，别号淮西又忍冬。年少才如不羁马，老来心似后凋松。"又《嵞山集·卷二·田居杂咏》云："山人号明农，明农义有二。一为我朝氓，一为野老志。"以诗明志，标明自己生于故国，不仕新朝的心迹。有《嵞山集》十二卷、《续集》四卷、《又续集》五卷。

方文的祖父方学渐，父方大铉，母王氏为大铉侧室。他自幼聪颖，六岁时，随父访左光斗，席间乞赐酒，诵杜甫《秋兴八首》，八卮酒倾，八首歌毕。丱角之年初学诗赋，寻即与从子方以智师从王宣潜心研易。二十岁始游学吴越，与复社士子陈名夏、陈子龙、夏允彝、杨廷枢数百人参加虎丘大会，名震一时。崇祯十一年吴应箕、陈贞慧、顾杲起草《留都防乱公揭》公讨阮大铖，方文义无反顾，毅然具名。而立之年，家乡连遭兵火，逢清兵南下，农民军据皖，只得避乱金陵，游历江左。时民变四起，时局溷乱，目睹民生凋残，常以长歌当哭，所作诗多为向友人倾诉兵戈遍地、旅况悲凉之意。

甲申后，福王朱由崧即位南京，马、阮当政，党祸日炽。方文痛感时变，不失气节，遂绝意仕途，避祸隐居。清兵渡江后，富庶江南顿成战场，方文栖身无所，犹乱世之漂萍，困寓破庵，衣食不济，其作诗自叹："无复资生策，聊为卖卜人。"虽流离漂泊，仍诗咏不废。此时期江南志士高举反清大旗，但是一个个友人在反清活动中殉难，方文痛哭流涕，所写诗多为悼祭友朋之篇："江湖满地罗网密，白鸟一双何处飞"，"三百年来空养士，野人痛哭大江滨"。

方文仅为诸生，无意仕进。但他与当时许多名士交游，如钱谦益、陈子龙、僧觉浪、施闰章、屈大均、龚鼎孳、王士禛、钱澄之、方以智、潘江等，互为酬唱，这些人都特别地推重他。

顺治十四年至十八年，方文北游京师，直走蓟燕，"与燕市友人悲歌饮泣，已而短衫破帽，策蹇驴出入关塞。"（王潢《北游草序》）后又遍览鲁、赣。虽仍以游食、卖卜为生，但吟咏不废，这一时期的诗作结集成《北游草》《徐杭游草》《鲁游草》《西江游草》。诗风由苍劲悲凉转向平淡真朴，所写皆国破之痛、丧亲之哀、病中之吟、思乡之叹；也不乏凭吊英烈、怀念故国之哭。其七古《除夕叹》就是他在游历江西时所作，这一年是清顺治十八年（1661）南明永历十五年，他五十岁。诗是这样写的：

> 去年除夕归自北，行李到门天已黑。
> 今年除夕客南方，江路逢兵归不得。
> 山妻凝望眼将穿，只道今年似去年。
> 高树夕阳鸦影乱，尚同小女立门前。

该诗收入古怀堂藏版《四游草·西江游草》；清朱彝尊辑录《明诗综》收录在卷八十一；清徐璈《桐旧集》收入卷一。第七句为"尚牵弱女立门前"。

方文写作此诗正逢辛丑除夕，游子在外，流寓他乡，一家人团圆的时候却"归不得"，不免叹惜。第一、二句回忆去年除夕之时，归家已是天黑，不免让人想到诗人颠沛困顿之相，也暗含诗人对与家人离多聚少的愧疚。纵观方文一生，他活了五十八岁，从二十岁始游历天下，居家的日子不及在外的一半，除游学交友，增添阅历外，多半也是为了赚取薄银以供家用，反映了一介书生在那个时代的窘迫和无奈。

第三、四句写兵燹荒乱、流寓南方回家无望的失落。顺治末年，南明小朝廷与清王朝对峙而存，加上闽粤地区的抗清斗争也未曾偃息。顺治十六年（1659），郑成功、张煌言率师北伐，一路攻克，直逼南京（谢国桢《南明史略·大事年表》）。扬子江面烽火连天，旅次江西的诗人如何能假道北归？此时南部中国百姓处于兵荒马乱中难以休养生息。无论是入主中原的清廷，还是偏安一隅的桂王，何曾顾及百姓的生死？

最后四句最为凄绝。诗人的思绪穿越时空，远隔千里之外苦思冥想：家中的妻孥正望眼欲穿，坚信亲人会像去年一样，尽管在夜幕降临时风尘仆仆踏进家门，但一家人总算团圆了。岂知无情的战火阻隔了骨肉相聚，暮色苍茫，老鸦都已归巢了，可怜老妻幼女那羸弱的身躯还伫立门前，翘首以盼啊。

通读全诗，作者以咏叹的手法写出了身处鼎革之变中一介士人的命运及其家庭的遭际。诗人一唱三叹，一叹江山易色，山河破碎，故国不堪回首月明中，诗人的遗民情结挥之不去，这也是明清之际桐城文人诸如方以智、钱澄之、戴名世等人共有的遗民思想；二叹时局动荡，战争和荒乱给百姓带来的是身陷水火，连经年在外的游子，岁末也难得骨肉相逢；三叹在封建制度下的文人，欲秉持气节，坚定操守，不售不仕，命运将会乖戾偃蹇，潦倒蹎困。这大概是诗人写这首诗的意义所在。

方文作为一代诗人，在诗歌经历了宋元明以后，于日渐式微的清初，他能以其清真朴茂的风格，一扫明中叶以来诗坛雍容典雅的台阁体诗风和复古倾向（据《中国文学史》）而独领风骚。亦为桐城诗派的中流砥柱，为他同时代的许多诗文大家所推许。时人和后人多有好评。

《桐旧集》载郑方坤《诗人小传》说他"赋性亢爽，少负时誉。与从子以智声名相颉颃。尝撰《汛雅》一书，坛坫珍重，既遭时变，锐志著述。其为诗，陶冶性灵，流连景物，含咀工商，日锻月炼，凡人所忽视之者，皆其呕心刻腑而出之者"。

清代文学家施闰章《嵞山游草序》："尔止为诗虽民谣俚谚，涂巷琐事皆可引用。兴会所属，冲口成篇，人或疑为率易，不知其惨淡经营，一字未安，苦吟移日，故其诗真至浑融，从肺腑中流出，绝无斧凿之痕。"

清代桐城人潘江评方文诗："尔止诗陶冶性灵，流连物态，不屑章缝句绘，间有率意之作，颇为学者口实，不知皆呕心刻腑而出之者。"

清代文学家陈弘绪《西江游草序》："所著五七言古近体，类皆登峰造极。一时称诗者咸以集大成相推。"

清代朱彝尊《明诗综》说方文诗："间作可笑诗句，颇为时论揶揄，然如嘉谷登场，或舂或揉，粃糠终少于米粒。"

论者认为，方文的诗风以甲申之变作为分界，前期诗有少陵风骨，如《过吴江有怀旧游》："葭菼苍苍水国居，前年曾寄此为鱼。谈兵义烈归吴沈，对酒风骚傍史徐。纵死光芒争日月，苟全妻子困蓬芦，重过此路肠堪断，开箧犹存所惠书。"后期则与香山相近，如《雷后怀林茂之先生》："冻雪初晴鸟晒毛，闲携幼女出林皋。家人莫怪儿衣薄，八十五翁犹缊袍。"

钱澄之《同左眠樵、霜鹤游碾玉峡怀尔止》诗："漂泊遥怜方仲子，三十年来称名士。一生作客不思归，好山好水弃在此。"道出了这位"行吟诗人"一生漂泊流离的悲苦命运。

落寞天外

一

九岁时他曾为自己画了一帧小像：秃头，珊巾，身穿袈裟；麋鹿在右，锡杖在左。父母发现了儿子的怪异，十分惊悚，将画藏了起来。两年后他在检点家中书箧时再次看到这帧画像，恍如隔世，小小年纪禁不住悲从中来，与画中的自己相对而泣。

少年时有了这种奇怪的念头，缘于他一心要学佛，这将预示着他后来的人生注定困顿萧然，虽有高怀远抱，终究是时不我与。他曾说自己是个不僧不道、不凡不仙的人，他也确实想做一个远离尘嚣的上人，少年果真得到内养，一只脚几乎踏入了僧门。多年后，回首往事，他承认自己少不更事而茫然自失，待意气渐渐地失去锋芒，才想起要收拾那颗迷妄的心。不过他始终坚持，读尽天下奇书，回过头来看，佛学仍不乏教人以格物之理。然而他终归是个卓荦不群的处士，蹉跎年华数十载，如今幡然省悟，去智丧我，心与嵇、阮、李白为徒，身与酒、诗结缘，甚至于不饮酒可以醉卧松泉，不削发而以禅心对月。

二

桃叶渡。金陵胜迹何其多，秦淮河上的古桃叶渡，是一湾粉黛之河。"楫摇秦代水，枝带晋时风。"人等待在古渡，最让人发思古之幽情，感人生多不易。在外这些年，羁旅天涯，一颗孤独的心始终无处安放。此刻，他站在荒远的江村，望渡头秋水微茫，联想自己的身世与近年来的遭际，不胜悲凉，口中吟起了那首刚刚写于金陵人家的诗句：

男儿重意气，穷饿良可悲。

匍匐叩故人，相与坐谈诗。

故人不解意，笑送掩柴扉。

天地清冷，日暮千峰叠影，渔帆收一船冷月。他站在岸边，回忆此番江南之行，周旋在干谒与读书两端之间，甚至穷得连饭也吃不上，饥苦无人可以倾诉。他慨叹世道不平、人心不仁，竟然到了生死无路的地步。原来前些日子，经好友介绍，他满怀痴心带着自己耗尽心血写的诗文投向金陵，指望能遇上伯乐，刊布成帙。谁知书刊刻不成，遭到冷遇不说，还受了大人先生们一番所谓道统文统的教训。此刻他想起他的家境，祖父均资先生素以文章诗画著称于太湖，皓首穷经，却终身没有做官，于是放浪形骸，常有林泉之志。父亲育斋先生，看到家贫到了不能营葬先人的地步，毅然放弃举子业。育斋能探究河洛之理，懂太极，精通风水，足迹踏遍了太湖的山山水水。讲到自己的儿子，这位风水先生以青乌术士的神秘语境，不止一次向人绘声绘色地讲述，他曾经做过一梦，梦见有一条龙萦绕在祖茔上。不久儿子出世了，一家人满心欢喜，指望他将来真的蟾宫折桂。这位少有异禀的后生果然不同凡响，十七岁时著述已达十余万言，毅然有登车揽辔的志向。但他的著述中让后人流涕长太息的地方，在于他的字字句句毫不隐晦家庭的破落以及自身的困厄。

几年奔竞，志向成了幻影。

逃禅归儒后的他，曾一度不被人接受，当时人批评说他的心性的学问是出自佛门，驳杂不纯，甚至连当时的硕学鸿儒也以异样的目光来审视他，这使他陷入了极度的苦闷之中。其实他多闻善于思考，非一般庸常之辈所能理解。他曾反问那些指斥他的人说，假如不知佛学的高妙，哪里知道佛学的原理？不知佛学的原理又哪能知道儒学的中正？他坚持以为学问之道在乎率"性"，譬如鹤的颈子虽长，断之则死，鸭的腿很短，接上一截也是可悲的，这是有些人不通此类动物的习性所造成的。古往今来谁说除了屈宋班马还能谈赋呢？又有谁说除了左国庄列还能谈文章、除了孔颜鲁孟而外去论道呢？这些文辞大家和圣贤是近乎"性"啊！谁知道我所学的也是近乎性呢？

又有人说他的诗文多怪诞，非"中大弘正"之言，他不能再沉默了：

怪诞，未必不可以当作中正弘大来欣赏；《诗》不是中正弘大之书吗？"玄鸟降而生商"，难道不是怪诞的神话吗？由此可见，文章之道，贵于会心，深于会心者，怪诞也可以看作弘大中正；不深于会心者，中正弘大也流于怪诞。不能因文章的纯正而约束词藻，也不能因文词的端正来阻滞作者的情感。

这应该算作他激情飞扬的一篇文论，可以说，他构建了"会心"说的审美命题，可惜从来无人关注这位天才的文学观。

是世人对他的曲解太深了。他像一位落魄的西山饿士，行走在公侯朱门前，"衣敝如花，囊饥如死，夜宿屋漏，朝揽沅芷"。

自金陵归来，他喜欢一个人独自坐在山中的草亭内。水清风入，烟柳遮檐，孤亭空疏，秋影寂然，眼前这萧然的景致多么合乎他近来的心境！此刻他想到了故人何曰范，他一生中引以为知己的朋友，可惜不久前已经离世了。故友凋零尽，秋心话不堪。唉！家道中落，科场失意，忧叹生命死生，尽在旦暮，他的一声叹息，竟然与杜子美"身世双蓬鬓，乾坤一草亭"的感喟同调。

再来读读他的许多尺牍，字句中笼罩着一种苦绝之氛，他的叹息无时不在。在一封发自海门盐场给父亲的信中，他向亲人倾诉身处绝域，孤立无助的怅望：

西望平芜万里，东望海潮连天。长鲸出没，日月昏闭，海风一啸，天水茫茫，此真天涯路径之处，虽鬼魅亦难经行。

在另一封给友人的信中，他还是叹息：举世茫茫尽牛鬼蛇神，天地之大，道路之遥，曾不能遇一人作知己。"叹天心之有无，何命之终臭测？"他在和泪写成的"七哀"中，哀混沌哀天地，哀世道哀山川神鬼直至哀生民，字里行间飘荡着一缕哀愁，连自己也怆然而流涕。于是他的书成为清廷禁毁之列。

如此绝望的悲号，长时间地咬噬着他枯寂的心。

三

二十三岁那年，他竟然写出骋辞大赋《丽人赋》。闳丽繁富，洋洋洒洒铺陈近万言，全篇仿枚乘《七发》的格调，用主客问答的手法，以他的文学天才来堆砌汉语最美的词藻，为世人刻画了一位千古美人的形象：冷艳如疏云浴月，婀娜如迴雪流风，聪明似晓汉之星，高洁似芬兰桐叶，静如云影，秀若琼枝，其抑郁忧愁悲伤之思直可化开望夫之石。真是动人心弦！但古今以来，天地之间，哪有这样的丽人呢？写这篇赋时，他正值青春年华，在人生道路上上下求索，一直虚无缥缈，数次乘舟下金陵，期望施展自己的抱负，但宵小横路，老天始终不给他机会，正如他在给好友何曰范的信中说：

　　士生不遇知己，每抱屈于小人前，欲伸苦衷。止此灵根，与古圣贤千载上下，是以世皆以我为狂生，不与我言。

　　康熙初年，满人问鼎中原不久，清王朝根基未稳，战乱没有停息，人民得不到休养生息。他身如漂萍，奔走于公卿士人之间。生命的等待与人心的莫知，生活的困顿与家人的期望，时刻困扰着他的精神世界。写《丽人赋》时，他思接千载，阅尽前人的歌章，用比兴的修辞手法，以香草美人设喻，宣泄自己于世道溷浊中不能实现自己的志向。这篇长赋想象丰富，比拟奇谲，如鹤鸣九皋，那一缕清唳的孤音数百年来，一直回荡在太湖山水林岫之间。

　　他终于一改往日的消沉，很想于顾影自怜中拔出，将疏放的心寄托于家乡的土地，在困顿中独自驾驭一乘逼仄的鹿车，心"游"于"无何有之乡，广漠之野"。他很想就此坐在家乡草庐、飞泉、嵯石、空舟之前，俯仰天地，静观飞鸟颉颃，水流花开，流云幻化，雾霭沉潊，寻求本真淡远的生命情调，在山川大美与万物荣枯中去重新追寻生命的价值。

　　读一读他的《游响水崖》《龙崖步韵》及一系列诗文，就能体悟他这一时期对家乡太湖山水的审美观照：

　　独坐观其妙，映人肝胆清。水心原不动，静听亦无声。
　　直以路艰险，因之鸣不平。吾怀与俱远，万虑此时轻。

　　响水崖位于今花亭湖北七里的龙门山。此处两峰对峙，天工开阙如龙门。水自山涧泻出，清流激湍，曲折萦回跌落谷底，訇然作声。古时山中有名刹松云庵，峭拔的石壁上又有许多宋人题咏，历来为太湖胜境。万物皆有情，水心原不动，此刻崖前的水在他的体验中有了内在的生命。他疲惫的心，只有坐在家乡穷岩断壑前,才真正地释下重负。"静俯潭心鉴,飘然我独登。"先前陷入沉浊的世道不能自拔,眼前这龙门的奔流,可以濯净他浑浊的灵台,心与物一。

太湖县今长河一带古时烟树陆离,风景绝佳,历来文人墨客多有吟咏。他在《自题山水图》中状写家乡水域风光:"人烟绝处路茫茫,常有渔人隔水江。"他梦中曾于长河岸边筑茅屋数椽,竹木掩映,飞泉似清烟洗尽尘埃。一湾瘦水,人烟稀绝,偶见行人,击棹而歌,倏忽间又驶入花荫丛中。独居在这胜境中,朝饮松楸之坠露,暮浴晚霞之灿烂,山峦起伏,朝晖夕阴,人就是信步在长长的卷轴上。胸中渐渐点染了丘壑,意外涵摄着乾坤。

四

心灵自由独与天地精神往来。他不时地将胸中的丘壑付诸文字,由清远而崇高而绝美。

那一年,他从金陵回到家乡太湖,在村头,他写下《还家》二首:

> 行行乘兴尽而返,任性依然还故都。旧日松枝青补屋,只今流水绿连厨。
> 家山视我面无恙,父母怜儿心已枯。自笑逢迎多苦拙,归来且种仙菖蒲。

清贫与苦绝不再纠缠他的身体,先前的许多"很想"在灵与肉的较量中开始突围。此时他已完全从世俗的追逐中摆脱了出来,去知丧我,坐忘心斋,让精神得到当下的自由。

但当下的自由不全在林深水远处,更在凌霄浩瀚的天际。

站在家乡的门前,极目远望,一山高耸入云,"列万笏以朝天,控三湘而立极",何等的气象!他以神来之笔,描绘出一幅太湖西北城外"龙山"竣伟神奇的画卷:龙山分千岭自大别山飞来,远眺西岭有真乙太虚之气,回望北壁有石屏峥峥峭立,高可接云。下有龙潭暴溢,如天河倾泻,跳玉喷珠,溅起岚雾回荡。

《龙山赋》中所写的"龙山"为太湖县胜境。《康熙安庆府志》上说:"龙山,(县治)西北三里,濒龙潭,磅礴多石。有亭台,有钓鱼矶。"山隐水玄,妙不可测。在他的心中,浑穆的龙山是有大德的,身在此山,他可以将他素来郁郁不平之气诉诸峭壁巉岩，又可以将他的远抱全部寄托于草木飞鸟和日月星辰，在大化周流中，感天地之无穷，俯仰之间，乐以忘忧。观照这天地造化，怆然忧思独与古贤晤对。此时，他忘记了自己是谁，家在何方，梦里的桃叶古渡，秦淮风物，姑苏夜泊，扬州明月，与当下的山水融而为一。

青年时代浪迹天涯，三十二岁英年早逝，这与他悲凉的人生遭际有直接的关系。但也正是他生命寂寥，心近乎枯寂，他人生的最后时光才有片刻的宁静，因而能写下大量净穆的词章，将身世飘零的咏叹，自我凄恻的哀鸣，都付诸生命真性的恒物流衍，与家乡太湖的天地山川同和。

五

三百余年以来，他的高名与文章一直默默无闻，连他的祖居地至今也没有确定。倒是家乘上有些记载，说他生于康熙十年，卒于康熙四十二年，死后葬太湖老城东门外。有史料说他是位剧作家，他短暂的生命中，曾有《后西厢》《薄命缘》等几部戏曲至今还被人们口头传述。但这些耗尽先生心血的几种传奇一直没有上演过，所写的场景大多咏叹佳人如梦，月冷西厢，一词一句，一韵一声都是他失意时仓皇窘迫的真实记录。

不久前，在苍莽的大别山腹地，一位地理勘察专家竟意外地发现了康熙年间这位潦倒的书生文集，将这部奇书带回省城合肥，悉心整理点校出版。韫椟藏珠，拂去世间的尘埃，他的文字终于重现光华。

月明星稀之夜，西山寂寥。我端坐于窗前，有松风袭来，清思澄怀，读桐城姚文燮为他写的一段文字：

"《天外谈初集》十余万言。大抵句清则如月隐寒潭，句冷则如雪老梅枝。艳歌如罗浮美人，妙香袭人；愁骚如湘神落雾，横波上下……"一生落寞，都寄予云天之外。

先生姓石名庞，字晦村，号天外。安徽太湖县人。

阅尽沧桑说"聊斋"

——桐城许奉恩及其笔记小说《里乘》

清代桐城人许奉恩,一代文魁。但当今桐城知道他的人并不多,他的声名一直落寞无闻,留下的作品也不为人所熟知。许奉恩对桐城文学有两大贡献,可以说填补了桐城文学上的两个空白:一是文论,一是小说。

一

明清时期,桐城文学著述繁富,诗、古文辞一时称雄海内,辉映文坛。以往人们谈桐城文学,大多扬风扢雅,推重古文,没有在意于诗、古文辞以外的文学创作成果。殊不知,在明清桐城文坛众多诗文作者当中,有一位作者还擅于小说创作,他就是许奉恩。

许奉恩,字劓坪、叔平,安徽桐城人。其先祖许道于明代迁居桐城黄华里,世代为士族。许奉恩的曾祖许迈拔贡廷试第一,任咸安宫官校教习,教授八旗子弟。祖父许鍠,乾隆四十五年举人,湖南会同知县,父亲许丙椿字若秋,岁贡生,赐举人。据《里乘》一书的点校者董国超推断,许奉恩大约生于清嘉庆二十一年(1816)。大致生活在清代嘉庆至同治年间。与许奉恩同时代的同乡方锡庆称赞他"世守书香,肆力于诗、古文词"。马其昶先生在《桐城耆旧传》中称他"有隽才,诗文皆知名"。许奉恩少时应童试,就受到知县、知府和学政的青睐,视为奇才,后来参加乡试,却屡试不中,大家都深为他惋惜。《安徽通志·艺文考》将他载入皖籍小说家之列,叹息其"一生科举不达,沉沦不遇,为幕僚以终"。

许奉恩生逢晚清乱世,经历了鸦片战争和太平天国时变,在流离中生活。

他先后在徽州知府、浙江学政、安徽巡抚、江苏布政使、两淮盐运使府中做幕僚，间关转徙，阅尽沧桑。多年幕府生涯，与各种人士接触，使得他见闻广博，看尽世态炎凉，熟睹南北风土人情，又留意于街谈巷议，有了丰厚的创作素材，心中酝酿了一部旷世奇书——笔记小说《里乘》。

《里乘》又名《兰苕馆外史》。据书名的字义解，"里"，为乡里，"乘"，即记载，《里乘》应该是民间故事的记录。而书名又称《兰苕馆外史》，"兰苕馆"是许奉恩的斋号，"外史"，即野史，多为小说家用的谦词，犹《儒林外史》。

据有关资料介绍，许奉恩生平著述有十余种，散佚颇多，存世的有《兰苕馆诗钞》十一卷，《桐城许叔平文品论诗合钞》二卷，《转徙余生记》等，都是谈诗论文以及人生飘泊流徙的亲历之作。唯独《兰苕馆外史》即《里乘》是许氏"兰苕馆"丛集中的笔记小说，共十卷，是许氏"所为劝惩而作"的文学精品。

所谓"劝惩"，即劝善惩恶。时人对《里乘》评价颇高。两淮盐运使方濬颐评价许奉恩著《里乘》是"以口舌代木铎"，虽为小说家言，其教化之作用堪比春秋时秉笔直书的史官董狐。好友刘毓楠说他印象中的许奉恩"一见倾谈，真率无饰，恂恂然书生本色，可亲可敬，望而知为有道士也"。同宗许星翼对许奉恩推崇备至，称他"居龙眠人文之薮，擅马迁叙述之才"，其学问"根柢六经，炉冶百子""修辞立诚，效狐史之笔直"等等。仔细读许氏的著作，时人这些评价毫不为过。

《里乘》10卷，凡190篇。前8卷为小说；卷9为杂记，录土司婚礼及海上纪略；卷10为太平天国战乱背景下的社会杂闻及人物纪事。其中小说所占内容居多。作者在《里乘》"说例"中将其小说大致分为八类，为祥殃、科第、神仙、鬼狐、闺阁、秽乱、绿林、听讼，小说素材来源于作者三十多年间的见闻和辑录，许奉恩说：

> 述而不作，先师且然。予每阅丛书秘册与故老遗编，可扩闻见者，或为之删繁就简，或全录其文，汇成一卷，愿公同好。必标出作者姓名，以不敢掠美也。

二

《里乘》开篇《张相国祖》，说家乡桐城张文端公祖上有隐德的故事。他听长辈说，文端公出生时有异象，天授英姿：

> 初，梦神送一衣冠人至，谓为晋朝王处仲。是夕果生一子，封翁甚喜。稍长，器宇魁梧，性亦聪慧。十岁忽殇，封翁悲恸慕切。越数年，又梦前衣冠人至，曰："吾周览天下，福德无如翁家，今再来，不复去矣。"俄顷公生，言貌举止与前无异，故字曰敦复。予小子识之，不敢忘。

这是作者在私塾读书时，他父亲给他讲的一则张相国家的故事，不乏神秘色彩，实则反映了老百姓对一代名臣的崇敬之情。许奉恩父亲对他说，士人读书，尤宜积德。即以吾邑而论，其先积德愈厚，其后发祥亦愈炽。因言张文端公之封翁。

封翁，指张相国的父亲，古代因子孙显贵而受到朝廷恩封的人，被恭称为封翁。作者说他当时年幼，不敢问相国祖上到底积何功德，后来他的老师又讲了一段张氏祖先掘金、掩金、献金赈灾的故事，颇具传奇性，不妨一读。小说最后写张氏积善人家，必有余庆：

> 后某甲早行，见人肩担二筐，内盛珊瑚、青精、水晶、砗磲之属，大如杏实，累累如贯珠，不知何物，试问："何往？"曰："送往张家去也。"恭逢国初定鼎，文端、文和两公父子相继拜大学士，一时兄弟子侄由科第而跻显秩者，指不胜屈。始知所见珊瑚等物为各色顶戴也。

同是张氏门第，族中也有不肖之徒。《吾乡张生》讲张生羞辱同里一位因受贿而罢官的乡绅之女，致其饮恨枉死的故事，颇有惩戒意味。作者在小说的后记里说，这个张生初遇该女子，发生争执，如果稍有天良，悔过不迟，最后竟然脱光那女子的衣服搜身，劫掠珠宝，反而自鸣得意，致人枉死，"是诚纨绔恶少之所为，岂复成读书君子哉！"

《里乘》中写读书人行善作恶的故事篇幅较多。他在《余徐二公轶事》后记中以"里乘子"的口气说，"予尝谓：天下至善之事，非有厚德、厚福者不能遇"。告诫读书人，想取得功名，除了寒窗苦读外，最重要的是不可忘记修身立德。不管《里乘》所载的故事是真是假，且大多有神秘主义成分，但作者的意图在劝惩，希望他生活的那个时代人人向善，建立一个和谐美好的社会，从这一点看，《里乘》许多故事虽借神鬼说事，渲染因果报应，但其宏扬的是惩恶扬善的社会正气，应该具有积极的生命价值和社会意义。

《里乘》前后共耗时三十余年，作者感叹：自己见闻太窄，征引故事太难了！加上该书所录都是实事，写起来更加困难。不像蒲松龄写《聊斋志异》多写狐鬼，可以尽情发挥。作者说，倘若上天让我再多活几年，可以写《里乘》的续集，以飨读者。

比许奉恩早些年代的北平人盛时彦，在老师纪晓岚《阅微草堂笔记》刊布时，为其"序"说：古人说文以载道。文之大者为《六经》，至于降而稗官小说，似与道无关了，其实不然。《汉书·艺文志》就将小说列为一家，历代书目亦皆著录。可见小说作为文学之一种，对于人心世道是有裨益的。他称赞老师纪晓岚：

> 河间（纪昀是河间府人，世称纪河间）先生以学问文章负天下重望，而天性孤直，不喜以心性空谈，标榜门户；亦不喜才人放诞，诗坛酒社，夸名士风流。是以退食之余，惟耽怀典籍；老而懒于考索，乃采掇异闻，时作笔记，以寄所欲言。

盛氏这段话，是说他的老师纪晓岚身处高位，很多话想说而不可说，只好借著述《阅微草堂笔记》来发自己的心声，愤时悯世。读《里乘》"以寄所欲言"，这句话同样适合于小说家许奉恩。

三

作为文学家的许奉恩，在创作上可称诸体兼擅，一生写有"兰苕馆"所著十余种，但他首先是位诗人。他的父亲许丙椿有《敦园诗文集》《敦园诗谈》存世，从小受家庭环境影响，许奉恩写得一手好诗，有《兰苕馆诗集》《桐城许叔平文品论诗合钞》二卷。由此可以说，许奉恩是用诗人的功夫来写小说，所述

190篇故事本身除了具有劝惩的思想价值外，其文学性也属上乘。《里乘》刊布时，许奉恩书中"说例"开头中写道："劝惩之书，不啻汗牛充栋，阅者嫌其老生常谈，往往览不终卷，辄即欠伸欲睡。是书义取劝惩，名之曰《里乘》，凡遇耳闻目见、可愕可欣之事，间亦登之，非敢自乱其例，盖欲藉以醒阅者之目也。"他在《自序》中说自己写《里乘》，间杂以说鬼搜神，我姑妄说之，读者姑妄听之。他说《里乘》一书笔墨粗浅，难登大雅之堂，也不敢奢望与《聊斋志异》和《阅微草堂笔记》鼎立于世，只要读者不以为书中所言是"语怪悖圣"就万幸了。

许氏这番话当然是谦词。许奉恩出身士宦家庭，自幼受桐城文化浸润，通晓六经，学问淹贯，又经历奇特，广闻博识。他的诗风磅礴、文论造境用词瑰丽，以此学力来创作小说，怎会像作者自己所说"笔墨粗苴"呢？细细咀嚼，《里乘》故事篇幅虽短，但选材合乎传统道德标准；结构上剪裁精当，情节离奇诡谲，跌宕起伏，叙述脉络分明，结尾往往出人意料；尤其是小说语言极具文学性，许多篇幅可当作文言范文来读，不逊于《聊斋志异》。作为小说家的许奉恩，出身士宦家庭，一生足迹遍天下，后又在幕府为文职，其多闻强志，阅尽沧桑的人生经历，使其胸襟廓然，为文自然意境开阔。许氏生活的清晚期，正当"桐城派"中兴之时，后期桐城派作家群体蔚起文坛。浓厚的文学氛围必定产生卓越的文学家。《里乘》一书，虽摹仿蒲松龄的《聊斋志异》和纪昀的《阅微草堂笔记》，但仍不失清人笔记体小说叙述委曲、文辞瑰丽的浪漫色彩。

试举《林妃雪》中一段描写为例。如描写书生初冬夜读场景，玄真清远，渺茫恍惚：

> 熊生瑞缥，字凡荬，姑苏太湖厅人。性倜傥，容止甚都。读书邓尉山中，冬夜，漏二下，霜月满天，清辉皎洁，顾而乐之，徘徊忘寐。忽闻管弦声，抑扬盈耳，若远若近。信步迹之，数武，见深林中楼台宵霭，气象壮严，石兽当门，双扉未合；堂皇灯烛辉煌，人影幢幢，往来蹀躞。

接下来写美人、鲜衣，轻盈妍丽：

> 潜蹑足，次且入内，伏窗窃窥：一美人宫装上坐，年可三十许；右侧坐一美人，齿亦相等，着淡黄绡衫，手弹箜篌；联肩坐一美人，年二十

以来，着葱绿水云之裙，两腕约金玉条脱，手搬玉笛对坐一美人，衣绛消帔，年可十七八，鬓边贴翠钿，轻拍牙板，疾徐中节；其余满堂姝丽，年皆二十上下，列坐倾听，所衣各色不同，类皆轻绡软縠，更无一人着羔狐者。

中国古典小说唯曹雪芹《红楼梦》中有如此静美与华美的情景、人物描写。可见许奉恩不愧为文学大家，足副"居龙眠人文之薮""才学优博"的盛名。

许奉恩同宗许星翼说的一番话，是对《里乘》一书思想价值和文学价值最贴切的评价：

明镜烛景，妍媸毕呈；灵犀劈流，清浊攸判。和风煦物，见恺泽之襟怀；庆云缦霄，真吉祥之文字。

四

许奉恩不仅是小说家，他一生著述很多，除小说外，还有诗、文、杂记等。他写的《兰苕馆论诗九十九首》，规模宏大，纵论古今诗家，品评诗作，史所罕见，足显其深厚的文学功力与审美特质。鲜为人知的是，他曾著有《文品》三十则，填补了我国晚清以前有诗品、赋品、词品，而无文品的空白。

明清时桐城文学家的古文辞为天下所知，桐城派作家在创作大量雅洁的诗文同时，也注重文学理论的建立，在中国文学批评史中占有一席之地，像方苞的"义、法"说、刘大櫆的"神、气"说、姚鼐的"义理、考据、辞章"说及至方东树的论诗专著《昭昧詹言》等，都为世人所推重。而许奉恩的四言韵文体《文品》三十六则，堪称中国古代文论中的一枝奇葩。

许奉恩离世七十多年后，《民彝杂志》首次刊布了他的《文品》，声闻民国初年的的文、史界。郭绍虞先生介绍《文品》时说："此《文品》三十六则，录自《民彝杂志》者。昔杨复吉跋《马氏文颂》，以无文品之人，为艺林缺典，今得此文，亦足弥斯憾矣。"可见郭先生对《文品》是多么的推重。《文品》创作于晚清,在此之前,自唐代司空图《二十四诗品》后,与许奉恩同时代或前后的有顾翰的《补诗品》、曾纪泽的《演司空表圣诗品二十四首》、马荣祖的《文颂》、魏谦升的《二十四赋品》、郭麟的《词品》、《续词品》等等,可叹一直无人以韵体品鉴文章风格。先秦以降繁富的文学理论著述给了许奉恩以启迪和借鉴,加之他家学渊深,学问淹贯,终于写成了三十六则《文品》这一堪称中国文学批评史上的经典之作。

《民彝杂志》发现并刊布许奉恩的《文品》,使许奉恩跻身于中国古代文学批评家的行列,增加了桐城文学对中国古代文论的贡献。《文品》无论是体裁,还是它的文学及美学价值,都可与前人和同时代人的同类文学形式相比肩,受到研究中国文论的学者关注,诚如许奉恩在他的《兰苕馆论诗九十九首》中之一首咏道:"高殷选政寓讥评,间气英灵各集成。岂若司空廿四品,择言尤雅胜钟嵘。"诗中称赞南北朝时期北齐第二任皇帝高殷聪明睿智、博涉群书、观览时政;唐代高仲武精心编选《中兴间气集》、殷璠编选《河岳英灵集》唐诗选本,历史上这些人为政为文,名声卓著,但仍不及司空图作《诗品》二十四则,文字洗炼、赡雅。许奉恩一生遍览经史、穷研子集,成文章高手,心中所思,要仿司空图,以诗人的才思与博雅醇厚的笔墨,去写就关于文章风格的诗论,《文品》三十六则正是他一次成功的艺术实践,为读者奉献了一篇优美的文章风格论和极富中国古典美学意蕴的优秀诗章。借用许氏自己在《文品·恬雅》中的一段语言来评价他的文字,正恰如其分:

> 空山白云,四无人踪。积雪晚霁,水流溶溶。
> 幽人独步,野鹤相从。隔溪人家,无路可通。
> 梅花万树,互竹交松。暗香扑面,如见春风。

吴鳌《爱吾庐诗钞》初读

初夏,选择一个黄昏,去凭吊吴鳌墓,于夕阳林下读他自题的墓碑诗,怆然涕下。

墓在练潭老街上首公路的西岗上。岗上林木茂盛,一条小径被荆榛和无名的野草遮盖,寻墓须村人带路,斫木刈草,人才能通行。先生去世后二百余年,鲜有人重视,正应了他自题诗"乱蓬荒草不知年"的身前预设。

前贤自有其预感,来者莫不慨叹。在浩莽的宇宙间,人生,不过百年之一瞬,较之日月星辰山川,穷与达,声名的显与晦,都如一阵风似地吹过,不留痕迹,能留下一点让后人感动的东西,莫过于文字耳。诗文能传达作者的情思,一生的遇或不遇,不在于鲜衣怒马还是粝食缊袍,而在有无高怀远抱,百载过后仍让人去怀想。

贫士如吴鳌者,贫而有颜乐,是贫士焉?真志士也,有高怀远抱。身无功名利禄,无鲜衣怒马,一生以剃发为业,食粝食,穿缊袍,且受尽冷眼,一贫士也。但他是个读书人,"自六岁从师读四子书,家贫废学,先君子每于灯下课读唐宋先辈及近代名流诗数十卷",由此入声律之门,将平日的怀想都付诸楮墨,一世的苦乐全溶尽一部诗集中,"春鸟林间,秋蝉叶底",物事人情尽以歌咏,他人不知其乐,乐,自在其中。

《安徽通志·艺文志》集部提要介绍:吴鳌,字龙海,号漪澜,桐城人,乾隆间布衣。家贫未娶,隐于剃发而品甚高。有《爱吾庐诗钞》一卷,仅45首,皆近体,为卒前所录。

吴鳌诗由散稿藏于箧中,到初刻刊行于世,可谓幸也。大致经过是,最早收藏吴先生诗集的,是他的好友怀宁马镜宇,二人声气相同,常以诗酒相往还。吴鳌曾于月下听马氏弹琴,写有《月夜听马镜宇弹琴》诗:"独坐一挥手,相知十载心。"可见二人堪称人生的道友、诗乐中的知音。

吴鳌离世后，马氏将他的遗稿交给同乡劳崇煦，劳氏读后大为惊羡，遂将诗稿拿给同县潘瑛与浚县人、贵池知县周光邻，诸人皆叹服不已。嘉庆六年，吴鳌的《爱吾庐诗钞》由周光邻刊刻于贵池，周光邻、潘瑛、劳崇煦三人都写了"序"。

第二年春，潜山熊宝泰在周光邻的家乡浚县见到《爱吾庐诗钞》周刻本，尤其读到《山居》"微躯病转尊"一句时，叹其虽贫贱而不失其志，重新刊刻时，将《山居》置于首篇，并为吴氏兄弟作"传"，推服其人品。吴鳌诗从此流传更广。

现在看到的《爱吾庐诗钞》辑诗共45首，无古体。其中五律16首，七律18首，七绝11首，皆气清意邈。

读他的诗，一见高洁，一显旷达。

吴鳌为一乡间布衣，身卑微但境界高远，其诗"笔秀词清，老于声律""词意清远，有自得之趣"，这是熊宝泰和潘瑛的评价。到了道光年间徐璈编《桐旧集》时，收录了吴诗6首，可见他的诗作在桐城文人心目中的地位。

时人说吴鳌隐于穷乡以剃发为役。所谓"役"，在旧时是被使唤的人，剃役，旧时是社会下层的贫民。他在嘉庆四年上巳日为自己诗稿写的《自序》中说，生平"茅屋一椽，柴门两板，依横山而环练水，将终老焉"。感叹自己"既无求于生前，复何望于身后？"他最大的希求"唯二三知己索观旧作，谨追录数十首，倘加之绳削，俾老而有所进，实余之厚幸焉"。诗人之性，至老也不改变。又可见他不是下层贫民，而是一位真正的"士"。

身世坎坷，阅尽人世的沧桑，但心不为富贵名利所动，故有君子的风概。他写的《蝉》以物喻己，孤芳自怜。首联写"赖尔一声惊梦觉，听残秋满碧云天"，叹秋风将至，惆怅满怀；颔联写"悬知饮露生原洁，怎奈因风响愈传"，慕蝉之高洁；颈联写"老屋高槐新雨后，平桥衰柳夕阳前"，自怜身老孤寂，残弱如夕阳下的衰柳；尾联怜蝉之不平，为人一世，应不与世争，不求闻达，"此中托足应争羡，何事悲凉动客怜"，表明心志。

另一首《促织》也是借物明志。秋将至，促织凄鸣，寒风催人赶紧做好冬衣以送征人："浅草篱根未有霜，一声凄断一声长。似怜秋著梧桐老，欲寄衣催刀尺忙。"诗的颈、尾二联托月以诉衷情："月照空庭人独立，雨过庭院簟初凉。

可知更有愁听客,百折千回暗转肠。"促织鸣秋,让人顿起离愁别绪。

中国读书人始终奉行着儒者的人生观,坚守一种高蹈的生命价值,就是达则兼济天下,穷则独善其身。在科举制度下,有无数读书人命运不济,无缘进入仕途而穷老乡间。但他们有共同的特质:身处困境依然达观以对生活,君子固穷啊。苏轼云:"空庖煮寒菜,破灶烧湿苇。"以冰霜之操自励,这是中国文人的生命精神所在。吴鳌何尝不是引东坡先生以为同调?

嘉庆六年辛酉十月,怀宁劳崇熙为初刻《爱吾庐诗钞》作序,一嗟三叹,对于吴鳌的才情和命运深为惋惜,他说:"明府(周光邻)叙而刻之,将以广其传,使之不朽。漪澜何幸焉!假令漪澜未死时得遭际爱才如明府者为之提携拂拭,何至颠踣困顿、痛首自摧折而老死于穷乡僻壤间耶?"

对于劳氏的同情,若吴鳌泉下有知,定会感激的。但吴鳌素来不干谒官吏,也不在人前言贫苦。正如潘瑛所说吴鳌:"家贫食力,工诗嗜酒,以山水自娱。居常闭户,虽困乏,泊如也。"死后敛葬,乡邻"所率(凑)钱,其弟(吴鲸)皆籍记之,逾年,叩诸人门拜而还之,有不受者再三,坚请受乃已。曰:'吾兄自食其力,不肯累人,故忍辱,始终不与诸公谈,非谓公等不知诗而不言也。岂可死后累人?死生旦暮间事耳,吾不偿此,何以见吾兄?'"

松筠晚岁,愈益坚贞。在吴鳌的诗里,我们竟然见不到他有半点的忧愤,真难能可贵。诚如周光邻所说:"古所谓畸人者,畸于人而不畸于天。"这是对吴鳌的最好评价。

诗集首篇《山居》,正契合他的心境。《山居》诗格近陶渊明:

不嫌茅结屋,何碍席遮门?
幽谷秋先得,微躯病转尊。
醉长过白昼,吟每到黄昏。
长物竟焉有,篱边松菊存。

草庐遮风挡雨,却有独享秋光之得意;家无长物,有松风菊韵常伴,可以醉,可以讽,这不是陶靖节的生活场景吗?

值得一说的是,《山居》中颔联"幽谷秋先得,微躯病转尊"。一"病"字,极见诗人的内心世界与苦中寻乐的生命情调。此处"病"通作"疾甚"解,大意是说自己这一贫寒之身，因生病方得休息；休息了，便可以不受人役使，此身不就仿佛变尊贵了吗？平时因穷于生计，而操劳不息，躺下了，恬然萧散，何必于尘世中争那高低尊卑呢！诗人于苦中自嘲，足见其于不幸中能开怀旷达的君子情怀。百岁流水，富贵冷灰，司空图以此意来注解"悲慨"，道出了历代底层文人的真性。

吴鳌的《重阳前三日留别左心庄》诗更写出他高朗的心境。首联写客来时的忻忻、欲归时的失意："竹里连朝共把杯，重阳将近客将回。"但颔联紧接着写道："悬知佳节匆忙过，且看黄花次第开。"

黄花次第开放，意味佳节复来，今日离别，日后何愁不能重逢？对身处逆境的落魄文人来说，憧憬未来就是一种生命的追寻，高洁，芬芳。诗的后半首写道：

> 如此楼台今日去，几时风雨故人来。
> 多君预进茱萸酒，落月寒鸡醉莫催。

惜别，是中国诗人永恒的话题，其中蕴含着不尽的愁绪与悲慨的落寞。吴鳌与友人举酒话别，时至日暮，杯不停，只因兴未已。

世人皆学林和靖，清高得无烟火味。吴鳌因家贫而终生未娶，为人剃发之余，赏菊东篱，流连于诗酒，连侣鹤植梅也嫌多余。吴鳌的高蹈是基于世俗之上：剃役，生计；饮酒，赋诗；客至，客离。生活贫而有乐。如他在《写怀》一诗中写道：

> 尽日一身无一事，事来我又醉中过。
> 浮生不学林和靖，鹤子梅妻累尚多。

不学林氏的道家气，在横山练水里追寻生命的价值，在与友朋对饮中体悟人生的意义，此身在尘世间，而此心已超然出尘世。

此乃吴鳌的人生态度，身卑而心洁。又如《喜胡辅臣至》诗云：

> 已愁不复见，更喜忽相逢。
> 老我惭梅瘦，怀君对月空。

> 寄书传陇右，归梦到江东。
>
> 杯酒且同醉，何须叹转蓬？

转蓬，喻人生雨打风吹，漂泊无定。在历史的长河里，所有人皆一介微躯，你我本就是草间的飞蓬，何必介意呢。

吴鳌虽身处僻壤，但他幼承庭训，秉承中国人文精神，深谙人生穷达沉浮得失的真正意义。他的诗，不是无病呻吟写给时人来谀评，而是他旷达心情的真实流露，留给后人去体味。人之处境各异，尊贵不可皆与天地参，卑微也不一定无高蹈之思，生活的价值在于每人面对的是否实获我心而已，对于此，前贤苏东坡做到了，吴鳌也做到了。

自练潭归来，感慨不已，作七绝一首并序以记：

> 桐城吴鳌，清代乾嘉时布衣诗人，以剃发为业。不试不仕，唯耽于诗酒。孑然一身，死后由其弟醵赀葬练潭磨基山麓。练潭明月，光昭永夜；横山松风，长啸故垒。
>
> 丘墟埋暧隐荒村，岑寂寒潭澄月魂。薄暮横山酒旗偃，几人松下听麓埙。

清人笔记里的桐城故事

近年读书，偶涉宋以来笔记。于明清史料笔记中尤专注桐城往事，每见有故里珍闻，必摘录之，十数年来稍有累积。今检阅总有百数十条，虽墨色已褪，而人物謦欬犹闻。恐年久遗忘，故整理归纳，择其有趣者若干则撰兹小文，以奉读者一乐。

一、张文端公逸事

文端公张英一代宰辅，康熙褒其"有古大臣风"。其谥号"文端"，考《谥法》：经天纬地、道德博闻、学勤好问、慈惠爱民等皆曰"文"；"端"者，《说文》释："直也"；正也。以"文端"综概其生平，是对他一生德望的总结。《四库全书总目提要》称他：为朝章簪笔雍容；研经词旨温厚。应制诗典雅和平；言情赋景之作清微淡远。大意如此。这些都是对他文章的评价，然而读其文，亦知其人品。

张英一生德行学问事功皆卓有大成，决非偶然。老子云"九层之台，起于累土"，人之一生得失，与其少有远志关系极大。清代梁章钜《楹联丛话》有张文端公一则故事：张文端公未遇时，过华山，题陈希夷庙云："天下太平无一事，山中高卧有千秋。"语言便自不凡。

张英通籍大约在康熙六年以后，未遇，当在顺治年间。陈抟庙天下有数处，华山乃其一。张英具体于何年登华山凭吊陈抟庙，不详，他为陈庙题联，盖取自《宋史·陈抟传》上一段史实：

> 九年复来朝，上益加礼重，谓宰相宋琪等曰："抟独善其身，不干势利，所谓方外之士也。抟居华山已四十余年，度其年近百岁。自言经承五

代离乱,幸天下太平,故来朝觐。"

太平兴国九年,陈抟见宋太宗,这段话是宋太宗赵炅对宰相宋琪等人说的。当时陈抟在华山已隐居四十多年,估计已有百岁了。陈抟见天下太平,方才出山,足见其心系天下;当天下汹汹,隐于高岳,以山水为乐,决不以方术惑人,又足见其广仁爱民之心。《宋史·陈抟传》张英是熟悉的,故而借史题联,一联尽括陈抟一生的行迹。

张英年少时即有登车之志,以前贤为榜样,胸襟廓大,终成一代名相。

梁章钜《楹联丛话》中又有张英晚年书联以明志的佳话,由明代王阳明父亲王华一则故事引出:

> 王文成公之父海日先生,官至南京吏部尚书,致政时,值文成公平宸濠。先生自题书室一联云:"看儿曹整顿乾坤,任老子婆娑风月。"如此福分,如此襟期,自当只千古而无对。

王阳明为一代硕儒,生而岐嶷。相传他少年时,父亲王华带他到京城,一班公卿见到他,纷纷以第一流相期许。阳明先生问:"何为第一流?"诸贵人皆曰:"射策甲科为显官。"公莞尔笑曰:"恐第一流当为圣贤。"

少年志向如此远大,真前所未有。后王阳明果为一代名臣,因平叛有功,封为新建伯。父亲见他有王佐之才,以为可堪治平之大任,江山代有人豪,国有干城,自己应该退居林下,买山而隐了。于是就有了那副对联。

说完了王阳明父子故事,梁氏借王家故实,引出桐城张氏父子的趣事来:

> 我朝张文端公及见子文和公晋揆席,自题门联云:"绿水青山,任老夫消磨岁月;紫袍金带,看吾儿燮理阴阳。"正袭海日语。

"正袭海日语",是说张文端公照着阳明父亲海日先生对联的意思也撰了一联,张联与王联上下顺序相反,而意思相近。然此联大概是民间人士所拟,颇近村儒口气。虽格调不雅,却饶有趣味,权作茶余饭后的谈资。

桐城民间流传有关张英父子的故事颇多,有雅有俗,有些俗不可耐,且荒诞不经,大多是些不入流的写手杜撰,而传之久远,便成了民间"文学",实不可取。但此联不致如此庸俗,有一定的观赏趣味。

梁章钜《楹联丛话》里又一则故事盖取自民间人士杜撰:

> 桐城张端、文和,亦父子宰相。门联云:二世三公,太平宰相;一堂五代,富贵神仙。

此联有炫耀门庭之嫌,万不会是张氏这般诗礼之家自拟的。但此联虽为外人语,却也写出了桐城清河张氏累世簪缨的显赫气象,不妨视为民众对张氏门第清华、世代为官清廉的颂扬。

二、张文和公逸事

桐城张氏父子在康雍乾三代为朝廷重臣,为国尽忠,为民尽职,品端学正,有"清一代"的称誉,流芳后世。除正史列传外,民间也流传许多美好传说,颇耐人寻味。梁章钜《楹联丛话》有则雍正赐联张文和公的故事,典雅醇和:

> 今人家门联率用"天恩春浩荡;文治日光华"十字,不知此乃雍正年间御赐张文和廷玉桃符句,张氏岁岁悬之。后京官度岁,强半书此作大门春联,近日则外省亦比户皆然矣。

此故事或为真实。张廷玉为雍正所倚重,皇帝赐联与张府,一为昭示朝廷的恩荣,二则呈显天下承平的气象,如此佳联挂在张家最合适不过了。至于内臣纷纷摹拟,外官争相仿效,足见此联雍和的意蕴,与盛世景象正相协和。

梁章钜《楹联丛话》后,又有《楹联续话》《楹联三话》,其三子梁恭辰作《楹联四话》以续其父著。《楹联四话》记载了乾隆皇帝与张廷玉一段佳话:

> 桐城张文和公年已七十,精神犹健,上甚倚重之。常自面奏:"诚恐有昏愦处",意欲求退。故其七旬寿辰高宗赐联云:"潞国晚年犹矍铄,吕端大事不糊涂。"同人荣之。

张廷玉素有谦让之美德。晚年意欲让出宰辅,致仕回乡,但乾隆不作表态,赐联以挽留,委婉之至。这也是君臣互信、上下融洽的一种表现。

联语中，"潞国"指"潞国公"，盖指宋代潞国公文彦博。乾隆在一次与群臣召对时曾有"考之史册，如宋文彦博十日一至都堂议事，节劳优老"之语，足见皇帝非常推重文氏，有体恤老臣之意。吕端，宋代名相，典出自《宋史·吕端传》："太宗欲相端。或曰：'端为人糊涂。'太宗曰：'端小事糊涂，大事不糊涂。决意相之。'"

此一段故事原取自张文和公自订《年谱》，梁恭辰为清代嘉道年间人，应该见过年谱。据《年谱》记载，乾隆六年辛酉（1741）九月九日，张廷玉七十岁生日，"蒙恩于行在，颁赐御书扁额曰'调元锡祉'，御书对联曰'忠诚济美三台丽，弼亮延禧百福忠。'御制书曰：'历掌丝纶左斗枢，心依行在想晨趋。最欣佳节当初度，要识元衡半老儒。潞国晚年犹矍铄，吕端大事不糊涂。缄诗并作黄花酒，看取瀼瀼湛露濡。'"

张廷玉自订《年谱》记载他生日那天，恰逢九九重阳，"佳节当初度"，乾隆欣然赐"诗"，并非"联"。诗之颈联用"潞国""吕端"典以褒扬，极尽皇上曲体的恩荣。而坊间敷衍成另一版本，同样是颂扬一代名臣勤劳宣力的功绩。

张廷玉七十八岁那年，乾隆两次颁谕旨，优崇元老，仍留在禁廷，许四五日一入内值以备顾问，足见朝廷对他的倚重。

梁章钜父子学问渊博，著述之余，搜辑庙堂、江湖的楹联，引出许多古今佳话，以助世人的谈兴。虽属稗史，不足为凭，但这些楹联品位颇高，里面的故事大多为广德扬善、颂功溢美，具有积极的文化意义，因而受到读者的喜爱。

清代又一部大型汇辑野史笔记《清稗类钞》，辑录前朝当世名宦嘉言懿行、朝野遗闻，广涉军事、政治、经济、文化、外交以及宫闱、祠庙、方技、优伶等百余门类，涉及地域人物众多，其中讲桐城故事约有数十则，《张文和阻废制文》一篇颇具意味：

  雍正时，有议变取士法废制义者，上问桐城张文和公廷玉，对曰："若废制义，恐无人读'四子书'讲求义理者矣。"遂罢其议。

考求此故事来源，盖出自雍正时兵部侍郎舒赫德曾有《制科取士疏》（以下引文皆录自本文），痛陈"科举之弊，日积而日深"一事。《疏》中列举当时考试以制艺文取士不以得人者种种现象："时文徒空言而适于实用"；"墨卷行房,展转抄袭,肤词诡说,蔓衍支离。"提出考试条款应改易更张,"别思所以遴拔真才实学道"。皇上将奏折批给张廷玉,便有了上述一段君臣问对。

张廷玉是科举制度的亲历者,他深知以制艺取士的好处与弊端,于是奉旨作《议复制科取士疏》。

复疏先说制艺之文的长处:"时艺所论皆孔、孟之绪余,精微之奥旨,未有不深明书理而得称为佳文者。"以为取士之途,莫过于写制艺文:"虽曰小技,而文武干济英伟特达之才,未尝不出乎其中。"认为以制艺取士自身并无不好:

> 今徒见世之腐烂抄袭以为无用,不知明之大家如王鏊、唐顺之、归有光、胡有信等以及国初诸名人,皆寝食梦寐于经书之中,冥搜幽讨,殚知毕精,殆于圣贤之义理,心领神会,融液贯通,然后参之经、史、子、集,以发其光华,范之规矩准绳,以密其法律,而后乃称为文。

还是赞成以制艺之文取士,但关键在于士子对于经典要用功去深入其里,心领神会,懂得圣贤的真谛,如此,所为制艺之文,方能称为真正的好文章,所拟的"表、判、策、论",方能对国家有益。

但科举作弊古来有之,"自汉以后,累代变法不一,而及其既也,莫不有弊。"坏了制义名声的是科场上那些"奸邪之人、迂懦之士",这些读书人是科考中的害群之马:"至于奸邪之人、迂懦之士,本于性成,虽不工文,亦不能免,未可以是为时艺咎。"

张廷玉在《疏》中剖析制艺取士的利弊,但终持肯定的态度,最后提出科举考试选拔贤能,历代都在求变,而变,关键还在于找出好的办法:

> 且夫时艺取士,自明至今殆四百年,人知其弊而守之不变者,非不欲变,诚以变之,而未有良法美意以善其后。

真正的良法必先"惩循名之失,求责实之效"。张廷玉赞成舒赫德所提出的"于满汉大臣中,择其学问醇裕者数人,俾参酌古今,于学臣所以考试生员及乡、会试规条悉心妥议,奏请钦定,总期于得有用之才,而分寄之以民社之任"。他认为果能如此,则"文风日盛,真才日出"。

从以上经过看,"张文和阻废制文"一事,并非简单地"阻止",而是"疏导",其要在寻求考试的良方。

科举制度自隋代开始到清光绪三十一年(1905)废止,历经了1300余年,而自明代以八股制艺取士到科举终结则有500余年,其间,真才实学之士耀如星汉,这些英伟之士,参与推动中国社会的发展,功侔日月。至于学校兴起,废除八股,乃时代使然。社会变革自古以来就没有停止过,即使是科举制度,千余年中也是在改革中演进。近代中国遭逢千年未有之大变局,能找到更为合乎时代潮流的选拔人才的方法,这是历史的进步,设张廷玉所处时代的那些能臣们生逢其时,也必定会顺势而为的。

三、方恪敏公逸事

梁恭辰《楹联四话》有直隶总督方观承一段佳话:

> (方恪敏公)年六十有一,以八月十四日始生一子。公喜甚,自撰偶句十字云:"与吾同甲子;添汝作中秋。"高宗闻其生子,代为之喜,命抱至,解所佩金丝荷囊赐之而出。

方观承,字遐谷,号问亭,谥恪敏。父亲方式济因"南山集案"与族亲一行十数人流徙塞外,方观承少年僦居金陵清凉寺。雍正壬子(1732),平郡王征准噶尔,爱其才,拔为记室,以布衣奉召觐见雍正,赐内阁中书。累官至直隶总督。一生颇多奇遇,传为美谈。

且说方观承老年得子。六十一岁那年中秋节前一日,爱子出生,家人皆大欢喜,方观承欣然作联以记。上联"与吾同甲子",言儿子与自己同一个属相。方观承生于1696丙子年,儿子出生于1756年正好也是丙子年,民间传说方观承一生多奇遇,此盖为其一。下联"添汝作中秋",逢中秋佳节,家中添丁,佳节逢佳事,自然是吉祥如意。

同一故事,清代余金(作者原是徐厚卿、钱泳;余金,各取二人姓之一半)笔记《熙朝新语》有载,文字略有不同:

> ……(方恪敏公)年六十有一,以八月十四日生子。公赋诗云:"与

吾同甲子；添汝作中秋。"高宗闻之喜甚，抱至御前，解所佩金丝荷囊赐之。

考稽《熙朝新语》成书早于《楹联四话》，梁氏所辑"恪敏公中秋得子"这一佳话应该抄辑自徐、钱的著述。

清代陈其元《闲斋笔记》也记有《方恪敏公轶事》一则，实乃一独幕喜剧，读此佳话，有世事本沧桑，相逢涕泗下之感，情节悲欣交加，令人喟叹。开篇写道：

（陈其元）先大父尝言：高祖勇南公（陈镳，字勇南）雍正丁未会试，与仁和沈椒园先生共坐一车，每日恒见一少年步行随车后。异而问之，自言桐城方氏，将省亲塞外，乏资，故徒步耳。二公怜其孝，援令登车，而车狭不能容。于是共议，每人日轮替行三十里，俾得省六十里之劳，到京别去，不复相闻矣。

此一段写方氏兄弟徒步万里省亲，途中一段奇遇。后一段写故人重逢，已是今非昔比，各自命运发生了戏剧性变化，颇有中国喜剧大团圆的结局：

后二十余年，勇南公以云南守赴都，椒园先生时陈臬山左，亦入觐。途中忽有直隶总督差官来迓，固邀至节署相见，则总督即方氏子。欢然握手，张筵乐饮十日，称为车笠之交，一时传为美谈。

余金在《熙朝新语》中也辑录了方观承兄弟省亲途中的境遇，只是没有后来的奇遇与别后二十载偶然再见的情节：

公与兄观永往来南北，营塞外菽水之资，重趼徒步，并日而食，怡然安之。

方观承一家远戍绝塞，其时尚年轻，与伯兄观永数次往来于金陵卜魁之间省亲，道途万里，艰苦备尝。他在《东闾剩稿》自序中写道：

余去金陵，北至京师，在康熙癸巳岁。是冬，偕伯兄东出关，浮沉辽沈间。乙未之春，省侍卜魁。阅五载……

《入塞诗》集自序也写往来关内外的经过：

> 自卜魁达京师，历春夏，越四千里。……岁雍正丁未，居金陵，……计去辛丑之春，业经七年，用以志夫不肖子之与吾亲离者，已七易寒暑，而尚未得一省视也。

在此数年之内，方观承写下大量诗作，纪录屡赴荒漠途中的见闻。如《法塔哈边门》一诗，写道途之艰险：

> 已在重边外，尤严大漠防。开关无去马，落日有奔狼。草间烧痕绿，云堆碛影黄。闾门悲远望，千里更何乡。

又如《卜魁杂诗二十首》，其一云："惊心豺虎窟，风雪是何天。白发三年泪，黄沙万里鞭。"记关塞之风土物候，寄怀亲之孝思，虽历经磨难，仍不失青云之志，冰雪之操。

四、考试佳话

明清时桐城文风昌盛，读书进阶者一时称盛。明清两代中进士者近三百人，而府试、乡试拔秀者不计其数。士人在科举道路上艰难跋涉，有喜有忧，留下不少佳话，徐珂《清稗类钞》载有《龙汝言一体会试》的故事，写桐城状元龙汝言仕途沉浮在倏忽之间，颇具戏剧性。原文较长，兹穿插节录之。

故事说汝言初取功名，靠的是逢迎皇帝的喜好，致龙颜大悦，赏为举人，不知真假？

话说龙汝言未及第时，在某都统家教授子弟，那一年嘉庆寿辰前，都统让龙汝言撰祝词以备进奉。按例，每逢皇帝生日及二十四气节，一、二品大臣及内廷翰林皆有小贡，为诗、词、序、颂之类，恭录好小册子，以便觐见时面呈皇上，于是：

> 龙（汝言）乃集圣祖、高祖御诗百韵以进，仁宗大喜，特召都统奖之。都统以龙代作对，仁宗曰："南方士子往往不屑读先皇诗，此人熟读如

此，具见其爱君之诚。"立赏举人，一体会试。

"一体会试"，大概是说龙汝言所得举人功名未经乡试，是由皇帝赏赐的，但可与其他通过考试取得的举子一样参加会试。机遇来得太突然，颇像戏文里的情节。

会试的结果更是不可思议。第二年春闱考试结束，总裁向皇上复命，召见时，嘉庆说，今岁闱墨不佳。总裁退出后，私下问皇帝身边的侍臣："皇上阅完今科试卷为何不乐？"侍臣说："龙汝言落第耳！"

于是朝臣都记下了。次科，即嘉庆甲戌，主考仰体上意，龙汝言中了进士。等到殿试，主考即以一甲一名拟进，嘉庆私拆弥封阅看，默然许之。

这一榜殿试结果，满足了嘉庆的一番心思：

> 胪唱日，仁宗喜曰："朕所赏果不谬也。"甫释褐，即派南书房行走、实录馆纂修等差。

但龙汝言恩荣至极，终有中否之运，命运之浮沉在反掌之间。

原来龙汝言自幼孤贫，全仗岳父提携，因此妻子倚势专横，故龙汝言向来惧内，因起祸端：

> 一日反目，避友家，适馆吏送高宗实录请校，龙妻受而置之。越日，吏往取之，妻与之，龙不知也。

> 一日，忽降旨革职，盖高宗纯皇帝之"纯"字，馆吏误书作"绝"，龙虽未寓目，而恭校黄笺，则龙名也。仁宗大惊，曰："龙汝言精神不周，办事疏忽，着革职永不叙用。"

嘉庆驾崩后，龙汝言"哀痛愈常。道光帝嘉其有良心，特赏给内阁中。道光戊戌科，犹充会试同考官。"竟然又起用了。

《清稗类钞》说："状元遭际之奇，莫过于龙汝言。"此为小说家语。龙状元人生沉浮，是否如《清稗类钞》所说，考无依据。马其昶《桐城耆旧传》说他"坐校字不慎镌职"，当为事实。桐城明清两代掇魏科者后前踵接，但状元唯龙汝言一人，文人著书，于正史以外，搜罗些奇谭作为市井的谈资，正合老百姓的口味，而在状元身上附会些奇闻以流传，则更有趣味。

《清稗类钞》还有一则《姚石甫府试第一》的故事，也颇有味道：

> 桐城姚石甫观察莹少贫，不能应试，其家惜抱老人给赀，使入场。时童生中惟刘孟涂有名，已县试冠其曹矣。郡试日，太守命诗题，为"大观亭怀古"，姚作五言律百韵，太守大惊，曰："吾知桐城有一刘开，不知又有一刘开也。"遂以为榜首，入郡庠。

姚莹，字石甫。《桐城耆旧传》谓其"少孤贫，有大略，慕贾长沙、王文成公之为人，尽发其曾祖编修君遗书数百卷，遍读之"。自古英多之士皆有异禀。姚莹生于世家，因少孤，故家贫缺少考试盘资，此乃天降大任，必苦其心志，困乏其身的明证。

关于姚莹少时的家境不作赘述，他曾在《痛定录》中写道，七岁时大家庭分灶，父亲姚揆开始长年游幕，治家重担全在母亲一人身上：

> 贫益甚，悉遣仆婢，井、臼亲操。

"井、臼亲操"，是说汲水、浆洗、舂米、碾磨皆亲自操持，可见家道中落时的困境。姚莹六岁始入学，与大兄同师方兰荪先生，家贫仍不废学。他在《先太宜人行略》中回忆少年读书勤勉时的情景：

> 莹兄弟方幼，太宜人竭蹷延师教之。每当讲授，太宜人屏后窃听，有所开悟则喜，苟不慧或惰，则俟师去而笞之。夜必篝灯自课。莹兄弟《诗》《礼》二经皆太宜人口授，旦夕动作，必称说古今贤哲事，乡里中某也才，某也不肖，历举之以为戒。

族戚们听说后，都称赞不已，以为姚家门庭日后必能复兴。

关于姚莹参府试情况，他在自编《年谱》中有交代：

> 初至郡，以资用乏，借寓于戚某家，既察其意倦，迳归。时从祖惜抱先生家居，问得故，畀白金趣复往，遂以府试第一名入郡庠。

刘开，字明东，号孟涂。《孟涂文集》称他"少负气，游历四方，遍察物情风土之异，纵观乎人事之林，文章之薮"。刘开少贫，不失节概，他自云"遭极人世至难之境，每发愤太息而悄然以悲。及读书至原宪安于穷巷、曾子室不举火，歌声出乎金石，又不能肃然以起也"。

前述刘开县试夺魁，姚永概《旧闻随笔》有载："按察公（姚莹）弱冠，贫不能应试，从祖惜抱公给赀入场。时童生中唯刘孟涂先生有名，已县试冠其曹矣。"与《类钞》所记相符。

姚莹21岁参加府试，此后认识同里刘开，二人后来同为姚惜抱先生的高第弟子。他们年少时常聚处一室，啸歌畅咏，意气奋发，所谓"大略"，盖自青春年少已见端倪。

史料笔记，在中国文化史上占有一席之地，自唐代至民国，文人著作蔚为大观。这些遗闻轶事，虽为正史所不采，以为多齐东野语、耳食之言，不足为凭，但其所具有的文化价值不可轻视，故事中所蕴含的中国优秀传统观念，与皇皇正史的文化精神一脉相承，并存不废。从其审美体验看，较之正史，这些洋洋大观的史料笔记反而多了一份妙趣。

明清时期桐城诗僧的茶修梵唱

一、桐城茶溯源

桐城处安庆最北端。古桐城东南多水域，西北部多山冈，蜿蜒深秀，最高峰华崖海拔仅千余米。桐城山峦自潜山猪头尖发脉，至本境高岗分支东西，以古大溪深涧为标志，东有东龙眠、鲁䂬、洪涛数峰，西有西龙眠、栲栳、挂车诸岭，纵深西北有大、二姑尖等山嶂，群峰连绵，翠如螺黛，与潜、舒接壤。

桐城山区与潜岳相连，山中草木繁茂，物产丰饶。屠隆《考槃余事》所谓"山灵特生佳茗"，独特的土质与气候尤宜种植茶树。唐代陆羽《茶经》上说："茶者，南方之佳木也。"历史上安徽盛产茶叶，大江以南，以徽州为最，江北则以皖西、南为主产区，安庆境内的桐、潜、岳、太、宿为皖西南重要产茶区，而桐城则占据了较大份额。

早在唐代，桐城地区就有饮茶的生活习俗。特别是禅宗传入桐城后，佛门生活中茶成为上品，禅师们交往时，必煮茶以待客，啜茗论法，于啐啄问对中见机锋。

桐城北郭外投子山，是迄今有史料记载最早的禅宗道场，著名的投子大同禅师故事家喻户晓，而本地较早有谈"茶"的文字记载也见诸大同禅师的事迹中，《五灯会元》云：

> 一日，赵州和尚至桐城县，师亦出山，途中相遇。乃逆而问曰："莫是投子山主么？"师曰："茶、盐布施我。"

这是《五灯会元》中有关投子山大同禅师与赵州大和尚的一段公案。

大同禅师（819—914）法嗣翠微，怀宁人，幼年在洛阳保唐满禅师门下出家，"初习小乘定，知非而舍，次广穷海藏，博悟深幽"，后参翠微大师门下，明习顿悟宗旨。归故土桐城，隐于城北近郊投子山，结茅而居。"居投子山三十余年，往来激发，请益者常盈于室。""纵以无畏之辩，随问遽答，啐啄同时，微言颇多。"

在此一段公案中，投子与赵州对问，机锋玄妙，不作阐释，仅于二位大德初次见面时交谈的细节中可知，当时投子和尚结茅而居，日常生活非常清苦，似是托钵化缘的苦行僧。"茶、盐布施我。"大意为您来敝寺，有施舍于我的么？但请乞施与的不是谷物，而是"茶"与"盐"，足见这两种物品在当时是与谷物同样不可缺少的生活必需品。而"茶"与盐一样，似乎显得比谷物与油更稀贵。

从前述投子乞施"茶"的记载来看，桐城地区在唐以前茶叶的种植并不广泛，茶仅为寺院僧人在举行佛事仪轨时的必备饮品，或只用在谈禅说法时佐以谈兴的妙物，所以，投子禅师在托钵求施时只言"茶、盐布施我"。彼时的"茶"，于民间稀少不须言明，在僧人之间贵重直可窥见一斑。

在桐城地方文献中，关于茶的种植活动，元代以前，似很鲜见。本地有规模种植茶的历史大概始于晚明，道光《续修桐城县志》载：

> 茶皆小树，丛生。椒园最胜，毛尖芽嫩而香。龙山茶亦好。

这一段关于茶的记载，可视为桐城茶叶种植业由以往山民在坡地上散种转向成片山地规模种植的明证。

县志所谓"椒园茶最胜"，言明"椒园"为近世桐城茶叶产业的祖源地，其标志性事件当为明大司马孙晋引进外埠茶种的一段佳话。

明代天启、崇祯年间，桐城有孙氏名晋，字明卿，号鲁山，有节概，《桐城耆旧传》称其为"左公后一人"，左公者，左忠毅公也。福王称帝金陵，孙晋归隐桐城故里"筑室龙眠山"。相传孙晋归隐龙眠时，囊橐萧然，但随行李一同带回的却有外地茶种，足见孙司马对茶的喜好。孙司马将茶籽种植于今双溪村椒子岩下，培植分栽，渐为当地农人扩种，当为今天桐城茶树的母本。

孙晋为官数十载，军政事务繁忙，但其人格修养始终如一，常有遁世之念，如他的诗作有"橘颂谁能读，鹤鸣只自求""何处堪逃世，相逢问子真"的佳句，为言志之作。生平好与衲子交往，其诗多写佛寺、禅师的生活境遇，其

《入曹溪礼六祖暨憨大师塔瞻诸法物》四首,其中有"香掬溪边水,青来天际峰。林深唯见月,市远不闻钟""山光消世态,鸟语静禅心"的景色描摹,写水边林下幽真静穆的心境;《再入曹溪》写访大德不遇之憾:"僧出门常闭,空留一院阴。"《唐寺和壁间韵》诗"老僧分半榻,吾意惬衡栖"则写出与禅师抵足而眠的惬意之态。《江心寺》"潮声夜落犹堪听,最怕春来唤子规"则有沧桑巨变,韶华易逝之慨。《入曹溪三首》《初抵黄山汤寺》《汤寺晨起听泉》《投恒大师》《由老人峰陟文殊院》等,写诸寺院秀美景致,幽静空灵,表达他欲逃遁官场的尘网、羡慕佛门生活心绪。

孙晋好与衲子交,僧人饮茶的雅好自然对他深有影响,如他的《夜雨饮僧寮有怀》诗,写雨夜宿寺中,闻惊雷、观山月、听山风溪水,发怀念故人之幽思,"南北有怀怀不尽,强从僧舍一衔杯",僧持茶盅,聊以慰藉,此时品茗澄心,竟物我两忘了。

孙晋宦游四海,退隐时为故乡桐城带来外乡茶种,堪为桐地广种茶树的开山之人。他为官时游历南北,一生与佛有因缘,写下多首有关茶与禅的诗篇,正可谓禅性与茶趣相通,堪为将禅与茶作完美结合的高士。

二、桐城禅师的茶诗真味

桐城乡邦史志中对茶的记载非常少见,倒是邑中两部大型诗歌总集《龙眠风雅》初、续编与《桐旧集》中,收录了不少衲子咏茶的雅什,真实生动地记录了茶文化在古桐城这一地区的播衍。

《龙眠风雅》为潘江于康熙年间辑纂的一部诗集,收录桐城一邑自明初至清初400余年间计500余位诗人的诗作,诗三百余首,其中在桐城宏法的诗僧就有25位。《桐旧集》是清代徐璈于道光年间继《龙眠风雅》后编纂的又一部大型诗集,此编继《龙眠风雅》后,增收康熙末年至清道光时邑中已故诗人作品,其中衲子又增加了6位,诗作近30首。讽诵这些诗僧的作品,句中不乏咏茶之佳作,兹举几位代表性诗僧的诗篇。

释净伦,字大巍,明代云南昆明人。生于宣德二年(1427),正统五年(1440)出家,天顺七年(1463),参桐城浮山古庭和尚,主浮山最久,《龙眠风雅》谓其"与天童怀让同时并闻宗风"。

大巍和尚擅诗，其诗得法于古庭禅师，有《竹室集》，钱谦益收其诗于《列朝诗集》中。

大巍和尚是诗僧，嗜茶，《龙眠风雅》仅收录其孤篇《松阴小憩》，饶有意味：

　　风来石上松，僧坐松下石。洗钵将煮茶，溪流漾晴碧。

大和尚乃西南人，他的故乡是历史上重要产茶区，心中早已系住茶的情结，出家来皖，日常起居，待客谈禅当然离不开茶。古人烹茶，必先涤器，饮茶，必先洁手洁口洁心而后为之，诗中所咏是一个特定的环境：风松、泉石、天朗、草木葳蕤。有客访寺，洗钵煮茶，诗中画面感极其清新，其中透出清寒拙朴的禅味。

释洪恩，字雪浪，以字行世，明代金陵人，俗姓黄氏。十二岁出家金陵古刹长干寺。曾说不读万卷书，不知佛法。大和尚"博综外典，旁及唐诗、晋字"，工诗，代表作《游浮山长歌》盖为居浮山华严寺时所作。

《龙眠风雅》辑录雪浪禅师诗十余首，其中写到饮茶诗有三首，一为六言《冶父山居四首》其二、四；一为六言《冶父山中有怀方丈庵》。《冶父山居四首》其二云：

　　风雨杳无人至，闭门静里生涯。诗字蒲团经卷，烧香汲水烹茶。

诗写僧人日常生活，风雨天气，寺中寂寞，静坐念经燃香，以井水烹茗。寺里一天生活非常简单。但是写到第四首时，境界全出：

　　食至三声鼓响，茶来半点经圆。四众和云散去，只留明月阶前。

诗最后一句将古刹月夜寂静的空灵意境跃然托出。读雪浪诗，尤其是饮茶诗，语言平淡不见雕琢，诗风清雅如饮茗，于寒素中见出清真。

雪浪的另一首六言诗《冶父山中有怀方丈庵》是怀人之作：

　　东岭初升浩月，西林渐没残霞。散步归寻边笋，乘凉摘到新茶。

月夜于林边散步，回寺时顺手拔笋、摘茶。诗写春夜一个片断，亦是平淡，真实纪录了僧人于月下寻笋采摘的生动情景。

释本智，字朗目，明代云南人，因故土有朗目山，以为号。和尚参访诸方，拜紫柏真可大师。来桐城浮山华严寺，见寺院毁圮，与邑绅吴应宾、阮自华倡议复兴。

朗目禅师居浮山华严寺，与居士亦是弟子的吴应宾交谊最厚，诗文来往，留下许多佳话。禅师生性恬淡，写有诗偈多首，所咏多以水石山云与疏星朗月为对象。如其《坐木莲阁》一诗意境淡远：

小阁千岩下，幽栖一病禅。灯悬天上月，茶煮谷中泉。石润岩飞瀑，林昏树吐烟。有人来问法，惟指木开莲。

诗中写月下以谷泉煮茶，句句有禅味，诗尾联"有人来问法，惟指木开莲"更富禅机。古云"味美曰甘泉，气芳曰香泉"，取谷中泉烹茶，味真沁人心脾，能延年祛病，更能养性，禅师自知。

释智操，字寒松，号隐翁。明代桐城严氏子，晚年居桐城白云香山寺，其寺规模宏大，与浮山华严寺、潜山山谷寺共称"三丛林"。隐翁有诗集《拈来草》，其诗颇受诗人吴伟业学士、方拱乾宫詹推服。其《山居》一诗写寺僧悠闲散澹的生活，宁淡清远：

闲携片笠到山家，瀑响松风自煮茶。啜罢归来天欲暮，半肩明月半肩花。

释如清，字石浪，明代陕西人，俗姓严，提杖参方足履天下，晚年主桐城慈云寺，工诗，五言近体最优，有诗集《枯木吟》《幻关草》。其《柬谢中隐居士》一诗云："几回扫径茶瓜熟，为爱清言破寂寥。"从此诗中足以看出，明代僧人将种植茶树与种植瓜豆时疏、抚琴赋咏同时列入寺院必修日课。正所谓"春花连雨发，紫蕨入林寻。脱粟黄斋供，何妨亦抱琴？"

释弘智，即方以智，甲申后披缁出家，得法于天界觉浪盛公，住江西青原山弘法。方以智一生著作繁富，诗文亦佳。流寓金陵时所作诗赋，集为《流寓草》九卷，收诗赋五百余首，大抵皆忧愁感慨之作。出家为僧后，写下大量纪录寺院生活的诗，皆从清苦生活中得之。这些作品中又不乏与茶有关的诗，如《茶坑》诗云：

> 百里山坑尽种茶，御园久废落民家。云窝自造熏笼片，先采漳州谷雨芽。

又如《山居二首》，其一云：

> 烧芋烹茶此碧岑，从来绝境少人寻。坐残榻上云归久，睡熟门前花落深。

"云窝自造""烧芋烹茶"，皆是大师清苦生活的生动反映，潘江说他"敝衣粝食，堪人所不能堪，怡然乐之"是对他生命精神的赞美。身处绝境，而能做到静心泊如，诚如清代万清禅师自况云"端坐绳床无别事，不教心寂使禅枯"，此亦可看作弘智大师生活与处世的真实写照。

三、桐城诗僧茶修诗作的文化意义

（一）诗僧的茶修生活，带动了茶禅文化在桐城的传播

桐城地处皖西南，与六安的舒城山地毗连，同属皖北产茶区。桐城山深邃秀逸，古来名刹颇多，邑志载自北朝时就有佛教在此活动，著名的北齐安禅师曾于文宣时居桐西王屋寺说法，讲《涅槃经》，但史志中仍鲜见境内有禅与茶的记载，禅宗在本地初兴于晚唐，勃兴于宋代，到了唐代，如前所述，才有大同禅师乞茶的故事见诸"灯录"，表明茶禅文化在桐城传播已有千余年历史了。

但茶禅文化在桐城广泛传播是在明代以后，佛门之内，禅师之间种茶、瀹茶、饮茶、奉茶，已成为禅师们生活、交往的必备内容。由此而影响到崇佛的士大夫人群，如明代的吴应宾、吴用先、阮自华，清代的潘江等一大批代表人物。潘江幽居桐北河墅时，写有大量与茶有关的诗作，如《晚兴》诗云："偶随月下僧同步，遂唤云中犬共还。半榻华胥吾自适，久无尘梦市城间。"记录其与僧人的游兴。潘江曾作《金谷岩西种茶处坐》诗："金谷种茶处，难将一笔描。

披麻皴磊客,斧劈石岩巉。松老青盘壁,藤深绿拥桥。辋川人再至,点缀在今朝。"金谷岩有寺,茶园幽静,崇岩险峻,是其隐居生活的最佳写照。一部《龙眠风雅》及后来的《桐旧集》,收录诗家千余人,诗万余篇,其中屡见诗人与衲子交流往还,饮茶谈禅。由此观之,茶文化不仅在佛门之内流衍,也深深地影响了文人士大夫生活,吃茶,谈禅,成为桐城士人阶层的高雅之事。茶文化成为桐城文化的重要组成部分,其源盖出于禅师们的茶事习修与一批诗僧的茶道吟咏。

(二)咏茶诗作的审美价值

桐城向为诗之渊薮,自唐代曹松以来,诗人颇众,这些诗人的作品里不乏写茶的篇章。但茶唯进入僧人的诗里,方觉得味道隽永。

以明代大巍和尚《松阴小憩》诗为例:"风来石上松,僧坐松下石。洗钵将煮茶,溪流漾晴碧。"诗以几种具象传达出一种萧远的意境:山野荒莽,唯见松、石、溪流、碧树。僧卧石上,有童子正在作煮茶前的准备,好一幅"松荫煮茗图"。此篇诗味清幽,似摹王维,全诗用白描手法,简淡而不作修饰,尤其是最后一句溪流自流,虚寂安闲,与童子涤器作动的对比,又与老僧卧憩互映,颇具禅味。

再以桐城清代投子慈济寺源慎和尚诗为例:"铜钵贮溪水,瓦炉腾篆烟。"烹茗最忌猛火沸水,如唐人顾况所咏"煎以文烟细火,煮以小鼎长泉"。心平气和,最具禅意,泥炉瓦铛,松烟细水,看上去简素寒伧,实有林泉之乐。乾嘉间投子慈济寺世惺和尚亦有诗云"夕阳亭下坐,细啜八功泉",境界尤远。

(三)茶道修习与禅悦

陆羽《茶经》云:"茶之为用,味至寒,为饮,最宜行俭德之人。"俭德,是指一个人做到重修身、喜淡远、去奢靡,明代屠隆也说:"茶之为饮,最宜精行修德之人。"佛门禅师们奉法戒持,正与此论相契合。禅修是佛门弟子一种平和自在的生活方式,更是一种无著无我的大智慧;茶能使人入定、静止,能增持禅修的意趣。故自古禅意与茶道能达到高度融合。所谓"茶味只在一得之间",既是品茶的味觉感受,又道出饮茶得禅的玄妙之理,这些都能从上述所引诗中体味出来。

今人马嘉善在《无荷风动》一书中写道:"秋夜岑寂,虫声唧唧,灯昏茶冷,掩卷太息:人生天地间,以无为有,以变为常,四时嬗递,悲苦交集。"此一段话深得饮茶的味、趣、神,道出了历代禅师们烹炉啜茗时的最妙境界,明清时期桐城诗僧的茶修工夫与境界与此妙境若合符节。

"茶有真香,有真味,有正色。"这是屠隆在他的《考槃余事》中写的一句名言。屠隆最善营造茶室氛围,他说:于佛堂一侧设茶寮最雅,其法,"构一斗室,相傍书斋,内设茶具。教一童子专主茶役,以供长日清谈,寒宵兀坐,幽人首务,不可少废者。"《维摩诘经》言奉行沙门律行之人"虽复饮食,而以禅悦为味"。古来有修为的僧人,其外皆好洁净雅素,其内有一颗平常心。他们在修习禅的同时,将修习茶道列入日课,《金刚般若波罗蜜经》中有"如来说一切法,皆是佛法"。一切法,盖包含饮茶之法,对于茶事,僧人们从种植、耕锄、采摘、制作以及涤器、取泉、烹煮、敬奉的过程,无不在进行禅修悟道,发慈悲心,发无所住心。读诗观明清时期桐城诸位诗僧的修为,莫不如是。

张英与《渊鉴类函》

一

清康熙四十九年（1710），大型类书《渊鉴类函》纂成。而此时，这部皇皇巨帙的总纂官——文端公张英已长眠于家乡龙眠山了。

《渊鉴类函》康熙年间由朝廷组织汇纂的一部供天下诗文作者查阅的大型工具书，相当于今天的文学大辞典。"渊鉴"是康熙建于畅春园内的书斋名，康熙曾以"渊鉴斋"名义编纂、颁布不少重要典籍，如由清李光地等奉敕编纂的《渊鉴斋御纂朱子全书》共六十六卷，就是以渊鉴斋名义颁布的，而类书《渊鉴类函》正名叫《御定渊鉴类函》，冠以"御定"，即体现了该书的权威性。乾隆时该书列《四库全书》"子部"。"类"指古代"类书"，《辞源·类书》："采辑群书，或以类分，或以字分，便寻检之用者，称为类书。""以类分之类书有二：甲、兼收各类，如《渊鉴类函》。"

史载，我国自六朝时就有类书问世，而以唐代最盛。此次康熙命文臣新编《渊鉴类函》，主要择取唐以后历代类书中最著者，又增加了宋代以后大量新的内容。康熙在《御定渊鉴类涵·序》中说："书之最著者，《艺文类聚》《北堂书钞》《初学记》《白帖》《通典》。宋明以来，撰者寖（渐）广，若博而不鍬（繁）、简而能敷者，抑亦鲜矣。"大意是说，像《艺文类聚》等这些类书最为著名。自宋代以后，编纂此类著作的学者渐渐多起来，但若要在其中能找出些丰富而又不驳杂、简易而又陈述得明白的好书来，却是不多的。

皇帝特别推重明代俞安期汇纂的《唐类函》，《渊鉴类函》谓皇帝曰："独俞安期《唐类函》颇称详括，大抵祖述欧阳询之《类聚》，稍删存《书钞》《初学记》《白帖》《通典》而附益之。"俞安期是明朝人，《唐类函》200卷，分43部，是俞氏以汇纂唐代欧阳询《艺文类聚》为主，并取虞世南《北堂书钞》、徐坚

《初学记》、白居易《白帖》等删其重复而成；其缺略之处，选取韩鄂《岁华纪丽》、杜佑《通典》等有关内容加以补充，为唐代类书的汇编。康熙遗憾地说，可惜《唐类函》缺少宋代以来文献，就连唐以前也不全面。故而："命儒臣逖（剔）稽旁搜，泝洄往籍，网罗近代增其所无，详其所略。参伍错综以摘其异，探赜索隐以约其同。"这句话大意是说，朝廷命翰林院词臣选择唐以前优秀文献，再广泛搜辑宋以后的典籍补充，尽量做到拾遗补缺，穿插交织以求贯通，考稽求证以达到统一。

《渊鉴类函》共有450卷，其中目录就占了4卷，全书自"天"部至""虫"部共分45部2536类，如天部，共有11卷，分为"天、日、月、星、天汉、云、风、雨、雷、电、雪、霰、雹、露、霜、雾、虹霓、霞、霁"等19类自然界现象，每一类又分若干条，如"天"类分为5小条——"天一"至"天五"，详加征引，广采增益"剪裁在手，集千腋而成裘；组织任心，五丝以为采"。

《渊鉴类函》的编纂原则，张英等人在《进呈类函表》中陈述："首以音、义明辨，总裁提纲，而典故次之，事对又次之，单词只句有可采录，另为一条，不敢放失，至于诗赋杂文，则辨体标目，删繁就简，有节取之义焉。"

上海古籍出版社在其新出版的影印本《渊鉴类函·出版说明》中说得更明了：凡《唐类函》原有征引内容，加标【原】字，新增补内容，标以【增】字，以示区别。每"类"内容首列释名、总论、沿革、缘起，次之以典故，以朝代为序；第三为对偶，不拘朝代，但以工致相俪；第四为摘句，或取诗赋，或摘序记，取辞藻华瞻者以备观览；诗文居五，分体裁按时代汇辑。试仅以"中秋"一词为例。"中秋"在《类函》第二十卷"岁时部九"共分五条：

中秋·一

【增】《礼记》曰：天子春朝日，秋夕月，朝日以朝，夕月以夕。《周礼》曰：中春昼击土，教吹豳雅以逆暑，中秋夜迎寒亦如之。《提要录》曰：八月十五为月夕。《琐碎录》曰：中秋无月则兔不孕，蚌不胎，乔麦不实；中秋有月，是岁多珠。

【原】枚乘《七发》：客曰：将以八月之望与诸侯远方交游兄弟，并往观涛于广陵之曲江。

中秋·二

【原】《诸山记》曰：武夷山神号武夷君，秦始皇二年，一日语邮人曰：汝等以八月十五日会山顶。是日，村人毕集，见幔亭彩屋，设宝座，施红云紫霞褥，器用甚设。令男女分坐，闻空中人声，不见其形，须臾乐响，亦但见乐器不见真人。酒行，命食，味皆甘美，唯酒差薄。诸仙既去，众皆欣喜，因与神君同会，名其地曰同庭。

【增】《晋书》曰：谢尚镇牛渚，中秋夕与左右微服泛江，会袁宏于别舫讽咏，声韵清朗，词意藻拔，尚即逆宏舟，吐华达旦。

中秋·三水调歌头

《复雅歌词》：东坡居士以丙辰中秋欢饮达旦，大醉，作水调歌头词，都下传唱。神宗问内侍，外面新行小词，内侍录此进呈，读至"又恐琼楼玉宇，高处不胜寒"，上曰："苏轼终是爱君。"乃命量移汝州。

中秋·四

【增】阴晴同（略）苏东坡曰："故人史生为予言：'尝见海贾云：中秋之日，虽相去万里，他日会合，相问阴晴，无不同者，公集中有中秋诗：尝闻此宵月，万里同阴晴。天公自著意，此会那可轻？'"（下略）

中秋·五

【增】诗，唐李峤《中秋月》诗曰："盈缺青冥外，东风万古吹。何人种丹桂，不长出轮枝。"

杜甫《八月十五日夜》诗曰："满目飞明镜，归心折大刀。转蓬行地远，攀桂仰天高。水路疑霜雪，林栖见羽毛。此时瞻白兔，直欲数秋毫。"又录唐代诗人许浑、韩偓、陆龟蒙，和宋代词人秦观咏中秋的诗、词人佳作，不一一列举。

实例如此，读者可窥一斑而知全豹。

所以《四库全书总目提要》在评价《渊鉴类函》编纂体例时给予高度评价："务使远有所稽，近有所考，源流本末，一一灿然。"

至于编纂这部类书的目的，张英等人在《进呈类函表》中说得很明白：

> 群言淅沥，争充栋而汗牛；万象散殊，贵分条而晰缕。嫏嬛福地，张茂先所未全窥；津逮积书，郦道元所曾睹记。远溯黄初之皇览，久失流传；近夸永乐之秘函，亦多缺略。石渠虎观，俱详古而略今；玉检金泥，谁镂云而绘月。

这段用四六骈偶句写的话大意是说，天下古今藏书甚富，读书人难以尽览，而古来好的类书很多，可惜散佚不少，所藏之秘典，大多是古代详而近代略，总之，一句话："纵横万里，上下千年，考索难周，校雠未核。"于是，皇帝命翰林院词臣参照唐以来类书体例，重新编纂一部类书，俾使"日星河岳，部次贵于精详；礼乐兵农，制度求其明备。以及禽鱼草木，罔不搜罗；道德性情，更加阐发。踵孔门文学之科，究历代图书之府"。

康熙在《御制渊鉴类函序》肯定这部类书的作用，他说：

> 学者或未能尽读天下之书，观于此而得其大凡，因以求尽其始终条理精义之所存，其于格物致知之功，修辞立诚之事，为益匪浅妙矣。

二

《渊鉴类函》总纂修官为经筵讲官、文华殿大学士兼礼部尚书张英和经筵讲官、刑部尚书王士禛等四人，书中未载明这几位总裁官谁主谁副，但从这部典籍完成的时间上看，大概是张英主纂在前，休致归里后，由王士禛等人接任总领其事。这可从张英晚年为官履历上推测得知：他于1699年任文华殿大学士兼礼部尚书，此时编纂《渊鉴类函》这一浩繁的文化工程盖已启动；康熙四十年（1701），张英以原官致仕，品第虽在，但对于朝廷的事务不再参与。时任礼部尚书韩菼非常欣慕张英晚年的归隐生活，他在《笃素堂文集序》中说："归赐第，惟手一编，莳花鼓琴自娱。"康熙帝的老师、文渊阁大学士、《康熙字典》的总裁官陈廷敬在张英《笃素堂文集序》也说张英以道德文章知遇于明君，而不以自居：

"尝独在丘中田间野云流泉苓寂之地。""幽遐时以其意发为歌咏，高文清思，孤行独赏。田家渔父、樵夫牧童，则储公之格高调逸，趣远情深也。"

足见这位名臣晚年归老穷壑的林泉之志。康熙四十七年（1708）秋，张英病逝，《渊鉴类函》尚未刊布，两年后，这一旷世奇书"迄于今千有余年，而大其成"。书前《进呈类函表》仍署"经筵讲官文华殿大学士兼礼部尚书今致仕臣英"，从署名中"今致仕"可知，大功告成之时，张英已不在任上了。

世人以为张英当时在礼部尚书任上，总领《渊鉴类函》的纂辑工程是他分内的事。殊不知康熙皇帝命张英总纂，是器重他高尚的人品和渊博的学识。《渊鉴类函》虽是一部提供给读书人备览的工具书，《四库全书》收入"子"部，而实际上，该书是一部百科全书，凡经、史、子、集无所不囊括其中。欲使该书藏诸金匮，传之后世，必委以纬武经文之人来领衔众多优秀人才来实施这项伟大的文化工程，"庶几方名象数，幼学者展卷神开；理干文条，旷览者含毫色喜。"张英被朝廷委以总纂《渊鉴类函》的重任，窃以为主要有三个方面的原因。

首先，是张英的德行。熟知"六尺巷"典故的人皆知张英在处理邻里关系时所彰显出的中国传统道德中的"礼让"精神，这一精神与儒家中庸之道同为张英一生修身的准绳，与人交无不"揖让"有度，而居庙堂之上，为朝廷股肱之臣，惟"中庸平和"才最能体现这位"有古大臣风"宰辅的人格特征。张英于六经颇有研究，尤以《易》《书》体会最深，多有发明，如《易经衷论》二卷，专释六十四卦的要旨，以程、朱本义为宗，立说晓畅；其著《书经衷论》

四卷,《四库全书总目提要·书经衷论》评价该书能"自创之解,核诸经义,较为精切。虽卷帙无多,而平正通达,胜支离蔓衍者多矣"。由此可知,"经"学的主旨无疑是张英立德修身的主要精神养分。他在《聪训斋语》中谈道德时说:"所谓道德者,性情不乖戾,不豀刻,不褊狭,不暴躁,不移情于纷华,不生嗔于冷暖……"所以,康熙称智张英"才品优长"。这是朝廷对张英的最高褒奖。

其次,是张英的学问。张英六艺皆通。陈廷敬在《笃素堂文集序》中说过一番话:"古之儒者穷经研义,文礼诗乐,治性理物,无可阙如。"这是说先儒所应具备的学问,但在此处讲,实际上是褒奖张英,又说,"儒者居今稽古,以道德文章蒙知遇、被显擢,在密勿论思之地,昼日三接,夕漏不休。"这实指张英以道德学问位极人臣。张廷玉在为他父亲写的《行状》中说得更具体:"一时典礼仪制皆由斟酌裁定,而庙堂制诰之词播于遐陬、勒诸琬琰者,胥出府君之手。"张英的学问如何,可以想见。

其三,是张英的文藻。张英一生著作繁富,文章深窥古人筋节处。他曾盛赞桐城历代文人云:

> 以六经为根源,以诸史为津梁,以先秦两汉之文学为堂奥,以八家为门户,崇尚实学,周通博达,能不为制举业所束缚。涵濡既久,能振笔为古文词者代有传人。

张英不仅是治世之能臣,经国之贤哲,也是词章之大家。他学博词鸿,挖扬风雅,凡歌功之颂铭,陈说之策论,讽谏之奏疏,都成华章。他的《笃素堂文集》中有不少古文旨意深远,如《五亩园记》《思过轩记》等。他在《存诚堂诗集自序》中说:"余自束发学为诗,今自顺治己亥年迄于康熙壬申,约略凡三十四年,存其诗若干首,为二十五卷。"这只是其诗作的一部分。张英存世诗有《存诚堂应制诗》四卷,其中讲筵应制诗五十余首,内庭应制诗二百三十余首,归田纪恩诗二十余首。《存诚堂诗集》二十五卷,其中古体三百五十余首,近体一千八百余首。《笃素堂诗集》七卷,古近体七百四十余首,佚诗若干卷。一生作诗约为三千五百余首。《四库全书总目提要·文端集》称他:"簪笔雍容,极儒臣之荣遇,矢音赓唱,篇什最多。"他的诗作,鼓吹升平,赞颂朝廷,则典雅和平;抒怀状景,言志咏物,则清微淡远。

正因为张英在德、学、才三方面俱美，品第又高，所以，当朝廷在擘画启动《渊鉴类函》这一浩大文化工程时，总纂官当然非张英莫属了。

值得注意的是，当时桐城一县，竟有四位文臣参与了《渊鉴类函》编纂。张氏父子三人名列卷首：张英为总裁；时任日讲起居注詹事府少詹事兼翰林院侍讲学士张廷瓒任分纂；时任日讲官起居注翰林院检讨张廷玉为校勘官。时任皇太子讲官左春切左赞善兼翰林院检讨桐城姚士藟，参与校录。以至后来康、乾年间桐城方苞曾多次充任修书总裁；乾隆年间桐城姚鼐参与了《四库全书》的纂修；民国初年，《清史稿》纂修工程启动，桐城姚永朴、永概昆仲和马其昶均应聘入馆。这些桐城英才们处不同历史时期，在中华文明史上，他们以其经天纬地之才，不但为中华文化传承发展贡献了智慧，也为人类文明作出了卓越贡献，值得后人景仰。

江皋孤艇寄浮生

公元1684年，清康熙二十三年暮春，英姿勃发的桐城秀才戴名世从安庆乘船沿江而下，赶赴南京参加甲子科乡试，和煦的暖风将一叶孤舟从宜城安庆一直吹送到繁昌城外的旧县港口。四月的江南，已是麦秋时节，春寒刚去，虽见柳枝添绿，野鹜试水，但芦荻依然枯残。薄暮时分，有几只小船停泊在旧县江边。此时，戴名世伫立船头极目远眺，但见缥缈台俯临大江，与古濡须津口遥遥相顾。清代桐城张秉哲有《早发濡须》一诗咏道："天门水派入濡须，五月江潮景物殊。……青山隐现迎船出，白屋参差取道迂。"描写濡须古水暮春景色。扬子江面白帆点点，岸边的老树梢杪上栖息着几只倦鸟，远处的嶂岫渐渐吞没了如血的残阳。他吩咐船夫系好缆绳，正欲下船，蓦然看到早有两个书生翩然携手立于江岸。一书生闻戴名世与船夫叙话，便主动上前寒暄。于是中国清初的两位文化名人——桐城戴田有（名世）与宿松朱字绿（书），便戏剧性地会面于"江皋孤艇"之边、"荒烟落日"之下。

事后，戴名世作《送朱字绿序》，记录了他与宿松才子朱书这次会面的场景，他饱蘸浓墨写道：

> 岁在甲子，余浮江往金陵，舟次旧县登岸，与舟子相与语。有两生携手立江干，闻余言，前问曰："子得非桐县人乎？"余曰："是也。"一生曰："桐有某秀才，子岂尝识之？"盖余姓名也。余曰："足下何郡人，乃识秀才？"生曰："吾宿松人也，素知秀才，故问之。"余曰："足下家宿松，亦知宿松有朱字绿者乎？"生曰："我是也。"余曰："戴秀才，即我也。"因相视一笑。至余舟中，各道平生，则皆大喜过望……

朱书也写了一首情真意切的七古《旧县遇桐城宋潜书述学宪刘木斋先生相知之意感作》，定格了此次他与戴名世邂逅的那一幕：

> 赭圻城西江接天，停桡系桴舟相联。
> 偶上江干步斜日，忽惊乡语何翩翩。
> 拱手致词一借问，云是皖桐家相近。
> 初试冠军同联镳，琅玡先生亲授训。

原来，同为安庆府籍的戴、朱两才子，受知、拔擢于同一恩师，他就是山东诸城人安庆府学宪刘木斋，单名果。戴名世在未举之前，其文名早已远播江淮之间，尤其是深得学宪刘果的青睐；同时，朱书的文章也早为刘果所垂青，常常笃念不忘其名。戴名世在拜谒学宪时曾不止一次听到他对朱书的褒奖。对于恩师的奖掖，朱书深为感激，他怀着景仰的心情在诗中写道：

> 雕虫区区何足数，驽骀乃受九方知。
> 泰山之高万余尺，先生可望不可即。

戴名世曾深情地说：自我在学宪府中听说字绿的姓名并见其文章，至今已四、五年了，始终萦怀于心，以未能一晤为恨，字绿对于我也是这样。朱书在他的《南山集序》中也写道：

> 余与戴君田有名世皆生霍山（天柱）之麓，东西相距皆二百里而遥，皆迂拙无用于时，而自力于古文，以取正于天下而待于后世，则皆有其志。

可见两人志趣相同，且互为倾慕，神交已久了。

两位新友在他乡相遇，欢然定交，从此开始了长达二十多年的交往。他们在疲于应对科举场屋做好时文的同时，还致力于古文创作，为桐城文派的创立充当了先驱，他们上承韩柳归，下启方刘姚，实为绵延三百余年之桐城派散文长河的滥觞。朱书曾谦虚地说：对于古文，看来我的才力薄弱，虽然作了一些，但无大的成就，田有他少年即出语辄工，所为古文标榜天下。基于他对戴氏文章的推崇和深厚的友谊，在戴名世《南山集》付梓时，欣然为其文集作序：

> 夫岱之灵发于圣门，嵩之灵发于甫、申，华之灵发于杨震、郭子仪之

属,而霍卒无所浅。在人方以秩祀之不至而疑霍山之穷,在霍山正以不辱于世之三公而有以自乐,而余与田有乃适生其间。余不足道也,田有亦不知果能当霍山之灵与否?然而其文之足以不朽,则余固知其与霍山同永无疑也。

戴名世对朱书更是称许有加:

> 字绿之才气,横绝一世,其奇伟博辨之作,视余不啻倍蓰过之。……今得字绿岿然杰起,即余亦可以辍笔。

更有甚者,戴名世在那篇名垂千古的《杜溪稿序》中称朱书为"百世之人"。他说:

> 世有一世之人,有百世之人。所谓百世之人者,生于百世之后,而置身在百世之前……自尧舜至今凡三千余年,而吾之身已三千余年而存矣。而吾所著之书传于后世,而后世之人读吾之书,如吾之謦欬乎其侧,是则吾之身且与天地无终极而存也。

这是戴氏的远抱。然而,他自以为不能成百世之人,只有他的执友朱书才能担得起这一称号:"以余之幽忧多疾,精力渐衰,回首曩日著书之志,已自废弃,所谓百世之人已属之字绿,而余之与朝菌蟪蛄相去几何?"

戴、朱二人以文会友,以文结交,在长达二十多年的交往中,诗文唱和,各抒高怀,互为砥砺,卑己而尊友,虚怀若谷,一派谦谦君子风度。他们和天下千万个读书人一样,希望一举成名天下皆知,做得一手绝妙时文,为天下士子所摹仿。但他们又都厌倦时文,痛恨时文,视时文为害人的毒蛊。他们写下的大量古文才是人世间最好的文章,因为那些文章内容最为真切,最能直抒胸臆,一任自由之思想、独立之人格去驰骋发扬。正是因为这一点,才使身处天柱山南北的一双才俊以伯牙子期之情怀,相知相勉,交谊笃深,展现出让后人景仰的君子风范。

康熙四十二年癸未(1703),朱书以会试四十四名、殿试二甲四十名中式,改翰林院庶吉士,旋授翰林院编修,纂修《佩文韵府》。六年后,五十七岁的戴名世以会试第一、殿试一甲第二名中式，旋授翰林院编修。朱书先于戴名世中式，在京师声誉赫然公卿间。等到戴氏金榜题名后不久，康熙五十年南山集案发，而朱书早已在四年前因积劳成疾而英年早逝了。戴案中，朱书因为《南山集》作序而受株连，所幸"已病故，无庸议"。朱书病殁的第六个年头，戴名世也含恨离开了人世。

戴名世之"致祸六文"试析

——写在戴名世逝世三百周年之际

一

公元1713年（康熙五十二年癸巳）二月初十日，桐城戴名世以大逆罪被戮于京师。一代文坛巨星陨落，是为有清以来的又一次文字狱。先生辞世已三百年，其身后著作屡禁屡毁，但其思想如万丈光焰直照千古，其学行文章亦如原上之草，火烬而复生。他的门人、执友、族人、后学中三百年来代有知音，以多种方式在纪念他。兹抄录史料以证。

戴名世被刑后友人杨三炯大义凛然，甘冒时禁，与先生从弟辅世为其收尸。方苞《杨千木墓志铭》记其事：

> 有司以大逆当名世极刑，而圣祖仁皇帝宽法改大辟，而众犹荡恐，刻日行刑，亲戚奴仆皆避匿。君曰："孰谓上必使人觇视者？其然，固无伤。"独赁栈车与名世同载，捧其首而棺敛焉。因是名动京师。

杨三炯，字千木，浙江诸暨人，戴名世称其为"有道之君子，非世俗之所能及"。杨氏早年有《杨千木稿》刊布，戴名世为其作序，赞杨氏之文"有君子之心，天地万物之理毕具于其中"。三炯不失先生所望，于刀斧之下，血泊之中，旁若无他，为其善后，真不愧"卓然无愧于古人之旨"。

门人程崟六十四岁时在其师辞世三十七年后，以诗自叙，不敢忘其师：

> 我岁行年六十四，块垒胸中余几事。七岁就传家塾时，所抱便与群儿异……少年岁月去如驶，二十贤书贡天子。报罢南宫襆被归，归来托志丹铅里。宋子潜虚史学工，高氏书成两世中。惜哉未竟千秋业，至今回忆心忡忡。

诗中流露出对其师壮志未酬的深深婉惜。

戴名世诛后五十年，邑人吴肖元以戴氏制义文三篇，选《初学秘诀中》。

戴名世诛后五十四年，华亭人孝廉蔡显以有言戴氏因文集遭戮等语，遭斩决。其《闲渔闲闲录》案中云："桐城戴褐夫绝才也。酒酣狂态，旁若无人，饮上马杯云云，断脰绝脰，所勿恤矣。"

乾隆时，文祸迭兴，思想遭到空前禁锢。六十年前的南山集案阴云未散，先生文集又一次遭到清查销毁。浙江、江西、山东、云南、贵州巡抚，湖广、两江、闽浙总督纷纷呈进戴氏文集《南山集》《戴田有时文》等。到了道光时，在戴名世诛后一百二十八年后，宗人戴钧衡编《潜虚先生文集》，这是祖本，先以抄本流传人间，后以印本广行海内。戴钧衡在其所编文集后写道：

> 国朝作者间出，海内翕然推为正宗，莫如吾乡望溪方氏，而方氏生平极所嗟服者，则惟先生（戴名世）。先生与望溪生为同里，又自少志意相得，迨老不衰，其学力之深浅，文章之得失，知之深而信之笃者，莫如望溪，望溪推之，学者复何说也？……余读先生之文，见其境象如太空之浮云，变化无迹，又如飞仙遇风，莫窥行止……

后来问世的戴氏文集多以此编为底本。咸丰二年（1852）春，先生诛后一百三十九年，桐城派后期大家方宗诚，与戴钧衡议纂《桐城文录》，六年告成。选先生文八十余篇。方氏在文录起例中称："望溪同时友戴潜虚先生，文颇得司马子长、欧阳永叔之生气逸韵，其空灵超妙，往往出人意表，惟蕴蓄渊懿、深沉高洁逊三家，而愤时疾俗之作尤多，用此不逮古作者。先生又以文字得祸，未能用力如望溪，而名亦遂湮没矣。"《桐城文录》全称《国朝桐城文录》，未刊布。

直至清季，宣统三年辛亥，戴名世诛后近二百年，桐城派殿军马其昶撰《桐城耆旧传》，所立《戴南山先生传》始昭世人：

> 戴先生讳名世，字田有，一字褐夫，南山其别号也。世人隐其名，称曰宋潜虚。

戴名世辞世二百九十二年，公元2005年，地球的另一边，法国汉学家戴氏廷杰先生，有志于汉学，遍览吾国各大图书馆藏史料，搜求旧籍、钩史稽志，

"久隐萧斋"、呕心沥血，以如椽巨笔，饱蘸浓墨，写就皇皇巨著十二卷之《戴名世年谱》，探"文祸之根"。历来研究戴氏之著作者，无出其右。廷杰先生曾于戴名世辞二百八十七年后，远涉重洋，来吾乡桐城缅怀先哲：

> 岁庚辰春，初稿似将尽。乃抱女玲溪在怀，携妻许氏，从柴君（剑虹）始往桐城……余登墓祭拜，焚化纸钱徘徊久之而返。

二

南山集案起于康熙五十一年十月，己丑会试和戴名世同榜一甲第一名赵熊诏之父、总宪赵申乔参戴名世以狂妄不谨之罪，赵疏言戴氏"妄窃文名，恃才放荡。前为诸生时，私刻文集，肆口游谈，倒置是非，语多狂悖，今身膺恩遇，叨列巍科，犹不追悔前非，焚削书板。似此狂诞之徒，岂容滥厕清华？祈敕部严加议处，以为狂妄不谨之戒"。朝廷得旨严察，后经议处，刑部屡疏，狱辞六上，两年后即康熙五十二年二月，皇上"从宽典定"：戴名世从宽免凌迟，着即处斩。

有关南山集案的始末及缘由，历来多有记载。最早记述戴案的要数清代浙东大学者全祖望所写《江浙两大狱记》。全氏为清代史学大家，"十六岁能为古文，讨论经史，证明掌故。……阮元尝谓经学、史才、词科三者得一足传，而祖望兼之。"（《清史稿·全祖望传》）他写南山集案目的是"备记其始末，盖为妄作者戒也"。摘其大概如下：

> 桐城方孝标，曾以科第起，官至学士。后以族人方猷丁酉主江南试，与之有私，并去官遣戍。遇赦归，入滇，受吴逆伪翰林承旨。吴逆败，孝标先迎降，得免死，因著《钝斋文集·滇黔纪闻》，极多悖逆语。戴名世见而喜之，所著《南山集》多采录孝标所纪事，尤云鹗、方正玉为之捐赀刊行，云鹗、正玉及同官汪灏、朱书、刘岩、余生、王源皆有序，板则寄藏于方苞家。都谏赵申乔奏其事，九卿会鞠，拟戴名世大逆，法至寸磔，族皆弃世，未及冠笄者发边，朱书、王源已故免议，尤云鹗、方正玉、汪灏、刘岩、余生、方苞，以谤论罪绞。时方孝标已死，以戴名世之罪罪

之，子登峰、云旅，孙世樵并斩，方氏有服者皆坐死，且剉孝标尸。尚书韩菼、侍郎赵士麟、御史刘灏，淮阳道王英谟，庶吉士汪份等三十二人，并别议降谪。疏奏，圣祖恻然，凡议绞者改边戍，汪灏以曾效力书局，赦出狱，方苞编旗下，尤云鹗免死，徙其家，方氏族属止谪黑龙江，韩菼以下平日与戴名世论文牵连者，俱免议。是案也，得恩旨全活者三百余人。康熙辛卯、壬辰间事也。

全氏虽为史学家，却以笔记体手法记述了此案经过。然所写此案缘由乃仅以"《南山集》多采录孝标所纪事"，失之疏略。且站在维护皇权的角度，以此案劝诫天下文人不要"妄作"，失却了一个史学家的春秋笔意。但是，全氏能在"南山集案"发生不久，天下文人余悸未消之时即书其案始末，殊为难能可贵。

南山集案始末记述较为翔实的，是民国初年由桐城无名氏撰写的《记桐城方戴两家书案》一文（以下援引时称《书案》）。此文刊于1912年由缪荃孙、邓实合编、上海国粹学报社印行的《古学汇刊》上。文中详述南山集案的发生因由、方孝标及其家人牵连丁酉江南科举案而家门遭难、方氏在云贵时的颠沛及《滇黔纪闻》（以下援引时称《纪闻》）问世过程，戴名世文章中引方氏《纪闻》资料、《南山集》刊布、案发因由、所有与南山集案而联系的人物各自的命运等，俱记述详尽明白。节录如下：

> 时邑人戴名世亦与孝标晚年相接。名世早年好读《左氏》《太史公书》，尤留心有明一代史事，网罗放失，时访明季遗老，考求故事，兼访求明季野史，参互考订，以冀后来成书，仿太史公之意，藏之名山。尝见方氏所撰《滇黔纪闻》之书，未及深考。

后戴氏见到其门人余石民述僧人犁支谈桂王故事，逾年又得余生将所闻于犁支之事一一书示，又读方氏《纪闻》，"考其同异，并以所疑书于余生"。

《书案》又载：

> （康熙）五十一年壬辰春正月丙午，刑部等衙门奏："察审戴名世所著《南山集》《孑遗录》内有大逆等语，应即行凌迟。已故方孝标所著《滇黔纪闻》内亦有大逆等语，应剉其尸骸……"

观《书案》全文，南山集案似乎只因方戴二人所写南明之事、书写永历年号所致。案中相关人物多为方、戴两家宗亲。方氏所纪桂王时事，为戴氏所录；戴氏所犯大逆，也殃及方氏，方、戴两人在案中互为因果。

同写南山集案旧事，桐城马其昶在《戴南山先生传》中，对戴氏人生历程及其秉性作了描写：

> （戴名世）父讳硕，字孔万，诸生。为人退让长者。顾善忧，坎坷不遇，为诗百余卷。尝曰："读书为善欲报，如捕风影，如吾等者，岂宜至此？及生先生（名世），而好学不事生产，曰：'是将复为我也。吾终以忧死，我死，其及汝乎！然慎勿效我忧也！'"

这是说戴氏的成长环境，性格形成于忧患之家，观戴氏一生，确与"忧患"相伴始终。

"先生既负才自喜，睥睨一世，世亦多忌之。"傲视群儒，狷介自负，也实为戴氏的秉性：

> 其学长于史，喜考求明季逸事，时时著文以自抒湮郁，气逸发不可控御。
>
> 余读其文，悲其有史才而不自韬晦爱重以成其志也。

愤世嫉俗，遗民心态，立志为晚明作史鉴，招来杀身之祸。

马其昶为戴名世后二百年时人，以马、班手法为乡先贤立传，描摹人物"各肖其人平生气象"，论赞传主皆"神致渊永"。其为戴名世写传，略写了南山集案始末，却写出了戴氏悲剧的潜因。

三

世人皆知南山集案因戴氏文集《南山集》中有悖逆之语，导致文字祸狱。不甚了解《南山集》中有哪些文章、哪些语句甚或哪些情事有违当朝、触犯律典呢？

戴廷杰先生所撰《戴名世年谱》认为，清廷为戴氏定罪下狱，在《南山集》中查出有悖逆之语的主要是六篇文章，分别为《与余生书》《送许亦士序》《送释钟山序》《送刘继庄还洞庭序》《赠刘言洁序》《朱翁诗序》。遍览《戴名世集》，余意以为廷杰先生所论洵为灼见。戴氏在赴完琼林宴的第二年，便因文章构祸，其时，《南山集》早已刊布天下。六文为早年所写，大多在作者生活艰备、屡困场屋、行拂乱其所为的情形下，抒心中郁结，发愤世之辞。

戴名世二十八岁时作《僧师孔序》。时为康熙十九年，戴氏于桐城龙眠山之西唐西浦课读。至溪边梅下，盘桓于石上，与僧人师孔纵论古今、嗟叹世事。师孔，俗姓程，湖北孝感人，祖为世族，"年十八，弃家为僧，于今二十有二年矣。崇祯间，天下兵起，其祖、父皆死于难，师孔常痛之……""一日大风雨，溪水泛滥，师孔饿数日，陶然自得也。然师孔类有激楚怨怼之情，往往悲歌泣下，不可告人其故。""岁庚申之春，余携书数卷，入西山访师孔，因读书其间，凡一月。每读罢，辄与师孔俯仰古今，嗟叹世事。师孔往往张目视天，汪然出涕。呜呼！以道之衰，而人情之陷溺也，天下方且在呻呼噇呓之中，而一二羁穷少年，枯槁老衲，相与痛哭于山砠水涯之间，事固有不可解者。"后师孔回鄂，行前与戴名世道别，戴遂作此赠序以送。

此文有两处不合时宜，犯了时忌。一是将清兵入关问鼎中原，视为"天下兵起"，且师孔祖、父死于"难"。这一"难"字，就表明作者对清兵入主中原持否定态度，完全替前明鸣不平，反清意识蕴含于字里行间；二是说"天下方且在呻呼噇呓之中""一二羁穷少年、枯槁老衲痛哭于山砠水涯之间"。分明是抨击当世、对现实不满。文中还可见"当世儒者龌龊无可当意"之类的语句，诚为攻击时下知识分子，为世人所不允。此文反映了戴氏涉世之前的思想基础，此后的许多文学活动、交友游学、著书立说、替人作文，大都沿着这一思想路径而发展的。以下对六篇文章作以介绍。

《送许亦士序》写于康熙二十三年，时戴名世三十一岁。许登逢，字亦士，号听庵，江南舒城人，戴名世客居舒城授馆于许登云家，登逢乃登云从弟，善习古文，与戴名世友善。此文为戴氏所作送许氏，从文中可以想见俩人相同的志趣、治学之道与友谊：

> 自周之衰至于今，儒学既摈焉，圣人之道扫地无余。独幸有其书尚

存，而学者大抵皆浅陋，不能申明圣人之意……

接着，戴名世在这篇文章中，以为只有宋儒之学方能绍统圣人之道，明代以来大道始显，指斥当今之世，莘莘士子皆习科举制艺之文而"叛于宋氏诸儒之道"。而真正能诵宋儒之书者，不过数人，则作者与许亦士也。于是他慨然而叹：

> 呜呼！当大道沦散，士不知学，而一二腐儒小生，区区抱独守残，沦落于穷岩断壑之中者，徒为世所嗤笑谩侮，然其所系岂少也哉。余既以迂拙不容于世，遁逃山中，而亦士不鄙余，谓余知道者，余非其人也，而亦士则真宋儒也。

该文虽为一篇送序，文短而意赅，全篇流露出作者嗟怨之情：大道沦散，儒学尽弃，圣人之道不彰。独有一二迂拙之徒茕影相吊，遗世独立，绍继绝学。如此大放厥词，天下饱学之士、达官贵人直至朝廷，当然不能接受，是真正的"悖乱"之语了。

《送释钟山序》写于康熙二十三年后，时戴名世三十二岁。钟山，南京人，客居庐州。负义气，工青乌之术。戴氏早欲与之交，不应。康熙三十二年春，遇于舒城县许登云家。同处一室，互道生平。后钟山往桐城，应戴氏之请为父卜葬处，戴氏写序以送：

> 余友有浮屠氏，曰钟山，与余相知最深，余不为浮屠氏学，而尝好与浮屠氏游。余儒者，与当世所谓儒者异，以故当时儒者皆畏恶之，独一二浮屠氏，不余忍弃也，贤余才而从之游。
>
> 尝与余一榻相对，道平生，则时时为我泫然流涕。嗟乎！余之相知，不得之儒者，而得之于浮屠氏，吾尝叹之！

遍观此文，所谓大逆之语无非是书生意气，睥睨世相，傲视群儒而已。恃才自负，对"当世所谓儒者"大不敬，当然引起众怒。这在其《答赵少宰书》中足以表现戴氏的狷介不让。赵士麟，字麟伯，号玉峰，云南人，官至吏部右侍郎，常以所居之地金碧园作为聚徒讲学之所，著有《读书堂彩衣全集》，戴

名世参与校辑。赵氏原邀戴为其集作序,后戴南归,未遑写序,赵请人代笔,仍署戴名。戴名世驰书以泄心中不平:

> 今之以不诚之人而事阁下,以不诚之文而序阁下之文,宜为阁下之所斥勿收,而阁下顾使人为之,则非阁下始所取于名世之心矣。区区之诚尚欲自达,而代作之文惟阁下削而去之。

不畏权臣,我行我素,完全是一种桀骜不驯的姿态。

《送刘继庄还洞庭序》写于康熙二十九年,时戴名世三十八岁。刘献庭,字君贤,因慕庄子,乃自号继庄。其学淹博无涯,通晓古今,以布衣终老,与戴名世友善。祖籍吴人,因父官太医,居直隶大兴县。年二十携家移吴中。吴三桂反,召之不就,隐匿洞庭西山。清康熙二十六年北上参与修明史。康熙二十九年春,刘献廷将归洞庭,戴名氏作送序:

> 自科举之制兴而天下之人废书不读久矣!以未尝读之人而付之以天下之事,其不致决裂者,盖未之有也。昔者科举之兴,亦未尝无人矣,在上者长养之以廉耻,而在下者亦不务为苟得,是故其功名犹有可观。至其晚节末路,相习为速之术,而风俗之颓,人才之不振,其流祸至于不可胜言,此有心者所为叹息痛于科举之设也。

清初,满族政权刚刚建立,天下承平,读书人心附朝廷,孜孜以学,希望通过科举之路,遂平生之志。而大批汉人冠盖满京华,清朝统治者也以为"天下英雄尽入吾彀中"了。在此之时,屡踬场屋的戴名世之辈,妄作清议,指摘科举,非议才俊,妄论时局为"晚节末路、风俗之颓",肯定为当世所不容,为当世人所共愤,为当权者所震怒。祸从文起也就不难理解了。

《赠刘言洁书》于上文同一年所写。刘齐,字言洁,号存轩,江苏无锡人。曾祖为东林八君子之一,义重当世。刘齐有乃祖遗风,不趋附,方苞评其"性沈毅,与人居,终日温温而退皆严惮之;偃卧一室,天下士常想望其风采"。(方苞《四君子传》)戴氏新汇文集辑成,致书知友刘齐,以求刊正。后又赠序于好友,节录如下:

> 自先王之道不明，而世有讲章时文之学，盖讲章时文之毒天下也久矣。数十百年以来天下受讲章时文之荼毒，而后之踵之者愈甚，而世益坏。是故讲章时文不息，则圣人之道不著，有王者起，必扫除而更张之无疑也。
>
> 昔汉家从秦火之后，收拾遗经，于是田何、施、孟之易，申公、辕固之诗，董子、胡子都之春秋，大小戴之礼，伏生、孔安国之尚书，皆相继而出。今夫讲章时文，其为祸更烈于秦火，倘世有表章六经者出，则如汉唐儒者，岂遂无其人乎？因书以贻言洁，且以勉之也。

清因明制，科举取士是封建统治者选拔人才的重要途径。天下士子也以科举作为进身之阶，而制艺时文即八股文是士人获取功名的敲门砖，有司也以时文做得优劣作为取士的标准。戴名世在这篇写给友人的赠序中，痛斥时文之弊，以为有清以来，社会受时文毒害甚深，世道沦丧。"是故讲章时文不息，则圣人之道不著。"更有甚者"今夫讲章时文，其为祸更烈于秦火"，矛头直指朝廷。康熙之时，满人取得天下，以为四海一统，武偃文修，古今图书，汇集于朝。而戴名世却说，圣人之道不显，秦火再现，岂非大逆不道？此种激烈之言，见诸文字，刊布天下，当然会引火烧身，为统治者所不能宽宥的了。

《朱翁诗序》作于康熙三十五年，时戴名世四十四岁。朱澜，字幼安，号剩水，江苏无锡人。平生好游，工诗，有《竹野堂集》行世，与戴名世相善。康熙三十五年春夏间，朱、戴同客京城，朱澜将南归，戴名世为朱澜作诗序以送：

> 无锡朱翁，与余同客于宣武门之西偏，曰寄园，盖且月余。一日出其诗示余，多铿然可诵之句，而其读史诸作，幽忧激楚，哀音怨乱，余感其意而悲之。
>
> 又曰：呜呼，俗之衰久矣，非独其仁义道德功名之际荡焉无余，虽以诗文之末技，而天下皆懵懂不知其事，宜乎翁之垂老无所遇也。
>
> 吾读杜子美之诗曰："长啸宇宙间，高才日陵替"又曰："朝扣富儿门，暮随肥马尘。残羹与冷炙，到处潜悲辛。"以子美之才气，天下无双，顾

潦倒终身，而时时步庸人之后尘，分昏愚之一饱，岂不痛哉！翁之诗虽远不及子美，而遭逢之略同，则固有可感者。

朱、戴生活的时代，史学家称之为"康乾盛世"初期，"顺治年间到康熙中期的40年间，是清代社会由动荡恢复为稳定时期，也是经济由残破恢复常态的时期。这一时期社会的安定经济的恢复为康乾盛世的出现创造了条件，而经济的繁荣也是构成康乾盛世的主要内容之一。"（张岱年、季羡林主编百卷本《中国全史·卷17》）而朱、戴这些平民知识分子却以诗抒怀，引古讽今，以一介狂士愤愤不平之口，慨叹"俗之衰久矣！"又以当世之朱澜比拟前代杜甫颠沛潦倒之生活境遇。分明是"尧天舜日"，却说只能分昏愚之一饱，不为"治世"唱赞歌，却给"盛世"抹黑，祸之生也在必然之中。

康熙二十一年壬戌，戴名世而立之年。先是前一年，戴氏门人舒城人余湛寄书来，书僧人犁支道"南明朝永历"时事，戴已"稍稍识其大略"。逾年，即二十一年冬，戴名世写下了这篇著名的《与余生书》。节录如下：

余生足下：前日浮屠犁支自言永历中宦者，为足下道滇黔间事。余闻之，载笔往问焉，余至而犁支已去，因教足下为我书其语来，去年冬乃得读之，稍稍识其大略。而吾乡方学士有《滇黔纪闻》一编，余六七年前尝见之，及是而余购得此书，取犁支所言考之，以证其同异。

戴名世得出考证结果，方学士孝标所著《纪闻》较为真实。往下戴氏向余生述说自己的见解：

昔者宋之亡也，区区海岛一隅如弹丸黑子，不逾时而又已灭亡。而史犹得以备书其事。今以弘光之帝南京，隆武之帝闽越，永历之帝两粤，帝滇黔，地方数千里，首尾十七八年，揆以《春秋》之义，岂遽不如昭烈之在蜀，帝昺之在崖州，而其事渐以灭没。

南明小朝廷的存在是客观事实，不容抹杀，也不该在史书上留下空白，戴名世直抒胸臆，为南明政权史实将湮灭殊为痛惜，他天真地认为：

近日方宽文字之禁，而天下所以避忌讳者万端，其或菰芦山泽之间，有厪厪志其梗概，所谓存什一于千百，而其书未出，又无好事者为之掇拾，流传不久，而已荡为清风，化为冷灰。至于老将退卒，故家旧臣，遗民父老，相继澌尽，而文献无征，凋残零落，使一时成败得失，与夫孤忠效死，乱贼误国，流离播迁之情状，无以示于后世，岂不可叹也哉。

接着，戴名世表明自己的心迹：

终明之末，三百年无史，金匮石室之藏，恐终沦丧放失，而世所流布诸书，缺略不详，毁誉失实。嗟呼！世无子长、孟坚，不可聊且命笔。鄙人无状，窃有志焉……

最后，戴名世向自己的学生表达平生之志：

余凤昔之志，于明史有深痛焉，辄好问当世事……此志未尝不时时存焉。

《与余生书》是戴名世散文书札类的代表作。纵观戴氏生平，他虽写了大量的制艺之文，并为天下士子所纷纷摹效，但他志不在此。作为读书人，他也和其他屡进场屋的士子一样，希望一朝高中，帽插宫花；作为文人，他醉心于古文写作，直抒情怀；而作为学者，他的毕生抱负是要为明王朝作史志，以春秋笔法，为后世留下史鉴。这或是他写《与余生书》的真实背景。

通览此文，可以看出作者在这篇文章中的治史理念。

其一，该文十分鲜明地表达了戴氏的史学观，即鼎革之变，前朝所延续的偏安政权，不容忽视。

其二，该文肯定了《滇黔纪闻》史料的真实性，这是他在考察归纳分析时势后得出的结论。

其三，该文对明王朝迅忽灭亡予以同情，这也是一位史学家应有的态度，也反映了戴氏的民族情怀和历史的局限性。

其四，该文表明了他决心独修明史的心志，这是他作为一代大儒应有的胸襟和抱负，也是他终生矢志不移的人生理想。

四

《南山集》案只是清代诸多文字狱中的一例。在戴名世被诛三百年后的今天，重读戴氏文章，重摅过去的旧闻，而于诸多研究南山集案的史料中钩沉旧说，作为戴氏的同乡后学，我想除了有一份对乡贤的崇敬之心外，更多的是想考究三百年前这位铮铮文士的人格力量和浩然之气，以及他精神世界里那份被世俗所不容的孤独情怀。下面试对《与余生书》等六文的写作动因作以浅析。

第一，遗民情结。戴名世出生于顺治十年，是明清更迭的大动荡时期。清初一大批思想家，如黄宗羲、顾炎武、王夫之、方以智等都心怀国破家亡之恨，眷怀前明、不事新朝，或参加抗清复明斗争。戴名世祖、父辈都经历了亡国之痛、流离之苦。受抗清复明思想影响，戴名世从小就有遗民情结，他字"忧庵"，文集名《忧患》，其在《忧庵记》一文中如是说：

客曰："庵之义则吾既得闻之矣，敢请其忧。"戴子曰："吾之生也与忧俱，凡数十年于今矣，吾故以忧名吾庵，志其实也。"客曰："子之忧如何？"戴子曰："五行之乖沴入吾之膏肓，阴阳之颠倒蛊吾之志虑，元气之败坏毒吾之肺肠。纠纷郁结，彷徨辗转，辍耕垄上，行吟泽畔，或歌或哭，而莫得其故，求所以释之者而未能也。"

戴氏所谓的"忧"正如屈原相侔。行吟泽畔，长歌当哭，亡国之痛也。于是客为之治："吾将以……唐虞三代之帝王为之医，以皋、夔、稷、契、伊尹、周公为之调剂，以井田、学校、封建为之药饵，以仲尼、孟轲为之针砭，如是而子之疾其瘳矣乎？"戴氏之忧，为"国忧"，这正如他在其《赠刘言洁序》中所叹"先王之道不明"，"圣人之道不著"。实际上是影射刚建立清王朝，理想三代之制，孔孟之学，客人以"国医"为其疗忧，则欣然而"忧"去。读戴氏文集，这种遗民情结历历可见，如他在《天籁集序》中写道："顷余有志于先朝文献，欲勒为一书，所至辄访求遗编，颇略具。而今侨寓秦淮之上，闻秦淮一二遗民所著书甚富，当其存时，冀世有传之者而不得，深惧零落，往往悲啼不能自休，死而付其子孙。"遗民心态，昭然而若揭。不唱当世颂歌，却"向隅而泣"，这种遗民思想最为清廷所忌。

第二，家道中落。戴名世的祖上是殷实之户，书香门弟。后逢世变，家道中落。祖父戴宁，号古山，生于万历四十二年，卒于康熙三十一年。"高才博学以之登巍科掇高第无难也，而乃遭时变乱，流离转徙于白下、池阳。羁穷潦倒，备尝之矣。"（《戴名世年谱·卷一》）后以军功官江西之乐安、新淦二县。读书独好左传、杜诗。父亲戴硕，号霜岩，生于崇祯六年，殁于康熙十九年。两岁失恃，依祖母抚育。"时秦寇猖獗，公举家避兵江南，旅食不给，艰苦备尝，盖公之生平郁郁不得志，自幼而已然也。"至戴名世小时，父亲以教书养家，"仅笔耕以给八口"。戴名世成家后，以客为家，常年在外教书授徒，"岁得一镪两镪，不足以养亲，典屋数间负郭，偏且颓，不能避风雨。"这也正是使他内心充满着忧愤不平的根由。诗文多有沉郁激昂之意。他在《穷鬼传》中描摹自己处世之窘相：

> 议论文章，开口触忌，则穷于言。上下坑坎，前颠后踬，俯仰踞躇，左支右吾，则穷于行。蒙尘垢，被刺议，忧众口，则穷于辨。所为而拂乱，所往而刺谬，则穷于才，声势货利不足以动众，磊落孤愤不足以谐俗，则穷于交游。抱其无用之书，负其不羁之气，挟其空乏之身，入所厌薄之世，则在家而穷，在邦而穷。

在统治者看来，清平盛世，戴氏所言贫、困是胡言乱语，为盛世抹黑，无异于大逆不道。

第三，独立精神。纵观戴氏生平，所为文、所交游，皆有古君子遗风。深厚的家学根柢，赋予他能穷究典籍，倾慕历代先贤们遗世独立、淡泊明志的情怀，尊崇先秦诸子，极喜左、史、汉、韩、柳、欧、苏之书。而遗民痛恨、家世败落又培植了他睥睨世相、孤危耸立的独立性格。尤其是乡贤如左光斗嫉恶如仇的磊落人格、方以智坎坷流离的悲情、钱澄之奔走崎岖坚贞不阿的气节、潘江啸傲山林的君子风范，对他特立狷介性格的形成有很大的关系。他在《醉乡记》中，以寓言笔法描写举世皆醉的憨态：

> 昔余至一乡，辄颓然靡然，昏昏瞑瞑，天地为之易位，日月为之失明，目为之眩，心为之荒惑，体为之败乱。问之人曰："是何乡也？"曰：

"酣适之方，甘旨之尝，以徜以徉，是为醉乡。"呜呼！自刘（伶）阮（籍）以来，醉乡遍天下。醉乡有人，天下无人矣。

世态炎凉，举世皆浊，于是，自己只好以独立的学术活动去实现人生的最大理想：由一个人来写一部明史。他在《初集原序》里写道："余生二十余年，迂疏落寞，无他艺能，而窃尝有志，欲上下古今，贯穿驰骋，以成一家之言……"这一家之言在古文就是上承八家、独树标帜，在史学就是欲效马班修撰《明史》。

第四，启蒙意识。戴名世生活的时代，政治上刚刚经历了天崩地裂、改朝换代，思想上清初一大批思想家如刘宗周、黄宗羲、顾炎武等，于无声处发出划时代的呐喊，他们在反清排满斗争无望后，纷纷隐逸山林，著书立说以摒除空疏学风，提倡经世之用之学。"经世思想作为挽救社会危机的思想潮流，初兴于晚明，以徐光启和复社中的知识分子为代表，他们激烈地批判了空疏学风，提倡实学，讲求学以致用。此外，西方文化的不断传入，也对久为封闭的中国产生了影响，经世之学所具有的批判精神，促使思想界出现了尖锐的抨击理学家空谈心性的言论。"（百卷本《中国全史·卷17 清代思想概述》）

在此思想潮流强烈冲击下，戴名世清醒地看到清王朝在政治制度、伦理纲常、文化政策、选才标准等方面的种种弊端，因而以一个平民知识分子的觉悟，独立思考，写了大量"有悖时宜"的文章，体现了一位封建文人早期的启蒙思想。

首先，批判科举制度。从戴氏写给友人的大量赠序中，可以看到其对科举制度的不满，对制艺之文的不屑，对当世士子空疏文风的揶揄。他说自己"少好古，尤嗜八家之文"（《唐宋八大家文选序》）。在《困学集自序》中以为科举八股之文兴，天下之"学"废：

　　余生二十余年，当天下弃学，世所谓学，不过咕咕讽诵，习为科举之业，曰："是乃学"而已，此学之以废也。

在《蔡瞻岷文集序》中更进一步否定科举之制与八股时文：

　　时文之外有学，而时文非学也。制科之外有功名，而制科非功名也。

他把科举取士时的举业之文称作腐臭之物,雷同抄袭,毫无生气,在《己卯科乡试墨卷序》中直抒胸臆:

> 以四子之书,幼而读之即为举业之文,父兄之所教督,师长之所劝勉,朋友之所讲习,而又动之以富贵利达,非是途也则无以为进取之资,使其精神意思毕注于此,而鼓舞勇跃以赴之。而人之学之者,自少而壮而老,终身钻研于其中,吟哦讽诵,揣摩习熟,相与扬眉瞬目以求得当于场屋。若是之专且久,则宜其见理也明,择言也精,各自出其心思才力,以纵横驰骋于世。然而其于四子之书之精微义蕴,茫无所得其毫厘,而出言吐词,非鄙则倍者,又非尽出所自造,而雷同抄袭,大抵老生腐儒之唾余,雄唱雌和,自相夸耀……夫以终身用力于其中,既专且久,出于精神意思之所注,而鼓舞勇跃以赴之者,止成其为鄙倍之甚,不越宿已臭败不可近焉。

戴名世一生读时文,写时文,编时文集,即今日之优秀作文选,辑录科举墨卷,直至五十岁时以时文求取功名,问鼎殿试一甲第二名。但他毕生都在反对时文,鄙弃时文,视时文为天下蛊毒,大声疾呼"讲章时文不息,则三圣人之道不著",可见戴名氏对封建科举的态度。

其次,反对空疏学风,讲求实学,为学提倡经世之用。戴名世生活的时代,宋元理学仍为思想之正统,明末的思想家如刘宗周等尚未脱出程朱道统的藩篱,学必尊儒。戴名世从小就接受儒家思想的教化,所学无外乎为修齐治平。但明清更迭,"天崩地裂",清初一大批遗民知识分子中的思想家、文学家出现,为思想界、文学界吹来了清新的空气。他们"从宋、明以来理学家空谈心性,而反回到'经世之用'朴实说理上来"(谢国桢《明末清初的学术风气》)。顾炎武作《日知录》,提出六经之旨,当世之务。黄宗羲著《明儒学案》《明夷待访录》,针对明代读书人束书不观、游学无根的学风,提出了"故受业者必先穷经,经术所以经世,方不为迂腐之学,故兼令读书"的观点。王夫之写《读通鉴论》,谓读书不是玩物丧志。方以智著《通雅》《物理小识》,注重质测之学探讨科技知识。他们的著作中所表现出来的崭新的思想性史无前例、石破天惊。身处僻壤的戴名世因有游历越闽、考察江浙、问学京华、足履名山大川的经历，自然受到当时新思想的影响。戴名世的好友之一就是黄宗羲门人、一代史学大家万斯同，万氏治史讲求实证，以布衣身份写出了不朽之《明史稿》，戴氏不能不受到他的熏陶。他在《赠顾君原序》中对"算数之术"十分推崇：

> 算数之术莫精于古人周径之说……自秦以后，颇失其传。长洲顾君原年八十矣，居于穷巷，日事探讨，自谓得之。尝为余言曰：周径之法不明，无以定历律，叶宫商，察盈朒，至于周髀汉斛，盈亏宽狭，皆何由定？盖先王之所以利民用者，莫大于算数，而学者忽焉……对于一位古文大家，幼时即诵子曰、诗云，而于算数之术不免知之甚少，但他好学之心未泯：余少而贫且病，固陋失学，其于算数尤暗。尝见《数度衍》一书，乃同县方陪翁所著，号为精密。而吾友宣城定九，综中西之法而独得其妙，向者诸家之所不及也。余欲就学焉而未遑，当以君原之说往而质之。

戴名世又一篇谈致用之学的文章《种杉说序》倡导读书士子应求治生之道，自食其力，当以种杉树为获利之最，"故读书之士所以治生者，舍树木无他策焉"，表现出对劳动者的尊崇。他在《己卯科乡试墨卷序》中直抒己见：以科举之径作取士标准，天下仕人则"大之礼乐制度、农桑学校、明刑讲武之不知，次之古文辞之茫如，而其所为举业之文得当于场屋者又臭败而不可近，虽其富贵利达之侥幸而获，而固已为有志君子所不屑矣"。足见他同清初具有先进思想的学者一样，竭力主张学以致用。这一主张直至影响到"桐城派"后期大家如曾国藩及其"四弟子"张裕钊、黎庶昌、薛福成、吴汝纶等。这些十八世纪的文人，提倡为学当经世致用的思想，与戴氏之主张一脉相续。

最后，反对封建旧道德，同情贞妇烈女。戴名世一生以雅洁之语言写了大量的人物传记，其中不少传记为节妇烈女立传。其文客观上虽为封建纲常的礼教作维护，但所写诸多节、烈女性故事，字里行间充溢着辛酸血泪。如在《李节妇传》后，作者赞道："昔者震川归氏（归有光）尝以妇人之从夫死者，为贤者智之过也。余以为其或不幸而夫不以正命终，与己无所依而或不免于侵暴凌逼之患，则死可也，不然而守志以没世者，其正也。"又曰："夫孰知守节之苦较从死为尤难也耶？"戴名世及其后来的桐城派古文家，作文远追唐宋八大家，近尊明代归有光，其思想也受归氏影响。对女子的贞烈问题，归有光在其《贞女论》中引经说理："女未嫁人，或为其夫死，又有终身不改适者，非礼也。""阴阳配偶，天地之大义也。天下未有生而无偶者，终身不适，是乖阴阳之气，而伤天地之和也。"戴名世所写节妇烈妇传记，大多受传主亲朋之请，所写传主多以耗费青春、牺牲生命作代价，而每每褒扬旌表其事迹，称其"撑挂纲常，光争日月"，但不乏以春秋笔法，字里行间隐约可闻哀怜唏嘘之声。他的《仪真四贞烈合传》写补伞妇、木工妇等平民妇女及贞女黄氏，遭兵乱临危不惧，殉难保节，读来悲凉凄惨，其凛然大义令人肃然起敬。传后作者歌曰："独断自性情兮，而独标其芬芳。魂兮魄兮归何方，魂兮魄兮奚所望。魂兮魄兮不可久留兮我心惶。"作者以崇敬之情写出了四位贫民之妻女凄楚壮烈之举，客观不作矫饰，实为难能可贵。

戴名世生活在三百多年前的清朝，为学含英咀华，为文千古流播，为人孤介特立，为事轰轰烈烈、独标于世。正如他为宿松朱书写的《杜溪稿序》所说，大丈夫应伟岸矗立于世，成"百世之人"：

> 昔余尝与字绿（朱书）言曰"世有一世之人，有百世之人"。所谓百世之人者，生于百世之后，而置身在百世之前。唐虞之揖让于庭而君臣咨警，吾目见其事而耳闻其身也。南巢、牧野之战，吾亲在师中而面领其誓诰也。吾又登孔子之堂，承其耳提面命而与七十子上下其论也。又入左氏、太史公之室，见其州次部居，发凡起例，含毫而属思也。以至后世战争之祸，贤君相之经营，与夫乱贼小人之情状，无不历历乎在吾之目，是则吾生于今而不啻生于古。自尧舜至今凡三千余年，而吾之身且与天地无终极而存也。此之谓百世之人也。若夫一世之人，则止识目前之事而通一时之变，虽其至久远不过百年，以天地之无终极者视之，须臾而已矣。乃若生于一世而一时之事犹懵不能知，则庄周氏之所谓也朝菌也，蟪蛄也。朝菌不知晦朔，蟪蛄不知春秋，吾安得百世之人而与之言百世之事哉！

意大利历史学家克罗齐说：一切历史都是当代史。用中国古代史哲的话说，就是以史为鉴。从当今社会环境和文化视角出发去看待以往历史事件中的人和事，会引起我们对既往历史中的人和事作种种思考。重顾南山集案，意义正在此处。

风雅河墅

河墅落成那一年，蜀藻先生早已过了知天命之年。

蜀藻是潘江的字，号木崖。马其昶先生为蜀藻立传时，称他"生而天才隽妙"。先生在他的《初买河墅作》一诗中自谦云："幼承先子训，总发事诗书。老大迄无成，蹉跎六十余。"读此诗可以想见，河墅，是蜀藻六十余年来追寻生命精神的一处寄托。先生少年失怙，科闱颠踬，连朝廷博学鸿词的征召也放弃了，归隐这山明水秀的河墅，老友张文端公连连叹息："路涉五千里，霜添几二毛。"归老河墅，蜀藻才真正体会到文端公那句诗的含义："功名石上火，富贵波上沤。"他的遣兴诗句"耕读安时随分足，可知天地一蘧庐？"最能反映这位高士大半生的心路历程。

明清之际，桐城士大夫在古城郭外营造的楼轩馆台，无以计数，大多具有极高的营造美学价值，中国文化精神蕴含其里，而蜀藻构筑的"河墅"居其一。先生的高足戴名世游学于此，写下了著名的《河墅记》，颇具逸兴：

出郭循山之麓，而西北之间，群山逶迤，溪水潆洄，其中有径焉，樵者之所往来。数折而入，行二三里，水之隈，山之奥，岩石之间，茂树之下，有屋数楹，是为潘氏之墅。

河墅这座雅致的山间别业，曾一时引得桐城文人蜂聚于此，海内读过蜀藻诗文的人，无不想亲睹蜀藻的风神，执礼相见，必欲长坐于河墅，听松风啸咏作永夜饮，涤虑消烦，晨夕咏唱。河墅时期的数十年间，此地一度成为桐城文人最频繁的雅集之所，甚至成为桐城文学的中心。但兴废仅在倏忽之间，颇为可惜。时间过了两个多世纪，当年桐城文人与长风烟萝相属和，以河墅为题咏留下了大量的诗文，永远镌刻在穷壑绝岩之间。读这些诗文，二百多年前一班桐城文人的流风雅韵跃然纸上，不失魏晋风骨。

譬如，当年戴名世就曾惊叹河墅处丘壑之间，其师独处林泉之下，真乃旷世之高士：

> 余褰裳而入，清池浤其前，高台峙其左，古木环其宅。于是升高而望，平畴苍莽，远山回合，风含松间，响起水上。噫！此羁穷之人，遁世远举之士，所以优游而自乐者也，而吾师木崖先生居之。

河墅有峰，有陵，有峦，有岭；河墅有岫，有岩，有穴，有溪。

蜀藻先生曾多次邀请他的内弟方怡做客河墅。一次，方怡酒后归来，写下了《潘蜀藻姊夫招饮河墅》诗。读这首诗，再读戴名世先生的《河墅记》，今人大致可以沿溪访寻已经废弃的旧迹：

> 出郭无多里，天然一画图。

河墅道仄，沿溪要凭借竹杖，度险须倚靠仆从。未入河墅，但见修竹竿竿，翠碧丛丛，几株寒梅点缀其间。对于一位往来频繁的常客，方怡说他每次归去，都意犹未竟。

自买下河墅这块荒芜之地，蜀藻一共耗费了三年时间，精心擘画，硬是将一块前人废弃的旧园子经营成郊外的桃源，先生的好友王廷元曾写有《河墅赋赠木崖先生》诗："别墅青葱旧碧山，轩窗多在白云间。莺花入梦功名薄，麋鹿同群岁月闲。峰影倒门青历落，河流抱屋响潺湲。中城甲第连云起，为恋烟霞不肯还。"河墅有烟霞之气，它东引桐陂之水，北望投子烟云，有野鸟之声堪可洗耳，谢绝尘纷，俯仰自得，与名花古木共纳沉瀣，岂不是一幅天然画图吗？

蜀藻在《初买河墅作》一诗中嗟叹，六十年风雨人生，追名逐利有何人生意义呢？于是他作出了一种选择，归老这园子里。《初买河墅作》读起来有陶靖节之志：

> 逝将去城郭，结我田中庐。堂前好种树，堂后好种蔬。
> 量雨复较晴，来往惟农夫。既得山林趣，亦罕礼法拘。
> 负山对清流，可营一宅区。于焉终余年，安用复踟蹰。

蜀藻卜居的这块幽僻之地，原来也是花木缤纷的栖隐之所。不知何年，瞿遭火灾,园内楼台池馆,夷为平地。先生开辟这块土地时,主人已更换了几回。松竹枯萎,桃李凋零没于荆榛丛中,昔日的池水早已干涸,不见游鱼的踪影。其荒芜的景象令人唏嘘不已。先生打算对这块土地作大致地修葺,力求疏朗,不打算过度地营建。他在《河墅落成》一诗中说,他的先祖也曾在古城南郭西部营造过园林,一日遭到群盗践踏,亭榭荡然无存。他慨然感叹:极盛易召忌,还是简单些好。

蜀藻的原配方氏过早地离他而去,爱子又英年早逝,他以衰病之身来到河墅,真的不想再为土木所累了。他在归纳众人的意见后,决定少建轩宇,多留些隙地以便开荒播种。"堂前好种树,堂后好种蔬。""桑柘阴相接,阡陌恣游遨。""种秋及秋成,新刍压香醪。"居住在这里,说避世,先生谦逊地说他没有陶靖节笔下那些隐士的高致,但谢绝尘世的烦嚣,安身总是可以的吧?

近世以来,人们一直在寻访河墅。这块幽渺之所随着主人的远行已杳无踪迹,如同明清桐城许多郭外别业倏然消失一样。所幸的是,后人在探究河墅作为园林建筑的美学意义,以及以河墅同题歌咏的一批诗歌的诗学价值时,会惊异地发现,河墅里曾留下过一代诗宗的身影,彼时林泉氤氲沉瀣,连空气里也弥散着楮墨的味道。天下文士翕然宗之,河墅是桐城那个时期读书人不朽的心灵故园。

河墅经营三年始成,二月末,蜀藻移居河墅,作杂诗十首,"门前倚仗迎风立,桥上吟诗待月还。谢客先觞诸客遍,买山兼得众山环。"蜀藻邀来宾朋,看花,听泉,品藻,赋诗。

从现存的清初桐城诗人的大量诗歌中,我们感受到,曾经,在通往河墅的小道上,海内名士溯溪而行,淹留松下,把酒吟哦,会集于这块真隐之地。

与蜀藻几乎生活在同时代的诸多桐城文人,都推重他,与蜀藻生平往来酬答和寄怀的诗文作者多达近百位,尤其是当年河墅落成时,桐城文人争相赋诗作文以祝贺,留存的诗文蔚为大观,堪称那个时期桐城文坛的"河墅文学"现象。

如方在庭就写过河墅落成后,蜀藻先生招饮众友的情景。

方在庭,字既平,诗人方文的从弟。少年失去双亲,发愤自励,蜀藻说他"焚膏继晷,笃学不怠"。方在庭工诗,在蜀藻看来,他"能另辟蹊径,自我作古"。蜀藻曾与陈焯等友人畅饮于方氏莲园,竟日淹留,激赏不倦。方在庭《木崖先生河墅初成招集同人落之》一诗,写作者对河墅的向往:

> 自与胜游情缱绻,时时清梦到山涛。

方氏诗中有"青城作馔饶丹药,绿野邀宾狎布袍"之句,自豪之兴溢于言表,他说主人经营池馆虽然很辛苦,但有客来这山中,便兴致盎然,被邀的客人中不分贫达,连我这一介布衣也毫无愧色。诚如邑中坊间所传诵的那样,布袍与裘帛者并立不以为耻。

另一位桐城诗人王廷元有《河墅赋赠木崖先生》一诗写河墅风光,颇为悠闲:"别墅青葱旧碧山,轩窗多在白云间。""莺花入梦功名薄,麋鹿同群岁月闲。"他说他愿羁留在这河流屋的僻静之地,与麋鹿为友,将功名抛却九霄云外,与世无争。"中城甲第连云起,为恋烟霞不肯还。"人在河墅,心在春山之外,呈现由明入清后,当时士大夫阶层向往闲适的普遍心态。

一次,蜀藻邀好友何永绍与李雅、姚文燮三人来河墅。何永绍,字令远,号存斋,布政何如申之孙。蜀藻评价他天资伉爽,学问淹博。先生屡试不第,从此客游四方,游历遍及吴、越、楚、豫、关中、亳、宋诸名山大川。何存斋肆力于诗、古文辞,汪洋浩瀚,笼罩百家,著作等身,曾与蜀藻、李雅一同共编《龙眠古文》,刊成即逝。姚文燮,字经三号耕壶,又号羹湖,顺治己亥科进士,六岁能赋诗。他与兄长文焱并称"龙眠二姚"。耕壶先生官至开化县令,辞官后在桐城城西开辟泳园,又在龙眠筑黄柏岭山房,优游五载。他诗、文、书、画冠绝当时,诗歌尤为杰出。他特别推崇蜀藻,曾有诗《柬潘蜀藻》,其中有"神光永不磨,寒星照中野。碧血埋幽心,悲风兰露洒。嵇生秘琴声,广陵识者寡"。赞美蜀藻人格高朗。蜀藻有诗《赠姚经三》,诗中有"姚氏有阴善,其后炽而昌"的期许,可见二人交谊深笃。

这次来河墅的几位好友当中,蜀藻与李雅最善,而李雅也真雅士也。

李雅,字芥须。后来为桐城明清耆老立传的马通伯先生说,芥须先生诗文沉酣宏肆,古文为张文端公所推重。以寄籍广东省生员身份,参加科举考试,被选拔为江西崇义县教谕。回乡后在桐城东门外筑东皋草堂。性情躁烈,好饮而无钱买酒,于是作《乞米行》寄与好友们,大家纷纷解囊。真名士风度:

> 野夫少年能饮酒，一饮辄欲倾五斗。
> 二十年来饮不多，向晚亦持杯在手。
> 无端寄庑东门外，主人难于皋伯通。
> 眼看秋稻黄金色，那得面上春桃红？

求助于故旧亲朋，还找出古代两位高士的故事来，您说雅与不雅？他咏道：

> 因忆鲁公曾乞米，八法书动长安邸。
> 野夫有腕不能书，何从乞米酿芳醴？
> 柴桑高士陶泉明，乞食常向村中行。
> 远公沽酒东林寺，此事说来令人惊。

芥须先生写完《乞米行》后，应者有蜀藻等数十人。立春后，程芳朝寄钱给芥须先生，代买春粮，先生感动不已，又作《后乞米行》以谢，他说，我写了《乞米行》一诗，非乞米也，我想看看这世上人情到底如何：

> 醉翁之意不在酒，静观世态良非迂。

芥须先生曾筑东皋草堂于桐城东门外乌石岗三墩之上。蜀藻赋《东皋草堂歌》以贺：

> 问君底事卜幽居，不爱深山爱平野。君言最厌是虚名，龙眠之名岂足荣。林泉随地原不乏，风月迎人皆有情。

草堂是何规模？蜀藻写道：

> 偶然小筑藏丘壑，前对远山后负郭。
> 老梅一株竹数竿，如此幽居良不恶。
> 劝君安坐衡门里，莫羡他家林园美。

既是劝慰老友，也是夫子自道。志向相同，不慕纷华，唯"管领春风"就足够了。

芥须先生活了八十二岁，临终前，求老友蜀藻在河墅旁为他选一块地以埋骸骨。先生死后，蜀藻按照老友的遗愿，将他葬于河墅，并在他的墓旁埋了一只白鹤，以赞美他一生志行芳洁。

一行人从河墅归来，少不了作文赋诗以纪。何永绍就写有《潘木崖招同李芥须姚耕壶再游河墅落成》一诗，羡慕之情，流诸笔端：

> 旧时竹树因年长，此日烟霞到眼亲。客醉不能谙出入，爱闲身似在桃津。

曾饮与河墅的何亮工，更将河墅比拟庄子的梦幻之境，他在《题木崖河墅》一诗中咏道：

> 漆园蝴蝶原成幻，且读逍遥第一篇。蜀藻称何亮工文采风流，照耀江左。

何亮工是何如宠的长孙，为文汲古振奇，不蹈时畛，超拔群伦，但他对蜀藻却推崇备至。

方中履来过河墅。他眼中的河墅，有亭有石，有泉有鹤，有樵者的歌号，有雨打竹林的婆娑。他在《过潘木崖表兄河墅》中为我们描绘了一幅玄真妙境：

> 过桥亭子出，石色更相宜。
> 池小泉声细，林宽鹤步迟。
> 歌从墙外入，竹向雨中移。
> 护笋门应闭，知为谢客时。

方中履，字素北，别号小愚。方学渐明善先生之玄孙，方以智叔子。潘江评价他，好古文辞不治举子业。随方以智流寓岭南，弃家为僧，朝夕左右。以著书明道为己任。赋性恬淡，祛除世俗的嗜好，考订六经诸史，旁及天官地理、兵农钱谷、河渠水利、律吕文字、音声书算、医药卜筮等无不乱其津涉。素北为蜀藻从姑之子，俩人经常在一起讨论论诗文，志趣投合。蜀藻年长于素北，他称素北与他是忘年友。这首诗写春笋出土之时，门掩黄昏，明写墅外之景，暗寓园内主人意欲得一时的清逸，是真知蜀藻之语。

在诗人谢锡的心中，河墅是清玄之境，可以潜心修炼。谢锡，字尔玠，号衔存，诸生。为文淹贯经史，精悍宏博。有纯孝。先生以为桐城西北群峰间胜迹众多，但他最爱河墅清奇出尘，有神仙气，他说："龙眠图画知多少，不及逍遥谷口尊。"逍遥谷是唐代真人潘师正位于嵩山的一处归隐之地，蜀藻构筑的河墅好似那位潘真人辟谷之所，他在《潘木崖河墅落成》写道："傍郭山隈葺小园，到来曲曲有花源。苍苔绣石凉生户，绿树含风影动门。"不正是仙境么？

康熙某年的一个重阳日，一代名相张英来到河墅。

张文端公《重九后十日木崖招集九松》五古，写河墅秋日之美：

> 秋山不在远，出郭自幽致。秋林不在深，九松足苍翠。
> 逶迤草间路，黄叶犹未坠。盘桓古松下，高枝落秋吹。

那一年蜀藻曾与文端有约，晚秋登高日来河墅九松树下饮酒谈诗，时红叶缀霜，秋草转黄，两位知交，一在庙堂，一在乡野，人生阅历不同，但感悟颇为相通，回首往事，感慨良多。文端公曾有诗《寄木崖》："当代有诗人，萧然隐蒍轴。蚤年驰盛名，晚岁耻干禄。天才本高隽，经史盈便腹。"诗中称蜀藻与母夫人："母子俱闻人，海内所瞻瞩。"蜀藻也有诗寄与远在京城的老友，他在《敦复宗伯贻书云闻于九松碧山之间新构河墅甚为神往》一诗中有"我钓沧浪嗟已往，君营绿野早投闲"之句，要老友买山莫买田，早得林下之乐。

这一次河墅之约，决非仅仅盘桓于林下，讨论声律。读完文端公这首长诗，山间民瘼之疾苦流于笔端，这正是一代名臣的仁者情怀：

> 田家古瓦盆，斟酌成微醉。倚徙松棚间，独悯老农悴。
> 白发自驱犊，天寒拾遗穗。可怜儿女养，饱此催租吏。
> 燕酣忘苦辛，吾侪将无愧？古人惜良辰，且勿发长喟。

文端公先后有数十首诗写给蜀藻，都是羡慕老友有"道气"，高风在河墅岩壑之间。如他的《河墅》诗有"潘子晚好静，结庐寄遐想"之慕，《寄木崖》有"清泉白石间，圣贤作徒侣"之咏，清玄冥静，都是山水之乐，而自己身在朝廷，身不由己，只好发出"落落有吾徒，萧然在天地"的落寞嗟叹。

蜀藻初买河墅时在六十岁左右，推算在清康熙十六年前后。入居河墅时，他以毕生精力编纂的《龙眠风雅》将要付梓，他选择这块空灵淡逸之地，文端公说是为了"移家看耦耕"。但他并未停歇。在河墅时期，他寒去暑来，往来于城里与山中，自康熙十七年至康熙二十九年，耗时十二年，终于再次完成了皇皇二十八卷《龙眠风雅续集》的编纂。可以说，半部《风雅》在河墅。

秋尽冬来，一家人只好又住进城中。蜀藻有诗《八月廿一日移家入城》，"可惜秋风催入郭，与梅不共岁寒盟。"晚秋，蜀藻又来河墅，见十几日柴门未启，落叶满地，窗棂上结满了蛛网，门可罗雀，不禁悲凉，他写道："莫怪主人轻别去，望秋蒲柳自知几。"老夫身体若蒲柳难耐冬寒，只好暂别小园，秋树秋鸟，千万别怪我暂时离开你们哟。

与蜀藻先生往来的诗朋中还有一位耆老，也是蜀藻的挚友许来惠，他曾为同时期许多文人的著述写过序，名重一时。蜀藻说，"君尤与余善"。许来惠，字绥人，别号伊蒿，以他家在桐城西乡之蒿墩得名。许来惠是崇祯末诸生，曾任浙江瑞安县丞，后归老桐西蒿墩，年八十二卒。他与桐城一班英杰齐邦直、张杰、张英、潘江为师友，世称"龙眠五子"。他学诗晚于蜀藻，而为诗颇重渊源，"以汉、魏为羽翼，以唐、宋、元、明为鼓吹。"这是蜀藻先生对他最高的评价。

伊蒿先生与蜀藻往来频繁，因声求气。蜀藻曾有诗《偶吟白诗柬许绥人》，与伊蒿先生谈他学白居易诗，终生不改："吾爱白傅诗，闲淡有高致。本不好艰深，亦不求工致。唯取口头言，写我心中事。"以致"所以历少壮，至老无更易"。伊蒿先生在《木崖集序》中，极力称赞蜀藻："余观蜀藻自少及壮以至于老，篇体之每变益上者屡矣。少喜声律骈俪之辞，长而沉酣三唐高、王、岑、孟、李、杜诸家，薄宋、元以下诗人不为也……一言一什必有关于人心风俗性情学术之故。"真是知人之论。

某年，许来惠重修草堂落成，蜀藻因有齐鲁之行，未能前往畅饮，特地寄七古长诗以祝贺，他咏道："劝君安贫守故乡，坐拥皋比书满床。弟子傍立东西厢，春阴夜火书声长。"亦是至乐。

晚年的一次聚晤，深秋天寒木落，两人把酒话当年，回忆起故友渐渐凋零，不禁悲从中来，先生写下《与蜀藻夜话同盟亡友相对怆然因赋此诗》：

> 杯酒论交才几巡，当时意气信情亲。
> 秋风原上多衰草，夜雨灯前失故人。

回首鸡坛分马帐，伤心月夕及花晨。

与君白发都相似，屈指交游泪涕频。

蜀藻北上，闻伊嵩先生离世，在邳州赋诗十首，怀念老友："君本孤介士，只合潜山林。""龙眠别峰西，是君庐墓处。""南望涕泪多，不独清明故。"悲恸真切。

读两位友人的诗，不禁让人想到张文端公《梅花诗三十首》，其中有"吟入暗香诗冷艳，梦回芳径月朦胧"的佳句，写梅的冷香幽韵，暗喻生命境界的虚明，有韶华易逝的叹息。文端公与蜀藻是表亲，蜀藻的母亲是文端姑母的女儿，但两人更多的还是以诗结缘，有着共同的人生志向与生命追求。文端公曾有诗云："白松挺奇质，高格无纤埃。如对修洁士，隽整爱丰裁。回头看榆柳，琐屑皆凡材。""老至无所愿，所愿多余闲。乐彼禽与鱼，山泽返自然。"蜀藻也有类似的诗句："龙眠好山水，风日足游陟。""秋坐小山丛，冬卧仲长室。酒碗与茶铛，临池水可汲。药栏与花榭，编篱茅可葺。绕砌泉声流，卷帘山翠入。"诗言志，文端公在他的《拟古八章》中，列举人生所遇到种种欲念，凡富贵贫贱，闲冗祸福，盈亏损益，利害吉凶，都应祛欲平心，安静恬舒，泰然处之。他在《为磊斋题小像十二册·沧海乘槎》一诗说："人间万事多倾覆，得似乘槎稳卧无。"后有一行注解："人生境遇举步多碍，烟水华胥遍在浩渺之乡，非鸿波万里，不足以纵游目舒旷也。"蜀藻八十寿诞，文端公赋诗以贺，《寄木崖八十生日二首》其一云："千尺松乔倚赤城，江天南望若为情。喜看硕果留丹嶂，赖有灵光值太清。报答平生应大耄，折除官爵是才名。漫言人是丘园客，百卷文章已盛行。"其二云："题遍小桥三径竹，花园别墅一溪烟。楷模后辈谁能似，名噪骚坛七十年。"唯文端公知蜀藻也。

蜀藻先文端公辞世，文端公为蜀藻题墓碑，文曰：

大诗伯河墅先生之墓

一代名相与一代诗宗，辉耀于历史的天空，他们的生命精神在于，无论贫达，都能于逝去的时空中感悟生命的天乐，与天地为徒，用诗人的话说，睹烟云之变幻，察卉木之荣落。

《龙眠风雅》与《桐旧集》

清代桐城刊行了两部大型诗歌总集,一部叫《龙眠风雅》及其续集,一部叫《桐旧集》。兹就这两部诗歌总集的辑录过程以及编辑旨要作以介绍,管中窥豹,只述不作,让今天的读者能拨冗一读,俾韫椟藏珠,重现芳华。

一

桐城地处江淮之间,为南北之通衢。古时有"九江之北,三楚之南,诗人骚客之所出"之谓。桐城境内西北群峰连绵,东南河湖互错。"山深秀而颖厚,水迤丽而荡潏。"读书人自幼生长其间,自然风光与淳朴民风相融合,性情受到陶冶,人人崇尚实学,修己明道。明清两代,邑内读书之风遍染,凡有所学者,于研习应试时文之余,皆热衷于诗文,"风骚乐府,户习家传"。有些士人乡试过后,便不再倾心于科举,甘愿隐逸乡间,或耕读为乐,或啸傲山林。随性缘情,发挥自己的才情兴致,不慕纷华,心志不为外物所侵,即使社会发生变革也矢志不移,专心讽咏,以致诗家林立,诗作繁富。清代桐城人汤日父曾评价,明代桐城诗坛可比唐代三个时期:明洪武、永历、宣德、成化四朝,桐城诗好比初唐兴起;弘治、正德、嘉靖、隆庆、万历五朝,桐城诗就像中唐勃兴;天启、崇祯两朝,桐城诗犹如晚唐景况,虽不及初、中唐时辉煌,但诗家未刻之稿本依然能于"箧中搜玉",已刻之椠本"辉映梨枣"。

明末清初,选家蜂起。在诗歌方面,先有《石仓十二代诗》,是明末著名学者曹学佺所编纂的一部大型诗歌总集。其选诗上起古初,下迄明末,开一代诗歌总集编纂体例之先河。后又有钱谦益《列朝诗选》,集明诗之大成,这两部大型诗集风靡海内,但其中桐城诗人作品登载很少。主要原因是桐城先贤大多崇尚暗修,所写诗作盖多藏于箧中,不愿示人,故流布稀少。

清顺治十七、十八年（1660—1661）之间，桐城钱澄之、姚文燮有感于邑内诸公诗作皆为吉光片羽，弥足珍贵，却未能刊布于世，于是两人将以往所收藏的前辈诗稿倾筐倒庋全部拿出，辑成《龙眠明诗选》，这应该是《龙眠风雅》成书的基础，也可算是桐城诗的最早的选本。

《龙眠风雅》的辑成，得益于潘江与同里诸生方授的倡导。

潘江，字蜀藻，号木厓，"生而天才隽妙""后益博极群书，历游齐岱京楚与海内名流相结，其诗法白香山，主盟坛席者三十余年。"对于当时海内诗坛景况和选家情形，潘江早已留意。他高卧河墅，然心忧"本邑诸先哲之诗于星移物换之代散落不传"。看到当时选家众多，但大多借此谋利，不务正业。有鉴于此，潘江矢志要倾资尽力辑录阐扬本邑前辈之诗而让"海内崇之，国史采之"，"与海内之鸿猷骏烈并垂不朽"。

早在顺治初年，潘江在准备应试之余，就开始留意乡先贤诗作，猎秘搜遗，辑录到已刻未刊前辈单本诗集六十余种，后因参加乡试而停顿了。乡试过后，潘江无意仕途，游历南北，遍访天下俊彦，网罗桐城诗稿。在辑录过程中，桐城人吴道新与姚文燮、钱澄之曾就选集标准作过讨论，并揆定了选诗的详、略与宽、严尺度，潘江在选辑收录时遵循了这一标准。后来桐城人姚文燮于甲辰年又续辑数十种。他将姚氏（文燮）所搜储存的诗参考钱氏（澄之）的评议，凡"姚氏欲传者俱传，钱氏欲存者俱存，取删有度"，着手开始编次。"凡名山之藏，通都之副，故家之秘笥，兔园之残箧，断简废缣莫不罗而致之几席。"心无旁骛，焚膏继晷，甚至连墙垛厕所也放置笔墨，思之所至，立即录之，有时衣服的袖领都为墨迹所污。以至肢痹目瞀，形神俱疲，孜孜不倦三十余年，有时为了征采诗稿，上门求索再三，甚至变卖祖田以补贴采辑锓印之费用。凡体例编纂和作者年代分别，"正谬雠伪"，全靠潘江一手之力。

自清顺治五年至康熙十七年（1648—1678），潘江任劳任怨三十余年，《龙眠风雅》辑成。凡六十三卷，收录桐城自明洪武初年至清康熙中期计四百余年，共三百九十一人诗作。依作者生活年代先后编排卷次。"首以方断事之忠贞，终自密之（释弘智）之苦节。"诗集编成，刑部尚书姚文然、太常程芳朝等名宦节俸解囊，襄助付梓。集成后，有人责备潘江选辑溢滥，潘江据实力陈，认为桐城自明至今三百年间登载此集仅三百余人，征文不得不宽，取人不得不恕，我做的事业仅是汇成合集，以反映桐城三百年来诗坛之大观。以孔子"诗三百"汰选于三千篇为例，桐城一邑存诗，将来定有宗工硕彦来采风裁择，载入诗苑，到时尽可以此为蓝本。

清康熙十七年（1678），《龙眠风雅》终于付梓。里中父老子弟踏门购求，以为桐城诗坛历史之盛事。"欢喜赞叹，如出一声。"但潘江慨叹，像《龙眠风雅》这样的诗集，非他一人之力所能完成，是集众人之智、力，才得以完成这一旷世之举。潘江在编辑之初，与方授等好友一起筹划，等到书成，而同侪大多故去，宰木拱墓了。像方文、左国斌、左国鼎、陈垣、马敬思等辈都曾目睹收辑的全过程，并拿出家中藏本，有搜访之功，现在这些友朋也大多宿草被坟、绿苔生阁，但他们襄助其事，真是功不可忘。而像方文、方拱乾、方以智、马之瑛等一班诗坛巨擘已刊诗集卷帙浩繁，全仗一班良友各出手眼，精心遴选，才使他们入选的诗在繁富的卷帙中骊珠独出。众人之功，潘江说他不敢专美。

二

《龙眠风雅》前后耗时三十余年。数十年搜采，潘江劳神费力，已殚精竭虑，本当趁此歇息，怡情河墅，晨讽夕咏，颐养天年。不料，刑部尚书姚文然薨于京师，他的长子姚士暨在其父生前为他编了一册诗集，姚文然逝世后家人准备刊行，请潘江作序，并摘其部分诗作请求潘江辑入"龙眠风雅后编"，潘江固辞未作应承。又过了七年，即丙寅康熙二十五年（1686），姚士暨长子姚孔钦亦高中会试，他在京师又一次邮寄诗稿至桐城，祈盼潘江再辑后卷，并致信潘江，大意说：祖上无所作为而有意扬挖，是愧对亲人；祖上有隐德颐绩而不为之传，是忘却先人。言辞恳切，请求再三。潘江难却真情，于是，不顾年迈，开始着手遍征康熙十七年后刚去世的乡里先辈诗稿。

《龙眠风雅续集》接续于康熙十七年后，止于康熙二十九年，耗时十二年，凡二十八卷（第二十八卷为潘江诗作），本着只登既往、不录生存的原则，收录了自姚文然至潘江等一百五十五人诗作。为了表彰潘江的功绩，让潘江这样的诗坛盟主雅什能入选风雅，潘江的门生济宁人郭月珮、江阴人陶惟讷、桐城高华、戴名世、方朝宗、赵馆等十八人将其师的诗编次列为一卷。潘江的长子潘仁标等三儿五孙负责全编校雠。

康熙二十九年季秋，《龙眠风雅续集》编次完成。邑人石经、李雅、方款、方中履、方中发、汪崑、释音时等师友故旧，多少不等，都慨然捐资，《龙眠风雅续集》顺利付梓。

三

《龙眠风雅》及其《续集》二编卷帙浩繁，今天鲜有能通编讽咏者。读其序及编者发凡，管窥蠡测，约其要义，主要有以下特点。

其一，入选诗人不论穷达、贵显，也无分诗品高下。"人之贤者，重其人即重其诗；诗之佳者，惟其诗亦惟其人"。

其二，编辑的体例以年代为先后，一卷之内，以功名掇取先后为顺序。潘江在集中声明：吾邑人才之盛不必尽以诗称，集中所未载者如孝子、忠谠、理学、循吏，一代伟人名垂青史，并不因集中有无而视轻重。

其三，桐城自明代方孟式起，才有女子文墨之事兴起。吴坤元（潘江母）、方维仪、方维则、章有湘、姚凤仪等一班闺秀，所吟无出夜半悲鸣、愁苦之言，雅音与高行并传，潘江将她们的诗与其丈夫雅什等列集中。

其四，《龙眠风雅》于每位诗人作品前作小传。其人之家世简历、端委梗概、诗文成就与声名宦绩，或采诸史志，或录其家乘。又仿用方苞、刘大櫆古文赞训之体，表彰诸先哲之芳规懿绩，一人之诗或品行，可通过述其家世而尽知。传述贤贵者详悉有度，而对于隐逸之高士硕儒也特别加以颂扬。

其五，潘氏先人存世遗集不多，亲朋故旧见潘江辑录诗集，纷纷以赝稿充塞，但他不为所动，以为造作夸饰，会欺瞒世人。可以看出潘江在选辑时既严谨又实事求是。

四

《龙眠风雅》及其《续集》问世二百年后，即清道光时，桐城诗坛又起了新的变化。自刘大櫆出，诗坛大振，姚鼐继之，从此桐城一邑，诗道大昌，这是当年潘江所未见到的盛况。在选家林立的清中晚期，桐城徐璈独树一帜，购求精择二十余年，辑成桐城诗稿抄本，名为《桐旧集》。

徐璈，字六骧，号樗亭，桐城人。少好学，笃志敏行，师事姚鼐，受古文法。于书无所不窥，历主亳州、徽州等书院讲席。嘉庆甲戌科进士，授户曹改官县令，历任浙江寿昌、临海、山西阳城诸县知县。刘声木《桐城文学渊源考》谓其"政教所被、颂声不绝。"徐璈在公务之余暇屏绝丝竹燕饮之娱，致力于典籍搜求，刊行著作有《诗经广诂》《牖景录》《河防类要》《黄山纪胜》及《樗亭文集》。平日特别留心桐城地方掌故，于先辈诗文篇什搜求阐扬。康熙年间潘江选刻龙眠诗已经过去近二百年，至乾嘉以后桐城诗坛人文蔚起，超越前代。徐璈担心这些作者诗稿日久散佚，自道光十五年起就广为征采。在担任阳城令期间，曾寄书给同乡马树华要求一同参与辑录，马氏认为自己忙于它编，且精神渐衰，无力参与，便将自己以往所藏数十家诗作悉数寄给了徐璈，后又将其所获随时寄与。徐璈将《龙眠风雅》正续编中诗人作品加以重新遴选，按姓氏编次，融合为一编，《桐旧集》得以辑录大部分诗稿，初次付梓十几卷，用钱六十万，可惜只刊刻了三分之一。徐璈又自阳城寄书至台湾，向同学姚莹诉述刊刻经费艰难的苦衷。道光二十一年（1841）春，徐璈离任回桐城，居家七十日就病逝了。道光二十九年（1849），徐璈的侄子徐裕及其兄徐寅商议续刊，并恳请方东树、马树华、光聪谐、姚莹等前辈为之筹划。后来马树华接替了徐璈未竟之事业，徐璈的外甥苏惇元重新审校，并增加了舅父的诗作，于咸丰元年全部刊行。

《桐旧集》刊成，是因为有了徐璈的渊雅博识，一意表彰先哲，勤勤恳恳，公务之暇早晚钞录，数年而成斯集；又因姚莹以自己的学行及名望作登高之呼，缙绅士子纷然响应，方得以踵继徐氏之足履，俾使前人未竟之举不致半途而废；还因苏惇元接过其舅搁置箧中残编，"诚笃精密，搜补有名无诗之阙略，雠校稿本写本刊本之伪舛"，又兼任筹措经费、监工使役之职，亲为劳作。皆因诸君子通力所为，才使《桐旧集》付梓锓印。

五

《桐旧集》所选录桐城诗人生活年代，上起明建文初下迄清道光庚子

(1840),共四百七十余年。诗集卷帙盈尺凡四十二卷,作者一千二百余人,诗七千七百余首。《桐旧集》仿清代王豫《江苏诗征》之体例,分姓列卷,其间略以时代先后为序,姓氏排名以一姓中生于前者为先,如甲姓最前一人生于洪武,乙姓最早一人生于永乐,则甲姓列于乙姓之前。陈姓在桐城非大族,但选录的诗人陈务本在明永乐年间任武昌同知,故陈姓诗人列于第八卷。张姓乃桐城巨族,其选录的诗人张淳最早在明隆庆年间任陕西布政使参政,故张姓诗人列于第二十一卷。马姓中选录的诗人马孟祯则晚于明万历间才登科掇魏,官至太仆卿,故马姓诗人列于第二十四卷。

《桐旧集》与《龙眠风雅》在分卷体例上各有不同。《桐旧集》以姓氏分卷,诗集中可睹巨族高门之诗人阵容宏大。以方吴张姚马左诸姓为例,方姓诗人一百三十四人,计诗一千〇五十五首;吴姓诗人一百一十人,计诗七百〇八首;张姓诗人一百〇一人,计诗七百〇一首;姚姓诗人九十九人,计诗七百〇三首;马姓诗人四十六人,计诗三百二十首;左姓诗人五十三人,计诗二百二十首。将大族在桐城诗坛上的阵势展列开来,旨在标榜大姓,凸显其人文兴盛,以示范乡里,激励他族子弟读书习文蔚然成风。既能看到一族风雅之大观,又能反映该族历代文风赓续之脉络。在这点上是《龙眠风雅》正续编所不及的。

由于《龙眠风雅》正续编所选诗人前后年代跨度小,作者数量少,故可以博选;而《桐旧集》所选诗人时间跨度大,作者众,故只能约选。如方文、方以智叔侄诗,潘集分别选入二百三十首、一百七十首,各编为一卷。而徐集只选入方文诗六十九首,方以智诗八十四首,少了三分之二和二分之一;程芳朝的诗,徐集只选入十五首,而潘集则选了八十四首,徐集比潘集少了近三分之一。

徐璈学问渊懿,工诗话。他于《桐旧集》入选诗作中,间或加上评注。如方法《蜀中逢客作》一诗,潘编和徐编均列为首卷,而徐编在其诗后有:"读此则知靖难师起,公固欲拔剑戎行为盛庸、铁铉,不徒以身殉也。"读此诗让人进一层明了诗人死节原本更为壮烈。又如方法之《绝命辞》,徐编在诗后注"璈按:公卒于望江后,立祠于望江华阳镇"。让读者了解烈士死难之后,世人对其敬重,具有史料价值。这些都是潘编所不具有的。足见徐璈并非照抄前稿,而是于每首诗的辑录皆字句斟酌,有感皆发。

桐城慈济寺间代嗣法碑考略

安徽桐城大关镇百岭村龙林组小龙尖山麓、五岭水库南岸,有一奥区,其地方数里,蓊郁秀蔚,当地呼作"菩萨凹"。近年有附近村民及僧人,在此地陆续发现自乾隆至民国年间古慈济寺数代僧人的墓碑(冢)。古慈济寺历史悠久,人文厚重,但已销声匿迹久远,不为世人所知。据文物专家考证,"咸丰三年,慈济寺毁于太平天国战火;光绪九年,僧人于废墟上重建"。有关古慈济寺的兴废继绝再次进入当地僧、众和文化学者的视线。慈济法嗣碑(冢)的相继发现,为今人研究古慈济寺嗣法传衍提供了重要的文物证据,更为桐城乃至安庆禅宗史研究提供了一份珍贵的文物史料。

一、慈济嗣法间代墓碑(冢)简介

新近陆续发现慈济寺8位高僧墓碑(冢),为间代嗣法碑(冢)。兹作简述。

1. 慈济第三代嗣法福性、惺禅师碑

墓在龙林村民组路口,碑立墓后,文曰:

> 皇清乾隆三十七年二月十□□。传曹洞正宗第三十三世上沧、恺下明讳福性之墓。沧公嗣祥咏、孙澄,恺公嗣祥一、孙澄全立。

此墓葬"沧、恺"二僧。因年久,碑埋土层较深,底部"讳"以下数字不显,仔细辨认似为"福"或"惺",似是而非。幸第三次现场调查,偶然发现葬于乾隆十年之曹洞第三十二世开建栖贤第一代火公和尚之墓,碑完好,大致可辨认,立碑者为"徒福性、孙祥一、曾孙澄、珍、侄孙玉、国、咏"。据此可知"祥一"为"福性"之徒,故墓主之一可能是"福性"。再对照道光四年《续修桐城县志》(以下简称《续修县志》),慈济第三代嗣法为惺禅师,是否为墓主之一，存疑，待考。

2. 慈济第四代嗣法祥一禅师碑

墓在小龙尖山麓龙林村民组菩萨洼，碑立于墓后。文曰：

乾隆二十六年岁次辛巳季冬吉旦。曹洞三十四世上隐下仙一公和尚之墓。徒澄、珍，孙清贤、曾孙觉裕仝立。

此墓为"祥一"之墓。"澄""珍"是祥一之徒，墓主一公即祥一。对照《续修县志》，慈济第四代嗣法为禹门禅师，禹门是否就是祥一？存疑，待考。

3. 慈济第六代嗣法运禅师碑

墓在小龙尖山麓村民组菩萨洼，碑在今拟建"慈济寺"院内，碑通高120厘米宽60厘米。文曰：

赐进士出身、诰授中宪大夫、浙江嘉兴府知府、江苏常州府知府、工部水司郎中、军机处行走、丙子科钦命山西乡试正考官、前翰林院庶吉士、加五级随带军功、加一级纪录五次咏之徐镛拜题。传洞上正宗三十六世慈济第六代半窗运禅师之墓。嗣法门人祖辉敬立。大清道光六年岁次丙戌孟冬月吉旦。

据村民及僧人介绍，运、辉、意三禅师共三块碑，早年修建水库时，从山中挖出，移至库坝作涵洞。近年水库加固时淘出，送还拟建的慈济寺院内。碑身硕大完好，字迹清晰。

4. 慈济第七代嗣法辉禅师

墓在小龙尖山麓村民组菩萨洼，碑在今慈济寺院内。碑通高120厘米宽60厘米。文曰：

大清咸丰二年岁次壬子季冬月吉旦。传洞上正宗三十七世慈济第七代自明辉禅师之墓。嗣法门人祢法敬立。

5. 慈济第八代嗣法道严法禅师碑

墓在菩萨洼，碑立墓后完好，文曰：

大清同治十三年季春。酉山卯向。传洞上正宗三十八世慈济第八代道严法禅师之墓。附葬本寺堂主岫云真大师。嗣法门人广然、堂主授剃徒觉华□□。

6. 慈济第九代嗣法意禅师碑

碑存今歧岭村香露庵，墓失考。碑通高122厘米宽58.5厘米，文曰：

皇清道光十六年岁次丙申秋月□吉旦。乾山巽向。传曹洞正宗三十九世龙门堂上上真下如意禅师墓。嗣法门人定孔、剃度徒子绍峰仝立。

7. 慈济第十代嗣法觉禅师碑

有墓，在小龙尖山麓菩萨洼，碑立于墓后。文曰：

民国五年岁次丙辰季春月。庚山。曹洞正宗第四十世慈济寺第十代镜庵觉禅师之墓。嗣法门人昌敬立。

此墓碑是迄今发现年代最近的一块碑。此碑的发现，证明曹洞宗在民国初年仍活跃在桐城禅林，为今人研究民国安庆佛教史具有重要的参考价值。这十代高僧中，开山一代万清、第二代世惺、第五代越阆墓冢（碑）目前尚未发现。

8. 开建栖贤第一代上知下非火公和尚碑

有墓，在菩萨凹桃林中。

第一次因公偶见“栖贤寺口”残断石额一块，先是无从辨认，不知源于何处。2020年6月6日第三次谒访拟建的新慈济寺，由村民钱海鳌、钱都年二位老者引路，深入菩萨凹一带寻访，无意中发现栖贤寺第一代住持火禅师的碑（冢），文曰：

皇清乾隆十年岁次乙丑仲春。曹洞第三十二世开建栖贤第一代上知下非火公和尚（之墓？）。徒福性、孙祥一，曾孙澄、珍，侄孙玉、国、咏，（以下数字无法辨认）

此碑墓主“火”公，有学者指出非“火”，似行楷“久”。存疑。

此碑的发现，为考稽慈济一至十代嗣法关系双墓主身份提供了非常重要的佐证。据龙林村民组老一辈介绍，该地曾建有"栖贤寺"。囿于史料，到目前为止，传说中"栖贤寺"建、毁时间及寺院位置尚不清楚，栖贤寺与慈济寺有何联系也一无所知。高僧火公墓冢及碑的发现，证明小龙尖下确实有栖贤寺，且同属曹洞支下，但两庙究竟是何关系，栖贤长老与万清之间法嗣关系，均待考。

当代学者桐城汪茂荣先生对上述八块僧人碑进行了考辨，认为："推测所发现各碑自运禅师以下，均有'慈济第某代'字样，且与县志记载吻合，而曹洞三十三世福性碑、三十四世祥一碑、三十九世意禅师碑并未有此字样，县志亦无记载，火公碑并同，且福性为火公嗣法。既如此，火公、福性、祥一是否为栖贤寺的历代高僧而与慈济寺无关？"此一疑问的提出，不无道理，期冀有学者作进一步考证，或有新的发现。

二、慈济寺的前世因缘

慈济寺虽建于清中期，但历史文化渊源颇深。欲了解这些墓碑的时代背景以及墓主的嗣法关系，必须溯其源头，方可明了。

慈济寺为清代禅宗曹洞一宗在桐城禅林中道复振的重要道场之一。欲了解古慈济寺的来历，不能不对禅宗之曹洞宗历史文化背景作以赘述。

何谓禅？印顺法师在《中国禅宗史》中说：

> 禅，本来不限于达摩所传的。重于内心的持行，为修道主要内容的，就是禅（慧）。从事禅的修持，而求有所体验，无论进修的程度如何，总是受到尊崇的。

这是对广义上"禅"的见解，不是禅宗。唐张说《大通禅师碑》说："菩提达摩天竺东来，以法传慧可，慧可传僧粲，僧粲传道信，道信传弘忍，继明重迹，相承五光。"所谓的"五光"盖指初祖至五祖。中国禅宗自初祖达摩传至六祖慧能，开始发扬光大。《六祖坛经·嘱咐品第十》记六祖一日召门人法海等十人说：

> 汝等不同余人，吾灭度后，各为一方师。……今为汝等说法，不付其衣。盖为汝等信根淳熟，决定无疑，堪任大事。然据先祖达摩大师，付授偈意，衣不合传。偈曰："吾本来兹土，传法救迷情。一花开五叶，结果自然成。"

"一花五叶"，指慧能以下，禅宗分为沩仰、临济、曹洞、法眼、云门五派。曹洞一宗，系出青原行思门下，其法嗣为：六祖—青原行思—石头希迁（青原下一世）—药山惟俨（二世）—云岩昙晟（三世）—洞山良价（四世）—曹山本寂（五世）。洞山良价与其徒曹山本寂创立曹洞。

唐末投子寺（胜因寺）与清乾隆初复建的慈济寺，系同出禅宗青原一脉。投子大同禅师与洞山良价同是青原下四世，其世系为：六祖—青原行思—石头希迁—丹霞天然—翠微无学—投子大同。大同禅师居投子时，曹洞宗尚未发扬，而曹洞宗传至六世"大阳警元几绝"，"大阳警元"即"大阳警玄"，此话据志载为乾隆帝所说，故"玄"避康熙帝玄烨名讳。义青为大阳警玄的法嗣，其世系为：洞山良价（青原下四世、曹洞一世）—曹山本寂（二世）—云居道膺（二世）—同安丕（三世）—同安志（四世）—梁山缘观（五世）—大阳警玄（六世）—投子义青（七世）。曹洞宗衰微近700年，桐城投子山一支"得投子义青出而振之"，嗣后复衰，及至嘉靖寺毁。待沉寂200余年后，于乾隆元年（1763）又由万清禅师复兴。

再说慈济寺与江北名山投子禅寺之关系。明代顺天六年《安庆郡志》载：

> 投子寺，去县北三里，旧名投子山胜因禅寺，唐大同禅师开山。洪武二十六年僧如一庵重创。

宋代普济《五灯会元》也记载了投子大同和尚建寺经过：

> 舒州投子山大同禅师，本州怀宁刘氏子。幼岁依洛下保唐满禅师出家。初习安般观，次阅华严教，发明性海。复谒京兆府翠微无学禅师，顿悟宗旨。由是放意周游，后旋故土，隐投子山，结茅而居。

大同禅师是禅宗六祖慧能下五世、青原下四世，为投子山禅宗道场的开山之祖，也是佛教禅宗文化较早传入桐城者之一。《续修桐城县志》记载更具体，大同禅师"咸通间参翠微禅师，归，居投子寺"。翠微是京兆府人，世称"无学禅师"，系青原下三世。"咸通"是唐懿宗年号（860—874），沿用了十五年，大同禅师于咸通间从翠微处学成归投子山，结庐创寺，应在这十五年间，故胜因寺初创时间大约在唐末咸通年间。

大同禅师谥"慈济大师"，其后有数位大德住投子山。有文字记载的，唐代有感温禅师，传大同衣钵，后来法嗣失考。到宋代有义青禅师复兴投子道场：

> 义青禅师，青社人。七龄颖异，去妙相寺出家，十五持《法华经》得度为大僧。……住投子山，道望日隆。……元丰六年五月四日，遂泊然而化，塔于寺之西北三峰庵后。

投子山成为江北重要禅宗文化传播地，引来不少大德卓锡于此，诸大德学汇四海，宗派各异，多出青原支下。兹集《高僧传》《祖堂集》《景德传灯录》《天圣广灯录》《建中靖国续灯录》《联灯会要》《嘉泰普灯录》《五灯会元》《正续指月录》等禅宗灯录类典籍记载，将唐、宋时期住投子山僧人大致脉络抄录如下。

六祖大鉴禅师法嗣（一）投子大同禅师，有青原下第三、四、五世三种记载：（1）曹溪五代法孙；（2）吉州青原山行思禅师第四世；（3）青原下第五世；（4）青原下三世。（二）投子感温禅师。青原下五世，投子同禅师法嗣。

大宋玉音及未详法嗣（三）投子通禅师。青原下七世。

曹洞宗（四）投子山义青禅师。有三种记载：（1）青原第十世，洞山六世；（2）青原下第十一世，郢州大阳警延禅师法嗣；（3）青原下十世。

（五）投子道宣禅师。有两种记载：（1）青原下十四世；（2）六祖下第十五世（天衣聪嗣）。

临济宗（六）投子圆修禅师。南岳下十世。

（七）舒州投子楚山幻叟荆璧绍琦禅师。六祖下二十七世（景泰五年迁投子，成化九年示寂）

云门宗（八）投子法宗道者。青原下十世下；第十一世。

（九）舒州投子山法宗道者。庐陵清原山行思禅师第十一世。

（十）投子修颙禅师。青原下十二世。

（十一）投子证悟禅师。十三世

（十二）舒州投子山胜因禅院普聪禅师。庐陵清原山行思神师第十三世。

可见投子山自唐末至北宋近三百年间禅林之盛象，"淄流佛刹，黄冠云居，其历时旷远者，亦每多胜概"。

投子寺自晚唐开创，弘法600余年，于明嘉靖年间毁废。康熙《桐城县志》载：

> 胜因寺，在投子山，唐大同禅师开山。……嘉靖年间奉旨废之。

"胜因寺"即指投子寺。《续修县志》亦记载：

> 胜因寺，一名投子寺，在投子山。……嘉靖间废。

桐城坊间对投子山禅院奉旨废毁有许多传说，有世族毁寺营圹说；有风水室碍县治说，皆不足为据。蒋维乔《中国佛教史》云："自明以后佛教渐衰""世宗即位，极嫌弃佛教，溺于道教……。当其即位之初，先毁宫中佛像，凡百九十年座；更用赵璜之言一夜命破坏京师寺院，悉除禁中佛殿。……力排佛教。"蒋氏所言当时朝廷实行排佛的政策，或许是投子奉旨废寺的真正因由。

投子禅寺自明嘉靖年间奉敕毁废后，时隔约两百年，于清乾隆元年又奉旨复建，寺址却选在去投子山东北数十里外的周婆岗南，易名为"慈济寺"。《桐城续修县志》云：

> 慈济寺，投子山胜因寺废，乾隆元年移建于周婆岗南，以慈济禅师取名，今为皖北丛林。

有关古慈济寺建立的经过，以及首任住持万清的生平，《桐城续修县志》有详细记载，兹抄录原文如下：

> 万清，字侣石，号山夫。楚州唐氏子，母方妊时，梦老僧庞眉皓首，执杖入其室，遂诞僧焉。龆龀中，闻持大悲咒者辄喜，年二十出家，礼洪福寺隐知和尚，得度，寻诣华山受具，遍参诸方，归觐洪福，众请继隐知

席,行般舟三昧九十日。康熙四十四年(1705),圣祖仁皇帝南巡,万清至漕河接驾奏对称旨,御书"诞登寺"额赐之。雍正十一年,世宗宪皇帝特召入都,与论洞下宗旨。又问曰:"朕阅灯录,汝宗至大阳警元几绝,得投子义青出而振之,未审投子道场隆替何似?"僧以被毁据实奏之。上谕:"朕为汝重建投子,汝即中兴其道,而为开山一代。"寻赐紫衣盂杖,命住钟山之灵谷。

乾隆元年,投子庙工告竣,复奉高宗纯皇帝谕旨:寺名著用"慈济",即令万清为新刹住持。

古慈济寺与古投子寺(胜因寺)虽前后相隔近九百年,座落位置移建于数十里外,但二者间颇具因缘:一是投子寺废后而慈济复兴,特别是由朝廷敕赐易地重建新寺于周婆岗南,寺名用了投子大同禅师的谥号"慈济";二是慈济寺建成后,万清禅师虽为新寺首任住持,但曹洞法嗣一脉相承,且由万青中兴其道,曹洞一宗在桐城衰而复振。

万清以后,古慈济寺一代至六代法嗣相承不歇,《续修县志》有载,详略不一,分别是万清、原慎、世惺、禹门、越阆、昌运。志载万清以后:

嗣法源慎,字竺峰,精内典,工吟咏,尤工小行草。

又云:世惺,字憨幢,芜湖毛氏子,幼读书,目十行下。年十六弃家游方外,首参天涛和尚于润州之金山,继谒鹤林之彻机、五州山之远林,皆不契。闻投子竺峰法力宏远,兼通儒释,往参焉。皈依顶礼,遂受衣钵。寺中殿宇,再经修葺。闽督玉达斋制军官皖臬时,捐金建藏经阁。世惺即于阁西祀制军遗像,以志不忘。世惺博雅,工吟咏,能读奇书,识奇字,书法闲逸。著有《耦松存稿》。

又云:法嗣禹门,再传越阆,越阆传昌运。昌运,字半窗,精禅理,兼通翰墨。

运禅师以后嗣法传承,未知宗内有否文字记载。爬梳相关史料,均未发现,盖因晚清以后,禅宗不兴,战乱频仍,寺庙毁废十之八九,灯录不再传衍,殊为可惜。

三、墓碑（冢）发现之意义

上述八位高僧墓碑（冢）的发现，对桐城佛教文化研究具有史学意义，对桐城地域文化研究亦颇具价值。

（一）较为系统地理清了自万清以下至民国初年慈济寺十一代嗣法源流

以上八块碑，将乾隆元年（1736）至民国五年（1916）180年间，慈济寺从开山祖师万清，到第十代觉禅师圆寂、"嗣法门人昌"立墓，共十一代法嗣一脉贯串。这些高僧长眠于小龙尖山麓，随着宝寺毁废，早已无人知晓，幸赖近年来有诚心礼佛的僧、众发现并保护，才重现了这一段历史。《桐城续修县志》记载了慈济寺一世以下六代住持，早已成为史料。这些墓碑（冢）的发现，一部分与县志记载大致吻合，可贵的是现在又增加了慈济第七代至十一代以及栖贤寺第一代高僧的碑（冢），而栖贤寺与慈济僧人关系又非常紧密。如此，则自乾隆元年（1736）至民国五年（1916）在桐城境内传衍近二百年的慈济第一代至第十一代嗣法就有据可考了。虽然万清及其嗣法源慎法师墓冢尚未发现，但《续修县志》已有清楚记载：慈济第二代法嗣字竺峰，应该称峰禅师，其"精内典，工吟咏，尤工小行草"，连禅师的修为与才艺都交代清楚了。第三代"惺"禅师墓碑发现，与志载一致，其上承源慎，下接运禅师，衔接了第二代法嗣的脉络，为今人考证桐城佛教史提供了文物证据。

县志未载明万清以下青原世系。乾隆元年至道光六年的90年间，万清以下六代法嗣相继住持于慈济寺，按传衍嗣法，万清为慈济寺第一代，近来发现慈济僧人墓碑得知其为曹洞第三十三世。推测，万清与源慎、世惺三位禅师生活在清康、雍、乾时代，世惺马鬣封于乾隆三十七年（1762）。若以青原下十世、曹洞第七世义青禅师活动的时间为中心，义青禅师"熙宁六年还龙舒……又八年住投子山"，熙宁六年（1073）又过八年即元丰四年（1081），上溯大同禅师咸通元年（860）居投子，相距约221年，下接万清禅师乾隆元年（1763）住慈济，世惺禅师遥距义青禅师近700余年。大同禅师为青原四世；义青禅师为青原十世、曹洞七世，则万清禅师为曹洞三十三世、青原三十六世，世系吻合。

类推民国初年慈济第十代觉禅师乃青原四十五世。此为了解慈济僧人近世青原法嗣有重要资料价值。

（二）进一步证实清初期至民国初年近两个世纪曹洞宗在桐城一支的传衍活动

蒋维乔《中国佛教史》说："自武宗会昌之法难，继以五代之战乱，佛教之气运大衰。宋兴，佛教前途欣欣向荣，如春花之怒发。……所建寺院颇多。"此说为桐城境内建于宋时的众多寺庵所证明。明弘治三年《桐城县志》载，境内有寺庵40余座，大多建于宋代；《桐城续修县志》亦载有近40座，亦多建于宋代。蒋氏说，宋徽宗时稍稍排佛，但"宋元明三朝，禅宗在国中最占势力"。又说，"自明以后佛教渐衰"。桐城投子胜因寺"奉旨废"恰好证明了这种说法。进入清初期，"顺治、雍正二帝之参禅；乾隆帝之翻译经典，则于固有佛教关系至深，可谓清代佛教之全盛时期。"此说盖为乾隆敕建慈济寺的时代背景。但到了"嘉庆以后，国势凌替，佛教亦随之衰颓。光绪年间，研究佛学之风亦勃然兴起。""民国以来，战乱不息，人心觉悟，研究佛教者乃不期而同"。这也许是此一时期桐城一县，庙宇颓废，史料稀缺的原因。

援引蒋氏的推论，旨在说明桐城佛教与天下丛林共兴衰，王好之则兴，王恶之则衰。到改革开放前，桐城庙宇经历次毁废，幸存者不及十之二三，更无灯录赓传。而这些碑（冢）的发现，证明桐城境内曹洞一宗，自清初至民国初年慈济寺十代嗣法一脉相承。更重要的是，即使慈济寺罹遭咸丰兵燹，但禅灯不熄。此当引起研究佛教文化方面的学者关注。

（三）进一步了解曹洞禅师之间以及与桐城文人士大夫之间的交往

值得注意的是，在新近发现的墓碑中，曹洞正宗三十六世、慈济第六代半窗运禅师墓碑由桐城徐镛题写。徐镛，嘉庆十四年（1809）中进士，诰授中宪大夫、浙江嘉兴府知府、江苏常州府知府、工部水司郎中、军机处行走、丙子科钦命山西布政使乡试正考官、前翰林院庶吉士，加五级随带军功、加一级纪录五次，终太仆卿。《桐城耆旧传》谓徐镛"字咏之，善草、隶，能左手书"，有典型的文人士大夫学养。而"昌运，字半窗，精禅理，兼通翰墨"，堪为慈济历代大德中文学与禅理俱通的一位高僧。徐镛与半窗同好书法，两人平素肯定交往颇多。徐镛归隐龙眠，半窗圆寂，其为运禅师题写墓碑理所当然。惜道光间《桐旧集》《古桐乡诗选》两部诗集均未见半窗的雅什，盖诗作不多耳。

徐璈《桐旧集》共收录明天顺至清嘉庆300余年间23位衲子诗作，而慈济僧人万清、源慎、世惺三代禅师的诗作幸被收录。《桐旧集》收录万清古、近体共十首，多为与同道酬和之作，如《毗陵夜泊同岳宗和尚之越中访姚观察息园》《怀岳宗和尚》《寄怀安国应山和尚》《赠别雪鸿和尚》《寄怀理安迦陵和尚》等。其《赠别雪鸿和尚》诗有清唳之声："一杖袁江送远游，黄花满地又残秋。孤鸿不忍听天上，衰柳何堪折渡头。北道寒生难策蹇，西风浪少易乘舟。此行紧闭篷窗卧，莫管清流与浊流。"可见一代高僧超逸之意态。

慈济寺第二代方丈源慎，《桐旧集》有源慎小传："字竺峰，号莖村，□□人，乾隆间主投子慈济寺，有《莖村集》"。后附桐城光栗原语："万清嗣法有源慎，号竺峰者，能诗，不堕绮语，有寒、拾风，异于他诗，僧资以悦世者。"光栗原，名聪谐，又字律原。学问淹博。官至甘肃布政使，与桐城派作家姚莹、刘开及同邑徐璈、姚元之、束之昆仲等文士同气相求，慈济源慎与光氏相往还，一定与其他文士也有交谊。《桐旧集》成，光布政为慈济源慎诗写评语，称其诗"不堕绮语，有寒、拾风，异于他诗"，可见其诗清新明白中含有奥义。

《桐旧集》收录源慎古、近体共十首，多为唱和感和之作，其《深云庵晚眺》七律"瘦藤支入乱峰头，薄暮还登竹里楼。风卷茂林青簌簌，云归深谷碧悠悠。半弯新月潭中见，一片残阳岭外浮。掩却柴门人迹断，猿呼鸟噪转清幽。"有遁世尘外之想。他的《和鹤林胡公用陶诗归园田韵》诗，描述自己于山寺孤独岁月的慨叹与甘于沉寂的林下旨趣："崇冈置梵刹，四面皆青山。我生四五十，已住八九年。"写住持慈济寺八年，晨钟暮鼓，逍遥于尘垢之外的泊然心态。其"枯坐绝言象，画究庖牺前。铜瓶贮溪水，瓦炉腾篆烟……盍入寥天一，沦虚归寂然"表达了一代禅师的虚寂禅心。

世惺是字憨幢，芜湖人，乾嘉间主慈济寺，为慈济第三代。《桐旧集》收录世惺古、近体共十三首，亦多酬还寄怀之作。一代文宗姚鼐有《乙卯二月望夜与胡豫生同住憨幢和尚慈济寺观月有咏》诗：

夕阴连远麓，岚翠敛高岑。新月吐岩缺，先照寺西林。
篮舆转重障，杳度碧溪深。春树叶未多，疏影落衣襟。
佛宫坐遥夜，妙义托幽寻。上眺层阁辉，下步重阶琳。
素魄行无极，光霁旷来临。本非有择照，安知受者钦。
文学俊才笔，禅悦亦所歆。余衰邈违世，慕道恐弗任。
非徒遣烦虑，更当遗赏心。阇黎净业就，结习犹讴吟。
共会忘言契，何嫌金玉音。

惜抱先生这首诗写于乾隆六十年二月十五日，诗题曰"观月有咏"。诗的前段写夜月皎如明镜，高悬于宝刹西林，有谢朓"云阴满池榭，中月悬高城"之笔意；次写殿宇庄严，碧岩岩峣，廊回阶重；人坐梵琳，虚无缥缈有隔世之慨。再写诗人与高僧有旧交，僧人"文学俊才笔，禅悦亦所歆。余衰邈违世，慕道恐弗任"，表达了诗人对上人才学禅慧的钦佩之意。

惜抱先生平生交游甚广，读先生诗文，可知其与衲子交往不在少数，他题咏的寺院诗多次以佛语"禅悦"入诗，有化机之妙。其《山寺》一诗"想见谷口外，落日远峰碧。一磬流烟中，万壑抱檐隙。"皆清微淡远之音。读惜抱先生山寺题材的诗，可以了解桐城派作家与慈济僧人的文字交往，对桐城派作家与禅宗文化方面的研究有新的启发。

徐璈《桐旧集》收录诗人迄止道光年，故第四代禹门、五代越阆、六代昌运未见有诗作存世，期待今后有新的发现。

向于宗教基本知识有过初浅阅读。近闻慈济寺发现文物，喜出望外，遂三赴故址，亲睹墓碣，考察辨认，又据志书辑录缀连，草成拙文。至于民国以后洞下一宗，法嗣失考，如《高僧传》所云大德"游化为务，不测所终"，俟因缘聚合，或能进一步发现，期待来者补正。文中舛误在所难免，冀通识之士予以刊正。

桐城方氏遣戍东北述略

古今中外，获罪流放荒隅绝域的人并不鲜见，或因政治斗争，如列宁和屈原；或因战争败绩，如一世枭雄拿破仑。而因科举案和文字狱遭遣，绝对为中国古代尤其是清王朝所特有。近读清代蒋良骐《东华录》及清代一些笔记史料，略知清代流人备尝艰苦之事迹，而观桐城方氏自方拱乾以下五代饱受遣戍之苦，殊为之涕泪。

一

欲知方氏被遣戍东北详情，就要粗略了解方氏自拱乾以下五代世系人物关系。

方拱乾一支系出桐城桂林方氏。其七世六房方瓘字廷璋，明成化元年举于乡。十二世方大美，与方以智祖父方大镇、方文的父亲方大铉为族兄弟。大美字黄中，号冲含，万历十四年进士，官至太仆寺少卿，大美生子四：体乾、承乾、象乾、拱乾。

十三世三房方象乾字广野，号闻庵，明贡生，官按察司副使，备兵岭西左江。明季避乱，侨居江宁府上元县，是方苞的曾祖父。四房方拱乾字肃之，号坦庵，晚号甦老人，崇祯时官少詹事，到了清代又做了弘文院学士，旋任少詹事。明末避战乱寓居江宁，拱乾生子六：孝标、亨咸、育盛、膏茂、章钺、奕箴。孝标生子五：嘉贞、景兴、云旅、浦、登峄。登峄生子式济，式济生子观永、观承、观本。以观承一支最为卓荦。

方氏家族第一次遭遣戍始于詹事方拱乾。遣戍的因由是在清初第一起科场案中受到牵连。据清蒋良骐《东华录·卷七》载：

顺治九年三月，大学士范文程等言："会试中式第一名举人程可则文理荒谬，首篇尤悖戾经注。"（皇上）命革中式，并治考官罪。

　　《清史稿·卷八十三·选举·三》载，清代科场有极严格的要求：首先"科场拟题最重"，考生墨卷体裁以词达理醇为尚。其次要求"考官综司衡之责，房考膺分校之任……其衡鉴不公、草率将事者，罚不贷"。史载，科场之案早在明代就屡有发生，贿赂主考官买通关节以捷取功名历来不乏其人其事。到了清代，权要贿赂之风益盛。但历次科场案中因考生墨卷违逆经传大意而遭惩处的，则为数极少。顺治九年（1652），会试由胡统虞为主考官。胡统虞是崇祯十六年进士，李自成攻破京师，胡统虞被执。随即清军入关，胡统虞改名换姓，南逃至顺天府固安县。清廷下诏以原官起用，胡统虞固辞不受。大学士范文程亲携厚礼前往邀聘，授国史院检讨职。曾任国子监祭酒，纂《太宗文皇帝实录》，任副总裁。同年拜秘书院学士，教习庶吉士，充会试正考官。这次的会试后有士子不满，会元程可则等功名被削，胡统虞降级调用。

　　对这次的科场案有关人事，顺治帝处罚算是宽宥的：当事人程可则革除功名，主考官胡统虞降级改任。因科场"罣误"，方拱乾则经受谪戍宁古塔之难。从现存的史料及乡邦文献查考，方拱乾于此次科场案中因何受到谪戍，其过程见诸文字甚少。今考清人徐璈《桐旧集·卷一·方拱乾》记云：

　　潘蜀藻（潘江）先生曰："先生于顺治九年以科场罣误出关二年，旋得白，放归。"

　　而所谓"罣误"，是指因过失或牵连而受到处分。根据拱乾在顺治九年前后的任职情况，他曾任宏文院学士、少詹事之职，专司文章经史、教导太子王公之事。会元程可则被黜是因为其墨卷"悖戾经旨"，即违逆圣人经传之大义，应该与贿赂关节舞弊无关，而主考官胡统虞受降级处分、拱乾受遣戍之难，显然不是仅仅因阅卷、评卷、选取有违规范而被疏。据有关史料称：该科会试因"政府大臣（指范文程）不得与选……溧阳相公（大学士陈名夏）与胡公（统虞）讲学又素不相上下"，因此他们握有把柄，互相附和，遂结成联盟"嗾人上疏"，制造了入清以来第一起科场案。

拱乾于顺治十年遣戍到了宁古塔。宁古塔是清代宁古塔将军治所和驻地，是清政府设在盛京（沈阳）以北统辖黑龙江、吉林广大地区的军事、政治和经济中心。清太祖努尔哈赤1616年建立后金政权时在此驻扎军队。地名由来传说不一，据《宁古塔记略》载：相传有兄弟六人，占据此地，满语称"六"为"宁古"，称"个"为"塔"，故名"宁古塔"。宁古塔辖界在顺治年间十分广大，盛京以北、以东皆归其统辖。随着设厅，疆土逐渐减少。作为国防重镇的宁古塔，是向朝廷提供八旗兵源和向戍边部队输送物资的重要根据地，也是十七世纪末到十八世纪初，东北各族向朝廷进贡礼品的转收点，因此宁古塔与盛京齐名。从顺治年间开始，宁古塔成了清廷流放人员的接收地。《清史稿·刑法志二》：

> 清初沿用明代充军之名，后遂以附近、近边、边远、极边、烟瘴为五军，且于满流以上为节级加等之用，附近二千里，近边二千五百里，边远三千里，极边、烟瘴俱四千里。在京兵部定地，在外巡抚定地。

> 有史料称：宁古塔在辽东极北，去京七八千里，其地重冰积雪，非复世界……诸流人虽名拟遣，而说者谓至半道为虎狼所食，猿狖所攫，或饥生所啖，无得生也。向来流人俱徙尚阳堡，地去京师三千里，犹有屋宇可居，至者尚得活，至此则望尚阳堡如天上矣。

据此可知，宁古塔应属极边，拱乾谪戍至此，其地为榛莽荒原，尚未开化。史载，被谪去宁古塔的流人中以文人最多，所以此地也最出名。

拱乾这次来宁古塔只生活了两年，在顺治十一年（1654）便放归了。归后他仍在内翰林秘书院任侍讲学士，随后又参与《内政辑要》《太祖太宗圣训》《通鉴全书》的修纂，应该是遇赦复用了。

二

时隔五年，即清顺治十六年（1659），方氏一家受江南丁酉科场案牵连被遣戍，这是拱乾第二次远戍东北极边。

清顺治十四年（1657）丁酉，江南乡试，拱乾第五子章钺中举人。当时正考官为方猷，副考官为钱开宗。场后外间以此科闱中取不公而"物议纷起"。不久，给事中阴应节参疏：

> 江南主考方猷等弊窦多端，物议沸腾，其彰著者，如取中之方章钺，系少詹事方拱乾第五子，孝标、亨咸、膏茂之弟，与方猷连宗有素，乘机滋弊，冒滥贤书，请皇上立赐提究严讯……

世祖震怒。先将方、钱等革职，立即差员捉拿中式举人方章钺来京严审，令方拱乾据实回奏。拱乾自然小心翼翼，竭力申辩，以达天听。他说微臣是江南人，与主考方猷从未同宗，所以臣的儿子章钺不在回避之列。并说有丁亥、己丑、甲午三科齿录为凭据。

顺治并没有听取他的辩奏，在第二年三月亲自主持对丁酉科取中的举人进行复试。结果，准为举人七十五人，二十四人罚二科停止会试，革去文理不通举人十四名。年底，顺治又亲定：将方猷、钱开宗两主考官即行正法，十七房同考官均即处绞刑。方章钺等八人俱着责四十板，家产没收入公，父母兄弟妻子流放黑龙江宁古塔。

第一次遣戍，只有方拱乾一人跋涉至荒塞。这一次，方家受株连而遣戍绝域的却是拱乾父子一行五人，即长子孝标、次子亨咸、三子育盛、四子膏茂、五子章钺。五子中，长子孝标生于明万历四十六年，初名玄成，号楼岗，又号钝斋，顺治三年丙戌举人，顺治六年己丑进士，改庶吉士。历任内弘文院侍读学士，两充会试同考官。《记桐城方戴两家书案》中写道："顺治十一年诏举词臣中品学兼优者十一人侍帷幄备顾问，雍正亲选七人，孝标名列其中。第二年举行经筵，讲官例用阁部大臣，孝标以学士身份和才学被简用。"这是历来少有的事。雍正曾经呼孝标号，而不直呼其名，可见他深得皇上恩宠，又说"方学士面冷，可作吏部尚书"，意思是孝标铁面正直，可堪重任。然如此得宠之近臣，也难免此厄。

方氏父子是顺治十五年十一月被判遣戍，十六年至戍所，在冰雪塞垣生活了三年。其间一家人经受了生活的艰辛，拱乾也由官宦之身，一下子变为自食其力的耕夫。他在《何陋居集·力田行》中吟道："忆昔千指空鹿鹿，诗囊笔笈蓝舆彀。荒哉饱饭六十年，白头才知辨麦菽。"遣戍前后境遇迥然。但是，和许多流人不同，拱乾一家人处困境而存浩然正气，与狼为邻、衣褐食蔬，仍不坠青云之志。从拱乾、孝标在此期间写下的大量诗文可以看出，他们对生活持积极达观的态度。如拱乾在《何陋居集·摘菜口号》诗中写道：

> 细雨绿光浮菜圃，晚烟青荚满花蓝。
> 老夫手种老妻摘，莫向冰盘问苦甘。

拱乾父子在边塞期间，与同去的一批流人结下了深厚的友谊。著名诗人吴兆骞便是拱乾父子的生活友邻、酬唱知音之一。吴兆骞，字汉槎，江苏吴江人，被时人誉为"惊才绝艳"的著名诗人。丁酉江南乡试中举，因科场案为仇家所中而被牵连入狱，与拱乾父子同戍宁古塔。在此期间他们各自都有诗文唱和、相赠，仅举两首：

吴兆骞赠方拱乾诸友：《冬夜同诸子饮方坦庵先生》

> 月落层城雁度哀，南冠相对暂衔杯。
> 天涯兄弟情偏苦，江表山川梦未回。
> 穿径已荒庾信宅，思家莫上李陵台。
> 深夜何处吹羌笛，断肠乡关是落梅。

（吴兆骞《秋笳集》）

方拱乾赠吴兆骞：《寿吴汉槎》

> 吴郎明岁才三十，名著多年废两年。
> 诗老人惊还似玉，祸深谁问笔如椽。
> 读书日月归才富，历险冰霜炼骨坚。
> 莫恨倚闾心缱绻，春风行帐即堂前。

（方拱乾《何陋居集》）

拱乾一家蒙恩归乡前，有诗别吴兆骞：《留别汉槎》

> 同来不同返，处处动人悲。

此去回车地，前年并辔时。

冰河冲雪渡，土屋压烟炊。

鸡唱灯明侯，知君共我思。

（方拱乾《甦庵集》）

吴兆骞仍留塞外，怅然而书："龙眠父子与弟同谪三年，情好殷挚，谈诗论史每至夜分，自彼南还，塞垣为之寂寞。"

孝标随家人一同遣戍后，顺治心中难以释然，每见孝标旧讲章必称曰人才。孝标的长子嘉贞在家人遣戍后，屡上书讼冤，并多方举债捐资认修京师阜城门工程（石钟扬、郭春萍点校《方孝标文集·前言》），以赎父、祖生还。吴兆骞后来也以捐款认修太常寺衙门仓房四十间的工程才得以回乡。可见清初政治的黑暗、法律的随意，若无钱的流人不认工程，则必困死荒塞了。城门千日竣工，顺治十八年（1661）冬，拱乾全家获释。这一次的戍边获归，方家遭受重创，一家人虽保全了性命，但拱乾、孝标父子二人丢掉了官职，光景凄凉。康熙五年（1666）拱乾老人在贫困潦倒中病逝，享年七十有二，门人私谥"和宪先生"。邑人潘江称他："伟貌修髯，风神秀朗。平生酷好为诗。每制一篇，必经百虑。……虽流离播迁，无一日辍吟。"

孝标归后由以往的帷幄近臣沦为民间庶人。不仅如此，赎命所欠下的巨额债务，像一座大山重重地压在孝标兄弟身上，这也许是后来孝标颠沛流离、足履西南的原因之一。而在西南的经历又是直接导致五十多年后方家第三次遣戍东北的祸因。

三

清康熙五十二年（1713），因受桐城戴名世《南山集》牵连，方氏家族又一次遭到遣戍荒边的灾难。这一次遣戍距上一次相隔半个世纪，祸及拱乾孙辈以下多人。《南山集》为清代诸多文字狱之一，本为戴名世所刊《南山集》一书中"语多狂悖"而构祸，但所涉及的人远不止戴氏一族，尤其是与拱乾之子孝标有直接关系。据史料记载，孝标在其著述《滇黔纪闻》中有晚明偏安小朝廷永历旧事及年号,为戴名世《南山集》中文章所引用,以致受牵连。具体情况大致叙述如下。

孝标自宁古塔获释回家后,一家人寄居于淮扬之间,生活窘迫,身陷筹资还债的困境,只得求助于亲朋,但那些人大都隔岸观火。他在《光启堂文集·赖先斋记》中写道:亲邻知孝标前来借贷,"视若疫疠水火不可向近"。孝标不得已又求乞于公侯之门,希望得到故旧的同情,伸出援助之臂,都无果而归。其艰辛还不得与家人言明,于是只得求贷他乡。

孝标于康熙五年南游闽越,康熙九年西游滇黔。有史料述其在滇期间有诗文呈颂吴三桂,目的还是乞求资助。两年后归。在滇、黔期间,他得到亲戚的资助得以寄情山水、以偿夙愿。在游历的同时,不忘搜罗明季清初彼邦时事,尤其对南明最后一个小朝廷永历政权的兴废、明季清初滇、黔战事访寻到翔实资料,归后写成《滇游记行·上下》、《滇游记闻》(书题据石钟扬、郭春萍点校《方孝标文集》)。自康熙元年塞外归还到康熙十年,孝标为偿还赎身债务而困乏其身。他在《依园记》中写道:"顺治十八年归,留淮扬间五年,不幸先君背养。又三年,乃得奉老母返秣陵(今南京)之故居。又三年余始获事毕,来依老母之膝。"

孝标坎坷颠沛大半生,活了八十岁,辞世于康熙三十五年(1696)。十五年后,即康熙五十年,发生了震惊朝野的南山集案。为免叙述冗繁,现节录清代史学家全祖望《江浙两大狱记》,以晓该案梗概:

> 桐城方孝标,尝以科第起,官至学士,后以族人方猷丁酉主江南试,与之有私,并去官遣戍。遇赦归,入滇,受吴逆伪翰林承旨。吴败逆,孝标先迎降,得免死。因著《钝斋文集·滇黔纪闻》极多悖逆语。戴名世见而喜之,所著南山集多采录孝标所纪事。尤云鹗、方正玉为之捐赀刊行,云鹗、正玉及同官汪灏、朱书、刘岩、余生、王源皆有序,板则寄方苞家。都谏赵申乔奏其事,九卿会鞫,拟戴名世大逆,法至寸磔,族皆弃市,未及冠者发边……时方孝标已死,以戴名世之罪罪之,子登峄、云旅,孙世樵并斩,方氏有服者皆坐死,且刨孝标尸……疏奏,圣祖恻然,凡议绞者改编戍……方氏族属止谪黑龙江。

全氏记中所说孝标受吴三桂擢用、《南山集》中多采录孝标所记事,与史实有些出入。但全氏所记言简意赅,不失为一份好的史料。对该案始末考核较为翔实的,有刊于民国缪荃孙、邓实主编的《古学汇刊》之佚名撰《记桐城方戴两家书案》。而现存于中国第一历史档案馆、康熙五十年的《戴名世南山集案档案·刑部尚书哈山为审明戴名世南山集案并将涉案犯人拟罪事题本》更为真实。

据刑部题本记录,案发后,刑部夹讯孝标之子登峄,其情节录如下:

……我自幼继于族叔为嗣,共同生活,并未看过生父所写《滇黔纪闻》。今年十月十二日我听说追究戴名世,便前往戴名世处。戴名世说,我书中提及方学士之书。我问侄儿方世樵家中可有何书?方世樵说家中有《钝斋文集》版,我怕被牵连,叫方世樵寄信其母烧毁。

戴廷杰《戴名世年谱》云,又审讯孝标之孙方世樵:

据方世樵供:我叔父方登峄叫我给母亲写信,烧毁《钝斋文集》版。《滇黔纪闻》即《钝斋文集》内的一篇。我叔父方云旅交给地方官员,现已送部。等语。

康熙五十二年二月,皇上从宽典定:方登峄、方云旅、方世樵从宽免死,并伊妻子充发黑龙江。此案内干连人犯,俱从宽免治罪,著入旗。

康熙五十二年(1713)九月,孝标子方云旅、登峄,孙世庄、世康、世樵、式济等父子叔侄十余口将发遣塞外卜魁。五十三年即戴名世被诛的第二年,方氏一家"赭衣出都,策马赴塞"。方式济作《出关诗·留别诸同年》:

不死去京国,流离见主恩。冰霜余草木,日月共荒原。
紫陌他生面,青枫此后魂。相思寄清泪,中外验书魂。

又题《出关诗·日出城东隅》云:

日出城东隅,照见城上楼。客子行戈荷,全家投荒陬。
征马惨不思,亲戚拥道周。贻赠问所欲,下马斯须留。
边庭六千里,去与豺虎俦。强说归有期,慰我永别愁。

平生五岳志，振足轻阻修。东风扬路尘，新柳绿未稠。

混迹忍瑕垢，结念怂遂游。敢不重贱躯，父母双白头。

方氏一家自永平入山海关，路经锦州、广宁、盛京、威远堡关，十三站至吉林县。仲夏渡松花江，十八站而至卜魁城，即今齐齐哈尔。到了戍所，军吏欲将一家人分戍黑龙江、墨尔根两处，式济"罄装赍，称贷于贾人以移其议，戍得无分"（方苞《弟屋源墓志铭》），骨肉总算未被分开。安歇后不久，即建陋屋数椽，方登峄赋《至卜魁城葺屋落成赋》十诗以记，其一云：

覆草编茅屋数楹，羁栖绝塞此经营。

千问谁稳绸缪计？一木如胜堂构情。

墙短邻园鸡犬路，风高沙渍马牛声。

蘧庐岂复分华陋？安堵飘蓬共此生。

方式济遂赋《至卜魁城葺屋落成敬和家君元韵》诗和之：

穷荒岂复美轩楹？抹土诛茅手自营。

桑海乌衣天外梦，勃溲韦幨意中情。

三年沸鼎忧危色，百日征车辘辘声。

谁道惊魂招未得，啸歌随地寄浮生。

雍正元年（1723）世宗依刑部拟议，戴名世案中除正犯嫡孙，一切涉案人等赦归原籍。（《年谱》引《刑部尚书佛格为请将南山集案部分涉案人犯免罪释放回籍事题本》）。方苞等近四十名方、戴两家族人"荷恩"除旗籍。方孝标曾孙方观承闻赦令有《闻族人奉诏出旗》诗感叹：

忽听鸡竿下凤纶，衰门今荷主新恩。

衔羁谢作髡钳侣，聚族重为里闬人。

累困十年终见睍，网开三面正逢春。

穷荒尚有孤臣泪，欲诉无因达紫宸。

戴廷杰《戴名世年谱》载：康熙五十六年（1717）春，即方家遣戍卜魁第四年，式济、世庄先后于两月内疾卒戍所。式济殁时年才四十二岁，乾隆三十二年与原配巫氏合葬江苏句容县琅琊乡堡山。先是堂兄式济病卒，随后世庄染兄疾而殁，年仅三十岁，后与原配孙氏葬于桐城鲁䂬山钱家凹。

雍正六年（1728）秋，即方家遣戍卜魁第十五年，登峄卒于戍所，妻任氏早在一年前病逝，夫妇均年享古稀。九年冬由孙观承奉榇归江宁，将祖父、母合葬于上元太平门外后星塘祖茔前。

四

据近世研究东北流人史的有关文章介绍，此案中被遣戍的方家一行十余人中，可考的有如下几人，罗列如下。

方登峄，字凫宗，号屏垕，孝标之子，自幼承祧族伯方兆及为嗣，工诗善画，及长"游京师，历秦梁，浮湘逾岭，一时知名士咸倒屣相慕"。康熙三十三年贡生，官至工部都水司主事。遣戍卜魁，绝域十年，"冬无裘帛，或间日不举火，洒然忘身之在难"。方氏三代（登峄、式济、观承）诗集《述本堂集》有其七卷。论者评其诗"古体得乐府神理，近体亦仓健"。其遣戍后作《垢砚吟》集中，所作"词多悲苦"，其"《系马东城隅》《迎神词》《斗鱼歌》《掘土窖》等，皆歌民风、陈教戒，考边者所必取资也"。（以上均引自钱仲联编《清诗纪事》）

现据清代徐璈《桐旧集》录其古体《霜迟乐》一首：

> 七月不陨霜，卜魁城边穈子黄。八月霜不落，千夫百夫下田割。官田刈谷载满车，官兵急公先完租。轰帐牛车十日路，驰向城中易茶布。和茶煮谷布裁衣，卒岁不忧寒与饥。人人尽乐霜迟好，乔麦沙田收更早。但愿年年不出兵，都作农夫老。

方世济（1676—1717），字渥源，号沃园。七岁丧母，依父登峄客居金陵。幼好学，日夜攻读，稍长能诗善画，尤工乐府。康熙四十八年中进士，授内阁中书。随父、兄遣戍至黑龙江卜魁，苦辛备至，但仍坚持研究当地风情，跋山涉水，实地考察，写就《龙沙纪略》，详载黑龙江地区历史沿革、山川古迹、物产气候、民族分布等，为清代地方名志，收入《四库全书》。其纪略开篇《方隅》云：

> 边荒沿革，传闻异辞。黑龙江尤为绝域，古史书而不详。盛朝大一统之化，方隅日广，余备极搜讨，得梗概焉。

世济亦工诗，《述本堂诗集》有其二卷。沈德潜评其"诗格清真，乐府尤矫然拔俗"。现据《桐旧集》录其《八月十七日霜》一首：

> 土床入夜气，骨冷火不温。起视手种花，委扑墙篱根。
> 早霜才一夕，不谅须臾恩。穷边无林柯，后凋谁与言。
> 柔条受戕伐，悼惜同兰荪。回忆故乡暖，万里伤征魂。

同遭遣戍的尚有方云旅，孝标长子，生于顺治二年（1645），字复斋。方省斋（名不详）及其子方世康（字绍述）、方世庄、方世樇（字薪传）等人，还有生于戍所的式济幼子观本，他们在绝域生活的详情均记载甚少。

方式济随父遣戍时，其子观永、观承尚幼，虽未一同遣戍，却饱受亲人离散、万里慰亲之苦。兄弟俩自幼孤苦伶仃，几近沦为乞丐，然逆境中锻造出坚韧不拔之性格。弟观承立志勤学，遂成伟器。清人徐锡龄笔记《熙朝新语·卷八》记恪敏公（方观承谥号）事，说他祖、父徙居塞外后，"公弱冠归金陵，家无一椽，借居清凉山僧寺。有中州僧知为非常人，厚遇之。公与兄观永往来南北，营菽水之资，重趼徒步，并日而食，怡然安之"。雍正时观承家世及其才识为平郡王福彭所了解，福彭以定边大将军率师讨准葛尔部时，奏请他为记室（军府佐吏），雍正命以布衣召见，赐中书衔，凯旋后以军功实授内阁中书，官累至直隶总督。

有关观承、观永弟兄俩跋涉赴边投亲的事，清人陈其元《庸闲斋笔记·卷十·方恪敏公轶事》有记叙，堪作戏剧素材：

> （陈其元）先大父尝言：高祖勇南公雍正丁未（五年）会试，与仁和沈椒园先生共坐一车，每日恒见一少年步行随车后。异而问之，自言桐城方氏，将省亲塞外，乏资，故徒步耳。二公怜其孝，援令登车，而车狭不

能容。于是共议,每人日轮替行三十里,俾得省六十里之劳,到京别去,不复相闻矣。后二十余年,粤南公以云南守赴都,椒园先生时陈臬山左,亦入觐。途中忽有直隶总督差官来迓,固邀至节署相见,则总督即方氏子。欢然握手,张筵乐饮十日,称为车笠之交,一时传为美谈。

观承子方维甸(1759—1815),字南藕,号葆岩,以父恩赐内阁中书,值军机处,乾隆四十六年(1781)进士,授吏部主事,升员外郎。有政绩。乾隆五十二年(1787)随钦差福康安赴台湾平林爽文之乱。嘉庆十四年(1809)授闽浙总督。以母老乞养。嘉庆二十年(1815)卒于家。卒谥勤襄。著有《心兰室稿》。

自拱乾以下四代受谴,而至曾孙观承以下又两代三人贵为总督。近人徐世昌《晚晴簃诗汇》说:"沃园(方式济)子恪敏公观承、孙勤襄公维甸,两世节钺相承,方氏之废兴,洵不可测也。"桐城马其昶赞曰:"一门之内,三秉节钺,何其盛也!"

恤难广仁章攀桂

章攀桂，字华国，一字淮树。其族为桐城花园坂章氏，先世从福建浦城数次迁徙，最后定居桐城。历任甘肃省渭源知县、武威知县、江南省镇江府知府、江宁知府、苏松督粮道、松太兵备道。姚鼐称赞他能"博知天下利病"。

一、体恤民力

章攀桂博学多才，故能晓知天下利弊，所经之事，皆以百姓利弊为原则，利则兴，弊则除。乾隆皇帝屡次下江南。开始的路线是从镇江走陆路到江宁，后来颁诏改由水路。朝廷那些大臣们不知所措，有人建议，早在三国吴时，就凿开句容县的破冈渎，下达到常州，六朝时就一直沿此水道，到隋代才废弃不用，今朝廷下令新凿水道，可重新恢复利用。章攀桂时任镇江知府，他亲自往来勘察镇江至江宁一带的地形，认为句容茅山冈，石大且地势高，要想凿通是非常困难的，即使花费人力物力凿通了，也还要建闸蓄水，这样耗费太大，会劳民伤财的。他综合众人建议，选出了优良施工方案：从上元县东北的摄山下，凿通刀枪河故道，以到达丹徒县。这样做起来省工，而且以后兴修容易。方案报到朝廷，完全采纳，并令他督修。章攀桂为督修官，殚精竭虑，精打细算，一丝不苟，凿开河渠百余里，工程完工，取名新河。新河建成，不仅供皇帝的御舟安稳行驶，更便利老百姓行商，从此，避开大江风浪。

二、母子赈灾

乾隆五十年，安徽大灾，桐城灾情特别严重，章攀桂当时正在松太兵备道任上。他的母亲黄太恭人，刚好回桐城，耳闻目睹灾民大量饿死病死，哀恸无比，一边将储存于亲戚故旧的粮食分给灾民，一边急速写信给儿子，告之灾情。攀桂听说家乡受灾严重，便拿出万余两银子用于救灾，他担心在灾区大量购粮会引起粮价骤涨，就在外省购山芋、玉米数千石运往桐城，活人无以计数。灾后发生疫情，他又出钱埋葬病死者。

大灾发生时，饥馑与疫情交加，攀桂担心母亲受苦，想让母亲随他一起赴官府居住，他母亲不肯离开桐城，坚定地说："家乡灾情如此严重，我如果在此时离开乡亲们，那些饥民病人怎么办？"攀桂只得向朝廷请求，回家侍养母亲。

乾隆五十二年，攀桂的母亲黄太恭人逝世，享年八十一岁。前来吊丧的乡亲络绎不绝。他们动情地说："如果没有夫人，我们的尸骨早已埋在西山了。"

三、精通地理

章攀桂精通勘舆之术。他曾为好友姚鼐家卜地，屡次跋山涉水，不言劳累，令姚家人感动不已。他经常为亲族交友择地，并自己出钱为穷人家买地葬亲。惜抱先生说，观察（攀桂官称）为人勘察地形，不单是好为此术。世上既有此道，百姓又需要，他就尽力此术帮助天下人完成心愿，甚至为穷苦解囊济困。

攀桂的母亲也颇通形家之说，她与儿子一起卜地营葬丈夫于嬉子湖北边的一块平原之上。攀桂又在县西二姑峰下找了一地构筑房舍，让他的母亲登高山而观嬉子，令母亲十分高兴，可谓至孝。

章攀桂博览群书，曾为清代著名勘舆家张宗道《地理全书》注解辨正，推衍其旨要，此书成为当时形家勘舆必备之书。又著有《天玉经解义》《选择正宗》。

姚鼐与章攀桂交谊最深，故友辞世后，姚鼐写过《过章淮树故宅》一诗，有"昔招词客会华堂"之叹。

江召棠义修汤显祖墓

来抚州老城外文昌里，正是初夏时节，细雨和风。飞檐黛瓦，楼塔对峙，一行人徜徉俯仰，凡街巷曲径皆古色古香，恰似古诗里"暖风熏得游人醉"的境象。

明代戏剧家汤显祖家族墓园就在文昌里。

墓园是2017年发现的，当时的《新京报》曾发布消息称，江西省抚州市昨日公布一项最新考古成果：在该市文昌里灵芝园内，考古人员发现了埋藏在地下整整400年的汤显祖家族墓园。发现的42座明清墓葬据信属于汤氏族人，其中，4号墓基本确定为汤显祖墓。这是汤显祖墓自1966年被作为"四旧"破坏以后，时隔50多年"重见天日"。

这则消息中除披露汤氏家族墓园这一重大发现外，其中"这是汤显祖墓自1966年被作为'四旧'破坏以后，时隔50多年'重见天日'"这句话背后就很有故事。循着这条线索往前寻找，原来这位世界级戏剧巨匠生前浮沉失志，而身后之英灵亦未曾安宁过。有限的资料显示，汤墓岂止在破"四旧"时遭到破坏，上溯到明末清初，墓区就曾毁坏过；而太平天国时期又一次罹遭兵火。所幸战乱过后，清光绪二十九年（1903）得以较大修整。正是这次汤墓修整，引出了一段桐城人江召棠的故事来。

江召棠是何人？《安庆历代名人》载：江召棠（1845—1906），字云卿，一字伯庵。桐城人。幼时家贫，勤奋读书，博学强识。先后任江西上高、新建、庐陵、临川、鄱阳、南昌等县知县。清廉正直，所至有声。光绪三十二年（1906），江召棠任南昌知县时，死于教案。可见江召棠一生宦迹都印记在江西这片土地上。

有关江召棠因"南昌教案"命殒江西的往事不作赘述。接着前面的话往下说。这次来抚州文昌里，最大的收获是凭吊汤显祖家族墓园。参观展陈，竟发现桐城江召棠义修汤显祖墓的一段逸事。展厅的展板上写着一段话：

光绪二十九年（1903），安徽桐城人江召棠任临川代知县，景仰汤公，看到汤墓荡然无存，遂捐出自己的俸银，立碑造坟，重修了汤显祖墓。

据抚州地方文献记载，知县江召棠修好汤墓后，还撰联"文章超海内，品节冠临川"纪念这位伟大的戏剧家，并镌刻于墓碑两侧石柱上。

汤显祖为官正直，任上多次上疏，兴利除弊，声震朝野，因屡忤权贵，被贬职，直至后来辞官归里。他的大半生尤其是后半生是在临川生活的，归隐文昌里，他屏绝纷华，潜心创作剧本，写出了《牡丹亭》等多部惊世之作。

江召棠生活的时代与汤显祖虽相距近300年，但前贤的政声与才华他是了解的。江召棠工诗擅画，据说今安徽省博物院藏其《竹石屏》画，可见他于文艺有非凡的学养，他钦服汤显祖文学成就，但心中更多的是仰慕汤显祖刚直不阿的君子风概。

汤显祖身后高名显世，但世人并不知道他去后的另一种遭际。"梦短梦长俱是梦，年来年去是何年？"汤显祖在《牡丹亭》里借剧中人物发出的感叹竟在他身后得到印证。有文章介绍说，文昌里既是汤家老宅所在地，也是汤家祖墓灵芝园所在。灵芝园屡遭破坏，先是明末清初（1645），毁于战乱；在汤显祖死后280余年，他的墓冢再遭毁坏，而当此之际偏偏又遇上一位知音，他就是临川县令桐城江召棠。在抚水之滨，两位异代名宦心灵会通，成就一段佳话。

汤显祖在《牡丹亭》题词中写道："如丽娘者，乃可谓之有情人耳。情不知所起，一往而深。生者可以死，死者可以生。"杜丽娘与柳生阴阳相隔，因情"复能冥漠中求得其所梦者而生"。这是《牡丹亭》旨意所在。远归来后，翻阅汤翁的剧本，感叹不已。江公与汤翁时隔数百载，这位桐城的循吏，义薄云天，拿自己的俸银，为前贤修冢，以慰忠瑰，难道真如汤氏戏文中所言，是为某种"情"所感动么？

明代以来，桐城人冠盖满京城，名仕宦游海内，宦绩彪炳史册。随着近年来中华传统文化的复兴，全国各地大量古迹文物得到进一步保护与修复，许多历史人物拂去岁月烟尘，重现其精神价值。让人惊异的是，后来者如我辈，近年来几乎每到一地，都在无意中遇见桐城前贤的故事发生于斯土，这些或载诸志典，或传诵于民间的真实故事，一个个光彩夺目，让人叹服不已。

每向烟云辨朝晦

——徐宗亮《桐冈春晓图记》读后

咸丰三年（1853），太平军与清军鏖战于湖北田家镇半壁山之江防要害，湖北粮道、桐城徐丰玉阵亡，追谥"勇烈"。田家镇之役方一月，桐城遂沦为前线，勇烈之子徐宗亮于家藏中幸得一图卷，名为《桐冈春晓图》，兵火过后庐舍图书尽毁，而是图完存，睹物思亲，徐宗亮"抚图而流涕"；回首往昔，悲伤唏嘘，遂写下名篇《桐冈春晓图记》。

《桐冈春晓图》是徐丰玉于道光二十四年（1844）在京时，请同邑画家吴荦所绘。徐宗亮为勇烈作《行状》时言及父亲在京城的时间："甲辰服阕，乃援例就选授贵州平远州知州。""甲辰服阕"，盖指徐丰玉在为父亲太仆公守丧期满，赴京受职之事。《桐冈春晓图》或为徐丰玉在京期间请吴荦为之摹绘，"以寄故山之思"。

吴荦字伯敩，一字牧皋，桐城县学生。方宗诚《吴牧皋先生墓志铭》称其"以善画游公卿间"。"游公卿间"言吴荦曾居京城，与徐丰玉在京乞画相吻合。吴荦是桐城派名家方宗诚的父执并师长，其"耆年硕德"最为少年方宗诚所敬重。方宗诚《吴牧皋先生墓志铭》谓："先君子寡交游，中岁以后，与（牧皋）先生及玉峰许先生最相得。""余幼孤学无师，稍长心所师数人：玉峰先生、从兄植之先生、而先生亦其一也"。方宗诚称吴荦"为人介而和，笃而恭，虽童孺厮卒、市井田野之夫皆敬让以相接"。又乐善好施，常以绘画所得钱物周济窭贫。吴荦处世为人有平和气象，曾说"世士虚矫，稍有志即往往傲睨一世，不知学以古人自励特分内事。身傲则师心自用不取善于人，其与无志奚以异？"方宗诚称其师"仪观秀伟端重，为后进师表"，洵彬彬君子也。

咸丰四年（1854），吴荦卒，时徐丰玉早先生一年捐躯战场，《桐冈春晓图》绘成甫十年。十年世事茫茫，人各一方，吴莘诗酒沉酣，寄兴于丹青翰墨，而徐丰玉则宦游天涯，经年奔突于万山千岭之间，断狱惩奸，捕盗安民；又兴县学，修邑乘，教子弟读书，风化悍俗，为当地百姓所拥戴，《先府君行状》说"至有欲为入都讼功者"。徐丰玉为官在外十余载，此图一值带在身边，闲暇展读，羁无限乡愁而缠绵悱恻。徐宗亮记其事曰："先府君之在官也，图时自携，指以示家人曰：'吾此生办十年官，过此以往，吾归老于是矣。'"徐丰玉说这番话是甲辰年（1844），蹊跷的是他在外安边治乱倥偬十年，来不及休闲，而竟于甲寅年（1854）命殒楚江，十年前林下之志，竟成谶语。徐宗亮痛言先大人"以死勤事，不得一遂初志，此宗亮所为抚图而流涕也"。

《桐冈春晓图》摹写桐冈春朝之景，此地有屋宇亭阁之雅，陂池桑竹之美，盖为徐氏祖居之真境。徐氏一族迁桐后分东、西二股：东股曰晓岭；西股即徐宗亮这一支。徐宗亮述其先世：高祖徐樾"少以家贫幕游，所至称为长者"。生子二：长曰映琯，无子，以弟之子镛为嗣；次子映珑，生子镛，宗亮祖父，嘉庆己巳进士，历官山西布政使司、布政使太仆寺卿，生平多隐德，卒后乡里犹敬慕之。

桐冈盖为徐宗亮高祖辈卜居之所，数代经营，至祖父徐镛时加以悉心营造，始成图中规模。但桐冈位于何地？今已不详，综合诸文献推究有两种可能。其一，桐冈与桐陂同为一丘欤？是丘为古城之所负扆，桐溪塨流经此冈，故徐宗亮《桐冈春晓图记》云有"台榭竹树之胜"。徐丰玉殁后朝廷准予在"原籍地方建立专祠"，徐宗亮《先祠碑阴记》载明祠堂大致位置："孤子宗亮卜建本籍专祠故第前西城大街。"马其昶《桐城耆旧传》说徐公"居城西，今为祠"。徐宗亮言建祠于故第前西城大街，而马通伯先生写明家宅辟为祠，故推断桐冈乃城内西门之后山。其二，徐宗亮《图记》说"予家居城西五世矣"，他的《抵家作》诗也有"我家近市居，结屋山之半"之叙；而他的另一首诗《过逸园张君留饮》则有"我家结屋西山麓，近对君家只隔城"之说，与张氏逸园"隔城"相望，则桐冈又盖指西郭外之西山欤？

《桐冈春晓图》写成十年，此间寄托了宦游人眷怀故乡的依依情思，顾念少小时光，故乡一草一木，一人一事都成过往，唯此图点染的陡冈小道古木，屋舍井灶篱墙，记忆常在。十年虽短，而世事沧桑，持图人倏然离去，图中的景物也荡然无存，只剩山骨与流溪，定格了曩日所有的印记。战争烟云散去，故土一片萧条，桐冈夷为废丘，徐宗亮写道："山房遗址今不可复问，独是图完好如畴昔"，此一节文字，与晋代陆云《岁暮赋》之"悲山林之杳蔼兮，痛华构之丘荒"具同一种悲凉境象。

对于这一段历史，徐宗亮没有再写凭吊之文，而《抵家作》一诗则以全景式观照咏叹桐冈荒萧之气。此诗为诗人于战乱后回家，见满目疮痍、物移人去而发出的喟叹。诗为五言古体，共三首。其一写诗人远观之印象：

> 我家近市居，结屋山之半。时从城郭间，望气辨昏旦。
> 百年苦寥落，俯仰有余叹。门前秋草长，日夕蛩声乱。
> 虚堂寂无人，所余书万卷。先泽念谁守？尘封未消散。
> 素业行复理，颇惜归时暂。飞鸟动烟起，檐际语相伴。
> 悠然惬素心，无言发笑粲。

此首诗写诗人久离故乡，归来时登城观望，戚戚心有所念。"百年苦寥落，俯仰有余叹"，发古今之幽思；"门前秋草长""虚堂寂无人"叹繁华落尽之悲伤；而"先泽念谁守""无言发笑粲"表达诗人对来日不可计的落寞心境。

其二写诗人近察之感受：

> 散步入荒径，晚松动寒色。偃仰十数株，犹记先人植。
> 别时尚未久，高林半云极。寂寞空山中，护持岂人力？
> 颇念造物恩，烟云澹滋植。抚景多所欣，垂老或栖息。
> 招鹤结俦侣，莫厌尘襟涤。悠悠百世心，感此泪沾臆。
> 临风忽长吟，似忆旧相识。

诗写兵燹劫后屋庐尽毁，只留先人所植佳木及路旁老松，或卧或立于寂寂空旷。伫立寒风中，回想先大人曾立下归来故园的夙愿，竟已随风飘逝了。"悠悠百世心，感此泪沾臆"，睹眼前之萧凉，不禁悲从中来。

第三首写人情世故，忽忽十年时光，一经丧乱，恍如隔世：

> 久客苦不归，归来意转苦。座逢乡曲人，问名疑莫吐。

春念少小亲，零落知几许。人生十年间，触绪判今古。
运会自密移，解者未十五。感此抱独心，何处乃吾土。
桑社及春时，愿言事农圃。徘徊岁行尽，闭门听风雨。
却对故山青，萧然莫予侮。

战乱带来的创伤让人惊恐，乡亲暌隔已久，见面不敢相认；儿时伙伴四散，老成凋零，生死十年间，一想起意绪茫茫。面对青山，莫名楚怆。

徐宗亮归家之先，楚地已烽火告急，作《楚氛告警即事志感》纪其事：

征南旌旆走先驱，飞骑传烽照路隅。
上将云屯空逐鹿，高城日落遍啼乌。
筹边卫国心原壮，失律街亭事可虞。
闻道楼船中底柱，不教流恨失孙庐。

行至皖境，烽火连天，已十室九空。《安庆陷后尽室迁乡予守舍独居感作》一诗纪叙省城兵火后的惨状,：

世乱天无象，城空草不春。死生人尽累，骨肉我谁亲。
大屋凭鸟啄，严关断吏巡。百年文物盛，回首半沉沦。

此诗写皖省府治安庆城因战火带来的创伤，有老杜《春望》诗之悲怆。时局大坏，连时序也颠倒了，草木不生，哀鸿遍野；战后干戈寥落，关隘击柝无人。可叹此"淮服屏蔽，江界会冲"之"宜城"，文物丧失殆尽。极目四顾，能不似老杜当年登楼北望而"凭轩涕泗流"矣。

徐丰玉长眠青山，因连年战乱，家人不能展墓，更增加了思亲之痛，为此徐宗亮作《先大夫墓在城北道梗不得一展书以志痛》诗，伤心嗟叹：

一恸经时愿未偿，风烟咫尺阻县装。
百年有子如无子，万里他乡作故乡。
骨肉濒危秋雨散，梦魂入夜陇云荒。
伤心旧日松楸径，消息无人话短长。

徐丰玉出身名门，徐宗亮称其父"少攻举子业，不屑为世俗萎靡之文，一以先正为宗，所师事若顾先生莼、曾先生炘、朱先生栻之，皆夙负文望，莫不倚重府君，而府君屡试南北闱、卒不得一第，以博太仆公欢，府君以为恨"。《桐城耆旧传》称其及长"始慕文术，从姚石甫先生问学，笃嗜《古文辞类纂》"。徐宗亮指认《桐冈春晓图》"最高处，先府君藏书之所，谓'石笏山房'也"。家藏图书而又笃嗜古文辞，时人称徐氏为"儒将"，并非谀词。使先生未遭战乱，必缵桐城斯文之绪。

一幅《桐冈春晓图》，串连了徐氏先人及近三代人故事，令人有沧海桑田之慨。《图记》结尾写道："山房遗址今不可复问，独是图完好如畴昔，岂先府君之灵有以相耶？抑物之成毁有时耶？真者不可守，又孰知幻者之可久存而不毁耶？"读徐宗亮此文，颇感世运兴衰，人物浮沉以及文物之成毁，世间万物原在变化之中，不可抑遏，能不一讽而三叹耶！马其昶评徐氏三代流风后先踵继："太仆为名卿；勇烈死节；都尉以文章议论显名公卿间。人谓徐氏三世，长各因时，不相袭美。"时势不同，故而人各有志趣。徐宗亮"冠后客游，观东南兵事，终始见闻"（复印本徐宗亮《归庐谈往录》序），归家后撰成《归庐谈往录》二卷，讲述道咸间清军将领于战争背后的生动故事，记录如胡林翼、曾国藩、左宗棠、李鸿章、沈葆桢、袁甲三、肃顺等名臣言行，堪可补史书之阙疑，极具史料价值。对今人了解徐宗亮《桐冈春晓图记》创作的时代背景不无裨益。

徐宗亮早年写有《早秋登西山》诗，诗中首句"吾邑青山环四围，每向烟云辨朝晦"，可度作徐氏俯仰天地、观察世变人生的心境表达。徐宗亮（1828—1904）字晦甫，号茶岑。清代桐城人，世袭骑都尉。历参胡林翼、李续宜、李鸿章幕社。古文继柏堂先生遗绪，又与武昌张裕钊、同邑吴汝纶以文字相切摩，为桐城派著名作家，刘声木《桐城文学渊源考》称他"为文雄健有法度"。马其《桐城耆旧传》则谓其"精悍有口辩，每论事辄伏其坐人"。《善思斋诗文钞》《归庐谈往录》以外，尚有《黑龙江志略》等著作存世。

【附文】

桐冈春晓图记

徐宗亮

先府君甲辰在都门，嘱牧皋吴先生写《桐冈春晓图》，以寄故山之思。是冬先府君过家挈眷之黔，宗亮年方十一，又八年，先府君擢官之楚，宗亮始奉母归，又一年先府君殁，殁后一月而桐亦陷。

先府君之在官也，图时自携，指以示家人曰："吾此生办十年官，过此以往，吾归老于是矣。"先府君卒于癸丑，距甲辰之官时方十年，前言有若谶者。然以死勤事，不得一遂初志，此宗亮所为抚图而流涕也。

今先府君之殁又十年矣，不特向时图中所有台榭竹树之胜，悉荡涤于兵锋劫火间，而桐冈四顾，颓垣废屋，白骨青磷，有令行路怆然，终日不能邍前者，而况先人敝庐之所在乎！

予家居城西五世矣。图中最高处，先府君藏书之所，所谓"石笏山房"也。山房遗址今不可复问，独是图完好如畴昔，岂先府君之灵有以相之耶？抑物之成毁有时耶？真者不可守，又孰知幻者之可久存而不毁耶？记曰手泽存焉，吾子孙其谨志之可已。

同治壬戌秋八月，宗亮记。

雪岭冰天一骑来

——姚莹《康輶纪行》中的诗意表达

道光二十四年（1844），年届耳顺之年的姚莹以同知知州衔补用四川，六月至蜀中。先是前一年八月，台湾案结束，姚莹出刑部狱，十月，颁旨左迁四川，即请假回故里桐城省墓，五个月后抵达成都。在参谒四川总督宝兴及一班蜀中官员时，姚莹听说西藏乍雅地方有两位呼图克图相争不已之事。九月，朝廷命四川遴选官员再一次前往乍雅，"务须折服其心，勿令阻误差使"。使命落到姚莹肩上，他婉辞不允，遂于同年十月奉使西藏乍雅，旋于翌年二月再使乍雅。使命完成后，他将赴藏途中所见所思所考的记录，整理成帙，刊行于世，即著名的《康輶纪行》。

一

欲知姚莹赴乍雅的使命所在，必先大致了解170余年前发生在西藏乍雅地区正副呼图克图相互争斗的概况。本文仅据《康輶纪行》部分章节内容，参考有关史料予以转述。

乍雅，打箭炉西北宁静山界外前藏所辖之部落，距离四川布政司3150里，旧为黄教正副两呼图克图所管辖。《康輶纪行》卷之十六附有《乍雅地形图说》：乍雅东西不足五百里，南北不足四百里，是大呼图克图驻坐之地。"乍雅形势不过弹丸，但驰檄界外诸蕃，四面蹙（狭窄）之，塞其走越，即无能为"。可见，乍雅为川藏两地往还之要冲。

何谓"呼图克图"呢？据《康輶纪行》解释："呼图克图者，大蕃僧历转世间不迷本性之称。"清梁章钜《称谓录·喇嘛》有"呼图克图"释义：

达赖喇嘛为大宗,西藏谓之活佛,相传即如来后身,世世轮回者,将死则自言托生处,其弟子往奉以归,谓之呼必勒罕,如汉语称转世化生人。当呼必勒罕未出之前,彼教于佛前诵经祈祷,广为访觅,各指近似之幼孩,于佛前纳穆吹忠,择一聪慧有福相者定为呼必勒罕,幼而习之,长成乃称呼土克图,传袭其号,以掌彼教,盖喇嘛头也。

《汉语大词典》对"呼图克图"解释十分简明:

"呼图克图"亦作"呼土克图",蒙语ututu音译,意为有寿者。清王朝授于藏族及蒙古族喇嘛教大活佛的称号。凡属此级活佛,均载于理藩院册籍,每代"转世"必经中央政府承认和加封。

至于乍雅地区"呼图克图"之源流,《康輶纪行》有介绍。乍雅在唐代属吐蕃,宋代以后吐蕃衰落,居民离散,各自形成部落,至明代有僧人高举札巴江错与其门徒在境内创立寺院讲经,远近原来的蕃人纷纷自愿归属,后来逐渐分设"仓储巴"作为蕃人的头目来管理地方刑名钱粮,而僧俗最高的统主称为"呼图克图",为众喇嘛讲经习教,大事以及仓储巴任免由呼图克图掌控,地方事务皆由仓储巴负责。仓储巴以下又分设"业尔仓巴"一职,替呼图克图和仓储巴管理杂务。喇嘛中又设卓尼尔、中译、则本、岁本、达本等职务,其中卓尼尔专司为呼图克图行传命之责。由此可知,乍雅地方管理实行政教合一,其分工非常细致,组织是非常严密的。

高举札巴江错最初在麻贡建立寺院,名为"札喜曲宗",高举札巴江错死后,其转世第二辈名叫纳瓦四朗隆珠,又在乍雅建立寺院,称为"噶德学朱青科尔"寺,与徒弟桑金札喜分驻于两地:纳瓦四朗隆珠驻乍雅大寺,桑金札喜驻麻贡寺院。

麻贡又名卡撒顶,在乍雅西南。桑金札喜死后,又经历了转世三辈昂汪慈慎勒珠、四辈罗藏朗结,时为清代初期。麻贡旧寺失火被焚,罗藏朗结又兴建新寺名札喜阳青。清康熙五十八年(1719),大兵平西藏,罗藏朗结因供应夫马有功,受到朝廷的嘉奖,赐印及"号纸",印文曰"讲习黄法那门汗之印"。"那门"即汉语"经","汗"即汉语"王"的意思。

康熙五十九年（1720）清政府"平准安藏"后，达赖喇嘛回到驻地，清政府颁令，江卡以西至前后藏地方悉归达赖管辖，乍雅及察木多也在此范围之内，两处呼图克图行使权利亦如从前。到雍正初，仍沿袭旧制不变。乾隆时，四世呼图克图罗藏朗结死，驻藏大臣以其徒弟二呼图克图罗藏丹巴八曾管辖地，上奏朝廷，准予护印，始称"二呼图克图"。从此开始，"乍雅二呼图克图之名及圆寂、转世年月，自第一辈桑金札喜至今五辈，先在藏内册档者遂得并载理藩院矣"。

嘉庆十八年（1813），转世大呼图克图第五辈罗藏丹必江策死，驻藏大臣奏请以第五辈二呼图克图罗布藏丹怎嘉木磋（简称罗藏丹臻江错）护印，丹臻江错依照仪轨访寻第五辈大呼图克图转世灵童，寻得民间三岁小儿图布丹济克美曲济嘉木参（简称曲济嘉木参）为第六辈大呼图克图，迎回大寺养育，道光八年送藏学经，五年后迎回，登台受印，但仍与二呼图克国丹臻江错居在一处，遇事共同商决。

《康輶纪行》有"理藩院查呼图克图源流"一节，详述乍雅两呼图克图简历：

> 乍雅大呼图克图，乍雅地方人，自第一辈递转至第三辈，各有名字及转世圆寂年月。至第四世辈，名罗布桑那木札勒，康熙五十八年钦差大臣赴藏，供应乌那，封那门汗，给印敕。雍正三年，以乍雅地方为呼图克图世管之地，仍赏给管理，（莹按：据《卫藏图识》，先以江卡以西至前后藏省赏给达赖喇嘛，故此时还之也。）圆寂后历第五辈至第六辈转世，名图布丹济克美曲济嘉木参，于嘉庆二十一年三月笃掣呼弼勤罕，年甫三岁，奏以其印交第二呼图克图罗布藏丹怎加木磋护理。道光八年，起藏学经。十三年回木庙接印……

册档内又载：

> 乍雅第二呼图克图，乍雅地方人，自第一辈递转至第四辈，名字及圆寂转世年月亦详。至第五辈，曾以大呼图克图转世笃掣，年甫三岁，护印……

相传曲济嘉木参在首次参拜达赖喇嘛时，受到达赖的戒勉，认为其性相不善，将来不能善待属僚，果如所料。

道光十五年（1835），大呼图克图曲济嘉木参自拉萨归乍雅。与自己的亲信卓尼尔达末谋划，冀图树立威信。严刑法，增差费，排异己，用亲信，民怨愈增，仓储巴人人自危。大呼图克图命加征差费，乍雅大仓储巴四朗江浙、二仓储巴白玛奚二人提出"非旧例也"，遭免职，别使罗卜江错征取，并欲逮捕两仓储巴，未获，竟焚烧其居所。两仓储巴怨恨罗卜江错与达末夺其职，以焚抢罗卜江错公寓来泄愤，罗卜江错也焚掠四朗江折弟妇家。群情激愤，众喇嘛毁坏罗卜江错家，并驱逐之。事态愈发升级，直至双方以兵戎相见。

"乍雅旧规，大呼图什坐治事，二呼图旁坐同决。"如前所叙，大呼图曲济嘉木参成长，得益于二呼图丹臻江错，从护印到寻找转世灵童，从抚养到教育，都倾注了二呼图的心血。二呼图为人宽厚，又行护印之责，于大呼图有傅父之情，深受众喇嘛拥护。大呼图见自己势薄，受人唆使，排挤二呼图。二呼图出居于察野寺，大呼图也出居八日寺，自此二人水火不容，以至刀兵相见。

自道光十六年（1836）始，藏中闻乍雅动乱，驻藏大臣亲赴乍雅，讯问两呼图，后又多次派员斡旋，几番调停，均无济于事，事态进一步升级，互相攻掠，毁物无数，甚至连官兵进藏的大道也阻塞不通。争斗持续至道光二十四年（1844），前后凡十年时间，仍不可调和，遂有姚莹奉命乍雅之行。

道光二十四年，姚莹以正使身份率员第一次赴乍雅，十月一日，自成都出发，跋山涉水，历经艰险，历时两月余，于十二月二十二日返回成都。此次乍雅之行并未取得成效，姚莹写道："两呼图克图无礼甚矣！十年来，诸官员以其桀骜，曲徇之，益骄玩。彼恃印符在手，意在挟持，今且还奏……"姚莹以为，既然劝解无效，只得回川奏明朝廷，若朝廷震怒，褫夺印符，两呼图必然悔悟。随行皆附议称善，便打道回川。

初使乍雅，阻力重重，姚莹感慨不已，作七律一首，以纪此行：

> 康卫迢迢万里行，崎岖来往趁冬行。
> 蛮山欲化千年雪，梵寺空悬五丈旌。
> 帝德远犹同覆载，苗顽久自外生成。

小臣职在宣恩意，天上应闻太息声。

姚莹回成都复命，并建议以兵威慑服，朝廷不准。节相国在奏疏中反而以为姚莹不该回川："委员姚莹前在海疆阅历有素，非不能办事之人，即因呼图克图不遵开导，固执挟制，亦当于具禀后听候批示遵行。"中途先自折回，即使不是畏难推卸，也是有乖体制，意为擅自回川。

节相国上奏，复委令宁远知府宣瑛和该府通判丁淦同赴乍雅，"彻底查讯，秉公剖断"。

道光二十五年（1845）二月十一日，朝廷颁谕："蓬州知州姚莹摘去顶戴，随同宁远府知府宣瑛、候补通判丁淦往乍雅查办两呼图克图之事。"二月二十五日，姚莹与丁淦等一行自成都出发，二使乍雅。

道光二十六年二月十七日，宣瑛一行陆续回成都。四川方面上奏朝廷："宣瑛等一行抵察木多查讯，两呼图各执己私，抗不遵断。""似此顽梗，断非口舌所能折服"。

考虑到两呼图近来已无劫杀，今后若乍雅境内再有争斗，致粮饷、文书阻误，随时查处，此案就此完结。至于姚莹，应恢复顶戴。吏部议下："姚莹罚俸一年。"至此，乍雅使命完成。姚莹将自己绘制的《乍雅地形图》《左贡入藏二道图》奉上朝廷，以备日后查考。

两使乍雅，结果相同。姚莹坚持认为："两呼图内讧，人心叛散，兵威遥振，彼必惶懔听命。我乃抚其顺驯，讨其顽梗，何所施而不可哉！"他甚至预见："自乍雅桀骜十年，诸蕃皆不直之；及再见阻辱大臣，莫之诘问，诸夷皆将效尤，其患甚多。乍雅一定，则全藏皆安。"足见其卓识。

二

《康輶纪行》凡十六卷，正文十五卷，附图一卷。姚莹在《康輶纪行》"自叙"中写道，该书是他于道光甲辰、乙巳、丙午（道光二十四、二十五、二十六年）间，至蜀中，两次奉使西行抚谕蕃僧而作。书名中的"康"指察木多，又名喀木，其地曰"康"；"輶"，古时一种轻便的车子。使者之车远止于康地，故名"康��"。

《康��纪行》所纪内容，作者也作了交代：

> 大约所纪六端：一、乍雅使事始末；二、喇嘛及诸异教源流；三、外夷山川形势风土；四、入藏诸路道里远近；五、泛论古今学术事实；六、沿途感触杂撰诗文。或得之佛寺碉楼，或得之雪桥冰岭，晚岁健忘，不能无纪也。然皆逐日杂记，本非著书，故卷帙牺（粗）分，更不区其门类。

关于《康��纪行》成书过程，清代桐城叶棠在该书"跋"文中称：道光二十八年（1848）夏，姚莹退还龙眠故里，将赴乍雅途中所纪重加缮写，整理订正为十六卷，卷末附各处地形图，由叶棠绘成，又将全部文字交由他校雠。叶棠称赞该著"因纪乍雅使事，而连及外蕃天竺、五印度，更广求天方、回回并详考西洋欧罗巴各国方域、情事、诸教源流，又泛论古今学术，兼言天人、心性、政治、文章，以及理数、星象、律算、小学、杂艺之属，无不备载，言皆征实，义必折衷。……有裨国家实政，关乎世道人心，真济世之津梁。"寥寥数语，深得该书要旨。

《康��纪行》自道光年间刊布，迄今有数种版本，多归为史料笔记体著作，民国年间还作为"笔记小说"出版。该书体例庞大，按照当今读者对文体的分类，可以说数体皆备：有叙、有议、有诗、有文、有考证、有论说。全书凡二十六卷，分别载有途中纪行、旧闻辑录、史学札记、经义发微、性命阐发、宗教考释、以及典章制度名物地理考订、四海图览等。而该书真正记部分是那些最具文学欣赏性的诗、文，这些优美的诗文状写川藏沿途自然风光，浑灏壮美，作者揽物抒怀，将人带入一个神奇的审美域境。《康��纪行》诗文俱美，诗发奇婉之气，文呈俊逸之风，这正体现了姚莹的古文家兼诗人的文学特质。

中国文学自古就有抒情传统。《毛诗·关雎》说："诗者，志之所之也。在心为志，发言为诗，情动于中而形于言……"刘勰《文心雕龙》也说："故情者，文之经；辞者，理之纬。"又说："昔诗人什篇，为情而造文；辞人赋颂，为文而造情。"姚莹的从祖惜抱先生在《答鲁宾之书》一文中说："文之至者，通于造化之自然。"诗又何尝不是如此。窃以为此处的"通"，当指人的心灵与自然的交融而生发的"情感"，即旅美汉学家陈世骧在他的《中国诗歌中的自然》一文中所说:"中国诗有一种显著的特征,那就是自然与人的'高度的'交织交融。""自然与人交融的现象几乎普遍存在于中国诗人心目中所接触到的所有事物之中。"姚莹在《康輶纪行》中大量的山川风光的吟咏与摹写,正是其心灵通于造化,亦如审美活动中所说的"美感经验"。读这些文字,如身临其境:山高水远,道阻且长,阴阳摩荡,雨雪骤变,此刻,万象奇幻与作者人生沉浮已密切交融了。

《康輶纪行》有大量的绝、律、古风,虽经历苦寒之地,跋涉之艰险,但风光之奇绝,风俗之淳美,激起作者审美情感,几乎每行一处,皆有吟咏,信笔写就,收入行筪。

乍雅其地,东西约五百里,南北约四百里,广袤不过蕞尔。但距离成都三千余里,一路山险水恶,冰雪嵯峨。大自然绮丽的景象激活了诗人的情感,让诗人诗情流溢。自出发前,即佳作连篇。行前,友人作诗饯行,姚莹作《答陈息凡明府》七律酬答:

> 怪底瑶华惊老眼,相逢鹦鹉托深杯。
> 文章有道宁憎命,山水多情未尽才。
> 万里星轺邛筰近,五更边月帐牙开。
> 康居秃发君休问,雪岭冰天一骑来。

首、颔二联写友人情深意笃,道德文章令人钦佩;颈、尾二联写自己将要万里赴命,诗写得苍凉悲寂,有烈士暮年之慨。

奉使乍雅途中之诗,大多为行旅之作,颇具唐人边塞诗风格,其再使乍雅作《过雪山》七言长句,壮阔瑰丽,雄奇恣肆,一派苍茫气象:

> 十里晴山千里雪,红日彤云递明天。
> 日蒸乾雪不肯消,十尺白盐煎灶鳖。
> 雪山蜿蜒不可穷,青海昆仑一望中。
> 枉说长江限南北,车书万里久来同。
> 罪臣来往乘使传,西域蕃僧数相见。
> 欲问金仙苦行时,迷离梵呗无人辨。

> 蛮山三月草未青，碉楼虽破犹堪停。
> 怪底舆中肌起栗，无端风雨却横经。

此诗写于作者再使乍雅离开成都出打箭炉南关不久。时值暮春时节，内地已是风和日丽，而雪域高原尚是冰天雪地，且气候无常："（三月）十八日，卯刻，行三十里，过雪山晴日晃耀；十余里，下山，阴云霏雪，尚不觉寒；更十数里，风雨横斜，乃大寒欲冻。"雪山壮丽景象，由远及近：阳光映照千里雪山，澄明高朗，彤云成五彩；而脚下冰雪却不肯消融，十里不同天，迷离奇幻。山河万里，莽莽苍苍，关外景色迥然不同，而汉、藏自古一家，文化同源。雪域神奇的风光，让具有世界视野的姚莹生发了惊羡的审美体验，奇谲迷离的大自然，激活了诗人情感，澄明的世界让诗人胸襟廓然。

一代循吏，曾经沧海。奉使西行尽管路途坎坷，饱受严寒之苦，又人心难测，世事难料。然使命在肩，岂失担当天下之志，纵使有万难，也终究要抱定不辱使命的决心。以下二首诗足显作者忧国懋勤，济世安边之志。其《大相岭》诗云：

> 参差林涧挂冰条，岭日晴烘积雪消。
> 千载英灵丞相节，一官落拓野田袍。
> 重承明诏临荒服，敢惜微躯使不毛？
> 天步艰难时事异，古来惟有中兴朝。

其《出关》诗云：

> 早年天梦出阳关，投老西行过雪山。
> 佛国戍屯劳岁币，蕃僧师弟弄刀环。
> 重臣持节多边计，上相陈辞悦圣颜。
> 奉使但期无辱命，白头敢望玷朝班？

前诗写于昔日诸葛武侯屯兵之关隘，丞相祠废而清溪自流，触景而顿生"忘身于外者"之感慨。后诗写作者持节安边，唯完成使命为务，至于名利，概不计较。

初出成都即遇崇岭，越过小关山，姚莹赋七绝一首，写域外人家虽生于寒荒之地，但宁静生活无喧闹之扰，颇有闲适意味，诗云：

> 严霜草冻石棱顽，峻岭云横雪树斑。
> 板屋数家鸡唱晓，岁寒人渡小关山。

时在暮秋，严霜、衰草、耸岩、横云、雪树、玉岑，构成一幅萧寒的塞外图画；而板屋鸡鸣、行人晓起，又呈现藏族人家古朴的生活小景。

姚莹一生写下大量篇什，又诸体兼擅。清代鄱阳人陈方海评价姚莹为诗："姚子之诗，或终岁靳一咏，或旬月累一编。当其无言，倏然自默；当其欲言，则云兴与山，泉赴于渊，浩浩乎莫知所止也，汩汩乎莫知所自来也。"

姚莹人生跌宕曲折，宦海沉浮，足履遍涉中国，《后湘集·陈方海序》曾谓他"揽嵩岳岱宗之奇，泛洞庭彭蠡之险，逌止岭峤，再浮闽海。海天沉瀣，万怪荒忽"。奇特的人生阅历，超凡的审美经验，繁富的诗歌创作实践，使得他深谙为诗之道。他注重汲取中国传统诗歌理论，结合自己的审美经验，建立起他的诗学理论，他的诗论散见于多篇诗、文中，或自序，或为他人作序，或致书于师友，或吟咏以明志，这些诗、文章都体现了他的诗学见解与为诗主张。他在《孔蘅浦诗序》一文中写道：

> 诗为"六艺"之一，动乎性情，发乎声音，畅乎言辞，中乎节奏。其始也，必有所感，感于情者深厚，然后托于辞者婉挚，使人读之不觉其何以油然兴观群怨，此古诗所以贵也。至唐而体格备，至宋而变境穷，然振采飞声，尽态极诣之中自有其不可易者，汉唐宋明以来大家，盖一致也。

可见姚莹"诗宗汉魏、盛唐"，西行途中，所为诗，多英爽豪迈之作。山川奇丽，风云诡谲，即物生情，洵如贾岛所说"外感于物，内动于情"，所写的诗律、绝、古体兼备，极具雪域高原的特色。其另一首《雪山行》为七言歌行，诗风雄浑瑰丽。这首诗作于道光二十五年五月末，作者说，此正江南梅子熟之时，而岭外积雪深厚，遥望雪山凌霄插汉，行"三十里，过雨撒，蕃民数户，甚寥落。又三十余里，上大雪山，积雪深厚，一望无际，滑险异常，人马数蹶。作《雪山行》"诗曰：

夏至已过生一阴，雪山雪甚愁人心。
崔嵬高下浑莫辨，神摇目眩谁则禁。
马蹄数蹶骨欲折，十人九仆还呻吟。
千年老雕不敢过，狐兔放胆时追寻。
日方卓午正腾跃，雪光不受相欺侵。
白雪虽白暗无色，惟见缺处杳杳青天青。
我闻丹达之山多雪窟，井尝数丈无其深。
昔人运饷此一堕，数年雪花躯亭亭。
官卑未恤名亦没，神庙赫奕犹垂今。
感念贞魂一洒泪，崎岖世路徒惺惺。
吁嗟乎！
劳人草草古所叹，我歌一阕君其听。

一路西行，忽登高山，忽探深峡；倏风倏雨，乍阴乍晴；雪岗翻过，又见泥泞，一日之内道途殊异，而风云变化莫之能测："行三十余里下山，至昂地，雪尽，水流漫溢，行者苦之。"诗人从山川形胜险峻、阴阳交替莫测中感悟到大自然的神奇幻化。高山确苹，呈阳刚之美，快雪时晴，有神迷之妙；人马颠仆，平添佗傺之慨，山道崎岖，愈增坚忍之志。

姚莹深得庄子美学。他曾在《后湘集自叙》中论及诗之自然之美，文章写得洸洋恣肆：

> 天下之事有适然而合不知其然者，其风之过箫乎？世人为箫也六：其窍大地之箫也万之，若川、若谷，若深林，若阜草，若篠荡，若松栝。若毛群鳞羽，高者若鸾唳，若鹤唉，下者若虎啸，若龙吟，若蛙蚓之鸣。箫之为族，不同大地之风，一也。风之为物，若呜呜，若肃肃，时而泠然，时而飒然，至于鼓天地、晦日月，其为情状亦不同，所以感于物而后动，则又一也。故人之吹箫也者不离乎宫商徵羽，而听之者或超然遗世，或泣下沾襟，惟吹之者异其情也，故所感亦异。若吹者之感于物而异其情也，则亦有然矣。……

世人皆知庄子有地籁、人籁、天籁"三籁"之说，姚莹化用庄子的美学思想，以"风之过箫"这一天籁般的自然之性为譬喻，阐发自己对于文学作品中感物移情的独特审美想象，给人以无穷的遐想。读以上《雪山行》诗，诚然有风之过箫的审美愉悦。

三

姚莹奉使西行途中，观照沿线数千里自然风物，以诗意的心灵表达，描绘记录了那个时代雪域高原山川形胜与风土人情，为世人展现了一幅壮美的自然和历史画卷。作为一代古文大家兼诗人，此行除创作大量的诗歌抒怀以外，姚莹还以优美的散文游记体文字状写藏地风光人文，饱含真实情怀，文字清真雅洁，颇具阳刚与阴柔之美，这些游记体文字，与诗作相得益彰，亦是作者西行见闻中的诗意表达。

姚莹被世人奉为一代文章大家，他的文学成就主要体现在古文创作上，后世尊他为桐城派中兴时期的重要作家。方东树在《东溟文集序》一文中称姚莹"其学体用兼备，不为空谈；其文自抒所得，不苟形貌之似"。

所谓"形貌之似"，就是所写之文章千人一面。方东树认为，文章如人面，应该各有特色，不可相同。相同的只是为文之"心"，即为文者必有仁义之质，道德之积。所写的应该言之有物，不空泛。要做到这一点，必须"深求古人之心，研说之久，然后古人之精神面目与我相觌，而我之精神面目亦自见于天下后世"。方东树年长于姚莹，两人同出姚鼐先生门下，学习桐城家法，姚莹也十分推重方东树，称他"学问文章，体博思精，其亦编修与惜抱先生之后尘乎？"二人可谓相知甚笃。读姚文，深感其文浩浩乎有马、韩之神气充溢其中而不见踪影，诚如方东树所赞叹：

> 其义理之获，如云霾过而耀星辰也；其论议之豪宕，若快马逸而脱衔羁也；其辩证之浩博，如眺溟海而睹涛澜也。至其铺陈治术，晓畅民俗，洞极人情白黑，如衡之陈、鉴之设，幽室昏夜而悬烛照也。而其明秀英伟之气，又实能使其心胸面目，声音笑貌，精神意气，家世交游，与夫仁孝

恺悌之效于施行者，毕见于简端，使人读其文如立石甫面前，而与之俯仰抵掌也。

作为古文家的姚莹在西行途中所写诗作格调高古，司空图《二十四诗品》所谓"真体内充，返虚入浑"是也，这与他以古文入诗是分不开的。这期间所写的《修辞》一诗，即以诗论文，可视为他鲜明的文学主张：

古文贵修辞，诚至言斯立。道善义以周，体物不相袭。
精微造化理，上下古今笈。细析毫颠黳，宏任百川吸。
刚柔洽吐茹，利钝异张翕。动中沛然至，无感何歌泣？
鄙夫好为名，终日事缀缉。弃彼紫磨金，高门乞残汁。
文章本心声，希世绝近习。质重人则存，浮杂岂容入？
镂琢饰情貌，当非贤所急。

《康輶纪行》中有多段文字对蜀道之难、藏风野古予以渲染，笔法新奇瑰丽。如初次出关，过折多山一段：

南行五里，皆荒山，杳无人烟，虽路尚迤逦，而风景俨然中外之殊矣。

又如路遇蕃僧一段：

遇斗木坪蕃三人赴打箭炉买茶，皆衣红绿氆氇，长袍束带，上嵌白金，四周晃耀，戴黄羊卷毛沿高胎大帽，踏五色皮靴，佩鸟枪二，腰悬利刃，貌甚狰狞可怖。见长官，亦知下马垂手立道旁候过，颇恭顺。

姚莹早岁生活在内地，少时曾"从太守方公复渡海至台湾，寻先人遗迹，潮汐犹昔，招魂不得，惟悲风怒涛作雷声，砰訇震撼，知海若、天吴咸以罪莹之不孝也。嗟呼！人生至此尚何言哉"。少年即开始认识大海汹涌澎湃的特性，及至老年有西行藏地，海天浩瀚与群山巍峨气象殊异，观照眼前，顿时被群峰莽苍的景象所震憾。雪山曲折多姿，道途荒梗空旷，喇嘛衣着奇异均与内地迥然不同，而僧人彬彬有礼，又足显外方教化不逊于汉民，千古年来汉藏一家，

朝廷以文化成,这些都在作者笔下留下真实的记录。如车马至额凹奔松时:

> 过桥迤逦上山三十里,冈峦重叠,人马皆在乱石中行,赤棘高丈许,丛生遍地,崎岖挂碍,艰苦殊甚,马既屡蹶,人舆亦数覆焉。

四月过去了一半,蛮山依然飞雪,车过剌嘛雅,人、马、牛皆困乏难行:

> 自里塘至此,童山怪石,草木全无,牛马皆饥。过干海子半里,始见青草贴地。更十数里,上下层峦叠嶂,树木交参,泉流百匝。天日晴霁,山上积雪,时有时无。盘旅五折至剌麻雅山,过拉尔塘,四山霁雪全消,时而震雷忽雨,旋复日出,小河回转数十道。……

又如过莽岭一段描写:

> 初八日,空子顶启行,山路颇宽。四十里,至莽岭,势益平远,遥望岚光不断,地亦坦旷,河流清浅,绿草黄花,如铺如衬,马蹄轻软,如行沙堤,沿途杨树相望,景物暄丽。

车队过南墩,此地为川藏两地居民贸易之所,人烟相对稠密。夏夜,姚莹站在宁静山顶,左顾右盼,见金沙江东南流,澜沧江西南流,他写道:

> 是夜,月色甚皎洁,星斗烂然,忽念伯兄儿辈,凄然有异域之感,为一绝云:"浮渡龙眠未有期,锦江春色亦迷离。白头中夜徘徊处,宁静山前月半规。"

又如江卡一段:

> 初十日,过河,山高水远,弥望清淑之气,使人心神俱旷。随行兵、仆于平原纵辔弛骋,人马争健,不觉壮念怡然。口占云:"万里关山度险峨,衰年未肯负须眉。平原浅草驰新马,一片愁心付健儿。"

观月下景物寂寥,徒生思乡之情;望平原长水远逝,顿释旅途劳疲。两处文字渲染,有壮美、优美,或刚或柔,颇合"阴阳刚柔"之风。

乍雅途中,姚莹间或收到故乡亲友的音讯,这勾起了他对故乡的思念之情,于是,思绪由当下联结起昔日,情感由异域联通到故里,一下子兴起对故乡师友的深深关切,在艰苦的环境中,他超越时空,遐思寄达于万里之外,铺展自己的情感,写下数十篇怀乡思友之作。

《康輶纪行》记载:

> 十一月初一日,阆中县田明府蕙田运饷赴藏,过察木多,携余省寓书及桐城信至,知家中戚友多物故,感怆不已。方植之、马元伯、光律原皆有诗见怀。戴生蓉洲书来,求撰《桐乡书院叙》,盖去岁过孔城所许也。孔城为吾桐四大乡镇之一,在县治北(东南)三十里,面桐梓山,一峰独秀,大河环订先,东南至枞阳入江。戴南山先生产此,近复有刘孟涂,皆孔城人也。

此一段文字,倾注了姚莹对故乡、对故友的无尽愁思,惆怅缱绻,感情真挚,绵长乡思,犹似现代美学体验形态理论所谓的"断零体验"。原来姚莹年前曾到过戴钧衡的桐乡书院,这在他后来写的《桐乡书院记》一文中也有记载:"道光二十三年春,过孔城,应戴钧衡之邀游桐梓山,参观桐乡书院。"乍雅途中戴氏再次致书请撰书院记,牵动了姚莹的情绪,由此事引出他对故乡孔城这一文化渊薮的敬重。

通籍以前,姚莹在邑中有一班同气相求的朋友,他称之为"吾党",展读姚莹的另一篇感情充沛的《吴子方遗文序》,可知当年桐城一班同学少年意气风发的情景:

> 子山家故贫而好客,所居为张氏依园,有亭台池馆之胜。故四人日聚其中,方其月明露净,四宇漻然,携手登台,览城郭而眺山川,慷慨悲歌,俯仰一世,意气不示盛哉!夫四人(石甫、履周、易卿、子山)者,皆非有五亩之桑,儋石之储者也,年未及冠,各有菽水之忧,固尝易衣而出,并升斗而食,不绝炊者仅耳。然方以古人相励,意落落而不与俗谐,里中多非笑之以为妄。

短短一篇文字,抒激昂之壮志,展不世之才情;感生计困乏多艰,叹人生聚散无常。文章波澜起伏,人物鲜活,作者笔下一班桐城才彦风神萧散,落拓不羁，崟然睥睨一世之风概，如立人眼前，读来让人感叹不已。

在西行途中，姚莹身处异域，心系乡梓，除作诗复寄故友外，还念念不忘乡先辈的道德学问。在途中所写《桐城经学》一节，表达了姚莹对故乡文化及前辈的敬重之情：

> 吾桐经学，始于钱饮光先生澄之；理学，始于何省斋先生唐；博学，始于方密之先生以智；古文，始于方灵皋先生苞及戴潜夫先生名世；诗学，始于齐蓉川先生之鸾，昌于刘海峰先生大櫆。至于博究精深，兼综众妙，一无理学、考据文人之习，则先薑坞编修及惜抱先生实后学所奉为圭臬，无异辞也。今方植之东树学问文章，体博思精，其亦编修与惜抱先生之后尘乎？奉使异域，离群索居，兴念故人，记其敬爱之意如此。

西行闲暇，检点行箧，读故友万里来书，感慨良多，分别一一酬答。其酬里中友人诗，如赠答马瑞辰：

> 不信龙眠山色好，看君七十少如童。

又赠答方东树：

> 念我题诗来异域，蓬莱征路欲回车。

又酬答光聪谐：

> 输君终始神仙侣，老我迟回博望槎。

此间，还写下《忆伯兄诗》，云：

> 伯子传闻近益衰，故乡绝域不胜悲。
> 百年身世常忧患，十口亲情半别离。
> 买与神方迟大药，营成先兆憾灵龟。
> 入关一事聊驰慰，满载归鞍佛国诗。

诗写得很悲凉。与友人诗，忆及家乡风物依旧，岁月易老；与亲属的诗透出自己身在边陲，不能照顾亲人的歉疚，归家之入，唯有不负安边之使命，一箧诗文报国慰亲。足见姚莹孝悌仁人之心。方东树称他可谓"仁孝恺悌之效于施行者，毕见于简端"。这是身处绝域的宦游人越过时空在与万里之外的亲人作心灵上的隔空交流。

再使乍雅使命即将完成，道光二十五年岁终，姚莹写下七律《岁暮杂咏》一组共五首，其中有"青山何处觅埋忧，白发萧萧倦倚楼"之喟叹。其一云：

> 浊酒盈卮莫纵狂，汉书谁与醉沧浪。
> 效颦幸免依梁窦，束发先曾薄孔张。
> 惨淡风云空骋骛，徘徊歧路惜亡羊。
> 多情一片天山月，照我殷勤似故乡。

此为述志之诗。初次奉使宣慰未果，再次奉命却局势难卜，闲暇静下心来理一下纷繁的头绪，唯作诗以浇心中块垒。姚莹熟读《汉书》，典中汉代四位人物皆为姚莹所不屑，表明自己不效奸宄、崇尚清廉的立世为官的心迹。现实处境艰难引起作者对历史、人生的思辩。

《康輶纪行》是一部奇书，全书结构宏大，内容丰赡，举凡政治、经济、军事、形胜、义理、训诂、宗教、民族、风俗、见闻等无不涉及。而作为笔记体史料著作又极具文学性，这是该书的一大特色。书中有些诗、文直可视为作者《东溟文集》《后湘诗集》的外编。以诗明志，姚莹以耳顺之龄奉使西行，途中所见所思，所诵所咏，都为皇皇巨帙，所为诗文，字里行间贯穿作者不畏跋涉的坚忍意志、君子志行和文人风骨，其爱国忠君之心，安边弭兵之愿，山河草木之情都涵泳其中，所谓尽情达旨是也，这些诗文，无疑增加了全书的文学意蕴，增加了全书的可读性。清代鄱阳人陈方海在评价姚莹的诗时感叹："取喻风籁，流音万籁，感物而动，与道大适"，以是论来品味《康輶纪行》亦不为过。

"鲁𫘤八景"臆说

光绪某年某日，桐城方守敦（字槃君）与他的兄长守彝（字伦叔）邀好友金子善同游鲁𫘤山。金子善先生擅画松石，曾为桐城名士闲伯先生画《松下图》，图中石径苔纹，荒亭黛色，高韵入神。一班名士从鲁𫘤归来勺园，趁良夜微醒，槃君先生备笔墨请子善先生为鲁𫘤山水写意。子善饮后兴致未歇，加上胸中早有鲁𫘤佳境，当夜即泼墨作长卷，名为《先人往迹图》。长卷所画鲁𫘤山八处风景，分别为古柏、柏堂、半天山居、清流峡、栖贤洞、小桃源、龙亭、龙井崖瀑布，今遗迹大多尚存，惜湮没于荒榛野莽之中，无人辨识。

《先人往迹图》画成，槃君先生请兄长伦叔先生题诗，伦叔据画境作同题诗八首，诗中追述鲁𫘤方氏先祖劬劳之艰与读书之乐。这八处胜迹或为山水松泉，或为田园亭舍，是方氏先祖耕猎读书、与山民和乐共处之所在。百年沧桑，画不知所属，而伦叔先生题诗刊布于世，留存于今天。

从伦叔先生八首诗中我们依稀能寻觅到鲁𫘤山一带山水天然灵境，以及山民渔樵耕读的田园生活。

桐城北部群山逶迤。自境主庙缘大溪北上，溪西为西龙眠山，溪东为东龙眠山。东龙眠越投子峰往西称鲁𫘤山，境内群岭绵连，岩壑之间，有深溪大谷，故称为"𫘤"。千沟万壑奔流不竭，溪水流经数十里，汇成鲁𫘤河。鲁𫘤河夹岸风景秀绝，《先人往迹图》所描绘的八处胜景，就散布于河谷两岸。

《先人往迹图》与伦叔先生八首题诗，被当地人竞相传诵，当时桐城士人乐于鲁𫘤山水，四时结伴游冶，吟诗写画，八处胜迹渐渐被演绎成"鲁𫘤八景"。不同时期，"八景"名称又置换不定，但主要以《先人往迹图》与伦叔先生八首题诗中的意境为主。

我生也晚。后一百年，曾与友人数次往鲁𫘤山，访八景遗踪，归来又数读伦叔先生诗作。忆及山中景物，于是作"鲁𫘤八景"新解，以循前贤岩壑之遗迹。

古柏履霜　今鉴定"古柏"迄今有800岁树龄。鲁谼方氏明初从江南迁桐,卜居此地时,古柏已生长有200余年,是自生山中,还是先人种植,不可稽考。《易》曰:"履霜,坚冰至。"古柏经800余年风霜寒冰雷电,几经劫难,仍卓然矗立于山岩,不枯不死,樵人不斫,真正是否极泰来,逢凶可以化吉,堪为奇迹。方宗诚(号柏堂)一家当年避太平军之乱,于此处居家读书著述,朝夕与古柏为邻,伦叔、槃君兄弟"儿时树下绕千回",中年重吊古柏,慨叹"一别深经几劫灰",犹忆"往日书声满林谷,枝柯犹觉隐风雷"。千岁古柏,以其卓荦风姿傲立于世,至今仍为山民遮风蔽雨。

柏堂风徽　鲁谼方氏柏堂先生一支,自父亲方护迁至龙眠毛溪后,山中应该还有其祖业。"天下兵戈时,逃虚避深谷",柏堂先生避乱太平天国战乱,于此处辟"柏堂"一所,读书课童,晤客著述。"人纪载文章,稿脱千毫秃",他的《俟命录》就是在"柏堂"写成的。时局维艰,山中孤苦岁月,锻炼了先生的体肤,陶冶了先生的心志,身在山中,心忧天下,米粟不足三日,而一心庇护教养师友遗孤。夜闻虎啸,朝濯溪流,胸襟旷放,此"柏堂"成就一代英才。真可谓"当时堂上宾,一一皆名宿"。

半天流霞　"半天山居"如千仞壁立,高逼星斗。鲁谼方氏始祖依半天山峰筑庐,芟榛开垦,繁衍成鲁谼大族。伦叔先生诗中写道:"吾族勤农耕,一壑共樵隐","伯叔兄弟行,比屋通篱槿。"一族和睦,其乐融融。半天山峰阴则烟云笼镶,晴则金霞映壁。最为奇绝的是,山之巅顶岩石裸露,每当旭日东升,朝霞映壁,四野光明;日落山外,晚曛翠微,可眺云霞灿烂,恍如太古初浑。

清流戛玉　"清流峡在成迦湾,两三老屋夹清澜。"峡称"清流",有水流清澄,人家善读之意。清流峡底有鹤鸣滩,几户土著人家与方氏互为姻娅。伦叔、槃君兄弟当年往还于清流峡,闻泉声击石,如戛玉之音。又闻童子读书,琅琅与泉声相和。旧时清流峡旁有佛寺,山中寂寥,朝暮皆闻佛磬声声,回绕空谷。

古洞栖贤　"栖贤洞"先前为荒草埋没。旁有石泉,流声如琳琅互叩。太平天国战乱,柏堂先生的好友朱道文(字鲁岑)避乱来至鲁谼山中,又坚不蓄发,柏堂遂将鲁岑先生安在此洞中栖身。鲁岑先生当时为桐城孝子,太平军闻先生至孝,赠钱两万,先生拒不接受,又以利禄相诱,先生义不屈服,以致身受刀创。先生逃至鲁谼山中，此洞遂名"栖贤"。

桃源访友　"鲁谼乃穷壑，不可棹渔舟。梯田随山转，陡间挂云流。""小桃源"借陶渊明笔下桃花源得名。青山环抱，峡谷流泉，此处有平阔地带，山麓人家，垒石为百步梯田，云流遮绕。小桃源里耕樵渔猎，自给自足，"此宜儒养道，避地真无忧"，山外来客，由樵父道引，主客坐于溪头，"相对游鱼乐"，乐以忘贫。

龙亭听籁　与柏堂相隔一岭，有亭曰"龙亭"。"天地一孤亭，深藏幽妙境。"相传此处有一泉眼，绵如龙涎，人饮此水，不得瘟疫，当地人在此建亭作为标识。又有传说亭边住有一名医叫齐仲景，身修器伟鹤顶，风姿俊朗，有美髯如龙须。方圆数十里人家有病人，前来请齐郎中治病，先在此亭等候。闲暇时，齐郎中与山中二三老儒，聚于亭下，品茶饮酒对弈，问百姓疾苦，论治病救人之道。任亭外彩雉嘤嘤，松鼠跳窜，白水回响于松荫，清籁和鸣于冷寂。

龙井孤月　小桃源处有一深谷，汇流成溪。水经逼仄处，喷薄而出，长约三十余米，落入深潭，潭名"龙井"。若遇春夏溪水丰沛，潭深奥窈，夜月孤悬，倒映潭中，如逸士高卧，秘不可测。方伦叔先生有诗咏道："人者隐者如相访，可傍清溪问耦耕。"道尽"龙井瀑布"地幽天成，堪为去鲁谼听瀑观月的秘境。

方宗诚《柏堂师友言行记》管窥

桐城先贤著述，汗牛充栋。近世二百余年多数文献虽屡屡重梓，但历经兵燹人祸、水濡蠹侵，其少量存世善本大多束之高阁，像北图、上图那样的图书馆，我辈是不敢踧踖引颈的，而桐城市图书馆所藏几部桐城善本也都视如侯珠和璧。因此，想读一部旧版乡邦典籍，确实是很困难的。

近日在桐城乡间偶见桐城派后期名家方宗诚先生撰《柏堂先生言行记》。该书系民国十五年（1926）由京华印书局刷印，旧式标点，铅印本。据有关史料记载，方宗诚一生纂述，多刊行于世，唯有此书直到民国初年才正式锓印。当下学者大都只重方氏性理之学，以及雅驯之文，很少见到论及他于风雨飘摇、颠沛流离之际，与师友切磋砥砺之行治言论。捧读《言行记》，稍有心得，试以浅介，以飨读者。

方宗诚（1818—1888），清代学者，桐城派后期名家之一，字存之，号柏堂。先生自幼饱读经书，二十岁始，从本县许鼎先生治性理之学。二十三岁始从从兄方东树先生学。论者称其"为学内外交修，体用兼备"，"著述多致力宋五子书"，究义发微，自成一家，尤其是论述不拘泥于宋儒之成见，而能立于时局，关心民瘼，以考究古今兴废民生治乱的原由。先生历嘉、道、咸、同、光五任帝王，场屋颠踬，身处内忧外患、天下颠危之际。中年遭逢乱世，漂泊无定，游历鲁冀豫鄂诸省。治枣强县十年，"治行卓异"（《清史稿》）。修身处世以"内圣外王"为根本。《清史稿》说他："能古文，熟於儒家性理之言，欲合文与道为一。咸丰时寇乱，转徙不废学，益留心兵事吏治。"

方宗诚一生著述丰赡，史称其"勤於纂述，逾时越月辄成帙。著柏堂经说、笔记、文集百五十余卷"，其《志学录》《辅仁录》为世人称誉，撰《俟命录》，"以究天时人事致乱之原，大要归於植纲常、明正学，志量恢如也"（以上引《清史稿》），倭仁、曾国藩、胡林翼、吴廷栋等晚清重臣对其特别推崇。

《柏堂师友言行记》所录人物，无论巨公硕儒，还是布衣寒士，皆以德行称世、言论范人为标准，虽称笔记体，但所录师友行迹无异于人物传记，或详或略，皆能成篇，大抵为孝悌忠信，礼义廉耻，懿行大节，遗文轶事。诸贤哲皆能"秉正疾邪，身处乱离而留心当世之务，于扬波导沸之中能独挺流俗，力追古人"。总其大略，归纳有以下十个方面。

其一，厚养硕德。方宗诚先生自弱冠之年，即从桐城许鼎读儒家经典。许鼎，字玉峰，《言行记》开篇即记其行迹。玉峰先生饱学六经，但无意场屋，鄙夷时文。以为八股文章多"搭截题"，有辱圣言，且使人趋于巧变，遂终生不应试。方宗诚对他极为推崇，称赞他"笃志暗修，慎独诚身，表里无间，清苦守节，卓然自树于流俗之外"。其德行为平常人所不具。方宗诚的另一位老师也是他的从兄方东树，为学博大精深，然家贫难济，执友姚莹在台湾，每寄金接济，他从不接受。八十岁时仍离家赴祁门应聘授馆，主讲东山书院，糊口养家。曾说："无书可教，受人恩惠则可；有书可教而不往，坐受人怜则不可。"君子之德，世所罕匹。

其二，公忠体国。《言行记》所录官吏大都以天下为己任。道咸年间，太平军起，天下鼎沸。胡林翼所督师下二将不和，胡文忠公召二将至帐中，为弭隙，胡林翼跪于二将间，泣下沾襟，说："天下糜烂至此，全赖公等协力支撑，今自生隙，又何能佐治中兴之业邪？"舍身为国如此，胸怀天下，一己之尊全然不顾。

其三，事亲极孝。桐城派文章为孝子立传颇多，体现桐城士人的节孝观，《言行记》也不例外，孝亲感人事迹频现，如记桐城陈东明布衣，少孤家贫，靠授徒奉养双亲。其母瘫痪卧床，妻亡，自任妇职，"自栉沐烹饪浣濯缝纫扶抱，内外奔走，一身而百役。"当其时，衣食无来源，亲友资助，仍难以为继，孝子尽力使病母温饱不缺。侍病母十余年咳吐溲溺，身无点污。纯性至孝，时人称颂。

其四，嘉勉后学。桐城文风向来昌炽，代有俊才，这与桐城士人重提携后学、礼贤尊教的风尚分不开的。《言行记》载，桐城元瑞辰水部，礼贤下士，声誉乡里。水部曾乘轿过市，见邑人方宗诚衣着褴褛行走于市中，水部素知方宗诚贤，下轿与其交谈。后又请方宗诚为其诸孙授课，每称必曰先生。笃厚之风，后学当法，这也是桐城文风昌盛的社会基础。

其五，清节自持。中国古代士人一向崇尚节气，方宗诚生平极推清节持守、操行高洁之士，他记写霍山吴廷栋篇幅较多，其中多仰慕吴氏居官清廉。吴廷栋咸丰时为山东布政使。方宗诚曾在吴廷栋幕中，日课其孙，常论辩儒家经义，虽为属下，亦称石友。方宗诚后来成为曾国藩幕僚，全仗吴廷栋引荐。方宗诚生平极推崇吴廷栋道德学问，称他和以处众，恕以待物。吴廷栋官高位重，但亲戚故旧有难，尽力接济，曾不念及，而自己身为大吏，除备一身官服外，平素穿着如同寒士。吴廷栋官山东时，纵使清廉不取火耗，但因前任留下亏空，致财力不济，遭户部责罚，吴因此受降调，他不作辩解，甘心代人受过。

其六，取与不苟。桐城布衣甘泉，是方宗诚岳父，居乡间，常年不入闹市，耿介清廉，临终时自撰挽联："处世无私两袖清风传耿介，平生寡好几杯浊酒润枯肠。"取予丝毫不苟。甘泉虽为一布衣，但方宗诚不惜笔墨，记叙这位桐城乡间老儒处世为人之高蹈风骨，供后人瞻仰。

其七，多闻博洽。方宗诚老师方东树，自幼好学，终生无一刻废学。"治学宗主程朱，而于书无所不窥。"深厚的学养与胆识，成就了他敢于力排时议，挑战权威，著《汉学商兑》，辩驳攻诋程朱的虚妄之词，也为后期桐城派中兴廓清道路。方宗诚在《言行记》中多处载录其师学问精神，称自己的老师经术文章既当盖世，必能传后。

其八，型仁讲义。方宗诚父亲的好友赵献家贫，但为人耿介，存心仁厚，以济人利物为念。道光年间，桐城地方水患，饥民遍野，赵献募米煮粥济灾民，隆冬严寒不曾间断。生平虽穷困，除扶危济困外，曾不为自己求人谋一利。《言行记》中所记师友，无论穷达，皆秉仁义处世做人，这是时人的美德。

其九，直节刚毅。《言行记》中击节称赞具刚毅勇为之师友，如姚莹、唐治诸君子。他记录同邑戴钧衡敢于直言，有铮铮铁骨之气。道光三十年，戴钧衡参加礼部考试后，闭门作书，上疏言耆英误国之罪，称颂林则徐、姚莹忠心报国。慷慨敢言如此，非有公直之心和非凡胆略不能。咸丰初年，戴之座师安徽巡抚福济，上疏举劾都察院左都御史袁甲三，诬告他"株守临淮、粉饰军情、擅截饷银、冒销肥己"。朝廷听信了福济的奏报，命袁甲三回北京交兵部"严加议处"。袁甲三在淮北很得军民心，戴钧衡以为袁公治军有方，声威甚震，如被劾离去则于大局不利。上书福济请自劾，留袁公以保全大局。勇于为义，不计利害，真君子也。

其十，经世致用。"经世致用"为儒家存身立世之本，孔孟皆有论述。方宗诚为后期桐城派重要人物，生于晚清，时值外敌入侵、欧风东渐，深感国运危颠，不革故鼎新，大厦将倾，陈腐的学问必无用处，而唯有"经济"方能拯救危局，这就是曾国藩为首的后期桐城派为何力推"经济"去补充桐城文理论的社会背景。《言行记》记录方东树倡导士人做学问要安民实用的主张。方东树为后期桐城派之中坚，一生著作等身。但他不满空谈经义、做锦绣文章，曾说："礼乐兵刑河漕水利钱谷，大经大法，皆当究心，此安民实用也。"即使是道德义礼也应以此为权衡。又说："钻故纸著书作文，不足应世致用，是做学问人的耻辱。"这一说法实为后期桐城派诸家普遍观点。今人以为后期桐城派作家在前辈"义理、考据、辞章"基础上都着力于"经济"，其实从时间上看，应该说从方东树等人始就明确提出应世致用的观点。在这点上《言行记》为我们提出了例证。

中国古代士大夫以修身持守为终生要务，这是他们立世、做人，治家、报国的自觉要求。方宗诚生于飘风骤雨、动荡不定的晚清时代，与诸君子交游，笃行内圣守身，以忠恕孝悌礼义廉耻为处世圭臬，这是中国社会几千年来上至精英阶层下至庶民百姓所奉行的价值取向，只是身居庙堂与远处山林、燕居坐读与畎亩耕耨者，其各自抱负与立身处事的阅历不同而已。这一传统价值取向是我们民族思想、道德、文化的核心，传承相沿，联结了民族精神的统绪不断。《言行记》罗列了诸多师友的嘉言懿行，不只是仅向世人昭示其师友的君子风范，而重要的是在于彰显他们身上所具备的民族精神和智慧火花。一位位君子流风、人格魅力，影响后世，启迪来者。方宗诚及其师友的高尚情操，是留给后人的精神遗产。

方宗诚与鲁谼山

清咸丰二年（1852）秋，太平天国与清军对峙皖西南，第二年九月抵达练潭，经天林庄攻取县城，十月，焚毁县署衙，城中遂成战场，高门缙绅纷纷举家避乱至城北深山之中。方宗诚一家也回到祖居地鲁谼山避乱，于深山穷谷幽寂之乡筑庐名柏堂。

说方宗诚避乱之地是鲁谼方氏祖居地，还要追溯到方宗诚的先祖。

桐城鲁谼方氏一族是始祖方芒于明初自婺源迁徙于桐城鲁谼山中，遂为鲁谼方氏。从一世方芒至八世方学颜，皆身处隐微，名不耀于里，方氏后人从他们的先辈口中得知，鲁谼一支从明初至清中期不过朴诚谨愿之家而已，以孝悌力田起家。至九世方孟晙嗜读书，超迈有器识。方孟晙号竹圃，字子雅，居鲁谼半天峰，环山种竹树，故自号竹圃，精通医术。因长子方泽以优贡生任八旗官学教习候选知县，例赠文林郎。当时桐城有宗老方闲阿先生及耆儒胡莫斋、孙华农等宿学，讲朱子学，创尊闻精舍，祀朱子而以《吕氏乡约》教化乡里。方孟晙倾慕他们的学行，命长子方泽师事闲阿先生。方泽受业于闲阿先生，又多与海内英俊友善相切劘。方氏一族"好古笃行之源，实自方孟晙开之"。

方孟晙生有四子：泽、澍、源、洪，长子泽，字苧川，（谱名待庐）自号侍庐。姚鼐《方侍庐先生墓志铭》称其"少有异才高识，游江陵，与诸名士游。一时才俊之士，言行多险怪，先生默默独守中行"。方泽五十岁时由安徽督学观保举优贡入都，再入北闱不售，为八旗生教习，岁满诏以知县用，不乐就。历游湘、豫、晋学政幕内，遍观山水之胜，作为诗歌以自娱。最后主山西洪洞玉峰书院，得疾归，未几卒。年七十一。孙方绩，曾孙东树。

三子方源即方宗诚曾祖父，字振川，一字绍川，少时师从伯兄受学，弱冠后得咯血疾，益无意科举业，游心诗、古文词。生性孝友，曾徒步千里探视伯兄病情。因家贫长年客居金陵，后以病归，书箱留在旅舍，著述大多散佚。只存诗文各一册：诗集《非非吟》，文集《绍川遗文》。

方源的儿子方护，是方宗诚的祖父，字暧村，自幼丧父，依靠伯兄抚育。成年后方护弃举业，躬耕劳作养母。山田仅二亩，因此，便从鲁谼迁至龙眠。

鲁谼方自十一世方护起，迁山右龙眠古塘，到十二世方宗诚的父亲方松，筑室于龙眠毛溪之上。方宗诚有《侍游图记》一文纪其事：

> 余父嗜山水，宅面山背野，溪水环带，立户外四望名胜，地可指数。余父尝侵晨独游，及暮腹枵，然犹拄杖岭间，或与友人偕，期数日归，逮入山忘焉，往往逾归期。然以治生，故无多暇，岁不得数游，游亦未尝过旬日也。宗诚成童后，间获从游，当其时，不解其乐，今忆之不可再得矣。

方宗诚父方松（1789—1843），字春生，号鹤栖。从小由外祖家抚养，外祖母年老寡居，双目失明，家计窘艰，虽竭力抚鞠外孙，而常不免于饥寒。过了三年，方松的继母朱氏到了方家，方松自幼循规谨慎，不好嬉弄，严寒时常悄悄为父母温席。继母非常疼爱他。经常教导方宗诚为人不可藏怒，不留宿怨。又说："兄弟或有不是，一定要想想自己做得如何？哪能一味归咎于兄弟呢？"继母朴素的懿训皆是圣贤反诸求己的至理，对方松少年成长大有益处。方松自幼读书晓通大义，终因家贫不能卒业，然而虽白天劳作，夜犹读书，凡歧黄、堪舆、星日杂家言，皆能穷究其旨意，尤喜读《太上感应篇》及陈宏谋《训俗遗规》。中年得目疾以不能观书为遗憾，就经常让方宗诚为他陈说经史大义、古人言行，以及方宗诚所写的诗文。方宗诚回忆其父读书情境：

> 闲居月下，尤喜颂《陈情表》《泷岗阡表》《秋声赋》《赤壁赋》以泻幽忧之思。

方宗诚学有成就，但终生不忘其启蒙尊师桐城许鼎先生。许先生"笃行闇修，时罕知其贤"，是方宗诚父亲的好友。方宗诚到了破蒙年龄，父亲为他择师时，请了许鼎。志学之年又从方东树游学。每闻方宗诚与贤师友游读圣贤书，父亲则"喜而不寐"。他常对方宗诚说，到处留心皆是学，这是问学之道。又说："纵有才智学问，总宜含蓄不露。"茶余饭后，方宗诚辩论古今人物贤否，天下事理得失，父亲则诫之曰："言易行难，尔当其时，未必然也。"又说："尔性躁急，宜极力变化使和平，不然，则所学何事？"这些是为人处世之道，影响了方宗诚一生治学处世。

咸丰三年至十一年，太平天国与清军的战事在桐城一带相持了近十年时间。其实早在一年前，桐城县当局就开始了备战，《桐城县志》云："修城墙，编甲保、备兵器、为团练、设防绪局，筹划抵抗太平军。"方宗诚在鲁谼山的柏堂应构筑于咸丰三年以前或更早。读其著述，所谓避难山中是方宗诚一生中最重要时期之一，在此期间，奠定了他治学治世治军，心怀天下、内圣外王的思想基础。综其活动，除读书外，主要是聚晤、讲学、著述。

一、聚晤

方宗诚避乱之所为桐城东龙眠鲁谼山一处深幽的奥区，它背倚半天峰，面临深溪，环舍有山峦合抱，阴翳荟郁，门前田垄梯次而下直达谷外平畴，是雅集赋诗、谈文论道、把酒骋怀的好场所。方宗诚在《培潜儿遗文序》中说："余避乱之室名柏堂，为诸贤聚晤之所。"当时，桐城文学达到极盛。方宗诚的师友大都是饱读经书、修自高洁、博学好古之儒，如从兄方植之先生，姚莹石甫廉访，朱鲁浔文学，吴蝠山刺史，马元伯水部，赵介山文学，方鲁生上舍，吴子明、苏厚子、文钟甫、马命之四征士，戴存庄、乔颂南两孝廉，胡澍生、甘愚亭、陈启之、胡伯良四布衣等。方宗诚与一班文学友朋"日夕往还论学"。

方宗诚在咸丰九年八月为族侄作《抱独山人诗叙》中回忆他与方炼秋砥砺文学时的情景：

> 族子炼秋，植之先生冢嗣也。咸丰三年避乱山中，朝夕聚处，以文行相砥。盖炼秋年六十余年亦四十，念始入山时，余居去炼秋里许，每数日必往与炼秋诸子论学至三鼓，始一人循山径越深溪而返，往往闻鬼啸虎嗥不惧也。

又在《儿培潜遗文叙》中说：

> 介山、鲁浔两先生，鲁生、钟甫、愚亭、启之、伯良及张小蒿、江贻

之、徐聿修、张宗翰、赵眉征、马盈甫，皆时来讲学。鲁生尤旬月必至，至必命酒剧饮，感时论事或泣或歌，儿酬应其间，侍坐终日。

二、讲学

方宗诚为人特别重友情。多事之秋，亲友故旧多遭涂炭。故人马命之、张小嵩先后死于战乱，他们的子弟孤穷无依，方宗诚将他们视为亲生，招来养育，与儿子培潏、植之先生诸孙共处共读。这些英烈的子弟都英少好古，且友爱互敬，声气相和，每到傍晚，听先生们讲授四书五经，直到夜后三鼓，仍不疲倦；偶尔有一二山外来的师伯师叔，都是信义磊落之士，与先生饮酒纵谈，说经论文，诸子诸甥环坐以听；子弟们清晨即起，吟咏之声响彻山谷，一班人中方培潏最敏而好学，每有吟咏，诵声清越，与溪泉声相应和。这是何等精妙的一幅《山居共读图》，真是令人向往。方宗诚在《儿培潏遗文叙》中回忆亡子读书，深情地写道：

> 避乱以后，颠沛流离，儿穷经学古不懈，每夜必至三鼓。暑热即偕诸友诸弟坐卧竹榻上，或水石之间，背诵经书古文，声朗朗彻山谷。

又写道：

> 咸丰甲寅冬，臧牧庵孝廉之败于桐也，存庄窜至余家，时夜漏数十下，贼烽四逼入谷口，闻儿读书声，叹泣曰：此天人也。

咸丰七年，太平军搜山，方宗诚携诸生远遁龙眠深山中，才得以逃脱。这些刚到束发之龄的少年在先生的挈颠下，跋山涉水，以山果泉水充饥，以天为屋，以树为床，躲过一次劫难。事后，柏堂里的书籍大多散佚。但先生真正为桐城保住了一批读书种子。咸丰九年，方宗诚余挈子培潏游历山东。父子虽居在幕府，生活安定，但他仍感叹："不复如曩时讲学穷山之乐矣。"

三、著述

避乱鲁谼柏堂五年，除聚友讲学外，著述是方宗诚日常生活中的大事。他在《张慕蘧诗集叙》一文中写道："余少居里中，喜交疏隽奇士。遭咸丰癸丑之乱，诸友多以身殉义，其余或守节穷饿，槁死山谷，或以义愤奔走，呼救于四方，独余一人窜身深崖之间，寂寞著书，以当痛苦而已。"

方宗诚避乱鲁谼时著述多部，尤以《俟命录》十卷最为当世人看重。他在书中叙言道出成书过程及该书大义：咸丰三年后避乱五载，曾国藩的湘军每与太平军一次激战，无论胜负，书中都有记录，生发感慨。于是作者以"胸次所蓄者，私记一卷，以贻后人。"每卷首记当时社会致乱的原因，中间提出拨乱之道，后记写处乱之策，卷末引古人之言。每卷都有论学之语。《俟命录》体例新颖，观点独到。其中写道：

> 大难之兴，虽曰玉石俱焚，然以余历观古今，真能为天地任参赞之责者，断不在劫数也。惟忠义之士，致身效事，然此乃支撑纲常、扶持正气，不得谓遭劫。若夫有学有守，有猷有为，出可以安社稷，处可以传斯道者，此天心所赖以常存，人道所赖以不息者也。自能历劫不磨，人可不自勉哉！

一部《俟命录》，通篇体现了方宗诚身陷山中草庐，而心忧天下的情怀，展示出他的修齐治平的抱负，身处危难，仍活用经书，不愧为致知格物的一代通儒。

《志学录》八卷，虽为方宗诚出山之后所写，但实为方宗诚在鲁谼山中避乱时，积平日读书心得，每徜徉于山间溪边路旁所思所想，心有构架，而后逐年写成的又一部力作。他在《志学录叙》中说自己"咸丰癸丑年三十六，避乱柏堂颠沛造次之中，追思师训，未敢废学"，积累成篇。

《志学录》分《论立志为学》《论存心谨言慎行处境》《论居敬致知读书穷理》《论存养省察克治》《论正伦理笃恩谊》《论反身体察》《论治体治法》《论从祀贤儒学术事迹》凡八卷。他在《论立志为学》篇中说："天地之间鸟兽虫鱼之身皆是横行不能直立竖，只有人不是那样，所以人可贵。假如人处于社会而不能好学多思，那样与鸟兽有什么区别？故曰：立志立身立心立德立功立言，皆是要挺立起来。"

方宗诚在《志学录》中为学主张经世致用，他认为："舜之所以为大知者，以天下之知为知，不以一己之知为知。"他说：

> 学不可不致于一，立志既在圣贤，则读书必读明道之书，交友必交君子之友，即读文亦必读载道之文，读诗亦必取陶淑性情之诗，即读科举文，亦必读其实能发挥圣贤义理之文。而平日作诗文，以至一技一艺，皆必切于实用者而后为之，不使玩物丧志。

这是当时桐城文人及一班士大夫们的共识，也是方宗诚自幼接受中国传文化的熏染、中年饱经忧患，壮年为官理政的实践总结，更是他幽居桐城鲁谼山中得出的思考。

咸丰八年，方宗诚挈子方培濬北上，讲学授经于吴庭栋幕中。走出鲁谼山后，不时回想起在半天峰下的幽居生活，他在《李月亭新乐府叙》回忆道：

> 忆余往岁避乱山中，其地名柏堂下有冬青一株，与古柏相对峙。余性不工诗，然身世所遭有不能已于怀者，遂为冬青吟百余篇。当时空山寂寞，仰天孤鸣，惟引古柏冬青为同调。

对此，方宗诚悲欣交集，写了一首古风《冬青行》明志纪念：

> 柏堂之前有古柏，半成枯槁半寒碧。
> 枯槁无心竟荣敷，寒碧经冬翻润泽。
> 四山黯惨劫火焚，特立亭亭纵高格。
> 臃肿虽非梁栋材，郁盘聊伴烟霞客。
> 复有冬青迥绝尘，穷崖对植若为邻。
> 不随风柏斗红紫，不同桃李艳阳春。
> 臭味又殊桂可食，无用得饱天然真。
> 莫嗟脆质非良器，也作金刚不坏身。
> 我生百事少称意，况经乱离谨避地。
> 居游木石与鹿豕，遭逢魍魉偕魑魅。
> 若无二友共岁寒，坚贞谁与同气类？
> 醉攀佳树作悲歌，箸叶为枯皆涕泪。

方宗诚终成一代学术宗师、文章魁斗，除自身夙惠勤学，大半生饱经颠沛流离外，很大程度上受其先祖德行芳洁、劬劳守业家风的濡染，和其父辈耕读至乐，儒雅旷达君子风骨的影响，也得益于其少小游冶于深秀的鲁谼山中，乐山乐水，深得风光之陶冶。后幽居于此，虽苦犹乐，处空寂之地，旷达远抱，更铸成了他内圣外王的家国情怀。

附录：方宗诚部分师友小传

戴钧衡，字存庄，号蓉洲，道光己酉举人，师事方东树学古文法，锐志文学，精力绝人，求之宋五子书以明其理，求之经以裕其学，求之史以广其识。诗文经说，卓然可表现于世。犹自谓其文理不能征诸实，神不能运于空，气不能浑于内，味不能余于外。自以生方苞、刘大櫆、姚鼐之乡，不敢不以古文自任。撰《味经山馆文钞》四卷、《文续钞》三卷、《诗钞》六卷、《诗续钞》四卷、《尺牍》二卷、《书传补商》十七卷、杂著数种。

张勋，字小嵩，桐城人，诸生，咸丰五年殉难，师事方东树，受古文法，撰《总旌录》四卷。

吴庭辉，字蝠山，初名奉临，字振行。其父吴贻咏，乾隆癸丑第一名进士，官吏部验封司兼文选司主事。天怀廉静，不耽世荣，亦不事机械矫饰。少从族兄画溪先生讲宋儒学，长居京师，受业山阳汪文端公之门。嘉庆辛未进士，署四川金堂知县，以卓异升涪州，道光庚寅谢病归里。为政一本儒术，不驰骋于才能以干时誉，惟洁己循法，秉持实心期实有济于明。年八十，非甚病，经史不去手，日钞四子书及丧礼祭仪无一划苟。所著有《读书说》《蝠山遗训》。

江有兰，字贻之，号待园，桐城人，诸生，官署黟县教谕，师事方东树、张敏求，受古文法，习闻敏求诸论尤深，其为诗清雅冲旷，格高气空，不事雕琢，无险弱峭薄蹇苦之思，不为形似，得自然之趣，兼工楷隶，撰《待园诗钞》六卷。

马三俊，字命之，马瑞辰子，马宗琏孙。少湛心学，咸丰元年优贡，复举孝廉方正，咸丰四年殉难。师事方东树，受古文法，其为文粹然深醇，意圆语妙，然忧幽之思，悲愤之意，亦时形于词。为文殷尹欲塞，有《马征君遗集》六卷。

甘绍盘，字愚亭，一字玉亭，道光甲辰进士，官来宾知县，师事方东树受古文法。喜研性命之学。方东树称其质行，文学不及同门诸子。

苏惇元，字厚子，号饮斋，监生师事方东树，受古文法，论学宗张履祥，经学古文宗方苞。尝谓："学不足以修己治人，则为无用之学；文不足以明道析理，则为虚浮之文。有行而无学，其行无本；有学行而无文章，则无以载道而行远。"其诗文主修词立其诚，不涉旁蹊而曲径，撰《饮斋文》二卷，《诗稿》四卷，杂著数种。

刘开《广列女传》述略

《广列女传》六卷，清代桐城刘开纂辑。刘开，字明东，一字方来，号孟涂，诸生。刘声木《桐城文学渊源考》称他早年师事桐城派集大成者同里姚鼐"尽授以诗、古文法"，与梅曾亮、管同、方东树一道，称为"姚门四杰"（或去刘开更入姚莹者）。刘声木评其为文："天才宏肆，光气煜爚""其文飘忽而多奇，博辨驰骋，光气发露，不可掩遏。"

然世人认识之刘开，大抵多尊他为一代古文大家与天才诗人，鲜知先生于文学诗歌之外，还究心于史学，《广列女传》即是他为中国古代著名女性立传的一部史学专著。

为古代女性立传，古已有之，早在西汉时即有刘向《列女传》问世，约1800余年后，刘开又为《列女传》增益人物，名为《广列女传》。

欲介绍《广列女传》，有必要简述刘向《列女传》的大致内容。

一、《列女传》与《广列女传》之比较

（一）刘向《列女传》

张涛《列女传译注》说"西汉刘向编撰的《列女传》是我国最早的一部妇女专史和通史"。"妇女专史和通史"，言明《列女传》为史学著作，这是今人研究该著的权威学者张涛对刘氏此著体裁的界定。张氏此论或另有它据，但宋人王回说刘向此书"传如《太史公记》"一语盖为"史学"之说依据之一。

《列女传》成书于西汉文成帝永始元年（前16），全书计七卷，104篇，分为《母仪传》14篇、《贤明传》15篇、《仁智传》15篇、《贞顺传》15篇、《节义传》15篇、《辩通传》15篇、《孽嬖传》15篇，每卷前有"小序"，篇后有韵文

"颂","颂"文还单独绘诸宫内屏风以警戒。《列女传》最早由东汉班昭作注，每卷分上、下，并"颂"为十五篇。历代篇目有所变化。

关于刘向作《列女传》的目的，宋人王回在《列女传》序中说，刘向"为汉成帝光禄大夫，当赵后姊妹嬖宠时，奏此书以讽宫中。其文美刺《诗》《书》以来女德善恶，系之于家国治乱之效者"。这是后人论及《列女传》要旨之所在。其余不作赘述。

（二）刘开《广列女传》

刘开《广列女传》20卷。全书分为皇后、王妃、公主、母仪、女范、节妇、烈妇、孝女、贞女、奇女、附录十一目，总计1600余篇。刘开纂辑此书的目的，方宗诚在《重刻广列女传序》说："欲修明女教以章（彰）母德，乃取刘向《列女传》七篇更其义例而增辑史传百家所记贤女，足为后世仪范者。"其收录人物的时代，起与《广列女传》同，止于明代。

（三）两书之同异

《广列女传》在体例上与《列女传》有二同二不同：

其同者，一是《列女传》每传后有"颂"，《广列女传》仿前书亦作"颂"，只是前书相同篇章已有"颂"者照录不变；二是篇多者则分为上、中、下篇，这是遵班昭注刘向书的先例。

其不同者，一是《列女传》褒贬并收，而《广列女传》则美而不刺；二是《广列女传》初刻时附录了作者本人母亲及妻倪氏事迹，此固然为作者故后其亲朋所为，也足见刘氏姑妇风范可表。文见方东树《国学生刘公应台暨德配敕旌节孝吴太夫人合葬墓志铭》、梅曾亮《倪孺人墓志铭》、包世臣《刘节母吴孺人传》、姚柬之《刘烈妇传》。

方宗诚论及此二者同异时说："向书善恶并列以谓王政必自内始，故列古女贞、淫所以致兴亡者以戒天子，其意主于纳忠；先生是书则因母夫人之贤明节孝而兴表潜阐幽、褒德劝善之思，以慰母心，故但列懿美而不载恶行。其意本于锡类之孝，要之足助于政教，有益于风化。"

方宗诚还说，《广列女传》与《列女传》成书之先，在采辑史料时又有相同之处，即史料来源不完全取自正经正史。方宗诚说，此盖为"先生或因循其（刘向）意例乎？"

《广列女传》的版本，清道光二十六年（1846）初刻于金陵，阮元为之叙；版于咸丰中毁于战火，同治七年（1868）重刻，方宗诚作叙；光绪十年（1887）三刻，刘秉璋作叙，俞樾题记，今藏桐城市图书馆。

二、《广列女传》的当代价值

《广列女传》最后一次刊刻在百余年前，时过境迁，重读此著，依然有光焰不可掩遏之叹，其当代价值不可低估。

（一）《广列女传》具有鲜明的道德价值

刘氏书中所谓"列女"既有秀卓之淑德，亦含孽嬖之女，非世人所谓殉道赴义的"烈女"。西汉刘向敢于第一个为自上古以来女子立传，发后世国史、方志、家乘女传体例之先端，仅此一点，就奠定了《列女传》在中国思想史上的地位。而1800余年后，在经历宋明以来女子社会权利受到桎梏的晚清社会，桐城刘开以一介诸生，敢于绍接前贤，继续为女性立传，这就不能不说作者对于女性价值的意识觉醒。

（二）《广列女传》的史学价值

即便全书所列中国历史上的那些烈女形象，亦并非全是褒扬节烈贞顺的殉道者，况且，从该著全书所列1600余位（远多于此数字，有不少篇幅单篇叙多人事迹，如《霍子卫妾及三媳》《刘氏二女》《啟血三女》等）女性人物类型看，节、烈女性仅占全书四分之一，而且许多"烈妇"之死，实为报国为忠而殉难，如辑自《明史》之《花云妻》《张秉文妻及妾》等。

刘向纂《列女传》时代，女子节烈观尚未形成，到了刘开时代，女子节烈之气风靡天下。有儒家正统思想的刘开，在构架《广列女传》体例时，不可能不考虑辑录中国历史上最著名最惨烈的女性人物入传。他在"烈妇类"篇首中说:"当势穷力极、计无复之而能以死自全,且又从容中义,得其所安,是真有所挟持,非可以慷慨殉死轻视之也。嗟呼!遭时之变,冠盖丧节,而妇人多以烈闻,可胜叹哉!"

通读《广列女传》,可知刘开所列的所谓"烈妇"大多死于国破家亡之时,是壮烈的死难。为这些壮烈的女英雄立传,以彰大义,并非为封建礼教卫道,而是通过系统辑纂,爬梳整理,彰美扬善,从浩如烟海的中国文化典籍里撷取千百位杰出女性事迹,让她们鲜活的形象站立在史传之林,让人崇仰。因此,《广列女传》与《列女传》同样具有重要的史学价值。

(三)《广列女传》的"母教"意义

《广列女传》卷六、七为"母仪篇",辑录人物130余位;卷八、九、十为"女范篇",辑录人物210余位。此340余位女性人物堪为中国历史上女性的卓越者。刘开在"母仪"篇首说:

> 所取母仪者,为其守礼知义、端严善教以为后世法者也。

此类所列如介子推母"志在丘壑,利禄匪荣"、邹孟子母"子学不进,断机示焉"、范滂母"子罹党祸,母无怨言"等均为历来耕读人家所引以为典范的历史人物,她们的事迹曾影响了一代又一代闺秀,作为壸则,成为后来女性教子成人的精神标杆。

再者,刘开在"女范"篇首又说:

> 女之以"范"称也,盖取古志节逾众、才识竞丰、言行可师者也。

此谓志节超群、才识过人、言行可为师表的女性。

中国历史上如老莱之妻与丈夫"逃避山阳,蓬蒿为室"、百里奚妻"贫不失贞"、漂母"哀食王孙,不望其报"、罗敷"贞而有辞"、梁鸿妻"好道安贫""齐眉致敬"、曹大家"成国史大家"、杨椒山夫人代夫上书、苏轼妻王氏"孝谨有识"等事迹皆为国人所熟知,古来称颂,历久弥珍。

中国人历来重家风庭训，而母亲是子女教育的最早最直接者，中国社会几千年来形成的所谓"母教"教育已深入人心，其内容与时俱进，其方式常变常新，其效果从未受到怀疑。

是故，《广列女传》所辑"母仪""女范"二篇人物多至350余位，既为古之典范，在弘扬中国优秀传统文化的当下，仍是阐扬母教的最好教材。欣逢新时代党和国家倡导家风家教的大好时机，《列女传》及《广列女传》中许多具有积极意义的内容将会重放光彩。

（四）《广列女传》的文学性

在叙述《广列女传》文学性之前，先来读一段该书《母仪·范滂母》一段原文：

> 范母，汉范滂之母也。滂字孟博，汝南征羌人，少厉清节，为州里所服。党祸起，诏下捕滂等，滂自诣狱。其母就与之诀，滂白母曰："仲博孝敬，促以供养，滂从龙舒君归黄泉，存亡各得其所，惟大人割不可忍之恩，勿增感戚。"曰："汝今得与李杜齐名，死亦何恨！既有令名，复求寿考，可兼得乎？"滂跪受教，再拜而辞。

这段文字取自《后汉书·范滂传》，刘开在选材时对原文略有剪裁，略去范滂生平其他事迹，突出渲染范母的大爱，将范滂刚直不阿的君子特质与范母以国为家的天下情怀定格在母子诀别的一段场景中，生动地表现出范母深明大义的非凡气度。

与司马迁《史记》一样，范晔的《后汉书》既是史学著作，其中的列传等又可当作文学作品来读。作为文学家的刘开，为中国历史上著名女性立传，首先想到的是以情动人，而《广列女传》许多传主既是真实的历史人物，也是一个个生动的文学形象。如卷一中辑录的《有虞二妃》《弃母姜嫄》《契母简狄》等一系列上古伟大的女性，其形象厚德有志节，其故事瑰丽神奇，文学色彩非常浓厚。又如《苏轼妻王氏》《曾子固妻晁氏》，其故事选自文学家苏轼《东坡集》、曾巩《曾文定公集》，无疑是最好的文学作品。

刘向《列女传》所辑录的女性人物，多源自中国文化经典，史传居多。宋人王回说："盖凡以'列女'名书者，皆祖刘氏。"所谓"皆祖刘氏"，是说除后代"列女"诸篇，皆以《列女传》为蓝本，其体例皆遵循旧例，其内容皆一脉相承，扩而增广，递相接续。而与时俱新，不断完备，乃后世"列女"诸书的开新之处。

刘开《广列女传》就是在《列女传》的基础上，从史传百家中新增了1000多位各类人物，这些人物一如刘向《列女传》，多选自正史，如《史记》《汉书》《通鉴》《后汉书》《华阳国志》《三国志》《三国志注》《晋书》《北史》《南史》《唐书》《五代史》《宋史》《辽史》《元史》《明史稿》，亦有选自经传，如《春秋左氏传》，而不少选自地方志及文人文集及历代笔记，概如《世说新语》《襄阳记》《太平广记》《括异志》《宣室志》《十国春秋》《东坡集》《欧公集》《曾文定公集》《语林》《朱子文集》《女世说》《奁史》《绣像列女传》《筠廊偶笔》《唐襄文公集》《吴梅村集》《方正学集》《涑水纪闻》《服膺录》《苏州府志》《辍耕录》《邺乘》等，史料赡富，裒辑广博，足见一代文宗渊博学识与治学功夫。

自西汉刘向《列女传》问世后，历代多有续作。而清代桐城刘开《广列女传》20卷可谓皇皇巨帙，洋洋大观，其文学性超迈卓绝，在历代女性传体史书中占有重要地位。

博采兼收，以彰后世

——《古桐乡诗选》介绍

一

桐城文学史上曾经刊布了两部大型诗歌总集，一部是刊行于清代康熙中期的《龙眠风雅》正续编，一部是纂成于清代咸丰初年的《桐旧集》。两部诗集，皇皇百余卷，诗人千余家，诗歌万余首，基本囊括了自明代初期至清代中期近五百年桐城诗坛的全貌。

今人在传诵这两部大型诗歌总集的同时，应该记住，清代道光年间桐城还印行了一部大型诗集《古桐乡诗选》，由邑人文聚奎与戴钧衡共同辑录编纂，邑人文聚奎的学生王祜臣参校。该诗集收录上自北宋（仅李公麟一人）下迄清代道光二十年以前177位诗人1707首诗作，编录三载，刊布于清代道光二十年。

读者会问，既然清代康熙年间有潘江编纂的《龙眠风雅》，清代道光时又有徐璈穷二十年之力刊印的《桐旧集》，为何文、戴二先生还要编纂《古桐乡诗选》呢？

请读一读文、戴二先生互通的书札便可知道这部诗集编纂的缘起。

先来读戴钧衡写给文聚奎的信，戴氏在《与文钟甫书》中写道：

> 且夫儒者屈首受书，从事文辞，非以为要誉具也。然而没世无称，君子所鄙，悲夫！岩穴之士，读书数十年，期有以大用于时，不幸而蓬累以终身，抱负文章末由表著，而徒于断壑穷岩，慷慨悲歌以自写其性情，摅其哀愤，亦足伤矣。而其文复埋灭不见于世，其见之或一再传已忽，而其子孙或不肖，任散落而不收，而乡后起者又弗思猎秘掊（拾取）遗，存十

> 一于千百，则其人与骨虽已死朽，而蔓草蔽野，宰木荫原，知必有吟魂相与饮泣于清宵风雨之中者矣，岂不痛哉？！

这段话已郁积于戴钧衡心中很久。大意是说，士人写诗文，并非向世人炫耀，获取声名。但有高才而不为世人了解，也是很悲哀的事。那些功名未就的贫士们，自咏其性情，慷慨悲歌，本来就很落寞了，而诗文又不能被人传诵，甚至子孙也不以为然，任其散佚，乡里后学更无人有心去搜辑，这些人身后是很悲凉的。

文聚奎在《复戴存庄书》中也说：

> 聚奎少从乡先生游，习闻里中往哲多奇特知名士，顾其文章学问，每以用无世而泯灭，心窃悒之。忽忽数年，向所从游乡先生半皆凋丧，其文章学问，聚奎所目见而心识者，亦将与草木同尘。

于是戴钧衡致书给文聚奎说：

> 钧衡思采往哲逸诗，都为一集，自念年弱学谫，恂憨（愚昧）无知，斯任虑非所胜，又恩于科举之学，未暇广搜，思求一二同心以相为左右，则弗可获此志，郁郁且数年于兹矣，闻足下之谋，不禁拊髀而大喜也！

文聚奎回信说：

> 足下之志，其殆采都鄙、征间巷之遗意也。夫聚奎不敏，愿与为先后矣。

两人的书信来往，各表心志。戴钧衡说他打算搜集过去乡先辈散佚的诗作，总为一集，长期以来因自己能力有限，又忙于举子之业，一直未能实施。现在想求得一二同志来共同完成这一事业，听说文先生也有同样想法，真是太好了。

文聚奎说："先生您能有此宏愿，那些被湮没的诗作将来可以流传了，我愿与先生一起共襄此举。"

于是，一项宏伟的文化工程开启了。

文、戴二先生最大的功劳是将沉湮于草泽的北乡已故诗人散佚的作品尽力搜罗。仅以《桐旧集》与《古桐乡诗选》对照，其中《古桐乡诗选》中约有70余位诗人是《桐旧集》中未曾收录过的，这些诗人的诗作或许是当时编纂《桐旧集》时未发现，所以未辑录；这其中有些诗人具高才，擅诗，惜在当时声名不显，如卷十辑张元衡诗。元衡，字子平，居孔城。文聚奎为其作传："生而敏慧，七、八岁即善诗，作蝇头书，文亦清隽，可诵赋，性亢爽，课读之暇辄事吟咏，遇知名士必虚心请益，有飞鸟依人之态。年二十卒。"元衡诗共三首入该集，其《题寒江独钓图》："朔风冽冽雪花团，孤艇横江只影寒。青笠绿蓑烟水阔，一天飞絮打渔竿。"有元人《渔父图》题咏之意味。

这些遭际坎坷的诗人，诗写得好，《古桐乡诗选》将其一一收录，以补前集遗漏的缺憾。这或许是文、戴二先生一定要编纂这部诗选的因由之一。

二

《古桐乡诗选》重在"古桐乡"这一地域名称上。编者在诗选的序言中说：

> 昔王学博灼居枞阳，有《枞阳诗选》，聚奎、钧衡生长北乡，因仿学博之例，辑成此编。

这段话开宗明义点明了编纂《古桐乡诗选》的初衷，那就是邑人王灼已刊印了一部以居住在古枞阳地域内诗人的诗集《枞阳诗选》，现在，我们也来仿效王学博的做法，来编印一部以居住在古桐乡地域内诗人的诗集，以地名故，就取名叫《古桐乡诗选》吧。文、戴二先生特别强调，他们二人也居在古桐乡境内，编纂这部诗集毫无划分界线的意思，目的在于"各采其乡旧诗，庶无遗佚"。

桐城四乡本为一邑，为何又要以一乡之地域来编一部诗集呢？对此编者作了解释：

> 一县四乡，其地甚广，采访虽勤，不无遗漏。为居其乡者，各为搜辑，庶地以狭而易周。

这句话的大意是说，桐城地域广大，前贤在搜集乡先辈诗作时，尽管已付出艰辛的劳作，也不免有遗漏。如果从编者所居的一乡来搜集，因为地方小，搜集起来就能做到周全了。这或许就是文、戴二先生编纂《古桐乡诗选》的真正动机。方东树为该诗集作序时写道：

> 士生一方，睹其地前世无人物则戚，其幸得有之则欣焉以喜。若夫有之益多且盛，虽一偏之隅，或至于数十百人、数千篇，则愈欲录而传之。人情乐善之同，固时有若是，岂徒为足扬山川之灵而夸耳目于四方也。

方东树说，身为读书人，见到自己的故乡很少有杰出之人，心里很不是滋味；反之，人杰地灵则引为骄傲。人的想法都相同，这是有爱才之心，不是夸耀。

接着方东树又说：

> 矧是数十百人者，其行谊各有可纪；此数百千篇，其句之雄杰皆有可诵，则其擅一乡也犹擅一国也，苟擅一国，极而进之，亦可擅天下，推之古今上下百世而无间焉。

方先生说，况且，这些人德才兼备，放在一乡，堪为乡贤，放在一国，可为国士。即使是与古今俊杰并论，也无可挑剔。

张敏求在序中也说：

> 士君子生长其乡，有表潜阐幽之责，非私其地也。耳目所及，远则多漏，近则易周。二子特就其见闻所能周者采而传之，且欲使见者皆以其心为心，生其地各表其地之贤，则片长之士、一得之儒皆可以不泯于人世。

张先生的话是说，士君子生在一乡，有责任去发扬光大乡先辈不为人知的德行，这是知人，不是偏袒。这样做，能使一地之贤才不至于湮没无闻。

那么，所谓的"古桐乡"是指桐城境内哪一片地域呢？欲知"古桐乡"，先要了解桐城历史行政区划变迁。

据县志记载，南宋嘉定元年（1208），桐城全县设东、南、西、北四乡和九镇。元沿宋制仍设四乡。明代洪武六年（1373），四乡更名为清静乡即东乡，大宥乡即南乡，日就乡即西乡，桐积乡即北乡，以及五镇。清初沿明制，乾隆年间又增设了县市乡即城乡。

这四乡都各设有巡检司管理。《古桐乡诗选》例言中说：就北乡而言，"查北乡巡检所辖地方，北与舒城接界，南至朱家桥，东与庐江接界，西至石井铺，广袤几及百里"。

清代许畹曾说："桐城县有四乡，唯北乡实得旧名于春秋，当桐国在汉为桐乡，其境盖止此耳。"实得旧名即北乡得"桐"之名，这句话的意思是说，春秋时的桐国所辖区域，到了汉代称为桐乡，今日的北乡就是当时桐乡所辖区域。

明代《一统志》上说："古桐国在桐城县北。"清代《春秋传说汇纂》上也说："今桐城县北有古桐城，即古桐国也。"文、戴二先生在《例言》写道：

> 今由北乡巡检所辖推之，自北而南，实得七十余里，迤东数十里与庐江县接壤，庐江县在汉舒县东南，桐乡之东境当亦至此而止，西距县西二十里石井铺，有朱大司农墓在焉，其为桐乡之西境无疑。核其四至，综其道里，古之桐乡实不出今之北乡境也。

根据上述精详的考据，古桐乡之地域，就是后来北乡所辖范围，编者当初的想法是编纂一部居住地在北乡境内诗人的总集，以地域的原因，诗集遂取名为《古桐乡诗选》，诗分十二卷。

入选《古桐乡诗选》是有一定标准的，对此，编者在《例言》中作了详尽的说明，综合起来有如下几种情形。

人以地属。此又有几种情形。

其一，县城区旧属北乡，今属县市乡，诗集既然以地域分，所以居住在县城内的诗人就不收录其诗作了。

其二，人之居处迁徙无常。有先居北乡而后迁徙到他乡者，则载其人之诗，其子孙之诗不载；有先世居他乡而后至北乡者，则载其人之诗，其先世之诗不载。

其三，此集于作者小传中必详述其里居所在，年代未远者征之当时见闻，其远者或参考县志及《龙眠风雅》《龙眠古文》中诸小传，或参考其人家乘与其人之诗文及他人赠答的篇什，除非确实是北乡人，否则不载。

诗选纯正。如香艳、回文诗，只是诗人游戏之作，大雅所不及，本诗集一概不载。

择善选录。前辈诗本抄传不一或本人自加涂改，前后不同，或后人为之订正，彼此不同，此集就所见本，择善从之；亦有少数诗，编者作了斟酌改动一二字，希望成为一首好诗，并非越俎代庖。

借诗存人。少数作者的诗作尽管不尽如人意，但能依其本来面目，即使不算至美，也无须求全。

生不入编。编者认为，人必已故而后著述始定，所以当时仍健在的居住于北乡的诗人不入。

编次先后。依时代先后，有科名者依其科分之迟早。但也不完全如此。如左忠毅公之弟光先为天启甲子举人，科分迟于叶礼部、孙司马诸公，弟可从兄，故将左光先编在忠毅公之后；姚端恪之兄文烈为顺治辛卯进士，科分迟于端恪，弟不先兄，故仍编于端恪之前。

以后采补。有三种情形本次未编入诗集的，待以后再采补。

其一，有明知道其人为北乡人，但不能确切知道其居于何地者。

其二，有明知道其人居于何处而未得其诗者。

其三，有些诗人代远年湮，实为北乡人，但读其诗实难确定为北乡人者。

分期刊印。有些诗人知道是北乡人，但诗作一时阙略，如果等到搜罗殆尽才付梓刊印，诗集势必会在一定时间内难以告成，况且远处的诗人有些一时还不知道故里在编诗选呢。所以因就所得者先为刊出，彼此传闻、互相搜访，后面有陆续寄稿者，随即续选增入。

由此可知，《古桐乡诗选》，是分期逐卷刊印的。这在担任校雠的王祐臣事迹里可以得到进一步印证。

文聚奎先生有位学生叫王祐臣，很喜爱桐城前辈的诗，文聚奎、戴钧衡编古《古桐乡诗选》，让王祐臣担入校雠工作。岂料诗集刚刚刊布，祐臣病殁。王祐臣生前曾说，《古桐乡诗选》应广为流传，他计划逐年捐资供刊印费用，可惜天不假年，夙愿未了。祐臣离世后，他的父亲王善怀完成了儿子遗愿，捐资刊币，"以广先哲之传，成亡儿之志"。这是王祐臣父亲王善怀在《印序》中写的一段话，放在诗集前。可见《古桐乡诗选》皇皇十二卷，当是在三年内逐卷印完的，假如一切如常，这部诗集会再有续卷的。

三

《龙眠风雅》与《桐旧集》所辑录诗人，上至明初下迄清代道光共四百余年间桐城全境诗人的篇什。与二集相比较《古桐乡诗选》收录的诗家仅千余首，远少于前两部诗集，但《古桐乡诗选》有两个最显著的特点。

前所未录。刊录了《龙眠风雅》与《桐旧集》未刊的诗家。如李公麟。集中选李伯时诗共八首，都是桐城诸多历史文献中所鲜见的。对于这一点，文聚奎在伯时小传中写道：

> 宋史载公麟长于诗，而宋志不载，"三李"诸集，《宋诗钞》《两宋名贤小集》俱未之载，惟《柯山集》载"同文馆倡和诗"十五首，《宋诗略选》载"社日诗"一首，今选录焉。

所辑李公麟首篇《奉酬慎思学士年友次元韵》也是该集的首篇，这是一首柏梁体诗，押"七阳"韵，足见伯时为诗能直接唐代以前，其中"龙眠乃是无何乡"一句，道出伯时早有归隐桐城龙眠之志。其余七首皆写朝中之事，赠答同僚，情深意切。读《古桐乡诗选》辑录李伯时之诗，让我们了解到他不仅为一代画家，同时又是一位"长于诗"的诗人。黄庭坚说李伯时"风流不减古人，然以画为累，故世但以艺传"，不是虚言。

一代文宗戴名世传世的诗作不多，由王树民编校的《戴名世集》仅收录南山先生《古史诗箴》计110首，均为七言绝句，而《龙眠风雅》与《桐旧集》均未收录南山先生诗。《古桐乡诗选》却以"戴潜虚"之名收录先生《游烂柯山》七言绝句二首，当是先生于康熙四十年游历浙东时所作。其一云："采樵偶向洞天行，一局中间世已更。不看仙人贪看奕，模糊仍复觅前生。"有世事沧桑，人生易老之慨。

戴钧衡对这位宗老推崇备至，他在《戴潜虚先生文集目录叙》一文中写道：

> 余读先生之文，见其境象如太空之浮云，变化无迹；又如飞仙御风，莫窥行止。私尝拟之古人，以为庄周之文，李白之诗，庶几相似。而其气之逸，韵之远，则直入司马子长之室而得其神。

所以戴钧衡在当时文禁未开，世人忌谈南山先生著述的时代，毅然敢冒天下之大不韪，选录南山先生诗作，这是非常有勇气的。按照文聚奎、戴钧衡二人在例言中说，这叫以诗存人，为的是要让世人永远不要忘记，在古桐乡这片土地上，曾经生活过那胸藏数百卷书，却因垂老构祸而著述不得彰行于世的一代名贤。

考证翔实。所选诗家居住地详加考证。《古桐乡诗选》冠以"古桐乡"，所选诗家一定是家居在桐城北乡的已故诗家。这部诗集对于今天坊间对所谓桐城历史文化名人籍贯争议，提供了很好的佐证，如左忠毅公，编者在其小传中写道："公曾居龙眠山中。"并引忠毅公《忆龙眠山居》诗："卜筑傍龙眠，云深一径穿。"又如《卜筑诗》："卜筑龙山下，萧萧只数椽。"并引戴氏九世祖戴耆显仪部《怀左共之诗》："龙眠山里月，今夜照孤吟。"以及马孝思《游龙眠》诗："少保幽栖处，溪边曲径开。"戴钧衡说"则公之居龙眠无疑矣"。

对于李公麟籍贯问题，一向为桐舒两地所争议，古籍上也各说不一。关于伯时居住地，戴钧衡在伯时小传里写道："龙眠山在今县治北五里，岩壑幽邃，峰峦重迭，盘踞数十里。考伯时《山庄图》，见之苏辙题者凡二十所，代远年湮，胜迹难尽指证，今唯玉龙峡世传其名，而媚笔泉傍尚有'垂云沜'三字苔蚀模糊，略可辨识。……伯时所居不出龙眠中，其为桐城人无疑也。"同为主编的文聚奎也在伯时小传中说："龙眠为江左名山，实居桐城北乡，故以冠是选之首。"表达了文、戴二先生对前贤的仰慕之情。

桐城自古多倜傥魁杰之士，文章闻于海内，著作富赡，流播甚远。这些著作因时代久远，或湮没，或散佚，但仍得以流传后世，全靠有志者悉心搜罗编辑而不废。清代先有李雅、何永绍二先生辑录《龙眠古文》，使我们有幸品读自明代以来乡先辈雅正的古文辞；接着又有潘江苦心辑纂《龙眠风雅》、徐璈刊录《桐旧集》，使后人有幸能吟诵乡先辈的灿烂的诗章。戴钧衡踵接前人，收录戴潜虚先生零散仅存之文稿，编为一集，使南山先生遭摧折而文章得以彰行于世。及至晚清，乡邦文献又散佚不少，一代校勘大家萧穆先生有感年代久远，而乡先辈著述不传于世，矢志遍访乡间遗书，予以校刊，并重编大量桐城文献，有没世之功。

萧穆曾说："千古著述之家，虽醇驳不同，得失互见，欲行于世，且能传之久远，虽在其人其书之精神才力、大小厚薄，亦所遭之时、所遇之境，有幸与不幸也。"《古桐乡诗选》幸赖文聚奎、戴钧衡二先生而流传于今天，这是诗人之幸，也是桐城文化之幸。

戴钧衡夫妇的家学熏习

戴钧衡（1814—1855），字存庄，号蓉洲，清代桐城人，生活于嘉道之际，道光己酉科举人。戴钧衡《味经山馆文抄自序》）云："十二岁应童子试"，"年二十学古文"。二十二岁结交许吾田，攻考证学，"务为汇古数典之文"。二十七岁师从方东树，受古文法，"始知所作皆非"。继以姚惜抱先生《古文辞类纂》为文章之宗，"求之宋五子书以明其理，求之经以裕其学，求之史以广其识"。一生著述丰赡，方宗诚称他"锐志文学，精力绝人。诗文经说，卓然可表见于世"。

溯源戴氏家世，戴钧衡自叙云：庆二公自江西迁桐城，明代初年，因助军饷受朝廷颁"义民帖"，封助国功臣，赐桐西白云山下水田三百亩。自高祖以上皆居桐西，至曾祖始迁居县城东门外。祖父在城东皋桥（或是高桥，城东十五里外）买田，遂举家迁此定居。

戴钧衡在《先仲兄行略》文中叹惜其兄"家贫，读书未有成"。所云家贫，乃较之殷户而言。祖父既在高桥置田，盖衣食无虞。从戴钧衡与龙河李氏联姻这件事看，两家皆书香门第，家境不致于婆贫不堪。

戴钧衡妻系桐西栲栳山麓龙河李雪访之女，李家世代耕读，子弟虽多未通籍，却不乏秀异之才。戴家与李家结亲，让戴钧衡自幼就受到父、祖与外舅（旧时女婿与岳父又称甥舅）两个家庭良好的读书环境熏陶。而岳父李汝梅学行俱高，对戴钧衡一生影响甚大。

戴钧衡岳父李汝梅，字廈南，亦字雪访，兄弟五人，雪访先生行四。少读书，精举子业，惜数奇，屡试不中，后来不再参加科考，捐得从九品职衔。

戴钧衡曾作《外舅李雪访先生传》评价他岳父："生平无甚奇行伟节，大率持身以敬、待人以诚、接众以和、御事以慎。族中、邻里有争端，待先生一言而决。处家庭彬彬有礼，每朔望必衣冠造寝堂，焚香跪拜。教学诸子，提撕无间，子或有怠弗，则书先正格言揭壁间，俾其自悟。"雪访先生尊师重教，为儿子们聘请塾师特别诚敬。乡里有位胡先生，人品好，学问深，但天性高傲，别的人家都不敢请他，唯有雪访先生延至其家，饮食起居，无不致敬尽礼。因关系融洽，胡先在李家教授多年，诸子皆学有成就。

戴钧衡感慨说："自为李氏甥，承先生笑言者十年，每晋见先生，必恳恳劝勉，惟恐余学之或怠。"可见戴钧衡为李家女婿后，曾长期得到雪访先生的教诲，一如先生要求儿子们"或有怠弗，则书先正格言揭壁间，俾其自悟"。家教如此之严，门风如此之正，子弟何其幸也！戴钧衡结缡之龄，大概在"年二十学古文"的阶段，此时，戴钧衡与岳父讨论的话题，大多是作文之法。刚学古文时，戴钧衡自叙其"爱乡先生耕南刘氏作，揣摩私效，学不足以充其才，徒滋假象，陈言而已"。而"二十七岁从游植之方先生，始知所作皆非"。在向乡里文章大家学习的同时，戴钧衡仍不时受到家学的熏习，岳父即是他最直接的老师，他曾饱含深情地描绘雪访先生讽诵的情景：

性豪饮，尝醉后命余坐室中，自起徘徊阶下，朗吟前代诗、古文数十篇，声朗朗振林木，宿鸟惊飞。谓余曰："此少时所记诵者，垂今四十年未尝披阅，然亦未尝一日忘也。"

读这段画面感至美的文字，让人仿佛侧身于数百年前桐城乡间读书人家的庭院，听弦歌琅琅，抗坠徐疾，沉醉不已。戴钧衡置身其里，陶醉其中，一次次与丈人晤对，聆听天籁，噓吸阴阳刚柔，汲取诗文创作的营养。刘声木《桐城文学渊源考》评价戴氏"其诗格调高逸，音节宏亮，跌宕纵横，瓣香太白"，而他又"不敢不以古文自任"。矢志于在古文写作时"力挽巧伪之风"，其源盖出于此。

戴钧衡称其外舅"于诸甥中，最爱钧衡"。雪访先生死前十数日，乘轿来女儿家，已不能进食，仅饮汤数口而已。戴钧衡写雪访先生从女儿家诀别时的场景，慨当以慷，精气沛然：

临行，其女执手涕泣。先生强禁之不可，则大笑，泣不已，笑乃愈甚。既复，厉声叱曰："乃父死，泣未迟也。"女惧不敢泣。钧衡从旁泪下，先生复笑曰:"适来者时,适去者顺,子且以我为何如人哉?"

雪访先生虽为一介布衣,而朗朗风概往往表现于日常细微处。先生患疾不忧,临死而不惧,其通达人生之态度,对后来戴钧衡夫妇殉难于兵燹而不失气节有直接影响。

胡景程《节烈戴母李太君传》称雪访之女"幼娴母教,四德优谙",可见其家庭门风的清正。雪访先生将女儿许配给了戴钧衡这位才品俱优的后生。李家姑娘嫁到戴家后,"舅姑称其孝,事夫唯谨。"戴钧衡读书刻苦,常常彻夜不眠,夫人也一直陪伴,鸡鸣五更,也不就枕。戴钧衡学问日进,成为当时的名儒,后人评论他"锐志文学,精力绝人,求之宋五子书以明其理,求之经以裕其学,求之史以广其识,诗文经说,卓然可表现于世"。由于他锐意进取,终于考中了道光己酉科的举人,这与妇人的贤惠是分不开的,连妾室王氏也称赞她"家长掇巍科登显宦,主母之福"。

咸丰初年,听说太平军已打进了湖南长沙,戴钧衡与桐城一班志士张勋、马三俊等倡办团练,准备抵抗太平军。咸丰三年十月,太平军进桐城,戴钧衡组织的团练初战失利,桐城陷落。咸丰四年,戴钧衡驰书办理安徽团练的袁甲三巡抚,请求官兵解桐城之围。袁甲三调宿迁臧纡青统领军千人,来救桐城,同时,臧纡青也接到曾国藩的书信,相约两部会合于桐城。臧纡青素有威名,其部号称"老虎兵"。臧部与太平军交战于桐城北乡大关、吕亭驿,七战七捷。后来臧部与太平军战于城下,杀敌三百余人。咸丰四年十一月十七日,太平军调集重兵聚集桐城,臧纡青与诸生张勋一道殊死拼搏,兵卒所剩无几。太平军后有伏兵,迅起猛击,臧纡青胸、面间中二十余枪,全军皆没。

桐城失陷后,戴钧衡将妻妾留于家中,先到桐城鲁谼山中,在好友方宗诚避乱处躲藏,之后北上凤阳临淮镇避难,以图再起。

太平军得知是戴钧衡请来官军,就抄了他的家。夫人同王氏及次女连夜逃到一个佃户家里藏身。孰料那佃户是个奸猾小人,随即向太平军告密。夫人见到太平军来佃户家,毫不畏惧,凛然站立在门外,指着太平军大骂不停。太平军气急,将夫人细细捆绑抬到县城,准备拷问戴钧衡的去向。哪知夫人早有准备,在袖中藏了剪刀,到城里后,夫人刎喉自尽,保全了家人。太平军士兵大为震骇，无奈地感叹说："我'天朝'自广西起义东下，攻长沙、浮洞庭、破武昌，沿大江以抵金陵，殉难节妇不可胜计，未有如此妇之烈者。"

事隔多年，桐城塾师胡景程先生在高桥戴氏家中教授戴钧衡两个孙子及诸侄儿，夫人侄儿戴世培向胡景程先生讲述了咸丰遗事，令他大为感动，遂援笔为夫人作传。胡景程先生在其《节烈戴母李太君传》中赞叹夫人坚贞大节："其贤皆前古所未有也！"夫人的美德及浩然气概藉以流传。

历史有时总是云诡波谲。龙河李氏于道光二十八年四修族谱时，李雪访已经过世，但戴家还没有发生变故。戴钧衡怀着对岳父李雪访先生的一份崇敬之心，为先舅父撰写生平，他在文中忆及岳父临终前大笑而去的情景。死，对于一个乡间宿儒来说并不可怕，完节而去才具有真正的生命精神。当时，李氏已嫁到戴家，父亲含笑面对死亡的情景，夫人都默默记在心里。拂去岁月的尘埃，百年之后，偶然读到又一篇邑人胡景程先生写的关于戴家夫人的传记，或可称之为传奇，文中所写的惨烈场面，令人悚怖。而当年，一位奇女子，面对屠刀，临危不惧，为保名节，庇护义士，自刎而死，真可谓为国殉难，大节不亏，其义可嘉。

博综群籍萧敬孚

萧穆（1843—1904），字敬孚，又字敬甫。清代桐城人，诸生。著名文献学家。一生甘于清贫，嗜书如命，"为文长于考据，叙、跋居多"。（陈衍语）尤其注重桐城乡邦文献整理。其人卓荦不群，有君子风骨。

一、矢志求学

萧穆先生出身寒门，世代为农，明清五百年未出过一位秀才。到萧穆这一代，开始以文章光大门庭。

萧穆家贫而好学。小时候，父亲让萧穆放牛，他将牛放去吃草，自己暗暗地靠在邻居家私塾窗外，偷听人家子弟读书，听入神了，竟连自家的牛也丢了，父亲很生气，狠狠地打了他一顿，事后他依然如故。父亲知道儿子喜欢读书，就让他进了私塾，他白天在塾中读书，晚上坐在母亲的纺车旁温习功课，直到当天的功课做完为止。几年工夫下来，萧穆能完全背诵《四书》《五经》，又能写得一手好文章。

萧穆学有成，但科举仕途坎坷，终生只取得诸生功名。湘军入皖，曾国藩以两江总督身份驻扎安庆，幕僚中多满腹经纶之辈，桐城方宗诚和嘉定的钱泰吉也在曾国藩幕中。方宗诚向钱泰吉介绍萧穆，时钱先生已七十高龄，家中藏书四万卷，阅过宋、元版本无数，精于鉴赏与校雠之学，深得藏书、读书、抄书、校书之法，成一代大家。钱泰吉做学问的精神与方法对萧穆后来从事藏书和校书有很大影响。在此时期，萧穆还遍识曾国藩幕中诸老，如拜访了江宁的汪梅村和遵义的莫友芝，这三位大师都精于目录、版本与地理掌故之学，萧穆事之以师友之间，因而更加熟悉治学的门径和方法。这时，曾国藩也勉励萧穆从事朝章国故之学，使他一生以文献目录校雠为己任。萧穆就是这样一位"勤自学而善求师"（吴孟复《记萧敬孚先生二三事》）的大学问家。

又有一则故事，足见萧穆的君子气概。萧穆曾陪吴汝纶先生拜谒曾国藩，当时吴先生刚中进士，曾问吴出自谁的门下，吴先生回答恩师是开封的周星誉，曾说："周星誉是我的学生，那你就是我的小学生了。"吴汝纶立即拜曾国藩为"太老师"，曾说，"太老师"叫起来不亲切，还是称"老师吧！"吴就直称曾为"老师"。曾国藩转身问站在一旁的萧穆："君来何事？"萧穆很坦率地回答说："我来向总督大人讨口饭吃。"于是，曾国藩立即写信给李鸿章推荐萧穆，信中说："桐城萧穆，当今读书种子。怎能让读书种子没有谋生之地呢？"事后，有人说，以曾国藩当时的权势和奖掖后进的风范，一般人攀附还没门呢！而萧穆学问为曾氏所称许，当时足以就势拜在曾的门下，得以提携。况且曾氏当时问萧穆"君来何事"，言下之意，也想网罗人才，收为门生，但萧穆心中有数，却假装不知。

二、整理文献

萧穆中年以后进入上海广方言馆，任新书编译文字润色工作。身在都市，但他却无不良嗜好，又不去钻营，而抱独孤介，将所有的时间和精力都用来访书、藏书、读书、校书，他将节约下来的薪水购置近两万卷古籍，其中多善本。左图右史，"一意观摩古籍，与后生言，于字句异同、刊本良否以及前闻轶事，历历如数室中物"。（姚永朴《萧敬孚先生传》）他与当时一班学人如缪荃孙、王先谦、姚永朴、陈衍、傅增湘等交往，视野渐远，学问大增。

萧穆一生藏书繁富，人有所求，都毫无保留地提供帮助，如著名经学家、江苏学政王先谦编《续古文辞类纂》时，其文章十之八九取材于萧穆所藏。他又日夜考求，遂熟于目录版本之学。他一生嗜书如命，校刊颇丰，尤其为桐城乡邦文献搜集重刊做出了不可磨灭的贡献。

早年，他曾到桐北乡访求古书，发现孙学颜遗集，抄录副本，又抄录孙学颜遗诗，保存了孙氏诗文。咸丰十一年（1861），萧穆为戴名世作《传略》，声称戴名世作品除"戴钧衡所编《南山集》十四卷外，又搜求得《纪略》四首及杂文一百余首、诗三十首"。（吴孟复《文献学家萧穆年谱》）足见他对于乡先辈遗书搜罗良苦用心。

入广方言馆后，萧穆更加留心乡先辈遗书的搜求与编校，主要编定的书籍有姚鼐的《惜抱轩尺牍》、校刊刘大櫆《历朝诗约选》等。萧穆长于写序跋，为桐城文献重刊写了大量序跋，如为马其昶改定《重编左忠毅公文集并年谱定本序》，撰《孙麻山先生遗集后序》《刘海峰先生唐宋八大家文选序》《刘海峰先生历朝诗约选后序》《校刊古文辞类纂序》（代），改订《国朝桐城文征约选序》，等等，为桐城文化典籍整理付出了大量心血。

吴孟复先生说："吾皖经学文章，于清极盛。独以目录、校雠称文献专家如卢抱经者少，有之，其唯萧先生乎？"（吴孟复《记萧敬孚先生二三事》）

三、孤介清直

光绪二十八年（1902）上海制造局原任总办离任，新任总办见萧穆不逢迎他，便解聘了萧穆。有人劝他委曲求全，他笑而不答。当时正值魏光焘新任两江总督，魏到上海后，立即来拜见萧穆，该总办大为惊诧，一边找人向萧穆赔不是，一边补办了聘书，而且加了薪水。萧穆只接受聘书，不接受新增俸银，还在总督面前说了总办的好话。后来有人问萧穆，为何预知总督要来拜他？萧穆说出了事情原委，原来萧穆曾收得魏光焘父亲的遗稿，并无偿赠给了魏家。萧穆被解聘时，已经得知魏光焘做了两江总督。按惯例，总督初上任都要到上海巡视，来上海必到江南制造局。萧穆断定魏大人到制造局，必定要来看望他。萧穆藏书颇丰，而能不吝物归原主，不求回报。他性情耿介，不为五斗米折腰，真君子也。

光绪十一年萧穆入江南江南制造局，直到光绪三十年病逝。二十年间，他独处一室，清贫无有积蓄，所得月俸不过二十两银子，大部分都用于购书，可谓嗜书如命。在上海，"客游公卿间，布衣朴野，说书史不离口，"（马其昶《萧敬孚先生传》）可谓学问淹博。他布衣疏食，据说一月中偶尔吃上一盘肉丝炒豆腐就算是改善生活了，可谓清贫之极。他出门从不乘车，买得好书，自携徒步回家。一次与总办相遇街市，总办见状很吃惊，命随从帮助提拿。待总办离开后，他仍然自己拿回家，其勤苦如此。萧穆对亲朋故旧待之以礼，每有来往，必亲自迎送，客人离开时送至很远，伫立久望才返回，真乃谦谦君子。

李鸿章家族在桐城的财产

去千年古镇孔城,徜徉于老街,惊叹这古老的水边商埠曾经店铺林立。有些年头的老商号墀头下,浑朴端方的各类旧时店号掩藏在剥落的灰浆里,隐约可见,像一个个饱经世故的老朝奉在拱手迎客。

孔城老街鼎盛时有数百家商号,世事变迁,修复后的老街重新挂上昔日商号的招牌,以号称"李鸿章钱庄"最引人注目,外地游客,至此莫不驻足端详,问个究竟。想必游客中有人也听说过坊间所传"半个安徽是李家的"这句惊世之语,这李鸿章真有钱,连这座乡下小镇也有他李家的几爿店面。

晚清重臣李鸿章名震中外。美国学者K.E.福尔索姆在他《朋友·客人·同事:晚清的幕府制度》一书中称:"李鸿章在1895年失势以前,已经取得了在满族统治下其他汉人(如果有的话,也为数极少)还未从得到过的权倾朝野的赫赫声势。""与其官位相称并被倚为支柱的,是李鸿章的万贯财富"。也有好事者说他积攒下的财产富甲东南,"半个安徽是李家的"。读李鸿章家书,有一则可视为他治家的信条,这是写给他三弟的一封家书。他告诫家人说:"俭之一字,能定人之恒久。曾涤生(曾国藩)夫子训诸子弟曰:'余兄弟无论在官在家,彼此当以俭字相劝勉,则可久也。'此其明证也。"既崇俭就不会尚奢华,由此看来,坊间所谓"半个安徽是李家的"这句话不可信。

李鸿章到底富不富?福尔索姆在《朋友·客人·同事:晚清的幕府制度》一书中有关章节中写道:"谣言盛传,说李鸿章的财富不可胜计,据说在他死时其财产约4000万到5亿两白银。然而没有人真正知道他的财产到底有多少。"福尔索姆曾访问过李鸿章的孙子李国超(李经迈独子),从他那里见到1904年4月4日在李鸿章当时尚存的子孙之间订立的去世后一份"合同",其中有李鸿章位于上海,安徽合肥、桐城、巢县、六安、霍山、肥东,江苏扬州、江宁(南京)等地不动产大致分配和处理情况。这份文件确实反映了李鸿章不动产情况,它们均在安徽和江苏。

十分有意思的是，这份合同第一条载明：

> 安徽桐城县城内产业四处。连同庄田十二块、坟田一块、堰堤一道，另加省城安庆房地产十四处，均留作李鸿章发妻周氏祠堂开销之用。由李经方经营。

根据这份资料可知，李鸿章名下在桐城的财产并不多，仅在县城四处，乡下有田庄十数块。李氏在县城的四处产业无外乎是房产，坐落在老城哪条街上，有待考证。联系到修复后的孔城老街上标明的"李鸿章钱庄"，就有些妄测，待进一步考实。

作家宋路霞在其《细说李鸿章家族》一书中说，李家真正发财的是老四李蕴章和老五李凤章。福尔索姆在他的书中也说，李凤章是个开钱庄的，像个守财奴，据李鸿章已故孙李国超说，他是弟兄几个中最富的，在合肥有一大块地产，在合肥和上海还有许多当铺及其他商铺。《细说李鸿章家族》一书引用了一份史料，是李蕴章房下的产业，记载在《慎余堂田产目录》中，里面有光绪十八年（1892）壬辰三月十二日的一份分家"合同"，援引如下：

> 立分关字人为李经邦、经钰、经良率侄国模、国楷奉母命：余年力衰，难以兼管家务，尔等俱各成立，亦宜各领房事。准将父遗田产生息分作四分，各自执业经营……

"合同"中，李蕴章家产分布在全省各地，省城安庆、桐城、合肥、肥东、庐江、滁州等地，其中桐城居多，摘要如下：

> 桐城金神墩泰清典屋一所，又义津桥光裕分典屋一所。永为公宅。
>
> 桐城汤家沟长裕典本足钱五万串正，典屋一所；孔城市房四所、田租九百六十七担；金神墩市房三所、田租三百四十担。均归大房国模、国楷侍母执业。
>
> 桐城练潭光裕义典本足钱三万二千串正，当张姓典屋一所；孔镇市房六所、田租九百六十一担；金神墩市房二所、田租四百六十五担。归二房

经邦执业。

桐城孔城镇光裕典本足钱五万七千串正，典屋一所；孔城镇市房三所、田租九百六十担；桐城县内左、都、朱三姓出业地基一块；金神墩西街地基租合共一处、当浮房租一处、田租三百四十担。归三房经钰执业。

金神墩泰清典股本足钱三千串正；孔镇市房八所，田租九百十四担；金神墩市房两所、田租三百四十一担。归四房李经良执业。

孔镇仓房亦归各房屯稻。

李蕴章产业在桐城达十几处，东南西北四乡都有，但大多集中在孔城、金神两地。话又回到本文开头。孔城镇为千年古镇，据说筑城于三国吴时。唐以前无从详考，有史料证明，宋代孔城是桐城县北乡之大镇，大约在宋景德至大中祥符年间，户部员外郎唐拱曾于孔城设"监酒"之职，专司舒州各县收购糯米、制造新曲、合办年度支出亏盈及酒税征缴监督之事，成为舒州商业行政中心之一。自此车马舟楫、贩夫贾客辐辏至此，孔城由此商业之风大开，渐趋繁荣。明清以后至二十世纪六十年代以前，近六百年间乍兴乍废，沧桑巨变。从李蕴章在孔城经营的产业看，晚清至民国初年，孔城繁华再现。假如修复后的孔城镇那座标为"李鸿章钱庄"建筑真是老李家的产业，不妨改称"李蕴章光裕典当行"较有可能。

更为有意思的是，李氏家族在桐城嬉子湖边一个蕞尔小镇金神墩也有不菲的产业。从那份《合同》上看，李家在金神墩不动产有市房、地块、典屋，又有田租、典本，其财产超出孔城。

李蕴章为何投资经营于金神墩，具体情况不得而知。据说李蕴章有非凡的商才，他双目失明，做生意眼睛虽看不见，但能用两只手同时打算盘，一只手计数，一只手核对；一块田地是肥是瘠，他在田边转一圈闻闻泥土气就知道。如此精明之人，在何处投资肯定是一投即准，不会亏本的。金神墩在民国以前是桐城商业重镇，从行政区划上分析，清代初期，金神墩属日就乡即西乡，是西乡七镇（练潭、青草塥、新安渡、挂车河、陶冲驿、天林庄、金神墩）之一。李蕴章地盘在省城安庆，经营盐号，又经营钱庄、当铺。他的势力在安庆，距离桐城仅百余里，官道水路皆通达，特别是水路，在桐城孔镇、练潭、汤家沟三大水乡古镇都有典当生意，在金神墩、义津桥小镇也有当铺，可能都是分号，桐城这些集镇处黄金水道，濒河达江，生意能做到江左江右，这或许是李氏家族将触角伸到桐城乡下一个个小镇的原因。李家在全省三大典铺光裕号、同裕号、裕源号，桐城就有光裕、同裕两家分号，加上金神墩的泰清号。

李家设在桐城西乡练潭有光裕号当铺。练潭在晚清时为西乡大镇，道光《桐城续修县志》说：有驿，北通县城，南通安庆府，西通青草塥，东通枞阳，四达之衢。李蕴章的当铺设在此地，是有利可图的。

李氏家族商业网点遍布旧时桐城东南西北四乡，除练潭、孔城这西北二乡外，东南二乡也有他家的典号，义津桥有光裕分典屋一所，汤家沟有长裕典屋一所。清代义津桥属大宥乡即南乡九镇之一。民国十九年前后，桐城县设九个区，义津桥是第七区治所，境内有浮山，名闻遐迩。汤家沟在清初属清净乡即东乡，是当时东乡八镇之一，《枞阳县志》说，双溪河流经镇中心，水陆交通方便，是货物集散地，原为桐城东乡的商业重镇。境内景色宜人，清代有小"八景"：丹霖夜雨、赖子回帆、琵琶积雪、鲟鱼落雁、三官晓钟、断桥渔火、莲塘秋月、水村夕照。民国十九年汤家沟划为桐城县第八区。李蕴章在汤家沟、义津桥开设典当号，尽得地利之便，也繁荣了当地商业。

李鸿章家族在安徽各地的家产究竟有多少，不去细究，从有限的资料看，他的家族非常看重桐城这片土地，除桐城古来为南北通衢孔道及地理要冲的特殊位置外，桐城山川秀美，宜商利财；文化昌明，民风古朴讲诚信，具备吸引天下商贾的独特环境。

桐 城 之 殇

1939年，秋风秋雨愁煞桐城父老乡亲。从大关乡间避难回城的姚孟振先生，登上西山求雨顶。西风长啸，美髯飘拂在老人的胸前，他目光凝重，俯瞰城中情景，尽是满目疮痍：县党部后墙的几棵百年皂荚被敌机炸弹撕裂，树干如虬龙受斩作冲天怒吼，其状可怖；南大街数十家店铺和老宅尽是瓦砾，那残垣断壁上，斜陈着几根焦木。四顾脚下，茅公洞一带又添了许多新坟。唉！日寇的铁蹄踏碎了每一个桐城人厚生惟和之梦，姚老先生心中一阵悲凉，这哪是两年前的桐城呀！那周长六里的城墙呢？我的父母之邦！

姚老先生名孟振，字慎思，民国初以创办新式教育闻于当世。他是桐城甲族姚氏的后裔，先祖曾与桐城清华门第中的著材宿彦，一同为这个诗书礼义之乡构筑了辉煌的文明。姚先生六十六岁时主持麻溪女中校务。先生家学根柢渊厚，身为校长，知行合一。在那个沧海横流、风云诡谲的时代，他特立独行、力排众议，为女子争取受教育的权利，得到桐城一班贤达如方守敦等辈的支持，一时间清亮的读书声响彻古城西郭外。1938年日寇压境，先生已七十七岁高龄了，侵略者的暴行遍及城乡，桐城这座千年古城，文化被撕成了碎片。他揩拭眼中的泪水关上女中大门，仰天长叹：生民涂炭，何至于子弟有书不能读？

抗战的第三个年头，日寇的飞机离开桐城境内，乡下虽时有日军的抢掠，但城内市民却有短时的喘息。1939年冬日，桐城西北郭外一笠庵前，一位身着棉袍、腰身佝偻的老者在山径彳亍独行，他就是慎思先生。女中停办后，先生避乱乡下，林下泉边，先生手捧一卷，朝讽夕咏，每读屈大夫辞赋及杜工部长韵律，联想起眼前的战事，不禁怆然涕下，偏处僻壤而忧国的情怀常常萦绕在他的心中，没有一刻忘却。面对家乡残山剩水，他吟道："国破家何在，时艰累有身。江山离故友，风雨忆诗人。老物全非用，修名半是贫。只余空谷里，瘦骨尚嶙峋。"日兵的踪影遁匿南下，老人回到县城，选择城外的一笠庵，他发愤以手中的笔，记录下日寇的罪行及桐城百姓的惨状。战火中的一笠庵蜷缩在一片残柳枯槐之下，群峰环绕，南可远眺龙眠河，这座旧庵子建于晚清以后，远望北拱门可与余家湾净土莲社梵钟相应和，但是，庵堂的诵经声不能消弭侵略者军国主义的狂野，战火还是烧到了这座古城。姚老先生在庵后寮房倚窗整日闭目沉思，昨天的情景桩桩件件，浮现在他的眼前……

他清楚地记得，日寇初次进犯桐城是在1938年6月13日，汽车由黄柏岭、北峡关两条大路进入桐城境内。日军原来并没有占城之意，起先计划沿合安公路直驱潜、太，图谋进犯华中，与长江日舰相声援。姚先生以为桐城县当局如若派出一、二支部队驻扎于城外西郊要隘，且依仗西山地势隐蔽，加上破坏公路，阻断交通，桐城县城定然是巍然不可凌犯的。无奈当时的县长桐城人潘慰农，虽出身保定军校，初历民社，胆量小，只顾执行上级不必守城的命令，将公文及重要物品一应收拢撤退到县城西北六十里外的唐家湾，官绅及眷属多蜂集于深山洞天，或躲避于叶家湾一带，神闲气定宛如置身世外桃源中。"寇至官先至，孤城孰肯归。"姚老先生一腔愤怒，指责当局的胆怯与猥琐。

敌兵并未驻扎于城中。可叹的是城内无兵警防卫，一座富庶的县城，在兵荒马乱的年月，竟残遭匪盗的肆掠和流民的哄抢。姚先生同邑马厚文先生拟古意作《城劫》前篇，叙录这次桐城的劫难：

> 寇攻津浦路，徐州乃不守。乘势逼庐舒，桐城陷敌手。
> 维时在夏五，兵临小关口。居民逃尽空，吏卒弃城走。
> ……
> 通衢无兵民，住宅列左右。竟起大盗心，撞开户与牖。
> 搬运室中物，初仅粮与糗。继乃无不为，视若所当受。

这时，大户人家上至楼阁，下及地窖，金玉宝器，书籍字画碑帖，以及衣服食品，一切竹木器物之类都洗劫一空。有些参与掠抢的流民遇到返回的日军，反遭枪杀，所掠得的物品竟被日军夺去。更为痛惜的是，敌军离开桐城后，桐城县当局派兵队下乡搜查，乡民所哄抢的字画书籍，既无处出售，又不能作糊口日用，纷纷害怕一旦搜出，反招祸患，便将这些文物或埋于田园山洞，或化为灰烬。姚老先生亲眼所见，有乡下杂货店竟然用金陵书局初版《后汉书》残叶包裹花生蚕豆之类的零食。他扼腕叹息，这真是桐城文化罹遭的又一次巨大的浩劫啊。

日寇的铁蹄没有碾断桐城南门公路桥。七月上旬日军遁迹南去，县当局竟然以桐城境内无敌踪，向上报告太平无恙而不作防御，日寇的车辆辎重竟能从怀宁高河埠至舒城七里河约二百华里公路上通行无阻。二十几天后，日军再次由安庆进入桐城境内，这一次犯境，日军先以数辆兵车窥探虚实，不敢贸然深入城内。县常备队兵卒依城驻扎，见敌来则避于山里，不作抵抗。日军见此情形，无所畏忌，长驱直入由桐城越过舒城，直达合肥。这一次日兵作了长远计划，沿路联络紧凑，节节驻防，合安公路沿线所有车站、桥梁都留兵守护。驻扎在西山求雨顶的一队日兵，凭地理优势，窥伺城中动静，竟无官兵抗击，任意肆略。马厚文《城劫》写道：

追溯桐城陷，五月十六日。未几自引去，踪迹殊飘忽。
自七月初十，再将城攻夺。至八月十二，全数始退撤。
洋桥半焚毁，电杆尽锯截。前后几何时，屈指仅两月。
中间所作为，残暴乃非一。吾闻寇在城，多仅百余孽。
……
司令设南门，城街驻骑卒。窗扉尽拆除，墙壁穿洞穴。
有灶不以爨，腥膻盛晡啜。有薪不以炊，器具供燃热。
毁坏南门关，内外行汽车。发枪及行人，纵火焚蓬荜。
鸡猪遭搜罗，妇女肆污蔑。一妇痛饮刀，一尼惨被刽。
分兵守四门，未有能逃脱。

日寇第二次离开桐城后，安徽省战时民众总动员委员会暨军事长官通令各县作防御布署，拟订了三条策略：一是破坏公路以断交通，二是拆毁城垣以免资敌，三是疏散人口以备空袭。姚先生以为，其中的二、三条，是导致桐城城墙拆除的直接缘由。

原来抗战进入不到一年时间，桐城即遭到日寇敌机轰炸。日寇南侵试图进窥武汉，由陆路从合肥南下掠夺桐城时，以空军作掩护，向潜、太、宿、黄行进。1938年端午节前，敌机四枚炸弹投向城内潘家拐，炸毁民房十几间，伤及古树两株；6月12日，城内男、女中学旁各落下一枚炸弹，炸伤男中学生一人。同日，日军飞机向大、小关境内投下数十枚炸弹，村民死伤无计。1939年后，日军重点向桐城东南西乡村进犯，练潭、横山埠、义津桥、罗岭雨坛岗、会宫市乡等地都遭到了敌机轰炸。房秩五先生创办的浮山中学遭到敌军六架飞机轰炸，校舍成为废墟，"罡风吹断故园春"。房先生在上海，闻讯后伤感无既。最惨烈的一次是在11月5日午前，五架敌机自西向南隆隆有声，向县城投掷了四十多枚炸弹。从国民党县部后身沿南大街抵南门外关厢口，民宅及商铺门面数十间被毁，殃及十余家，死伤六十余人。桐城县城经此巨创，人心惶恐，绅商各界纷纷逃亡他乡。姚老先生一家也在"跑反"的队伍中：

> 一电飞传警，仓皇忽出城。将昏同妇走，冒雨挈孙行。
> 颠蹶忘深洿，迷离辨乱兵。无端亡国恨，于邑不成声。

因此，1938年冬，安徽省下达拆除城墙的命令，屹立了四百余年的古城遭遇空前劫难，这次劫祸离崇祯乙亥之难近三百年。命令一下达，桐城有识之士奋起呼吁营救保全，姚先生在他的《纪略》中写道：

> 邑绅呼吁营救，以为城之险要，不在城而在山。若城西负山求雨顶一带不守，则全城在目，可探囊而取不难也。今留一城，承平时可防盗贼之小乱；若遇大乱，敌我皆不足为要害，无关有无也。

国民党省部对于民众的舆情全然不顾，省令终于施行了。1939年春，桐城县拆除城垣委员会，征集民夫对城墙实施拆毁。初意非二、三月期限不能完成，拆城委随即想到一个既"利民"又省工的策略，允许砖材石料等物料悉归民夫所有。于是全城青壮妇孺，争先藉以渔利，不到一个月功夫，砖材四散。"大工"告竣，城墙根石基开辟为后来的东、西环城马路。姚先生及一班缙绅贤达顿脚喟叹："前代官绅一片心血，不知流于何地矣。"

姚老先生对城墙的拆毁痛心疾首，在他的记略中，字里行间蕴藉着愤怒与怨嗔。当时负责拆城的是罗成均及其继任魏际青两任县长。县长罗成均于民国二十九年3月底离任，继任县长魏际青于4月初到任，应该说，执行拆城的方案在罗成均任上，而最后收拾残局落到了魏际青头上。下令拆城的人不知是川军还是桂系,利剑高悬,只恨国民党桐城县当局狃于上级命令,六里周长的城墙一月之内就不见了踪迹。

自拆城之事起,"议论纷纭、莫衷一是"。主张保全城墙的人士引经据典,以"体国经野"为根据,主张拆城有损一方安定祥和。城墙一旦拆除,则政府何以凭借,人民何以瞻依,世家大族何以保障?但是,力主拆除城墙的人则说,城郭是君主时代的产物,不适用于民主时代。并以为民主国家重点在农村,"盖城郭譬犹花叶也,农村譬犹根株也。若不培其根株,而第玩其花叶庸有济乎?"这些人竟然于战火纷飞的年月大谈"均贫富"的社会理论,说城郭是财富集中之处,应该将聚积在城里的资财扩散到乡村,以消灭城中"甚富"而乡村"甚贫"的社会现象。

主拆者还说,如果说城市为文化荟萃之区,那些世家大族,以诗书文物,留遗濡染,使优秀子弟学术文艺成材较易的话,那么,假如他们不囿于城郭,诗书稼穑兼营并进,习劳锻炼,使他们了解衣食的艰难,所得到的不是更多吗?况且世家子弟容易染上纨绔恶习,骎于不良嗜好,历来屡见不鲜,不必留此城郭豢养一班骄奢不肖青年之子弟。更有甚者,批评在君主时代,每遇战乱,地方官员都以保全城池为首功,对于城外人民,全然不顾,这是漠视民生。所以说,城郭不适用民主时代。

在今天看来,若以坚持拆城者论,城一定要拆,以便疏散城中居民,那么当局者完全可以实地考察,以保全城池、疏散市民两者兼顾,多研究几种方案,绝非只有将四百余年的古城墙拆除殆尽,才可以保证居民安全。况且主拆者竟在战时高谈民主时代如何如何,将城墙视为封建遗物,以革命的思想将历史文化消除,这正应合了敌寇毁坏中华文物的初衷。对此,桐城方守敦先生有《撤城诗并记》,愤慨婉叹之情溢于纸上:

> 桐城建成自明万历四年,为乡贤盛侍郎汝谦、吴布政一介二公所经营创造。十余年始告成,坚固壮观,巍然为皖省列城之冠,保障人民防变乱者将四百年。今以倭寇之难,当局主军事者恐寇重来据守,不易攻克,而先自撤之。于是,事将兴时,征役万众,卤莽驱迫,纷扰不顾一切,人人怨咨嗟惜,一月遂拆毕,此可为痛哭者也。吾桐形胜,在城外求雨顶。得

求雨顶，施以猛烈攻具，城自不能守；不得而为寇得，吾亦难迫近奋击，所争在山，胜败之数，无关于城。撤城遂能却敌哉？

视今寇据处，多无城也。庸怯无识，国先自伐，妄为如此，民奈之何？

这是当时桐城人共同的想法。诗亦写得伤痛不已、义愤填膺：

无端沧海恨难锄，忍矣坚城顿毁除。
竖子军谋胡出此，名邦形胜本何如。
盛吴伟绩骧真易，蛇豕妖氛惨岂舒。
四百年间大变革，伤心青史不堪书。

檠君先生的诗思，就是当时桐城一般维新志士如孙闻园、房秩五、姚孟振等人的共同心曲，反映了那个飘风骤雨中桐城有识之士的忧国情愫。1940年仲秋，姚孟振先生辞世，享年七十八岁。一年来的幽居生活，他始终沉浸在痛苦的回忆之中。昏暗的油灯下，寄心于秃笔楮墨，终于写就了《桐城两次沦陷记略》，笔墨着落之处，都成血泪控诉，字里行间透出了对官绅庸聩的愤慨，对新四军英勇抗敌的赞叹，以及乡民大义杀敌的凛然正气。先生在抗战开始的第四年含恨离世，那时，日寇的战火还正在中华大地上燃烧，城墙拆除，日军出入桐城县城如入无人之地，桐地东南西北乡村新四军及乡民英勇抗敌的英雄之举，使日兵闻风丧胆，这是姚老先生曾看到的。他的《记略》是对桐城初罹荼毒的一篇讨檄，更是对古城墙惨遭拆除的一首哀诔。姚振孟老先生是带着伤痛离开那个风雨晦暝的世界的。

展开在我眼前的是一卷黯默的《桐城两次沦陷记略》手抄复印本，原稿庋藏在省图古籍库中，不轻易示人。尽管是复印本，关于桐城沦陷于敌手，关于城墙的拆除，我们仍能从中寻觅到一部分史实。这部记略是姚孟振慎思先生对桐城文化建设甚至是对中国抗战史的一大贡献。民国时期桐城人哲学博士张武，早在第一次世界大战后著《国际侵略之末运》一书，就曾预言："侵略主义既不利于国家，又不利于人民，更不利于世界，故敢断言其末运将至矣。"日军在七十年前从中国领土上放下了屠刀，但亡我之心一直不死，然而，正如张武先生所言，侵略，终将是穷途末路。

　　写完此文，我的心情非常的沉重。面对今日光裸盘曲的东西文城马路，我黯然伤神，行走在这条路上，只要目及城基边那些老屋的残砖剩瓦，思绪如何飘忽，都会蓦然收敛，耳畔仿佛听到六十多年前姚老先生于一立庵窗前那謦欬之声，眼前迭现六十多年前，桐城一班磊落英多之士如孙闻园、方守敦、房秩五、马后文等人为保全城墙而奔走的身姿。他们都曾经伤感之至，为桐城而殇。

桐城天主堂及其女校

坐落在桐溪西畔千余年的桐城古城，进入十九世纪下半叶，渐为欧风美雨吹打。鸦片战争后，中国被迫与列强签订了一系列不平等条约，其中都规定了外国传教士可随意在我国境内"开设教堂""入内地传教"。随着西方传教士大批进入中国，清道光十一年（1831），天主教传入安庆，光绪十二年（1886），法国传教士石资训（译音）的足履第一次踏上了桐城的土地，开始在县城传播"福音"，但这仅是"游方"布教，市民大多避而远之。光绪二十六年（1900），天主教在省城安庆成立了安庆教区，下辖怀、潜、桐、太、宿、望6县本堂，教会开始有了固定的场所和严密的组织，教徒益增。辛亥革命以后，梵蒂冈教廷采取了天主教"中国化"的措施，到民国时期，安徽省正式成立了蚌埠、芜湖、安庆三个主教区，安庆教区重划为西班牙耶稣会传教区，主教座堂在安庆市"耶稣圣心堂"。皖省境内所有的教堂，起初大都为法国传教士所创办，后来由西班牙和意大利传教士分别接收接管，这是天主教教宗对在华宗教势力范围的一次重新调整。民国二十五年（1946）后安庆又为安徽省总主教府所在地。安庆教区的堂口分布在合肥、六安、池州、安庆等地区。解放前共辖有安庆、合肥、贵池、至德、太湖、六安等6个总铎区，24个本堂区，111处公所，有教徒近3万人，外籍传教人员50余人，所辖主要教堂24座。

民国肇始，社会稍有安定，安徽耶稣教会长恩思铎（译音）即由省府安庆进入桐城。恩思铎神甫此行除考察天主教在桐城的传布情况外，还有一项重大的使命，就是建立一座天主堂。他与同行者在古城内勘探地形后，认为城西便宜门西侧的山陂为理想之地，遂创建了桐城天主教堂。桐城天主堂，教内称"圣母堂"，民国时，便宜门一带堪称古城宗教区：西北隅便宜门东西两侧高岗之上，东为"净土莲社"，西为"天主教堂"，一为哥特式尖顶直指云表，一为歇山式屋脊后飞檐凌空。市民晓起，可听梵音与自鸣钟声交相回荡，给古城居民静谧安宁的生活平添了几份神秘与空灵。天主堂建筑面积约1943平方米，房舍59间，同时又在青草塥、义津桥〔今枞阳县〕设立了分教堂。一说桐城天主堂创建于清光绪二十七年（1901）。

新中国成立伊始，中外反动势力欲扼杀新政权，掀起反共浪潮，外国传教士中不乏少数神职人员为反动势力作鹰犬。1951年，全国开始了发动群众揭露、控诉帝国主义分子借宗教外衣进行政治渗透、经济剥削、人身迫害的违法罪行。安庆教区就有桐城外籍教士戈森卫、都光中的违法罪行被揭发出来。此时，一些神甫被驱逐出境，还有一些神职人员感到政治形势压力，申请回国。桐城天主堂的钟声从此消逝在古城的天空。天主堂的房舍成了群鸟的"乐园"。

天主教传教士进入中国带来了传播"福音"的使命，同时也带来了西方的医学、慈善、教育等现代西方文明。教会女校就曾一度遍布中国大中小城市及乡村。自此，"兴女学"成为一种新思潮激荡着中华大地。最早倡导女学的是宋恕，他在1891年所著《变通篇》中提出："男女六岁至十三岁皆须入学，不者罚其父母。"梁启超强调兴办女学的重要性，认为："女学的兴衰，关乎强国。欲强国必由女学始。"1935年前后，西班牙神甫戈森卫、都光中（译音）来桐城，当时全县已有天主教徒约1000余人，天主堂内有修女七八人。戈神甫在北门余家湾增设了女校，开始向青少年女子传教，设置新式课程。

余家湾在桐城西隅便宜门巷内。龙眠山千沟万壑汇聚成溪奔流向东南，大溪出山三里许陡起高岩，一岗兀起，市民呼为"跳吕台（钓鱼台）"，雅称"观野崖"。余家湾即在古跳吕台高岗之西，其地高阔，自东北而西南，渐次平坦，桐溪塥曲水潆回，在余家湾蛇折蜿蜒向西，此地旧时多高墙深院，富族大户多卜居此。天主教女校选址余家湾，一为居城区之高，南面可俯瞰全城风貌；一为宁静之所在，无市廛的熙攘与车马的喧闹。现在看到的女校房舍为清代建筑，门楼高阔东向，门楣木板横额用红墨书"天主堂女校"，历经80年仍依稀可辨。屋内庭园已荒颓不整，没有了当时的花果飘香和瑞草的繁茂。房舍为两层两进三开间，第一进中有敞堂，东西各有二间厢房；第二进由后园进入，共五间，幽深安静。

民国时期，安徽天主教会举办的学校多达几十所。安庆教区有中学3所，小学21所，经文小学24所。大多在民国二十八年、二十九年创办。桐城天主堂女校便是其中之一所。

　　天主教在华举办各类中、小学校等教育文化事业，旨在传播文化的同时，灌输宗教知识，为扩大天主教势力服务。据有关史料记载，天主教在中国的女校，其教学内容丰富，中西兼授，课目开设理论与实践结合，主要有《四书》《女儿经》《圣经》之类的中西典籍，以及算术、地理、历史、生物、生理之类的近代学科。但中心科目是中外两种圣经，一是基督教圣经，一是儒家经典。女校重视外语，突出宗教，重视文、体、艺全面发展。教学内容与社会实际联系较为密切。其一般课程如数学、外语、历史、地理，可开阔学生视野，对走向社会大有益处。所设纺织、缝纫、园艺、烹调等课程，对学生日后谋生、持家大有裨益。

　　教会学校作为中国半殖民地半封建社会的产物，它的目的是希望输入西方文明，但教会女校的创办，在客观上开创了中国近代女子教育的先河。教会女校的出现，对于数千年来被剥夺了平等教育权的女性来说，是一次对于不平等的解放。桐城天主堂女校开办晚于国内其他城市。且学生多少，开设哪些课程，女校停办于何年，已无从考稽。但女校的开办，对桐城一地的平民女子教育又带来了积极的影响。

　　一是开创了桐城平民女子受教育的风气。桐城历来文风昌盛，自明清以来，教育兴盛。但大族富户人家女子教育始终以庭训、家塾为主要方式，淑女多身居闺阁，足不出户，无论略通文墨，还是识文断字，都靠族里之间，父母伯叔、姑姊兄弟互为授课学来，更不论新思想、新知识的获得。特别是一般平民家庭女孩没有受教育的机会和权利。天主堂女校开平民女子受教育的风气，虽招收的学生不多，时间不长，但女校朗朗书声与教堂音乐响彻高墙之外。女学生穿着新鲜，身姿清丽，出现在街头广众面前，实为千年来桐城第一等新鲜事物。

　　二是西方科学知识进入桐城寻常百姓人家。早在明代，西学东渐，方以智一面秉承家教，以《易》学传世，一面又广泛接触传教士，学习西学。他的《物理小识》《通雅》《东西均》等鸿篇中无不闪耀着唯物主义的光芒，蕴含着科学的真理。但这仅止于学人的书本之上，一般平民尤其是妇女无法体会进入其中的奥堂。桐城天主堂女校的开办让桐城城乡女子有机会接触西方的英文、物理、生理、美术的奥妙乃至世界地理、体育的趣味和上帝创世纪的神秘。

三是唤起了桐城人对女子教育的重视。天主堂女校创办之初，阻力重重，甚至被城里富绅儒士视为异端，富庶之家，不屑送女儿进此类学校。学生多来自教民之家或贫苦家庭。女校课程开设后，粗鄙女孩由目不识丁到身怀绝学，学生皆能学以致用，便开始被人刮目相看。一些高门人家也耳闻外埠女子留学的新闻逸事，开始渐渐接受这一新式教育。

四是与桐城境内公、私立女校教育互为映照。光绪三十四年（1908）枞阳镇有了桐城境内第一所公立"化俗女子高等学堂"。民国七年（1918），桐城有女子小学校5所9班192名学生，抗战期间私立"麻溪女子中学"创办（《桐城县志·教育》）。这些女子学校（堂）的创办，是富家女子受教育的场所，穷苦家庭女子无缘迈进校门。桐城天主堂女校虽是外国宗教培养的教徒，主修神学，但客观上使这些女性受到中西文化的启蒙，良知的启迪和自由独立人格的培养，以至放眼环球，开发了思维，开阔了视野，这些都是当时桐城一批新旧公立、私立女校（堂）所不具备的。

民国二十七年（1938），安庆沦陷，各地外籍教士大半在战乱中纷纷撤离，桐城天主堂女校停办当在此时。

吴汝纶《天演论序》读后

清光绪二十四年（1898），中国近代史上最负盛名的翻译家严复迻译的英国学者赫胥黎《天演论》刊行，这是中国近代史上第一部译介西方有关进化论的专著，出版后在当时的中国社会产生巨大反响，轰动一时。

《天演论》译自英国生物学家、哲学家托·亨·赫胥黎的《进化论与伦理学》。严复以古雅的文言风格采用意译的方法，"不斤斤于字比句次"，而是"将全文神理，融会于心"，译出原书的旨要，再加上按语，形成他自己的"天演"哲学思想。该书首次向中国介绍达尔文的进化论，其"天演竞争，优胜劣败""物竞天择，适者生存"的自然界生物进化学说震动海内；他在按语中还宣扬了英国哲学家斯宾塞的"社会达尔文主义"，认为自然界"食物链"现象提出"弱肉强食，物竞天择，适者生存"的观点，在人类社会同样适用。这也是《天演论》与《进化论与伦理学》一书的不同之处。

作为一介学人，严复为什么要选择一部西方关于进化论的著作译介给中国读者呢？从鸦片战争以来，中法战争、八国联军侵华，尤其是中日甲午战争后，国势日衰，张岱年、季羡林主编百卷本《中国全史·清代政治史》云："马关条约给中国带来空前严重的恶果，其中割地一项，直接导致列强瓜分中国的狂潮。"中国面临西方列强"瓜分豆割"的严重局面。仁人志士都不禁设问，中华真的是要亡国灭种了吗？《天演论》出版恰逢其时。严复在书中呼吁国人，只要发愤图强，人治日新，顺应天演规律实行变法维新，中国仍可得救。可以说，《天演论》在国家危亡关头，为中华民族救亡图存敲响了警钟。书中所使用的大量新词汇诸如"天演""物竞""天择""进化""保种"等，令国人耳目一新。《中国全史·中国清代思想史》谓，此后，"近代中国的先进人物和思想家几乎都把进化论作为他们的基本思想武器"。《天演论》一经刊行，风靡中国。维新志士，学界巨擘纷纷称羡。尤其是在晚清桐城派古文大家吴汝纶为该书作序，更使该书锦上添花。吴汝纶先生是最早读到严译《天演论》的。他在阅读完译稿后，油然而生倾倒之情，遂致书严复，感慨而云：

> 得惠书并大著《天演论》，虽刘先生之得荆州，不足为喻，比经手录副本，秘之枕中。盖自中土翻译西书以来，无此宏制，匪直天演之学，在中国为初凿鸿蒙，亦缘自来译手，无似此高文雄笔也，钦佩何极！

遂欣然为《天演论》作序。

吴汝纶的《天演论序》作于光绪二十四年，他对《天演论》这篇"大海东西奇绝之文"赞叹有加，吴序在两个方面肯定了严译的价值：一是它的思想价值，一是它的文学价值。

对于《天演论》的思想价值，吴汝纶以为，同具进化论思想，在赫胥黎以前，西方的哲学、思想、科学界大多"以天择物竞二义综万汇之本原，考动植之蕃耗。言治者取焉，因物变递嬗，深研乎质力聚散之几，推极乎古今万国盛衰兴坏之由，而大归以任天为治"。自从赫氏提出进化论与伦理学关系之后，天择物竞被用作了征服自然、改造社会的思想利器，他说：

> 赫胥氏起而尽变故说，以为天下不可独任，要贵以人持天。以人持天，必穷极乎天赋之能，使人治日即乎新，而后其国永存，而种族赖以不坠。是之谓与天争胜。而人之争天而胜天者，又皆天事之所苞。是故天行人治，同归天演。

吴汝纶极力推崇《天演论》中"人之争天而胜天"的思想，认为"以人持天"，人类掌握自然规律就能尽力去探究大自然赋予人的治理社会的本领和途径。人有了征服自然、改造社会的能力，国家就能由弱变强，民族就能繁衍壮大。他不由叹服："凡赫氏之道具如此，斯以信美矣。"吴汝纶作为后期桐城派的殿军，能不信皇权的力量，而唤醒国人认识自然，掌握自然规律，强国保种，这在晚清社会，于万马齐喑的溷暗时局下，无异于一声惊雷，的确是开通民智、振聋发聩的惊世之语。也足以昭示世人，桐城派作家不仅是效法义理、雕琢词章的古文高手，也是近代社会能心怀天下、启迪民智的先驱。

对于《天演论》的文学价值，吴序着墨颇多。他说他深得此书的真昧，不仅在于严氏具有独到的见识，译著旨在为国人开启民智，更由于严氏以古雅的文体翻译赫氏之书，使得进化论这一新思想得以彰显而传播于古老中华。"凡吾圣贤之教，上者道胜而文至，其次道稍卑矣，而文犹足以久。独文之不足，斯其道不能以徒存。"吴汝纶十分重视文采对于传播思想的作用，文采不足，其道难存。此也可以认为是吴氏对文学的灼见。吴氏称羡《天演论》通篇文采斐然，以为"文如几道（严复字）可与言译书矣"，把严子之文和晚周诸子相等列。《天演论》刊行后，连鲁迅也以诙谐的笔调为之称赞："最好懂的自然是《天演论》，桐城气息十足，连字的平仄也都留心。摇头晃脑地读起来，真是音调铿锵，使人不自觉其头晕。这一点竟感动了桐城派老子吴汝纶，不禁说是'足与周秦诸子相上下'了。""他的翻译，实在是汉唐译经历史的缩图。"

严复在《天演论·译例言》中记述在翻译该书过程中，常与桐城吴先生、钱塘夏曾佑相切磋。严氏译著所遵循的"信、达、雅"原则正是该书能引起反响的重要原因。该书刊行后首先为知识分子所阅读，古雅的行文风格当然为士人阶层所注意。而吴汝纶为该书作序，其序实为一篇绝妙的散文，严译与吴序相得益彰，一经出版面世，无疑给当时的思想界吹来了一股清新之风。

吴汝纶于1902年赴日本考察学制。姚永朴《旧闻随笔》载，日本人与先生游马关，有人请他题诗，他大书"伤心之地"四字，充分表现了先生的爱国情怀。亲临《马关条约》签约之地，先生痛心疾首，深感国弱民孱的屈辱。吴汝纶在为《天演论》作序的四年后，即自日本归来后，他在家乡创办了桐城中学堂，其为该校题联"后百十年人才胚胎兴起于此，合东西国学问精华陶冶而成"正是要实践其"以人持天""欲瀹民智"，培养人才，以人治之日新卫其种族，为中华民族崛起的宏愿。严复、吴汝沦及其近代中国的维新志士，他们的强国之梦如今已实现。中华民族已自立于世界民族之林。回顾上世纪初在举国昏昧之时，《天演论》及其序言横空出世，古老的中华犹如睡狮惊醒。《天演论》这部雄著的警世之言在经过一百多年之后的今天仍值得我们去沉思。诚如《进化论与伦理学》今译者宋启林教授所言，在科学、理性、文明与和平已成为时代主流精神的当代世界，在中华民族已由昔日的"东亚病夫"成长为"东方雄狮"的今天，不论是赫胥黎的《进化论与伦理学》，还是严复的《天演论》，似乎都失去了再现其思想锋芒、独领风骚的语境。然而，他们所阐发的思想精髓，与其他一切思想大师所述说的微言大义一样，永远给人们以无尽的启迪。

警钟百年声犹在

——桐城张武《国际侵略之末运》述略

一

日俄战争开始的那一年,桐城人张武正在日本留学,继而又去欧洲留学,遭逢第一次世界大战爆发。

青年张武目睹两次国际战争的惨状,深为忧虑。对于战争尤其是一战给人带来的深重灾难,他痛心疾首,忧戚长叹:

> 世界大战经历之时四年有半,宣战之国三十有二,直接死伤至二千七百余万人之多,直接费用至三千七百余亿元之巨,自有人类以来,可谓第一之牺牲矣。

这是张武在其《国际侵略之末运》一文中所征引的当时统计。据后来有关史料记载,一战期间同盟国士兵阵亡达338万余人,协约国士兵阵亡达549万余人,大约有6500万人参战,2000万人受伤。战争还造成了严重的经济损失。

在张武看来,第一次世界大战给人类造成了不可估量的经济损失和精神灾难,人们应该以此为惨痛教训。但情形并非他所想象的那样,侵略者野心勃勃,霸权主义无一日不在蠢蠢欲动,面对当时世界局势,张武愤慨地说:

> 不料大战之后,尚有不知反省,奉行军国主义、帝国主义者,因之,侵略主义复又重整旗鼓,将与人类为敌,长此以往,吾恐第二大战又将发生矣。

于是,痛定思痛,张武愤然著述,写下《国际侵略之末运》一书,据学理、摆事实,义正词严地指出:"战争根于强权,主张强权,方起战争;和平根于公理，主张公理，方致和平。"民国政要田文烈在《国际侵略之末运》序文中说，龙眠张武著此书，是"慎于侵略为祸之无已，揭其症结之所在，往复推阐，以明其终不可存在之理，意将使怀抱野心者切瞩其利害，嗒然颓丧而不敢复有所肆，嚣音瘖口"。

《国际侵略之末运》写就于1921年即民国十年，第一次世界大战刚结束才两年，张武在书中预言当时世界大势："强权势力既已趋于衰弱，公理势力既已趋于伸张，足见世界真正之和平不无相当之希望也。"言之谆、情之切，表达了全世界一切热爱和平的人的共同心愿。

二

《国际侵略之末运》皇皇三万余言，列有总论三篇、结论二篇、正文十五章。条分缕析，兹分述如下。

张武在《国际侵略之末运》的总论中分节论述了侵略主义的现象与本质，分别为"侵略经验""利害关系""生存竞争"三个部分。

"侵略经验"一节针对第一次世界大战给人类带来的灾难性后果，作者提出独特的见地，他将当时国际舞台上的秉政者分为三种情形："就经验言之，上智者以往古历史之经验为经验；中智者以现今时事之经验为经验；下智者以己国之经验为经验。"并严厉地告诫那些在一战中主张军国主义的失败者们：战争结束以后，如果采取往古历史之经验为经验，即上智者的思维，以古鉴今，吸取穷兵黩武招其灭亡以致国力衰弱的惨痛教训，加以反省，或许未来就不会再次发生世界大战；反之，如果只看到本国眼前利益，甚至不知反省，不以国家人民为重，去权衡利害而战战兢兢，则不幸的事情一定会发生，即烽烟会再起。

此一段中作者举了许多事例，剖析在战争中有些失败国家当政者侥幸的心理状态：只究客观条件不顾主观因素，即不论战争的非正义性，而一味推责于军事设备的不足，"并欲扩充军备，以图大举"，这是十分危险的。有些在过去侵略战争中取胜的国家，一味侥幸，作者指出，这是最大的祸根，这些国家"不知谨慎，不知恐惧，不知预防"，最终是要身死国亡的。

总论的第二节阐述了国际交往中的利害关系。作者认为："国家立于天地之间，亦各有自身之利害也。"世界上总有那么一些国家，对外实行侵略主义政策，"置他国利害于不顾，复以他国利害为其牺牲"，其结局必然间接或直接、有形与无形地与多数国家为敌。具体说来，其一，被侵略国直接深受其害，与侵略国有不共戴天之仇；其二，其他国家，因唇亡而齿寒，也站到敌对阵营；其三，即使与侵略国当初结为同盟，战争一起，各权衡其自身利害，也有临阵倒戈、反为仇雠的；其四，其他邻国，见侵略者吞人领土，心生畏惧，由惧而生隙，也是常见的。

上述四种情形剖析，是何等的高见！

由此作者感叹到："侵略主义者，不啻制造仇敌主义也！"

作者进一步分析：纵观当今之世，有些所谓的"仇敌"，决不是分崩离析式的绝对仇敌，今日为仇，或许明日又为朋友，一切以利害为中心。所以"一国立于天地之间，其地位之安危，不仅关系强弱，其与他国利害问题，妨碍与否，亦有绝大影响也"。这是对所有奉行侵略主义的国家发出的忠告。

因此，作者强调：侵略国家地位危险之程度，与弱小国家的危险程度大致相同，害人同于害己，所以，要想顾及本国的利害，只有尊重别国的利害。古今中外概莫能外。

《国际侵略之末运》正文凡十五章，每章中又列若干节，分别从强弱之关系、人口问题、外交、贸易、军备、战争、赔款、反抗、外争、内患、民德、利益之归宿、爱国、虚荣、内治等方面逐一论述侵略主义的危险性，引经据典、借喻设譬，设问反诘，举一反三，行文鞭辟入理，义正词严，不容辩驳。文章具有两个鲜明的特色，一是警句俯拾即是；二是譬喻颇具理趣。兹举数例如下。

警句连连，言之耿耿。如：

> 今日国家，所谓适者，在乎不背世界之潮流，不逆人心之趋，外顾列强之利害，内顾人民之利害，藉以维持生存之地位也。

> 今日之强国，往往恃其兵力，对于弱国，辄欲吞并之，分割之，藉以饱其无厌之欲壑。

> （侵略国）日日树敌，以自陷于孤立之地位。

> 主张正义公道之国，其在国际，必寡争端，全部精神可以注意国内文

化与其经济上之发展。故其进步，自较他国为优。

文中诸如此类的警句非常多，不一一列举。这是作者在观察当时世界局势、审时度势后提出的观点，可谓至论。这些话句句掷地有声，虽然说在百年以前，国际风云变幻又逾一个世纪，但余音犹在耳畔，历久弥新，即使拿当今国际形势和国际关系来对照，也不失其深刻精辟。如当前国际上某些大国、强国自恃其强大，对其他发展中国家及弱小国家，今日横加干涉，明日动辄制裁，不是和百年前那些侵略国家所奉行的对外政策如出一辙吗？

信手拈得，妙譬纷呈。如第六章"战争"中引用的许多譬喻，且举数例：

> 今有败家之子，以其乃祖，乃父百年之遗产，置之赌局，以孤注一掷，则人必笑其愚。盖其危险甚大，终身祸福悬于倾刻间也。

接着，作者立即反诘道：

> 为侵略而事战争者，何异国家之赌博？以百万生灵、亿兆财产为孤注一掷，万一失败，不堪设想，假令成功，亦非幸事。何也？即有所得，亦不过惹起种种忧患以自困也。

作者由此深入，进一层剖析道：

> 况赌博一胜，便思再赌；战争一胜，便思再战。世间赌徒，往往小试博技，偶尔得利，遂以为其术精，无所恐惧矣。是赌兴愈豪，贪念愈深，不至倾家，势不已也。

以赌徒心理比喻侵略者算计，真是再贴切不过了，这就从根子上揭露出侵略者的本性。最后，作者正告那些习惯于拿国家人民作赌注的侵略者们："今日侵略国，保有一时富强之名，果其侥幸之心不止，恐其将来命运，或有不堪设想者矣。"

在"总论二"中，针对当时某些侵略国家以自己利益为重，以牺牲别国利益为代价，来壮大自己的丑恶行径，作者深恶痛绝，又用了一个譬喻：

> 今有人焉，其与人交，惟己之利是图，置他人利害于不顾，甚至以他

人利害为牺牲,凡与交游者,势将裹足不前,及其终也,必至孤立世界。

接着,举出有些奉行侵略主义政策的国家,其行径如民间见利忘义的小人一样:

> 今有一国,实行侵略主义,置他国利害于不顾,复以他国利害为其牺牲,其结果也,多数国家大都直接间接、有形无形立于仇敌之地位矣。

所引譬喻,个个贴切而生动,形象地将某些奉行侵略主义国家的嘴脸暴露在光天化日之下。

囿于当时国际形势复杂,作者在举例时有意隐去具体国家之名,书中有大量"今日强国""今有一国""今日侵略家""今有侵略国""世有强国"等字眼,作者虽未点明是哪个强权国家,但细心的读者一看便知。

三

《国际侵略之末运》一书封面署"哲学博士""龙眠张武"。近代以上,桐城士人立言大多喜以"龙眠"代邑名,如宋代李公麟号"龙眠",明清之际的方以智也有"龙眠"之号。"龙眠"即桐城的代名,雅逸有韵致。张武是桐城人,生平不详,读其书,从其简单的经历上看,似与民国桐城人张瑞麟为同一人。

作者在书中"自序"开篇有"余之渡日""继渡欧洲"的寥寥数语,这与《桐城县志·人物》"张瑞麟"条目中介绍颇有契合之处。"志"载张瑞麟生卒时间为1984—1941年,现代著名测绘专家。少时读书龙眠山中。十七岁至湖南武备学堂习军事。光绪三十年(1904)由湖南省官费保送至日本振武学堂,学习大地测量。这与张武的生平很接近。

其一,生活年代大致相似,《县志》载张瑞麟于1904年赴日本留学,当时正值20岁青年。张武在该书序中说"余之渡日也,日俄战争起",而"日俄战争"正爆发于1904年,两人早年经历基本吻合。

其二,张武自署"龙眠",而《县志》载张瑞麟"少时读书龙眠山中",此二者有必然的关联。龙眠山在少年张瑞麟心中留下太深的记忆，青年足迹遍中国，故乡情结萦绕于心，著述署以"龙眠"，情在理中。

其三，张瑞麟当初游学于日本，入"振武学堂"，回国后加入同盟会，从事推翻帝制的革命活动。共和肇造，任安徽督军府代理参谋长。后以大地测量为一生之事业，但无不与从戎有关。"武"的本义是"止戈"，《左传·宣公十二年》："夫武，禁暴、戢兵、保大、定功、安民、和众、丰财者也。""戢"，藏也、敛也、止也。假如张武本名、字非"武"，在著此书时，见侵略国以武力侵占别国的种种罪行，愤而署以"武"，取"以武制武"之义，也未尝不可。

从以上几点看，"龙眠张武"或许就是张瑞麟先生，也或许就是一个主张"非攻"的桐城人。

通览《国际侵略之末运》一书，作者写此书的思想来源大半取自中国传统"和"的思想，又辅之以各国古代哲人关于和平的理念。正如该书的序言作者田文烈写道："老子曰：'佳兵者不祥。'孟子曰：'善战者服上，刑连诸侯者次之，辟草莱任土地者次之。然则穷兵黩武，日以侵略为务，乃秉国者之大不祥。'征之古训，固昭昭其可镜也。……吾国春秋之季向戍，固尝以弭兵召列国。"作者自己也强调："上智者以往古经验为经验。"所谓"往古经验"也就是中外古代圣贤的智慧，作者一定也曾熟读中国古代诸子和外国思想家的著作，尤其涉及世界通史和中国历史，所以能发出"噫！世界人类自洪荒以来，受侵略之害者久矣"的感叹。

张武生当晚清，生活于王朝鼎革之际，目睹了日、俄在中国东北争夺领土，又亲闻亲历亲见第一次世界大战爆发的惨状，饱受侵略战争给人类造成的深重灾难，有亡国之耻，离乱之恨，故有沧桑黍离之感受。他自幼接受中国传统文化的熏陶，又游历日、欧，学贯中西，视野开阔，故能将"和为贵"的儒家学说与"世界之和平、人类之幸福"的全球共同和平的理念作为文章的主旨，去审视当时世界形势与潮流，故能立意高远。张武少年即读书于家乡龙眠山中，六经诸子史集及乡先辈著述肯定烂熟于心，故能成为一代文章高手。田文烈称"龙眠张君，慎于侵略为祸之无已，为之揭其症结之所在，往复推阐，以明其终不可存之理"。往复推阐，就是做到思辨缜密，逻辑性强；穷根究源，征引史实，揭橥公理以服人，让奉行侵略主义的穷武黩兵者形象暴露无遗，以致哑口无言,足见这部著作立论的严谨性、权威性,在当时产生了一定的影响,因而受到民国政要的推重,时任段祺瑞政府内务总长田文烈为其作序,清末举人合肥人李国筠题写书名。该书甫一刊布,中外瞩目,洛阳纸贵,一年三个月内三次增印:1921年8月初版,紧接着同年9月再版,继之同年10月第三次出版,在作者位于北京的宣武门内化石桥翠花湾甲八号和位于家乡张宅同时发行,全国各地书坊分售,定价大洋五角。为近代史上十分罕见的一部军争著作。

四

《国际侵略之末运》一书写于1921年,作者在该书中对第一次大战后世界局势分析透彻,对侵略国奉行军国主义的图谋一一予以揭露,旗帜鲜明地提出"侵略主义不复适用。""侵略主义既不利于国家又不利于人民(指侵略国),更不利用世界,故敢断(言)其末运将至也。"百年世界大势,失道者寡助,自二战以后侵略主义屡屡失败,其强权末运一一被作者言中。

张武在书中进一步指出:"世界愈文明,公理势力愈增加。文明达至极点,惟有公理,毫无强权。"反之,"世界愈强蛮,强权势力亦愈增加,野蛮达至极点,惟有强权,毫无公理"。

张武预言,以今日形势论之,此后世界大都日日趋于文明,不能趋于野蛮,故公理之势力唯有伸张,强权之势力唯有衰弱。因为世界爱好和平的人爱国之气越来越高涨,人民团结之力量越来越坚不可摧,"弱小人民,深知其国恒有累卵之危,战败则有亡国之惨祸,战日生则有恢复之希,进可至于乐土,退则陷于苦海,民气之坚,不待智者而决"。

同时作者预见,侵略国其因侵略主义既与列强发生种种利害之冲突,势必引起第二次大战。足见作者对当时国际侵略者包藏祸心是非常清楚的。

就在张武《国际侵略之末运》刊布不到20年时间,诚如张武所料,大战之后,侵略主义复又重整旗鼓,与人类为敌。第二次世界大战真的发生了,不过这是后来的事。写此书的十数年后,大战再起,这一次不仅欧洲人民受难,中华民族也陷入深渊,饱受战争之苦。张武不愿看到的局面,竟然真的发生了。由此可以看出,公理固然为人类所崇尚,但强权无一日不在,奉行军国主义的人无一日不在觊觎别国的利益。昨天如此,今天依然如此。百年以来,世界从未安宁,且看今日之世界,地区冲突不断,国际经济制裁与反制裁即贸易战从未停息过。某些国家奉行军国主义对外政策的人仍野心勃勃,诚如百年前张武所说的那样:一些国家仍在奉行以自己的国家利益为上,而"置他国利害于不顾,复以他国利害为其牺牲",以致"日日树敌,以自陷于孤立之地位"。这是世界主张和平的人都要时刻警惕的。

近代风云,波起云涌。世界发生百年未有之大变局,回顾历史,痛定思痛,拂去历史的尘埃去展读张武的《国际侵略之末运》,书中的许多论断仍然具有重要的现实意义。一百年前的张武,以一位军事理论家的国际视野,热爱和平,恪守公理,呼吁韬戈偃武,关注人类命运,无时不在拭目以待侵略者的末运到来,无时不想看到和平之曙光。这是何等的悲悯情怀!

桐城读书人历来注重经世致用之学,近代以还,如姚莹、方东树、吴汝纶等一大批桐城派作家们,身为文士而不忘"经济"之学,具有兼济天下的视野与胸襟,为世人所推重。张武虽未入桐城派作家群体之列,但他踵接乡先辈关注民瘼的流风,不失桐城文人的节概;他生当风雨飘摇之际,内忧外患,生灵涂炭,处世立身重内圣外王,所以立言惊世,仍有着桐城文士所具备的儒者风骨。《国际侵略之末运》堪称一部警世奇书,寄托着张武反对侵略、祈祷人类和平的宏愿。他在该书结尾写道:

> 战争于强权,主张强权方起战争;和平根于公理,主张公理方致和平。强权势力既已趋于衰弱,公理势力既已趋于伸张,足见世界真正之和平,不无相当之希望也。

百年时光如白驹过隙,当年桐城张武已向全世界热爱和平的人敲响了强权复活的警钟,主张公理方致和平;同时也早已向奉行国际侵略主义的强权者敲响了灭亡的丧钟,侵略主义末运将至。斯人已逝,著作尘封多年,已不为大多数人所知晓,而百年钟声犹在耳畔。

"天安"一闸锁蛟龙

——桐城东乡首座河闸建设述略

古桐城广袤近三百里，县志上说，桐城境内"山深秀而颖厚，水荡潏而迤逦"。所谓"山深秀"，盖指桐城西、北群峰连绵，深邃不可穷源；而所谓"水荡潏"，则实指县内东、南二乡及西乡广阔水域。

桐城东南二乡河湖相连百里，自古就有"鱼族繁衍，稻米腾涌"的美誉。但文人笔下所谓的"稻米腾涌"，描绘的是风调雨顺的丰年景象，而一遇水患，东、南二乡则尽成泽国，以致"田园湮没，民生不聊，而东乡尤甚"。民国《桐城县志略》记载："桐城东南乡为膏腴之地，自道光三年后，江水为患，屡年被灾。"1998年版《枞阳县志》也有记载："从道光七年至民国37年的122年中，水灾发生为36年次，平均每3年多就发生一次。人民生活受到严重影响。"

东乡水患频发的原因，是由于其特殊地势造成的。清人胡廉《桐城水道记》说：

> 东河之水自平顶山出者为罗昌河，自大凹山出者为麻埠河，会于石溪。自老人桥、会宫出者，为獭桥湖，附石溪，达乌金渡，下长山头，是为白荡湖。横阔数十里，东河之形胜在焉。西连竹子湖，焦岭、龙潭、桃花山水出焉。南连浦溪，周山、巠山之水出焉。北连章家赛，分水岭之水出焉。通会于双溪，由王家套入江。此东河之源流也。

可见东乡水资源特别丰沛。

民国首任桐县知事刘启文，在《桐东建闸疏河始末记》一文中也对东乡山川水文作了详尽考稽，支脉清晰，读者可一览原文，细心体会，兹不一一罗列。总而括之，东乡川流千回百折，其河、汊纵横，湖、滩星罗；长堤如枰，渚矶耸立；水流九派，分合无常。刘启文写道：

> 东南之山自庐江大凹口分道逼江，山之大者，以数十计。故水之远者，至江逾二百里，次乃百数十里，近或数十里。

山多水长，东乡先民卜水而居，世代靠水吃水。清道光《桐城续修县志》载：

> 自枞阳以东，至于陈家洲东北，尽于老洲头，皆圩田，其上大埂绵亘百余里，宽者丈余，窄者五六尺。

早在明代初年，东乡先民就开始修筑圩田，障而耕之，丰年获谷万余石。而每逢大水，辛苦耕耘未待收获，则尽为洪波所淹没。

东乡水患初发于清代道光初年。《桐城县志》载："道光三年（1823）五至八月大雨，东南圩尽成泽国。"但在道光以前，很少有水患发生。时任桐城知事许启文听当地乡民介绍："嘉庆时白荡湖中道一线通舟，冬涸屐可行可涉，左右两岸皆种稻蓄鱼，故东乡最称富庶。"刘文启到任后，曾至东乡巡视：

> 吾尝扁舟审河势，见横山至水围北道二十里，两岸皆田，圩堤且著，盖道光三十年间皆水患，河道湮塞，厥由于斯。

见此惨状，痛心疾首：

> 悲夫！遗民之痛疾流亡殆百余年矣！

有鉴于东乡水患频发，乡民受害已百余年，自光绪九年开始，县内有识之士开始呼请政府浚河建闸，变害为利，使百姓受益，由此开启东乡治河的宏伟事业。

东乡治河从计划到付诸实施，乡绅们呼吁了三十余年，其间所遇到的天灾人祸，艰难曲折，不可尽述，但他们治水的步伐从未停止过。兹据许启文《桐东建闸疏河始末记》一书转述如下。概括起来，桐东建闸疏河共经历了三个阶段。

一

首先提出河议是东乡陈澹然（字剑潭，以下称其字）先生。东乡治河以此为嚆矢。

清光绪九年，云南海通人陈云溪任桐城县令，陈剑潭先生徒步百里进县城，向县衙呈《请开东河治本计》，陈云溪非常赞同这一良策，桐城东乡治河方略由此推进。

但是，东乡河议提出后并未付诸实施，而水患不除，民生凋弊，要求治河的呼声连年不断。直到光绪二十三年，吉林人于荫霖任安徽布政使，在详尽了解东乡水情后，于氏颁令，征求治河良策。这时，县人有姓范的书生闻讯，上书"请疏王家套、灰河"。于荫棠见呈文后大为感动，要求桐城县召士绅谋画治河方略。

此时陈剑潭与汪朴斋、吴振清等人也呈文请求布政使召桐城县令拟定治河计划，乡人一致赞成。这时恰好马其昶先生正在于荫霖幕中，乡贤杨鹤崖、吴云舫请马先生玉成其事，得到布政使的应允。于是，陈县令奉命勘察河道：

> 巡上下，度高低，始议建闸源子港，遏江潮，购机船疏乌石嘴以下至土桥出江，弃灰河勿治。复官制埂过灰河与潘泊山相关锁，择天定堤上游制水箭镇崩江。绘图撰《桐东治略》凡四卷，所规划特详。

《桐东治略》要旨是在源子港建闸，其理由是，东乡南派之水"既合绕双溪东，趋源子港出王家套入江"，此处为众流江入长江的关口。《桐东治略》呈给布政使，于荫霖责令钞存支应局，许诺拨给白金七千两，建源子港大闸。遗憾的是，事情尚未开始，于荫霖却离开安徽，治河计划就此搁置下来。

光绪三十二年，冯梦华为安徽布政使，计划大兴垦牧，他坚请陈县令襄助治河，陈县令再献《桐东治略》，冯氏读后大喜，复钞存支应局，不料大事将付诸实施，而陈云溪蒙冤离开桐城，桐东治河再度搁浅。至此东乡治河已经谋划了三十年！

二

第二阶段为刘启文主政桐城时，东乡河议才真正开始付诸实施。

宣统三年辛亥，刘启文任桐城县知事，他是民国建元后首任桐城县最高行政长官。刘启文刚一到任，东乡人士又提出建闸事宜。

当年夏天桐城又遭大水，东南一带圩堤相继溃破，刘知事冒暑巡圩，勘察灾情，访问乡绅，《桐东治略》又被提起。不料武昌首义，急需军用物资，桐城县要求富绅捐款支持前方战事，治河一事遂无暇顾及。

共和肇造，纪纲未定，兵饷粮食匮乏。而安徽省各县原来应交的粮税尚未交清，各地都处在观望之中。于是，新任都督通令：减免辛亥漕赋二成。而在此之前，桐城县自光绪丁漕改制后，政令通达，赋税上交唯恐落后于它县，到都督府通令下达时，当年漕赋已交纳至九成以上，这是全省其他县所没有的。安徽省临时参议会召开，陈剑潭当选参议员，桐城诸乡绅以"惠泽未均"名义，委托陈先生"详请于次年壬子新赋补免二成"。督府以不好破例为由，未能答应。接着，桐城又组织东乡王家套一带的河工赴省，再三提出请求。直到民国元年冬，才经柏文蔚都督柏许可，"截壬子新赋一成，与辛亥尾欠续收之款助河工"，一下子得银币一万三千余元。此系政府为东乡疏河建闸所拨出的第一笔款项。督府关于河款拨给的命令下达后，数十年来东乡建闸款项终于有了落实。于是，"群情欢舞"。此后又得到邑内富绅捐资三千余元。此时刘启文任期将满，桐城士绅一致请求上司让其负责东河治理工程。于是刘启文设办事机构于双溪，开始实地勘察水文地质，此时已是民国元年十二月初。

经充分勘察，最后定闸基于源子港。公推张洪钧、吴南嵒、方新甫、张艺山、房子谦、陈少山、刘海门、周本儒、钱湘帆、章焕卿、吴聘臣、史静轩、陈伯涵、周佐臣（《桐东建闸疏河始末记》一书只记诸乡绅字号，不记其名讳，以下同）等乡贤各司其职，鸠工庀材，并图大举。

工、料俱备，按规划开始在源子港建造月堤，锭桩、沉石、建闸基，复制官埂。并派张洪钧赴上海定购挖泥机船，疏浚河道淤泥。

谁料百务方兴，到了民国二年四月，东乡又遭大水，闸基和月堤淹没，官制堤埂工程款用完，也只得停工。最令人痛惜的是，从上海购买的挖泥机，因运送船只被泰昌小轮撞沉在芜湖江面上。天公不作美，又遭事故，刘启文所设立的治河办事处只好暂时撤离，工程再度搁置。

三

民国三年一月，刘启文再任桐城知事，诸乡绅重提河议，此为桐东治河的第三阶段。

此时幸亏省府财政司核准，截借"癸丑年丁漕款八千元，以桐城东、南一带受益的田亩摊补"，继续在前址建闸。民国三年十月一日开局，重备工、料，一致公推乡绅汪朴斋、吴南嵒等监理工程大小事宜，公推周仪甫、程彤伯、左霁川等任出纳，聘请衡阳人钟振华任大闸工程监工，乡绅刘雨亭、钱雨人协助，人事安排妥当，只待开工。

最令人振奋的是，此前在芜湖江面沉没的挖泥船，通过法律诉讼，赔偿银币3500元，虽然只挽回一半的损失，但在经费奇绌的当时，也算不幸中之万幸了。张洪钧持款再度赴沪购置机船（机船价7100元），民国三年六月挖泥船顺利运到。此时正值十月份大水退后，挖船正式投入使用。疏浚工程起自吴家嘴，至九儿潭计十六里河道，共用了七个月时间。刘启文在《桐东建闸疏河始末记》中写当时挖泥船在河道上作业时的情景：

> 验机之日，水火交蒸，竟日可取泥二百次，重辄四千余石，万众欢呼，诧为盛事。

河道淤泥全部疏通后，大闸也顺利完工。

源子港闸建设全靠人力，施工之艰难可想而知，兹引刘启文在《桐东建闸疏河始末记》中所写一段文字：

> 方建闸之始，就陈家洲江圩两堤间，先浚河底、圈月坝，排锭桩木，支架夯硪，桩木密排，夯硪不下，实土既坚，浮土垒起，则铲浮土截桩头，取厚重石板列其上，而闸基乃成，闸基既固，乃砌闸身，层迭石条，油灰灌隙，钩连石缝，练铁为闩，依次砌筑，峙若壁立。

真是艰难困苦，百折不挠！

工程竣工时，安徽巡按使（相当于后来的省长）委派濮道宏莅临原子港，濮氏见到如此浩大工程，深为叹服，于是，"乃开月坝、筑闸堤、置闸板引水，趋闸通大河。"这一天是民国四年六月七日。

源子港河闸建成，巍峨壮观，闸名"天安"，横亘于陈家洲与乌泊圩之间，为桐东水关之锁钥。天安闸高二丈四尺，自内至外长四丈一尺，大八字长二丈五尺，转角五尺，小八字长二丈七尺，转角一丈八尺。外宽三丈一尺，大八字长二丈五尺，转角五尺，小八字长二丈七尺，转角一丈八尺。外口宽三丈一尺，内口宽一丈四尺。工程造价决算，所耗疏河工费一万八千元；二次建闸，工料耗费一万七千元。所费全部款项，《桐东建闸疏河始末记》书后均列有"报销详文"，读者如有兴趣可细细阅读。

闸顶无梁，舟帆往来无阻挡，江潮因汛情涨落而启、闭，"江潮有障，湖涨得宜，复旧垦新，可增万顷"。东乡水患由此而得到局部治理。闸成，因水势可控，陈剑潭、刘介夫、钱惕臣等人，便在双溪上游筑天定圩开垦滩涂，周澄轩也造同乐圩，遍垦荒芜，真正为东乡百姓造福。

四

自东乡有识之士动议建闸，到工程竣工，"邦人君子经画殆三十年"。先有于、冯两任布政使倾力筹划，可惜时机未成熟，工迄而两人未得一睹其成。后来者踵接前任未竟的事业，愈挫愈奋，为了一个理想，用尽一切办法，费尽周折。努力实践"天行健，君子以自强不息"的民族精神，鞠躬尽瘁，为生民立命。

桐城东乡建闸疏河工程，前后经历了三十余年，一班志士建立了不朽功勋，"诸君或筹画于前，或赞襄于后，而东南两乡绅士尤合全。"虽然高坝之上没有树起一座丰碑以纪念，但乡邦文献却记载了一大串乡贤的名字：

邑士大夫赞助者：马通伯、郑靖侯、倪朴斋、吴少耕、张子君、吴乐卿、陈淡如、汪谷生、张霁青、张伯骏、方慎之、方效之、姚叔节、张月舟、齐和甫、张孝池、钱秩孚、吴新伯、叶佳生。

民国四年九月，刘启文离开桐城后，写下了《桐东建闸疏河始末记》一书，为后人留下了一段珍贵的治河史料。刘启文慨叹，为建源子港闸，当事者已"罗掘（用尽一切办法，筹集财物殆尽）且穷，挹注（以多余补不足）周章（费尽周折），心力俱瘁。古称'行之维艰，岂不谅哉！'"桐城东南二乡水域浩瀚，而灾害频仍，以当时的财力与技术考量，很难毕其功于一役。刘启文在书中深情地写道："至若废堤水箭，修筑未遑；百里河流，廓清有待。"

《枞阳县志》载：民国二十二年，源子港天安闸被拆卸移至王家套，由于汛水上涨，造成闸基倾斜，闸墙歪塌。一段治河往事湮没在浩渺烟波之中，再也无人提及。

"振兴水利，难期旦夕之功；锐意进行，庶免半途而废。"这是当年刘启文对未来东乡治河的期待，他说自己已年衰力薄，恐怕难以完成夙愿，但兴利大工怎忍停滞于中途？未来东南乡治河事业还要靠后来者。自天安闸这一桐城东乡历史上首座大闸建成后，东、南乡相继建成永安闸、扫帚沟闸。新中国成立后，自二十世纪五十年代初起，从桐城析出的枞阳县，在原桐城东、南乡河堤江岸又分别建成白荡闸、梳妆台闸、湖东闸，以及永登闸、三百丈闸、江旗闸。特别是1958年，在白鹤峰西边山脚下建成规模最大的枞阳大闸，可控制汇水面积3960平方米，汛期拒江倒灌，内圩受旱时可引水灌溉，真正造福于民。

桐枞分治由来述略

今桐城、枞阳两县，1949年以前本为一县。邑志谓桐城形胜："北峡、南峡阻其北，横山、二龙障其前；沙河挂车控其右，长江限其东。表里江湖，周环山泽。"桐城疆域"东南广而西北狭：东至庐州府无为州界二百里；南至怀宁县界七十里；西至潜山县界六十里；北至庐州府舒城县界五十里。东南至池州府贵池县界一百六十里；西南至潜山县界六十里；西北至舒城县界三十里；东北至庐州府庐江县界五十里"。1995年版《桐城县志》统计，明代初年，桐城县仅5.8万人口，康乾以后，天下承平多年，人民休养生息，"咸丰元年（1851）桐城人口为历史之最，计总户数321951户，总人数3014761人。咸同至民国以后，屡经战乱及灾害、疾病，人口锐减，但至1948年，全县尚有总户数116307户，总人数833889人。"如此地广人稠，史称"两江剧邑"，毫不为过。

然而，此山水相连、乡风同习的大县，在民国三十八年（1949）初析为两县，此重大事件，《安庆地区志》及1995年版《桐城县志》、1998年版《枞阳县志》均有记载，后文详述。但析县分治之设想由来已久，早在民国早期，将桐城县一析为二的动议就已经在桐邑东、南乡民间人士中酝酿并形诸条呈了。东、南人士吁请另治的说法早已听闻，但未知端详，姑妄听之。不敏向来孤陋寡闻，坐斗室鲜闻天下事，又不谙数据新术，所幸近日在微信朋友圈及友人处偶然获知，某网有民国稀见铅印本桐城陈澹然等44人《桐城东南乡另设县治呈启》一文书影，窃喜此一桩传闻竟觅得文字以证实。打开书影，洋洋近两千字，一半清晰，一半模糊，经仔细辨认、猜度，方将原文录毕。读后略知大意，遂因文生意，顺藤摸瓜，辑录相关文献史料，揣度分析，缀成陋文，多述而少作，意在就教于读者。

一、哲侠陈澹然

欲了解《桐城东南乡另设县治呈启》一文之大意，必先大致认识一下《启》的领衔者陈澹然先生。《皖志·列传稿·陈澹然传》载："陈澹然字静潭，号剑潭（按：先生生于清咸丰九年（1859）），号晦堂、淮南渔隐，别署晦僧，《桐城派大辞典》第92页）桐城人也。九岁能操笔为文，视凡儿特异。家故贫，艰苦力学，桐城应有司试者人常数千，澹然杂群众中，衣履刓敝，容止简略，不屑自修饰，反视群儿不如己。然其文特风力骞举冠其曹，众乃大服。""澹然好议论，下笔千言，不为钩棘辟晦。"不屑修饰、风力骞举、下笔千言，准确道出陈氏一生行事与为文的独特风格。

《皖志·列传稿》论陈澹然"虽少长桐城，顾于桐城诸先德，一不当意；虽以古文章自鸣，顾时时好纵横游侠及白起、穰苴之略、孙武之书。又值海事棘通，益恣求欧罗巴人新说，由是冶哲、侠于一器，卒乃归之于儒。"时人目之为"哲侠"，陈氏撰《哲侠辩》说："夫哲者，人类之命脉；侠者国家之精神"。照此话理解，哲乃中国文化之精义，能涵养一个人的思辨力，而侠，则衍之为君子风概，丈夫立世当以天下自任。观先生之一生，正是朝这一人生目标去实践，其"好纵横游侠"，而晚年又自号"剑潭"，岂非明志耶？

陈澹然曾在两江总督刘坤一幕下修纂《江淮忠义录》，葳其事又自撰《江表忠略》二十卷，为在太平天国战争中慷慨死亡之江淮英烈立传。其作《彭嫣别传》，谓伶人彭嫣"幼为伶吴越间，年十五辄诵南北曲四百阕，艳姿妙舞，抗节云霄，而尤精剑术，矫健若飞"。他写的《孙武公传》，极推重明末桐城名臣孙临之气节。所写人物凛然皆有节概，闪耀着豪侠的光芒。

撰《寤言》二卷，皆论辨类文。首卷为读史札记，论述"君臣处变之道"；次卷为甲午三疏，论时局之变，"明世变之所由亟"，如《迁都建藩议》等。他在《寤言》前言中说："不佞年十五，即忾然企慕古人之文，尝慨汉氏词藻盛而文集以兴，宋氏语录繁而文集益猥，多者至乃百数十卷而存者益稀。故尝以谓词非经世不足言文，言而不文，终难永世。""十年来感怆世变时郁"。于是，"誓取中外全史熔炼成编"。

正因为陈澹然涵哲人之思，行侠者之气，才有了"非经世不足言文"的豪言壮志，所言所行，循此志向贯穿一生。《寱言》十五篇，史论之外，凡《迁都建藩议》《黑龙江建置议》《拟陈政本疏》《拟陈南北军势疏》《拟陈朝鲜军事疏》等五篇宏论皆观察时事之策论，涉及行政建置之方、为政之要、军事边防之务等方面。未收入其文集的两篇疏请《请开东河治本计》和《桐城东南乡另设县治呈启》，虽言及一地之民生、乡治，实乃体现陈澹然实现经世济用、关心民瘼抱负的经世致用之策论。《请开东河治本计》之大略拙文《天安一闸锁蛟龙》中已征引叙述，可参考，本文仅就《桐城东南乡另设县治呈启》读后，叙述其大略。

二、另设县治之理由

《桐城东南乡另设县治呈启》全文计1755字，文后有收藏者朱墨旁批"民国十七年陈澹然先生作"十一字，可证呈文的时间，全篇主要从以下方面陈述析出桐城东、南乡另设县治的必要性。

首先，桐邑地广，治安不易。文中说，桐城全境地形如折扇，县治为扇脑，东、南二乡犹扇角。县治设在桐北，东、南乡滨江环湖依山，辽阔而曲隐，又隔江与池州相望，居民杂处，极易聚众为匪、盗；因与县治悬隔太远，匪盗才起而官府不易觉察，一旦匪盗作难，祸及无辜；迨至知县派兵，如何迅速抵达？往往酿成大乱。

查考有关史料，所谓匪起而县兵不能速达的情状，清代桐城方江在《家园记》中早有记述，如咸丰三年"正月二十八日，土匪二百余人伪为贼装，将掠枞阳。……枞阳仓济皆为贼（太平军）封，土人莫敢取，而大营议饷亦莫之筹及也"。又如咸丰三年"六月五日，贼（太平军）犯枞阳……巡检怀印逾垣遁"。所云"大营议饷亦莫之筹及""巡检怀印逾垣遁"，正是东、南乡远离县治，兵、匪侵害，官府鞭长莫及的史实。此类事件甚多，乡人代代相传，子孙记忆深刻。

但呈文中所述"匪"情，不免失之偏颇。文中所引"光绪二十六年大通之乱，葛宽海起自老洲头，聚众三千，知县毫无窥见"，为史上波及东乡一次较大的民变，有三千众啸聚水乡，岂非官逼民反？及至民初，"民变"亦彼伏而此起。《安庆地区志·大事记》《枞阳县志·大事记》均记载了自民国肇始至十七年，此十数年间，桐城东、南乡九流蜂动，可见大地谷陵，群雄蜂骇之现状：

> 民国四年（1915），桐城东乡种烟农反对烟酒公卖，捣毁烟酒公卖局支栈大门。是年，枞阳镇因粮食困缺发生第一次抢购米风潮（1998《枞阳县志》第17页），民国七年（1918）1月6日夜，桐城县枞阳镇革命党人张品山聚众数十人起事，夺取水警枪弹，成立司令部，树起讨倪（嗣冲）军旗。民国十六年（1927）2月，国民党左派桐城县二党部第一分部在枞阳成立，有党员32人。所谓"国民党左派"，即指县党部中倾向革命的官、员，如后来国民党桐城县党部书记长徐伊复即是。民国十六年（1927）10月，章逐明同章备礼、章宣德、章鸾祥等策动汤沟自卫团团长张子如暴动，成立桐东人民自卫团。

在当时民众的眼中，一方不安即为"乱"。游手好闲之流，偷窃扒拿，乡人恨之；勇武有力之徒，占山为王，乡人畏之。而官逼民反甚至揭竿而起作革命暴动，当局亦蔑称"赤匪"，视若洪水。乱世风云，鱼龙混杂，所谓乡里"匪盗"，时人正邪莫辨，这是当时乡里群众即使是乡绅时贤皆不能认识到的，无可厚非。

其次，县治远隔，防洪乏力。文中称：东、南乡滨江环湖，多圩田，水患频发，每逢江水上涨，内、外涝并发，县治远在数百里之外，官府力不从心，又缺人手协力，保圩护堤的力量显然薄弱，"往往江涨堤险，或斗死殴伤，皆不得不求知事，往还至速，官非五六日不能到场，到则圩堤已溃，田庐尽付洪涛。"

《启》文陈述，明初移民前，东南水乡湖区本来就人烟稀少，如不速施良策，分县而治，每遭水患加匪患，必致东、南乡境内贫者更贫，而富者纷纷远谋他乡，如此则"不出十年，东南必成元末明初百里无烟之惨状"。因此，"澹然等百计筹思：非就东南适中之地，另造县城，分设一县不可"。

桐城东、南乡濒江环湖，境内河汊纵横，桐怀潜庐山脉东水皆注入，历史水患多发。《安庆地区志》载："光绪二十年，广济圩长江大堤溃破。"二十七年，"六月二十八日，大雨四昼夜，沿江各县圩堤溃尽"。三十四年，"八月，安庆府各县大水灾，大小圩堤尽被冲塌，上下100里一片汪洋"。《桐城县志》记载东、南乡水患多次，如"道光三年五至八月大雨，桐城东南圩区尽成泽国"；"咸丰元年二月二十日，降黑雨。秋，沿江洲圩硕鼠成群，危害庄稼"；民国四年山洪爆发东南圩区尽成泽国"。陈澹然等呈《启》的头一年，民国十六年夏，大雨成灾，《安庆地区志》载："桐怀潜望等县连雨18天，洪水成灾，秋禾淹没八成。"直至新中国成立之初，水患也未能得到治理。《枞阳县志》云："1954年7月2日下午1时半，长江大堤老洲少包段开始崩裂，4时溃破……县内除永登圩外，82口大小民圩尽溃。40.3万亩农田被淹，14.5万间房屋倒塌，受灾人口达39.6万人。"所幸政府及时组织赈灾："7月，陆续从外地调进粮食，至次年10月止，共调进粮食5.3万公斤，收到救灾款134万元，棉衣27432件，棉被3119床。"

历史上多次水患给枞阳县带来惨重损失，邑绅为民呼吁，情在理中。

最后，官不督领，垦荒无力。东、南乡南北东西，地方百里，形势皆属天然，田亩十余万。自枞阳镇至土桥，大小圩堤数百，而未垦之荒地尚多。加之濒江环湖滩涂连片，因无官府组织，徒为废弃之地，殊为可惜。《枞阳县志》云："民国35年（1946），安徽省籍的国民党政要许世英、柏文蔚、吴忠信、刘和鼎、梅嶙高等倡议垦殖陈瑶湖流域，在桐城县东乡成立了普济圩垦殖社，规划开发农田28万亩，至新中国建立时止，完成了圩堤工程。"易代之际，有千万人毕数年劳工于一役，一朝为功，泽被后人。此役不能排除陈澹然等乡绅当初建言的作用。

上述三点，至为关键。陈澹然等认为："自来设县，无不本形势为转移，南北东西，不过百里，县治适中，方称易治。"因此《启》建议：

> 拟划北乡阳和冈、官山、青竹涧、宋宣嘴四保并三枫泊半保，归入东南，名曰新桐县。其东就原境，截土桥至江，再南截贵池之王家套至老洲，使为门户，而以南乡之鸟落洲一保入贵池，使各图便利。其西保则就阳和冈、三枫泊东保自孔城河心至枞阳铁板洲为止。孔城河心以西，仍归桐城本县，孔城河心以东，则归入新桐。庶几两县治安皆可自保。此县境最便划分之大略也。

陈澹然等强调，另置新县必须达到三个目的：第一"能制盗、匪"；第二

"能保圩堤"；第三"能垦荒"，此"为最要，必求三者易办，四境适中，方能建置"。最后陈澹然还是于三者中强调其当务之急："今桐城东南匪祸日深，舍分县曷由而治？"

乡达们当时认识到"兹事体大，非询谋允协，窒碍必多。业经东南旅省士绅公同议决，用敢引援近案，具地图，先成公启，敬达诸公台察"，果能得到政府应允，则"即请于两乡大会，力成其事，书明某保某人签押，以便汇呈省政府，并达中央政府委查具复"。但呈文上达后数十年，却不了了之。

三、未行另治之原因

陈澹然出生于晚清，其主要政治生涯及文学活动在清季民初之际。论者说他："好议论，下笔千言，不为钩棘辟晦。"这是称赞他思想敏锐，用心观察世变，关切时事，而性格耿介，又敢于直言，为岩岩君子。《安庆地区志》载：中华民国元年，安徽省临时议会在安庆成立，桐城陈澹然为41名议员之一；民国四年，安徽省国民代表大会召开，60人当选，桐城陈澹然得票最多。

呈《启交》时，东、南乡如房秩五、史恕卿、王子寿等众名流44人公推陈澹然领衔，先生俨然以魁首自负。然而自宋明以来，桐城东、南、西、北、城五乡犹手足，此时忽生兄弟分爨之想，殊不知当时县府及西、北的人士会作何种看待？吁请未果，是区区一隅读书人的一厢情愿，人微言轻？还是另有其他诸如政治方面的原因？以今日之目光，观当时之世变，分析考察其大致缘由并不是件难事。试作臆说一二。

陈澹然呈《启》文，大约在省城安庆任通志馆长或受聘安徽大学期间，他身处一省行政之中心，与各界名流交往，应当事先有所活动，或许曾得到省府某些大员的首肯，而决非贸然上书的。书呈省府，未置可否，其中原因复杂，是否有答复或拟议实施，今人不明就里，但时局动荡当是主要原因。

首先来看看陈澹然等递交《启》交时，中国政局发生了哪些大事变，兹不妨反复征引由陕西人民出版社2001年4月出版的《中国国民党全书》有关资料，以便清晰地了解当时之局势：

  1926年，北伐军攻克武昌……北伐战争取得重大胜利。4月18日南京国民政治成立。

  南京政权建立以后，国民党内部派系斗争日益加剧，以汪精卫为首的武汉国民党中央党部、以"西山会议派"为主的上海国民党中央党部，各派之间相互对立，其中以武汉和南京的对立最为明显，因此也称"宁汉对立"。

  1928年3月7日，国民党中央政治会议改推蒋介石为主席，李济深、李宗仁、冯玉祥、阎锡山为广州、武汉、开封、太原政治分会主席。蒋冯阎李联合再度进行"北伐"，讨伐奉张。6月3日，张作霖放弃北京，退出关外。

  这是陈澹然等起草《启》文的前一年，中国政坛可谓风烟四起。南京政权甫建立，隔江两种势力对峙，嗣后又逢中原大战，两虎共斗，有势不俱生之势。此时竟有地方乡绅动议行政区划改置，时不利兮，此审时度势者所不为也。

  《中国国民党全书》云："1929年10月，蒋介石和冯玉祥之间爆发蒋冯大战。""1930年4月至11月，蒋和联合的冯、阎、桂之间爆发了更大规模的中原大战。"时局如此混乱，中原正逐鹿，大人先生们一腔热忱何不付之乌有之乡？《中国国民党全书》云："（1931年'九·一八'事变爆发。蒋介石提出'攘外必先安内'政策。蒋介石的'安内'政策，包括两方面内容：一是镇压国民党内各反蒋派别；二是平息正在兴起的抗日救亡力量，集中力量'围剿'红军。"同年11月，"蒋介石在召开的国民党三届四中全会上，和胡汉民矛盾激化，会后，胡汉民被幽禁于南京汤山"。"蒋介石将胡汉民幽禁后，引起了国民党内部的不满。胡汉民派、汪精卫派、孙科派、西山会议派及两广的地方实力派等，云集广州，召开国民党中央执、监委非常会议，并成立国民政府，与南京国民政府对抗，宁粤分裂局面形成。"年底，蒋介石通电下野，林森任国民政府主席，孙科任行政院长。不久，孙辞职，汪精卫继任行政院长。

  国家如此，省情又如何呢？兹举《安庆市志》记载的民国十五（1926）至二十年（1931）间几件政、军"大事件"窥一斑而知全豹，了解当时安徽省城之政治局面：

民国十五年11月8日，安徽军被国民革命军击败，陈调元率残部退驻宿松。12月16日安庆各法团通电声明脱离军阀，实行划境自治；民国十六年3月6日，国民党安徽临时省党部迁回安庆。3月8日，北伐军进入安庆。3月20日北伐军总司令来安庆，指责"安徽工作无成绩"。3月21日，国民党安徽省、安庆市党部宴请蒋介石，蒋介石令其（左派）与西山会议派及陈调元合作，遭到拒绝；民国十七年，蒋介石来安庆，逮捕安徽大学校长刘文典；民国十八年，安庆市政府撤销。12月2日，石友三部秦斌师在安庆发动兵变；民国十九年9月7日，市民在四牌楼游行示威，队伍经三牌楼、龙门口、四方城等处，呼喊"打倒国民党""反对军阀混战""欢迎红军"等口号。游行者有四五十人被捕；民国二十年（1931），"九·一八"事变发生。

当此期间，中央政府实乃派系林立、党同伐异，无一日不明争暗斗，加之外患，地方治安也危机四伏。国民政府上下，哪能顾及僻处江滨一隅的一班地方乡绅文人以赤子之心，呈治乱安民之策？故《枞阳县志》载：文"呈安徽省政府，未果"。书生报国，热血有余，而与势有违，壮志未酬当是必然。

陈澹然先生在《呈》文递交后的第三年即1930年溘然长逝，终年七十有一。先生呕心刻腑写就的忧世之文，久久束之高阁。湖天阔水之间，时有后来者藉作谈资耳。

民国二十五年（1936）9月，国民政府将贵池县大兴圩、九合圩划归桐城县第五区，桐城县鸟落洲划归贵池县。时桐城县共有五区：第一区治所设县城，第二区治所设孔城，第三区治所设老梅树街，第四区治所设枞阳镇，第五区治所设汤家沟。第五区境域与贵池隔江相望，鸟落洲保在江心，桐城东、南乡民众早年吁请"以南乡之鸟落洲一保入贵池，使各图便利"此时得到回应。这次调整，开近代以来桐城行政区划调整之先例（按：鸟落洲早先分属鸟沙镇和驻驾乡，此地沿江一带至江口，旧称麻布寮；驻驾乡撤销分别并入阮桥、高岭，今称秋江街道）。之所以实施地方行政区划调整，盖因当时国内政局出现暂时稳定，史料显示，1936年，"西安事变的和平解决，结束了十年内战的局面，中国的政治生活转入了一个新的阶段，开始了国共两党重新合作，国内出现和平的新局面"。没有一时安定的政治局面，政府又何能施政利民？

四、实行另治之原委

陈澹然去世20年后，今枞阳县从桐城析出。新县名未循当年陈氏所称"新桐"，也未径称古县名"枞阳"，却冠名"桐庐"。溯"桐庐"之源头，有一段较长的历史关联。兹引桐枞二县志史料作大致梳理。

"桐""庐"用为地名始于秦汉以前。春秋时有"桐国"，汉代有"桐乡""庐江郡"，近古以后设桐城、庐江县，分属安庆、庐州两府。"桐庐"合称出现于皖江地方，大概始于抗战时期。桐、庐两县毗邻，山水相依，人民往来，鸡犬之声相闻，新四军北上过江，在无为驻扎第七师，皖江志士进行抗敌斗争，于无、庐、桐、怀、潜联成一线，成立中共党组织，建立抗日根据地。《枞阳县志》载："民国29年（1940）5月中共无（为）南区委书记王光均、庐（江）南工委书记郑曰仁，因桂系搜捕转到桐（城）东，与林立汇合于三百丈，改中共桐怀潜中心县委为桐庐潜怀无中心县委。书记林立，机关设在桐（城）东陈瑶湖王家泊。""10月，中共桐怀潜中心县委改为桐庐无县委，书记鲁生。"《桐城县志》亦载：此一段时期"安徽省国民政府主席李品仙先后集结重兵进攻皖中抗日根据地、清剿中共桐庐无县委根据地水圩、青山的抗日军民"。民国三十年（1941）5月，桐怀潜中心县委改为桐庐潜怀中心县委，9至10月，分为桐庐无县委（或称桐东县委）和桐怀潜县委。9至10月间，新四军七师地区党政军委员会书记何伟，在水圩召开党的负责人会议，宣布撤销中共桐庐潜怀中心县委，成立桐庐无县委。民国三十一年（1942）12月，中共桐庐无县委改为桐庐县委，书记为何志远，县委机关设在陈瑶湖水圩。这是目前见到地方党史中正式称为"桐庐县委"最早的史料。民国三十二年（1943），新四军七师成立沿江支队，林维先任司令员；中共沿江地委也同时成立，下辖桐庐县委、桐怀潜县委、湖滨县委。民国三十三年（1944）2月，中共桐庐县委改为湖滨县委。

民国三十六年（1947），中共桐庐工委成立，隶属皖西工委领导。同年12月"中共桐庐县委、桐庐县人民民主政府成立。民国三十七年（1948）10月，华东野战军先遣纵队司令员饶守坤上所属第七支队、第九支队进入桐庐地区，并成立了陈瑶湖区工委。《桐城县志·大事记》载："民国三十八年（1949）3

月初,桐城全境解放。2月18日,皖西二地委决定将桐城县划为桐庐和桐城两县。"《枞阳县志》记述稍详:"民国三十八年(1949)1月29日,钱桥、义津一带解放。2月18日中共皖西第二地委决定,撤销老桐庐县,归还桐城、庐江、无为3县旧制,并划桐城县东乡全部、南乡大部、北乡一部成立桐庐县,下辖枞阳、汤沟、钱桥、义津、白云、破罡、陈湖7个区。"《安庆地区志》记载有别:"民国三十八年(1949)3月18日,中共桐城地委宣布,划桐城县东乡及庐江、无为两县部分地区设桐庐县。"

关于"皖西二地委""桐城地委"建制,《安庆地区志》载:"民国38年2月1日,按皖西军区指示,皖西第一、第二军分区改称皖山、桐城军分区。同时,中共一地委、二地委改称皖山地委、桐城地委。"《安庆市志》亦载"1949年2月,中共皖西二地委改称中共桐城地委,中共皖西一地委改称皖山地委。4月6日,中共皖北区党委正式成立,曾希圣任书记,中共皖西区党委撤销"。

新中国成立前夕,中国共产党领导下的革命武装力量已经行使桐城地方行政权力。桐庐县设立,实乃自土地革命战争以来中共党组织长达数十年在这一地区领导的延续,窃以为具有红色革命的法统。古往今来诸多历史事件皆有其前因后果,有时一件事,从兴起至告成,往往毕十数年甚或数十年之功于一役,方可实现前人之意愿。尽管陈澹然等乡绅当时提出另设县治的理由与后来红色政权实施桐庐新治之目的迥异,且后来作区划调整也与前者的构想不尽一致,但殊途同归,结果相同,当局对当地民间多年呼吁的历史因素应该有所考虑。

自陈澹然等乡贤达首倡"桐城东南乡另设县治"始,至桐庐县正式从桐城县析出,历时20余载,其间,中国社会内忧外患,政局风云变幻,民生凋敝,一县之分合,终归难以施行。1949年初,渡江战役前夜,中共皖西第二地委决定,划桐城东乡全部、南乡大部分、北乡一部分成立桐庐县。9月,县政府正式启用皖北行署制发的"桐庐县人民政府印"。1951年2月,桐庐县更名为湖东县,"桐庐",浙江古县名,盖避免两县同名,而新置县西有菜子湖、白兔湖,故取名湖东。1955年7月,湖东县再更名为枞阳县,沿用至今。枞阳,古地名,人文荟萃之区。

百余年前由桐城东、南乡君子吁请析地分治的历史大事件,终归杳无回音。分析他们当时的动因,实在是为了保境安民,丰衣足食。若以今人的视野去看待陈澹然等先生们力陈分治之策，责备其主观意愿表达，客观造成桐城文化之割裂，实无必要。纵览中国历史，历朝历代，府县分合是常事，即如安庆近现代，均有行政区划调整之举。春秋大计，未明一事之前因后果，岂能泄一己私愤作主观之评说？况且在陈澹然等人的《启》文中，已明言今之桐、枞本不为一县："明初设县，原合东之阴安、南之棕阳、西之成安、北之桐乡，四县成为一县。"但此说似未见诸文献。《启》文中又列举一长串乡明清时期的杰贤，足见在邑之东南人士的心里，明清之际卓荦英才多为东、南乡所出。

附文：桐城东南乡另设县治呈启

敬启者：

查桐城县境，切近省城，形势极关重要。明初设县，原合东之阴安、南之棕阳、西之成安、北之桐乡，四县成为一县。考洪武初部册，桐城县下，尚称东南百里，皆无人烟，故东南大族，大都洪武时徙自江南，万历九年建城，县治远于东南，而偏于西北，皆以东南为荒僻之区也。所幸迁入既多，渐成巨族，人才辈出，蔚为名区。明以来，将军王胜、尚书钱如京、佥都御史左光斗、御史左光先、福建巡抚阮鹗、广西巡抚方震孺、湖北巡抚方孔炤、大学士何如宠、湖北布政使李宗传、江西南赣镇总兵程学启，与姚休那、方密之、周农父、钱田间、王天山、刘海峰、周聘侯、张瓶山、钱白渠、张华农、许泽深、胡东潭、吴挚父诸贤，或为国效忠，名高百代，或著书传世，独步千秋，史乘流传，光昭天壤。然大抵屈生乡僻，无族姻师友之资，何也？地形悬绝，远隔县城故也。此东南人物之大略也。

独惜全县东西二百八十余里，南北二百余里，形如折扇，东西皆居扇角，城居扇脑，偏在北边，至舒境仅十里，于西乡最近，而东南悬隔，实有鞭长莫及之忧。光绪二十六年大通之乱，葛宽海起自老洲头，聚众三千，知县毫无窥见。非大通厘捐觉察，其祸将不忍言。向非远隔县城，曷由至此！此尤近事可征若也。

况东南滨江，上下百数十里皆系圩田，距城远者，至二百数十里。地大如此，受治于知事一人，既居偏北，又无佐贰分劳，即廉干之员，其势亦无能及。往往江涨堤险，或斗死殴伤，皆不得不求知事，往还至速，官非五六日不能到场，到则圩堤已溃，田庐尽付洪涛；相验未能，尸骨已归腐化。虽在承平，且犹如此，况当乱世，复何忍言？尤可痛者，自十三年东乡匪起，淫掳烧杀，蔓延南北两乡，讫今四年，燎原日剧，其始人民被祸，无不远诉于官，官至匪逃，百无一获，然被祸既众，或请兵搜缉，劫杀纵横，官不能问。县城东出三四十里，已成化外苗蛮，稍有身家，无不避居省会而官不知，何也？匪在东南，官固不能一见，即见亦无如何也。然省城百物奇贵，乌可久安？必且仍还匪窟，循此不变，匪势日多，不出十年，东南必成元末明初百里无烟之惨状，剥肤见骨，省城何以能安？而其祸皆自地形悬隔县城始，此东南急宜挽救之大略也。澹然等百计筹思：非就东南适中之地，另造县城，分设一县不可。

自来设县，无不本形势为转移，南北东西，不过百里，县治适中，方称易治。桐城西北，本桐乡、成安二县，以南乡西偏为门户，无恃东南。东南则阴安、枞阳二县，门户独开，亦无恃于东北。彼此皆有大山为障，中有大湖，南北东西，地皆百里，形势皆属天然，田亩皆十余万，皆可各成一县，何事多求？况东乡山脉，自庐江大凹口而来，大山难嶂，横至无为县土桥；南乡山脉，自北乡阳和冈保潼梓山南下，大山雄障，横至枞阳。其地万山环抱，湖泽深藏，别成一局，非划为一县，其势决不能存。今民治方兴，无取犬牙相制，而隔江邻地，命盗尤□。现拟划北乡阳和冈、官山、青竹涧、宋宣嘴四保并三枫泊半保，归入东南，名曰新桐县。其东就原境，截土桥至江，再南截贵池之王家套至老洲，使为门户，而以南乡之乌落洲一保入贵池，使各图便利。其西保则就阳和冈、三枫泊东保自孔城河心至枞阳铁板洲为止。孔城河心以西，仍归桐城本县，孔城河心以东，则归入新桐。庶几两县治安皆可自保。此县境最便划分之大略也。

至新桐县治，要以能制盗匪、能保圩堤、能□垦荒为最要。必求三者易办，四境适中，方能建置。自枞阳至土桥，大小圩堤数百，而未开之垦尚多。南乡民气强悍，土少人稠，凤称难制，况今匪起东乡，非垦湖滨，匪无□路，改置□，合新桐全力，其事方可易成。此三者，水陆易通，莫若石溪为第一：其地东倚柳峰，北临浮渡，名山胜境，控御咸宜，猝有□端，官绅□需立达。经营之始，□先筑土城，包以寨门□土，以求省费易成。城基一定，先成衙狱，再成巡警团防，并设□机小轮，以防湖险。然后开河筑路，修埂垦荒，兴县志学校矿□，方可循序而进，行之十载，必能渐致富强。屹然为省城保障，此县城不难建之大略也。

往者清室之初，寿州地大，淮河以北，盗匪横行，城在淮南，不能控制，划淮北为凤台县，其患乃平。咸丰间，捻起雉河，蔓延山陕，乱定，划蒙、亳、阜、宿四县境，设县涡阳，其患方息。况当革新伊始，百度维新，正宜感发新机，规模百世，安能因仍陋简，自陷贻危！故西北军总司令冯，深见洛东多匪，制治莫由，特分平等、自由二县，英豪举措，四海倾心，此尤近案灼然者也。今桐城东南匪祸日深，舍分县曷由而治？惟兹事体大，非询谋允协，窒碍必多。业经东南旅省士绅公同议决，用敢引援近案，具地图，先成公启，敬达诸公台察。果赞厥成，即请于两乡大会，力成其事，书明某保某人签押，以便汇呈省政府，并达中央政府委查具复，准予施行，再行补呈办法章程，以便措手，无任企祷。

发启人：陈澹然　李岳潜　方立吾　王子寿　方培卿　吴蓉舫　程在仁
　　　　王子逺　程尧卿　姚啸亭　吴杏村　唐树藩　方慎之　吴振卿
　　　　张伯俊　刘旭光　方俊夫　陈少珊　房秩五　章皖卿　吴纯嘏
　　　　吴静洋　史恕卿　钱惕尘　杨迪光　胡聘三　黄恫忱　钱湘帆
　　　　吴石甫　吴蓬仙　史磊冰　刘雨亭　周百眉　方侑白　关轴夫
　　　　刘聘雨　史仲文　方寿松　周复梦　王筱庵　吴健吾　方寿山
　　　　陈惕初　陈邦干

（注：壬寅寒露，桐城李国春据"孔夫子旧书网"书影辨认抄录，或有舛讹，俟得完本再作订正。墨钉处凡十字，待补阙）

吴光祖诗歌中的桐城叙事

吴光祖（1881—1952），字述伯，桐城人，教育家、诗人。其族为桐城高甸吴氏，与吴挚父先生同宗。先生于战乱中转徙于皖、赣、黔、桂、湘、闽以及东北诸省，毕生投身教育。生平事迹不详，但知其"年十五始为诗"，读其诗又知其一生漂泊无定所，足迹遍中国，经历颇传奇。所为诗多纪录当时人事，凡世界风云、国内时局、人情世相，乃至故迹兴废，皆一一入诗，故其诗极具时代特色和史料价值。其生当晚清民初之际，新事物纷纷涌现，所咏又多真实纪录，盖颇受晚清"诗界革命"之影响，故其篇什中新词迭见。生前所咏纂为《回照轩诗稿》六卷，一九四六年由安庆倒扒狮街华文印刷局刊行。

桐城乡邦文献以明清存世最多，一时称于江淮。惜民国以后时局动荡，文人著述多半散佚。以诗人为例，桐城方伦叔昆仲、姚仲实昆仲、吴北江、房宗岳等诗家之后，鲜见再有雅什，而吴光祖独标现代。其遭遇奇蹇，见闻险怪，于风雨飘摇中行吟，长吁短叹，苍凉悲慨，留下的诗篇尤为珍贵。

通观《回照轩诗稿》，诸体兼备，诗风沉郁，六卷近千首，写尽古今中外人情物事，而状写桐城风土人情，表达诗人对故土的深深眷念，以诗存史，最具地方文献价值。

吴光祖篇什繁富，所咏涉及广泛。本文仅选读他的叙事且是纪桐城一邑之事诗章数十篇，分为大事件、新事物及古邑胜迹，介绍给读者。

一、记录大事件

吴光祖生活于新旧时代交替之际。鸦片战争以后，西风再度东渐，影响古老华夏。中国古代科技成就斐然，然西方近代科学技术传入，中国发生了革命性的变化，主要呈现在光、电、声、影、医术、机械等门类上。技术革命促进了新生事物不断涌现，故他的笔下多新潮奇特之事。抗战事起，社会板荡，人民流离失所，故其笔下又多慷慨悲歌之什。然无论欣悲，所为诗皆直观反映了那个时代的新旧物事，今人读其诗，能寻觅到近百年来的社会现实变革，故曰其诗具有一定的文献价值。

如《登射蛟台》云：

江村日暮北风狂，仗策登临吊汉皇。
目击中原无限感，勾留遗迹送斜阳。

前二句写登高台以吊古，后二句感时事而嗟咏。第三句后有夹注，交代此诗写作背景："时天主堂教士势将侵占，乡人据约力争。"可知此诗作于1905年，诗人时年24岁。查阅史料，这一年中国发生了许多重要事件：年初，日俄在中国东北战争结束，时局动荡；8月，清政府废科举兴学校，士子落寞；同月，同盟会在日本成立，朝廷震惊。"目击中原无限感"当指这一系列大事件的发生。日俄在中国土地上开战，瓜分中国，已激起国人愤慨，诗人闻之当然不会无动于衷。此时又有活动于桐城的外国传教士欲侵渔乡里，引起乡人激愤，与之抗争。诗人登高怀古，面对洋人侵吞我国土、传教士仗势欺凌百姓，复杂多变的国势乡情，令诗人忧愤不已，怀古感时之思可见一斑。

又如《哭仲兄佩兰》云：

溃兵九月过桐城，兄弟相随鼓角声。
强送儿曹渡河去，忽教病榻旅魂惊。
晨光未出归车速，噩耗方来烽火横。
闻道临终呼阿四，痛心生死别离情。

此时也写于1905年。夹注云："辛亥革命军到皖，清兵被围，溃至桐城。"辛亥革命军指北伐军。诗人另一首纪事诗《军队过境》也写北伐之事：

记从南北战云开，四路军分八面来。
鞍马膏车满城社，鸡豚粮秣逐纤埃。
征夫长役星投海，供亿烦苛血作灰。

同写北伐军过桐城，民遭掠夺，于大的时代背景下展现一地政情，喻意深刻。吴光祖仲兄当死于这次兵难，军阀互战，遭殃的是平民，给平常人家造成莫大伤痛。此一时期反映这次兵难的诗作还有《官埠桥被围》《红十字会》《清明节过兵》等。其《标语》一诗颇见诗人的政治倾向：

标语纷纷响应声，自家主义要分明。
翻云覆雨休轻薄，古史由来重厚生。

此诗鲜明地表达诗人民本思想，与前诗痛斥战火殃民互为映照。

值得关注的是，吴光祖在时局动乱、泾渭难分的非常年代，能辨明是非，作诗歌颂红军的正义力量，五律《六月红军逼近投子山，县城戒严》即是一篇匡时之作：

谍报走舒黄，锋芒不可挡。杀人如有律，施政岂无方？
徒搏身皆胆，飞奔马弗缰。孤城天日暗，会见斧头光。

诗写于1935年，时为土地革命时期。诗中的"红军"当指由共产党领导的武装力量。《桐城县志》载：1935年"8月底，红28军政委高敬亭率部从舒城进入桐城，在唐家湾歼灭县保安大队270余人，在青草塥歼灭省保安团一个连。并开仓放粮，赈救贫困百姓"。诗中所写史实正指此次事件，与史料吻合。诗人闻听红军入境，势不可挡；又见红军纪律严明，政策公允，于彷徨观望中看到了希望："孤城天日暗，会见斧头光"，表达了诗人鲜明的政治倾向。这一年，他还写有《县城六门，近两年来红军入境，复堵其四，花朝完全开放》一诗，也记录了红军在桐城境内斗争的史实。

日寇侵华期间，吴光祖以诗人之敏锐目光观察时变。自1932年迄1938年，他写了数十首反映全民抗战的诗篇，特别是眼看外敌入侵给中国人民带来的创伤，予以谴责，表达了一位爱国知识分子的强烈愤慨。这期间主要诗作有《日本既占满洲，进窥上海，国府因迁洛阳，十九路军血战淞沪，援军不及，总退却》《捷报》《西宫会议设陪都于长安，而以洛阳为行都》《读国际联盟会对中日事件调查团报告书有感》《长城失守后又闻多伦被陷》《北平古物南迁》《冯总司令通电，七月十二日克复多伦》《平津失陷敌军进袭淞沪》《南京失守》

等，记录了国内发生的许多重大历史事件，以诗存史，表现他鲜明的民族立场与强烈的爱国情怀。

日寇铁蹄踏遍江淮，桐城为南北之要冲，不幸横遭祸患。吴光祖亲历了敌寇屡屡进犯县城的兵难，激愤难平。写于1937年初的《敌机过县城》一诗，写敌机初次盘旋于古城上空，万民惊恐之状：

　　破晓传空袭，孤城几度惊。但凭风鹤势，已败亚欧盟。
　　物理满遭折，天心陂复平。无由入江汉，徒自苦纷争。

初夏，敌机竟投掷炸弹，县城民舍惨遭炸毁。《四月十一日（五月十日）午后四时敌机飞炸县城》一诗记录了当时情形：

　　山城四月午风和，抗战声中警报多。
　　三架敌机投五弹，南街震倒北街呵。

诗后有注释云：" 南门内东口街潘家拐一带共投小型炸弹五枚，炸毁程姓杨姓胡姓汪姓住房十余间伤五人。" 清晰记下了日寇犯桐致使市民遭殃的无耻行径。这一年诗人还写有《谒左忠毅公祠》《游西山茅公洞》《离家》等诗，足证诗人当时正在桐城，目睹了这一事件，当为真实记录。

这一年，吴光祖还写了与抗战有关的多篇诗作，《县中壮丁应选入营，诗以送之》一诗为县中青年从戎抗敌鼓劲，期待凯旋之日：

　　莫问爷娘意，成群入大营。矢心同报国，鼓气拥寒旌。
　　塞马呼天跃，飞舟瞰地鸣。应知归有日，愿与食浆迎。

敌机屡次轰炸县城，市民逃亡者居多。《离家》一诗写诗人随难民逃亡，别离故乡的悲愤心情：

　　前方消息恶，挈眷别孤城。行李双肩窄，寒门一锁横。
　　亲朋各分手，云树伴离情。庐墓深山里，心香到五更。

此后诗人自桐城启程，万里漂泊，栖身于西南，这一时期的诗大致记录了他漂离的踪迹：《过潜山县》《过太湖县》《早发宿松》《孔垄泛舟》《湖北黄梅县第二区舟行四十里即小池口》《九江晚眺》《赴汉口》《重游黄鹤楼》《车上望洞庭》《过岳阳》《过汨罗》《衡阳桂林间汽车数度卸载依轮船木舟渡河》《抵桂林》《敌机飞炸桂林》等，每到一地，皆有嗟叹，如《赴汉口舟中》：

  风雨信同舟，前行后若留。江山联破絮，人物斗深钩。
  梦里剑空舞，舱前浪不收。苍茫云树远，此意付东流。

读其诗，似展读一卷辛酸的流亡图。

吴光祖《敌舰在县境东南登陆被我军击退》诗更具史料价值。诗中记录敌船进犯桐城东南水域的情形："溯洄枞水敌军骄，铁甲铜丸驶若飙"写敌寇自长江进入枞川，铁驳如飘风掠水；"春雨方酥杨柳碧，火花分溅荻芦焦"写美丽水乡惨遭敌人践踏；"振起乡风驱外寇，齐声叫杀复呼么"写欢呼东乡习武之乡民奋起抗敌的豪气。桐城地方抗日史料大多记载了敌寇沿合安路长驱南下，而鲜见县境东南水上的另一战场，故此诗尤具史料价值。

1938年夏，日军首次侵犯桐城，吴光祖作《桐城失守》诗：

  吴波未定楚旅风，去国孤忠夕照红。
  眼抉城门观越寇，心随渔父问秦戎。
  万方搜括军无备，十载操持策岂通？
  峡石枞川人俱杳，但留遗恨寄愚公。

敌寇万般搜刮，当局无计可施。民去城空，连城也毁了。书生无以为报国，唯长叹空留遗恨耳。他曾在《白发愁行》一诗中叹息："士不知节义，凡百皆可偷。豺虎不食有北投，有北不受天地休。"可视作诗人这一时期的心情写照。

二、记录新事物

时势推动事物变迁。民国初年，西方工业革命影响了古老中国，科技催生了新生事物开始影响国人的生活。如汽车的出现，就大大方便人们的远行。《桐城县志》载："民国19年（1930），安（庆）合（肥）路（新中国成立后称合安路）桐城段动工兴建，民国21年正式通车。"此桐城交通史上的重要事件也被吴光祖写入诗中。这一时期他曾写下《安合汽车路开工》《安合汽车路重修木桥，从水沙中奠定基础。并序》《桐城汽车始达汉口》《桐城车站送友》等诗，记录汽车驰骋在桐城大地上这一破天荒的新事物。他写的《安合汽车路重修，木桥从水沙中奠定基础》一诗，在"序"中介绍当时使用混凝土灌注桥墩的技术：

  掘沙河深空五尺，迅速车水，俟水平置方格其上，以司敏土和细石及沙为一与三之比，拌成浓浆灌满方格，压镇一周后，去方格即成基础，左右贯以铁板连接木柱，铺枕木为桥。

此一技术应用，在当时定是一县的新鲜事物，带来的是桥梁建筑革命。其诗云："十张车子下河湾，八脚推移四手扳（脚车四人，手车二人）。方格平基凝细石，掘沙深处水潺潺。"诗写得平白易懂，真实记录了当年施工的情景，读来饶有兴味。

《桐城汽车始达汉口》一诗云"荆舒连一线，英霍剖双符"写公路连接舒荆二州，将皖鄂二省千里一线相连，长途客运，使行人免除万里跋涉之苦。而《桐城车站送友》诗写送人离别之喜悦：

  汽笛一声催，车头出古槐。寒光浮铁甲，怒气激春雷。
  南郭清溪远，西山白雪开。送君今日意，取得好音来。

汽车方便了相距甚远、难得一见的朋侪相聚，彼此相隔千山万水，有了汽车，离别容易，再相见时也许就在不久将来。诗写得兴高采烈，一扫古人送别诗离愁别恨之缠绵气氛。

这一类诗，记录下许多新奇的事。如《展赵太君墓摄影》状写郭外烟云树色，记录了当时摄影行业已在桐城民间流行的事实。《全县保长齐集圣庙训练》一诗，写得滑稽可笑：

  晨鼓击谯楼，趋跄半带羞。低声呵古壁，盲步笑猕猴。
  威令高三尺，人材出九流。一千七百保，何以表新猷。

另一首《国民大会代表选举》极具讽刺意味：

> 选举古今同，方期天下公。如何蒙面具，未见礼维风。

而《钱荒》一诗，则揭露市面物价腾贵、谷贱伤农，官府还穷兵黩武、内战祸民的丑陋现象：

> 斗米一千二百钱，家家忍耐送穷年。
> 可知谷贱伤农事？豆釜应教其缓煎。

此乃一首悯农诗，表达诗人对内战的憎恨。

桐城明清时物华繁盛，城内胜迹等列，近世毁于灾异兵燹居多，而人为改造也是一因。吴光祖《县城隍庙改造县法院》《县东岳庙改造区公所》二首记述了两处庙宇被改造的史实，在当时也算是"除旧布新"之举，为一大新鲜事。因这两首诗，后人得以了解城内有些文物变迁毁废的原由。

三、状写古邑形胜

桐城西、北郭外山峦深秀，城内外古迹星罗棋布。山川形胜甲于他邑，乡先辈诗人多有诗文吟咏。吴光祖赓续前人的山水情思，手中的笔少不了要记下故城胜景，为今人留下一份难得的文化记忆。

抗战前，吴光祖曾一度居城中，生活较为安逸，有闲暇游览故乡山川名胜，这几年他写了大量咏景诗，如《过净土莲社》：

> 莲社筑西山，苍茫四顾间。佛光超世界，人性落牢关。
> 静听天无籁，高观物有癥。比尼劳十指，城郭点云斑。

他还写有《枞川即事》《过灵泉寺孟侠烈士读书处》《初夏过吊吕台》《观野崖》《泗水桥》《投子山》《过毛家河》《登方氏月山》《河墅》《展李芥须先生墓》《入潘氏河墅》《过钱尚书墓》等佳篇。

吴光祖写有许多春冬祭祀祖茔的诗，如《高甸》《童家铺》《陶冲口》《陶家湾》《蔡家店》《红土地庙》《撩风铺》《洪涛山》等，写墓境之高阔，发敬宗怀远之幽思。这些诗虽意境平平，但一一记下了桐城乡村许多消失的地名，至今仍让人怀想。其《登方氏月山》诗是吴光祖展墓诗的代表作：

> 春水涨溪梁，寻幽月未央。竹深鸡犬静，松老茑萝长。
> 层阜排新堡，潜鳞跃古塘。花香人倚久，齿颊被清芳。

或许高甸吴氏与桐城桂林方氏有姻娅关系，故而登临凭吊。诗写当年月山形势之幽远，风气之完密，见村舍宁静，桑竹清美，松萝蓊郁，绿水萦回，俨然桃源意境。此诗或可为今人研究桐城桂林方氏文化提供又一素材。

吴光祖作诗咏桐城山川，最得意莫如写龙眠山秀美。他在《入山口号》诗中咏道：

> 天下多名山，无若龙眠美。四时足云雾，东西合一水……胜迹昔异称，于今徒故址。野老守朴风，居贫饿不死。却怪人世间，纷纷誉与毁。内斫其真元，外忘其深耻……反是山中情，堪以通至理。鹭花非私藏，风谷无比拟。六合任流行，所思在远旨。偶然坐泉石，于焉慰暮齿。

此诗格调高古，堪为吴诗中的上乘之作，真正代表他的诗作水平，足见他对故乡山水的热爱，故为诗多加用力。

最有意味的是他写的一组桐城古城六座城门诗《桐城县门有六，各咏一首，倘遇兵燹，亦足考也》，此诗写于1937年底，距城墙拆毁约半年前，或许城内人士已风闻城垣将不保，故有此作。吊诡的是，吴光祖在诗题言明作诗以备后人考证，而今城垣尽黩已近80年。诗，真的成了今人考证古城的资料了。

"六门诗"的史料价值在于每首诗的夹注中都写有许多后人不知的景物，描绘了当年"六门"附近街市风貌和故迹旧俗，以及街面物产分布的历史状况，实乃一幅城市风情画卷，为今人考证古城旧貌提供了明证。试作一一赏析。

《东作门》诗云："紫气发东方，磎头山水长。石街牛角断，鼙鼓马蹄忙。漏屋烧红釜，倾杯炼白霜。入门拜关岳，庙貌又新装。"

此诗为我们提供了几条重要信息：东作门外有紫来桥，桥东街心有牛角石，已断；东街多锅炉即合作化时的锅厂；街北专制秋石；门内原有关帝庙，旋改作关岳庙，当时又改为民众教育馆。

东门外紫来桥，一名子来桥，元季桂林方氏迁桐始祖德益先生倡建，数百年间桥屡圮屡修,石木结构交替架造。至清乾隆初张文和公重修,名"良弼桥";嘉庆、咸丰时又遭水患、兵火,几度毁圮,同治年复修加固;民国二十二年(1933)再次重修,当为最后一次龙眠河治理时将栏杆改建前的模样。事后,吴光祖作《重修紫来桥》诗以记录:世路苍茫未易寻,但凭柱石奠来今。道宏利济无舟楫,志切匡时等砺金。纳履且窥孺子意,授书共识老人心。四方不断桐溪水,领取沧浪清浊音。诗中化用汉代张良遇圯上老人故事,歌咏乡先辈建桥利民济世的历史功绩。

  这些天然胜迹或人造的建筑,反映了80余年前东作门一带风光及街市繁荣的景象,这些故物今天或存或废,有些连乡邦文献中也很难看到了,而诗篇记录史实犹在,讽咏之余,让人顿生世事沧桑之感。

  《南薰门》诗云:"镇日对薰风,图南道不穷。拂巾驱野马,挽弩射长虹。泗水匀芹圃,关厢走社翁。挹泉烹茗透,慷慨唾英雄。"

  南薰门外泗水桥多种芹菜,今芹田面积被楼市蚕食,早已不见当年畴亩葱茏的田园风光;城外有清泉,可烹香茗,可惜泉涸也不复见到了。

  吴光祖另一首《泗水桥》诗亦写南薰门外泗水桥风貌:"泗水桥边草屋多,半依城市半依河。黄炉添火人烧饼,绿树垂阴鸟作巢。打麦须防鸡阵扰,采芹漫许鸭群过。卖茶娘子忙无奈,沤罢营麻又放鹅。"一派南郭外农家风情,鲜活而生动。

  《西城门》诗云:"天柱一峰高,西来入意豪。司农崇汉腊,领帅显兵韬。进士坊如昔,尚书墓不挠。挂车犹在眼,战绩冠吾曹。"

  西城门一带曾有许多古迹,诗中所记城内明代黄得功及史可法祠、吴檄父子进士坊、钱如京墓,今已毁废不存。可以想见,诗人当年曾立于西成门之上,极目远眺,隐约可见巍巍天柱高峰,廓然慨咏。沿古道行二十里许,则有汉朱大司农墓;而距城二十里挂车山,三国时吴人周昉破曹休于此,遗迹尚存。登楼怀古,则有兴废无常之慨。

  《北拱门》诗云:"投子不闻钟,暗然况暮冬。姚方通故宅,左戴比邻封。郭外荒无赖,楼头壮改容。几年关锁后,樵采喜重逢。"

  古城北门一带为历史文化街区,区内多高门大宅。内有方学渐祠、姚鼐故庐,左光斗祠、戴氏宗祠相距咫尺,这些都是今人不能看到的了。吴光祖作此诗时，北拱门城楼已废，不知毁于何时何因，这又为今人研究古城文化提供了珍贵的素材。

《向阳门》诗云："门轨久尘埋，萧条玉带街。半溪山碛去，隔岸杵砧偕。春暖耕牛集，冬寒旅雁排。杠梁分左右（按：左为紫来桥，右为新建木桥），冲要系江淮。"

向阳为古城东偏门，面临大溪，左有紫来，右有木桥，往来便利。门旁有小街名"玉带"，沿河而设，可见当年此门周遭的繁华，惜今已不见遗址。护城堤有牛集，农人多聚于此。

前诗言："几年关锁后，樵采喜重逢。"此诗又云"门轨久尘埋"，则又有故事：北伐军兴，兵过桐城，桐城古城之西成、北拱、向阳正偏三门曾一度关闭，向阳门被沙石堵塞。时过八年，1933年此三门重启，吴光祖写诗以纪："兵戎相见却仓皇，八载孤城半闭关。入口俨成前世路，转湾莫辨旧街坊……"八年城门重开，世事巨变莫测，街坊相见恍若隔世，令诗人感慨万千。吴光祖又有诗记1933年红军入桐城，六门有四座又关闭，两年后重开。这些史实皆鲜为人知。

《宜民门》诗云："空谷想跫音，前贤剩涤岑。临崖观野趣，汲井洗尘襟。树指山头月，塘澄藕里心。龙眠佳处望，一望一清吟。"

宜民门为古城之西偏门，城乡往来龙眠山及西部山区大多经过此门，缙绅隐士、樵父引车者每每相遇于此，车水马龙，熙熙攘攘，故有"宜民"之称。诗中夹注记门内右阜为陈焯之涤岑故址，观野崖、仙姑井、月山、藕塘梢皆在门外，足见此门郭外风景秀丽。今宜民门不存，而古巷仍为交通要口，行人每至此，留心观察，仍可见老宅间杂于新楼，旧溪萦绕于高墙之下，又有古刹梵声，晨暮可闻。

此后不久，吴光祖曾登郭外西山，写有《游西山茅公洞》诗，登高远望，有"人烟满城郭，不觉是兵年"的感叹。彼时，诗人俯瞰古城，周长六里的城墙或已被拆毁了，六门何存？桐城文物之乡，罹遭兵劫，从此繁华落去。

吴光祖先生是民国教育家，生于忧患，其身世如乱蓬飘忽，所历皆满目疮痍。他目睹战乱饥荒，所咏所叹，总有黍离麦秀之悲慨。

展读《回昭轩诗稿》，通篇多悲苦之音，正因如此，吴先生的诗方有世人所谓"审悲"意义。人皆避苦而趋乐,而诗人则以写苦难为自己的崇高使命,如屈大夫,如杜工部,如中国文学史上无数悲情诗人。对此,唐代韩文公曾有论说:"夫和平之音淡薄,而愁思之声要眇;欢愉之辞难工,而穷苦之言易好也。"此语中所谓"愁思"与"穷苦"盖指别离之恨,兵火之难,生出愤懑忧郁之愁,孤寂死亡之悲。这些悲苦的经验一旦熔铸为诗篇,生活的痛感顿时转化为一种审美快感,直入胸臆,那种沉郁的意境,能给知音者带来审悲体验,如老杜"感时花溅泪,恨别鸟惊心"是也。吴光祖的诗,嗟伤感怀之外,不无这种深沉的艺术意境。

但细续吴光祖先生的诗,不难体味到,他有意追求一种浅白的诗风,这与他所处的时代、生活的境遇有关。我们不妨称他的有些诗为"纪实诗"。揣测时人并不高评他的诗,但正是具有了这种纪实性,才使他的诗作流传愈久,愈能显见其纪叙的文献价值。如《六月红军逼进投子山,县城戒严》《合安路开始通车》《地震》《五月县教育会常会因提议整理中学校案发生冲突,议案保留而退》《孔城大劫》《五月十七日黄溢缺口被淹》《安桐汽车失慎,坐毙者凡五人》《天林庄民变》等篇什,诗中所纪录发生在桐城的大、小事件,都是今人闻所未闻的珍闻,堪可视为诗史。从这个意义上说,他的诗艺术美感居次,而文献意义更大。

"凤义兴"的商业精神

在桐城南大街中街,有一座徽式建筑,高墙敞厅,典雅别致,它就是清末由徽帮商人凤士标创办的"凤义兴"商号楼。

志载,清朝道光年间,桐城县已从清初的五千余户,人口二万余猛增至二十七万余户,人口244万余,人口的暴涨,带来物资的需求,城乡居民日用百货购买力增加。鸦片战争以后,外国货输入,中国市场舶来品渐多,物资丰厚,桐城百姓也幸蒙沾溉。清朝末年,精于经营的徽州商人看准了皖江大邑桐城的市廛商机,南京、泾县、太平等地商人相继进入桐城设铺经商。客商多集中于县城及枞、汤、孔、练、北峡五镇,而尤以县城为最。商贾辐辏,经销洋货,在众多商家之中,尤以徽州布商凤兆安开设的"凤义兴"布店,资本充足,花色品种齐全,为县内经营绸缎棉布业的最大商家,深受桐城及周边百姓欢迎。

"凤义兴"布店由最初的门市店堂逐渐扩展为一幢规模闳阔的商号楼,它位于桐城县老城南大街,是徽商凤兆安的父亲凤士标于清末由金陵迁居桐城后渐次建成,前铺后宅。其号"凤义兴",盖取"先义后利、义中取利,财源广进、兴旺绵长"之意。老一辈市民犹有记忆:"凤义兴"三个颜体擘窠大字,悬于临街正门,相传曾为桐城书家程朗生以如椽巨笔所书,端凝苍劲。《桐城文物志》描述该楼:

> 坐西向东,面临大街。前后三进,抬梁式砖木结构,层楼高墙,平面呈梯形,面积为606.28平方米。前进为商店铺面,面阔三间,进深三间,两侧设犀头山墙。楼层板壁,与中进之间廊楼构成方形、长方形天井各一。右后侧置单跑扶手楼梯,通往楼层。中进面阔三间,进深一间,高两层。当心间为过益,与后进相连。前后设高廊。
>
> 后进为居室,面阔五间,进深五间,当心间为堂屋,层楼,前设上下长廊,左侧设扶手木楼梯,可登后楼。楼层前廊扶手栏杆下,雕饰花纹图

案，美观大方……有江南建筑风格。

"凤义兴"商号的兴衰史与中国大多数私营工商者命运相同，其从发轫到匿迹大致经历了以下几个阶段。

从清代末年创办商号至抗战前，为"凤义兴"号的繁荣期。当时"凤义兴"布店主营丝绸，与对门焦永丰棉布店互为补充。凤兆安一帮人"载米东下，贸布而归"，既为富人提供上等估衣衣料，也为贫民经销御寒遮体布匹，从一个外来立足桐城白手起家的布庄，逐渐发展成为安庆至芜湖一带丝绸巨商。

抗日战争时期，为"凤义兴"号的衰落期。日寇的炮火使凤氏家族陷入困境，昔日的繁富生活被战争硝烟笼罩，日寇飞机频频轰炸使桐城城池塌陷，凤义兴的主人凤兆安关起店门，带上多年积蓄，加入跑反的流民队伍，混乱中家财散失，凤氏家道败落，从此一蹶不振，复兴无望。

抗战结束后，凤兆安回到故里，这是"凤义兴"号的萧条期。今非昔比的是，往日"焦永丰"号靠卖胭脂花粉为营生，如今成为县城棉布巨商。面对昔日生意伙伴崛起，激励了凤元奇合家聚力同心，不忘祖训，发扬徽商坚韧不拔的精神，以焦氏为榜样，艰苦创业，重整旗鼓，整理店铺，仍经营布匹生意，几年时间便撑起了门面，但生意远不如抗战前红火。

从私营工商业改造至"文化大革命"前，是"凤义兴"号的沉寂期。1950年，县里成立中国百货公司桐城办事处，人民政府没收了"凤义兴"商号楼前进店铺，设立县百货公司，后来经营扩大，又经租后进楼房，凤氏举家迁出，择宅另居，另外在南门城口购得左家店铺，由凤氏第三代凤元奇经营南货。直到1955年，全县有两千余户私营商店参加互助合作社，凤氏是其中之一。1958年，县城改造，和平路成为县城主要干道，县百货公司（时称中国百货公司安徽省桐城县公司）选址和平路，其高楼大厦雄冠皖江，全县日用百货皆汇聚于此，成为城乡百姓购买首选之地。1963年县里成立饮食服务经理部，"凤义兴"商号楼因具备酒馆茶肆客栈的建筑特色，改成客栈，名为"桐城饭店"，当时一般百姓只能入住"三八""向阳"之类的低档旅馆，而"桐城饭店"尽管豪华不如今日，但在当时也不失为一处安静雅致的高档去处，为南来北往旅次桐城的宾客提供休憩之所。饭店在"文化大革命"中曾一度歇业，二十世纪八十年代初又一度恢复营业，九十年代初落实私房政策时，凤氏家族后人经历多番周折后,"凤义兴"号国家经租的后进住宅房产归属到凤氏家人,财产所有权由凤氏家族第三代兄弟姊妹七人共同拥有。"桐城饭店"的衔牌被摘下,其前进店铺房产仍归政府所有,现租给市民居住。2012年桐城市公布"凤义兴"商号楼为市级文物保护单位。

一百多年的时间,"凤义兴"与中国社会晚近以来的国运相连,跌宕起伏,沉浮隆替。尽管"凤义兴"这块牌匾已被历史的尘埃所掩映,但其在桐城商业史上的地位和作用是永久长存的。

其一,凤氏家族把徽商的经营理念和营销方法带到桐城,开南货交易于江北名县城乡市场之风气。难能可贵的是凤义兴商号落户桐城,生意兴隆,财源广进,一扫旧时桐城士人重文轻商的习俗,一些识文断字、通于算术的读书人也不以谋利为耻,开始弃文经商,桐城既有的商贩也纷纷仿效徽商经营手段,一时商铺迅起,市廛繁荣。

其二,"凤义兴"号经营以"义"字当头。其商号嵌一"义"字,体现了凤氏家族既能恪守徽商传统,财源不竭、义行天下,又能做到"义"字当先方能立足文化之邦的商业文化。君子喻于义,而商人并非重"利"的小人,也照样以义取利,利义兼顾,一改旧时对商人鄙夷的看法。相传凤氏布庄在桐城做了许多有利社会、惠及贫苦人家的善举,凡捐助、赈荒皆不遗余力。穷苦人家遇喜、丧事,也不吝施舍,体现了"凤义兴"商号真正践行商人疏财仗"义"的承诺,履行"一家得业,不独一家食焉而已,其大者能活千家百家,下亦至数十家"的徽州商帮社会责任。

其三,自"凤义兴"号在桐城开设布庄后,桐城市民生活中衣食住行中的"衣着"有了极大的改观。晚清至民初时代,西洋舶来品进入中国市场,洋油洋火洋烟洋钉已渐为寻常百姓家的日用品,而洋布的织造也一改国民穿着传统。但桐城为江北小城,大户人家想穿上洋布需在上海、南京、安庆大都市购买,中等家庭及小户人家喜庆欲置一身新装,则可望不可即了。凤氏在桐城开设布庄,从苏沪浙购进各类花色洋布,鲜妍可爱,色泽宜人,满足了桐城城乡百姓需求,二十世纪初,凤义兴布号销售的苏浙丝绸衣料,加上城内理发业"白玫瑰""金丝美""大光明"提供火烫、吹风等服务项目,美发店等服务行业兴起,为桐城的缙绅阔太、俊男靓女、新郎新娘装扮提供服务,一些爱美人士引领新潮,桐城市民一时摩登起来。桐城这一礼仪之邦民众面貌重焕光彩,这方面"凤义兴"号发挥了重要作用。

其四,"凤义兴"作为百余年前的一处商号,其建筑矗立老街,宇栋轩昂,经风雨而愈挺拔,历沧桑而愈珍贵。就建筑本身而言,它实为老城"三街"众多建筑之翘楚,门庭高阔,庭院回廊皆合徽派规矩,是桐城乃至江淮之间城市中难得存世的一份物质文化遗产;就其精神层面而言,"凤义兴"号作为百年以上的老商铺,她的名号至今仍为城乡百姓传颂,"凤义兴"商号的几代经理人身上折射出来的敏锐的创业眼光、进取的人生态度、诚信的处世风格、超前的契约意识仍在影响着今日的桐城人。可以说,"凤义兴"存世的不是一栋商号楼,她是嵌印在桐城市民脑海中挥之不去的一份记忆,是深深矗立于商潮涌起的文化桐城商业精英心目中一块永久的精神纪念碑。

桐城古文吟诵

多年来一直喜好尝试写些"古文",或游记小品,或酬答赠序,收之箧中,不欲示人。当下人人皆习惯以语体文写作的时代,灯火阑珊处,偶有个别抱残守阙、踽踽独行、捻须吟哦以文言写作者,在众人的目光里似乎有些迂腐气。然则大言不逊敢于标榜以文言写作而且写的是"古文",心里到底有多少底气呢?自己竟然也不十分清楚!回头看我近年来的"古文"写作实践,所写的文稿大抵多半文半白,遣词造句及古汉语语法尚待训练,左庄马班、韩柳欧苏之旨未晓,遑论"古文"作文之"法"?曾求教于乡里汪先生懋躬,先生说:"读'尊'作,有些古文的味道在其中。但缺的是桐城家法所谓'气味、声色'。"我唯唯深以为然。

前些时候读桐城先贤古文文论,有些体味,此处不想多谈。其中有一点感受,总觉得今人写"古文"充其量是在做以"白话"文反过来"移译"文言文的事而已,如同一些西方汉学家用文言写中文著述,除语境的隔膜外,总难深得古汉语之要旨。这种隔靴搔痒的情况源于今人大多自幼缺乏文章(诗文)的背诵、吟诵经验。故,没有古(诗)文背诵的记忆积淀,辞章寡少必然语汇贫乏;而没有古(诗)文吟诵的体验,作文(诗)自然少了"气味",也就进入不了"神理"的堂奥了。职是之故,应当在欣赏古文(诗词)之先,先做好背诵的"童子"功课;在动笔创作之先,先进入吟诵的妙境。如此,才可领略古文的真味。

一

吟诵一事,对于古代读书人来说,是习以为常的事,是读书人记忆篇目、欣赏文章必须做的功课,更是通向读书人能否写得一手好文章的津逮。与文言退出读书人的书房时间相一致，吟诵已与我们暌隔了一个多世纪。

为什么说吟诵是"通向读书人能否写得一手好文章的津逮"呢？因为真正的吟诵，对于为古辞的人来说，是一个由记忆、鉴赏的初级阶段渐进达到可以写得一手好文章的高级审美活动的过程。吟诵，不但帮助了读文者在"抗坠急徐"的读文节奏、音调中获得愉悦的审美情趣，还帮助了读文者在吟诵过程中，于自我陶醉时潜移默化地增强了个性记忆，这是读文者对于所读文章进行的自我式的再度创作，此可视为阅读欣赏阶段。吟诵作为一门鉴赏文章的艺术，它的作用更多地在于高级阶段即表现为文章的创作阶段。桐城刘海峰先生曾说：

> 行文之道，神为主，气辅之。曹子桓、苏子由论文以气为主，是矣。

此处的"气"，是随文章的"神"而转的："神浑则气灏，神远则气逸，神伟则气高，神变则气奇，神深则气静。"灏、逸、高、奇、静等文章之"气"，有阴阳刚柔之分，曾文正谓之"文章四象"。这些"气"是为文者的情感行走在他的文章之中。那么，阅读者与模仿者如何感受到呢？

> 要在自家于读时（写亦然）微会之。

所谓"微会之"，主要是指在阅读与鉴赏过程中，乃至为文不经意间，对于文章音节的把握，因为"音节为神气之迹"，这就要靠"吟诵"这一艺术形式来完成此一过程的审美体验。

什么叫"吟诵"呢？这里援引一段常州秦德祥先生对"吟诵"一词所作的分析。他说：

> "吟"乃"吟诵"的特色所在："吟"的宽松节奏和"小腔"，给吟者抒发感情、体味诗文意蕴提供了较大的空间，诵而"诵"所提供的余地较小；"吟"比"诵"旋律更强，更"美听"。"吟诵"给听者留下最深刻的印象的不是"诵"，而是"吟"，因此，"吟"常被用作"吟诵"的简称或代称。由此看来，将"吟诵"理解成联合式合成词组更为恰当。

吟诵是中国古代读书人始终遵循的一种传统方法，可以说，古人凡开卷，必有吟诵。从浩瀚的中国文学史溯流而上，可知吟诵伴随着诗歌的产生而产生。

朱立侠《唐调吟诵研究》云："广义吟诵中包含的吟唱出现得较早，上古的时候，诗歌乃是一个统一体，凡诗皆歌，从这个意义上说，吟唱的历史跟诗歌一样悠久。"如《尚书·尧典》记载尧对夔说的一段话：

> 帝曰："夔！命女典乐，教胄子：直而温，宽而栗，刚而无虐，简而无傲。诗言志，歌永言，声依永，律和声。八音克谐，无相夺伦，神人以和。"夔曰："於！予击石拊石，百兽率舞。"

此一段话中所说的"乐、歌、声、律、音、谐、和、击石、率舞"，应该是在不同的情境下的依声吟唱。

《诗经》中"歌、咏"的情境频频出现，不胜枚举。《诗·大雅·烝民》中一句诗最能反映吟唱的作用：

> 吉甫作诵，穆如清风。

穆，和美也。吉甫这人写的诗，和美得好似清风化育万物一样，让人受到感化。

《汉书》上说，东方朔"十六学诗书，诵二十二万言"，可见古代士人吟诵的功夫何等了得！

从上古尧舜时代，到《诗经》时代，秦汉魏晋，唐宋元明清，吟诵伴随着诗、文的勃兴发展不断转化，吟诵的功能也不断扩大。宋代的朱熹与明代的王守仁曾谈到吟诵对于读书人的重要性。朱子曾说：

> 凡读书须整顿案几，令洁净端正，将书册整齐顿放，正身体，对书册，详缓看字，仔细分明读之。须有字字响亮，不可误一字，不可少一字，不可多一字，不可倒一字，不可牵强暗记。只要只多诵数遍，自然上口，久远不忘。

王阳明说得更透彻：

> 讽诵之际，务令专心一志，口诵心惟，字字句句绸绎反复，抑扬其音节，宽虚其意。久则义礼浃洽，聪明日开矣。

桐城姚鼐在《与陈硕士》文中更强调声音对于作诗古文来说是必经的门径：

> 诗、古文各要声音证入。不知声音，总为门外汉耳。

吟诵是读书赏析的必备工具，士子穷其一生，读书求知，所谓"书山有路勤为径，学海无涯苦作舟"。一勤、一苦，其中就包含着读书时朝讽夕诵的艰辛过程。

既然吟诵是读书赏析的必备工具，中国历代都非常重视对吟唱讽诵歌咏经验的总结，以指导读书人很好地利用这一路径与舟梁去获取知识。明清以来，吟诵的理论研究越来越受到学者的重视。朱立侠《唐调吟诵研究》云：明清以降，"随着语言学研究的逐渐推进，学者们对于吟诵的研究越来越精细，从宏观到微观，涉及吟诵调产生的语言基础——字句、音节、平仄等多方面，体体出对吟诵认识的逐步深入"。

迨至民国，在传统吟诵方法的基础上，产生了不少以某一地或与某一学者为特色的吟诵方法——调式，唐文治先生创立的"唐调"就是二十世纪上半叶初具有代表性、影响最大的一种吟诵调，这是为当今研究唐调学界所公认的。

二

今人所推重的"唐调"与桐城确切地说与桐城文章有着直接关系。

唐文治（1865—1954），字颖侯，号蔚芝，晚号茹经，清同治四年（1865）十月十六日生于江苏太仓，民国元年（1912）定居无锡。交通大学第十一任校长、著名教育家、工学先驱、国学大师。父亲唐若钦为清贡生，以课徒教书为业。唐文治自幼从父攻读经书，14岁读完五经。16岁入州学，从师太仓理学家王紫翔，潜心研读性理之学及古文辞。18岁中举。21岁进江阴南菁书院，受业于东南经学大师黄元同和王先谦的门下，从事训诂之学。1954年4月在上海病逝，年90岁。著作有《茹经堂文集》《十三经提纲》《国文经纬贯通大义》《茹经先生自订年谱》等。

陆阳《唐文治年谱》云：光绪二十七年（1901）辛丑十月，"吴汝纶来绍宅访唐文治，未值。逾两日，唐文治往访，两人如相识"。唐文治《桐城吴挚甫先生文评手迹跋》记载他向吴汝纶先生请教古文文法经过：

> 余请益，先生但唯唯；迨再三请，先生始慨然曰："天壤间作者能有几人？子欲求进境，非明文章阴阳刚柔之道不可！"因为余言："少时偕张濂亭先生从曾文正公学为文，殊碌碌无短长。某日，文正出，吾偕濂亭检案牍，见公插架有《古文四象》一书，盖公手定稿本也。亟取之，录其目，越日归诸架。逾数月，文章大进。文正怪之曰：'予等岂窃窥吾秘本乎？'则相与大笑。"

> 又为余言："文章之道，感动性情，义通乎乐，故当从声音入，先讲求读法。"……余因亟求吴先生读法，先生即取余《奉使日本国》讽诵之。余惭甚。然聆其音节，无不入妙，爰进叩其蕴。先生曰："读文之法，不求之于心，而求之于气，不听之以气，而听之以神。大抵盘空处如雷霆之旋太虚，顿挫处如钟磬之扬余韵；精神团结处则高以侈，叙事繁密处则抑以敛。而其要者，纯如绎如，其音翱翔于虚无之表，则言外意无不传。《乐记》师乙所谓'上如抗，下如坠，曲如折，止如槁木，累累乎端如贯珠，皆其精理也。知此则通乎神矣。'"余又叩应读之文，先生曰："第读《古文辞类纂》、《经史百家杂钞》二书足矣。"……余感谢而去。

唐文治先生于光绪二十八年（1902）遇吴汝纶于日本。唐先生在他的《桐城吴挚甫先生文评手迹跋》中记载了此次晤面的情形：

> 明年壬寅七月，余随载育周专使游历欧美，道经日本，先生亦在东邦考察学务。会驻日公使蔡钧凌侮留学生某君等，朝旨命载专使查办。先生来谒专使，见示喜甚，曰："君来，学生可吐气矣。"余昼间事繁，先生每来夜谈，因又详询曾文正公遗事。先生慨然曰："此数百年来一人，非特道德崇隆，勋华炳标而已。乃其精神已不可及。"遂言文正每日于寅正起，披览公牍，卯正早餐，群僚毕集，公详告各案，剖析如流。辰巳两时接见宾客、将领等，或批答公牍。午初作大字，午正餐毕，即遍历宾僚宿舍，无偶遗者；或围棋一局。未正后见宾治事，酉初晚餐后即读经史古文，至

亥正止。高诵朗吟，声音达十室以外。

两人这次会面主要谈及一代宗师曾国藩的案牍劳形及生活起居，重点还在叹服先生夜间诵读的生动情形。

陆阳《唐文治年谱》称："日本期间，唐文治与吴汝纶屡次相约夜谈，论古文源流，对其读法大为'心折'。"

1948年，大中华唱片公司为唐文治先生灌制读文录音唱片并请唐先生作演讲。在这次演讲中，他明确表示自己读文受桐城吴先生传授心法，《唐蔚芝先生读文法讲词》云：

> 十数年前，读国文者，多沿袭八股调，萎靡不振，毫无生气。近则学校中以诵读为耻，并八股调亦不得闻，可叹！按近世读文法，莫善于湘乡曾文正，谓要读得字字着实，而其气翔于虚无之表。得其传者，为桐城吴挚甫先生。

唐文治先生生于晚清之世，对于前人读文方法耳濡目染。此一段话足以说明，至少一个时期以来，读书人于诗歌尚能依律咏唱，但于古文，则按读时文的腔调去诵读，故"毫无生气"。自曾国藩及其师友及门人等桐城派作家们开始，读古文则一反"萎靡不振"之风，"气翔于虚无之表"，有了气势识度与情韵趣味。他又进一步说：

> 鄙人曾与吴先生详细研究，大抵当时文正所选《古文四象》，分太阳气势、太阴识度、少阳趣味、少阴情韵四种。余因之分读法，有急读、缓读、极急读、极缓读、平读五种。大抵气势文急读、极急读，而其音高；识度文缓读、极缓度，而其音低；趣味情韵味平读，而其音平。然情韵文亦有愈唱愈高者，未可拘泥。

唐文治先生此论当为他的读文"心法"。能得此心法，首先源于他博洽的学问以及胸襟气度、修养人格，胸有浩然之气，顾炎武尝言："所为文章之气，能与天地清明之气相接。"读文亦然。再就是桐城派作家们对唐先生的影响至深。先生以为"溯厥渊源，其读法实得自桐城吴挚甫先生，而挚甫先生之读法，传自湘乡曾文正公"。朱立侠先生考稽唐调以为:"唐先生早年的诵经调其实就是他的家乡太仓本地读书调,或许他早期读古文也是此调,后来跟吴汝纶请教读文法之后,才创造了别具一格的读文调。"得其妙诀,详加体味揣摩,自成体系,最终形成了"唐调"吟诵读文法。

至此,朱立侠先生为"唐调"下了一个定义:

> 唐调的理论来源是桐城派的读文法,其调子的基础是江南调,这两个优秀的因素结合在起,为唐调产生创造了客观条件。

朱先生进一步说,我们可以用这样一个公式来表述唐调的构成:唐调=桐城法+江南调(+唐文治先生的音乐天赋)。

三

唐文治先生曾说:"天地之道,阴阳刚柔而已矣。作文者不能外乎是,读文者亦莫能外乎是。"前文说过,"唐调"是以桐城古文读文法为理论基础的。朱立侠先生认为,唐文治先生推尊桐城派,其文章之道得自吴汝纶,所著《读文法》《国文阴阳刚柔大义》皆本曾国藩之说,而又在吴汝纶启发下多有所发明、增益。唐先生对桐城派理论的继承主要体现在"文气说"上。他说:

> 近代文章,自推桐城。其论阳刚阴柔、因声求气之法,莫精于姚姬传先生。姚氏之言曰:"大抵学古文者,必要放声疾读,又缓读,至久之自悟。若但能默看,即终身作外行也。"又曰:"急读以求其体势,缓读以求其神味。得彼之长,悟吾之短,自有进也。""盖姚先生得刘海峰先生师传。刘先生年八十余,尚能取古文纵声朗诵。姚先生体气较弱,低徊讽诵为多。"

"阴阳刚柔""因声求气"二说是桐城派文气论中的主要理论观点。"阴阳刚柔"是姚鼐提出的,"因声求气"是刘大櫆提出的。此处不作深论。通过对"唐调"的初步了解,在朱立侠先生的亲授下,对唐调吟诵古文有初步体会。"唐调"读文时须用心体会其行腔走调时的气与势,即所谓徐疾抗坠的自我把握,最明显的是,其每小节处结句的尾腔"6i5",此为唐调读文最显著的特色和最具音乐化的标识。尾腔大多数情况下在一节中的虚词"之乎者也已焉哉"处唱出;如不是虚词结句,句尾亦可用尾腔唱出。如何运用好尾腔回环高低的尺度,全在读文者自己"微会之",即读文者对文章的理解,可以说是在运用唐调对所读之文"再度创作",仿佛今之读文者在与往之古贤晤对,听古贤"謦欬"。

兹节录桐城刘海峰《送姚姬传南归序》一段为例,以太阳读法作粗浅分析。

> 昔王文成公童子时,其父携至京师,诸贵人见之,谓宜以第一流自待|文成问何为第一流,诸贵人皆曰:"射策甲科,为显官"|文成莞尔而笑:"恐第一流当为圣贤"|诸贵人乃皆大惭。||今天既赋姬传以不世之才,而姬传又深有志于古人之不朽,其射策甲科为显官,不足为姬传道;|即其区区以文章名于后世,亦非余之所望于姬传。||孟子曰:"人皆可以为尧舜",以尧舜为不足为,谓之悖天,有能为尧舜之资而自谓不能,谓之漫天。若夫拥旄仗钺,立功青海万里之外,此英雄豪杰之所为,而余以为抑其次也||

此文为太阳气势之文。

此段分为三小节(每节以"||"为标记),读时又分句(以"|"为标记)。

第一小节用阳明故事,因喻惜抱少有继往圣之绝学为己任的大志,第一句在"以第一流自待"处结句,稍停顿,不用"尾腔",语速宜缓,娓娓道来,即唐文治先生所谓"翕如"法。第二句至"为显官"处结句,缓读。至"皆大惭"为一节,此三字自"皆"字起,声调渐升,长音,"大"字上扬,至"惭"字渐平,拖腔,音调如"6i5—"。第二节至"望于姬传",惜抱向有抱负在于文章,此非作者之所希望的。此节宜急读,以见作者劝勉之意。尾音处理与"皆大惭"相同。到最后一节至"拥旄仗钺,立功青海万里之外,此英雄豪杰之所为"处,激越高亢,一气呵成,自"其"字开始上扬,"次"字高吭中大声拖腔,婉转降调,"也"字尾腔"6i5—"更长至二至三拍,一展作者嗟叹期许之情。

读此一段大抵先徐纡,借古贤以许;次曲折委婉;终意义辐凑,慨叹不已,余音尚在。整个旋律呈"平缓—曲回—微升—渐降"之势。因声求气,声情并发于中。

先前，对于"吟诵"之事是既熟悉又陌生。说"熟悉"，是我于少时曾听过父亲讽诵古诗文，那时懵懂，不知其味，况且，父亲所吟唱的"调子"到底师从何人？有无"唐调"所含的阴阳刚柔之"气"？流传于哪些地区？是不是"桐城调"？均不得而知。从朱立侠先生于前些年来桐城时采录几位老先生所吟的音像资料来看，颇为简俗，并非我少时听到的"调子"。2017年国庆期间，我北上京都，从朱立侠先生习"唐调"古文吟诵，方了解大致意思。在朱先生的教授下，现场学着吟诵了范仲淹《岳阳楼记》、欧阳修《秋声赋》《丰乐亭记》《五代史伶官传论》等名篇，颇有体会。归来用古文习作了《赠朱履儒先生序》一文，以谢朱先生，文曰：

  予向好乡先辈文章。然偶有所为古文辞，不得旨趣者什七八，尝乞诸里中逸庵先生指授，辱教吾曰：盖起承转接之间，所欠者，气也。岂不闻古人所云，凡字句章篇，不见神气，虽有法，死法耳！予唯唯以为然。

  予又闻，言语为文章之机枢也。昔刘彦和曰："属笔易巧，选和至难"，此盖谓文章易作，而协律殊难矣。曩日乡先辈刘海峰先生论文曰："文章最要节奏。譬之管弦繁奏中，必有希声窈渺处。"吾每读此处皆不知所云，因忆少时先大人朝讽夕咏之情境。然予彼时鲁钝，大抵但记其颔首陶然之容止，至于所诵诗文，其字句音节，于何时低昂，又于何处徐疾，皆不可辨焉。

  前月偶得履儒先生《唐调吟诵研究》大着，读之唏嘘再三。履儒先生，滇人也，今振铎于首都师范大学，为博士后。先生穷十数载之工，网罗放佚，裒辑海内古文家之吟诵法，凡间里畎亩，林下水滨，皆采风辑录，成皇皇三十万言，都为一册，与当代诸家音像俱刊布于世。予读后有拨云见日之慨，遂决意北上京城，幸蒙朱先生亲授，取桐城家法与曾文正公古文四象，教予与诸同学共诵范希文、欧阳子文。窃以为先生所发为声腔者，抗队徐疾，洵有法度，是传唐蔚芝先生之腔调者也。

  噫！世不闻吟咏之音久矣！吾邑明清时为古文家之渊薮，当其时，讽诵之声响彻里巷，乡塾童子弦歌不绝于垄上，凡读书，必有吟咏。迨至近代，歌咏沈寂，通此艺者庶几为绝唱矣。予闻清光绪时，太仓唐蔚芝先生于日本国东京尝谒邑贤吴挚甫先生，受教桐城家法，唐调初创，影响甚广。今先生上追先秦，继宗唐宋，私淑桐城，踵接太仓，传唐调于海内，俾前辈之遗音，不绝于昭代，此先生不世之功也！不佞虽齿长于先生，尝就桐城家法相切劘，然先生才识超迈，尤于吟诵一事，堪为予师焉。京城问学，蒙先生辱训，苟有益于为古文辞，则不忘先生之教我也。

  自京华归里已数日矣。塞外风来，寒露凝霜，月明气清，于牖下温习先生课稿，忽闻零雁南徙，其声纯而和。因思先生当日吟唱，于是乎情发于中，作文以寄之。

此次蒙朱立侠先生传授"唐调"，倘有心得一二，有益于为古文辞，则如开篇所叙，懋躬先生所说不我欺也。

桐城市区地名浅说

地名，从实用方面讲，具有标识功能；从文化方面讲，它承载了一邑的历史文化积淀，接续了百姓对当地民俗风情的历史记忆，具有视觉传达的冲击力与审美情趣，更是一个地方对外展示的文化名片。

古代桐城市区街衢名称多雅重。以老城城门为例，明代万历以前，城门四座，东曰宾阳，西曰阳和，南曰贞兑，北曰龙眠，皆取阴阳五行大化流衍的寓意。明代万历年间建砖城，城门六座，东南西北正门分别为：东作、西成、南薰、北拱，取万物煦育政通人和的意思。又专辟偏门两座：西北曰宜民，东南曰向阳，祈愿人民乐业，世道淳熙。可见，当时的官民和缙绅是费了一番脑筋的。

明代天顺《安庆郡志》载，县城有"十坊"，即：承流、宣化、指廪、龙眠、凤仪、太平、佑文、辅德、世美、仁和。到了清康熙后期，桐城一县，东有凤仪、杨林，县西有世美、治平，县南有太平、丹桂、佑文，县北有龙眠、五圣，县前有牧爱，城内有仁和、辅德、仁厚、仁里计十四坊。"坊"，《汉语大词典》解释说"城市居民聚居地，与街市里巷相类似"。明清时桐城县治城内外"坊"的名字，应该既是市民聚居地的称谓，也是该地街、道的名称。这些名称都极具文化内涵，大抵贯串了儒家修齐治平的理念和崇文重德的精神取向。

新中国成立后，桐城街道名字印上了很浓的时代色彩。新中国成立初期，县城内主要街、道名字与时代互映，留存了那个时代新的文化印记，如仅有的一条主街冠以"和平"，而城中街道则以"胜利""建设"命名，反映了新中国成立初期人们庆祝胜利、保卫和平、渴望建设国家的良好愿望和迫切要求。

改革开放以来，桐城市政建设日新月异，街、道不断扩展延伸，名称也渐趋美雅醇和，有文化内涵。归纳起来有以下几类。

其一，追本溯源，保留历史。如"清风市""新市街""羊子（一名杨子）路""公园居委会""三里"等，都是历史上的老地名。保留这些非物质文化遗存，就是连接了我们生活在这一方土地上的历史文化风俗的记忆链条，是对先民的最好纪念，是留给游子的一份乡愁，更是交给后人的一份精神遗产。

其二，彰显文派，传承文脉。市内几条主要街道冠以桐城派重要作家的字号，匠心独具。自北而南分别是"望溪路"取自方苞的号，"海峰路"取自刘大櫆的号，"梦谷路"取自姚鼐的字，"南山路"取自戴名世的号。将桐城派四祖的字号冠以街、衢的名字，一为纪念先人，二为激励后人，更重要的意义在于向海内外宣扬桐城文化的雅正厚重，提高了城市品位。

其三，凸显山川形胜，历史人文。如"龙眠路"取自龙眠山水，"同安路"取自隋代桐城县名曾称同安的历史，"盛唐路"取自汉武帝《盛唐枞阳歌》典故，"居巢路"取自桐城在秦汉时有居巢之称的说法，等等。而"龙腾路"则源于龙眠，有巨龙复苏，腾跃九天，社会发展，面貌一新之意。

但是，市区有些街道的名字与桐城沾不上边，大而空。如位于文昌大道垂直的四条路，刚刚冠名为"文津、文澜、文汇、文渊"，就有些不尽如人意。一是路名取自清代朝廷几处藏书阁的名字，这些名字中国其他城市早已用过了；二是这些名字不能突出桐城地域文化的特色。假若仍以桐城派中后期几位作家的名号，如方东树室名"仪卫"、刘开字"东明"、姚莹字"石甫"、吴汝纶字"挚甫"、方宗诚号"柏堂"等，或以桐城山水名如"栲栳""鲁谼""境主""华崖"等来命名，其乡土特色和文化意蕴更浓烈些，市民看到或听起来会亲切些，名字的来历可考，有底蕴。

桐城南部新城双新开发区，主干道叫"伊洛大道"，这名字儒雅大气又不失本土特色。"伊洛"本是桐城程氏堂号，是桐城大族。因为河南境内有伊、洛二水，宋代大儒程颢、程颐是洛阳伊川县人，世人又称程颐为"伊川先生"，故桐城程氏这一支追本崇祖，取堂号曰"伊洛"，村庄名字也叫伊洛。旧时程氏宗祠在今双新开发区伊洛村境内，建设中伊洛村大片土地被征用，而"伊洛"名字保留下来，且以大道冠名，足见主事者的才识。

以伊洛大道为例，意在提醒正在开发建设中的东部新城，以及在今后遇到行政区划调整时，主事者在街衢村庄命名时切勿贪大求"洋"，或率意为之。

一处地名取得不好，将会斩断当地的历史文化的根脉，许多饶有意味的故事可能在我们这一代人手中人为地消失掉。如西大街的"操江巷"，至今仍赫然挂着"操家巷"的路牌。"操江巷"本来是纪念明代万历因建桐城砖城有勋绩的桐城盛汝谦的，"操江"是明代官职，盛汝谦曾任此职，"操江巷"应该是盛氏族人的聚居地，标为"操家巷"，则成了操氏的居住地，令人啼笑皆非；又如原挂车河的"李圩村"是有历史的古村落，但在今范岗镇辖区并为"联合村"，李圩的名字与村庄建筑和水围故事一起，经数百年风雨而湮没了，殊为可惜。这一类例子很多，不一一列举。

桐城许多地名记载了厚重的历史人文。镇村如千年古道边的吕亭、陶冲、牛栏铺、撩风铺，城内如余家湾、崔家坟、紫来街、寺巷，等等，每一处地名都是一部厚重的书，因为有了它们，桐城文化才有了源头。因此，地名是一桩很有讲究的学问，需要我们去认真对待。

"荷花地"传说

桐城龙河李氏宗祠"绵远堂",是块"荷花地"。至今在李楼一带仍流传着李氏族老们口耳相传的一段传奇,故事是有关"荷花地"的由来。

坐落于今范岗镇石井铺村李家楼的龙河李氏宗祠,始建于清代乾隆四十九年甲辰(1784),由十二世祖一峰公领衔,聚合族之力将老屋改建而成,祠址在九世祖墓旁,堂号"绵远",取祖德传承久远,子孙瓜瓞绵长之意。宝祠背倚巍巍栲栳山,面朝万顷良田,其东为高岗,自栲栳山发脉,形乘势来;向西可远眺麻雀岭,深邃蓊郁。祠堂巍峨庄严,门前绿水萦回,四时不竭。

正是这绿水长流,映带左右,才使得宝祠基址获得了"荷花地"的美名。也因地有"荷花"之形,才使得君子积德,而小人贪吝。

话说乾隆年间,某日。李氏有位士绅,请来桐城有名的形势派勘舆大师史先生为祖茔选地。史先生用三年时间踏遍了栲栳山麓、龙河之滨的田垄山岗,觅龙、察砂、观水,最后选中了李家楼临水边一块吉地。史先生站在田垄上,极目四望,对士绅说:"你看,这宗地形势,宛若游龙,枝干自栲栳山逶迤而来,起峰过峡,节节绵长,到此潜藏,前有粮田万亩,远方松岗起伏,形似玉屏。最重要的是,此地有活水涵养,有生气,那股清流从栲栳南坡分出,蓄积在山下雉鸡塔水潭,潭满水溢,又源源不断汇入村西百丈外的小河,水流又从河中分出,流入村庄。最为祥瑞的是,前有五口池塘,似五颗珍珠,汩汩清泉曲折萦回,将五口水塘一线贯串,这地恰如莲花,绿水滋润,千年不老,真是块好地啊,就叫'荷花地'吧。"于是两人商定,点穴定基。最后,史先生又对士绅耳语了一阵,摇了摇手,从此云游他乡,不知所往。

过了些年月,当年陪风水史先生勘察茔地的士绅已经谢世了。某年仲春,李氏族中倡议要选址建宗祠。士绅的儿子听说后,面见族长,说了一番深明大义的话:"当年家父与桐城史先生跋山涉水找到了一块吉地,叫'荷花地',史先生一再叮嘱家父秘不示人，择机而动，所以一直放在那里没动土。家父临终前对我们弟兄有交代，说地星曾言此地有大富大贵的气象，葬先人可以棺上加棺（寓意官上加官），后代要出大官的，而且会簪缨累世。家父说，我家祖辈以耕读传家，祖上也没有多少隐德，你们弟兄几个读书也一般，都是庸常之辈，哪能指望考取多高的功名呢？卜地安葬先人，入土为安才是最重要的，地再吉，下人（桐城土话：后辈）不努力，靠巧取是升不了官发不了财的。那块地在塘边放置好多年了，风水确实好。早就听说我老李家要建祠堂，这件大事我怕是看不到了，如果在你们手上还能逢上建祠，就把那块'荷花地'献出去，作为李氏祠产吧。"听了士绅儿子一番话，族人都感动不已。

李氏宗祠在"荷花地"动工兴建，方圆几十里许多邻族都前来祝贺，为李氏建祠得到一块风水宝地而高兴。谁知祠堂快完工了，出了一桩意外。

有位做大木作的工匠，几天前在庙里抽了支下下签。他自觉得不祥，告诉家人："近几日出工可能不顺，倘若真有不测，千万不要找老李家麻烦，只求在祠堂西南方乞得一分三厘地，安身就行。"果然，傍晚收工前，木匠从梁上跌下来，当场气绝。这下老李家慌了，族长急忙与木匠的家人商量善后。谁知那家人不缠不闹，只提出一个要求：将他父亲葬在祠堂西南方"来龙"的一处土丘上。老李家慨然应承，这桩麻烦事就这样轻而易举处理了。后来有知情人说，那木匠懂得风水，早就垂涎这"荷花地"来龙的土丘，以占风水之先。他早有预谋，施工时假造险情，从屋顶上掉下来，且口含匕梭，戳透咽喉，当即毙命，后来木匠的儿子还是木匠，木匠的孙子也仍然是木匠，家道平平，不见显赫。

围绕着一块宝地，前后发生了两桩事，一美一恶，凸显出世道人心的善良与险恶。

龙河李氏宗祠"绵远堂"建成后，巍然屹立于李楼平畈数百年，列祖列宗魂安祠宇，护佑龙河李氏子孙枝繁叶茂。但是，"绵远堂"命运在它建成二百多年后，发生了巨大变化。新中国成立后，因急需大量房舍兴办学校，李氏宗祠和全国千万幢祠堂一样，成了学校。昔日庄严的"绵远堂"辟为"石龙小学"。

自二十世纪五十年代至六十年代初，以李氏宗祠改建的石龙小学，为国家培养了大批优秀人才。莘莘学子们至今还记得他们在这栋老房子里度过的美好时光，但他们不曾料到，这栋历经二百年风雨的古建筑，到了"特殊年代"遭到毁灭性地拆除，材料用在原址扩建校舍。

祠堂周边上了年纪的李氏族人回忆，十年动乱期间，由石龙小学负责人、大队干部、红卫兵头目等人组成拆除领导小组，调动劳力，将祠堂砖瓦梁柱拆除殆尽，硕大的横梁被锯成木条木段，连庭院中植于乾隆时的两株合抱粗的桂花树也被连根刨起，卖往他乡。"绵远堂"顿时面目全非，二百余年的祖庭，成为数千万龙河子孙的伤心之地。

北宋大儒周敦颐曾写有《爱莲说》一文，赞美荷花"中通外直，不蔓不枝；香远溢清，亭亭净植"，荷花成为士君子高尚品格的象征。李氏子孙英才代出，他们牢记祖训，做人清白，如莲花的禀性一样，濯清涟而不妖。龙河李氏一世祖贵三公自元末迁桐后，卜居栲栳山下、龙河之滨，孝悌力田，族众人夥，大多数族裔聚居在今龙河流域的范岗、文昌境内，"龙河"的名称早已超出了地域概念，成为李氏一支族徽，皆因李氏一族以清白做人树立门风。十二世日省公长房待聘公为康熙年间太学生，配太学生余有孚之女，门当户对，门风清正。待聘公逝世后，卜葬地叫出水莲花形，可见李氏先祖生当为君子，死亦享清供。

近代以后从桐城龙河迁徙他乡的李氏族裔遍布祖国各地，非常巧合的是，迁居浙江安吉的一支族裔，他们居住地叫"荷花塘"。或许根本就不是巧合，漂泊他乡的李氏先人爱莲之高洁，仿效故乡祠堂以荷花命名的美意，将自己居住的地方名之以荷，以示高洁。可见在李氏族人的心底，早已立下了做人的准则：无论身处何方，立世为人都要永远直正善良，品行芳洁。

"嬉子"趣谈

近年来读了不少写家乡嬉子湖的好文章。大多写湖上风光、渔舟唱晚、水天一色的好景致，读来令人心旷神怡。然有些作者在文中对"嬉子"的名称作了诠释，总以儿童嬉耍于湖边，故名"嬉子"来加以附会。这是不知其湖水的本义，使这一片寥廓的水域也缺少了文化内涵。

桐城山川秀美，明清时称境内"山深秀而颖厚，水荡漾而迤逦"而名闻江淮。旧时桐城东南西三乡水域辽阔，交通于江左江右，且物产富饶，如竹子湖、白兔湖、鸭子湖、松山湖等，"嬉子湖"美居其一。

"嬉子"名字是近现代才出现的。古代此湖称"喜子湖""蟢子湖"。

《桐城县志·卷之一·山川》："喜子湖，县南六十里，中隔松山为西湖，水亦出枞阳。"道光《桐城县志·卷之一·山川》："蟢子湖上通龙河、龙眠河，下由榆树嘴入于菜子湖。"

清姚鼐《章母黄太恭人墓志铭》一文，记黄氏卜葬其亲于县东南"蟢子湖"之北原。又说，黄氏之子卜宅于县西二姑峰之麓，登其巅以向"蟢子之湖"，明如趾下。可见清代乾嘉时人称此湖为"蟢子"。

蟢子即蜘蛛，又称喜子。《汉语大词典》释"蟢子"条："蜘蛛的一种。也称喜子、喜蛛；壁嬉、壁钱。古名蟏蛸。"

古人以为，见到蜘蛛有喜庆祥瑞之气。"蟢子"在中国传统民俗文化中多有祥瑞喜庆的寓意，如北齐人刘昼在他的《新论·鄙名》中曾说："今野人昼见蟢子者，以为有喜乐之瑞。"中国古代文学中就有许多以"蟢子"为题材写的饶有兴味的诗句，如唐代权德舆《玉台体》诗之十一："昨夜裙带解，今朝蟢子飞。铅华不可弃，莫是藁砧归"，写闺妇见蟢子飞动，猜想远方的丈夫就要回家了的喜悦心情。另一首是辽代李齐贤的《居士恋》诗：有"鹊儿篱际噪花枝，蟢子床头引网丝"之句，也是写闺中的浓情蜜意。清代金农也有《蟢子诗》云：

"双烛生花送喜频，红丝蟢子漾流尘"，写洞房花烛，喜气洋洋。

"嬉"在汉语里除玩耍、戏闹外，还有和悦、喜悦、嬉春之义。从这个意义上说，"嬉"与见蜘蛛而有喜乐之瑞的词义较接近。后人或许改"蟢子"为"嬉子"取和悦之义，但与玩耍是不沾上边的。

古代山川皆以物来命其名。山如"龙眠""栲栳"，水如"白兔""菜子"等，"蟢子"亦然。现在大家都叫"嬉子"，就遵从约定俗成，也没有恢复"蟢子"本名的必要了。但将"嬉子"解释为儿童戏耍于湖边乃今人的臆断。一种物事既然有它的来龙去脉，就要使今人以至后人明白而不致混淆。

桐城土语对应字举隅

桐城方言中有些日常用字被人们称为"俗字",这是对桐城话的误解。其实,桐城话有些字在字典中是能够找到对应的,用心查找,不难发现,原来与我们日常生活密切相关的许多"俗字",就是书面文字,多保留在诸如《康熙字典》甚至更早的《正韵》《集韵》《唐韵》等辞书中。桐城土语中的"酾、饧、㨆、搋、拃、茯、玅"等对应字,早先在拙文《桐城土话里的文化味》介绍了,兹再举数例,以就教于读者。

1. 㩳,读若"耸(sǒng)"。《康熙字典》释:"《唐韵》息拱切。《集韵》笋勇切。《正韵》息勇切,并音'悚'。执也,推也。"《唐韵》为唐代孙愐著,已佚;《集韵》为宋代丁度等按照汉字字音编排的音韵学著作;《正韵》为明代洪武年间乐韶凤、宋濂等编纂的官方韵书。《康熙字典》为每一字注音时皆引用唐、宋、明代权威韵书的注音、释义。"切",反切,古代注音方法,用两个字注读另一个字,例如"笋勇"切,用现代汉语的方法即取"笋"字声母"s"和"勇"字韵母"ǒng"及声调,拼成读音sǒng,即㩳的读音。

㩳,会意字,用两只手推物。桐城方言用手推人、推物盖即此字。【例】①把他一下㩳之;②把墙㩳倒之。

2. 煣,读若秋(qiū)。《康熙字典》释:"《唐韵》自秋切;《集韵》字秋切。《玉篇》:熮(liǔ)也,烧也。《玉篇》为南朝梁人顾野王编的字书。煣,本意为烧,形声字。

桐城方言中以火烟熏物称"煣","煣"有动词、形容词两种用法:一是以火烘物,【例】①肉用烟煣一下(成火烘肉);②老鼠在洞里,用烟把它煣出来。二是烟太重,熏人,【例】把眼睛煣瞎了。

3. 鴳,即雁,读若"岸"。《康熙字典》:"《集韵》鱼润切,音雁(yàn),《盐铁论》引《诗》'嗈嗈鸣鴳',今《诗》作雁。又《禽经》:鴳以水言,自北而南。张华注：䳆随阳鸟也，冬避南方，集于江干，故字从干。形声字。《开元五经文字》鴈，又音岸。则䳆即鴈字无疑。又《集韵》鱼旰切。音岸。义同。"

桐城方密之《通雅》卷四十五引用师旷《禽经》及张华注及《开元文字》：雁又音岸。密之先生精音韵，也熟悉乡音。雁念岸，是古音，也是桐城家乡土语，收入其考证之著《通雅》，保留了雁的古音。【例】湖里有许多䳆。

4. 剗，读若"铲"（chǎn）。《康熙字典》："《唐韵》初限切。《集韵》《韵会》楚限切。《正韵》楚简切。并音铲。《玉篇》：削也。《集韵》：平也。"

剗，本义为削、平，作动词用，与名词工具"铲"字义不同："铲"，《韵会》释义为"平木铁器"；而剗则多用于行为，【例】把土剗平。把锅烟子剗掉。

5. 敨，音 tǒu，《康熙字典》："《集韵》他口切。音钭（姓）。展也"。敨，将包裹或卷紧的东西打开。【例】把包袱敨开；新衣服要敨水再穿。

6. 靸，读若踏（tā）。《康熙字典》："《唐韵》苏合切。……并音趿。《说文》：小儿履也。《玉篇》：履也。《释名》：靸，韦履深头者之名也。"韦履，皮做的鞋。深头，指鞋头深。

靸与趿，盖义同而材质不同。靸，用皮革做成，贵族所用，《康熙字典》引《谭子化书》序："杖靸而去"；趿，可能以麻布做成，普通人家所用。

桐城话"靸"有名词、形容词两种用法：【例】鞋靸子，名词；把鞋靸着，形容词。

7. 𡍼，读若"独"。《康熙字典》《汉语大字典》均无此字。互联网"360"𡍼：器物的底部；泛指尽头，尾端。

桐城话称物之底叫𡍼，【例】①塘𡍼，即塘底；②肉埋在碗𡍼，意为好东西先藏起来。

8. 胣，简体作"肔"，读若"迟"（chí）。《汉语大字典》："《集韵》丑豸切，上纸彻。刳肠。裂腹。《庄子·胠箧》：昔者龙逢斩，比干剖，苌弘胣，胥子靡。陆德明释文：胣，裂也。"

【例】把鱼胣一下。鹅肠子要胣一下。

9. 吅，读若"喧"xuān。《说文》："惊呼也，读若讙。"《康熙字典》"讙（xuān）《集韵》《韵会》许元切。并音喧，惊呼也。扬子《方言》：让也"。

"让",责备。"叩"由两口组成,像两人对喊,会意字。

桐城话骂人曰"叩"【例】把他叩一顿。甲乙对骂也曰"叩",【例】她叩我,我也叩她。有时小辈有错,长辈狠很地训斥也叫"叩":被他老人叩之一顿。

桐城土话中不少字保留了古时的读音,今普通话注音声、韵及声调往往不能对应,以致被认为书面语无此字或此字已消失了。如"家",今读"jiā",而《唐韵》古牙切;"江,今读jiāng,《唐韵》古双切。今两字的声母为"j",而唐音这两字声母为"g"。"家",《唐韵》古牙切,如用汉语拼音对应,则读"gā"。"夹"字亦然。拼音字母无此类声母加韵母的注音组合。

搜集发现方言中的对应字,其意义至少有两点(或更多)。一是认识方言的字源。对一个地方的"土语"用字进行考求识别,使我们保持对方言的敬重,避免今人对方言俗字产生鄙朴不文的错误认识。相反,方言中的许多字,其源清晰,其义典雅,依六书所造,为古人书面常用字。只是在语言文字及音韵的演变中,有些字淡出书面,湮没于浩繁的字海,却保留在日常口语中,被误认为土语俗字。

二是为文艺工作者在创作具有地方特色的文艺作品时提供确切的方言用字,避免臆测以"谐音"替代,带来字不达意的遗憾。今人创作文学作品,为了体现地方特色,力求作品生动有趣味,俗中求雅,往往在人物对话、行为、容止及地名、景物描写时,用些土话俗字表达。但大多借字音而生义,尤其是当下网络语言用当地土语表达事物时,因找不到对应字,多借谑戏之语,所用的字,音同而义远,不着调、不达意者居多。一位真正有学养的作家,想把文章写好,倘能留意去借助字典,是能寻找到与文意相关连的土语对应字的。可以说用对了方言,一字点睛,文章顿时生色;反之一字用错,语意则游离于方言土语之外,反而显得鄙俗不堪,作品是要大打折扣的。况且,有些文章生搬硬套方言土语,流传既广,被大众接受,以讹传讹,会贻害读者,误导后人的。

为使欲了解桐城土语的读者掌握更多的对应字,将先前集录的以下9个字附诸文后,以方便读者查找。本文所举字例,难免有谬,祈读者正误。

附:《桐城土话里的文化味》字例

1. 醭 pū，普木切，音撲，屋韵。酒上白，酱醋生白曰醭。凡物腐败而生白花皆曰"醭"。酿以及腌制品一类食物表面长的一层白沫子叫"醭醭儿"。【例】"腌菜起醭醭了！"桐城人双声连读"醭醭"，入声。

2. 饧 xíng，《唐韵》《韵会》并徐盈切。《集韵》：饴也。扬子《方言》饧谓之干饴。饴，俗称"糖稀"。凡含糖的食物、面剂子等变稀、软皆称"饧"，【例】和粉做粑时，粉先要饧一下。饧，又引申为形容人精神萎靡，眼睛半睁半闭，桐城土话里骂人"饧货"，即此"饧"字。

3. 挖 wǎ，《集韵》乌瓜切，音哇。又《类篇》：乌瓦切。读"瓦"，吴地俗谓手抓物曰挖。桐城人用瓢等器皿装食物曰"挖"。【例】① "挖一缸子米"；② "挖一瓢粉"。

4. 搋，chuāi《唐韵》《韵会》并丑豸切。今读chuāi，俗谓以拳触人曰"搋"。【例】两人见面以示友好，"搋他一拳子"。又引申为以手揉面："把面搋一搋"。疏通下水道的工具叫"皮搋子"，亦盖指此字。

5. 拃 zhǎ，将大姆指和中指张开，量长度，叫"一拃长"。【例】"这东西只有一拃长。"

6. 薅 hāo，《玉篇》《集韵》《韵会》并呼高切。音蒿。除也。又拔去田草。桐城土话"薅草"。本作"薅草"。

7. 抗 chòng，《字汇》音铳，跳也。人落水时往上使劲浮出水面，【例】"他掉进水里一抗一抗地。"又俩人比高低："他个子比我稍稍抗些"，指高一点的意思。

8. 珓 jiào，《广韵》古孝切，音教。杯珓，古者以玉为之。《类篇》巫以占吉凶者。古代杯珓用两块蚌壳，或用竹根削成蛤形，一分为二，使用时投空掷于地上，以观反顺来断吉凶。桐城土话："珓"读"告"，杯珓桐城人俗称"珓子"。【例】"去庙里讨个珓子"。

桐城土语对应字举隅（二）

《桐城土语对应字举隅》一文，得到不少读者尤其是桐城人士的鼓励与指正。兹再从《康熙字典》中搜集对应字13例，以就教于大方之家。

1. 囥，音kàng，读若看。《集韵》口浪切。藏也。桐城土语将东西藏起来，不为人知或找不到、看不见叫"囥"。【例】这孩子糖吃多了，快把（糖）囥起来。

2. 扲，音qián，读前。《广韵》丘犯切。以手扣物也，一曰取也。桐城土语以手撮取小物件叫"扲"。【例】盐不能放多了，扲一小撮。

今人将此义写作"钳"或"箝"，皆非与"扲"字义同。"钳"在古代多指器具，如以铁件束颈的"髡钳"之"钳"；近义钳指钳子、钳工。而"箝"古时与"钳"义相同。如"箝制"之箝。

3. 跶，繁体写作躂，音tà，桐城人读"达"。《集韵》他达切，《玉篇》，足跌也。桐城土语形容人摔倒了叫"跶"。【例】跶之往一仰（读两）。

桐城土语形容事情做糟了，不好意思面对人叫"跶僵（音意）""跶之僵"，似亦为"跶"字。

4. 奅，音pào。桐城人读阴平若"抛"。《广韵》匹貌切；《集韵》皮教切。扬子《方言》：以大言冒人曰奅。桐城人形容人好讲大话、好做过头的事叫"奅"。【例】①这人太奅了；②他绰号大奅儿。

5. 滗，音bì。繁体作"潷"。《广韵》鄙密切。《集韵》逼密切。并音"筚"。滗义与用作沥水之义"盝"（lù）同。《博雅》"盝"，一曰去汁也，也作"滗"。《尔雅·释诂》：竭也。扬子《方言》：涸也。《玉篇》：沥也，《广韵》：去水也。桐城人将饮、食中含水份倒干、汤水舀干只剩渣子之类的动作叫"滗"。【例】别把茶卤滗干了。

6. 夻，音zhā。《广韵》《集韵》《韵会》并音陟加切，音咤。张也，开也。

上编·稽古集（若水庐札记） | 367

书面语形容人开嘴曰张，桐城人则曰"奓"。【例】把嘴奓之；鱼嘴奓之。

7. 凷，音 kuài。《唐韵》苦对切。《集韵》苦会切。并音块。《说文》：墣也，《集韵》：土也。蔡邕《释诲》：九河盈溢，非一凷所能防。《韵会》：今作块。桐城人形容小块土叫"土凷"。今书面语写作"块"。【例】把土块搚细（大）。搚，敲击。大，尾缀词。

8. 搚，音 kè。《集韵》克盍切。取也。又击也。【例】①搚你一（刮笠）子；②把土搚细之；③碗搚碎（音细）之。子、之皆尾缀词。

9. 沰，音 duó。《集韵》当各切。滴也。桐城人形容水滴小叫"一沰"，读入声如夺，量词。淋雨叫"沰雨"，动词。【例】①这天！只下了几沰雨；②沰之生雨，赶紧换衣服。

10. 枵，音 xiāo。《唐韵》《集韵》《韵会》并音虚娇切。《说文》：木根空也。《正字通》：凡物饥耗曰枵，人饥曰枵腹。桐城人形容东西薄叫"枵"，正与"物饥耗曰枵"义相同；又形容人瘦了，肚子小了，也叫"枵"，与"人饥曰枵腹"义近。【例】①这衣服很"枵"；②哎，你瘦了，肚子枵了。

11. 扠，音 chā。《集韵》《韵会》《正韵》并音初加切。音叉。挟取也。《周礼·天官·鳖人》：簎 cè 鱼鳖。注：以扠刺泥中搏取之。桐城人把泥（水）里取鳖叫"扠鳖"；将从事扠鳖的人称作"扠鳖的"。【例】①在塘里扠了一只鳖；②他是扠鳖的。

12. 莝，音 cuò。《唐韵》千卧切。《韵会》千卧切。《正韵》寸卧切。并音剉。《说文》斩刍也。《急就篇》：莝，细斫稿（谷类植物的茎）也。桐城话把一截（小）物叫"一莝"，从"细斫稿"之义借指物之一截。【例】一莝木头。

13. 抂，音 kuáng。《集韵》渠王切，音狂。抂攘，乱貌。桐城土语扰人叫"抂"，闯了祸叫"抂"。【例】①他抂之祸事了；②你抂了我，我不会放过你。

人类语言发之于自然，文字依音而造。载诸字典为书面语，存留在口语则为俚语，此为一般人所认为。然而字典中也保留了大量的方言，方言也不尽是俚语，只不过有些被人们称之为"方言"的字词语受时空的影响，变为生字僻词而已，故有土语俗字之谓。

桐城古属楚吴交汇之地，长期以来，桐城土语中有很大一部分仍保留了中古的语音，这些土语中的许多常用字与今天书面语读音不尽相同，多与古音相近，大致上有三种情形。

一是声母悬隔。如"你"声母不是"n"、"哑""鸭""压"声母均不是"y"，而均与"e"近。"江""家""今"声母不是"j"而是"g"。"吃"声母为"q"而非"c"。前例"跶"亦是，声母为"d"而非书面语"t"，等等。

二是韵母殊异，典型的如明天的"明"，桐城话读"萌"而非"民"，声母是"m"，而韵母为"éng"。

三是声调差别。如"昨""贼"一读阴平而非阳平，一读入声而非今音平声。"捉""出"读入声而非今音平声，等等。这些在古音为入声字，今音大多归入平声，桐城人为律诗，很多字大可依自己的乡音调平仄，这一点反而是优势。

陈第《读诗拙言》说："说者谓自五胡乱华，驱中原之人入于江左，而河、淮南北，间杂夷言，声音之变，或自此始。然一群之内，声有不同，系乎地者也；百年之中，语有递转，系乎时者也。"（转引自黄仲苏《朗读法》），此段话足以证明桐城土语中有大量语音保留了中古遗音。

桐城人日常用语，有些话本来就没有对应字，甚至连谐音字也很难对应，或对应起来风马牛不相及，纯属道地的村言俚语，盖因上古文字未造之前，先民在长期劳动生活中约定俗成，以音指事，而文字定型后，这些极具地域特色的村言仍保留在口头上，无字可以表达，大家约定俗成，可会意不须书写。今桐城土语中仍保留大量的例字，如以前拙文所举典型的称"膝盖"叫"速六坡子"或"索落坡子"（谐音）一语，考其音，大抵"膝"读为"速"，而"坡"是否形容人体下肢股与胫之间，有上粗下细、至此似下坡之意？"子"，虚词，相当于"脑子""爪子"之类的名词音缀。

近人刘师培在《文章原始》中说："上古之时，未有字形，先有字声，故有语言而无文字。然南北东西之方言，不能尽同，故有同一义而所言不同者；亦有所言同，而音之出于喉舌不同者。及有文字时，乃各本方音造文字，故义同而形不同者，音皆近。"刘先生这段话准确地分析了造成今天各地方言中大量有音无字（确切地说是无对应字表现）现象的原因。（转引自黄仲苏《朗读法》）

刘先生又说："义通之字，音必相近，其一义数字，则以方言不同，各本其意以造字耳。"桐城土语中读音与书面语注音差异，盖与时代与地域关系最为密切。近人黄仲苏在《朗读法》中说："语音以地域与时代之关系，常有变更，古今悬殊,南北相隔。"《颜氏家训》谓:"夫九州之人,言语不同,生民以来,固常然矣。"这些前辈文字学家所要强调的皆一个意思:百里不同音,千年不同韵,自古已然。至今民间竟有十里有乡风之说,如同为桐城古北乡,有叫短裤为"麻不爪",有叫"裤头";问现在什么时间,有叫"好山子",有叫"么会子"。所谓"乡风"当指说话不同之腔调,更指一地隔水而居,而名物却有不同之称谓。

  各地方言中有诸多象声词最能说明"各本其意"这句话的含意。象声词多为人模范自然界和物体运动发出的声音所造之字,如"嘎嘎""呷呷"之禽声,"嗖嗖""呼呼"之风声,"叮咚""嘭嘭"之物落声,这些响声词是人类祖先在劳动生活时之自然创造,交流既久,便固定下来,追至先贤造字,依音制形,有些字规范了音、形,使用汉语地区的士人统一遵守;而有些象声词有音,但无规范字形,仍沿袭当地习惯,便造成了同一象声,各地表达不一的成例,如桐城土语中的"掼之一炸"之"炸"、"打之清唏"之"唏"等,就非确切的对应字。

  综上所述,土语是先民之自然创造。自有文字之后,一部分土语声形俱备,固定于书面,而大量土语却沉淀于乡里,口耳相传,约定会意。随着人口迁徙,异地人口交融杂处,又产生新的土语,成因极其复杂。今人书写,应以规范文字表达,除少数文学作品如小说欲表现乡土特色外,其他文体不宜使用土语,况且,大量土语无书面语对应,如果为造新奇而用谐音近义的字代替表达,反而造成书写混乱,贻害读者。

《物理小识》书名辨读

近日奉读方密之先生《物理小识》，惊叹彼时处颠沛流离之际，而博闻强识、学术赡富如先生者，天下竟有几人焉！《物理小识》于先生皇皇巨帙中乃一附卷耳，然书中或记医方，如《伤寒》《中风》，或记药方，如《秋石》《点眼发汗方》；或记食品加工之方法，如《造白糖法》《蒸露法》，甚或天文地理、风雷雨旸、物候草木鸟兽、历律乐器、神鬼方术皆一一笔录。今人称密之先生为百科全书式学者，盖指其所著《通雅》及是书邪？

通览《物理小识》全书，相对于先生所述易学佛道，是书所述科目通晓易懂，启沃后学；但对于书名之"小识"究竟读何音，却游疑难定，颇费了一番猜测。

之所以产生疑问，乃因"小识"一词可以有多种意思，最直接想到的，可能是读作小识[shí]，识别之识，解释为对物理的认识、物事的识别也说得通。但稍稍留意书中内容，从中即不难发现，此"小识"为记录之"识[zhì]"，即"物理小记"也。《康熙字典》：識，音志，与誌同。文言"誌"同"记"。《论语·述而》篇有"默而识[zhì]之"。

不妨先看看密之先生《物理小识自序》所说："顾自小而好此，因虚舟（塾师王宣）师《物理所》，随闻随决，随时录之，以俟后日之会通云耳，且曰自娱。"

先生在《物理小识总论》文末亦称："偶随所见，可以旁征，故书之，以俟后考。"这是先生最好的解题之说。

再看看他的《物理小识》正文开篇，其《天类·象数理气征几论》条末说："智故随闻记之，自天象始。"

又《火》之条末说："中丞公（方孔炤）曰'圣人因土灶以蓄火，因木薪之，因金制之，因水济之。万物享熟物之功，而不受燔屋之祸，其恩大矣。……'不肖子以智谨识于此。"书中多处词条"识""记"互用。

宛平人于藻《物理小识序》说得也颇明白："《物理小识》一书，原附《通雅》之末。盖是大师三十年前居业游学之余，有闻随录，以待旁征积考者也。"

密之的儿子中通在其《物理小识编录缘起》一文中说得更清楚："王虚舟先生作《物理所》，崇祯辛未，老父为梓之。自此每有所闻，分条别记，如《山海经》……《本草》采摭所言，或无征，或试之不验……然不记之，则久不可识，必待其征实而后汇之。"

作者本人及哲嗣、好友都明确地交代了《物理小识》成书过程及意图："偶随所见，可以旁征，故书之，以俟后考""有闻随录""每有所闻，分条别记"云云。若理解为"物理识别"，则本著已经定稿无疑，可以贡献给世人，不必再待考究确认了。既是随时记录，留待以后证实，当为草稿，是为"小记"。同邑钱澄之为密之先生另一科学巨著《通雅》作序时也说："凡生平父师所诂、目所涉猎，苟有可纪者，无不悉载。"此又一例证。由此可见，小识，当读作小誌无疑，想必诸君已有体察，毋庸赘述。

借此文末再举姚石甫先生《识小录》之读音。该书刊行于道光十三年，其友鄱阳陈方海在《弁言》中说："尝见惜抱、姜坞两先生皆有读书之记……石甫奉高曾之规矩，就所见存而甲乙之。"甲乙之，乃指笔记类目条则。今人吴孟复先生点校《识小录》，他在《序》中亦谓："古人读书随笔之类，对吾人之研究文史，甚有裨益。……其（石甫）《识小录》《寸阴录》两书，即先生谪官康定时所作之读书随笔。"《识小录》是读书笔记，书名亦当读作"誌小录"，意思是读书笔记小录。

方守敦之"敦"音义析疑

方守敦,清季民初桐城著名教育家、学者、诗人。光绪九年《鲁谼方氏宗谱》载:守敦,谱名"培荫,存之(宗诚)第四子,字槛亭,一名景虞"。先生以守敦之名行世,字常季,号槃君,但宗谱未见此名、字、号,盖后取耶?

守敦之"敦",今人多读为"墩"。《康熙字典》释:《广韵》《集韵》并都昆切,音"墩"。《尔雅》:敦,勉也,"墩"dūn;《康熙字典》疏:敦者,厚相勉也。此为今人惯常之熟读。

但从先生的名、号上揣度,敦,似不读"墩dūn",而读"对duì",其据有二。

其一,先生名号敦、槃,其义并列。

敦,《康熙字典》第二种读音:《集韵》都内切,音"对"。《礼记·明堂位》:有虞氏之两敦,注:音对,黍稷器。《周礼·天官·王府》:若合诸侯,则共珠盘玉敦。注:槃类,古者以槃盛血,以敦盛食。

从以上释义可知,敦、槃二字取自古代礼器"珠盘玉敦",二物为同类器皿的名称。《论语》里有一段孔子师徒的对话:"子贡问曰:'赐也如何?'子曰:'器也。'曰:'何器也?'曰:'琏瑚也。'"这里的琏瑚是庙堂上供奉的玉器,与敦、槃同属一类,清贵端重。因其宝贵,人们将这些礼器比作国家人材。

其二,守敦先生的仲兄守彝之名与之对应。

方守彝,晚清桐城一代诗宗。光绪九年《鲁谼方氏宗谱》载:"守彝,谱名"培康,存之次子,字俊民,更字伦叔。"彝,《说文》:宗庙常器也。《尔雅·释器》:彝卣罍器也。注:皆盛酒尊,彝其总名。《尚书·洪范》:彝伦攸叙。守彝先生名彝字伦叔,名、字意义相贯连。

守彝、守敦昆仲各取礼器中的彝、敦二字,二者皆为庙堂之重器,世人喻为国之良材。兄弟二人于风云激荡之时,承父祖之遗风,涓介高洁,遗世独立;育人兴学,风雅冠绝一时,洵无愧其名号。

闲话桐城历史人物名号

一民族文化发展,必矗立起一种文化精神炳彪千载;一地域文化的形成,也必生成一种文化特质标举于本民族文化之林。中国文化渊博宏大,自不必说,仅桐城一域之文化现象,就足以辉映古今,为世人所推重。

桐城一域之文化形成,自有其显著特质,但若要讲明桐城文化的要义,且深析其内涵,以吾人之陋质,殊为不易。这里且借用圣哲的一段遗训:

> 是以立天之道曰阴与阳,立地之道曰柔与刚,立人之道曰仁与义。

这段千古名训源自《周易·说卦》篇,虽为儒家一派思想的独立呈现,却足以标出中国传统文化的精神大义,为百家所认同,桐城文化精神何尝不包罗于其中。是否可以说,所谓桐城文化,实则是对中国文化精神的贯彻与传衍。儒家精神实为桐城文化精神的源泉。

儒家文化精义中的乾之道,坤之德,人之性,孕育了中国文化,只两句"天行健,君子以自强不息""地势坤,君子以厚德载物"含弘光大的象辞,即可以统摄中国文化精神中的所有内涵。桐城文化作为一处地域文化,在其漫长的发展过程中,正是秉承这一文化精神,继承发展而卓然自立,别开生面,渐成一地文化之大观。

含混地说了以上一通话,无非想为桐城这一地域文化现象引出其思想来源。既说儒家精神为桐城文化精神的源泉,必须寻求一些事实来加以佐证。桐城文化门类齐备,士人著述繁富,举凡经义、文章、诗歌、艺术、吏治、兵刑、钱谷、水利、历算、医卜、营造、风俗,等等,皆有文字刊布于世,有些还收进四库,影响深远。而纵览诸多文化门类,抽绎端绪,盖首推文人士大夫们对儒家精神的实践,远至治国经世,近至立德修身,儒家精神影响了一代代桐城人,立德立言立功,儒家的义理,化为无形的贞元浩气,涵育人文,甚而浃髓沦肌，流动于桐城人的血液里。

仅以明清为例，儒家文化对桐城人的影响，经世治国自不必说，可谓簪缨累世，文称海宇；立德修身更是随处可见，士人君子多有松柏之节，岩穴之操。仅以明以来桐城士人的名号而论，个个皆渊懿典雅，凿凿有依据，可以说无一氏无来源。欲对桐城士人的名号作寻源考据，裒辑成历代桐城人物名号大观，则须穷源经史子集，方可成篇。由此观之，桐城士人的儒家特质，贯穿于修齐治平的方方面面，而以个人的名号原道，内圣外王，去实践儒家"穷则独善其身，达则兼济天下"的义理，于此可窥一斑。

为证明上述管见，本文试从桐城乡先辈代表人物中选取数位士人的字号，探赜索骥，趣说漫谈，或详或略，以飨读者。

一、舍藏道所尊

首先，我们来看看明季蒋臣的名号。蒋臣，字一个，初名姬胤，字子卿，后改为臣，晚年别号谁庵。其斋号曰无他技堂。有《无他技堂遗稿》行世。

非常有意思的是，蒋臣的名、字及斋号，均出自《尚书》中的一句话，这在古代士人的字号中是不多见的。

《尚书·秦誓》中有这样一段话：

> 昧昧我思之，如有一介臣，断断猗，无他技，其心休休焉，其如有容焉。

这段话汉儒和清儒都有注解。汉代马融注："一介，耿介一心端悫者。"汉代郑玄注："休休，宽容也。""断断，诚也。""猗，兮也。"汉代何休注："《公羊传》云：'一介犹一概。断断犹专一也。他技，奇巧异端也。休休，美大貌。能含容贤者逆耳之言。'则此言如有一概臣，其心专一，无他技巧，其心休美，宽大如有所容纳也。"清代学者江声说："《公羊传》云：'以申思不用蹇叔、百里奚之谋，故作此誓。'则'昧昧我思者，自谓思此一介臣。'""昧，暗也。"

《大学》也引用此段话："若有一介臣，断断兮无他技，其心休休焉，其如有容焉。"《大学》引此段话时,"如"作"若","猗"作"兮",盖字义相同也。

这段话后面,《秦誓》接下来又进一步说:

> 人之有技,若己有之;人之彦圣,其心好之。不啻如自其口出,是能容之,以保我子孙黎民,亦职有利哉!反之:人之有技,冒嫉以恶之;人之彦圣,而违之俾不达,是不能容,以不能保我子孙黎民,亦曰殆哉!

意思是说:别人有技艺,如同自己拥有一样;别人受到称赞,心向往之,那些赞美的话不但如同自己说的一样,而且真正能容纳。果能如此,就会利国利民。相反,别人有技艺,就去嫉妒;别人有好的声誉,就去阻挡他上达朝廷,这是嫉贤妒能的表现,是不利于国家的。

蒋臣的名、字、号取自这段经典,是要引此以为人生理想。但有意思的是,这段警言恰好在自己仕途上得以应验。

蒋臣一生的穷达,皆与儒家所谓的"选贤与能"和"违之俾不达"息息相关,不遇和遇,都在他人生道路上戏剧般地上演着。桐城张文端公在《无他技堂遗稿·序》中,对蒋臣的不遇表示了极度的愤慨:

> 吾乡蒋谁庵先生,其特著者矣。先生性通敏,能文章,少时为名诸生,专心当时之经济,屡屈于有司,先生不屑屑也,时诏贤良,群以先生名上,遇执政者沮之,不果用。先生自是益不求闻于世。

桐城江皋《无他技堂遗稿·序》称蒋臣:"八岁能文,九岁试于有司,通六经大义,旁及史汉左国韩管诸书""稍长,博极群书,诗赋古文词落笔惊人,留心当世之务,好董、贾经济之言,驰骛于庄老百家,贯穿于濂洛太极,盖一代体用兼备之大儒也。""而大司农倪文正公以国事日急,闻先生多奇计,复荐于朝,遂召对平台,先生策足兵裕饷、指斥时政累数千百言,一时震动,天子为之前席,即授户部司务,旋晋主政。方思尽其所学,而国步已改易矣。"

以生平所学,贡献于国家,所谓"一个臣""无他技",必欲鞠躬尽瘁。当李自成兵临燕赵,于京城岌岌可危的关头,蒋臣蒙倪元璐荐举,面见天子,呈

《安攘大计疏》，大胆直陈朝廷"致治之理未得其要"。文中一再表达了自己不计个人安危"死而后已"的志节：

> 为事势溃已极，举动安危已立分，谨陈祸乱根源，仰裨安攘大计事……秦晋寇患如火燎原，表里山河，曾无堵御，势所必至，臣不忍言。臣感愤涕零，自分必死，然举死耳，死而无益于国家，徒死何益？！臣终愿一言而死，犹冀感悟圣听，或可转危为安，转祸为福。

蒋臣希望皇上不要以他的疏文为谬妄，提出"静思虑、简文法、审局势、惩覆辙、本诚信"等五策，建议皇帝"好逆耳之言而远谗谀；去伺察之政而尚宽仁。君臣上下真有手足腹心之联"实行怀柔之政，"惠中国而绥四方，则盗贼亦吾民"。

不久，明朝覆倾，蒋臣有奇才而终不得用，易代鼎革，天崩地坼，只得终老于浮屠间。

潘江曾称蒋臣"风规岸异，深于经济之学"。他一生有不遇与遇两种情形，不遇，是人为嫉才；遇而终无所用，是时代变革使然。对此，张英曾作出深刻的鞭挞：

> 余自承乏史馆以来，审阅有明事甚悉，至其末世，未尝不掩卷叹息也。当怀宗御宇励精以求天下之治，在位者多非其人，行间大吏务纵贼以为功，中朝士大夫争以门户相倾轧，罔恤国事，当宁懔懔以社稷为忧，而一时文臣武弁，方务以冒嫉相攻击，国事遂不可支矣。

张英所指斥的"冒嫉相攻击"，正是《尚书》上所说的"人之有技，冒嫉以恶之；人之彦圣，而违之俾不达，是不能容"。古圣贤教导谆谆，赫然载诸经典，而自古以来，哪个朝代不在"人之有技，若己有之；人之彦圣，其心好之。不啻如其口出，是能容之"的背后，又上演着一出出妒贤嫉能的闹剧，蒋臣之不遇，并非宿命论所言"数奇"，而是历史的必然。

而蒋臣身为一代名儒，无论"遇"或"不遇"，皆"心同出岫云"隐遁于岩穴之间，静处一室而萧索晏如。真高士也。

二、高歌出翠微

姚康,原名士晋,后改名康,字康伯。万历诸生。离世前"图其石曰'休那'",乡人称休那先生。姚惜抱先生为其宗老作《姚休那先生墓表》,称赞其高节:

> 有隽才高识,而屈于场屋,里中何文端延之入都……文端告归后数年被召,又邀先生同行,先生知世不可为,尝题《卧猿》诗以讽之,文端遂称病而反……

读《后汉书》,揣度其名字与汉代隐士韩康有关。《后汉书·逸民传》载:

> 韩康,字伯休,常采药名山,卖于长安市,口不二价三十余年。时有女子从康买药,康守价不移。女子怒曰:"公是韩伯休那!那"语余声也,言乃货反。乃不二价乎康叹曰:"我本欲避名,今小女子皆知有我焉,何用药为?"乃遁入霸陵山中,博士公车连征不至。

姚康性格狷介、志行特立。潘江称他"以天下多故,不求仕进,肆力诗赋古文辞。崇祯中,有以贤良方正举者,谢不就。""生平重行谊,慎廉隅,诸当道争以礼币敦聘,不可得也。晚岁亦苦贫,与左侍御三山公研究禅乘,往还扣击"。这与韩康的行迹颇为相近,《逸民传》云:

> 桓帝乃备玄纁之礼,以安车聘之,使者奉诏造康,康不得已,乃许诺,辞安车自乘柴车,冒晨先使者发。至亭,亭长以韩征君当过,发人牛修道桥,及见康柴车幅巾,以为田叟也。使夺其牛,康即释驾舆之。有顷,使者至,夺牛,翁乃征君也。使者欲奏杀亭长,康曰:"此自老子舆之,亭长何罪?"乃止。康因道逃遁,以寿终。

观其名,知其志,休那先生钦慕前贤的心迹一目了然。

由此看来,姚康与前贤韩康性相合,行相仿。韩康身处东汉末年,世道溷浊,而洁身自好,有林下之志,辞官不就,遁入山林,成为千古美谈。姚康生当明季,目睹祸乱四起,权臣营私负国,当然不愿同流合污,而脱身走江渚。他在四十岁生日时作《四十初度》诗"浪里回头四十年，一生撑尽斗风船。于今已是随风打，船到江心任老天"，表达自己率意人生的心志。而在侘傺沉浮之后，到七十岁时，又写下《自寿》七言古诗一百二十一韵，以倾泄其于"大运之倾，始于名场"的痛恨，未能卒读，悲从中来。他在诗序中称此诗为"自祭"：

> 诗之所以名自祭也，祭之名，生之者施予死者也……自祭之名，仿于陶先生渊明。渊明之言："人生实难，死如之何？"真为达也。

诗末尾一句"种松成岭那常住？编竹为棺不误伊"表明自己"槁死草间，于予自足"的旷达人生态度。桐城马之瑛《和姚休那自祭诗百二十一韵聊以述怀》有"老我于茅凭涧石，避人秉耜理春菑"之句，既是自述怀，亦有效慕乡达之情。姚鼐在《姚休那先生墓表》中写道："先生存时，史相国为豫题墓，曰'明读书人姚康之墓。'"观其一生，真无愧于"读书人"称号。

蒋臣、姚康二先生"抱不世出之才，际遇非常"可谓千古奇士。二先生感时运乖戾，胸中常积"磊落抑塞"之气，归去来兮，隐逸山林，"托之诗歌文词以自鸣"。诚如蒋臣在《题山居图》中写道："昔人云：每逢山水处，便有卜居心，平桥野水，村落数家，日住此中……不必登高丘、望远海，幡然欲往，偶见田叟溪翁，浊酒共倾，校量晴雨，已是天际真人，况复涉忧患之途、跼天蹐地者哉！"姚康在诗中也写道："半生苦节居丘垄，一曲高歌出翠微。"这才是他们的生命寄托。他们的一生，自英气勃发之年，至垂垂老矣之岁，都呈现着自己名号中所寄寓的君子风概，而如明人唐顺之所谓"凛然有偃蹇孤特之气"，赢得后人景仰。

三、努力作贫士

桐城世族大家，历来注重门风的培养，子弟自幼就受到文化的熏染，而教育的内容无外乎经、史、诗文。当他们尚在垂髫之龄，父、祖辈就为其冠以名、字，大多含义洵美，期许深厚，是处世做人的标杆，激励下辈们一生为之努力实践。这些高门子弟大多生而敏颖，长而卓荦，平素注重修身，一生致力于立德、立功、立言，无负父、祖早年的期望，成为国家有用之才，桐城桂林方氏一门就是最好的例证。

方氏向以诗礼传家。所谓"诗",盖指《诗经》;所谓"礼",盖指《周礼》《仪礼》《礼记》。读桐城乡邦典籍,发现方氏子弟中,名、字、号多自于《诗》,名号多典雅渊玄,试举方孔炤为例。

孔炤先生,字潜夫,号仁植。炤,潜夫,均取自《诗·小雅·正月》:

> 鱼在于沼,亦匪克乐。
> 潜虽伏矣,亦孔之炤。
> 忧心惨惨,念国为虐。

周振甫先生译这段诗,大意是:

> 鱼在池沼,不能快乐。
> 潜水虽然伏了,但仍清楚见到了。
> 忧心惨惨,想国家的政事浑浊。

先看看《毛诗·序》是如何解释此诗的:"《正月》,大夫刺幽王也。"清方玉润《诗经原始》则说此诗:"周大夫感时伤遇也。""得人者昌,失人者亡。纯以譬喻出之,故易警策动人。"

郑玄笺:"鱼之所乐而非能乐。其潜伏于渊,又不足以逃,其炤炤易见。以喻时贤在朝廷,道不行无所乐,退而穷处,又无所止也。"方孔炤抚楚期间,逢张献忠先受招,后自叛,风云多变,情势危急之际,他以孤臣孽子之心,指斥时弊,力陈方略。读方孔炤《职方旧草》《抚楚疏稿》《抚楚公牍》《知生或问》等文集,便知其对时事的关切,在军务危急的关头,他上陈下达,忧虑苍生,其急切之心,日月可鉴。其《过河疏》痛陈"孤城悬虚"之危,为民请命,替苍生祷福;其《四算疏》痛斥张献忠背信弃义、反复无常,祸及无辜的本性,仰冀朝廷遣大军一鼓而荡之;《乞汰冗官疏》洋洋三千余言,力陈冗官之弊,冒升之害,提出"汰冗官以纾国用,削冒升以重国典"等,呈现其忠君体国、敢谏力疏的清直之风。方孔炤在《职方旧草》自序中说:"孔炤初上公车,家侍御手题一卷,教以服官当世之务,标其首曰'正色立朝'。"此正色二字,是士君子的精神特质,为人要正大,为学要纯粹,为官要清直,掌管一方要有仁爱之心,《大学》所谓"民之所好好之,民之所恶恶之。""知、仁、勇,天下文达德也"。方孔炤《辛巳出狱自讼》自云"抚楚一年,陵藩巩固,城池无一失者"正是"兵机虽曳屣,臣志竟冲冠",常存浩然之正气。

父祖为之取名"孔炤",直意是为人一生,应光明正大,"潜夫"则又有韬光之意。但先生在宦海中虽尽历奋进,仍不免吞没于波涛:先是任职方郎中,因忤阉逆而遭削籍罢官,魏忠贤倒台,复官,迁尚宝卿。不久,张献忠兵犯豫楚,朝廷委以佥都御史巡抚湖广,屡屡获胜,又遭诬陷下狱。后虽复官,督师山东,终因江山易代,奉母隐居于白鹿山。清代方玉润解释这一节诗说了一大段话,似乎与方孔炤名字有暗合之处:

> 鱼游浅水,虽曰潜伏,亦甚炤然,恐终无以逃其祸耳!夫天意难测,乱未有已,是非之淆,既若彼其甚;人心多险,国是日非,贤奸之辨,又若此其难。而欲国之无亡也,得乎?

然天下岌岌可危,而小人当道,狂澜既倒已不可挽救,如《诗序》所云"自伤多难,有深恐国破家亡之忧"。方孔炤作诗云"痛哭无非天地恩",这是他老时回首一生的感喟,人生沉浮,恰恰印证了与自己名字相关联的那句诗:"潜虽伏矣,亦孔之炤。忧心惨惨,念国为虐。"当他垂暮之年,写有《训孙》诗,叹孙子们"生长离乱中,父母告乖离。苦我一遗老,旦暮不可知",告诫孙辈们"人情如泷溅,谣诼伤蛾眉。刀俎相鱼肉,破巢难支离……努力作贫士,勿谓公卿儿"。

四、秋风吹落花

方维仪女史,字仲贤,廷尉方大镇仲女。其名取自《鄘风·柏舟》:

> 泛彼柏舟,在彼河中。
> 髧彼两髦,实维我仪。
> 之死矢靡它,母也天只,
> 不谅人只!

《毛诗序》:"卫世子共伯早死,其妻守义,父母欲夺而嫁之,誓而弗许,故作是诗以绝之。"仪,作匹解。清代桐城马瑞辰《毛诗传笺通释》认为《传》本《尔雅释诂》"仪"解作"匹",《说文》则释"仪,度也"。"仪"与"偶"双声,同在疑母,盖以"仪"为"偶"字假借。"母也天只,《诗》变父言天,先母后父者,错综其文","只"与"也"同训,语词。

方玉润《诗经原始》:"贞妇自誓也。""姚际恒说:'此诗不可以事实之。当是贞妇有夫早死,其母欲嫁之,而誓死不愿之作。'其言较妥。夫妇人贞吉,从一而终,无论贵贱,均可风世。"

周振甫先生是这样译这段诗的:

> 荡荡水中柏木船,浮在河中水泱泱。
> 那人头发分两边,实是我的好对象。
> 到死发誓没他心,母亲也像天那样,
> 不体谅人呀怎样!

《柏舟》一诗,历来被视为女子守节的典范诗篇,方苞曾言"六经所著女子以节完者,于《诗》,则卫共姜"。女子丧夫后以谨守"柏舟"之誓为余生之志,这在古代被视为女子的高行。

方维仪出身书香门第,少读儒家经典,熟知女子懿范与民间所道古者忠孝节烈之事,慨慕古代女子贤淑有节行者。命运无常,维仪女史的人生苦悲亦与自己名字有惊人的暗合。康熙邑志谓其"年十七而孀,归宁反舍,诵习诗书,不出户庭,女成士行,著有《清芬集》《闺选》《尼惑》等编,私谥其夫为良隐子,自撰墓文治圹,侍养臣母,与人子之服劳无异也"。再来读一读《大雅·丞民》一段诗章:

> 仲山甫之德,柔嘉维则。
> 令仪令色,小心翼翼。
> 古训是式,威仪是力。
> 天子是若,明命使赋。

周振甫先生译这段诗云:

> 仲山甫的美德，柔和美好是准则。
>
> 好仪容加好脸色，小心谨慎真难得。
>
> 古来教训是法则，威望仪表他用力。
>
> 天子这就选择他，政令使他布侯国。

趣巧的是，方维则、吴令仪姑嫂二人同取名于此段诗。仲山甫，是周时的诸侯。诗写仲山甫有美好品德，又英俊奇伟，为时人的表率。古贤堪可效法，以致桐城方氏门内，生女取名，托寄尤深。

方维则女史，户部主事方大铉女，方维仪从妹。桐城诸生吴绍忠妻。十六岁时夫子弃世，生一子又殇，父母已双双故去，邑志云："遂依吴门老姑，朝夕纴纺，以资孝养，暇则言笑无哗，惟奉《寨兰馆》家集而咏言之。臣邑连年兵火，流离寒素，两姊糟粥不赡，发白而不逾其志，乡人士莫不赞叹之，以为有丈夫之概焉。"享寿八十一岁，有《茂松阁集》行世。

吴令仪女史，宫谕吴应宾女，兵部侍郎方孔炤妻。其名亦取自《大雅·烝民》，令仪令色，小心翼翼。嫁至方家后，师事维仪，惜年三十即离世，著有《鞞佩园壸遗稿》。夫子孔炤《悼亡诗序》称颂她"淑慎就养，得亲欢心。依太史公羽之训，雅怀道种，亦解禅偈，亦颂悟真"。令仪女史擅书法，书尊钟繇、卫夫人。又工词翰。夫子说她在夫家恪尽妇道，而不妨吟咏。

维仪、维则、令仪，这三位伟大的女性，生于名门，正如归有光所言："能于纷华盛丽之间，独全纯白缟素之质；干桃李艳阳之时，凛然松柏岁寒之操。"

维仪、维则姊及弟妇令仪，皆为大家闺秀，方孔炤《臣门三节疏》："臣祖封御史方学渐潜心理学，教授生徒，垂训臣父大理寺左少卿方大镇、臣叔户部主事方大铉，世修家学，罔敢夫坠闺帏遗则，爱及三女。""三女"即方孟式、维仪、维则。方孔炤称"仲姊、叔姊为士人妻，不幸而失所天，甘茹藜藿，终身荆布，割绝纷华，中遭离乱，诵读不废，迹其后凋，实为难事"。三人皆工诗，常作诗以言志。读她们的诗作，有慷慨激越之声，其高怀远抱、清风雅韵早已超越阃闱，有丈夫气概。如方维仪《旅夜闻寇》一诗：

> 蟋蟀吟秋户，凉风起暮山。
>
> 此别又数年，故国几时还。

> 盗贼侵南甸，军书下北关。
> 生民涂炭尽，积雪染刀环。

深居闺阁，思念征人，以凉风秋蛩起兴，似闻千年之外鼙鼓之声，不知几人身埋沟壑，几家流离。

维仪女史《贞节行》乃赠人之作，与诗中人同是守居，命运相似，一句"惊看白发心酸处"，有韶华易逝之叹：

> 清操苦志数十年，知心衷曲能堪诉？
> 月下驱车问尔安，惊看白发心悲酸。
> ……
> 今宵别后三冬速，霜雪松声响幽谷。
> 倏忽岁华佛日新，诵经香裛莲台馥。

以维仪女史"梅枯依枯壁"之诗句来注释此句再恰当不过，她常静坐于北窗下，作孤心遥夜之哀吟，寂寞年华，花月之下以梵经为寄托，不失清芬之志，是何等的高洁。

再如方维则《题竹》：

> 小院何空寂，相依独此君。
> 雪深愁易折，风急不堪闻。
> 白石移花影，青苔拥籀文。
> 楼头明月上，空翠落纷纷。

维则女史十六岁新寡，一子又殇，与老姑同卧起。《庚午生日感怀》叙其早年不幸："十四适君子，三岁亡所夫，一身事孀姑，于今四十年。"但她"抱志松筠节，铭心金石坚"。以为圣贤易已矣，而清风常在，《题竹》一诗表明她坚贞之清节，音节高古，尽扫哀怨之氛。

又如吴令仪《寄潜夫夫子》：

> 君去觅封侯，全闻第一流。
> 文成知虎豹，价重骋骅骝。

> 诗思春归锦，乡心月在楼。
> 素琴随彩鹢，忘却捣衣秋。

令仪女史为孔炤先生之妇，出身名门有颖慧幽娴之性，工词。与两位年轻的孀姑不同，她毕竟活到中年，亲睹丈夫驰骋疆场的英雄气概。然丈夫抚镇一方，为国戍卫，她随夫征战，辗转闽、蜀，生活动荡不安，故所写诗，多"自怜身是裙衩辈"之叹。夫子征战在外，分燕之愁绪常萦于心中。但此诗一扫闺怨诗哀婉之气，将空闺之愁化为对征人建功卫国之托寄，诚如诗家所云，笔曲而意圆。

方氏姊妹都是在艳阳桃李之年承受丧夫之痛，她们守冰霜之志，清芬茹素，寿享八十余年。封建礼教对于年轻节妇寂苦一生，是持同情态度的，而对节妇的苦节行为又大力褒扬，认为是"葆贞全节于坤道之顺"，是天经地义的事。殊不知一座座贞节牌坊的背后，不知有多少悲辛的故事。维仪女史有《晓庭》诗咏道："晓笛引愁泪，秋风吹落花。寂寞怜双燕，徘徊顾我家。"诗闻乐府音节，秋愁难遣，独自伤怀，而惜秋怜燕之怀绪，年复一年，一生都挥之不去。

五、身世两茫茫

方苞、方舟兄弟名均取自《诗》。方苞名取自《大雅·行苇》：

> 敦彼行苇，牛羊弗践履。
> 方苞方体，维叶泥泥。
> 戚戚兄弟，莫远具尔。

《毛诗序》："忠厚也。周家忠厚，仁及草木，故能内睦九族，外尊事黄耇者，养老乞言，成其福禄焉。"历来各家解《行苇》，说此诗美公刘仁德，恩及草木，牛羊六畜都能感受到公刘的慈爱之心。

"方苞方体"。《毛诗》郑玄笺："苞，茂也；体，成形也。"马瑞辰解释说："《尔雅》：如竹箭曰苞，苇之初生似竹笋之含苞，故曰方苞。体当读如'无以下体'之'体',谓成茎,正如人有下体。形通训,故'笺'以为成形耳。"

方玉润《诗经原始·集释》:"苞,甲而未坼也;体,成形也。"

周振甫先生《诗经译注》是这样翻译这段诗的:

> 聚生路边的行苇,牛羊不要乱踩糟。
> 它正含苞正成,它的叶儿正茂盛。
> 相亲的兄弟,不要疏远要亲近。

古人重孝悌,《论语》云:"君子务本,本立而道生。孝弟也者,其为仁之本与!"《说文》"悌,善兄弟也"。贾谊《道术》:"弟爱兄谓之悌。"《谷风》通篇言忠厚仁爱孝悌,而"方苞方体,维叶泥泥。戚戚兄弟,莫远具尔",则专言兄弟相友爱。家人为方苞取名为"苞",已预示了自己一生将要践行重人伦的处世准则,这从他于殿试前放弃考试而奔母丧这一事件上可以看出,而方苞那些和着血泪为已故亲人写成的文章,则更见他的孝悌之道,深入心底。

方氏兄弟仨人,自少年时代就情谊甚笃,然而兄弟之间聚少离多,方苞最引以为恨,他在《兄百川墓志铭》中写道:

> 兄长余二岁。儿时,家无仆婢,五六岁即依兄卧起。兄赴芜湖之岁,将行,伏余背而流涕。其后少长,即各奔走四方。余归,兄常在外;兄归,余常在外。计日月与兄相依,较之友朋之昵好者,有不及焉。

家中生活窘迫,兄弟之间不得不放弃儿时相伴的欢乐,而常作长别离:

> (兄)年十四,侍王父于芜湖,逾岁归,曰:"吾向所学,无所施用。"家贫,二大人冬无絮衣。当求为邑诸生,课蒙童,以赡朝夕耳。

足见他作为长子,早早能自觉肩负起家庭生活的担当意识。方苞回忆:"兄长余二岁,儿时,家无仆婢,五六岁即依兄卧起。兄赴芜湖之岁,将行,伏余背而流涕。其后少长,即各奔四方。"文章充满惨戚之情,令人为之落泪。

少年方苞与弟弟方林相处最久,他在《弟椒涂墓志铭》写道:

> 兄赴芜湖之后,家益困,旬月中屡不再食。或得果饵,弟(名林,字

椒途）托言不嗜，必使余啖之。时家无僮仆，特室在竹圃西偏，远于内。余与弟读书其中，每薄暮，风声萧然，则顾影自恐。按时，弟必来视余。或弟坐此，余治他事。

读此篇，手足相依之情，竹窗苦读之况，悲凉萧索，令人唏嘘。

方苞弟方林早夭，方舟说："吾弟兄三人，当共一丘。"方苞教导他侄子道希说："吾兄弟笃爱如此，子孙当以为榜样。"方苞屡次写信给道希，谈的全是追远敬宗，兄弟同财坟圹营葬之类的家事，可见方苞远在京师，国事繁剧，而对家庭关爱之情，始终不怠。

方苞的孝悌观，深深植根于儒家思想，他熟读经典自不必说，方氏一族历来十分重视人伦亲爱之道，族祖方学渐在《明伦论》一文中说：

> 伦何昉（起始）乎？昉于生人之初也。人之生，必本于父母，同父母者，有兄弟，及长，有夫妇，其生乃蕃。必戴一人为之君，相率而臣之，其生乃安，合父子兄弟夫妇为一家，又合于君臣为一国，益之以朋友，纪纲于君臣父子兄弟夫妇之间，辅翼切磋，俾无失德而后保其国家……故在一人谓之人伦，在天下谓之达道，在万世谓之常经，自有生以来未之有改也。人伦之明晦，天下之治乱系之。

将人伦联属关系提高到天下之治乱的位置，是何等的重要。这些道理，方苞兄弟当然熟知，加上他们从小至大，又有良好的母教，言传身教，更加在意了。在《先母行略》中，方苞饱含深情地写出了母亲温良柔顺的品格：

> 母性孝慈，而外祖父母及舅氏皆客死；继而吾弟早夭，兄及姊适马氏者复中道夭。默然衔悲忧，遂成心疾。六十后，患此几二十年。每作，尽夜语不休，然皆幼所闻古嘉言懿行，及侍父母时事，无涉鄙倍者。

所谓人养成，始于家教，在方苞身上尤显突出。

再说方舟。舟名取自《邶风·谷风》：

> 就其深矣，方之舟之。
> 就其浅矣，游之泳之。

>何有何亡，黾力求之。
>
>凡民有丧，匍匐救之。

"方之舟之"。《毛诗》传："潜行为泳。言深浅者，喻君子之家事无难易，吾皆为之。"方玉润《诗经原始》认为此诗是"逐臣自伤也"，"泳之游之，治事浅深皆宜"。

后面两句"何有何亡，黾力求之。凡民有丧，匍匐救之"，郑玄笺："匍匐，言尽力。凡于民有凶祸之事，邻里尚尽力往救之，况我于君子家之事难易乎？固当勉力，以疏喻亲。"周振甫先生译这段诗：

>就它的水深啊，用并船或船来渡它。
>
>就它的水浅啊，用游泳来渡它。
>
>什么有什么没有，没有的勉力去相求。
>
>凡是人家有丧亡，走不动也要爬着去救。

方舟生而岐嶷，方苞非常敬重他兄长，称当时"以诸生之文而横披六合，自兄始。一时名辈皆愿从兄游，而兄遇之落落然"。可惜，天不假年，方舟早早夭亡。

方舟少有大志，方苞称他兄长为诸生时即有天下情怀。当时曾有江西梁质人、宿松朱字绿皆以经世之学自负，常引经据典，纵论古今，听者莫不佩服，只方舟听后默然不作评论。方苞问兄长因何不乐，方舟回答曰："诸君子口谈最贤，非以忧天下也。"方舟以为，读书人当以关心天下为己任，除此之外，满腹经纶又有何用？这段叙述恰好与方舟名字的含义相契合："凡民有丧，匍匐救之。"《诗》之本义，民有丧，不专指人家有丧亡之悲戚，也泛指民间疾苦，既是家之事，也是国之大事。

方舟早逝，未得以所学去实现自己"忧天下"的抱负，人生长恨水长东。若天假以年，兄弟俩倾其所学，勉力报效国家，则能如《诗》所说"岂弟君子，民之攸归"了。

方苞很少作诗。读其文集，见有诗十数首，戴钧衡以为"义正辞雅"。其《将之燕别弟攒室》：

> 诘旦将戒徒，独步登山岗。泪枯不能落，四顾魂飞扬。
> 往时重暂别，而今轻远行。岂忘岵屺诗？言此裂衷肠。
> ……
> 所恨尔长逝，出门增回望。死者不可留，何况客异乡。
> ……
> 日夕下山去，身世两茫茫。

诗哀弟之早逝，句句感伤惆怅，直可催人泪下，有汉人遗韵。

中华民族崇尚天地道德、注重礼乐教化，天经地义既以鸿篇巨帙刊为典籍，流传千秋，又化为一个个金玉珠贝似的文化符号，潜入人们日常生活之中，作为人生的理想和行为准则。以伟大的文化精神去涵泳人的生命价值，古人名、字、号中的文化意蕴，即有此种意义。那些涵摄民族文化精义的名、字、号，虽为每一位个体生命的文字符号，其中包含着家族密码、生命精神、德行轨范、宇宙人生，实乃乾坤阴阳大道所钧陶，民族精神所化育。桐城士人以自己的个性生命特质，来书写自己的个性生命符号，乃自觉地体现出中华民族的文化精神。

桐城历史人物名号续谈

在古代士人的意识里，传统文化背景下的穷达观根深蒂固，孟子所谓"穷则独善其身，达则兼善天下"也。通常意义上，"独善其身"教人如何做到修身齐家，"兼善天下"则心怀登车揽辔之志。本文所介绍的两位桐城历史人物，他们的人生阅历或跌宕，或侘傺，对于儒家所持守的穷达观却有着独特的诠释，而其各自名号中所蕴藉的文化意义，皆彰显出高逸的君子特质。

一、方维甸——苍松挺贞干

方维甸，字南耦，号葆岩，直隶总督方观承之子。其名"维甸"盖取自《小雅·信南山》：

> 信彼南山，维禹甸之。
> 畇畇原隰，曾孙田之。
> 我疆我理，南东其亩。

《小雅·信南山》"传序"说，此诗乃"刺幽王也。不能修成王之业，疆理天下，以奉禹功，故君子思古"。所谓"君子思古"亦即君子效法三代古圣人实施王道，治理天下。"诗"虽为讽恶之作，却始终在教导士君子去为国建功立业，具有称美的意义。

我们先来了解这几句诗的大意。周振甫先生《诗经译注》是这样译的：

> 申展那终南山，只有禹来治理它。
> 平整那高原和洼地，曾孙曾孙种过它。
> 我划疆界和治理，田亩从南到东我治它。

先看第一句"维禹甸之"。"甸"字有数种解释，《说文》解作"天子五百里地"，此为"甸"之本义。古代以王畿为中心，由近至远五百里为一服，分别为甸服、侯服、绥服、要服、荒服。"甸服"乃天子脚下之土地。"甸"又引申为"治"，《康熙字典》释"甸"曰："又治也。《书·多士》：乃命尔先祖成汤革夏，俊民甸四方。传：天命汤更代夏，用其贤人治四方。"此即上述所引《诗》中"甸"之义。

"维甸"之名，名副其实。作为一代名臣，方维甸一生勋业卓著，堪称国之干城。而其一生经历，实不平凡。

清代余金《熙朝新语》载，方恪敏公（观承谥号）年六十一生维甸，时为中秋节前一天，有弄璋之喜，恪敏公赋诗"与翁同甲子，添汝作中秋"。又载：

> 高宗闻之喜甚，抱至膝前，解所佩金丝荷囊赐之。

方维甸年少即孤，"既孤，纯皇帝以（恪敏）公故，赐为中书舍人，成乾隆庚子恩科进士。"惜抱先生《祭方葆岩文》称他"弱冠授官，旋复登第"。乾隆四十一年，皇帝巡幸山东，方维甸以贡生迎驾，授内阁中书，充军机章京；四十六年，成进士，授吏部主事，历郎中。五十二年，从福康安征台湾，赐花翎。迁御史，累擢太常寺少卿。又从福康安征廓尔喀。嘉庆十四年，擢闽浙总督，甫上任，值台湾嘉义、彰化二县械斗，命往安置。事毕，上疏陈安边之策：

> 台湾屯务废弛，派员查勘，恤番丁苦累，申明班兵旧制，及归并营汛地，以便操防；约束台民械斗，设约长、族长，命管本庄、本族，严禁隶役党护把持；又商船贸易口岸，照牌不符，定三口通行章程，杜丁役勾串舞弊。

> 诏旨允行。以台俗民悍，命总督、将军每二年亲赴巡查一次，著为例。

方维甸年幼时"已有父风"，其坚忍性格养成，受其父、祖之影响甚大。

清人余金《熙朝新语》载恪敏公年少时事，说他祖、父遣戍卜魁后，兄弟二人万里探亲之艰辛：

公弱冠归金陵，家无一椽，借居清凉山僧寺。有中州僧知为非常人，厚遇之。公与兄观永往来南北，营菽水之资，重趼徒步，并日而食，怡然安之。

清代袁枚称方观承年轻时艰难困苦而百折不挠：

边风塞雨，濯涤肺腑。担簦往来，固其筋骸。
操心虑患，既危既深。一朝遭际，百炼精金。

这是后人对维甸的父亲少年困乏其身而不失远志的真情纪录，而少年方观承超人之性格又是在其父祖辈坚韧不拔之家风中陶铸而成的。

惜抱先生在《方恪敏公家传》中说："桐城方氏自明以来，以文学名数世矣，而亦被文字之累"。所谓"被文字之累"，即方氏一门自拱乾先生以下，受顺治九年壬辰科会试、顺治十四年丁酉江南科场案和康熙五十二年南山集案牵连而三次遣戍绝漠的不幸遭际。令人惊叹的是，方氏四代受遣，到了方观承这一代，而门庭复振，方观承及子维甸、从子受畴三人均贵为总督。对此，近人徐世昌在《晚晴簃诗汇》中感慨："沃园（方式济）子恪敏公观承、孙勤襄公维甸，两世节钺相承，方氏之废兴，洵不可测也。"桐城马其昶也击节赞曰："一门之内，三秉节钺，何其盛也！"

桐城桂林方氏为邑中望族，文彦代出，簪缨累世，窃以为这些都是表象，方氏留给世人最宝贵的东西是其文化精神，而文化精神之要义是君子风骨。方维甸这一支自十二方大美公以下，洎方拱乾、方孝标、方登峄、方式济等辈，代擅风雅，个个风骨凛然。清乾隆时方棨如在为其先世《述本堂诗集》作序时说：

吾家系自西陵，而居皖桐者为大，名人魁士，自前代率磊落相望，上之穷讨六籍，恢博而贯统，自成一家书。他若摛风裁兴，意语铿耀，讪五指而顿之，即王氏过江，人人有集，一似无所与让。

且看方维甸先祖方拱乾先生，《龙眠风雅》谓其为"诸生时，辄以天下为己任"，"虽流离播迁，无一日辍吟咏，凡其忧喜悲愕、感慨闲适、以迄文章声气、尺牍邮简所不能抒写者，悉寓之于诗"。所作《何陋居集》自序云："流离荒塞，凡一千日，得诗九百五十一首。……纵观史册，从未有六十六岁之老人，率全家数十口，颠连于万里无人之境，犹得生入玉门者。""此白头老子，崛强犹尔，尚能于万死中自写胸臆，庶几与少陵'他乡阅暮迟，不敢废诗篇'之意仿佛其百一乎！"如《宁古塔杂诗》云：

> 自然成太古，不用闭柴门。心死身偏寿，形卑道更尊。

又云：

> 颜居曰何陋，岂敢拟宣尼。忆昔阳明子，流离瘴海时。
> 平生仰止处，传诵谪居诗。仿佛如相对，高踪良可师。

先生虽身处绝域，艰苦备尝，犹希圣崇道，怡然自乐，此是何等胸襟。

方维甸曾祖方登峄，工部主事，因南山集案遣戍卜魁，在戍所"虽处绝塞寒天，手一编，终日忘其身在难也"。其《至卜魁茸屋落成率赋十首》云：

> 蓬庐岂复分华陋？安堵飘蓬共此生。

经营绝漠，仍有颜子之乐。虽蒙难关外，而胸次萧然。

清代黄叔琳为《述本堂诗集》作序称其"不以颠沛失性情之正"。此亦可视为方氏一门身处绝域，愈挫愈奋的真实写照。迨至十六世方观承、观本兄弟、十七世方受畴、维甸亦皆工诗，诚如杜工部所云"诗是吾家事"也。

方维甸先后任闽浙、直隶总督，早年于乾隆己酉典试广西，甲寅又典顺天试，分校礼闱会试；值军机处，出入禁闼，决事无一延滞。其"勋业铭钟鼎，垂竹帛，不以诗文重。然公性喜读书，虽案牍戎马之交，曾不释卷。工研制艺，屡典文衡。闻有奏议诗文稿一笥，门者误为废弃文卷，焚之，公为之悯怅者逾年"。其《寄朱干臣吏部》诗云：

> 苍松挺贞干，不共桃李芳。时鸟竞喧啾，不与鸿鹄翔。

又云：

> 夸父思逐日，愚公欲移山。精专恃志锐，宁复怯险难。

赠答之咏，借以表明自己的节操。惜抱先生为方维甸写祭文盛赞其功勋：

> 建牙树纛，沧海南凭。鲸波飓风，谈笑载承。
> 万里台湾，如涉沟塍。内治外攘，惠洽威棱。

一代名臣"内治外攘"，一生都在效法古圣人，以国家之务为己任，实现治国安邦之宏图大志。"维甸"其名，何敢愧对！

二、李雅——夕照坐香台

李雅，字士雅，别号芥须。其号盖取自《维摩所说经·不思议品第六》："若菩萨住是解脱者，以须弥之高广内芥子中，无所增减。"《维摩所说经》是大佛教著名经典，又称《维摩诘经》《不可思议解脱经》，其"不思议品第六"中，以平常生活中的事例说不可思议之理，发究竟解脱之趣旨。经中所谓"解脱"，《佛学大辞典》释曰：

> 解脱者，三昧之异名也。三昧之神用，巨细相容，随变化于法，自在无碍，离一切之系缚，故云"解脱"，《维摩经·不思议品》所明之一端也。

《维摩诘经》中的"芥子纳须弥"是中国哲学史上颇具意味的一个著名命题。"芥子"譬喻极小之事物，因其极具哲理，常为经典名著所引用。如白居易《僧问》中就有一段问话："《维摩经》不可思议品中云：'芥子纳须弥，须弥至大至高，芥子至微至小，岂可芥子之内入得须弥山乎？'"

《祖堂集·归宗和尚》有则故事也颇具意味。有位名叫李万卷者，通过白侍郎相引，礼谒归宗和尚。一日，李万卷问和尚："教中有言：'须弥藏芥子，芥子纳须弥。'须弥纳芥子，时人不疑；芥子纳须弥，莫成妄语不？"师却问："于国家何艺出身？"抗身对云："和尚岂不知弟子万卷出身？"师云："公因何诳勅？"公云："云何诳勅？"师云："公四大身若子长大，万卷何处安著？"李公言下礼谢而事师焉。

冯友兰先生在《中国哲学史》中将"芥子纳须弥"这一佛学命题称为"万

法互摄"。他说：

> 现实世界中各个事物，即所谓事者，虽万有不同，而皆圆融互摄。
>
> 须弥山可纳于芥子，而芥子旧质不改，须弥大相如故。此就空间言之，更就时间言之。

何谓圆融？《佛学大辞典》释曰："圆者，周遍之义；融者，融通、融和之义。若就分别妄执之见言之，则万差之诸法尽事事差别；就诸法本具之理性言之，则事理之万法遍为融通无碍。"

何谓互摄？唐君毅先生《生命存在与心灵境界》说："一切存在之物体，皆各是一义上之能感觉之'主体'。此诸主体与主体，则可相摄又各独立，以成其散殊而互摄。"

以上就"芥子纳须弥"相关概念作以浅述。佛经奥义，非常人所能通晓，但就通常意义上理解，既然万物互摄，其中亦包含着事物之间相互转化，生死、荣枯、进退、沉浮、穷达皆是一时之相，故揣测李雅先生晚年取此佛典以自号，其真正意图或在此处？

李雅一族系桐城龙眠李氏，乃北宋李伯时族裔。其高祖李春，登景泰庚午乡榜，官至侍御，可见先生门第并不寒微。潘木崖先生《龙眠风雅》中称他"少岐嶷，有文名，里中士大夫争游扬恐后"。年轻时寄居岭南，以寓客应童子试，受到督学林佳鼎的器重，补博士弟子，以拔贡生任江西崇义县教谕。后因战乱举家归桐城，不幸中途丧妻、子相继亡故。先生中年痛丧妻儿，生活窘迫，他在《无家叹》诗中叹息："岭海归后妻儿亡，南走金陵北渔阳。"在《九江舟中呈王子云》诗中更道出其晚景之悲凉："小艇孤灯长夜雪，远村荒圃断桥梅。伤心同是无妻子，芦苇萧萧哭不同。"后又遨游吴越间，晚年归隐于桐城东郭外，颜其堂曰"东皋"，而"性不偕俗，村居雅非所乐，日步屦入城市，与故旧门生相酬唱""贫窭依人，进止不能自主，每欲买舟迎致，而囊箧萧然"。

先生归居桐城常以读书作诗文自乐。其《重九无菊作催菊花诗寄广陵袁山人》诗云："满天风雨闭柴门，独取陶诗数回读""陶公采菊东篱下，南山当户不须借"。

李雅有诗述其号，他在《后乞米行》诗中写道：

> 野夫年来号芥须，芥与介角音无殊。
> 此处贪取胡为乎？静观世态良非迂。

可知其号"芥须"，当取自归居桐城之后。先生一世穷困，至老来落泊穷愁，到了靠人接济的地步。他在《乞米行序》中说："颜鲁公居长安，炊烟不继，书帖乞米；陶元亮彭泽归后，村中乞食。史传传为佳话。"因效前贤作《乞米行》《后乞米行》长歌。在《乞米行》诗中咏道："野夫少年能饮酒，一饮辄欲倾五斗。二十年来饮不多，向晚亦持杯在手。"而今"无端寄庑东门东，主人难遇皋伯通。眼看秋稻黄金色，那得面上春桃红？"穷愁潦倒，竟长时间未能一饮为快了。《乞米行》诗写出后，邑中名士皆慷慨解囊。对此，诗人作《后乞米行》以答谢："野夫年来殊短气，田家酒熟不知味。客冬草得乞米诗，见人开口缩如猬。"窘迫之况溢于言表。

尽管物质生活贫困，但精神有所依托，这从他的诗作中可以体味出。先生篇什甚富，所作诗多沉郁悲怆，而部分诗作蕴含禅悦玄旨。兹仅罗列其部分诗句如下，以见先生高蹈之志。

《晚望天柱》：

> 不与浮屠别，将无佛指同。

《削发诗》：

> 欲削丝丝辫，投闲萧寺申。

《梅檀林听休上人讲参同契》：

> 一部《参同契》，三年看未通。自从来白下，不觉入玄中。
> 玄旨诸家诲，高谈释子工。伯阳如可作，应欲拜休工。

《方奕于四松园》：

> 到门幽侣集，出郭老僧逢。

《再游虎丘》：

> 爱僧休静室，听鸟啭高枝。

《豹人衲衣成》：

> 独寻《高士传》，特制老僧衣。稳著行樵径，闲披上钓溪。

《小坐堸斋豹人出无道人画幅查伊璜内绣观叹久之遂有是作》：

> 画笔王摩诘，神针薛夜来。绝无指爪迹，惟见雪霜堆。

《游香山寺》：

> 招提僻在碧云窝，山脚行来两箭多。
> ……
> 八百年间香草寺，蕙兰春满遍坡陀。

云云。

读其诗，观其号，先生已然作出世之想。他晚岁穷愁潦倒，欲买山种菊，却囊中羞涩，他在《咏怀·其二》诗中叹道："照水凄凉双鬓改，买山惭愧一钱无"，于是只有寂然逃禅，求得心灵上的解脱，如《张龄若蟋蟀窝》诗："共人论古法，闭眼入禅那。"他后《四松自汉中解组归里门》诗"归计诗千首，逃禅水一方"，既是赠友之作，更是藉诗以自况。

而《答张如三雨中见怀》诗，既是对自己坎坷生命的回顾检讨，更是借此以表达寂寞余生的精神追求："铸错已经成往事，逃禅端合趁来时。"而另一首《雨后望梅山乞无可大师画绢》诗"欲借唯摩手，中添居士庵"，更可窥见其向往读诗参禅的寥落心境。

但李雅游历归来后，并未一味枯坐念禅。他对世人最大的贡献是，与邑贤何存斋永绍先生一起编纂了自明以来桐城古文家文集《龙眠古文》一集二十四卷，文端公张英为《龙眠古文初集序》云：

> 芥须、存斋惧先业之不彰，搜罗评定为若干卷，梓而传之。吾里数百年来之人文阐幽光而发潜曜，甚盛事也。

《龙眠古文》所辑录的桐城乡先辈文章，是桐城古文派的源头。可以说，在"桐城派"开宗立派之先，自明代以降，桐城士人创作了大量雅正的古文，已经形成一支浩荡的古文创作队伍，而南山、望溪先生已然是这支队伍里最重要后来者。他们心摹手追，从中汲取养分，渐成自己的文章风格，为开创"桐城派"做好了理论与创作实践的准备。这点，李、何二先生功不可没。张英又说：

> 二公之意宁惟是文焉而已乎？俾吾里先正之子若孙，由昔人之文章，追溯其道德、学问、事功、经济、器度、识量，而发其尊祖敬宗之心，启其崇学返古之志。则是编也，又不仅桑梓恭敬之心，梧槚口泽之思而已也。海内之人，平昔仰止先正之音容者，今复得诵习其文章，而因以想象吾里山川、风气、人物、邑居之概，亦於是焉赖之。

文端公这篇序，肯定了李雅、何永绍为裒集桐城古文所作出的贡献，更确立了《龙眠古文》在桐城文学史上的地位："裨掌故而存国是，可以上佐金匮石室之藏。"可见世人对李、何二先生的推重，而李雅又领衔主导，功莫大焉。《龙眠古文》仅以区区数十卷帙包罗我乡邦百代华章，扢扬风藻，其"芥子纳须弥"之说，可又得一解焉！

李雅先生以八十有二之遐龄终其天年，其挚友潘木崖先生在《龙眠风雅》为其作传写道：先生在日，已预砻碑一通，属予与西渠题之曰"东皋李芥须之墓"。

"舒黄之间"小识

乡先生刘海峰八十岁寿辰时，惜抱先生作《刘海峰先生八十寿序》，文中引歙人程晋芳主事、山东历城人周永年编修一语："为文章者，有所法而后能，有所变而后大。维盛清治，迈逾前古千百，独士能为古文者未广。昔有方侍郎，今有刘先生，天下文章，其出于桐城乎？"而文中又引望溪先生语："如方某，何足算耶！邑子刘生，乃国士尔！"自此，海峰先生始为天下知，文章亦为世人所贵。

当时人读惜抱先生此文，知桐城一县，方侍郎之后，又有高卧枞江之上，有"卫武懿诗之志"的刘海峰处士，加上惜抱先生写此序之时，正在扬州主讲梅花书院，早已名重一时。此文既出，海内文人翕然向往桐城一邑。

然文中考究桐城文章何以在当时风靡天下时，惜抱先生说了下面一段话：

> 黄、舒之间，天下奇山水也。郁千余年，一方无数十人名于史传者。独浮屠之儁雄，自梁陈以来，不出二三百里，肩背交而声相应和也，其徒遍天下，奉之为宗。岂山川奇杰之气，有蕴而属之邪？夫释氏衰歇，则儒士兴，今殆其时矣。

当康乾之际，桐城文士不名已数千年矣。迨至方望溪、海峰二先生出，人才雄起，始为天下读书人所称道。

惜抱先生此番议论，将人文兴起与山川之淑气相连属，此亦古代人文成因之一说。正所谓钟灵毓秀，人杰地灵。乡先辈戴田有每每论及此，也喟叹凡"山区水聚，风气完密，才隽之彦独盛于他邦"。桐城先贤这种一以贯之的文化地理观，实为中华传统文化中天人感应的承续。

陋文无意论及桐城文章以及桐城一区人才成因，仅就惜抱先生《刘海峰先生八十寿序》一文中"黄、舒之间"所指何地，略从考辨。

今人王凯符、漆绪邦二位先生有选注本《桐城派文选》，其注"黄、舒之间"为"桐城在黄山、舒城之间"，愚意以为此臆断也，"黄、舒之间"应为黄州、舒州之间。何有此谓？

首先，从地理位置上看。秦并六国，分天下三十六郡。查阅相关史料，秦王政二十四年（前223），秦灭楚，建九江郡，辖境约相当于今天安徽、河南之淮河以南以及湖北黄冈以东和江西全省。姚惜抱先生《汉庐江、九江二郡沿革考》云："昔《禹贡》九江之水，居秦九江郡南。今安徽淮南地及湖广之黄州府，皆秦九江郡也。"又云："项羽分王诸将，分九江为二国：其北封九江王黥布都六（安），其南封衡山王吴芮都邾（大约今武汉新洲区）。"吴芮为衡山王，领地有安庆、庐州、黄州。惜抱先生作郡考，在清代最有卓识，著名历史地理学家谭其骧先生称三百年来学者言秦郡者无虑数十家，而"姚氏鼐最为通达，所言皆中肯綮。（惜未能博采以证实之）"由此可知，黄州、舒州地域毗连，同为九江郡辖下。

黄州、舒州先后建置于隋、唐。隋文帝开皇5年（585），设黄州总管府，明洪武元年（1368），改黄州路为黄州府。明嘉靖时辖黄冈、麻城、黄陂、黄安、罗田、广济、黄梅和蕲州。唐武德四年（621）置舒州，领今安庆全境。黄、舒二州据大别山东、南，两州接壤。正如惜抱先生《寿序》一文中所说"黄、舒之间"不出二三百里。

其次，从禅宗文化传播上看。南朝梁陈以后，黄、舒之间有一个重要的文化现象，就是禅宗文化在此生根开花。释印顺法师《中国禅宗史》写道："说到唐代却勃然而兴，这应该重视'禅法南行'的事实。"达摩禅向南移动，传说因周武帝灭法，慧可到了舒州的皖公山，四祖道信的禅法，就是从这里学来的。道信到长江以南的江西住了近二十年，渡江在黄梅的破头山住下来，接受天下学众。在这里，道信与五祖弘忍，以五十多年的弘法努力，达摩禅终于一跃而成为中国禅法的主流，黄、舒之间成为当时达摩禅的中心。而六祖慧能在黄梅听弘忍说法，及至后来弘忍付法与惠能，德音远播，黄梅祖庭，真是光昭百代。

四祖、五祖、六祖于黄州弘道学法，而在此之前的二祖、三祖则主要在舒地弘道。二祖慧可自北方来司空山避难。隋开皇时，三祖僧璨受慧可传法，隐化于舒之皖公山岫，结塔供养。唐以后，舒州山水之间伽蓝等列，晚唐桐城有投子山大德大同禅师，桐西有王屋山道场兴起，经宋元至明代不废。故惜抱先生说，黄、舒之间："自梁陈以来，不出二三百里，肩背交而声相应和也。其徒遍天下，奉之为宗。"

最后，从两地名称上看。《桐城派文选》"黄、舒之间"一语，王、漆注为黄山、舒城县，此条注释在地名上就不对应。古人作文不会以山名对县名，黄山、舒城，两地相距远在千里之外。况且，以"舒"指舒城县，更是不着边际。

显而易见，"黄"指黄州一带地方，"舒"指舒州一带地方，两地正好相隔二三百里，且如惜抱先生所说，此地自南朝至清初以前为中国禅宗活动之中心，清以后，佛教衰歇，儒士兴起，龙眠文人如戴、方、刘、姚诸子名誉中国，此为这一时期一个重要文化现象。惜抱先生此文，可以为我们研究桐城文派兴起提供极好的文献资料。

"操江巷"里人家

——桐城历史街巷考释之二

桐城西大街西头向南，有一巷名曰"操江巷"。道光《桐城续修县志·街巷》："操江巷，在西大街南。"又云："火厂弄，在操江巷内。"巷之北端由桐陂赵氏祠堂（古桐陂桥）前折入，巷之南端由今如意庵门前向西拐入。"操江巷"是桐城老城历史名巷之一，历史悠久，人文厚重。考其名，与桐城历史名贤盛汝谦相关。

"操江"是明代及清初时的官名。《中国官制大辞典·操江》解释，明都察院置提督操江一人，以副佥都御史充任，主管上下江防。明嘉靖末年，严嵩倒台，桐城盛汝谦复出任太仆卿，不久转任操江佥都御史。盛汝谦，字亨甫，号古泉，于嘉靖二十年中进士，授行人职，又擢升御史，出巡陕西茶马。父丧归里，守丧期满后，任光禄寺少卿。时值严嵩擅权，盛汝谦不阿附权奸，退居乡里。《江南通志》称他"为政一以勤廉惩贪为首务，尤崇奖孝友"。他一生忠君体国，勤政为民，宦绩卓著，但他倡导并捐资参与桐城砖城修建，才是最值得桐城人纪念的功勋。嘉靖三十三年《安庆府志》载：

> 明万历丙子（1576），知县陈于阶同邑绅南京户部侍郎盛汝谦、河南布政司吴一介，请于巡抚宋仪望、巡按唐练，具题建造砖城。周六里，西北负山，东南瞰河……

从此盛汝谦与吴一介两位乡贤的名字永远镌刻在桐城那厚重的城墙之上。

盛汝谦七十岁时告老还乡，闲居桐城。清代桐城的两部诗集《龙眠风雅》与《桐旧集》均有他的一首《赠武湖山年丈顿山别业》诗。他在诗中咏道："庭趋诗礼儿，架散钟王帖。四时有新酿，客至每欢接。啼鸟杂清歌，游鱼翻巨鬣。

辞荣未弃荣,故园怀日涉。"这是他对尊长田居生活的祝愿,同时也表明自己致仕归里后向往林泉的心志。"操江巷"里的家园正是他饮茗研易、唱和陶诗的理想处所。"操江巷"是盛氏家族聚居地之一处?还是城墙修好后,官府为表彰盛侍郎为官清直、造福乡里,而以其官衔作为该处街巷的名称?虽无从考证,但二者皆有联系。

"啖椒堂"及其"三都馆"释考

"啖椒堂"是明代左佥都御史、桐城左光斗故居正厅。其所处何地,历来持论不一。近阅有关史料,以为左氏"啖椒堂"应在桐城老城区。

一、关于"啖椒堂"的涵义

左光斗一生清直刚正,生前尤敬重当朝名臣杨椒山。杨椒山名继盛,官至兵部员外郎,是嘉靖时著名谏臣,因参劾权奸严嵩,被诬下狱屡受酷刑致死。左光斗一生仰慕杨椒山,死时亦如杨氏一样壮烈。关于左氏正厅为何名"啖椒",左光斗的女婿、方大铉之子方文在其《啖椒堂》诗中有明确叙述。他初登"啖椒堂"时年方六岁:"我昔登兹堂,总角六龄耳。先君官司农,少保尚御史。老友结重姻,拜谒携小子。"方文少年倜傥超群,在左家正厅之上诵杜工部《秋兴八首》,每歌一篇,倾一卮酒,其故事就发生在那里。

"未几珰祸作,果见泰山圮。合族田俱卖,此堂幸未毁。"左光斗被害后,官府抄家、族人析产时,请来桐城时贤、读书人姚康。姚康字休那,是左光斗、方大铉的执友、姻亲,方文的前辈及师长。姚康先生对左氏族人说了一番慷慨激昂之语:"左公素来敬仰椒山先生,构珰祸归家后,誓以身殉节,思虑亲老年高不忍弃去,命优人演《椒山记》(《鸣凤记》)以试父意。古云'贪名之甚,如同饮食'。'啖名'之谓,意为好名,所以我将此堂颜之曰'啖椒'。"于是当场挥毫写下了《广啖椒为左母袁太宜人寿》一文,以表彰左氏一族芳规懿行。此为"啖椒堂"的来历。

二、关于"啖椒堂"所在地

"啖椒堂"是左光斗家族生活中的重要活动场所。建于何时,不得详考。应是左光斗父亲从枞阳乡下迁至县城以后所构。其堂在县城内,应该不是妄测。

首先,有方文的《啖椒堂》诗为证。自从左家罹难后,方文很少来岳母家。顺治十年癸巳,秋风凉雨之季,四十二岁的方文经年游历后回到桐城,又一次来到"啖椒堂"。这次他是来看望内弟左国材,并应国材之请为"啖椒堂"作文以记。"今秋风雨凉,入城聊访尔。""尔"即左国材。此诗是方文为"左四子厚作","左四"国材是左光斗第四子,字子厚,其他三子依序为国柱、国棅、国林。"偶来啖椒堂,把酒笑相视。"此四句可读为"入城来到啖椒堂"。"城"应指桐城县城,非指左氏祖居地桐城大宥乡横埠。

其次,戴名世《左忠毅公传》写到左光斗遭缇骑逮捕一节,也可证明左氏故居在县城。

> 忠贤矫旨,遣缇逮光斗,涟入京考鞫。缇骑至桐,光斗泣语诸弟曰:"父母老矣,吾何以为别?"家人环泣,生祭县中。

文内所指"县中"应指桐城县城无疑。

又《左忠毅公传》:"槛车出郭,县人拥马首号泣,焚香拜北阙。""郭",外城的墙。此处应指桐城县城外,大概不会指枞阳镇或他处。叵见忠毅公最后一次诀别桐城,是从县城故居走向京城的。

三、关于左氏在城别业

除"啖椒堂"外,忠毅公在县城还有别业一处,名"三都馆"。这是左氏一族在城区生活的另一处所。康熙六十年《安庆府志·地理志·名胜》载"'三都馆',左忠毅公光斗别业,今名'抱蜀堂'"。道光《桐城续修县志》亦有同样的记载。但二志乘均未载明"三都馆"位于何地及来由。读钱澄之先生《田间文集》方才释然。田间先生《抱蜀堂记》谓:"左忠毅公初起家时,即有别业曰'三都馆'。取君家太冲（左思）《三都赋》题以为名也。馆当龙眠山口，去城不数里，公休沐之暇，时时读书其中。"忠毅公身陷囹圄仍牵挂龙眠山读书之所是否罹毁："龙眠亦鬻乎？"

"三都馆"为何又称"抱蜀堂"呢？忠毅公罹祸后，朝廷"悬赃"二万，责抚、按严追，长子国柱就狱，县令陈赞化与安庐道彭同心调护，征"赃"令急促不断。变产不及千余两，左氏诸兄弟田宅尽变卖，唯"啖椒堂"与"三都馆"得以保留。析产时"三都馆"归属第二子左国棅名下。可惜明末遭兵燹，"向时行吟坐啸之处，悉化为墟莽，无有存者。"左国棅不忘父志，谋划重修，终因财力不给，仅复修了三分之一规模。姚康休那先生榜其颜曰"蜀厂（庵）"，取"蜀"为"三都"中仅其一之意。田间先生又易署，名"抱蜀堂"。

据《抱蜀堂记》所释，"抱蜀"之"蜀"另有寓意。"抱蜀"源于管子"抱蜀不言，而庙堂既修"一语。"蜀"，石鼓文省形从声作"獨"。今《汉语大字典》："蜀者，獨。"姚休那先生据此以"蜀"辗转训解为"獨"，勉励左氏仲子学问宜深入一门；而田间先生则取以"蜀"为于天下之事有自己"独见"之意。再引申为君子修己"慎独""自慊"。

忠毅公季子左国材在三都馆附近后山半岭也筑有茅舍三间曰"越巢"，取上古生民巢居穴处之意，茅屋清寒，勉其子女勤学苦读。忠毅公叔子左国林于龙眠山中还建有"怀西楼"。"越巢""怀西楼"皆茅舍竹篱，远非高门敞轩。

综上辑考，以"啖椒堂""三都馆"等左氏家产所在，证明左光斗生前在桐城的起居、研读之所主要在城内、郭外。

四、甄误

《桐城文物志》解释"啖椒堂"之名，谓"不趋权贵，嫉恶如仇。因此名其故居，曰'啖椒堂'"，此说过于肤浅。

散见于县志、互联网等有关资料介绍"啖椒堂"时，都说左光斗父亲自桐城乡下迁至县城"啖椒堂"，此说欠准确。左光斗父亲左出颖，号碧衢，少年屡试不偶，治家不务纤啬，不胜其劳。三子左光前弃科举之业以家督自任，左出颖得以优闲自乐，常与亲朋诗酒酬唱。诸昆弟读书，光前耕耨，女眷纺绩，家资渐裕，后来才有了县城中的一份产业。左氏一家迁至城里后，居有数十年。忠毅殁后，左父碧衢先生遽然谢世。方文《啖椒堂诗》："旧庐分仲季。"分家时还没有"啖椒堂"之称，姚康先生为其厅题名在左氏兄弟析产之后，所以左氏故居某厅，是左光斗殉节后才可以称"啖椒"的。

"蛾术"浅解

安徽省桐城中学今藏孙闻园先生为桐中题匾,文曰"蛾术长思",安徽中国桐城文化博物馆也展有复制件。初观者对"蛾术"为何意不甚了解,对"蛾"字读何音也颇为费猜。现不揣谫陋,试着对照经典予以浅解,以就正于读者。

"蛾术"一典,出自《礼记·学记》:"蛾子时术之。"摘录原文如下:

古之教者,家有塾,党有庠,术有序,国有学。比年入学,中年考校。一年,视离经辨志。三年,视敬业乐群。五年视博习亲师。七年,视论学取友,谓之小成。九年,知类通达,强立而不反,谓之大成。夫然后足以化民易俗,近者悦服而远者怀之。此大学之道也。记曰:"蛾子时术之。"其此之谓乎!

这段话的大意是:上代二十五家有塾;五百家有庠;二千五百家有序;天子都城及诸侯国有学。每年都有递进升学者,间隔一岁,考察学生的德行道艺。学生入学一年考察其学业,看他将来的志向,习学哪种经书;入学三年,考察他的学业与交往;入学五年,考察他是否学博而能敬师;七年后,考察他能否辩学说之是非,择友问学,此阶段叫做小成。学习了九年,就能知义理,事类通达而无疑,专强独立而没有疑滞,又不违失师教之道,这时可以叫大成了。达到这种境界,所思所说,是大学圣贤的道理,而不是当初小学技艺了。这就如古人所说的"蛾子时术之"。

"蛾子时术之"文后有郑玄的注:"蛾,蚍蜉也。蚍蜉之子,微虫耳。时术,蚍蜉之所为,其功乃复成大垤。蛾,鱼起反。本或作蚁。"孔颖达疏:蛾,"蚁子,小虫,蚍蜉之子,时时术学衔土之事而成大垤,犹如学者时时学问而成大道矣"。郑玄注"蛾"字的义与音,孔颖达疏"蛾"字与"时术"的意思。"大垤",《毛诗传》解为"蚁冢",指蚂蚁做窝搬运在洞口的土,堆积如小丘。

《康熙字典》"蛾"字释音说:"蛾……又《广韵》鱼倚切。与蚁同。《礼记·学记》:'蛾子时术之。'注:蛾,蚍蜉也。"两书的反切注音皆取"鱼"的声母和分别取"起""倚"的韵母组合为音,读yǐ。

孙闻园先生为近代著名学者、教育家。自幼入塾读经,后赴日本留学,学贯中西,处风云激荡之世,具世界眼光。任桐城中学校长时,立"勤、慎、俭、恕"为校训,勉励学生做人以恭谨俭慈为本,读书以力学勤业为务。"蛾术长思"题辞,引用《礼记·学记》上的话,教育学子要像蚂蚁做窝一样,以微小之力,勤奋不舍,由少至多,终会有成。而"蛾术长思"组合起来,成为一句箴言,告诫学生求学一定要持之以恒,勤勉多思,将来必为国家的栋梁。

蛾(yǐ)术,不仅可以用来勖勉勤奋多思的学子,亦可当作为学者的座右铭。凡百工皆要以勤劳去换取劳动的价值,有志者岂可停止对生命的追寻呢?这是孙闻园先生对后辈的期望。

中编

林下集（古文卷）

伤 兰 说

吾邑桐城处江淮之间，龙眠逶迤方六十里，其山多惠兰。昔时谷雨时节，三五同侪踏青于山林，菽地麦垄，蒿丛茶窠，张噏之间，淑兰之气沁入心脾。传清康乾时即有贡茶，曰"桐城茶"，誉享京华，盖得兰之熏焉。

然近世每至清明，农人樵者，遍寻山隈，见此尤物，钁之于筥，鬻之于市，而赏之者，以区区数币购得，植之钵中，朝夕呵护，孤芳自赏，窃以为得兰之淑气，曰：吾庶几可为君子焉。然大都不谙培养之法，致其一岁而萎，逾岁则弃之于野，不亦惜哉！

呜呼！盖天生万物皆有穷时。珍之则绵绵不息，暴之则濒危殄灭。兰生于野，得土壤、雨露、阳光之生态，繁殖相衍。若移植于室隅，观其形，闻其香，以满一己之欲，年复一年，遍山铫之，则后十百年，兰洵为孑遗之植物化石矣，子孙焉兰形之识，焉兰香之嗅邪？故伤之。

送泽国君离任暨重修骏园序

去旧邑宗伯第东约三里,龙眠水南流,岸左有河滩方百顷,因道弛而离常流,盖水之冲积而成也。滩不知成于何年,往昔柳絮乱飞,蒹葭被岸,卵石星罗,菜畦连片,而鲜有人家。据闻清康乾时相国张氏曾牧马于此。余友张君泽国,旧居邑西相府之"连枝馆",数代相袭,瓜瓞绵绵。兄弟四人,君居季,因人衍而宅隘,遂逊迁是处,建房舍数椽,题曰"骏园",居已二十余载矣。今园将圮而房窄,且设施旧陋,不适人居,乃倾囊修缮,三月始成。仲冬之月,风鸣草歇,旧宇新貌,春意早至。余夫妇偕陶君、徐君、郑君暨郝、张诸淑媛,雅集于"骏园"。感君伉俪苦辛半生,于今安居一隅,岂不乐欤?余愧不能出力以助,然雀跃于怀,不能已于言也。

余生于髹漆匠艺之家,始龀之年,以螟蛉之微躯被养于穷乡,孤贫少学,每日相处皆牧牛拾薪者,鲜有敏学之友相砥砺。岁壬戌,始以及格之考分,半读于皖省广播电视大学汉语言专业,期间幸识张君,即今辱与君交已三十年矣。君虽奕世名门、贵胄之后,而幼年即罹家难,以羸弱之躯,忧其心,劳其形。及长,刻苦奋发,志在千里。余忝与同学,亦友亦师,三年共窗,获益匪浅:读史学书,无不提携;又承月下牵丝,喜识佳人。余鲁钝冥顽之资,得君之谆谆教化,稍能处世立身,实乃今生之大幸也。

曩日,余与君共谋事于一局,余忝位上司,面惭心愧。私以为所学寥寥,袜线之才耳。且同流合俗,人云亦云,苟且于五斗稻粱,半生虚度。而君狷介耿直,特立于世,敏学淹博,哲慧深邃,大方家也。复淡名泊利,一介不取,凡附势阿谀、巧取而捷得者皆鄙之。吾邑之文博事业赖君及同仁长年累月,栉风沐雨,查勘发掘。每有遗址见世,无不躬亲劳作。苟有文物罹遭哄抢流散,则废寝忘食,奋然不顾安危,悉数追回而后安。敬业如此,方建起吾邑今日之煌煌博物馆藏也。至街巷里弄,劫后余生之残存遗迹,每有投机开发者觊觎、大人先生指点圈划，殆岌岌乎可危矣。而君为天地立心，为乡邦执言，力驳庸议，舌辩强辞，方守得旧城三街之一二文物。今民谚戏谑：城里一庙，山间一坟。呜呼！若无君等同仁协力同心，郁郁乎文都并此一二处历史遗存亦莫可资自炫矣！

语云：全性保真，其身不亏。迨鸟鸣春正，君将辞位致事。余羡君无尘虑萦心，有逍遥之乐。则余遇事不能与君共相研、听君逆耳之相告，默坐其位，形影相吊，又黯然若失魄者矣。虽然，念君沐骏园之熏风，颐养天性，一唱三咏，朝华夕秀，能不慰欤？贤嫂唐女史，兰心蕙质，仪礼待人，具现代之观念，绍传统之遗风。荆钗布裙，相夫教子，一粥一饭，一丝一缕，调理备至。君夫妇守贫高义，相敬如宾。君六十年齿，卅岁心脏，吐纳如常，神朗气清。广不及半亩之庭院，梅枝虬曲，枇杷压枝，虽盛夏飒然如秋，即隆冬盎然似春；宽不盈丈许之雅室，左图右史，翰墨盈香，具哲思遁世独立，有美文成帙可览。阴阳太极、十品龙门，牖前读经、含饴弄孙，君具此四美事，岂不快哉？

余友周君昱之善书，乞其以工楷录之以赠。

癸巳三百年祭

吾幼长于松桂耕读人家。弱冠之年，刈草放牧于桐城白兔湖畔。一日学农至湖岸，有江先生指湖水以语吾曰："小子谨记，此秀水也，乃万亿年龙眠钟灵之气所汇聚焉，三百年来吾邑文运尽昌于此。明以还，方氏先起，文化名门，蔚为大观；张氏始发清河，南迁皖水，如春之萌蘖，万象森荣，逮清代而魁星焕灿；马氏代无显秩，然清白守世，文儒忠义之彦绵绵不绝；左氏一门，气节盖世，览二十四史凡文臣武将，鲜有出吾桐左忠毅公右者；更有姚氏诸彦，才高八斗，续三千年儒学之统，所为文章，惊世骇俗，后世师承服膺者绵延不坠，以至举世皆称桐城文为经世致用之公器。吾桐望族即此而文风炽矣。然仓前戴氏，门第虽逊于他族，其文脉如缕不绝，至十二世田有先生，文胆绝代，辞章流播于天下，小子知否？"乃北面沉吟，神情穆穆，良久乃曰："去此水二十里向北，有岗曰南山，为田有先生长眠之地，小子他年若有机缘，毋忘拜谒焉。"

吾憕然无所知。问曰："吾邑偏处皖西南，华东之一陬，洵有如先生所言，望族巨宦文豪充盈乡里，簪缨相望于京，文章魁甲天下，诚然盛焉。然桐城一派，洋洋洒洒凡数百十年，惟发轫于南山，殆为天授欤？"师曰："小子处畎亩，孤陋寡闻，学之当能自会。"

夫吾虽幼即身处僻壤，困于乡间，然好古之心不泯。自吾师江先生谆谆教吾"当学"始，每于坐卧之时，諰諰然以不学为耻。尝于生计之遑，念及先贤文章，拜读之时，一咏而三叹。顾早年颠踬于陇亩阡陌之上，继入行伍，身肩钎镐偕战友悬命于吕梁山间。后退伍还乡，为谋生计，终岁挟漆刷涂抹于街巷里弄，唯放工之余始得闲暇自修。而于众作中尤喜戴田有先生古文。虽历二十春秋，鲜有心得不顾也。

庚寅年吾解组赋闲，乃重摭桐城文，再读南山编，假以训诂，逐字研劘。壬辰春，又得欧人戴氏廷杰之《戴名世年谱》，子夜时分，孤灯一盏，以今之人所思与古之贤对语。从春至秋，凡百余夜，渐有所悟，始写成《南山集案与戴名世之致祸六文》拙作一篇，以祭南山先生。

呜乎！田有先生身戮京师，自清康熙癸巳至今，悠悠三百年矣。先生生于戴氏之门，祖业根基不可与吾邑之张姚马左方盛诸显族伦比，然先生胸有百卷之书，怀百世人之抱负，欲修前史成二千年后之太史公。惜时不我予，以文字构祸。盖戴氏一宗自洪武年北迁桐之东郭仓前，世代耕读，祠敝族微，至先生始岿然杰起，其先人泉下有知，于悲戚哀矜之余，不亦慰乎？

岁壬辰年仲秋月，吾稿草成，乃偕妻孥至孔城南山岗，以清酌黄花祭奠于先生墓前，酌而祷曰：

　　南山一梦兮三百载，
　　遗世独立兮气长存。

始修桐城廊桥记

桐邑旧城依山带水，戴子称"山区水聚，风气完密"，盖此之谓欤？龙眠河水自大山千沟万壑汭出，浃渫漫无际涯，然斯水遇秋冬则几为干涸，逢春夏则洪水浸漫。清文和公建良弼桥以便行旅往来。洎乎近世始有龙眠桥与之并立，然斯桥多为车行，行人过往，避让躲闪，事故频生。矧河之下游居民益增，欲来往东西，非绕道不能通达于彼此。乃有好义者，于旧城向阳门外河滩砂砾之上，搭落水桥俾民免于涉水。惜遇山洪冲决，陋桥或为淹没，或被毁圮，故过往行人若逢涨汛，望水却步，冀有新桥利民通行。

公元二〇〇四年，岁在癸未。市政府尊崇民愿，修正城市规划，而修建廊桥赫然在焉。或曰："高楼通衢可显政绩，一桥事小，徒枉费心力耳。"答曰："不然。使一桥飞渡，行人皆可蔽阴挡雨、老少纳凉娱咏，何乐而不为？"市领导遂亲身勘察，审图督工。自设计至通行，一年又四月讫功，命曰"廊桥"，盖取"廊庇风雨，护佑百姓"之意。桥长约一百四一公尺，宽约八公尺有奇。桥通之日，众相争睹：登斯桥也，廊阶徘徊，檐牙凌风；目注良弼，心凝古城；朝接细缊淹冉，夕被霓虹缤纷。乃今日市区之大观也。

夫为官者，以一人之私虑，邀功于上，是谓权为己所欲；以万民之公权，遂百姓之众愿，是谓权为民所用。一桥之举，远不及营造土木之大功，然使飨一园便于当世，修一桥利在千秋，孰利孰害，自有公论。吾桐历来多贤达循吏，筑路建桥代不乏人，民多称誉。当今政府堪可并欤？

桥竣八年矣，民念其功，惜无碑匾以志，诸友嘱吾作记，吾心高识浅有忝斯文，仅罗列事件以记。癸巳溽暑于若水庐。

捐 匾 记

今之人淘宝、藏宝甚或盗宝之风炽矣！富者嗜宝，敛物愈富，贫者羡宝，以冀暴富；玩宝者故作风雅，藏宝者待价而市。乃至德丧行秽者盗取古墓故人之殉葬物器，市之于走私者，攫取不义之资。其种种世相，盖以宝之能致人富也。吾闻坊间有造假者以赝宝鬻之于市，人有购得，则得意而忘形，窃喜曰：吾富矣。又闻有欲富者以区区数金购得吉金、青花，求之于鉴宝者，绐曰：吾祖传至我也，价值几何？噫！人之心变态如此，可谓世风渐堕矣。

吾邑西有陶冲驿，自古文风昌盛，义者辈出。驿东有松合小学，今青草镇所属也，朱君昌荣长其校。君年轻博雅，多闻广识，甫任校长，即闻校内某室漏有旧匾一方，役为书板久矣。遂观察揣摩，识其价值。而与同仁相商"此文物也，应宝之"。众皆应之曰："惟君是举。"乃电告于市文物所，未知何因，未应。复告之于姻亲程君，程君时为文化官员，即属之于市博物馆。馆长张君，闻讯率队前往询察。

壬辰年二月既望，至松合。校舍立于高冈之上，绿树掩映，松风习习；面南田畴千顷相连，远眺二湾河流经沃野。校舍虽陋而书声琅琅，郁郁乎文气盈其庭。见匾一方，尘封已久，陈于木簦之上。上款书："恭祝伯平仁棣暨德配汪夫人六秩双庆。下款题：国务院存记众议院省议院议员愚棠张瑞伯拜题。中华民国三十二年孟冬月谷旦。祝嘏文曰：极婺双辉"。乃七十年前旧物也。张君叹曰："七十年间迭经动乱，于今日能睹此物殊为不易。"一匾存世，赠之人与受之人皆作古，而藉此匾考其当时风物、工艺、礼俗、教化则颇具价值，当宝之。朱君谙此物之珍，亦代表同仁，欲捐此宝于公。

同岁三月初五日，市文博馆长、副同仁再至松合。张君以馆长之衔受赠，并颁证以存志；朱君以校长之职捐赠。众皆称曰：盛世佳举，嘉德懿行。宝匾遂归公。

嗟夫！以朱君为一乡村之教员，偏处僻壤，能晓义捐宝，真乃有德、有识、有义之士。有德者，视此宝为天下公物，不藏匿于私；有识者，能以慧眼发现，俾此宝免于尘封一隅，而进入博物殿堂，公之于世，芳华重见；有义者，捐宝不图所报，义举荣耀乡里而流播于世，与时下所谓宝宝者大相径庭，不亦义哉？

吾亲历焉，张君嘱记之。

重兴王屋寺记

壬辰年仲春,吾徂桐西之陶冲邑游三道岩。岩未至而先经古寺王屋旧址,有里人胡君语吾曰:"旧时王屋寺乃江淮名刹,宋稠禅师始建。后此临济宗下法嗣延绵凡千年,惜屡建屡毁,山之阳今唯存浮图数十余耳。所幸百代之下,今尚有妙航和尚欲兴此道场也。"吾默不作答,盖胡君所言动吾胸中块垒,吾何尝不知今日佛教之现状邪?夫佛教存吾国二千年矣。自东汉明帝夜梦金人,白马驮经,伽蓝始建。遥想魏晋之时,洛下皇都,招提栉比,宝塔屏罗,金刹广殿,等壮阿房。后迭经兴废,与中国之儒、道相融,成博大精深中国哲学之渊薮。虽然,佛教于今之日殆已危矣!盖昔之人崇佛,皆因信仰而与佛结缘;今之人信佛,大率以一己之私而默祷于拜垫之上,所信迥然有异。于是乎,有投机者觊觎往昔毁圮之禅林,薙发皈依,缁衣加身,俨然以阐扬佛教文化为己任,于青山绿水之间,借晨钟暮鼓之名,行隳坏历史遗存之实。而每逢朔、望,城乡之善男信女,冀弭灾降福于庄严宝相之须弥座下,杯珓竞掷,签谶交叩;又佛陀、菩萨之吉日,大小寺庙斋饕盛行,男女老幼饱食豪饮,嬉笑谑戏于佛殿之上,而庵、寺住持亦乐得香火之资尽入囊中,置佛之戒律仪轨全然不顾也。念妙航焉能幸免此渎佛之举哉?吾疑惑耿耿于怀,未能释然。

以此,是岁清明后,吾邀好友陶、张、徐、胡四君再至陶驿,访妙航上人于王屋山麓、三河之阳。会上人欲筹王屋寺之观音殿奠基事。乃于三河桥头,古槐树下,啜饮素茗,论及佛事。知其宏愿广大:意欲舍身奋力,殚精竭虑而复兴王屋禅林,苦习《金刚》,开筵宏法。吾疑之曰:"《维摩诘经》云:佛以一音演说法,众生随类可得解。又《华严经》云:诸佛圆音等世间,众生随类可得解。汝不羡纷华,忍离散之痛,甘于枯坐石上,青灯黄卷,朝闻山鸟啁啾,暮对晴岚云岫，是为奉持爱国尊教之心，皈依三宝，一乘二谛，自度度人耶？抑或为时下假佛而敛财、蛊惑信众以图富贵欤？"上人悃悃然而应曰："莲出污泥而不染，吾岂与彼辈伍焉？吾当苦修六度，觉悟四谛，奉佛守法，造福乡里，施主当拭目以观焉。"吾諰諰然而虑之："之和尚为真僧人耶？"壬辰年三月谷旦，观音殿奠基，诸君嘱吾作文以记。爰书之以赠上人。

游披雪瀑记

吾邑向为诗家之渊薮。仰观近五百年间,坛坫独领。相沿至今者则有"桐城诗词协会",此会由张子泽国领其衔,又有汪子茂荣、潘子忠荣、汪子世学、芳进数同仁襄其事。诸君子大抵多意气奋发、旷怀远抱,所咏所讽,皆为盛世新声,辞易晓而格甚高。虽一麟未见,而众角立树,俾吾泱泱诗邦薪传雅韵,气象森然。

壬辰秋杪,协会同仁共议诣西龙眠采风,旋获文昌街道相助,且邀吾同往。吾于吟咏之事若望孔子之宫墙,虽未见百官之富,然向慕风雅,常怀好学之心,跃跃乎欲登其堂奥,遂忝附其中,从诸君子后至披雪瀑一游。

瀑在吾邑龙眠山之西,清姚鼐所记是焉。大别绵延千里至县北,方六十里曰龙眠。其山也,峰不峻而峡多幽,岩不峭而泉多洌,而披雪一瀑独冠诸景。时寒露降草,秋风凌树,雨霁天朗,漫山斓斑。诸同好少长相偕,有面未谋而似相识,作揖之间,已心领而神会者,吾与操、汪两先生是也;有耄耋逶迤于山道,遇老媪让道而问者,恺元老也。同侪凡十余人,皆踟蹰环游于瀑之上下左右。吾踞于巨石之上,察今时之流水,若有闻古贤之咏唱。乃冥思是瀑之奔流几万亿载,何曾有须臾之停顿耶?惟古时之瀑有"蛇折雷奔"之象,而今时之瀑仅作曲水流觞之戏耳!嗟夫!讵非所谓"天行有常"者耶?

午时返,吾窃询恺老所问老媪何事,彼口占五古一首,中有"自言衣食足,设宴足鸡豚"之句。时顾山麓之村舍,果见炊袅于树杪。《诗品》云:"气之动物,物之感人,故摇荡性情,形诸舞咏。"恺老所咏岂不然耶?质之协会诸君子以为何如?

游三道岩记

昔吾尝询诸友人：吾邑境内孰景为美？或曰："龙眠披雪之瀑、碾玉之峡、又谓有媚笔之泉。"吾以为然。又证之于执友张君。曰："披雪之美在瀑，碾玉之美在峡，媚笔也，水之美胜于吾邑诸泉，又因姚文状其美，'浴马振鬣'名显于世。然邑西之陶驿有景曰'三道岩'，集峡、瀑、泉之大美，尤吾邑之胜景。"斯言也，吾闻而心向往之。

岁壬辰二月二十一日，吾偕张君及王、金、张、郝诸同好驾车往陶冲古驿，欲探岩之奇。驿曰陶冲，今名也，明天顺《安庆郡志》载，此地古称沙陂驿，明洪武十五年易名至今。历为乡镇治所，今迁。车至古驿，有里人胡君迎候。胡君者，青年才俊也，世居王屋山麓，喜游历，晓文史，凡当地之风俗物候、地舆旧闻皆烂熟于胸。且古道热肠，乐作此游之向导。

今岁节令稍迟，仲春时节，寒意仍留。时霪雨始霁，艳阳乍现，寥廓清寒；桃华萌蘖，仓庚鸣柳；句伸甲坼，蛰虫蠢动。春分将至，农人尚着腊衣。

车过王屋寺旧址，此寺《郡志》记："去治西六十里，宋稠禅师创。洪武戊申年僧愿海重建。"历岁既久，寺倾而圮，今不存。顷有和尚妙航来此寻迹以兴佛事，欲下车礼拜，道泥泞乃止。于是乎溯段河而上，但见夹岸杂树生焉，古槐盘虬，河水清澈，白鹭奇、偶，交颈亭立。行二里峡之入口也。乃更衣备饮，徒步入谷。行数十步有大龙池，巨岩卧于溪下，作盘龙状，龙睛双列，神力所致焉。又行半里，有窝将湾，湾名不知何意。但见小大方圆乱石交叠：望之若奔马昂首，若巨象卧波，若牡牛斗角，若凫鹜伏水。乃太古造山天作而地成焉。

又行半里，有祥鼓石。诸石中有一石形态奇异：一猿形嵌壁上，状若悟空行者，自混沌之初囿于此，历万亿年而冀度化。攀石而过，闳廓开朗，河床裸现，有深壑，若神犁所铧。壑口水流激湍，非箭步越涉不能至彼岸。张、郝二女史爱美，皮履裙裾，每遇乱石坎坷，则褰裳蹀步，屡屡前颠后踬、作秧歌舞状。至此先是畏壑宽，难以逾越，几欲势起，无能为力，众鼓劲，张乃先奋起一跃而至对岸，郝亦不甘落后，腾挪一蹴，飘然而过，众皆欢呼。顾前方约百步许，石门分列，中有急流訇然而出。众皆曰：真乃小夔门也。

又行数百步，举首瞻望，绝峤立于前，苔藓覆其上，一瀑从凹处奔突直下，如轻纱随风缥缈，忽忽然随风作态。壁立百尺，怪石巉岈，高坡垯圯，欲攀不能，遂倚石歇息少顷，乃迴绕寻径，见一坡稍平，众皆攀萝踏青，披荆援树，但睹幽兰生于石罅，蕈菇缀于朽松。众牵拽推拉，盘桓而上百丈，乃见径，已汗流满面，气喘吁吁矣。憩数刻，乃缘古道逶迤向北，行约二里方至初道岩。岩名"三道"，舆志及乡邦文献记之甚少。稗史传：王屋山有河者分三：上曰"军屯"、中曰"龙眠"、下曰"段"，水皆南流经三湾河入菜子湖。龙眠河有岩三道、曰上、中、初，巍然壁立，亘于深峡，截断龙眠之水，成瀑布三叠次第垂落，雄姿各异。胡君以手指前语众人曰：岩成天险，向为兵家必争，今两岸山颠尚留三国吴军据防隘口，又有洪杨革命兵戍扼守要冲之营寨，遗迹依稀可辨。众皆应喏。

天将未时，人行谷底，眺望周遭，群峰环峡，万象俱寂，凡椅桐梓樟皆枝梢槭槭，萧萧然有静穆之气。百丈之外，静籁之空谷忽闻擂鼓之声，俯察乃清流汨汨，仰观有飞瀑潺潺，初道岩近在寻常。张君曰："妙哉此景！至此至矣！昔之游但入吾目，今之游皆入吾怀也。吾欲效古贤，筑一庐于此。著作图画终隐，以遂曩昔之志。"吾从曰"然"。众皆乏，乃踞石而坐，吾引颈翘首以遥望，中道岩远在百丈之上。上道岩可望不可即焉。时过申时，乃返。

噫！今之人好游，游则贵远而忽近，辄以览名山胜迹为乐，不厌千里之遥，费资耗力，而至彼则走马迅忽，前推后拥，上车浑睡，下车留影，曰：吾庶几可谓游矣。是观于景耳，非发乎情也！吾念最善者莫如暮春三月，三五胶漆同好，轻装简备，放怀骋兴，近则观吾邑之龙眠、栲栳诸景，远则历浮渡、洪桂之胜迹，而再游三道岩，涉险蹬艰而探中瀑、上瀑，循幽揽胜、穷其窔突尤为首选。

同行六人者，吾及张君、王君、金君、张、郝女史、向导胡君是也。

崇 老 记

天生万类，皆有枯荣，而人生于天地之间，有生死病老之象。昨日方为幼稚孩提，转瞬倏忽之间已头童齿豁矣。此乃造物所为自然规律，万类皆无可逆。惟人也，于斯泰然而处之：幼时天真无邪，青春英姿勃发，至耳顺之年，离退于事业，顾往日所为，则宁静淡泊，检点生平，笑谓其子女曰："吾无愧于社会，无辱于友亲也。"

人皆有老时，老为国之宝。孟子曰："老吾老以及人之老。"吾中华为文明之邦，有史以来皆尚崇老之美德。然古往今来，惟当今之世，崇老之风显于历代。何作此说？今之老者，举国皆尊。一曰老有所养，二曰老有所乐，三曰老有所为。国富民安，社会和谐，虽离退居家，衣食无虞，是为老有所养也；体魄健朗，气爽神清，文明气象尽显于城乡，出可览名山秀水，居则有子孙承欢，是为老有所乐也。至于老有所为，吾见有涉老诸组织可使老同志发挥余热，尽显风流。遍览史志，历代崇老有逾当今治世者，吾未之闻也。

桐城乃文化乡邦，自古山川秀美、文风昌炽，而崇老之风益盛，今之犹然。吾友吴君，为老干部之后，先是任职政府部门，三年前履任老干部管理局。甫任之时，其位为人所睥睨。君淡定从容，胸有抱负，以为国家事业，焉有贵贱显晦之别？意欲投身斯职，一改往日冷寂门庭。上任伊始，规章屡出；振声疾呼，营造民众崇老氛围，唤起社会爱老之情；躬身于离休老干部病榻，俾党之温暖传递于有难之家，凡陋巷、医院、殡葬之所，常见其急促之步履，忧戚之神情；更有每岁偕老干部外出考察，诸老皆多闻广识，骋怀天下，有发乎心中之观感者，建言献策于政府，是为考察之功效焉。近又闻龙眠河畔，将矗立一现代气派之老干部活动中心，闻者无不欢欣，亦为君之谋划也。

嗟夫！今之治世，崇老之风可谓盛矣。然知微见著，呐喊呼吁，体贴入微皆莫过于吴君。我市今日涉老机构林林总总，而全仗君秉承市委政府关怀之情，力尽绸缪协统之责，俾我市老干部事业健全发展，君洵未辱使命焉。

壬辰年仲夏月，国春记。

李 艺 安 说

宗贤弟有女，生甫七月。相其貌，娇稚可人。问其名，曰"艺安"。或问："有说乎？"曰："有。十月怀孕，一朝呱呱坠地，为父母者，命名可不慎乎？常思夫世俗命名，富贵福禄则嫌其俗庸，九香三花则恐招冷艳，僻字奥词则辨认为难。凡此种种，非吾所思存。鹏不敏，素喜易安词之清丽婉约，极吾所诣虽不能至，而以之名吾女，则异日吾女长成，仰止向往庶乎有在。是名吾女者，实鞭策吾女者也。识者其亦许我乎？"

由此观之，艺安之名何远于世俗也。虽然，余犹有说焉。艺者，植也。闻艺安生于大寒时节，此冬尽春来，希望之所在。《礼》曰："季冬之月，命农计耦耕事，修耒耜，具田器。"冬备耦耕，春种五谷，万物生焉，此乾坤阴阳日月山川之所赋，生民之所望也。植之生物，人以之衣食屋宇器具，此生存之所赖。而人之生长，非徒具物质即可也。子曰："君子不器。"植物以勤，劬劳辛苦，而树人非易，要在悉心培养。宗弟伉俪谦和敏颖，又深得育人之法，艺安尚幼，有赤子之心，蒙养之时，禀赋发现，志学之年，必有朗朗英姿，使游于六艺之囿，淑敏过人，则艺之名，副其实也。

吾尝见艺安于襁褓，观其眉宇面颊，微涟风定，澶湉有宁馨之姣好。父母名之曰安，是静也、定也、宁也。生于当世，身无黍离之痛，而才可拟尺璧。常见其母，容止晏晏然，母之教艺安，殷殷调养，使待字之华年，修乎外而充乎内，乐礼交錹错于衷，吾辈宗老见之必叹曰："'静女其娈'，岂在《诗》云"乎？

宗家有女，喜之爱之。闻其名，故说之。丙申初伏日。

文庙观张耕方勇画记

曩昔有张君谓余曰:"早岁余在文庙。暮冬时节,见一少年呵笔写梅,虽大雪便娟,朔风萧然,而岿然不移跬步。"后余又闻,少年乃求学杭州,每逢寒暑归桐城,均之龙眠山中写生,于穷岩断壑之间,心师造化焉。越二年,吾携小子赴中国美术学院拜师,绍介者,即此少年也。

张君耕,称畴昔少年者名方勇。二子年齿有差,而为师友交,所学之趣同,余家小子因书法亦常与之切劘问学。之二子擅绘事于沁上、津门,又南北呼引,光大桐城文化,洵龙眠之幸也。

前日见张君,谓:"有画展于文庙,曰'长风龙眠',叔盍往一览乎?"余忻然至文庙,见蜡梅正开,恍若见昨日少年依然立于梅下。进观二子山水、花鸟皆有真趣,殆得文庙之淑气欤?即其画,可知其渊源所在矣。

余观夫桐城画,宋之李伯时,清之姚伯昂,晚近之张磊庵,皆天付劲毫,赋神奥于天地山水,凡气韵骨法象形敷彩,非俗手所能为也。张、方二子皆桐城高门族裔,志学之年工诗、文,旨趣天真,然后擅丹青。其飞鸣饮啄,松竹窠石,若苏东坡拂云筛月之飘举;林泉皋庐,烟霞雪雰,参王摩诘白云回望之覃思。则斯二子果能包前孕后,赓桐城家法而透脱孤高者乎?吾以为然。

丙申小寒后三日,桐城龙河李氏。

寻访姚编修墓记

去桐城市治六十里,有泛螺峰,广袤数十里,其峰巉险与天接,状如黛螺,故名。此区旧隶泛螺村,今村并于长岭,境内莫知其名者凡数峰,尤以三芝菴一岭为世人所重。

丙申处暑,秋风不至,溽暑难消。余偕友登泛螺之三芝庵岭吊古。先是坊间有新闻:清乾隆姚姜坞编修之墓塚在岭上某墺。余与友人意气甚锐,欲寻觅拜谒,且一勘真伪。

车盘行十数湾至岭上,其上平旷开朗。山风沦肌,松楸习习似同客语。披荆循野径约二里许,至姚家大坟窠,则所谓编修墓者赫然在焉。余约略观之,不能无疑,而乡人坚谓余曰:"此确乎编修墓也!迩来其族裔时殷享祭,庸有伪乎?"

于是乎,余近察其圹,马鬣高封。登陂远望,有山川相交、盘绕翼障之势,但见黛螺高耸于左,王道人岭低昂在右,背倚舒、潜群山,远眺栲栳、黄草诸尖。其南向旧时俯临阳谷,今为三芝庵水库,乃五十年前修竣。然则"敕赠"也者,实编修父之墓也。

嗟夫!今之人好古亦至矣!然大率皆人云亦云,不加详察,是徒袭好古之名而未与其实也。使编修墓信在此处,则道光以降数百年间,其后裔讵无一人识得?矧司文物者职责所在,何不详加考察,而徒使人盲索于荒山野岭也哉。虽然,寻编修墓未得者,人皆以为憾,而余独以为幸。何则?一代文章,得山川所庇,安卧于长林丰草之下,狐兔不能践,宵人不能扰,岂非幸之大欤!

编修生前学术精博,性情和粹,为从子惜抱先生所盛推。虽身后寂寞,独宿于无何有之乡,而著述具在,讵为今世所忘耶?

丙申处暑识。

癸巳清明观张氏宗亲祭祖联谊记

惟公元二千零十三年,岁在癸巳清明,雨露既濡,六合皆春。吾邑清河张氏海内宗亲近百人感时念亲,汇聚故里,寻根理枝,于清明后一日徂六世祖大参公茔前,以香烛花果代清酌庶羞,公祭皖桐贵四公一派列祖列宗。

是日也,雨霁尚阴,然山风和煦。合族人自市内国防苑驱车,诣城北三十五里麻山古塘,是张氏六世祖明朝议大夫怀琴张公之墓焉。其地也,家乘有"龙自吐脉岭委宛而来,特起大星雄踞一方"之谓,此青乌之说焉;而吾睹公之所藏,则见其子孙备于慎终之礼耳,此张氏门庭丕显而节丧不矜之德也。巳时始祭,合族公推十九世孙泽国主祭,二十世孙长辉司祭。诸君于将祭之先,虑事必豫,至祭时典简风新,其仪不忒:吾观夫茇彗数除,甒甈舒展,繁花簇拱,爆竹三匝;香、烛烈其上,豆、笾陈其下;长幼分阼,再拜稽颡。主祭致读,极言先祖创业维艰,门庭硕德雅望,祈先祖尚飨,永延福泽。其荐之也敬,退之也礼,怵惕之心,哀戚之情止于容焉。

祭毕先祖,反道至龙眠双溪。先瞻文和公墓园,后吊文端公遗冢。初两公茔圹规制宏大,其地皆势远形深,藏风聚气,惜近世波诡云谲,文端文和两公墓冢罹遭鬻圮。嗟夫!两公生前谦恕,为天下黔首谋其利,身后哀荣备极。孰料十年灾难,国运乖常,道不行而羣小舞,民蒙昧而良者蹇,不肖之徒因势乘机,英贤窀岁夷为乱岗,岂不悲耶!然所幸者天下治而文明昌,政清明而百废兴。今文和园气象森然,文端公墓修复有望。邑人称善,其族人又岂不慰欤?

又于当日未时许,之城东四十里嬉子湖畔,凭吊四世祖妣胡老太君之墓。其地张氏家乘谓"老坟窠"。观其形,自然调和,阜冈自龙眠逶迤而来,雄视大湖。远眺松山锁于水口,二墩兀起湖心,阔水高天,其景朝暮不同,阴晴变幻,万物散殊。盖闻其地呈"龙湖绕抱,特案横栏"之势;坊间亦谓此地"昼有千人唱喏,夜有万盏明灯"。族人至此,讶然羡叹。而吾见其茔与寻常人家所葬无异，始信文和公《澄怀园语》言"人之葬坟，所以安先人也"不欺，而尤见节丧之风足彰大族之德也。申时甫过，即鲜花表衷，静穆默祷者再，凡哀之三举，追思绵长，至晡时方返归。

《诗》云："无念尔祖，聿修厥德。"吾中华历来为冠带之邦，圣贤教民亲爱莫大于孝。吾邑张氏向为阀阅世族，而文行重于乡里，弥足称道。始祖迁桐，艰苦卓绝，洎六世科举起兴，遂代有济世安邦之彦，传廿余世至今，绵绵瓜瓞，凡士农兵学工商遍布环宇，身处他乡皆缀清河族系，不怠不忘。夫甲族之泽，源远而流长。往之日德重乡里，教化一方。今则宗亲联谊，其后亦将网络四海，昭然天下同宗子孙，谨遵"行大道、民为本、利天下"之箴言，再立功勋，圆我民族复兴之梦。国呈祥瑞，民不乐欤？使来年再祭之日，张氏宗亲讵不乐与哀半耶？

余向慕张氏嘉言懿行，且与泽国君有师友之谊，幸邀观摩祀典，乃有感于此。癸巳仲春月桐城龙河李国春沐浴谨识，又属子鼎恭钞以献。

重修朱大司农墓记

汉朱大司农邑墓冢,在桐城市区西十里石井铺。初,窀穸营建在西汉神爵年间,去今已两千余年矣。山河依旧,然世运隆替,司农墓屡兴屡圮。唐元和间,北海李太守邕,念前郡守芳行,而万里之南,故坟堙庳,洵可叹焉,遂垒圹勒碑以识。后千年间,兵燹起、风雨侵,杂树荒草比于冢顶。洎乎明初,洪武八年宜春人夏仲寅主桐邑之簿,追思乡贤,凭吊无迹,问及祠宇,乡人皆无从指认,乃于九年醵赀庀材,重建大司农祠于朱公山麓,祠墓隔垅相望,墓又因祠复兴。

感大司农墓,世运昌则笾豆奠,天下乱则衰草长。近世百年间战火频仍、运动迭加,司农祠了无遗存,墓、碑皆堙没于泥淖稂莠之中。甲午孟春月,桐城市政府拨资,请张君泽国操度,重修朱大司农墓。先生感乡贤方正贤良之高洁,乃仿汉陵阙之样式,创意草图,遣石作甃造,两月乃成。斯墓状若"覆斗",高六尺、顶部边长二丈七尺、底部边长三丈一尺有奇。新土重封,马鬣再起,为历修之胜。嗟乎!盛世道显文彰,忠魂可慰焉。

物有消长,人有死生。天工造物与人为雕砌,皆可随风而逝,天地间唯贤者精神不灭。大司农初为桐乡啬夫,秩微俸薄,然其民本思想上接孔孟,恩及桐人,司农"以爱利为行",体恤桐乡耆老孤寡,潋狱劝化顽冥,是为群小胥吏所汗颜;又着意教化乡里,德、行堪为来者模范。

葳工,甲午季春某日,偕陶君、张君、王君同往凭吊大司农墓。郭外青山,孤坟巍起。前哲遗爱,民不怀欤?于是乎,乃于项河之滨,采萍采藻,以代清酌庶羞,祀于大司农墓前。

甲午桐城金秋诗词吟唱会记

岁在甲午杪秋。乐奏商音,律中无射。古有秋风秋雨之愁绪,然亦有秋兴秋咏之雅集,今日歌会,名曰金秋诗词吟唱,堪为雅事也。

溯自吾桐六百年诗林蔚然勃兴。昔时高门与殷户,家能吟咏,户有锓板,篇什繁富,甲于佗县,今数其概。

明建文之世,方断事一曲《绝命词》,君子风骨,气冲霄汉。其后方氏一族诗才踵继:方尔止《岢山集》呕心刻腑,朴老真至,为颠沛流离者歌,为遗民逸士者叹;方坦庵流戍塞外,《何陋居集》叹白山黑水,绝域流沙,射雕逐鹿,採菇蘺墙。五代人前赴后继,困且益坚,至恪敏公辑《述本堂诗集》三代诗篇,洋洋洒洒。迨至清初,钱饮光心存忠义,地处闲逸,为诗深粹冲淡。潘蜀藻才雄笔健,其诗深而不凿,新而不巧,属辞命意,寄托深远,阅四十春秋纂成《龙眠风雅》正续编都九十卷,搜罗繁富,采择精审,刊布海内,辉映梨枣。后百年有徐六骧渊雅博识,笃诚精密,有《桐旧集》再续新编。康乾之际,刘海峰巍然拔起,其人意气横绝,其诗格调苍老。刘孟涂原本风骚,规模汉魏。吾桐清河张氏,诗礼传家;阀阅鼎盛,诗人灿若星辰,文端公七言律句秀骨天成,文和公《田园杂兴》于太平风俗,描写熙然,一部《桐旧集》,张氏合族有诗人百余,篇什七百。洎晚清文坛,古文式微,一方二姚,于风云激荡之世,心忧天下,各怀襟抱,铸成《三家诗》,殿军再兴。及至现代,方东美《坚白精舍诗集》,象与理会,情与理融,哲人炼句,直令来者观止。此明代以来吾桐诗歌之大观也。

当代龙眠,谁主坛坫?吾观夫今日龙眠诗丛,诸君子皆超然拔俗于物外,清贞操远,于文学类中,独钟风雅。所咏多君子情怀,盛世新声,佳篇传诵八皖,诗集刊布海内。此文都之幸,尤诗坛之幸也。

吾不谙平仄,又不解新诗之味,忝列诸君子之伍,赧颜汗下。窥箧中空乏，无以为诵。顾影自叹，恭录前贤刘海峰先生古风《听张东临弹琴》一首，为座中诸君子一添雅兴。诗曰：

大声宫、小声羽，阴阳二气迭宾主。大弦君、小弦臣，赓扬仿佛虞廷人。我生不解律与吕，但谓婴儿初学语。江天急雨河汉倾，须臾云净月痕生。

夜静月明如太古，请君一弹还再鼓。弹罢却成开口笑，此音未必谐匏土。激昂我且试一扣，十指挛卷如不伸。推琴遽止勿相诮，知我得意当忘言。

剽窃饾饤，词不成篇，唯博诸君子一笑耳。甲午孟冬月，国春识。

始创桐川学社记

乡先辈明善先生曾筑馆于城北桐溪之畔,而榜其堂曰"桐川会馆",倡言心性,教化乡里。当是时,溪之东皋,桐柏扶疏,芹藻葱翠。其西有馆舍闳敞,琅琅弦歌伴溪水奔流,堂上深邃幽静,桐城子弟,誾誾如侍先生侧,如坐春风里。盖桐邑人文勃兴,原自"桐川"起焉。

近五百年来,桐人以"桐川"流风自励。自洪武以降,天下仕宦,凡折桂掇巍、建功立业者,桐人十居其一,而一邑文章风华,世代不衰,乡里人民教化,风俗淳熙,光华耀世。此皆有得于明善先生发端开新,后世子弟方赓续至今也,能不慰欤?讵料近世国运乖蹇,泱泱中华,文化湮沦。然华夏文明,犹原上之薪,一旦春风吹拂,则立呈万木森罗之气象。试看当下中国,领袖倡导重构文化传统;返本开新,吾辈指日可见焉。

今公道复振,文教倡明天下,而开新则尽为吾侪之志也。斯有桐乡二三子者,禀龙眠清淑葱灵之气,素好古,各抱怀霜之志,慕庄子所谓"不为轩冕肆志,不为穷约趋俗"之言,同声相和,缵桐川之绪,聚为学社。社中同仁以搜罗吾乡散佚文献为己任,裒集整理,切劘砥砺,以发明挖扬我桐城先贤文章蕴奥。子曰:"志于道,据于德,依于仁,游于艺。"乡惜抱先生尝云:"达其词则道以明,昧于文则志以晦。"唯文成道明,风俗以维,则君子之志遂矣。由此观之,社中诸君子身处当世,胸罗万卷,使不能经国,当亦致用于世,矧欲以平生所学践行当下价值观念,其愿闳矣哉。

诸君子天各一方,学社立,恒有信息平台互动交流,洵为五百年前乡先辈所未料。此乃天行有常,社会进步也,吾侪幸甚。

同道者谁?曰:逃禅阁老、同安闲人、清芬后学、云月在天、若水庐主、天涯浪子、江山如画、三都旅人、桐陂芒果九人是焉。

社立,不可以无言,诸君嘱余作文以记。岁在旃蒙协洽孟夏月。桐城后学某识。

始创"龙眠雅集"微信群记

龙眠者,桐城之形胜、数千年人文蕴积于此焉。当北宋时,李伯时以《龙眠山庄图》闻于公卿间,龙眠之名大炽,伯时并以为号焉。时贤黄鲁直亦以"诸山何处是龙眠"一诗叹服此山,山因诗名,流播海内。自此,"龙眠"一语,遂代称桐城。

此山也,林壑深秀,虽高不及五岳,然隐逸陶然,即搜尽中国名山,皆不可与之比美。明清五百年间,桐城名士,出入其中,著述唱和往还者凡数百年,天下士人,莫不向往焉。

今桐有高士章君,联络四海乡贤,建微信群曰"龙眠雅集"。俾远山迩水、东西世界同好之间,偶有新闻趣事,俟茶余酒后,借此平台互动,传我中华传统文化之精粹,扬我今日社会之正能量。而群内贤达,亦皆能随心所欲,一展彼此心性。此非效乡先辈放志于龙眠穷岩断壑间欤?

群为风雅之所聚,或歌或语,所嬉所闹,亦庄亦谐。发一言皆出乎真性情,友谊之小舟,不因一言龃龉而沉翻。明乎此,则是群真能特立于他群,堪称风雅之表表者矣。

于微信匆匆写就,不加斟酌。乙未孟夏桐城李氏记。

兴修年云塘记

去桐城县治西南隅五里许，有村曰官桥。其地背倚栲栳，滨临石河，万顷田畴，为膏腴之地；田沃而年丰，古来风俗淳美。

村民胡氏年云者，居文昌官桥村杨冲组。年云幼龄父母双殁，孤苦零丁，亲邻给食以饲其命。少聪敏，惜家贫失学。及长，念念不忘亲邻恩惠，思图报之，为邻人傭耕，曾不计酬偿。至老而鳏独，政府给其食用，为"五保户"。年云生活无糜费，居常素食俭服，而怡然自乐。岁戊戌卒，年七十有三。临终曰："吾老来幸赖国家给养，方得衣食无忧，此生无憾矣。吾身后积蓄甚微，悉凭公家处置。"

杨冲有塘曰"大石"，年久失修，塘埋埂圮。今岁遭特旱，塘涸，官桥村委会遂藉年云遗赀以兴修，纠工庀材，清淤筑堤，又将所挖塘泥运至村外一废窑，复垦还田，一举而再得焉。自今秋至冬，不数月而工讫，所费皆从年云遗赀中支出。观夫今之大石塘也，旧貌易新，深广坚固。又沿堤广植草木，蔚成大观。遂易塘名曰"年云"，以遂其宿愿；又构亭于塘之东隅，立碑以记其事。

桐城历代多义士，乡先达奉赀甃城、筑路、建桥、浚河者屡见不鲜。使有富庶人家，拔一毛以利乡里，疏财施泽，虽可贵亦非至难矣。今有一人，幼而孤苦，老而鳏独，而节用俭啬，以所积之薄费兴水利以利乡邻，则可贵亦复至难也。呜呼！当此盛世，其品高如年云者，亦可以风矣。

己亥冬月桐城李国春恭撰。

王西如逸事

王氏名西如,其先祖居邑西黄甲铺,以樵猎为生计。父力可举碓,佣耕于扁担尖一富户,终年伐薪,无以糊家口,尝叹曰:"天下人尽饱,唯吾家儿女独冻馁,吾何曾一日不劳作耶?此老天不公也!"遂还家耕耨。

先是西如总角之年,父鬻其与舒城芦镇某大户放牧。冬寒无以为御,乃抔草编绳以蔽体,四体皴溃,遂自唾以为膏润,春暖自瘳,而冬至复发。越五年,某望日,西如牧牛暮归,佯作颤栗状,主人怪其异。绐曰:"牛逸矣。"詈曰:"咄,牛不归,使汝为来年耕。"西如窃喜,乘夜月至山隈寻牛,竟夜未归。

舒城芦镇去桐城黄甲铺八十里,西如幼时矇瞳,但识门前扁担尖,遂朝见日出,暮望星辰,翻山越村东十里老关岭,此桐城界也,闻人语,皆乡音也。恐有人识其面,乃昼伏夜出,间道匿行,饥与山鸟争果,渴饮山涧溜水,指月为向,缘溪辨道,跋涉半月方归。归,双足无完好,母抱至胸前,啼泣三日。

或问:"汝焉识归家路?"曰:"我母念儿,儿有感应;上有日月星辰向导,下有源源山泉指引,此天助也。"今岁西如年届耄耋,子女皆业贾,祖宅前新构楼舍数椽,山阿有瘠地数亩,庭院种四季园蔬。扁担一峰,朝云暮雨,四时山色殊异,西如晓起听山鸟啁啾,餔时则鼓腹而唱,终日无所念想,宛若羲民焉。丙申立冬,桐城李氏记。

桐城都君墓志铭

都君讳学器，字士海，安徽桐城人也。其先世出黎阳都氏，至祖讳朝儒公，以洪武初迁桐城，为一世祖；二世讳昌，以选贡拔青田令；历十五传而至君之父。父讳起理，字渭武，生于雍正六年。配朱氏，生子四：长学友，次学万，次学奋，君行次居末。年七岁而丧其父，赖其母夫人教训而以成立。

君生而岐嶷，少即有博取功名以光大门庭之志，然早岁失怙之时，家贫不足以供朝夕，入塾仅两载，即辍学以养母。甫弱冠而母殁，君遂典祖田以营葬，又庐墓凡三载，服阕复随所亲至广德县谋生计。

君品性方正，为人佣，凡耕耨樵牧、版筑甃砌皆不辞劳苦，主人深信之。阅三年而王氏来归。王孺人贤淑知礼，勤俭持家，凡纺绩浣濯饲养诸务皆一身任之。一日，君谋于孺人曰："吾与汝皆逾盛年矣，且早已为人父母，岂可终身为佣？当安居以教儿女。"又曰："吾尝从东家贾货往来于太湖、长兴之区，见彼处地旷人稀，且民风朴厚，可家焉。"遂于嘉庆二十四年举家迁至长兴县南芥龙包坞口，数年后再迁川埠四坞岭下，即今都家村是也。买地构茅屋数椽，垦瘠地数亩，植以薯麦，又辟茶园，培果木，养鸡豚，昼耕夜绩，家稍稍裕，乡邻莫不称羡。

君性好德质直，又初识文墨，乡有争讼者，皆取直于君，以理裁决，言既出而莫不悦服之。乡党有义事，乐从其后。故积善而后嗣蕃衍，自君之后历八世至今，蔚然已成大族矣。

君生卒失考，葬于都家村旁三坞芥之原，丁山癸向。王孺人生卒葬逸。生子业宗，字启周，例授登仕郎；女二：长适余臣彬，次适查春发。启周公以嘉庆二十二年生，咸丰六年九月初八日卒，祔于先君之圹。原配杨氏生卒葬失考。继配方氏，生卒葬失考，生子四：长道、次礼、次德、次寿。

庚子冬，六世孙少怀将缮其先茔于某月某日。因其宗亲都君述圣介，嘱余为铭。铭曰：

生而远志，辍学嗟贫。流离飘泊，诛茅披榛。克勤克俭，垄亩躬耕。孺人佐之，始振家声。惟斯厚德，颇有令名。余铭斯石，隐德永贞。子孙吉昌，俊德克明。

连城张氏族谱序

族谱之失修也久矣！昔圣贤之制《礼》，谓"人道亲亲也。亲亲故尊祖，尊祖故敬宗，敬宗故收族，收族故宗庙严，宗庙严故重社稷"。此宗法社会崇本之大端也。然三代尚矣，自秦、汉洎乎民国，以至近世，"礼"衰而复振，振而卒衰。"礼"坏而族谱不修，而宗法之脉不明，氏族之系纷乱而不能理，以致历世虽近，而五服之内，与途人无别。曷故哉？废古忘本，昭穆无序，涣然无所统纪也。

所幸者当今之世，国富民安，崇礼右文。中华优秀传统文化复昌，犹春风雨露，沾溉万物，风俗淳化，庶民相与忭于野。吾邑诸族，皆欲振起崇本之大端，以遂其志。今连城张氏有三贵、文孝者振臂一呼，倡议八修其宗谱。尔后，诸族贤遂奋起直追而回应。考连城前谱，历代皆有英才丰修宗谱，而领衔担当者踵接，故家乘皆能一脉赓传。此八修族谱，族中英杰率先躬行，合力擘画纤悉无阙，阅六载而谱将于庚子孟冬付梓。谱成，可以上治祖祢，下治子孙，旁治昆弟，一族之内，昭穆有序，等杀有别，无惧族党相遇而浑然别为途人矣。而谱纂于昭代，成礼俗，固民气，其有辅于国家之长治久安也，庸讵谓浅小哉？

世谓连城一族崛起于大宥之乡，地灵人杰，信哉斯言！桐枞山水相连，古为一邑，连城处古邑之最南，诸山之水，汇为连城湖，水天沉漭，川流迤逦，鱼族繁衍，稻米腾涌，擅江北之富，邑中高门多聚族而居焉。先是当元季之乱，有梅氏者讳继祖，任官不详。故老相传明军徇金陵，诛灭旧臣，因避难而由婺迁桐，卜居连城之戴冲马鞍山下，隐居耕耨，树立门庭。传二世讳琳公，娶戴冲国学生张公道荣之女。时洪武天下初定，赋役因前朝，依律：府州县验册丁口多寡，许以原报抄籍为定，遂朋姓为张，避徭役也。琳公生五子，数子容、子昭二公房下最昌大，后世子孙皆孝悌力田，人丁繁盛，寖成大族，世人尊为

"连城张氏"。自明初以还，其后二十余世，掇桂者世代不绝，而举进士者四，有诗名文学称于时者不下百人。其仕宦则清直有声，为学则辉映梨枣，业儒以教化乡梓为己任，业贾以诚信惠及乡民，及至工匠、耕耨，皆勤勉敦朴。何也？子孙皆以忠孝礼义绳其祖武，故连城一族，向为乡间所称道焉。

古之人修族谱重先人之隐德潜行，而今之人未必能详其先人之传，往往虚美其远祖，诬托名人，以求门庭之望。连城郡望在汝南，其远祖盖出商汤之梅伯，为忠侯之胄，自一世祖讳继祖，因天下乱失官，而后复起于畎亩，以后子弟互励，阖族聚力，氏族愈大，通儒硕彦，代有闻人，终为桐枞显族，前谱俱班班可记焉。虽然，一族之繁衍，上下数千年，枝叶蔓衍，源远流分，或显或微，偶也，不可一概而论之。今读新谱，阅百年而族愈大，枝繁叶茂，英才遍海内，顾不妄自矜饰，不虚美彰显，洵难能可贵也！

公元二零一九年，文孝先生嘱序于余。余观夫先生为此颇辛勤矣，又常与余文章相切劘，故不揣鄙陋而略言其大意云。

庚子孟秋月桐城末学李国春敬撰。

让 园 记

自连枝馆徂北数十丈，一坊峨峨，六尺巷"礼让"坊也。坊东数十武有园藏焉，询之，乃张氏耕、耘昆仲所辟。是园原为族人旧宅，遂僦而葺之。鸠工之初，请其季叔泽国先生筹划。事毕，乞名，曰"让园"，遂榜其颜。盖绳其先祖文端公"礼让"之懿德也。

丁酉孟夏小满日，张氏叔侄招饮连枝馆，导余至园中一览。顾周匝人烟风物，残垣剩瓦，曲径坎坷。甫进园，新竹数个，环堵萝薜，阶生苔痕，窗含桂影。入其穾，仅广数笏，然篆沟丈室，皆依曲就方；茶寮画阁，有幽人之致。墙角檐下又多置陈栏旧石，一老橡轮囷，盖百年前所植，此陈老莲高古寂历之境也。盖张耘君依其孪兄长风堂之笔意造之。荣枯在时序之外，小筑亦可以卧游，余于此始信文端公所谓"务宏敞者少幽邃"之论，不我欺也。

向与城中诸师友谈及邑中故实：明清时城内郭外，凡深门崇墉，必藏秀绝；庭园屏罗，极江淮之盛。然近世战乱，邑内文物多敝，故迹渐稀。至若城中园囿，近世数百十年间，或频易其主，或颓圮荒陋，兴废在反掌之间，荡然无存者几十八九矣。大率一人之沈浮升降，与夫一园之昨是今非，俱无定数耳！今园广不及半亩，虽无异石嘉树之美、台亭轩池之闳，而雅眇包孕其里，睹是园，不禁令吾侪远想慨然。

余尝闻泽国先生话其先祖文端公故事：当公致仕居双溪，时与田夫野老话桑麻，徜徉于山隈水阿之间，或负薪而吟咏，或荷锄而讨论。恬退揖让，真古君子也。今睹张氏让园，凡旧屋堂构及燕闲清赏之陈设，皆位置天然，不见汰侈。或问：筑一园而承先祖志，尔叔侄高怀逸抱，其寄托于寻常之间者欤？主人颔之。

丁酉仲夏，桐城后学李国春志于若水庐。

赠朱履儒先生序

予向好乡先辈文章。然偶有所为古文辞，不得旨趣者十七八，尝乞诸里中逸庵先生指授，辱教吾曰："盖起承转接之间，所欠者，气也。"岂不闻古人所云，凡字句章篇，不见神气，虽有法，死法耳！予唯唯以为然。

予又闻，言语为文章之机枢也。昔刘彦和曰："属笔易巧，选和至难。"此盖谓文章易作，而协律殊难矣。曩日乡先辈刘海峰先生论文曰："文章最要节奏。譬之管弦繁奏中，必有希声窈渺处。"吾每读此处皆不知所云，因忆少时先大人朝讽夕咏之情境。然予彼时鲁钝，大抵但记其颔首陶然之容止，至于所诵诗文，其字句音节，于何时低昂，又于何处徐疾，皆不可辨焉。

前月偶得履儒先生《唐调吟诵研究》大著，读之唏嘘再三。履儒先生，滇人也，今振铎于首都师范大学，为博士后。先生穷十数载之工，网罗放佚，裒辑海内古文家之吟诵法，凡闾里畎亩，林下水滨，皆采风辑录，成皇皇三十万言，都为一册，与当代诸家音像俱刊布于世。予读后有拨云见日之慨，遂决意北上京城，幸蒙朱先生亲授，取桐城家法与曾文正公古文四象，教予与诸同学共诵范希文、欧阳子文。窃以为先生所发为声腔者，抗队徐疾，洵有法度，是传唐蔚芝先生之腔调者也。

噫！世不闻吟咏之音久矣！吾邑明清时为古文家之渊薮，当其时，讽诵之声响彻里巷，乡塾童子弦歌不绝于垄上，凡读书，必有吟咏。迨至近代，歌咏沉寂，通此艺者庶几为绝唱矣。予闻清光绪时，太仓唐蔚芝先生于日本国东京尝谒邑贤吴挚甫先生，受教桐城家法，唐调初创，影响甚广。今先生上追先秦，继宗唐宋，私淑桐城，踵接太仓，传唐调于海内，俾前辈之遗音，不绝于昭代，此先生不世之功也！不佞虽齿长于先生，尝就桐城家法相切劘，然先生才识超迈，尤于吟诵一事，堪为予师焉。京城问学，蒙先生辱训，苟有益于为古文辞，则不忘先生之教我也。

　　自京华归里已数日矣。塞外风来，寒露凝霜，月明气清，于牖下温习先生课稿，忽闻零雁南徙，其声纯而和。因思先生当日吟唱，于是乎情发于中，作文以寄之。

桐城修缮文庙记

桐城文庙始建于元延祐初年，址在东郭外，因庙为学，一邑教化系焉。先是，中山温令士谦举勘其址，李教谕志宁襄其业，后有太原武令子春踵其后，于是乎宫墙峘然，底于美备。呜呼！三君之于桐学，可谓贤与勤矣。

迨夫洪武初，庙久圮坏，乃更建于城内佑文坊，重构规模，即今址焉，吾邑科举由此转盛。明清两代，桐城蕞尔一邑，俶傥魁奇之士往往出焉，掇巍科、举进士者至逾三百，是以文章名天下，冠盖甲海内，溯其朔，皆儒学陶冶之功也。近世风云俶扰，桐学释奠顿废，周垣尽毁，驯至庖厨安于圣殿，两庑辟为民居，厕溷间有侵入圣地者。所幸至甲子年，政府复斥资重建，规拟旧制，以成今之格局也。

自甲子至今岁，庙之重建又近四十载矣，其间虽修饬者屡，奈岁久檐柱剥落，户牖黯敝，泮池壅塞。司事者目击神伤，乃鸠工饬材，丹腹黝垩，甃理阶台。以经始于丁酉季冬，逾岁六月即告成，是为庙建以来第二十次修缮也。今入宫墙之内，具见宗庙之美，百官之富，盖巍然复现一邑人文之大观矣。

嗟乎，儒学尚矣！旧时天下郡、州、县学皆有夫子庙堂，顾今儒学多废，文庙所存于中国者百之一耳，而江淮间唯桐城宫墙犹在，溯自元延祐文庙始建以来已历七百余载，其间屡废屡兴、屡坏屡修，文脉不绝，名闻江左。或曰："今行新学，其道德风尚亦与旧时异，文庙之建若修，何足重乎？"吁，是何言欤！讵不闻乡先辈望溪先生曰："道一而已，而圣贤代兴。"又曰："《诗》《书》《易》《礼》深微奥博，非积学者不能遍观而骤入也。至孔子，则所言皆平近显易，夫人可知，而六经之旨备焉。"是道著于孔子，夫孔子之道者，常道也，其旨备于六经，见之于日用，发之于文化，历数千载世运隆替不废，后有圣贤代兴，操术或异，要皆不能外于此常道。所谓"天不生仲尼，万古如长夜"，前贤已慨乎言之矣。方今禹域郅治，国家右文重教，一邑之文化兴，虽不尽在宫墙巍峨，然文庙存，若夫子神明在上然，瞻仰者感发兴起，流风所洎，薄俗以敦，学风以淳，具见一邑之文化兴，未尝不根由于此。故文庙之建若修所系至重，天下皆然，矧吾桐城哉！

己亥仲夏桐城后学李国春记。

《墨润华章》书画联展序

　　桐城向为文化之乡，城中多高门世族，子弟好读书，门第间互通姻娅，通家世好往往以节气学问相砥砺，一族门庭贵盛，而戚好俱美。盖一邑文教昌明，所赖者庠序之教化尔，而戚党子弟切问近思，蔚成风气，亦于文教之勃兴，不无裨益焉。

　　吾邑江君毛安，少承庭教，髫龀之年始学书，少长，即以八分书艺称江淮。君与程君向军为郎舅亲，程君，书画俱工，二子年齿相若，虽为姻戚，而平素多以昆仲交。且二子所宗皆古贤，故取法乎上，格调高古，能拔出流辈。程君尝曰："吾性固鲁，不若吾兄天资。窥其平素所为，即知其所好，每遇朋侪相聚，不遑谈笑，近之，则见其展指画案，若有所得。"而江君则曰："吾不及吾弟好学，每入其室，见指颊常黑；知有客来，遂搁笔，翻覆双手，相视抚掌。"其好学如是。二子皆有古君子必让之怀，又知明恭谨，常恐学之不足，故能与古为徒，兢兢焉法前人矩矱。江君习书以张伯高、怀素上人为宗，取前人笔法而变化用之，常有神来之笔；程君造画追宋、元人意趣，书则慕东坡也。二子各有所擅，无一日休息，手摩历久，臻于妙境。而每有心怡，必彼此切磋之，傥兴之所至，则欣欣然悦而忘其归也。

　　予素不擅书与绘事，然与江、程二君居同里巷，偶有酬会，席间所闻者无非前贤书道画艺也，久之，则略知二子为学之道。噫！比年以来，邑中学艺者颇夥，窃思诸君子果能崇道好学，朋侪间声气相同，讨论琢磨，则乡先辈流风庶可传焉。

　　今岁欣逢中国共产党百年华诞，二子感昭代清明，霈泽常被，欲将所学以报之，故借此书画联合展览以纪盛事。嘱予为之序，因作数言以为贺。辛丑季春。

捐建凤仪坊记

明天顺《安庆郡志》载，旧时桐城有里坊十，"凤仪"其一焉。《桐城桂林方氏家谱》谓其"凤仪坊祖居，在县东门而南，德益祖始迁地也"。盖方氏自始祖卜居凤仪里，即以孝悌力田起家，奕世崇德右文，子弟折桂登庸者后先相望，腾声海内，而斯地亦蔚为人文渊薮，风教所被，世人咸称美焉。惜陵谷沧桑，故家风物不复见也久矣。

辛丑春，方氏贤达有方平、方无者，倡族人筹建"凤仪"坊，庶几望古遥集，以见先辈流风余韵于万一焉。斯意上达，市政府责成相关文化机构董其事。工程起始于辛丑六月，阅三月而讫工，由黄山大学士徽雕公司承建，邑贤张泽国先生擘画督造。坊取江南花岗石材，双柱单门楼式，仿明规制风格，通高六米二，宽三米八。坊既成，巍然耸峙于城北，浑朴庄重，允为古城大观，殊见盛世之气象也。

捐资者，某、某。特列记如右。辛丑仲秋。

李公发宣传略

李公讳发宣,祖籍桐城县,其先世迁舒城县河棚镇,遂定居焉。祖考讳家焰,考讳祖成,世代以耕渔为业。

公天资颖敏,七岁入序蒙训,其学绩已拔出同辈,父祖皆期许有加。中学甫肄业,华北战起,其师语其父曰:"此子有异禀,日后必成伟器,宜悉心培养,万勿使国家失一良材。"

当敌寇进犯江淮,公毅然与众志士弃学从戎,初任国民革命军陆军新编第四军某连文书,身经战役无数,屡建功勋,累职至上校团长。比及抗战胜利,竟久无公之音讯,度早已于一九四一年初殉国矣。

初,公所在部队军无为县,有族人某自故乡来,乞公为购食盐,曰:"乡邻缺盐久矣,无盐,人皆病,不能耕耨,奈何?!"公阴遣其部曲为借盐若干。事毕,公流涕曰:"余岂欲以公假私?实不忍乡人无盐而身患浮肿耳!"其仁德如此。

公于民国九年庚申正月初一生。配同邑叶昌旺之女,民国八年己未七月二十二日生。无嗣。

公殉难几八十年矣,家人缅怀其为国捐躯,义感乡里,常引以为荣。此次龙河李氏六修宗谱,公从孙晓应昆仲嘱余为其叔祖作数言以传,以昭河棚支下族裔云。

赠吴子涵熙序

余尝应庐江友人邀,登冶父山,又观城中奎星楼,与邑中诗朋文侣论及一郡之地理物华,尽数潜川人物。彼时正金秋时节,登山西望,巢水沆漭,极目南眺,岱鳌逶苍,而近睹林冈葱郁,河圩环带。友人曰:"此吾邑土珍之所产焉。"旋又指点古道丘墟以及山麓旧院,谓吾曰:"此吾邑人文之渊薮也。"予信然以为是。

嗟呼!古来庐邑山川奇秀,自汉以降,英雄慷慨之士每见于青史;迨至近世,叱咤风云者后先接武。噫!一邑之内,魁奇特异之士,千载相接,能不叹欤!虽然,自古贤杰名垂史志,而闾间荒村,往往多隐逸高士,其不见经传者又何其多耶?若余所识之庐邑青年吴子,超迈时伦,即迥然为今之特异之士也。

初,予以庐江才彦柯子君介而识吴子,知子名健,字涵熙,又字九如。其祖籍在江南泾县茂林,世称"茂林吴氏"。始祖元玖公于明季避乱迁庐东之冶父山,传十代而至其祖父,业儒工诗文。柯子尝谓予曰:"吴子生而歧嶷,少承祖志,稍长,好古擅绘事,旁涉古玩收藏,又留心邑中散佚碑刻及乡里掌故,又稍谙青乌之术。"予闻之深慕其才。

前年春,予偕枞江房君江传先生访延陵古郡。延陵,天下吴氏之郡望也,时巧遇吴子随行,因问之曰:"子方青春年少,曷汲汲乎专意于此道焉?"答曰:"敢辱先生嘉勉,是何幸哉!予常念潜川风物以养吾气,先祖潜行以陶吾性。今老大之年,虽黾黾勤苦,终无所成,愧作茂林子孙,亦枉为庐江编氓也。"虚怀若此,自是予益重吴子。

今又逢秋,子来书,知其收集校刊邑贤《吴光禄使闽奏稿》及《冶父山志》告竣,窃喜"是以其所学,堪为所用也"。越数日,柯子函告,吴子主修之《茂林吴氏续修宗谱》将于今冬纂成,嘱予作数言云。予不知庐邑古之时俊杰若何,深以为吴子之品与学洵不让时彦。然又思古人云学不可以已,矧当今乃信息之时代,子正趋盛年,倘能遗忘声利,多闻勤学,则庐邑有大贤在前,而后昆继起,其致将远乎哉!故作序以赠。桐城李国春,辛丑季秋。

复修桐溪塥记

明洪武间，天下初定，国家偃武修文，与民休息。三十一年，南昌胡俨知桐城，教民筑陂堰，力稼穑。当是时，城之南苦旱既久，侯莅任，乃召邑绅商议，率民开渠导流以溉南亩，于是自大溪右堤凿阙，引河水过城，水复分为二：东折阴沟曰蛛丝，西渐明渠曰桐溪塥。其塥也，流经城北一带，遇冈隰嵯岈，或潺湲悠溶，或湍濑自恣，绕民户者迤逦数百十家，而其首截当在县署右。近世吴挚甫先生在此创设桐城中学堂，继之孙闻园先生总理校务，借故家庭苑辟为公园，乃径引塥流以造海，成五洲地球图景，莘莘学子，往往于课余悠游其中，有沂水之乐也。

逮于近岁，北郭观野崖形势变迁，加之外河疏浚，水位陡降十数尺，以致干渠涸竭，遂久弃不用，填塞殆尽矣。辛丑夏月，市政府倾听社会呼声，尊民意，乃议复修中学校园内毁废之塥，会汪君来校司事，遂因循故迹，另见新制，规画整理，阅三月而蒇工。新溪径引龙眠河上游库水以为源，置闸控引，迂曲为溪；而清流渟蓄，泓然为池，盘砾杂错；又有古迹屹立，嘉木掩映。往时沔沔清流之景，复见于校园已。

嗟夫！昔者胡侯举县人之力，造渠引水，岁登而民安，甘棠遗爱，桐人莫不感戴。今去侯之开渠已六百余年矣，而塥竟得以复修，俾前贤宦绩可以传后，而存亡绝续，后来者亦当颂之焉。壬寅季春，桐城后学李国春记。

濡须秦氏合族祭先祖文

呜呼！大哉我秦氏！颛顼之苗裔。伯益封地，秦姓始得。自周以降，百代生息。

乃有始祖中公，卜居濡须之北。伟哉中公，文章报国。捃藻摘华，济美绝特。

五凤联芳，登峰造极。庭生杞梓，祖荫其德。壮哉元公，厚朴仁笃。门第清华，子德如玉。有子曰芳兰，凛然独卓不附权奸，瘐死冤狱。坚贞不移，大节不辱。

高哉德云公，佐王开国。屡建殊勋，不肯受职。自公以后，子孙稼穑。巍哉我中公，常山遗泽。裔孙奕世，门第清白。躬耕于垅亩，啸歌于阡陌。或业商贾，或执教席。或为乡达，或作东山之客。各安生理，握瑾怀璧。常山峨峨，常丰瀰瀰。念我列祖，德誉律律。身位庙堂，忠贞抱一。南亩守田，施人忧恤。设帐课徒，清操艺逸。悦礼敦诗，孝义善积。门庭兴替，富贵何益？至于母教，仪范墨尺。

前型犹在，后昆履迹。千载一脉，流风馥郁。养我体肤，赐我帛物。祖辈劬劳我族昌发。我有遗产，列祖风骨。高风亮节，传衍不歇。苍原肃肃，马鞍穆穆。岁序冬烝，清酌芳菊。瞻彼崇岗，故垄在目。笾豆黍稷，缟巾葛服。奠祭九原，长歌当哭。昭穆在天，默佑降福。三献祝祷，柏下安息。绍窦流播，寿臻万亿。

呜呼哀哉！尚飨！

辛丑冬月，濡须秦氏合族共祭

月 山 记

吾邑明清时多故实，蕞尔乡邑，风华绝代。舍身取义耿直廉介之士，声动朝野；理学经义辞章歌诗之篇，著称海内。而人文大兴者，首推桂林方氏。盖自明永乐时，凤仪子弟即通籍，拔秀冠英，至七世而联芳，乃有"桂林"之誉。由是邑之坊间皆谓桂林门第清华，盖得龙眠之月山小阜形势焉。

故事：青乌史氏仲宏尝卜地有"月山"，献与凤仪，族中子弟旋继踵登科。或云：先圹藏风得水也。月山故事就此为邑人乐道，洎近世马氏通伯又记其原委，理当辞明，举世皆以为然也。

然一族门第高微果关乎先茔风水乎？余尝读扬子云《甘泉赋》，藉汉成帝造甘泉宫，敷陈其事，云："属堪舆以壁垒兮。"余又好《淮南子》，至读《天文训》，有"北斗之神有雌雄""堪舆徐行，雄以音知雌，故为奇辰"云云。所云者何意耶？将言地为阴、天为阳，天地之道，乃谓堪舆乎？堪舆之神，汉人崇之，后代有儒士者遂弃六经而操相宅相墓、趣吉辟凶之业，阴阳形法之术大兴。数千年以来，坊间以为觇一族门第之望敝，多由风水焉。

余观夫方氏家乘，其先自宋末迁桐，以孝悌力田起家；自七世以降，子弟勤学，英才辈出，门第遂日隆。坊间假托以卜测之术，蒙昧以谀，洵不足为据也。乡先辈惜抱先生尝云："择藏地以萃天地山川之气，术也。"一门兴盛，岂第关乎先茔形势哉？俗谓逝者安而生者福，此理甚当；而令先茔风气荫庇后世子孙，冀君子之泽，绳而不斩，是耶非耶？桂林一门为宦直声动天下，文辞则为海内乔岳；业农者则务本，族亲无犯仁义忠孝之类，长亲劝学以毓才，具见家法之美。此道也，非术也。

丁酉清明，方氏合族祭其先祖于城北之月山。余亲睹仪典，有感月山隆阜方数里，而天下桂林族裔翕然宗之，子孙又多磊落英伟之士，为梁柱效力国家。今江左故家多残灭，而桂林独茂，瓜瓞绵绵，为幸何如？故曰：播迁环宇，声闻九州，桂林一族，是崇道也，非谋术也。讵如形家所标举哉！

桐城黎阳都氏一世祖玉选公墓志铭

公讳朝儒，字玉选，号凤岭，大名府浚县人。先世居黎阳，其地在河之阳，膏腴沃野方千里，旧谚所谓"黎阳收，顾九州"者也。然元末兵燹，河水泛滥，道有饿殍，公饱受离乱饥馑之苦，流离无定所。天下既定，公孑身南渡，游历金陵，览都邑之雄富，人物之盛丽，遂决意迁家焉。已而无意于江南繁华，乃于洪武初年辗转至桐城，爱桐俗淳厚，与夫北乡平畴鳞壤、水泉疏衍，宜稻宜麦宜棉，遂卜居沙河之畔，开荒拓野，置业兴家，终开桐城都氏一脉，而公即为桐城都氏植本堂一世祖也。

据前谱载：公魁伟俊朗，气象可观，内足经纶，外达事理，淳谨笃厚，重义轻财，每遇里中有贫乏者，则不惜解囊以济之；人有争斗，则多方剖析以弭之，乡邻每感其德而服其望也。惜世代遥远，旧谱残缺，嘉言懿行，多湮没难稽矣。

公娶妻赵氏，经理家政，中馈辛勤，妇德母仪，兼而有之。育子昌、炽，训以义方，琳琅国器。昌公以选贡知青田县事，旋升主政，洎是家声丕振。

公卒，葬于都家湾方家冲；孺人赵氏葬于都家湾猫儿刺三河。昌公于墓侧修建家祠以祭，复置义田数十亩，又葬诸先祖于公墓两翼。然世事多变，家祠毁于兵燹，义田亦废。迨近世兴修农田水利，墓表之石复移为它用，冢前诸墓皆夷为种植地，幸公圹独存，然已掩没于麦黍丛中矣。

方今禹域郅治，都氏亦丁繁族昌，其裔孙皆拔秀于当世，尝谓族人曰："人皆有水源木本之思，春霖秋露之报，吾植本堂都氏乃丕显之巨族，而祖茔凋敝若此，荒草榛莽，凄风苦雨，亡碑碣以为记，无笾豆以为祀，睹之何不伤怀？而心又何安哉！"乃召集族人醵赀重加修缮，勒碑以志，以慰始祖在天之灵。时戊戌冬某月某日也。

都君某与余有交谊，前月辱书嘱余补撰其祖墓志。不敏才疏，何敢承乏，然感其祖有隐德，爰不揣鄙陋，而为铭曰：

鲁𬭎山阳，有隐德藏。身罹兵乱，辗转大荒。兵戈方息，乃别黎阳。流离背井，来我桐乡。筑庐开垦，耕读图强。开宗立德，裔孙绵长。马鬣荒埂，祖德何臧？诛茅芟荆，长发其祥。继铭其墓，庶德昭彰！

己亥清明桐城李国春熏沐拜撰。

合肥北乡沈氏祖茔墓志铭

合肥北乡吴兴郡百咏堂沈氏，居庐已四百余年矣。其家乘载：一世祖天柳公始居江西，明末举家迁合肥，卜居邑之北乡梁拾一坊。天柳公生子悦台；悦台公生子二，长云鹏，次云信，信公无传；云鹏公生子炳卿；炳卿公生子五，长植承，次林承，三谏承，皆世居合肥，四子明承迁寿南桑科坊，五子宇承无传。五世其昌而族渐大焉，沈氏由是枝繁叶茂，家道日隆。

去邑之北高塘集西七里许，有地曰薛塘嘴，崇岭抱合，依势有阜丘隆起曰罗塘冈。先是一世祖天柳公妣合葬于此穴，嗣后二世祖悦台公妣，三世祖云鹏公妣及继妣续妣均祔葬于冢侧，继而八世耀廷公妣，九世春连、春余公亦分葬于冢之左右。与祖茔近邻之沈小郢金鱼冈，又有四世祖炳卿公妣，长子植承公妣，四子明承公妣，六世聚珍公妣、宝珍公妣，七世祖宏友公妻李氏，八世祖辉廷公与二妣，七世承友公、明承二公右侧祔三子荣珍公妣，七世余先公妣，以上诸祖均葬于先兆之次；又有金鱼冈北葬六世祖佩珍公妣合冢。地方仅数里，几百年间沈氏先祖皆营葬于此兆域，其地藏风得水，圹境开阔，家乘图绘分明焉。由是罗塘冈遂为沈氏之祖茔。

沈氏为世代耕读之门，其先世以孝悌力田起家，族虽微而德至厚。诸祖皆耕隐于乡里，短衣厉饰，勤家养亲。恬退寡欲，明明德以重修身；乐善好施，散资财以周苦急。自天柳公以降代有隐德，惜时世湮遥，所存者鲜矣！唯六世祖佩珍公以后始有传。诸公常怀乐善不倦之心，绳先祖之遗德，合族崇为懿范，风概岩岩堪为乡里之表率。

自天柳公安眠罗塘岗距今忽忽已三百余载，世遐日久，先兆倾塌堙圮者十之八九。今岁某月，合族共议修葺祖圹，且重树碑碣，明本浚源，所以崇祖敬宗也。十五世孙华峰先生请为之铭，予虽浅陋，义不可辞。铭曰：

先祖开宗，转徙顿踣。卜居庐阳，勤劳稼穑。修身至善，代有隐德。克祚裔孙，卓荦秀特。遗风缵衍，永志报国。

己亥仲冬桐城后学李国春熏沐敬撰。

再游长岭记

桐城西北群峰并峙。大山自潜霍发脉而东来，逶迤百余里，西接潜怀，东入舒庐，绝巘迭嶂，重岚深秀，最著者，龙眠、华崖二峰也，俱擅大别之美。而唐湾长岭藏于龙眠之腹地，周回五十余里，奇绝秀丽，最高峰曰泛螺，远眺圜如巨蠃，翠华黛起。

余尝于乙丑溽暑至长岭，乡贤陈先生邦德偕余遍历危崖窅奥之地；而戊戌白露前五日，文和书院黄先生涛邀余再游长岭，探其怪伟幽邃之区，流连嗟叹不已。因忆及乙丑仲夏至百丈崖，盘桓于磐石之上，时林阴蔽天，夏蝉凄咽；仰观长练訇然垂落，飞霰星溅直扑人面，冰肌清神；俯察四围，峭石矗丈许，若奔马、若伏牛，若龙门壁立，若仙人棋枰，奇奇怪怪，不可摹状；至若清溪自石罅出，淙淙如金玉相叩，急湍碾石之声也。

午时，坐张村文和书院，书院为黄涛先生始创。先是书院在城里，先生慕长岭之风光，议僦且废之校舍，装饰修葺，焕然有古书院之遗韵，乃思寒暑阴霁，竹树烟云变幻万状，岂非尽为书院独造耶？书院之南有旧庙，传为崇祀南宋辅文侯牛伯远而建，久废，乡人醵赀重修，屋宇俨然。夫伯远乃鲁人，桐人敬之，未知其来历，乡人多附会之说。余考稽伯远擅骑射，入岳家军矢志抗金，浩气长在，乡人尤尽心宗祀焉。院之北又有张氏宗祠，张氏族人始建于清代，祠久敝，近来修饬，以表族人追远崇德之孝思。

或云长岭景色四时不同，飞瀑流泉，云水深窈，修篁杂树相间，村舍为群山所环抱，淳风古俗相传至今，洵今世之武陵源也。而余两入佳境，所遇者皆同，所思者不同也。所谓同者，看青山依旧，长水自流，足以娱余目、涤余性；所谓不同者，念余生纷华尽祛，万念歇绝，欲构小庐于书院之一隅，朝诵《南华》，夕咏《陶诗》，以至于衣草衣，履芒鞋，登彼南岗，拾栗煮芋与村童俱食，岂不乐欤？戊戌仲秋桐城李国春识。

投子涌泉记

投子山为桐北之形胜。旧志载，山有古迹曰三鸦伺晓、二虎巡廊，而雪峰一泉，最为奇绝。盖因山之分支数岭，左右多峡谷巖岫，阴阳相摩，云起雨沛，是泉乃终岁不涸。

《五灯会元》载，唐咸通年间，有青原系下翠微无学禅师，四世再传怀宁刘氏子，法号大同，闻投子深秀，遂结茅而居，开山弘法。后又有感温和尚嗣大同。有宋一代，青原七世通禅师、临济圆修禅师继来此隐，而彼时青原法嗣几绝矣。后幸有义青大和尚出而振之，增修道场。明代以还，法教渐盛，招提亦愈加于昔，渐为皖北丛林。

吾又闻坊间言，唐代桐城科名未显，有宋一代少起，至明中叶，有精于青乌者曰："此前伽蓝兴而风水坏焉。吾乡文脉兴衰，迨在城北之屏障也！"于是乎明嘉靖三十七年戊午，郡县乃奉旨废寺，此后明清之交，吾邑掇巍科者果踵至，或可信乎？诸伽蓝名迹亦因之尽毁矣。

甲午夏，演一法师从九华来，投子复兴。先是丙子年圣悦法师于投子旧基构大雄宝殿、再造钟楼，越七年，辛巳，果法远去，而山中寥廓，钟声罕闻。观夫今日投子山中，似有烟霞之象，而演一颇擅绘事，中年皈依佛门，其构思营造，凡殿阁池榭，乃至环堵疏栊，皆依《楞严》八还之意。大和尚尝语吾曰："春岁在大雄宝殿前造池，未掘尺许，旋悔，窃计高冈之上本乏水源，使池成而无以水蓄，奈何？继而复掘，微觉土润，以镢攫之，则清泉突涌，砖作皆诧，曰：'异哉此泉！'"

因思畴昔赵州谂禅师访投子，飞锡而得泉，曰赵州泉，此坊间传说，不足为凭。然越千年而醴泉见，岂赵州故实复示邪？抑此泉乃山中固有之雪峰泉欤？吾不得而知。吾但闻佛说因缘，乃生命之境界，演一大和尚于平冈掘池，不思有无，而前泉再显，是亦因缘时会焉。刘氏子未知，演一法师知而不知？不可尽言。

丙申孟冬月桐城龙河李氏记。

书何传真先生《追光逐影》后

颜氏尝云:"世人多蔽,贵耳贱目,重遥轻近。"以此训观今之学林艺坛,大率崇名昧学,不啻为叶公之徒,其常曰:"今生固陋,欲立雪以求名师焉!"然有绛帐设于里中,或邀其俱往拜之,则曰:"俟吾投斧以游于名山也。"噫!此非好龙之叶公乎!颜氏之语何其痛切如是!

近读邑中何先生传真所写《追光逐影》摄影集,皆为吾平生所未睹,观之惊为天璧,展帙而一咏三叹,掩卷而意荡神驰。使以颜氏之训反诸求己,吾洵不可谓不"蔽"也。

曩者吾欲学新诗,尝以所作呈于先生,乞曰:"先生教我。"当彼时,吾国新诗界风靡域外所谓"朦胧"者流,而吾懵然不知所向,手笔示人,皆窃笑曰:"此口号也!"一时竟见笑于大方之家。然先生怜我,曰:"是风格迥于人也。若下功夫,他年必成!"噫!吾意欲为诗人几四十年矣!然竟未成诗人,马齿徒增,枉负先生之期许。然先生劝我之言常萦耳畔。驽马十驾,此幸得遭遇先生也,小子岂敢忘哉!

吾邑自明以降,辞章最盛,诗少次之,而翰墨及医卜历算农工诸艺,盖为玄藻所掩,故难称于世。逮至当代,诗文式微,而诸艺蔚起,书画尤杰出。摄影艺术,舶来之门类也,盖今时引车卖浆者皆能操焉。独先生扬瑶樽以斟桂觞,旨趣玄远;研玄圭而染画筌,拔出流辈。洵乃接武龙眠而另开新境,此谓当不为过也。

年来拈毫,常有枯肠之憾。得先生是集,烟云在前,时常熏染之,庶可以去"蔽"矣。

名 城 记

惟公元二〇二一年孟冬月,京城报捷,国务院批准桐城市为国家级历史文化名城。闻者咸庆,皆曰:"此桐邑固有之殊荣焉,虽得之今日,未为晚也。"

噫!桐城介于江淮之间,拥膏腴,据要隘,自春秋至唐宋,常为兵家必争之地。致蕞尔小城,迁置者屡。初,版筑为垣,凭溪为池。至明代始甃砖城,其方六里,门六,巍峨甲于佗邑,虽屡遭兵火,仍固若金汤然。故旧谚谓之"铁打桐城"。

惜乎千载古城,毁于一旦,此虽关乎人力,要亦时局败乱之所致也。所幸唐宋以降,吾邑人文蔚起,名贤代接,其间兴治坏乱变革隆替凡数十代,而一邑文运相承不衰,声名腾中国。是城虽不存,而多难兴邦,失之于彼者终得之于此,岂非我桐人之幸欤?故曰:"名城者,非墙之坚也,而有人文之盛也。矧人文兴盛能绵延久远者,此盖吾桐荣膺国家名城之由也。"

夫今之桐邑,街衢通达,城郭倍增于旧时;而百工俱兴,商才亦敢为天下先。至文艺则尤为发达,驯至黄耇竖牧皆能文章,工匠啬夫亦擅歌咏,此又吾邑卓尔不同于他处之一大景象也。《诗》云:"周虽旧邦,其命维新。"一国如是,一邑亦如是。

蒙奇饮食记

孔子曰："食不厌精。"《诗》曰："笾豆有践。"古圣贤教人一日不可以忘道，然于饮食之事，亦未尝苟且。虽然，《中庸》曰："人莫不饮食也，鲜能知味也？"盖言人生而好甘肥而恶粝食，而好饮食亦能知其味者，庶几可以为君子矣。

予尝与友人周君把酒论饮食之道。先生谓予曰："吾岂知味也！乃一老饕耳！吾妻乃食中之女君子也！尝教吾以烹饪之法，无它，但知食物之性耳！苟适其性以调烹之，其味必当焉。袁随园有云：大抵一席佳肴，司厨之功居其六，买办之功居其四，皆谓味从性中来。随园忒重物性、尚自然，故著《食单》一书，集天下众美以传世人，又主食戒者凡十四篇，子或可闻乎？"

噫！诚哉斯言！女史向以简约为美食之道，以为饮食之旨在味与趣。吾闻昱之伉俪论饮食，昭然有所悟。夫天生万物以养众生，造物主赐人但饱暖而已矣。凡事，当之则美，过之则恶，圣人言食，非谓甘肥美味足充于口腹，而重乎厚生也。蒙奇饮食惠及桐人逾二十载，顾众人受惠，岂止于口腹之欲邪？予知予已几于味也。

"夏之粲"书法展弁言

夫山水奇伟绝特之区，必生磊落英多之士。曩读乡先辈文章，每见其临文之际，辄叹："吾桐山水奇秀，甲于他县也。"则吾邑山深秀而水迤逦，山川禀气，宜乎古来每多磊落英多之士生于期间。古人已矣，而处今之世，亦有优游林下，遁世无闷若古人者乎？

余友周昱之先生，少即习书，四十年浸淫书印，无间时日。性复恬淡，好游历，尝遍览邑之佳山水，退而手书乡先辈山水诗，揭诸壁间，密吟恬咏，以为此中有至乐焉。尝谓余曰："但愧此生不识魏晋人面目为恨。"噫！若斯人，今之磊落英多之士乎？

子曰："仁者乐山，智者乐水。"先生胸有真宰，庶几得仁智之乐者也。然世有自得其乐者，亦有与人共乐者。优游林下，研味重玄，此自得其乐也；传道授业，攻错砥砺，此与人共乐也。自得其乐者，乃独乐也；与人共乐者，则至乐也。先生数十年间，博涉多优，技进于道，至开馆授徒，衣被甚广，稍有心得，辄与人分享，此尤见与人同乐之意，是得世之至乐者，非先生莫属也宜矣。

岁戊戌秋，先生"书印教学三十年展"开展。斯展也，品类至博，精彩纷呈。先生书印尤为跳出，其笔札味二王之妙，金石接汉家威仪，而群彦翰墨，亦崭然见头角，综厥展绩，实吾乡近世书坛所罕觏焉。

余向闻先生平素在馆中，与高第弟子研习之余，杯酒清言，亦师亦友。弟子入其室，不独慕其艺，师其技；且钦其品，师其德，教学相长，其乐也融融。今联展师生平素所学，而谓"各抒怀抱而已矣！"且榜其名曰"夏之粲"，取《诗》之"适子之馆兮，还予授子之粲兮"大意，温情脉脉，殊有仁者风范。肄业弟子，投桃报李，绚兮粲兮，亦诚有乎至乐者在。然则观斯展也，余益信龙眠毓秀、人豪代起非虚语矣！

境主庙水库观瀑

丁酉立秋前一日，东方既白，余之境主庙水库晨练。时夏雨初霁，晓树生烟，黄草沾露，望龙眠诸山深远如黛。至桃园庄，径狭窄萦纡，忽闻水声淙淙然，右顾，洪流湍急，乃大溪焉。行数十武，呟呟然充耳若擂鼓，又行数丈，山谷箜篌，涛声殷雷，近眺之，乃水库泄洪也。

余观夫夏水自断岩直下。绝岩悬练，长不及披雪之瀑，而越其广；摩荡无碾玉峡之恒，而急溜逾其快。壁立虽为人工斧凿，而山水磨砺，风雨钧陶，玉障莹璙，卷舒飞流，洵北郭之胜景也。

畴昔或尝谓：桐城胜迹尽在东西龙眠断壑穷岩之间，诚哉！然邑之近郊，野径竹里，多藏漱石，青溪山眼，亦可枕流。境主之地旧为大溪之源，近世假人力造为水库，其用在蓄水溉田，然每至春夏，山洪骤至，库满则溢，飞泉成瀑，此龙眠岩壑之间所未尝遇焉。人至此，可消暑，可栖玄。虽然，高坝崔嵬，先民疲惫死生以成，讵可忘乎？丁酉夏杪。

文庙诵《论语》记

桐城圣庙始建于元延祐初年,址在东郭外,一乡教化,因庙为学。先是,中山人温令士谦议勘其址,李教谕志宁襄其业,后有太原人武令子春踵其后,增建旧制,于是乎宫墙岿然,规模大备。三君之于桐学,可谓贤与勤矣,前贤备述焉。迨乎洪武初,桐学迁城内佑文坊,即今址,重构规模,吾邑科制由是声名鹊起。

明清两代,桐城一县多魁杰,士子登科,逾泮桥而采芹者,摩踵接至。惜近代新文化运动,圣庙功废,释奠尽撤。至辛酉年间,再度重修,今之格局也。

今岁立冬前二日,桐乡学堂鸣谦先生,邀余在文庙大成殿前同诸学童共诵学而第一章句。时秋阳煦濡,风铎和鸣;淑女援琴,博士演说,学子儒冠歌鹿鸣之章,抠衣三拜先师于丹墀之上。百年之后,弦歌再起,学而时习之,洵可说也!

嗟夫!当今之时,人皆贵货殖而轻儒行,唯鸣谦先生特立独行,身为一介职员,踽踽行教于乡间闾巷,又得章君倾力赞助,百折不悔,终遂其志。是则鸣谦先生名无温、武二令之责,而实有二令之流风,真当世君子也!鸣谦先生于余有师友之谊,观此盛况,作文以记之。桐城龙河李氏。

桐城李卫兵小传

先生桐城人也。其尊讳隐而不欲示人,素以网名与朋友交。志学之年耽文艺。以运输为生计,又以业贾往来南北,劬劳勤俭,积有余赀,惜以车祸致残,迄今卧榻已十余载矣。余慕其才,尝数次登门相切摩。先生以诗稿示我,嘱余曰:"不足与他人道焉。"余读之,凄清婉丽,颇合轨辙,绝非时下所谓以文学相标榜,而冥茫浑噩之辈所能为也。余问所读何书所炙于何师,答曰:"自悟。"噫!岂非天授焉?余读先生诗,又睹其残躯蜷缩于枕衾,嗟其命乖,叹其抑郁难伸其志,心向四海而身拘于牖扆,岂不悲夫?!

然先生身处阃内,常不知春花秋月之荣枯晦朔。而以大知之禀,见小知之才;以小年之夭,迈大年之寿。何也?困乏其身,而心志高逸;形影相吊,而清远超迈焉。因忆前次数电告余曰:"不佞在世已了无意思,且去也。"余不以为然,聊以劝慰。孰料一语成谶。

先生学博而词丽,所写诗稿,多散佚。好与人辩诗,人耿耿于中而不能释,先生间日则忘。网上与人酬答皆化名以见之,见诸网站如云烟、李江、嫣儿、平沙落雁、花婉秋、一杯清茶、云梦、李菲、吴勤、静水微澜、晓寒深处、云水煮禅心、水月镜花云云,皆为其雅号。尝语余曰:"吾母年老。子一,又未娶。十年痛楚,累及家人,吾之憾也!"丁酉花朝后一日子夜,先生竟以自焚死,寿五十有一。呜呼痛哉!

《桐城文化研究》读后

予邑自唐至宋、元、明、清凡千余年间，英才摩肩而起。乡先辈凡登仕籍者多清直声，宦游四海，文章称于公卿间；为布衣者，则放逸于穷岩断壑，虽造次颠沛终为闻人，而楮墨传诵于民间野老、士子穷儒之辈。

当晚清之际，飘风骤雨，国运不昌，予邑一时文章气节经济之士相继凋零，乡中文献散佚颇夥。当此时有萧先生敬孚辈，慨然以网罗放佚、笃意整理校刊故里文献为己任，访求邑中世家大族遗书钞录之，邑中故老轶事亦借先生之手以传。先是清初文网甚酷，戴先生名世惨罹文祸，著作雕版尽毁，百年掩匿，族裔蓉洲先生始不遗余力，遍乎搜访，未竟而合肥王镜堂秉铎桐城，遂使先生文重布于天下。敬孚先生踵继前人事业，望溪、海峰、惜抱诸先生诗文及桐城历代古文多赖其整理点校方得定本，其为整理乡邦文献居功至巨。

予观夫百年以来，斯文不振，迨至近年国家始以崇道右文为大计，接五千年文明之统绪。一时举国学人皆有以自见，即予乡亦不乏欲以文章垂于后世者。然今之为学者多不根乎经籍，文章深远浅近之不识，遑论比肩前贤。至孜孜然以裒辑乡邦文献为己任如乡先辈戴、萧诸君子者，盖亦稀矣。君于喧嚣奔竞之中抱朴守真，潜心笃志。承乡先辈遗绪者，庶乎有在。

予尝读刘彦和《文心雕龙》曰："操千曲而后晓声，观千剑而后识器。"盖言善观文者，犹登车揽辔。其言缀文者则曰："斟酌乎质文之间，而櫽括乎雅俗之际。"顾予邑百年以来，操曲观剑者不乏其人，而承蓉洲、敬孚诸先生遗绪，潜心整理故纸者能有几人？文质彬彬、雅俗之文或见于坛坫，而求经裕学、求史广识者，予第闻一二君子。展读大著，辑录谨严、综论赅博，放笔立书皇皇都数十万言，曰："庶几可接续前贤也。"

丁酉仲夏桐城李国春记于若水庐。

祭龙河李氏旧祠文

惟公元二零一八年，岁在戊戌清明日，桐城龙河李氏合族聚于绵远堂遗址，谨以肃敬之心，奉黄花清酌祀奠我陇西列祖列宗。小子不敏，乃撰拙文以祭之。文曰：

呜乎！栲栳苍苍，龙河汤汤。平畴万顷，艺稻树桑。忆昔祖考，世居斯乡。畋渔耕读，乃贾乃商。我祖力田，德昭四方。季世龙战，人亡国殇。始祖涉江，避乱鄱阳。绳其先业，瓜瓞绵长。再遭虏尘，乃思北方。积仓绸缪，乃裹糇粮。曰贵三公，复徙故乡。循彼隰原，卜筮家园。版筑白屋，用我旧垣。牧牛圈羝，采薇采蘩。子孙孝弟，累世昌繁。迨至康乾，我族绵绵。十有一世，谱牒始传。堂曰绵远，乘有宏篇。子子孙孙，枝叶相连。抗战事起，烽火连天。合族克难，再续新编。三十一卷，赫赫俱全。遗我子孙，福祚永延。昭代盛荣，海晏河清。我族裔孙，夙有令名。念我先祖，斩棘披荆。无以为告，乃肃家声。旧祠倾颓，犹剩残甍。扫除尘埃，擎柱拾楹。洗酌举奠，笾豆恭呈。酾酒扬觯，鼓乐吹笙。三江宗嗣，四海弟兄。黄花以献，佑族峥嵘。

尚飨！

戊戌清明日龙河李氏第二十世孙　国春恭偕合族人拜

祭龙河李氏宗祠文

惟公元二零一九年农历己亥清明时节，龙河李氏合族，谨以清酌黄花祭奠于"绵远堂"列祖列宗。文曰：

呜呼！天生丞民，秉彝好则。我祖皋陶，哲惠九德。载生载育，后嗣充国。

我李柯条，华夏遍植。河岳绵绵，荒莽亡迹。我祖击壤，诛茅狩获。开边陇西，井田阡陌。族衍裔兴，无免戈戟。流徙中原，惜别祖籍。龙眠深邃，祖基始筑。

族夥支繁，千里舻舳。迁居江右，分爨修屋。子弟入庠，世代耕读。元季兵乱，鄱阳浴血。万门萧疏，所幸遗孓。我祖公三，举家离别。涉江北回，艰难苦绝。

栲栳峨峨，龙河洌洌。再结草庐，安祖卜穴。十有一代，祠宇巍列。开基立派，序列昭穆。春秋笾豆，子孙延福。载祀二百，华宇倾覆。不亨不祀，神人共哭。

德之休明，南风熏沐。莲池清濯，我族既睦。修谱构祠，家声整肃。荐邕作誓，祠屋再复。清供敬陈，万口祷祝。谱成祠起，祭牲献谷。祈我祖宗，佑我阖族。

呜呼，尚飨！

龙河李氏第二十世孙　国春偕合族公祭

祭含山五知堂任氏始祖忙公文

呜呼！皇哉轩辕，土德瑞命。十有四子，洵美德性。远祖笃诚，仁厚宅心。天授赐履，得氏曰任。遣之洛浦，辟启山林。厥有百世，播迁远寻。始祖忙公，占蓍安吉。洄溯大江，居巢荡滴。黄鹰山阳，营其家室。嘉种稻禾，树艺梨栗。朴者耨耕，秀者濡笔。族乃始大，英才辈出。我公勉勉，孝悌崇实。怀德安仁，济贫周恤。毋羡富贵，唯爱春秋。布衣荷蒉，幽贞超逸。孤怀清标，显显德音。永锡祚胤，濯溉甘霖。瞻彼东阡，贞松郁郁。登兹广原，孝思执绋。经始吉兆，马鬣特崛。笾豆清供，素馨斋袚。四海裔胄，纯纯穆穆。茹悲陈词，咏以祷祝。神州缉熙，天地佑福。

尚飨！

庚子□□月　含山五知堂任氏第□□代孙□□偕全体族亲　熏沐敬拜

祭叶氏先祖文

惟公元某年某月某日，桐城叶家河叶氏阖族裔孙，谨以清酌庶羞之奠，致祭于列祖列宗之灵。文曰：

呜呼！粤稽吾氏，肇自春秋。有公曰姬沈，叶邑建侯。南阳受姓，郡望攸由。晚周以降，淑德厥修。绵绵瓜瓞，蔓延九州。阅千载而有唐大夫，受封越国。功著德纯，奕世采食。承袭罔替，祚胤永锡。至于后贤，代有卓识。文章政事，靡不博极。大哉我琛公，伟器峻特。子孙济济，和雍谦克。笃哉道元公，端方懋德。辗转迁徙，无所止息。占籍岱鳌，劬劳稼穑。乃为迁桐始祖，创基戮力。福二先公，绸缪徂北。改迁于叶家河之滨，诛茅开塞。凡十有数代至今，子裔蕃殖。

盛哉！巍巍乎！念我迁桐始祖，朴质温纯。卓尔自立，乐业忘贫。子弟奇巇，教以彝伦。朴耕秀读，笃志图新。贤哉我祖妣，仪型休懿。贞静贤淑，秉德天赐。清节冰操，柏舟守志。子姓振振，母教周备。敦诗悦礼，才隽秀异。人文蔚兴，克祚不坠。我今有遗产，烈祖风骨。孝义忠贞，流风馥郁。前型犹在，后贤绍续。聿修文武，以踵芳躅。

吁嗟乎！陟斯崇岗，祖垄在目。秋尝冬烝，椒浆黄菊。豆笾黍稷，缟巾葛服。极目九原，长歌当哭。家乘告成，本敦族睦。祖祢在天，默佑降福。大道不衰，余韵焉息？我叶后昆，祖德永食。阖族咸在，三献祷祝。呜呼哀哉！尚飨。

安健协会助学记

邑西山川秀丽，古来民风淳朴尚文，且近世以后为西乡之重镇，水陆交通入湖达江，商贾辐辏，物阜民殷，人家子弟皆好读书，世德之门列于县内，故俊才硕彦尤盛于他乡。迨至当代，新兴产业聚集，富庶之户竞起，而右文重教之风尤胜于畴昔。

今有桐城市"安健协会"诸君，睹青草中学内体育设施陈旧，又念乡民健身少有处所，乃倡捐人民币三佰伍拾万元，兴建青草初级中学塑胶运动场及镇全民健身中心，规划设计，纠工庀材，数月而竣工，其标准之高，功能之全，靡不卓绝。观夫今之校园，学子竞逐于赛场，市民徜徉于朝夕，内外称美，皆曰："笃行君子，致富不忘助学，此吾乡之流风也，当颂焉。"故大功告成，勒石记之，以昭示来贤。

重建连理亭记

去县治北三十余里，有岭曰白沙，当明嘉靖时，桂林方氏学恒、学渐伯仲居焉。二十年间，兄弟怡怡无间，至庭前有枫杞二树连理之瑞，人以为孝友之报，遂构亭其旁以表懿德。其事载诸邑志。惜岁久木枯，而亭亦不知毁于何年矣。

癸卯春，大关镇政府拟复建古亭，属卅铺村主持实施，乃合市文物部门计议，延请邑贤张君泽国擘画督造，依规招标由九华山思成建筑勘察设计有限公司设计，某某公司承建，择日勘地选址，庀材鸠工。亭高□□尺有奇，凡台柱榱桷及踏道，皆仿明式构造，翼然当白沙古道岗右，峡石、歧岭、笃山群峰环拱。人于东西通衢往来遥瞩，殊有仰之弥高之概。若夫登亭以揽胜，近则苍烟碧树尽收眼底，远亦足以挹桐北诸胜之爽气也。

嗟夫！曩方氏孝悌节义萃于一门，白沙一支，流风遗泽尤远。《诗》云："兄弟既翕，和乐且湛。"今陟斯岗，想慕乡先辈清操，已邈然不可追矣。然亭隳而复构，俾百代懿范再彰于世，又岂非否极泰来之盛事乎？

亭之落成在癸卯秋□月，而亭之成，洵赖诸君之力，不可以无记焉。爰记其始末，以告来者。邑后学李国春撰文，张泽国书丹，某某镌刻。

桐西尖刀嘴记

潜岳之水东流,径下浒山入桐境,曰大沙河,川流迂深数十里,南折迤逦入菜子。《志》载沙河流域概方百里,素号桐邑之粮仓;复因当代民多重商贾,又称富庶之乡。然昔时每遇夏水出峡,势不可扼;尤于凶岁山洪奔暴,急湍腾涌达数丈,以致堤毁水漫,民多无安日。此即《志》所谓"十年九灾"者也。故里人歌曰:"蛟螭蛟螭,何至于此?三岁不登,无保我妻子。子来兮子来,共修此水。"历代官绅亦恨无良策,咸嗟曰:"唯天赐予,犹可活也。"

初,新中国甫成立,百废待兴,而水利建设其一焉。公元1955年冬月,大沙治理工程启动,其法:塞支归干,疏河固堤,凡数十载治理不怠。虽然,每逢十年一遇之特大洪峰,水患仍难根治,以公元1969年夏水最著:当山洪暴发,数时之内溃堤多处,沙河沿岸自青草至练潭数乡尽为泽国,房舍倒塌近万间,伤亡者众,官民莫不哀矜。

当洪水过后,桐城县政府遂规划水毁兴建工程,于青草镇徐漕村尖刀嘴筑沙固矶,阅数月而工竣。其矶形若尖刀,有斩蛟劈浪之势,故号曰"尖刀嘴"。新筑沙矶岿然凡数里,急湍由此中分二派,柏年、人形是焉;水至下游白果树乌鱼宕复合流,汇聚练潭河入湖。以此数十载以来,大沙河安澜一方,百姓群颂曰惠民工程。此犹未也,公元2019年己亥,潜山县下浒山水库建成,自此山洪方节制有度;若至汛期,则急溜倾泻,赖尖刀嘴分洪,两岸百里长堤可恒保无虞也。

今为邑民休闲计,于尖刀嘴幽僻处依水辟沙滩公园,俾昔日荆棘乱砾之冈,蔚成林竹萧森之境,洵为桐西新造之胜景。若夫秋冬之交,黄昏夕照,倚于"金水楼台",凭栏远眺,但见平畴沃野,稻菽铺黄,远水蜿蜒,平沙耀金。游人至此,不禁感怀歌咏,宜乎桐城诗人汪茂荣有诗云:"尖洲壁立小亭孤,不觉驱车入画图。一水中分开沃野,万峰丛聚蓄明湖。黄沙莽莽地藏宝,碧月茫茫天缀珠。更喜主人能好客,村酤兼味共喧呼。"美景如斯,令人顿生流连信宿之想矣。癸卯暮秋,邑后学李国春记。

下编

游艺集(古、今体诗卷)

嬉子湖船上

少读渔歌子,徒羡打鱼船。
纶竿烟波隐,蓑笠斜风寨。
欸乃逸水府,归帆指重玄。
久违渔父影,舴艋歇莲田。
卷帘松山远,谁家奏秦弦?
促柱犹纵棹,舒徐落碧泉。
云去风波静,岑寂入道禅。
散殊辨万物,大音多浑然。
曲终食菰饭,荷衣覆鱼筌。
残阳照远渚,秋树倚村烟。

潜山行四绝句

张恨水故居

人生不常见,啼笑说前因。
一去栖京国,家园记此身。

潜阳再逢江山先生承招饮

霍岳何时在,诗章百代长。
谁歌子岑子,举酒意茫茫。

天柱山大峡谷竹林

幽篁遗海市,竹箨有云心。
水逆山行客,风低听鸟音。

通天瀑

可识羲皇氏,唯开此妙门。
无愁望远水,但少一清樽。

雨霁游桐城大龙井

乙未孟夏,偕作协诸同好往桐城龙眠山大龙井。时阴雨初歇,天朗气清。蹬石越涧,攀岩斩棘,颠踬缘溪十里,踞磐石观瀑,归后学为古风一首,聊以记。

霖雨初霁景风生,杪春三月天气新。
阴阳混沌氤氲出,不见虹霓见椅榛。
龙眠三百六十处,龙井隐为披雪邻。
欲骛八极嗟邈邈,只向乡里探峋嶙。
槭槭栗干新枝蘖,茸茸冬蕨又返春。
鸲鹆联歌空谷啭,杜宇四声掠水滨。
绝巘横亘疑断径,岫云有心涧无鳞。
同侪伍伍踏莎往,我辈也羡岩穴民。
万物流衍造化始,磐自峾然水漪沦。
危崖蹀足望白练,昼消夜长几堪仁。
龙潭深深深几尺,我心澄澄可保真。
久居闹市执不去,何不辟庐采薇萍?

伤 孔 城

苍旻降丰泽,九冥出蛟鼍。
巨浸吞稻菽,帆侧白兔河。
千户成水府,十甲复如何。
旧年水渍处,黄雀直可罗。
欲寻读经人,徒见月舒波。

望 孔 城

前次大水,作《伤孔城》。今偕诸友再来,水尽退,童子弦歌琅琅,甚慰。故作《望孔城》。

秋水逸鲲池,黄草复萌蘖。
鱼天涨新露,清泚濯梨桔。
不知十甲里,曲突粮可缺?
桂庑启中霤,羁人西村别。
经此九冥回,天波几度劫。
零雁相颉颃,缟带尤清冽。
我侍先生来,天衣吹湖月。
木铎罿青轩,弦歌讵歇绝。

飞 蓬

连日大雨,圩破屋倾。桐民受灾,政府救民于水火,倾力安置。昨日随桐城文联赴金神高中安置点,亲历亲闻,感慨颇多。作《飞蓬》以记其事。飞蓬飘泊,而民有所安。

岂曰无衣,有我父母。
岂曰无食,有餐共斗。
飞蓬无根,我今安守。
我屋隳矣,我牛宰矣。
我田淹矣,我子怠矣。
飞蓬无归,我今在矣。
河伯不仁,毁我屋宇。
我讯且杳,我路有阻。
飞蓬无墟,我今安隅。

黛　鳌　山

丙申孟冬，余偕数友游黛鳌。时风和云淡，山景斑斓，石径苔深，枫梓槭槭。而黛鳌一山，奇石怪状，如鲲鱼化鹏，凌风飞升，众皆称异。归来以歌。

浮度几万劫，差可侔九华。
至于黛鳌峰，瀚海云际涯。
鸿蒙我未遇，造化一拈花。
可见羲皇人，此地种桑麻？
苍岑枫梓寂，地籁吹旧茶。
鲲化白垩纪，苔深锁笙筎。
晓起吸沆瀣，三晡饮流霞。
坐看丈室里，玄巾易袈裟。

邹斌女史为何传真先生写肖像

龙眠山水天下好,中有伊人心灵巧。
伊人若水光影画,一城人士皆倾倒。
肖像写成共九帧,不写青春写真老。
真老华年才七秩,风神萧散气清颢。
先生皓首绝韦编,讲席飘零鄂闽川。
博士无冠家万里,龙眠故里梦缠绵。
乡心断绝江河水,故里后生争请延。
洙泗桥下堪濯缨,饥餐芹蒿渴饮泉。
龙眠山中啜沆瀣,白兔滩涂待飞鸢。
先生甘作桃源人,伊人倾心写幽真。
或作开怀仰天笑,或见吞云吐雾神。
仰摘星空明霁月,俯泛澄溪光粼粼。
欲友龙眠孤山鹤,东苑村里多逡巡。
忆昔我与先生早相交,沽酒无钱面羞臊。
如今我亦酒肠宽,酂钱买酒酒斟高。
坦腹松荫话往事,把酒高歌白云飘。
山公酒后乘骏马,先生亦能饮松醪?

汪女史腊梅中秋后二日招饮练潭

丙申中秋后二日,汪腊梅女史邀至其故里。古镇练潭,今岁逢水患,秋后水尽退,人皆安然。腊梅女史乡恋难忘,旨甘待客,席间放歌,曲惊四座。归后草歌此以谢。

澄河一练晚吹天,九野月印万户田。
主人垂纶三两钓,乡味鲫鲤惠盘餐。
道是今岁走九冥,古镇天波浸无边。
新荷不使蜻蜓立,修篁曲柳未瘆痊。
五月田中无火米,三秋网罟补丰年。
归来渔父小舟扁,火云非烟恋如膥。
主人旨甘筵古道,飞觥三觞歌连翩。
秋辞吹起雪花恋,牛车水磨爨炊烟。
最是主人诵《朋友》,座上君子火中莲。

送潜阳文友

潜山文友莅桐，无美馔，作诗以赠。

　　　　小凉昨夜起，秋鸿欲南图。
　　　　潜桐方百里，昏旦乃须臾。
　　　　南岳多英士，龙眠一腐儒。
　　　　欲沽双溪酿，当垆赊几铢。
　　　　春树与暮云，寄子一雁书。
　　　　赠歌恐失律，只有吹箎竽。

自石板桥登黄草尖

仓庚耀其羽,仲阳物候欣。
停车石板里,主人开爨薪。
欲问桃华坳,黄草岭上循。
五岭多绝巘,盘旋十八轮。
苍鹰振六翮,颉颃与天邻。
山阿黛眉娆,樱桃杂芳芬。
朴枝横山枕,连根生氤氲。
早春寒风冽,山茶未蘖新。
欲寻黄草地,字樟盖绿茵。
黄草偎米菊,黄鸟多巡逡。
龙潭幽寂寥,喽喽听鱼鳞。
坐看老泉眼,蝌蚪友藻蘋。
又访清静庵,山门掩青筠。
神柏何年树?盘虬保其真。
还来主人舍,开轩掩柴门。
腊酒和马兰,炊烟比栗榛。
回望中义岭,螺黛星可扪。

大塘谒华氏草堂

沅水孕华姓,武陵其郡望。

新莽祸乱时,播迁始北上。

桐邑构支祠,卜居华崖嶂。

乃祖树银杏,草堂始开创。

门前青山十二峰,摩天接云鸟可藏。

朝与麋鹿友,暮闻猿声怆。

耕樵自给足,畋猎应无恙。

东作歇树荫,腊祭供尚飨。

而今银杏可参天,天不降兮草堂之嘉贶。

银杏先祖植,游人逡巡山歌唱。

草堂祖庭本,残垣断梁飘风涨。

四百年间兴亡事,说与子孙细思量。

武陵华氏又修家乘时,草堂可与银杏相依傍?

许咀访章阳先生故里

玄鸟随气和,衔泥栖画梁。
丙申清明至,主人邀还乡。
主人者谓谁?我友称章郎。
君家嬉子西,我庐湖之阳。
同车一湖水,躬耕谋稻粱。
昔我志学年,强勉胜面墙。
君有凌云志,造化走商行。
不佞入网罟,追逐名利场。
常羡君雅逸,闲来穿蓑裳。
刈草喂鸡豕,牧牛摘柳桑。
迨至章君里,果见隐庐藏。
川华宅前绕,柳堤可避滂。
芳草没归牛,阳鸟返潇湘。
清商吹新草,萍末遮鲤鲂。
青罗送落日,芦蒿归鸳鸯。
不知当年桃源里,可见渔人棹归航?
章阳事业如金阳,劳顿殚精神或伤。
章郎若有意,与尔湖上共异儿时采樵筐。

致潜阳诗友

潜岳有处士,立言继程朱。
龙眠卧诗伯,风雅天下呼。
诗伯趋潜阳,古道多崎岖。
濯足皖河水,狼狈惊伏凫。
桐潜本接壤,形胜各分殊。
东西割昏晓,金紫一山区。
三百余年后,吾侪奔坦途。
潜阳豪士迓,一日三盘纡。
归来计收获,松醪与琏瑚。

板 仓 行

昔云天柱秀骨天所成,古皖河岳皆灵英。

又云天下奇峰之胜数黄山,为山为岳云海生。

黄山天柱泂可望,岂知天地无尽藏。

搜遍大别千百峰,但向潜北觅游踪。

金紫脚下板仓奥,虚无变幻云雾封。

造物洪荒裂岩壁,岩囤万斛谷粮籴。

豺豹熊罴应猿啼,雉鸡子规都静寂。

天女散落花千瓣,中有香果差可吃。

银河倾倒板仓中,飞流溅走潭中龙。

濒危三百六十种,散落林壑花再荣。

太白洪炉金星裂,星落此间石纵横。

七零八落妍与媸,怪怪奇奇天生成。

仓门日出为尔开,仓门日色雾锁来。

独坐长亭观山月,訇然雷霆仓门摧。

天泼银丝万万亿,涧涌洪涛动地推。

晓起楼台观水泓,村前烟云压沧溟。

欲摹仓巅缥缈画,醉眼蒙眬画不成。

送洪放先生之任泚上

君不见，昆仑之山走骅骝，一日千里腾瀛洲。
君不见，龙眠之山眠龙甦，天高地广任遨游。
吾邑文风如骐骥，五百年来垂鸿猷。
吾邑人文如隐龙，云腾致雨天下讴。
前贤学行程朱后，巨制鸿篇接欧苏。
义法不是腐儒范，神理气味殊为尤。
噫吁戏！
晚近桐城遭魑魅，雅洁清正尽涤荡。
迨至春风拂江淮，击节放歌歌亦朗。
所巨先生登兰舟，桐城子弟操飞桨。
三十年来文学梦，一朝起舞和击壤。
虫二无边苏幕遮，故人西辞菩萨蛮。_{二句皆为洪君小说名}
玲珑深婉赋新篇，铺陈比兴涕长潸。
闻说先生去故里，不立仕林只为士。
龙眠垄上半亩园，岂及泚上土肥美。
泚上榴花正含苞，龙眠新茗卖小市。
新茗常寄先生饮，莫忘小市耒与耜。
春风遣新柳，折枝赠与先生手。
送君歌一曲，与君再举酒。
云螭腾化重霄九，凤藻援毫贯斗牛。
闻说天下文章出龙眠，先生可诺世人口？

送西子归里

鸿鹄蜚声起,溪水溢桐川。
晓起听杵砧,梦醒对婵娟。
骨肉问消息,阿娘容可妍?
商贾多险薄,归来拾鱼筌。

《诗刊》六十岁志贺

早岁曾听海上琴,挂髀羞作巴人吟。
百代已绝广陵散,振衰起敝谁可任?
诗界革命浅薄也,新境难别真与假。
旧瓶新酒诚巧譬,我手我口讵可写?
异军突起生面开,中西合璧精陶冶。
海涵山负六十年,创辟功高在华夏。
更上层楼仍可期,拨弃鄙俚张风雅。

伤 李 君

  李君，桐城人也。其尊讳隐而不示人，喜以闺中名号与朋友交。尝因车祸致残，卧榻十余载。困乏其身，而心志高远；形影相吊，而讽咏不辍。余慕其才，尝数次过门相切劘。前次电告余曰：不佞在世已了无意思，将去也。孰料一语成谶，殊可为痛哭流涕长太息矣。

    花辰芳发秀，玉奴（君笔名）独凋零。
    晨露杨花雨，川逝韶华停。
    鹄面附鱼目，完躯蹈沧溟。
    图南折羽翩，远别徒俜伶。
    牙琴久不操，焦桐谁秉镫？
    也曾旦夕辩，别调几时兴？

丁酉清明过桐城西山古战场

桐城古城宸西山而筑。自明万历建砖城，城安如磐石。然自明崇祯七年始，邑内先有汪、黄劫掠，继有张献忠数次围城，而西山竟沦为战场。城虽完全，而自此民不聊生，文化沦胥矣。距今已近四百年。

今岁清明，余过西山，俯残垣。霖雨渐沥，子规嘤啼。忆昔往史，悲明祚之衰颓，忻昭代之鼎盛。乃有作。

逆珰祸弭六合安，甘棠遗爱颂衣冠。
一朝关陇风尘起，天颜不怿泪不干。
煤山信传九鼎沸，金瓯残破剩雕栏。
甲申天子怀陵寝，地裂山崩捣龙蟠。
庚午年间岁岁饥，桐邑赤地多流离。
胥吏盘剥民生敝，致有汪黄学枭鸱。
乙亥春正惨冽寒，蜀人羽翰飞雕鞍。
豫楚郡县尽沦陷，铁打城池讵可完？
最是惨烈壬午冬，天狼铁壁西山峰。
明军击柝尚书邸，围城一月鸟无踪。
登陴官绅叹无计，北郭空瞰泪濡胸。
杨侯舍身全城垣，张侯取义欲后从。
王蠋义不归乐毅，窦公驱虎死亦雍。
清淮十日无烽燧，大溪东流水无穷。
凤阳雷声滚滚来，黄公突骑连营催。
孤顶一柱插苍溟，气压城堞百尺嵬。
残月晚照咸阳火，回首喜泣东门开。

爨下余生城犹在,西山喋血遗劫灰。
龙眠山月西山风,归来不忍倚簾栊。
寒食絮飞遮云暮,西山新月印苍穹。
古道遗风旧城阙,从来几人识英雄?
马鬣三尺无觅处,樵苏抱棘话三公。

太 湖 四 绝

前埠河人家

前埠河流经太湖百里镇,司空山阳,其水注焉。

天阻司空万壑开,千溪春渚绿罗回。
人家三月炊烟晚,新捻毛香忘旧醅。

曲子戏

"曲子戏",流行于前埠河流域的一个小戏种。

谁道穷津无郢歌,户枢作簴釜为锣。
南溪柳下鱼听曲,秋熟收成莫问多。

白鹿村

白鹿村在司空山前,山深水远。相传元至正年间有进士黄信一获白鹿献于朝廷。

羲皇当世有真元,也叹陶公种草萱。
白鹿何辜上林苑,至今难望武陵源。

三千寺

三千山在百里镇松泉村,山有三千寺,相传伽蓝始建于唐天宝年间。

故侣邀余登此山,三千峰有几重关?
欲将信宿桃花院,陨箨无心客自闲。

丁酉谷雨前李牧先生邀赴告春及轩新茶品鉴余得末座因忆族中故宗老伯时尝茗龙眠乃赋二绝

其一

伯时当日饮群贤，橐龠无穷通地天。
插架万编闲暇事，对炉吹嘘炙冷泉。

其二

栖云室小可逃禅，璎珞岩涵坤与乾。
赏尽龙眠三十景，告春何处觅茶仙。

过吴鳌墓

桐城吴鳌，清代乾嘉时布衣诗人。生前不试不仕，唯耽于诗酒。孑然一身，死后由其弟醵赀葬练潭磨基山麓。练潭明月，永炤大夜；横山松风，长啸故垒。

丘墟堙暧隐荒村，岑寂寒潭澄月魂。
薄暮横山酒旗偃，几人松下听簾堉。

登大横山吊抗日烈士墓

横山之巅有抗日烈士纪念塔,广西龙有德下士碑铭清晰可辨。

丹壁横川古道堙,松风白鹭两逡巡。
关河万里桑弧老,长使雕戈枕莽榛。

小满日遇同学卖枇杷

同学方君,名门之后。志学之年,甫入伍,寻获高考录取通知。退役后业贾又遭破产。前日路遇,见卖枇杷于街头。

疏雨荼蘼蛱蝶遮,飞蓬无意惜杨花。
明朝麦垅青芒熟,姑往城南卖枇杷。

立夏前二日夜雷雨大作

引鼓乘云去,封夷送晚吹。
凭窗骇天笑,倚户听鼌悲。
地籁催田麦,连霖没水芝。
欲询松桂里,芒种可违时?

秋分过同康路桥

其一

雁徊雨霁送霜吹,夕昭大溪蝃蝀垂。
北去南图皆过客,可来河墅筑东篱?

其二

初霁雁风侵晚昏,穹窿赤蜃远山吞。
红衣万朵高天语,共问人间一彩门。

武夷山访金骏眉茶叶基地

月前韦先生散木寄来"金骏眉"茶叶。因忆丙申游武夷,吊朱子武夷精舍遗址,探访正山茶业基地。感慨良多,作此歌以谢。

丹霞大化隐屏峰,秀甲东南第一宗。
三十六笏齐天拱,九十九岩阙几重?
天游壁立望海隅,九曲清溪溯圣踪。
我来此山山已老,昔人已随彭祖从。
抠衣来上平林洲,修篁可与当时稠?
褰裳越涧苍苔湿,披云欲渡蓬莱舟。
蓬莱本是海上影,此水空仰铁笛楼。
寒栖馆后遗酒赋,回环五折荒垄畴。
晚对亭前印啸咏,诛锄营地忘辍耰。
旧茗初泼剩灶石,足慰先生解怅惆。
泉石相和空谷音,扪萝颠踬缘溪寻。
不见当时山中客,采芝恐隔樵父心。
溪山绝壁更幽险,小雨淋涔弥沈黔。
茶仙何处卧松露?携篓归来日西沉。
正山远在九曲头,晚照溪边枕寒流。
岩壑千重阻万阿,探路多就山翁谋。
百转萦迴云深处,堂前桐木遮沐猴。
主人招我坐盘石,呼童取茗话未咻。
敢问君是何方氏,烦嚣哪得静处游?
闻道小种产正山,元正须向此山搜。

主人听罢开眉宇，撤盅更水换大瓯。
日暮潇潇风侵衣，山中寒露浥翠微。
问君可闻夫子棹？长向烟霞叩岩扉。
但愿染尽东南之松烟，瀹茗研易老不归。

赠台湾寥又宽先生

戊戌大暑后二日金义先生招饮唐湾适逢台湾寥先生传授茶艺因口占绝句以赠。

海天寥廓度南熏，万里乘桴鸥与群。
座上最怜云水客，新泉汲井挹清芬。

戊戌清明谒余珊墓访松湖张载渔耕处

湖天虚碧两微茫，山嶂平林添晓妆。
烟渚兼葭浥清露，江村蒲柳濯沧浪。
大夫素楫扁舟客，处士青蓑秔稻香，
消歇尘心风浪里，翔鸥竞逐已相忘。

己亥大雪日早发许咀头

我来许咀头,冬阳初未出。
六合顾微茫,万籁俱宁谧。
沆瀣倏沉浮,芦雁时鸣疾。
霜重草凝露,寒风吹冽栗。
长河涌晨乌,阳阴和协律。
稻菽早归仓,村醪瓮春秋。

己亥除夕岳丈病笃余偕内子居浥上不得于榻前问疾一日而九回肠

霖雨泙天降未休,断鸿除夜过楼头。
耆年总怕冬心老,黄口多祈旧病瘳。
离合伤春逢岁暮,穷通怀素吊民忧。
东风待解丁香结,坐对寒灯破远愁。

鹧鸪天

柳拂沙堤系远空,芙蓉摇落映渠红。
临溪采芍听荷雨,隔岸闻歌呼钓童。
烟渚老,鬓丝重,当初总说意愚蒙。
结缡纵未持双璧,白首何妨守寸衷。

己亥九日邑西云松先生招饮偕诗朋同登三道岩

其一

年来不觉届秋期,俯仰桑田味万吹。
涧饮烟霞林壑处,依依玉萼绽疏枝。

其二

苍岑九转负山梯,不雨商风断石溪。
欲问莲花丹巘外,卿云五聚会桐西。

忆儿时除夕夜

忆我儿时事，气稚堪自怜。
家贫无以嬉，竹马绕村旋。
岁序调暮律，穷乡正大年。
琼花扬古道，玉柱挂茅椽。
孤鸟桑枝息，六合望茫然。
谁家开户牖，踏雪放焰烟。
邻童相邀约，银沙塑老禅。
慈母呼儿归，试衣庆团圆。
叮咛复叮咛，守岁莫忘眠。
家严沽腊酒，仆仆灯市还。
新棉换花灯，花灯颇鲜妍。
呵冻研翰墨，春晖写丹笺。
天下虽饥馑，童心未可蔫？
新正灯期节，合家放纸鸢。

读桐城吴光祖《回照轩诗稿》感赋 并序

吴先生光祖，桐城民初诗人，其生平辘轳，身世飘零，而感时纪事，堪为诗史。

龙眠雕龙客，季清寰凋敝。
高甸多诗流，风雅宗六艺。
皇皇回照轩，俯仰亦悯世。
吐辞总俊逸，操觚例闳肆。
十五初习诗，沦作场屋器。
弃置且课耕，浮生屡颠踬。
盛年始游历，河岳遂素志。
跨驴适谁门，海云漫无际。
水天两相抟，乾坤讵易位？
见彼兮浩汗，欲拭穷涂泪。
及至起胡尘，江河溃不治。
举室且图南，潇湘波已沸。
回首望衡岳，耒水洵难济。
间道忍饥溺，穷愁短褐质。
奄奄婴沈疴，夜夜不成寐。
困乏骋六合，拂逆万象致。
决眦视寇雠，誓不干权贵。
感子冰雪操，风裁凛凛异。
怀抱荆山璞，蹭蹬陆沈际。
虽得生高门，九死身如寄。

吁嗟士君子，世涂非容易。
况子一寒儒，所恃唯诗艺。
浩歌吊黎元，美刺元白味。
莽荡天南北，游草落烽燧。
问子胡不归？无言但悲涕。
我生时也晚，恨不折枝侍。
与子同哀矜，怨诽陈大义。
开箧掸积尘，一读双行泪。
掩卷复沈吟，西轩听万吹。

奉读姚石甫《康輶纪行》感赋 并序

　　乡先辈姚君石甫，惜抱先生从孙也。尝以台湾兵备道衔抗英保土，顾功显反受遭诬落职，洎道光甲辰以同知知州至四川补用，旋因西藏乍雅两呼图克图相争而再使抚谕。归来据途中见闻成《康輶纪行》凡十六卷，叙述详尽，兼及古今学术流变。余拜读再三，乃习作五言古体十四韵，以抒其感佩之情。

保国靖海氛，诋訾心何愧。
缧绁幸不死，独忍孤臣泪。
奉恩且补阙，绥远蒙不弃。
茌任闻军情，吐蕃传烽燧。
奉使持符节，万里纵戎辔。
天威布边徼，荒服蒙大义。
袒背好旧俗，化德岂容易。
不辞再和蕃，卧骨何所畏。
啮雪伏毡案，被毳意不贰。
残夜秉豆灯，忧愤勤纪事。
辑以五洲图，坤舆究同异。
壮士乘星轺，古月丹心寄。
不羡博望侯，节慨洵为贵。
掩卷复沈吟，嗟予登车志。

裁襟励子歌为觉迟女史始建望山励子二亭作　并序

　　民国初，桐城嬉子湖畔有江百川、苏蕙华伉俪，比肩恩爱，耕读齐家，育有三子，长曰兴汉。某日，兴汉放学归来，承欢于母前，谓母曰：今日在塾中闻师母欲为其儿缝百衲衫，尚缺红绸数寸，甚为愁急。吾知母亲大人或可为师母纾困，已在塾中许诺矣。母曰："儿为甚佳。顾无余布，奈何！"寻觅久之，则开箱取向时己之嫁衣，裁尺许交于兴汉曰："儿持此奉于师母，尊师重教，庶毋食言焉！"

　　　　　　鸿渐升陆阜，池溏盈藻芹。
　　　　　　鸟语催田熟，庠序生氤氲。
　　　　　　先生复振铎，设帐嬉子滨。
　　　　　　童子七八人，垂发束儒巾。
　　　　　　夫人勤夜绩，晓起理罗纹。
　　　　　　稚子且周岁，百衲初缝纫。
　　　　　　新衫欠一色，讵可庆生辰？
　　　　　　学中有兴汉，伶俐极可人。
　　　　　　窃窃问师母，戚戚何所因？
　　　　　　师母毋长嗟，吾家虽寒贫。
　　　　　　吾母善纺绩，差可补裾鹑。
　　　　　　少年始怀玉，小子殊可亲！
　　　　　　阃内琐琐事，慎勿告令君。
　　　　　　归来日色暮，环堵和融融。
　　　　　　家尊研词翰，恂恂有儒风。
　　　　　　慈母夜针黹，西厢治女红。
　　　　　　彩衣覆总角，承欢慰慈翁。

自言塾中事，母可察儿衷？
阿母始闻语，蹙促霜鬓拢。
年来多荒歉，箪瓢偶亦空。
汝姊正待字，红妆尚裁缝。
汝弟年尚幼，捉襟衣无重。
吾儿有玉节，母岂不依从？
曩昔初束薪，彩蝶舞燕裙。
持家屏纨素，兰襟殊可珍。
母亦无所顾，开笒取香薰。
嫁衣任裁剪，助子沐清芬。
弹指百年过，秋风吹残荻。
芳襟已然邈，坤范沛遗泽。
湖天听鹤鸣，信美思亲戚。
望山冀修远，励子常鞭策。
结庐在林丘，鹿门对寒汀。
绕屋种兰蕙，陂池竹亭亭。
筼风植高标，兰芳播逸馨。

咏手机二首

其一 丈人吟

嗟子飘蓬怎侍亲,华颠几杖独逡巡。
荧屏久候无消息,卧听归鸿已报春。

其二 戏孙

卯角争教数万千,忽言蟾桂几重天?
呼儿记识床前月,不若云屏戏纸鸢。

忆食芋叶感怀

昔我在僻壤,茅屋宸松冈。
三世共一爨,箪瓢岁月长。
府君唯好古,家慈善纫裳。
兄妹在乡序,藜藿充糗粮。
彼年逢旱魃,菜圃遍芜荒。
仓中新稻罄,土窖陈薯光。
老父空叹嗟,弱母犹逞强。
大兄侍父行,赊米湖东乡。
仲姊偕母出,伐薪松龙岗。
小弟才卯角,采薇常盈筐。

最喜季姊能，南洼撷芋秧。
父兄惭色归，面壁诵饿乡。
阿母淑且巧，芋叶蒸黄粱。
粗疏逾珍馔，岂曰思河鲂。
枵腹贪瀹汁，堪埒伊尹汤。
炊烟比村树，瓦牖弥薯香。
远村犬吠影，鸡息门前桑。
豆灯挑环堵，萧然气回肠。
家严坐机杼，鼓腹歌盈梁。
彼时贫也乐，粜亏道可藏。

辛丑孟冬闻桐城荣膺历史文化名城有感

晚周封列侯，此地称桐国。
体国兼经野，群舒分轸翼。
吴楚轻附庸，桐侯重化德。
隆替叹无常，有唐定方域。
文运亘千年，明道尊儒术。
遥望龙眠里，历世多豪逸。
时誉称海宇，昭代犹绍述。
崇岗临大溪，紫气正盘郁。

皖雅吟社成立感怀

索句堪怜玄鬓影,学诗每寄逸公吟。
江淮三月开桃李,倾耳云间听雅音。

春分携酒过龙眠河访友

柳扰溪边竹,莺叨水底鱼。
雾侵樽内酒,客醉一扉虚。

目　　送

辛丑仲秋,有江右客至,偕入龙眠,访先贤遗踪。月出将返,执手相别。

寥落西山驿,凉风邀客来。
拨云寻寂寺,隔水对空台。
柳岸同挥手,茅斋独覆杯。
登车从此去,望影自徘徊。

壬寅新正积雪初融章君招饮一梅精舍赏梅论书画意气闲放有赠

龙眠新正始飞雪，太廓潇潇风冽冽。
欲登西山观鹤羽，天地一色信难别。
忽闻故友招我饮，小园茶铛晨新设。
喜看晴日冰融消，投子山隈叩幽闼。
花径蜿蜒梅花开，绿萼红蕊清入骨。
环堵插架三千卷，墙外虬松盘兀兀。
主人漉酒轮递杯，道尽平生得与失。
噫吁呼！
君不见春风一夜吹玉尘，世间名利如飞雪。
吾侪三五皆散材，不羡千钟爱林逸。

早岁观宗叔演太极拳歌

吾宗振古鲜簪缨，子弟拙朴少立名。
迨及近世有六叔，拔秀京华称时英。
孰料一时九州岛传羽檄，投笔挥剑赴前敌。
一朝海宇澄清时，放马南山身寂寂。
归来垄上叱牛耕，晓起晨操暮吹笛。
尝言当时军中延教职，传授操拳名太极。
六军背水决雌雄，长戈折断继角力。
噫吁呼！
壮岁军前争龙虎，日暮艰难徒报国。
栲栳西峰演旧技，日日辗转无休息。
君不见长髯飘拂形果毅，八尺昂藏气清贵。
翻掌见刚柔，旋足风拂扉。
徐疾舒展尽在无意间，回山转海纳元气。
教我太极图，剑胆箫心不可既。
小子果能准此推求见工夫，阴阳五行可经纬。
嗟予游艺百莫为，受此奇技亦拙滞。
少年不学行暮迟，深惭宗老曾嘉惠。

观昱之先生《梦追兰亭》手卷感赋二十韵

昱之先生，桐城周君国亮。先生当知天命之年，负笈钱唐两载，从陈先生振濂游。前日肄业，作《梦追兰亭》手卷，满纸右军气象。予观之叹服不已，作歌以赠。

鼎湖御龙飞重玄，九嵕山上六骏翩。
闻道昭陵藏真昧，曲水流觞越千年。
从来磊落英多士，梦里兰亭俱枉然。
会稽名士联珠璧，龙眠钟灵臧精魄。
文章诗赋人中龙，书坛画苑玉堂客。
明清卓荦三千士，几人手眼称巨擘？
畴昔我观先生书，扫壁尘嚣任毁誉。
四十年来思无邪，不欲奔竞又何如？
先生胸怀大块磊，会稽龙眠当蘧庐。
龙眠秋月满庭霜，山阴道上鹅池墟。
才饮桐溪大浮白，再沽花雕古越壶。
归来大呼还能饮三罍，醉后龙蛇满纸濡。
觉来一榻湎云烟，或肥或瘦都精妍。
垂绅正笏不可犯，矩矱摹写研砚田。
奎手吞墨神龙卷，此生恨不竭玉泉。
图史插架垂檐柳，五亩园东月浸牖。
醉里挑灯玉纽辨，衔杯矇眼篆蝌蚪。
凛然锋芒环堵顾，遒媚俗气皆抖擞。
壮齿慷慨学右军，平生但做一书叟。
他年若睹昭陵帖，买山编篱招道友。
低昂媚俗都不看，呵尔挐去覆酱瓿。

桐城向为文物之乡然世事变迁多遭隳圮近年来市政府拨出巨资复修又得时贤捐修官民合力毁损建筑相继复原此邑中文化之盛事也辛丑季秋遍访城内郭外故迹感慨万端草数行以纪

凤仪石坊落成

秋夕入寺巷,蓦然见新堂。
余晖弥老树,剩瓦隐高墙。
昔时清华第,今为百户房。
戚戚怀北拱,垣墟照残阳。
独院听秋蛩,零雁始南翔。
欲向凤仪里,黄叟论石坊。

张文端公墓坊重修

霏雨应气节,越岭过双溪。
长林掩千户,烟霞渐冥迷。
旧阙堙松岗,残碑散泞泥。
仰望修篁里,马鬣独孤凄。
柏荫千秋室,社鼠焉窥睨?
想见在元日,重阶列狻猊。

麻溪姚氏宗谱纂成

门重藻翰林,文章宗海内。
奕世接英多,禋祀当不废。
惜哉迨近世,云摇风雨晦。
兄弟如途人,宗室何所在?
天长与海阔,暌隔无以对。
家乘告竣时,相见已百载。

左忠毅公祠修竣

肃霜催摇落,峨然见崇殿。
曩昔此深宇,荒草塞庭院。
园废不知年,清誉何曾贱?
开轩谒明公,酾酒常荐奠。
风裁出忠勇,大节垂史传。

观倪君摹写黄子久《富春山居图》 并序

桐城画自李伯时名噪天下，后数百年来，代有高士。倪君恒文，号寄红楼主，擅丹青拔出流辈，究其因，盖卓识超逸有真气也。余读其摹写《富春山居图》，有感。

云林遗法颇天真，松花幽发落葛巾。
君不见疏树空寂逸气呈，一河两岸横烟冷。
倪家再传寄红楼君斋号，笔底烟云天下搜。
君是龙眠云外士，山公倒载四海游。
惯看世间等过客，江流万里焉泊舟？
闻道仙在庙山坞，舟倚富春江上雨。
盘桓坐忘任西东，足下微茫向玄圃。
六朝胜迹多不遇，但向穷壑觅苍古。
呼取烟霞皴染晕，六合大荒一渔甫。
山河表里住云心，槁木死灰忘鹤舞。
九珠峰在天尽头，丹崖琼树何处有？
龙眠山月红楼印，处士长啸歌击缶。
富春神仙信难求，清浅湾中一钓叟。

读《惜抱轩诗集》

子尹愚山古体逎,分镳何愧凤鸾俦。
凭栏遥赏三吴月,击汰高歌八皖秋。
学究天人尊宋学,笔收风雅鄙秦讴。
堂堂诗派开千古,大吕黄钟冠胜流。

入枞阳登汉武阁

凌虚晓翠拂云程,闻道故园江渚情。
桂棹夜披芦荻雨,虞庠日起诵弦声。
曾传舻舳千帆竞,犹想旌旗万户争。
高阁独留人去后,烟霞空锁铁琶横。

回乡偶见二首

庚子冬至前回乡,见曲柳凋残,田畴依旧。所幸者村舍俨然,故人无恙。相见唏嘘,有感。

其一

鹍旦休鸣满地霜,回风几度过榆桑。
湖天远浦云舟杳,望断炊烟是故乡。

其二

横塘不见儿时柳,垄上犹存二顷田。
拂面霜风人易老,归来欣遇艳阳天。

古桐城八景 选四

桐梓晴岚

谁知云水外,北望是龙眠。
散绮弥苍宇,五蕴本大千。

练潭秋月

驿外横秋影,江声送客回。
衔杯长浩饮,醉月卧亭台。

投子晓钟

五蕴玄空了,传灯不记年。
谁家弘大藏,梵唱出廉泉。

孔城暮雪

太廓吞残照,银沙掩断堤。
长桥逢故旧,漉酒下寒溪。

读板桥先生《竹石图》

荦确高拳石，悲秋写大荒。
离披侵骤雨，仰偃染微凉。
叹老萧斋短，嗟卑残夜长。
金章加紫绶，不若坐幽篁。

登车华崖访李伯时旧踪

昔有方无可，樵歌上九重。
肩舆掩春瓮，藜杖挂乔松。
烟老垂云汧，风眠璎珞峰。
驱车邀朗月，一挹露华浓。

农村改革四十年感赋

尝慕上古羲皇人，遗世傲然性含真。
后来圣哲教稼穑，化民有道南亩昀。
秦皇汉武夸骄奢，千门万户独幸巡。
贾生宏文论积贮，天子何曾安庶民？
又有颖人贵菽粟，老转沟壑无所亲。
即令贞观称昭代，路有冻馁飞如蓬。
近世飘风与骤雨，苛捐岁岁猛如虎。
生为殖民亡人格，哪得稻粮裹尔肚？
剥戮黎元穷武兵，侵渔百姓输官府。
初为当家称主人，几时才脱农家贫？
民田聚为公田树，渔猎不置网与罟。
南熏习习忽闻韶，海天寥廓起春潮。
油然作云天不老，沛然作雨阴阳调。
真理原来在求是，生息休养唯今朝。
树桑五亩衣轻暖，庠序有教国运昭。
四十远征再起航，旷代宏业任否臧。
耕者怡然耕于野，市廛熙然兴贾商。
田租逋税皆蠲免，民不益赋帑库藏。
稚子扶归田畯醉，秋社赛歌户户忙。
国有伟人崇尧舜，民胞物与向小康。

跋

四十年来购书藏书读书，每有心得辄记于纸上，积稿盈尺，大多芜杂不雅之文，收之箧中，岂敢示人？年来忽觉老之将至，先前所记片言只语，倘若留与子孙，示以读书勤苦之状，或可有益。遂稍作整理，乞刊于复旦大学出版社。

噫！鄙性豪宕，与亲朋师友交，或可差强人意；至于为文字，往往失之严谨，此余向来落笔之大病也。拙稿辑录后，呈桐城汪先生懋躬审查纠正，方得以成编；交付出版社后，又幸承王君联合教授统筹、刘月博士悉心校核。小子李鼎为拙稿题签，深感欣慰。值付梓之际，一并谨致谢忱！

癸卯冬月　李国春识于桐城若水庐

图书在版编目(CIP)数据

若水庐丛稿/李国春著. —上海：复旦大学出版社，2023.12（2024.1 重印）
ISBN 978-7-309-16987-4

Ⅰ.①若…　Ⅱ.①李…　Ⅲ.①中国文学-当代文学-作品综合集　Ⅳ.①I217.2

中国国家版本馆 CIP 数据核字（2023）第 170294 号

若水庐丛稿
李国春　著
责任编辑/刘　月

复旦大学出版社有限公司出版发行
上海市国权路 579 号　邮编：200433
网址：fupnet@ FudanPress.com　　http://www.FudanPress.com
门市零售：86-21-65102580　　团体订购：86-21-65104505
出版部电话：86-21-65642845
江阴市机关印刷服务有限公司

开本 787 毫米×1092 毫米　1/16　印张 33.75　字数 532 千字
2023 年 12 月第 1 版
2024 年 1 月第 1 版第 2 次印刷

ISBN 978-7-309-16987-4/I・1367
定价：128.00 元

如有印装质量问题,请向复旦大学出版社有限公司出版部调换。
版权所有　　侵权必究